Den vita lejoninnan

Böcker i serien om Kurt Wallander:
Mördare utan ansikte 1991
Hundarna i Riga 1992
Den vita lejoninnan 1993
Mannen som log 1994
Villospår 1995
Den femte kvinnan 1996
Steget efter 1997
Brandvägg 1998
Pyramiden 1999

Övriga böcker av Henning Mankell på Ordfront förlag:
Fångvårdskolonin som försvann 1979, 1997
Dödsbrickan 1980
En seglares död 1981
Daisy Sisters 1982
Älskade syster 1983
Sagan om Isidor 1984
Leopardens öga 1990
Comédia infantil 1995
Berättelse på tidens strand 1998
Bergsprängaren 2 uppl. 1998
Daisy Sisters (pocket) 1999

På andra förlag
Bergsprängaren 1973
Sandmålaren 1974
Vettvillingen 1977
Apelsinträdet 1983
Hunden som sprang mot en stjärna 1990
Skuggorna växer i skymningen 1991
Katten som älskade regn 1992
Eldens hemlighet 1995
Pojken som sov med snö i sin säng 1996
Resan till världens ände 1998
I sand och i lera 1999

Henning Mankell

Den vita lejoninnan

Kriminalroman

O

ORDFRONT FÖRLAG

Stockholm 1999

Till mina vänner i Moçambique

Henning Mankell: Den vita lejoninnan
Ordfront förlag, Box 17506, 11891 Stockholm
www.ordfront.se forlaget@ordfront.se

© Henning Mankell 1993
Omslagsbild: Mikael Eriksson
Elfte tryckningen
Satt med Sabon
Tryck: Svenska Tryckcentralen AB, Avesta 1999

ISBN 91-7324-624-7

»Så länge vi fortsätter att värdera människor olika i vårt land, beroende på färgen på deras hud, kommer vi att lida av det som Sokrates kallar lögnen i djupet av vår själ.«

Sydafrikas premiärminister Jan Hofmeyr 1946

»Angurumapo simba, mcheza nani?«
(Vem vågar leka när lejonet ryter?)

Afrikanskt ordspråk

Prolog
Sydafrika. 1918

Sent på eftermiddagen den 21 april 1918 träffades tre män på ett obemärkt kafé i stadsdelen Kensington i Johannesburg. De var alla unga. Den yngste, Werner van der Merwe, hade just fyllt nitton år. Den äldste, Henning Klopper, var tjugotvå. Den tredje mannen i sällskapet hette Hans du Pleiss och skulle fylla tjugoett år några veckor senare. Just denna dag hade de bestämt att de skulle planera hans födelsedagsfest. Ingen av dem hade en tanke på, eller ens den vagaste aning om, att deras möte på kafét i Kensington skulle få historisk betydelse. Firandet av Hans du Pleiss' födelsedag kom aldrig att beröras denna eftermiddag. Inte ens Henning Klopper, som var den som la fram det förslag som på sikt skulle förändra hela det sydafrikanska samhället, hade någon föreställning om omfattningen eller konsekvenserna av sina egna, ännu ofullgångna tankar.

Det var tre unga män, inbördes olika, med skiftande temperament och karaktärsdrag. Men de hade något gemensamt. Något som var helt avgörande. De var *boere*. De tillhörde alla tre anrika släkter som kommit till Sydafrika under en av de första stora immigrationsvågorna av hemlösa holländska hugenotter på 1680-talet. När det engelska inflytandet i Sydafrika ökade för att till slut anta formen av öppet förtryck hade boerna gett sig ut på sin långa färd med oxvagnar mot det inre av landet, mot de oändliga slätterna i Transvaal och Orange. För dessa tre unga män, liksom för alla *boere*, var friheten och oberoendet förutsättningen för att deras språk och deras kultur inte skulle gå under. Friheten garanterade att ingen oönskad sammansmältning med den hatade engelskfödda befolkningen skulle ske, än mindre en beblandning med de svarta som befolkade landet, eller den indiska minoritet som främst livnärde sig på att idka handel i kuststäder som Durban, Port Elizabeth och Kapstaden.

Henning Klopper, Werner van der Merwe och Hans du Pleiss var *boere*. Det var något de aldrig kunde glömma eller tänka bort. Framförallt var det något de var stolta över. Från sin tidigaste barndom hade de fått lära sig att de var ett utvalt folk. Men samtidigt var detta självklarheter som de sällan berörde när de dagligen träffades på det lilla kafét. Det bara fanns där, som en osynlig förutsättning för deras vänskap och förtrolighet, för deras tankar och känslor.

Eftersom de alla arbetade som kontorister på Sydafrikanska Järnvägskompaniet, gjorde de sällskap till kafét efter arbetsdagens slut. I vanliga fall pratade de om flickor, om framtidsdrömmar, om det stora kriget som kulminerat i Europa. Men just denna dag satt Henning Klopper försjunken i en tankfull tystnad. De andra som var vana vid att han var den mest pratsamme av dem såg undrande på honom.

– Är du sjuk? frågade Hans du Pleiss. Har du malaria?

Henning Klopper skakade frånvarande på huvudet utan att svara.

Hans du Pleiss ryckte på axlarna och vände sig till Werner van der Merwe.

– Han tänker, sa Werner. Han funderar på hur han redan i år ska kunna öka sin lön från 4 till 6 pund i månaden.

Det var ett av deras ständigt återkommande samtalsämnen, hur de skulle kunna övertyga sina ovilliga chefer om att höja deras magra löner. Ingen av dem tvivlade på att deras karriärer inom Sydafrikanska Järnvägskompaniet på lång sikt skulle leda dem till olika toppbefattningar. Alla tre var utrustade med gott självförtroende, de var intelligenta och energiska. Deras problem var att det enligt deras bestämda förmenande gick så outhärdligt långsamt.

Henning Klopper sträckte sig efter sin kaffekopp och tog en klunk. Med fingertopparna kände han efter att den höga vita kragen satt rätt. Sedan strök han sig långsamt över det välkammade, mittbenade håret.

– Jag ska berätta för er om nåt som hände för fyrti år sen, sa han långsamt.

Werner van der Merwe kisade på honom bakom sina oinfattade glasögon.

– Du är för ung, Henning, sa han. Om arton år kan du ha ett fyrtiårsminne att berätta för oss. Men inte än.

Henning Klopper skakade på huvudet.

– Det är inte jag som minns, svarade han. Det handlar varken om mig eller min familj. Det handlar om en engelsk sergeant som hette George Stratton.

Hans du Pleiss avbröt sitt försök att få sin cigarrcigarett att brinna.

– Sen när har du börjat intressera dig för engelsmän? undrade han. En god engelsman är en död engelsman, oavsett om det är en sergeant eller en politiker eller en gruvfogde.

– Han är död, sa Henning Klopper. Sergeant George Stratton är död. Du behöver inte bekymra dig. Det är just om hans död jag ska berätta. Det är fyrti år sen han dog.

Hans du Pleiss öppnade munnen för att göra ytterligare en invändning, men Werner van der Merwe la hastigt handen på hans axel.

– Vänta, sa han. Låt Henning berätta.

Henning Klopper drack ytterligare en klunk kaffe och torkade sig omsorgsfullt om munnen och den tunna, ljusa mustaschen med en servett.

– Det var i april 1878, började han. Under det brittiska kriget mot dom afrikanska stammarna som hade gjort uppror.

– Kriget som dom förlorade, sa Hans du Pleiss. Bara engelsmän kan förlora ett krig mot vildar. Vid Isandlwana och Rorke's Drift visade den engelska armén vad den verkligen duger till. Att massakreras av vildar.

– Låt honom fortsätta, sa Werner van der Merwe. Avbryt inte hela tiden.

– Det jag ska berätta hände nånstans i närheten av Buffalo River, sa Henning Klopper. Floden som infödingarna kallar Gongqo. Den avdelning av Mounted Rifles som Stratton hade ansvar för hade slagit läger och gått i ställning på ett öppet fält intill floden. Framför dom låg en bergshöjd som jag inte minns namnet på. Men bakom det berget väntade en grupp Xhosakrigare. De var inte många och de var illa utrustade. Strattons soldater behövde inte känna sig oroliga. Utsända spanare hade försäkrat att Xhosahären var oorganiserad och tycktes vara på väg att förbereda en reträtt. Dessutom väntade Stratton och hans officerare på förstärkningar av ytterligare minst en bataljon under dagen. Men plötsligt skedde nånting med sergeant Stratton som annars var känd för att aldrig förlora sitt lugn. Han började gå runt och säga adjö till sina soldater. Dom som såg honom har berättat att det var som om han hade drabbats av en plötslig feber. Sen drog han sin pistol och sköt sig genom huvudet, mitt framför sina soldater. Han var 26 år när han dog vid Buffalo River. Fyra år äldre än vad jag är nu.

Henning Klopper tystnade tvärt, som om historiens slut hade överraskat även honom. Hans du Pleiss blåste en rökring från sin cigarrcigarett och tycktes förvänta sig en fortsättning. Werner van der Merwe knäppte med fingrarna åt den svarta servitören som torkade av ett bord i andra änden av lokalen.

– Var det allt? undrade Hans du Pleiss.

– Ja, svarade Henning Klopper. Räcker det inte?

– Jag tror vi behöver mera kaffe, sa Werner van der Merwe.

Den svarte servitören som haltade på ena benet tog bugande emot beställningen och försvann genom svängdörren till köket.

– Varför berättar du det här? frågade Hans du Pleiss. En engelsk sergeant som får solsting och skjuter sig?

Henning Klopper betraktade förvånat sina vänner.

– Förstår ni inte? sa han. Förstår ni verkligen inte?

Hans förvåning var äkta, där fanns ingenting som var spelat eller tillgjort. När han av en tillfällighet hade hittat historien om sergeant Strattons död i en tidskrift i sitt föräldrahem, hade han omedelbart börjat tänka att den berörde honom. Någonstans i sergeant Strattons öde tyckte han sig kunna se sitt eget. Tanken hade till en början förbryllat honom eftersom den var så osannolik. Vad kunde han ha gemensamt med en sergeant i den engelska armén som alldeles uppenbart hade drabbats av vansinne och riktat en revolverpipa mot tinningen och tryckt av?

Egentligen var det inte beskrivningen av Strattons öde som fångat hans uppmärksamhet. Det var de sista raderna av artikeln. En menig soldat, som varit vittne till händelsen, hade långt senare berättat att sergeant Stratton under sin sista dag oupphörligen hade mumlat några ord för sig själv, gång på gång, som om han hade uttalat en besvärjelse. *Hellre begår jag självmord än faller levande i Xhosakrigarnas händer.*

Just så kunde Henning Klopper uppfatta sin egen situation som boer i ett alltmer engelskdominerat Sydafrika. Det var som om han plötsligt insåg att även han stod inför sergeant Strattons val.

Underkastelse, hade han tänkt. Ingenting kan vara värre än att tvingas leva under förhållanden man inte själv råder över. Hela min släkt, mitt folk, tvingas leva under engelska lagar, engelskt översitteri, engelskt förakt. Överallt utsätts vår kultur för hot och organiserad smutskastning. Systematiskt kommer engelsmännen att försöka bryta ner oss. Den största faran med underkastelsen är när den blir en vana, en resignation som smyger sig in som ett förlamande gift i blodet, kanske utan att man själv ens märker det. Då är underkastelsen fullbordad. Den sista skansen har fallit, medvetandet har förmörkats och långsamt börjat dö bort.

Aldrig hittills hade han talat med Hans du Pleiss och Werner van der Merwe om sina tankar. Men han hade märkt att de i sina samtal om begångna engelska oförrätter allt oftare hade börjat hemfalla åt bittra och ironiska kommentarer. Det ursinne som borde ha varit naturligt, som en gång hade tvingat hans far ut i kriget mot engelsmännen, saknades.

Det hade gjort honom rädd. Vem skulle bjuda engelsmännen motstånd i framtiden om inte hans egen generation? Vem skulle försvara boernas rättigheter om inte han gjorde det? Eller Hans du Pleiss eller Werner van der Merwe?

Historien om sergeant Stratton hade klargjort för honom något han redan visste. Men det var som om han inte längre kunde undkomma sin insikt.

Hellre begår jag självmord än underkastar mig. Men eftersom jag vill leva är det underkastelsens orsaker som måste elimineras.

Så enkla och så svåra, men så entydiga var alternativen.

Han kunde inte reda ut för sig själv varför han hade valt just denna dag att berätta för sina vänner om sergeant Stratton. Men plötsligt hade han känt att han inte kunde vänta längre. Tiden var mogen, de kunde inte längre syssla enbart med framtidsdrömmerier och planer för firande av födelsedagar, när de tillbringade sina eftermiddagar och kvällar på sitt stamkafé. Det fanns någonting som var viktigare än allt detta, något som var en förutsättning för framtiden överhuvudtaget. Engelsmän som inte trivdes i Sydafrika kunde återvända till moderlandet, eller söka sig till andra utposter i det till synes oändliga brittiska imperiet. Men för Henning Klopper som för andra *boere* fanns ingenting annat än Sydafrika. En gång för snart 250 år sedan hade de bränt broarna bakom sig, lämnat religionsförföljelserna och funnit Sydafrika som det förlorade paradiset. Deras umbäranden hade ingett dem känslan av att vara ett utvalt folk. Det var här, på den afrikanska kontinentens sydspets, de hade sin framtid. Antingen det eller en underkastelse som innebar en utdragen men obönhörlig förintelse.

Den gamle servitören kom haltande med en kaffebricka. Med

fumliga händer dukade han av det använda porslinet och ställde ner nya koppar och en kaffekanna. Henning Klopper tände en cigarett och såg på sina vänner.

– Förstår ni inte? sa han igen. Förstår ni inte att vi står inför samma val som sergeant Stratton?

Werner van der Merwe tog av sig sina glasögon och putsade dem med en näsduk.

– Jag måste se dig tydligt, Henning Klopper, sa han. Jag måste försäkra mig om att det verkligen är du som sitter här mitt emot mig.

Henning Klopper blev plötsligt arg. Varför förstod de inte vad det var han ville säga? Kunde det verkligen vara möjligt att han var så ensam om sina tankar?

– Ser ni inte vad som händer runt oss? sa han. Om vi inte är beredda att försvara vår rätt att vara *boere*, vem ska då göra det? Ska hela vårt folk till slut vara så nertrampat och försvagat att det enda som återstår är att göra som George Stratton?

Werner van der Merwe skakade långsamt på huvudet. Henning Klopper tyckte sig uppfatta en ursäktande underton när han svarade.

– Vi förlorade det stora kriget, sa han. Vi är för få och vi har tilllåtit engelsmännen att bli för många i det här landet som en gång var vårt. Vi kommer att bli tvungna att försöka leva i någon form av gemenskap med engelsmännen. Allt annat är omöjligt. Vi är för få och vi kommer att förbli för få. Även om våra kvinnor inte skulle göra nåt annat än att föda barn.

– Det handlar inte om att vara tillräckligt många, svarade Henning Klopper upprört. Det handlar om tro. Om ansvar.

– Inte bara, sa Werner van der Merwe. Nu förstår jag vad du ville säga med din historia. Och jag tycker du har rätt. Inte minst jag behöver bli påmind om vem jag är. Men du är en drömmare, Henning Klopper. Verkligheten ser ut som den gör. Det kan inte ens dina döda sergeanter förändra.

Hans du Pleiss hade lyssnat uppmärksamt medan han rökte sin cigarrcigarett. Nu la han den ifrån sig i askfatet och betraktade Henning Klopper.

– Du tänker nånting, sa han. Vad är det du menar att vi ska göra? Som kommunisterna i Ryssland? Beväpna oss och ge oss upp i Drakensbergen som partisaner? Du glömmer dessutom att det inte bara är engelsmännen som är för många i det här landet. Det stora hotet mot vårt sätt att leva kommer från infödingarna, dom svarta.

– Dom kommer aldrig att betyda nånting, svarade Henning Klopper. Dom är så underlägsna oss att dom alltid kommer att göra som vi säger, tänka dom tankar vi vill att dom ska tänka. Framtiden handlar om kampen mellan oss och det engelska inflytandet. Ingenting annat.

Hans du Pleiss drack ur sitt kaffe och ropade på den gamle servitören som orörligt väntade vid dörren till köket. De var ensamma i kafét, frånsett några äldre män som satt försjunkna i ett utdraget schackparti.

– Du svarade inte på min fråga, sa Hans du Pleiss. Du tänker nånting?

– Henning Klopper har alltid goda idéer, sa Werner van der Merwe. Antingen det gäller att förbättra planeringen av Sydafrikanska Järnvägskompaniets rangerbangårdar, eller att uppvakta vackra kvinnor.

– Kanske, svarade Henning Klopper och log. Nu kändes det som om hans vänner hade börjat lyssna. Även om hans tankar var ofärdiga och vaga insåg han att han ville berätta om det han så länge gått och grubblat på.

Den gamle servitören hade kommit fram till bordet.

– Tre glas portvin, befallde Hans du Pleiss. Det tar emot att dricka något som engelsmännen är så förtjusta i. Men det är ändå ett vin som tillverkas i Portugal.

– Engelsmännen äger många av dom största portugisiska portvinsdestillerierna, invände Werner van der Merwe. Dom finns överallt, dessa förbannade engelsmän. Överallt.

Servitören hade börjat plocka bort kaffekopparna från bordet. När Werner van der Merwe talade om engelsmännen råkade han stöta till bordet. En gräddkanna välte och stänkte ner hans skjorta.

Det blev stilla runt bordet. Werner van der Merwe betraktade servitören. Sedan reste han sig hastigt, tog den gamle mannen i örat och skakade honom brutalt.

– Du har spillt ner min skjorta, röt han.

Sedan gav han servitören en örfil. Mannen ryggade tillbaka av det kraftiga slaget. Men han sa ingenting, utan skyndade sig bort mot köket för att hämta portvinet.

Werner van der Merwe satte sig ner och torkade av skjortan med en näsduk.

– Afrika kunde ha varit ett paradis, sa han. Om inte engelsmännen hade funnits. Och infödingarna inte hade varit fler än vad vi behöver.

– Vi ska förvandla Sydafrika till ett paradis, sa Henning Klopper. Vi ska bli framstående män inom järnvägen. Men vi ska också bli framstående *boere*. Vi ska påminna alla våra jämnåriga om vad som förväntas av oss. Vi måste återupprätta vår egen stolthet. Engelsmännen måste inse att vi aldrig underkastar oss. Vi är inte som George Stratton, vi flyr inte.

Han avbröt sig medan servitören ställde ner tre glas och en halv flaska portvin på bordet.

– Du har inte bett om ursäkt, *kaffir*, sa Werner van der Merwe.

– Jag ber om ursäkt för min fumlighet, svarade servitören på engelska.

– I framtiden ska du lära dig att tala *afrikaans*, sa Werner van der Merwe. Varje *kaffir* som talar engelska kommer att ställas inför en ståndrätt och skjutas som en hund. Gå nu. Försvinn!

– Låt honom bjuda oss på portvinet, föreslog Hans du Pleiss. Han spillde ner din skjorta. Då är det inte mer än rätt att han betalar vinet med sin egen lön.

Werner van der Merwe nickade.

– Har du förstått, *kaffir* ? sa han till servitören.

– Jag ska naturligtvis betala för vinet, svarade servitören.

– Med glädje, fortsatte Werner van der Merwe.

– Med glädje ska jag betala för vinet, svarade servitören.

När de åter hade blivit ensamma, fortsatte Henning Klopper där han hade blivit avbruten. Händelsen med servitören var redan glömd.

– Jag tänkte att vi skulle bilda ett förbund, sa han. Eller kanske en klubb. Naturligtvis bara för *boere*. Där vi kan diskutera, lära oss mer om vår egen historia. En klubb där engelska aldrig får talas, bara vårt eget språk. Där vi ska sjunga våra egna sånger, läsa våra egna författare, äta vår egen mat. Om vi börjar här i Kensington, i Johannesburg, kanske det kommer att sprida sig. Till Pretoria, Bloemfontein, King William's Town, Pietermaritzburg, Kapstaden, överallt. Vad som behövs är en väckelserörelse. En påminnelse om att *boere* aldrig låter sig underkastas, aldrig låter sin själ besegras, även om kroppen dör. Jag tror att många går och väntar på att just det här ska ske.

De lyfte sina glas.

– Din idé är utmärkt, sa Hans du Pleiss. Men jag hoppas ändå att vi får tid över att träffa vackra kvinnor då och då.

– Naturligtvis, sa Henning Klopper. Allt ska vara som vanligt. Men vi ska lägga till nåt som vi har förträngt. Nåt som kommer att ge ett helt nytt innehåll åt våra liv.

Henning Klopper märkte att hans ord blev högstämda, kanske patetiska. Men just nu tyckte han det var riktigt. Orden dolde stora tankar, ett avgörande för hela boerfolkets framtid. Varför skulle han då inte vara högstämd?

– Tänker du dig att kvinnor ska vara med i förbundet? undrade Werner van der Merwe försiktigt.

Henning Klopper skakade på huvudet.

– Detta är för män, svarade han. Våra kvinnor ska inte springa på möten. Det har aldrig varit vår tradition.

De skålade. Henning Klopper insåg plötsligt att hans två vänner redan betedde sig som om viljan att återupprätta något av allt det som gått förlorat i kriget som slutat sexton år tidigare egentligen var deras idé. Men upplevelsen irriterade honom inte. Tvärtom kände han en lättnad. Han hade alltså ändå inte tänkt alldeles fel.

– Ett namn, sa Hans du Pleiss. Stadgar, invalsregler, mötesformer. Du har säkert redan allting klart för dig.

– Det är för tidigt, svarade Henning Klopper. Vi måste tänka oss för. Just idag, när det är bråttom att återupprätta boernas självkänsla, är det viktigt att vi har tålamod. Går vi för fort fram är det risk att vi misslyckas. Och vi får inte misslyckas. Ett förbund av unga *boere* kommer att irritera engelsmännen. Dom kommer att göra allt för att hindra oss, störa oss, hota oss. Vi måste rusta oss väl. Låt oss hellre bestämma att vi inom tre månader ska fatta ett beslut. Under den tiden kan vi fortsätta att samtala. Vi träffas ju här varje dag. Vi kan börja bjuda in vänner och lyssna till deras åsikter. Men framförallt måste vi känna efter i oss själva. Är jag beredd att göra detta? Är jag beredd att offra något för mitt folk?

Henning Klopper tystnade. Hans blick vandrade mellan vännernas ansikten.

– Det börjar bli sent, sa han. Jag är hungrig och vill gå hem och äta middag. Men låt oss fortsätta samtalet i morgon.

Hans du Pleiss tömde det som var kvar i portvinsflaskan i de tre glasen. Sedan reste han sig upp.

– Låt oss skåla för sergeant George Stratton, sa han. Låt oss visa boernas oövervinneliga styrka genom att skåla för en död engelsman.

De andra reste sig upp och lyfte sina glas.

I dunklet intill köksdörren stod den gamle afrikanen och iakttog de tre unga männen. En tyngande smärta över den begångna oförrätten värkte i hans huvud. Men han visste att det skulle gå över. Åtminstone skulle det sjunka undan i glömskan som dövade all sorg. Dagen därpå skulle han åter servera de tre unga männen deras kaffe.

Någon månad senare, den 5 juni 1918, bildade Henning Klopper tillsammans med Hans du Pleiss och Werner van der Merwe och ytterligare ett antal vänner ett förbund som de beslöt att kalla *Det unga Sydafrika*.

Ytterligare några år därefter, när medlemsantalet hade ökat kraftigt, föreslog Henning Klopper att förbundet i framtiden skulle heta *Broederbond*, Brödraskapet. Nu var det inte längre bara förbehållet män under 25 år att ansluta sig. Däremot skulle det aldrig bli tillåtet för kvinnor att väljas in som medlemmar.

Men den viktigaste förändringen skedde i ett mötesrum på Hotel Carlton i Johannesburg, sent på kvällen den 26 augusti 1921. Då bestämdes att Brödraskapet skulle bli ett hemligt förbund, med initiationsriter och krav på sina medlemmar om obrottslig lojalitet mot förbundets främsta ändamål: att försvara boernas, det utvalda folkets rättigheter i Sydafrika, som var deras hemland, och som de en dag oinskränkt skulle komma att härska över. Brödraskapet skulle omges av tystnad, dess medlemmar skulle vara verksamma utan att synas.

Trettio år senare var Brödraskapets inflytande över de viktigaste delarna av det sydafrikanska samhället nästan totalt. Ingen kunde bli president i landet utan att antingen vara medlem av Brödraskapet eller ha dess välsignelse. Ingen kunde bli medlem av en regering, ingen kunde nå samhällets mest betydelsefulla positioner utan att Brödraskapet stod bakom en utnämning eller en befordran. Präster, domare, professorer, tidningsägare, affärsmän; alla som hade inflytande och makt var medlemmar av Brödraskapet, alla hade de svurit det sin trohet och avlagt eden om tystnaden inför den stora uppgiften att värna om det utvalda folket.

Utan detta förbund hade apartheidlagarna som antogs 1948 aldrig blivit förverkligade. Men presidenten Jan Smuts och hans United Party tyckte sig inte behöva tveka. Med Brödraskapet bakom sin rygg kunde åtskillnaden mellan de så kallade lägre stående raserna och det vita herrefolket regleras i ett aggressivt system av lagar och förordningar som en gång för alla skulle garantera att Sydafrika utvecklades som boerna önskade. Det kunde bara finnas ett utvalt folk. Det var och förblev utgångspunkten för allt.

1968 firades i all hemlighet Brödraskapets 50-årsjubileum. Henning Klopper som var den ende överlevande av stiftarna från 1918 höll ett tal som slutade med orden: *Förstår vi verkligen, i djupet av vårt medvetande, vilka oerhörda krafter som är samlade innanför dessa fyra väggar här ikväll? Visa mig en organisation med större inflytande i Afrika. Visa mig en organisation med större inflytande någonstans i världen!*

Mot slutet av 1970-talet minskade Brödraskapets inflytande på den sydafrikanska politiken dramatiskt. Apartheidsystemets anatomi som byggde på ett systematiskt förtryck av de svarta och färgade i landet hade börjat vittra sönder av sin egen inneboende orimlighet. Liberala vita ville eller orkade inte längre se katastrofen närma sig utan att protestera.

Men framförallt hade den svarta och färgade majoriteten fått nog. Det outhärdliga i apartheidsystemet hade passerat den sista gränsen. Motståndet växte sig allt starkare, den yttersta konfrontationspunkten närmade sig.

Då hade dock redan andra krafter bland boerna börjat orientera sig mot framtiden.

Det utvalda folket skulle aldrig komma att underkasta sig. Hellre dö än att någonsin sätta sig vid ett bord och dela en måltid med en afrikan eller en färgad, var deras utgångspunkt. Det fanatiska budskapet hade inte gått under med Brödraskapets minskade betydelse.

1990 släpptes Nelson Mandela från Robben Island, där han suttit som politisk fånge i nästan 30 år.

Medan världen jublade, betraktade många boere Nelson Mandelas frisläppande som en osynligt utfärdad och underskriven krigsförklaring. President de Klerk blev en hatad förrädare.

I yttersta hemlighet träffades vid den tidpunkten ett antal män för att ta ett ansvar för boernas framtid. Det var skoningslösa män. Men de ansåg samtidigt att de fått sitt uppdrag av Gud. De skulle aldrig underkasta sig. Inte heller göra som sergeant George Stratton.

Med vilka medel som helst var de beredda att försvara den rätt de ansåg vara helig.

I hemlighet träffades de och fattade ett beslut. De skulle utlösa ett inbördeskrig som bara kunde sluta på ett sätt. I ett förödande blodbad.

Samma år dog Henning Klopper, 94 år gammal. Under den sista tiden av sitt liv hade han ofta i sina drömmar tyckt sig smälta samman med sergeanten George Stratton. Och varje gång han i drömmen hade riktat pistolens mynning mot sin tinning hade han vaknat kallsvettig i det mörka sovrummet. Även om han var gammal och inte längre brydde sig om att följa med i vad som hände omkring honom, insåg han att en ny tid hade kommit till Sydafrika. En tid han aldrig skulle kunna känna sig hemma i. Han låg vaken i mörkret och försökte föreställa sig hur framtiden skulle bli. Men mörkret var ogenomträngligt och han kände ibland en stor oro inom sig. Som i en avlägsen dröm såg han sig själv tillsammans med Hans du Pleiss och Werner van der Merwe, sittande på det lilla kafét i Kensington, och han kunde höra sin egen röst som talade om det ansvar för boernas framtid som var deras.

Någonstans, tänkte han, sitter också i dag unga män, unga *boere*, vid kafébord och talar om hur framtiden ska erövras och försvaras. Det utvalda folket kommer aldrig att underkasta sig, aldrig att överge sig själv.

Trots den oro han ibland kunde känna i det mörka sovrummet om nätterna, dog Henning Klopper i förvissningen om att hans efterkommande aldrig skulle göra som sergeanten George Stratton, vid flodbädden av Gongqo, en dag i april 1878.

Boerfolket skulle aldrig underkasta sig.

Kvinnan från Ystad

I.

Fastighetsmäklaren Louise Åkerblom lämnade Sparbanken i Skurup strax efter klockan tre på fredagseftermiddagen den 24 april. Hon blev stående ett ögonblick på trottoaren och drog ner den friska luften i lungorna, medan hon funderade på vad hon skulle göra. Mest av allt hade hon lust att avsluta sin arbetsdag redan nu och köra direkt hem till Ystad. Samtidigt hade hon lovat en änka som ringt henne på förmiddagen att åka förbi ett hus som kvinnan ville lämna in till försäljning. Hon försökte tänka efter hur lång tid det skulle ta. Kanske en timme, bestämde hon sig för. Knappast mer. Sedan måste hon köpa bröd. I vanliga fall brukade hennes man Robert baka allt det bröd de behövde. Men just den här veckan hade han inte hunnit. Hon sneddade över torget och vek av till vänster där bageriet låg. En gammaldags klocka pinglade när hon öppnade dörren. Hon var ensam i butiken och kvinnan bakom disken som hette Elsa Person skulle senare minnas att Louise Åkerblom hade verkat på gott humör och pratat om hur skönt det var att våren äntligen hade kommit.

Hon köpte rågbröd och bestämde sig för att överraska familjen med napoleonbakelser till efterrätt. Sedan gick hon tillbaka till banken där hennes bil stod parkerad på baksidan. På vägen mötte hon det unga par från Malmö som hon just hade sålt ett hus till. De hade suttit på banken och gjort sitt avslut, betalat säljaren hans pengar, undertecknat köpehandlingar och lån. Hon kände för deras glädje att äga ett eget hus. Men samtidigt oroade hon sig. Skulle de klara amorteringar och räntor? Tiderna var svåra, knappast någon kunde längre känna sig trygg på sitt arbete. Vad skulle hända om han blev arbetslös? Trots allt hade hon gjort en noggrann genomgång av deras ekonomi. Till skillnad från många andra unga människor hade de inte dragit på sig tanklösa kontokortsskulder. Och den unga hustrun hade verkat vara av den sparsamma sorten. De skulle nog klara sitt husköp. Om inte skulle hon tids nog få se huset utannonserat igen. Kanske skulle hon själv eller Robert sälja det. Det var inte ovanligt längre att hon inom loppet av några få år sålde samma hus både två och tre gånger.

Hon låste upp bilen och slog numret till kontoret i Ystad på biltelefonen. Men Robert hade redan gått hem. Hon lyssnade på hans röst i telefonsvararen som meddelade att Åkerbloms fastighetsförmedling hade stängt för helgen, men skulle öppna igen på måndag morgon klockan åtta.

Först blev hon förvånad över att Robert hade gått hem så tidigt. Men sedan påminde hon sig att han skulle träffa deras revisor just denna eftermiddag. Hon sa »hejdå, jag ska bara titta på ett hus vid Krageholm, sen åker jag till Ystad, klockan är kvart över tre, jag är hemma till fem« till telefonsvararen och satte tillbaka biltelefonen i sin hållare. Det kunde ju hända att Robert gick tillbaka till kontoret efter sitt samtal med revisorn.

Hon drog till sig en plastmapp som låg på sätet och tog fram den karta hon hade ritat efter änkans beskrivning. Huset låg vid en avtagsväg mellan Krageholm och Vollsjö. Det skulle ta henne en dryg timme att köra dit, besiktiga huset och tomten och sedan köra hem till Ystad igen.

Sedan började hon vackla över sitt beslut. Det kan vänta, tänkte hon. Jag kör strandvägen hem och stannar en stund och ser på havet istället. Jag har redan sålt ett hus idag. Det får räcka.

Hon började gnola på en psalm, startade bilmotorn och körde ut ur Skurup. Men när hon skulle svänga ner mot Trelleborgsvägen, ändrade hon sig igen. Hon skulle inte hinna besiktiga änkans hus under vare sig måndagen eller tisdagen. Kanske hon skulle bli besviken och lämna huset till någon annan fastighetsförmedling? Det hade de inte råd med. Tiderna var svåra nog som de var. Konkurrensen hade blivit allt hårdare. Ingen hade råd att släppa några objekt som erbjöds om de inte framstod som helt omöjliga.

Hon suckade och svängde åt andra hållet. Strandvägen och havet fick vänta. Då och då sneglade hon på kartan. Nästa vecka skulle hon köpa en karthållare så att hon slapp vrida på huvudet när hon kontrollerade att hon körde rätt. Men änkans hus borde inte vara svårt att hitta, även om hon aldrig hade kört just den avtagsväg som änkan hade beskrivit. Men hon kände trakten utan och innan. Nästa år skulle hon och Robert ha haft sin fastighetsbyrå i tio år.

Hon hajade till vid tanken. Redan tio år. Tiden hade gått så fort, alltför fort. Under dessa tio år hade hon fött två barn och arbetat envist och hårt tillsammans med Robert för att etablera förmedlingen. När de hade börjat hade tiderna varit goda, det insåg hon.

Idag skulle de aldrig ha lyckats slå sig in på marknaden. Hon borde känna sig nöjd. Gud hade varit god mot henne och hennes familj. Hon skulle tala med Robert igen om att de borde ha råd att öka sina gåvor till Rädda Barnen. Han skulle förstås bli tveksam, han oroade sig mer för pengar än vad hon gjorde. Men till sist skulle hon nog lyckas övertyga honom, det brukade hon kunna.

Plötsligt insåg hon att hon hade kört fel och bromsade in bilen. Tankarna på familjen och de tio åren som gått hade gjort att hon hade missat den första avtagsvägen. Hon skrattade för sig själv, skakade på huvudet och såg sig noga om innan hon svängde runt och körde tillbaka samma väg hon kommit.

Skåne var ett vackert landskap, tänkte hon. Vackert och öppet. Men också hemlighetsfullt. Allt som vid första anblicken verkade så flackt kunde hastigt förändras till djupa sänkor där hus och gårdar låg som isolerade öar. Hon upphörde aldrig att förvånas över hur landskapet skiftade när hon reste runt för att besiktiga hus eller visa upp dem för tänkbara spekulanter.

Hon körde in till vägrenen strax efter det att hon hade passerat Erikslund och kontrollerade änkans färdbeskrivning. Hon såg att hon var rätt. Hon svängde till vänster och såg fram emot vägen till Krageholm, som var mycket vacker. Den var backig och slingrade sig mjukt genom Krageholmsskogen där sjön glittrade bortom lövskogen till vänster. Hon hade kört vägen många gånger och hon skulle aldrig tröttna på den.

Efter ungefär sju kilometer började hon leta efter den sista avtagsvägen. Änkan hade beskrivit den som en traktorväg utan grusbeläggning, fullt körbar. Hon bromsade in när hon hittade den, svängde till höger och sedan skulle huset ligga till vänster efter ungefär en kilometer.

När hon hade kört tre kilometer och vägen plötsligt tog slut insåg hon att hon trots allt hade kört fel.

Ett kort ögonblick kände hon sig frestad att låta huset vänta och köra direkt hem istället. Men hon slog bort tanken och återvände till Krageholmsvägen. Ungefär femhundra meter längre norrut svängde hon höger igen. Men inte heller här fanns något hus som passade till beskrivningen. Hon suckade, vände bilen och bestämde sig för att stanna och fråga. Strax innan hon hade passerat ett hus som skymtat bland en klunga träd.

Hon stannade, slog av motorn och steg ur bilen. Det doftade

friskt från träden. Hon började gå upp mot huset, en vitmenad skånelänga av den typ som Skåne är fullt av. Bara en gavelvinkel fanns dock kvar. Mitt på gårdsplanen stod en brunn med en svartmålad pump.

Hon stannade tvekande. Huset verkade alldeles övergivet. Kanske var det lika bra att hon trots allt åkte hem och hoppades att änkan inte skulle bli arg.

Jag kan ju alltid knacka på, tänkte hon. Det kostar mig ingenting.

Innan hon kom fram till huset passerade hon ett stort, rödmålat uthus. Hon kunde inte motstå frestelsen att kika in genom de halvöppna, höga dörrarna.

Det hon såg förvånade henne. Inne i huset stod två bilar. Hon var ingen stor bilkännare. Men att den ena var en ytterst dyrbar Mercedes och den andra en lika värdefull BMW kunde hon inte undgå att se.

Någon är alltså hemma, tänkte hon och fortsatte upp mot det vitkalkade huset.

Någon som dessutom har gott om pengar.

Hon knackade på dörren, men inget hände. Hon knackade igen, den här gången hårdare, men fortfarande fick hon inget svar. Hon försökte kika in genom ett fönster intill dörren, men gardinerna var fördragna. Hon knackade en tredje gång, innan hon gick runt för att se om det kanske också fanns en dörr på baksidan av huset.

Där låg en övervuxen fruktträdgård. Äppelträden hade säkert inte beskurits på tjugo, trettio år. Några halvruttna utemöbler stod under ett päronträd. En skata flaxade till och lyfte. Hon hittade ingen dörr och återvände till framsidan av huset.

Jag knackar en gång till, tänkte hon. Om ingen kommer och öppnar åker jag tillbaka till Ystad. Och jag hinner stanna en stund vid havet innan jag måste laga middag.

Hon bultade kraftigt på dörren.

Fortfarande inget svar.

Hon mer anade än hörde att någon dök upp bakom henne på gårdsplanen. Hastigt vände hon sig om.

Mannen befann sig ungefär fem meter ifrån henne. Han stod alldeles orörlig och betraktade henne. Hon såg att han hade ett ärr i pannan.

Hon kände sig plötsligt illa till mods.

Var hade han kommit ifrån? Varför hade hon inte hört honom? Det var grus på gårdsplanen. Hade han smugit sig mot henne?

Hon tog några steg emot honom och försökte låta som vanligt.

– Förlåt om jag tränger mig på, sa hon. Jag är fastighetsmäklare och jag har kört fel. Jag ville bara fråga om vägen.

Mannen svarade inte.

Kanske var han inte svensk, kanske förstod han inte vad hon sa? Det var något främmande över hans utseende som fick henne att tro att han kanske var utlänning.

Plötsligt visste hon att hon måste bort därifrån. Den orörlige mannen med sina kalla ögon gjorde henne rädd.

– Jag ska inte störa mer, sa hon. Förlåt att jag har trängt mig på.

Hon började gå men stannade i steget. Den orörlige mannen hade plötsligt blivit levande. Han tog upp någonting ur jackfickan. Först kunde hon inte se vad det var. Sedan insåg hon att det var en pistol.

Långsamt lyfte han vapnet och siktade mot hennes huvud.

Gode Gud, hann hon tänka.

Gode Gud, hjälp mig. Han tänker döda mig.

Gode Gud, hjälp mig.

Klockan var kvart i fyra på eftermiddagen den 24 april 1992.

2.

När förste kriminalkommissarien Kurt Wallander kom till polishuset i Ystad på måndagsmorgonen den 27 april var han ursinnig. Han kunde inte påminna sig när han senast hade varit på så dåligt humör. Ilskan hade även avsatt spår i hans ansikte, i form av ett plåster på ena kinden där han skurit sig under rakningen.

Han svarade muttrande de kollegor som önskade honom God morgon. När han kommit in i sitt rum slängde han igen dörren bakom sig, lyfte av telefonluren och satte sig att stirra ut genom fönstret.

Kurt Wallander var 44 år gammal. Han ansågs vara en skicklig polisman, envis och emellanåt också skarpsinnig. Men denna morgon kände han bara ilska och ett växande missmod. Söndagen hade varit en dag han helst av allt ville glömma.

En av orsakerna var hans far som bodde ensam i ett hus som låg på slätten strax utanför Löderup. Hans förhållande till fadern hade alltid varit komplicerat. Det hade heller inte blivit enklare med åren, eftersom Kurt Wallander med växande obehag hade insett att han mer och mer började likna honom. Han försökte föreställa sig sin egen ålderdom som faderns och det gjorde honom illa till mods. Skulle han också sluta sitt liv som en vresig och oberäknelig gubbe? Som plötsligt kunde göra något som var rena galenskapen.

På söndagseftermiddagen hade Kurt Wallander som vanligt besökt honom. De hade spelat kort och sedan druckit kaffe ute på verandan i den spirande vårsolen. Utan förvarning hade fadern meddelat att han skulle gifta sig. Kurt Wallander trodde först att han hade hört fel.

– Nej, hade han sagt. Jag ska inte gifta mig.

– Jag talar inte om dig, svarade fadern. Jag talar om mig själv.

Kurt Wallander hade betraktat honom misstroget.

– Du är snart åtti år, hade han sagt. Du ska inte gifta dig.

– Jag är inte död än, avbröt fadern. Jag gör som jag själv vill. Fråga hellre med vem.

Kurt Wallander lydde.

– Vem?

– Det borde du kunna räkna ut själv, sa fadern. Jag trodde poliser hade betalt för att dra slutsatser?

– Du känner väl inga jämnåriga? Du håller dig ju bara för dig själv?

– Jag känner en, sa fadern. Och vem säger att man måste gifta sig med en jämnårig?

Med ens insåg Kurt Wallander att det bara fanns en möjlighet: Gertrud Anderson, den femtioåriga kvinna som kom och städade och tvättade hos fadern tre gånger i veckan.

– Ska du gifta dig med Gertrud? frågade han. Har du överhuvudtaget frågat henne om hon vill? Det är tretti års åldersskillnad mellan er. Hur tror du att du ska kunna leva ihop med en annan människa? Det har du aldrig kunnat. Inte ens med mor gick det bra.

– Jag har blivit lättare till sinnes på gamla dar, svarade fadern milt.

Kurt Wallander vägrade att tro det han hörde. Hans far skulle gifta sig? »Lättare till sinnes på gamla dar«? Nu, när han var omöjligare än någonsin.

Sedan hade de grälat. Det hela hade slutat med att fadern hade kastat sin kaffekopp i tulpanrabatten och stängt in sig i gavelbyggnaden där han stod och målade sina tavlor med samma, ständigt upprepade motiv: solnedgång i ett höstlandskap, med eller utan en tjädertupp i förgrunden, allt efter beställarens smak.

Kurt Wallander hade kört hem och han hade kört alldeles för fort. Han måste stoppa det vansinniga företaget. Hur kunde det komma sig att Gertrud Anderson som trots allt arbetat hos fadern i ett år inte hade insett att det var en omöjlighet att leva med honom?

Han hade parkerat bilen på Mariagatan i centrala Ystad där han bodde och bestämt sig för att omedelbart ringa sin syster Kristina i Stockholm. Han skulle be henne komma ner till Skåne. Ingen skulle kunna påverka fadern. Men kanske Gertrud Anderson kunde bibringas en smula förnuft.

Han ringde aldrig till systern. När han kom upp till sin lägenhet som låg på översta våningen, såg han att dörren hade blivit uppbruten. Ett par minuter senare kunde han konstatera att tjuvarna hade burit bort hans nyinköpta stereoanläggning, CD-spelare, alla hans skivor, teven och videon, klockor och en kamera. Han satt en lång stund alldeles lamslagen på en stol och undrade vad han skulle göra. Till sist ringde han sin arbetsplats och bad att få tala med en av kriminalinspektörerna, Martinson, som han visste var i tjänst under söndagen.

Han fick vänta länge i luren innan Martinson äntligen svarade. Wallander gissade att han suttit och druckit kaffe och pratat med några polismän som hade paus från en stor trafikkontroll som genomfördes under veckohelgen.

– Martinson här. Vad gäller saken?

– Det är Wallander. Det är bäst du kommer hit.

– Vart då? Till ditt rum? Jag trodde du var ledig idag?

– Jag är hemma. Kom hit.

Tydligen insåg Martinson att det var viktigt. Han ställde inga ytterligare frågor.

– Ja, sa han. Jag kommer.

Resten av söndagen hade gått åt till att göra en teknisk undersökning av lägenheten och upprätta en utredningsrapport. Martinson, som var en av de yngre polismän Wallander arbetade tillsammans med, var ibland både slarvig och impulsiv. Men Wallander uppskattade ändå att arbeta med honom, inte minst för att han ofta visade sig vara oväntat skarpsinnig. När Martinson och polisteknikern äntligen hade gått lagade Wallander dörren ytterst provisoriskt.

Större delen av natten hade han sedan legat sömnlös och tänkt att han skulle slå tjuvarna sönder och samman om han någonsin fick tag på dem. När han inte orkade plåga sig längre över förlusten av alla sina skivor, grubblade han med tilltagande resignation över vad han skulle ta sig till med sin far.

I gryningen steg han upp och kokade kaffe och letade reda på sin hemförsäkring. Vid köksbordet gick han igenom pappren och retade sig på försäkringsbolagets obegripliga språk. Till slut slängde han pappren ifrån sig och gick och rakade sig. När han skar sig funderade han på att ringa och sjukanmäla sig och gå och lägga sig igen med täcket över huvudet. Men tanken på att vara i lägenheten utan att ens kunna sätta på en skiva var outhärdlig.

Nu var klockan halv åtta och han satt på sitt kontor bakom den stängda dörren. Med ett stönande tvingade han sig att bli polis igen och la tillbaka luren i klykan.

Genast ringde telefonen. Det var Ebba ute i receptionen.

– Det var tråkigt med inbrottet, sa hon. Tog dom verkligen alla dina skivor?

– Dom lämnade kvar några 78-varvare. Jag tänkte jag skulle lyssna på dom ikväll. Om jag får tag i en vevgrammofon.

– Det är ju förfärligt.

– Det är som det är. Vad var det du ville?

– Det står en man här ute som nödvändigtvis vill tala med dig.

– Om vaddå?

– Om nån som har försvunnit.

Wallander betraktade högen med utredningar som låg på hans bord.

– Kan inte Svedberg ta hand om honom?

– Svedberg är ute och jagar.

– Vad för nånting?

– Jag vet inte vad jag ska kalla det. Han är ute och letar efter en tjurkalv som kommit lös från en gård vid Marsvinsholm. Den springer omkring på E 14 och ställer till oreda i trafiken.

– Det kan väl trafikpoliserna ta hand om? Vad är det här för arbetsfördelning?

– Det var Björk som sände ut Svedberg.

– Herregud!

– Jag skickar in honom till dig då? Han som vill anmäla ett försvinnande?

Wallander nickade i telefonluren.

– Gör det, sa han.

Knackningen på dörren några minuter senare var så diskret att Wallander först var osäker på om han hade hört något. Men när han ropade »Kom in« öppnades dörren genast.

Wallander hade alltid föreställt sig att det första intrycket av en människa var avgörande.

Mannen som steg in i Wallanders rum var på inget sätt uppseendeväckande. Wallander gissade att han var ungefär trettiofem år gammal. Han var klädd i en mörkblå kostym, det ljusa håret var kortklippt och han bar glasögon.

Wallander märkte också omedelbart något annat.

Mannen var uppenbarligen mycket orolig. Det verkade som om Wallander inte var den ende som hade en sömnlös natt bakom sig.

27

Wallander reste sig och sträckte fram handen.

– Kurt Wallander. Kriminalkommissarie.

– Jag heter Robert Åkerblom, sa mannen. Min hustru har försvunnit.

Wallander blev överraskad av mannens direkthet.

– Vi får ta det hela från början, sa han. Var så god och sitt. Tyvärr är stolen dålig. Vänster armstöd brukar ramla loss. Men det är ingenting att bry sig om.

Mannen satte sig i stolen.

Plötsligt började han gråta, hjärtskärande, förtvivlat.

Wallander blev stående handfallen bakom skrivbordet. Sedan bestämde han sig för att vänta.

Mannen i besöksstolen lugnade sig efter några minuter. Han torkade av ansiktet och snöt sig.

– Jag ber om ursäkt, sa han. Men det måste ha hänt Louise nånting. Hon skulle aldrig försvinna självmant.

– Vill ni ha en kopp kaffe? frågade Wallander. Vi kanske kan ordna kaffebröd också.

– Nej tack, svarade Robert Åkerblom.

Wallander nickade och letade reda på ett anteckningsblock i en av skrivbordets lådor. Han använde vanliga kollegieblock som han köpte i bokhandeln för egna pengar. Han hade aldrig lärt sig hantera den stormflod av olika färdigtryckta utredningsmallar som Rikspolisstyrelsen spred över landet. Någon gång hade han tänkt skriva ett inlägg i Svensk Polis där han föreslog att de som utformade blanketterna även skulle tillhandahålla förtryckta svar.

– Du får börja med att ge mig dina personuppgifter, sa Wallander.

– Jag heter Robert Åkerblom, upprepade mannen. Tillsammans med min hustru Louise driver jag Åkerbloms Fastighetsförmedling.

Wallander nickade medan han skrev. Han visste att den låg strax intill biografen Saga.

– Vi har två barn, fortsatte Robert Åkerblom, fyra och sju år gamla. Två flickor. Vi bor i ett radhus på Åkarvägen 19. Jag är född här i stan. Min hustru kommer från Ronneby.

Han avbröt sig, och tog fram ett fotografi från innerfickan och la det på bordet framför Wallander. Det föreställde en kvinna med alldagligt utseende. Hon log mot fotografen och Wallander förstod att det var taget i en ateljé. Han betraktade hennes ansikte och tänkte att hon på något sätt passade att vara Robert Åkerbloms fru.

– Fotografiet är bara tre månader gammalt, sa Robert Åkerblom. Just så här ser hon ut.

– Och hon har alltså försvunnit? frågade Wallander.

– I fredags var hon på Sparbanken i Skurup och avslutade en fastighetsaffär. Sen skulle hon besiktiga ett hus som var inlämnat till försäljning. Själv tillbringade jag eftermiddagen tillsammans med vår revisor på hans kontor. Men jag gick tillbaka till fastighetsförmedlingen innan jag for hem. Då hade hon ringt in ett meddelande på telefonsvararen att hon skulle vara hemma till fem. Hon sa att klockan var kvart över tre när hon ringde. Sen dess är hon försvunnen.

Wallander rynkade pannan. Idag var det måndag. Hon hade alltså redan varit borta i snart tre dygn. Tre dygn, med två små barn väntande hemma.

Wallander kände instinktivt att det här inte var ett vanligt försvinnande. Han visste att de flesta människor som försvann förr eller senare kom tillbaka, och att det hela så småningom fick en naturlig förklaring. Det var till exempel mycket vanligt att människor helt enkelt glömde bort att säga att de skulle resa bort några dagar eller en vecka. Men han visste också att relativt få kvinnor lämnade sina barn. Och det bekymrade honom.

Han gjorde några anteckningar i sitt kollegieblock.

– Har du kvar meddelandet hon läste in på telefonsvararen? frågade han.

– Ja, svarade Robert Åkerblom. Men jag tänkte inte på att ta med kassetten hit.

– Det ordnar vi sen, sa Wallander. Framgick det varifrån hon ringde?

– Från biltelefonen.

Wallander la ifrån sig pennan på bordet och betraktade mannen i besöksstolen. Hans oro gav intryck av att vara alldeles äkta.

– Du har ingen tänkbar förklaring till hennes bortovaro? frågade Wallander.

– Nej.

– Hon kan inte vara på besök hos några vänner?

– Nej.

– Släktingar?

– Nej.

– Det finns ingen annan möjlighet du kan tänka dig?

– Nej.

– Jag hoppas du inte tar illa upp om jag ställer en personlig fråga?

– Vi har aldrig grälat. Om det är det kommissarien vill veta?

Wallander nickade.

– Det var det jag skulle fråga om, sa han.

Han började om från början igen.

– Du säger att hon försvann i fredags eftermiddag. Ändå har du väntat i tre dagar innan du kom till oss?

– Jag vågade inte, sa Robert Åkerblom.

Wallander såg förvånat på honom.

– Att gå till polisen skulle vara samma sak som att acceptera att något fruktansvärt har hänt, fortsatte Robert Åkerblom. Därför vågade jag inte.

Wallander nickade långsamt. Han förstod utmärkt väl vad Robert Åkerblom menade.

– Du har förstås varit ute och letat efter henne, fortsatte han.

Robert Åkerblom nickade.

– Vad har du gjort mer? undrade Wallander medan han började göra anteckningar igen.

– Jag har bett till Gud, svarade Robert Åkerblom enkelt.

Wallander avbröt sitt skrivande.

– Bett till Gud?

– Min familj är medlem av Metodistkyrkan. I går bad vi tillsammans med hela församlingen och pastor Tureson att inget ont skulle ha hänt Louise.

Wallander kände hur någonting vreds om i magen. Inför mannen som satt i besöksstolen försökte han undvika att avslöja sin oro.

En tvåbarnsmor som tillhör en frikyrka, tänkte han. Hon försvinner inte av sig själv. Om hon inte drabbats av en akut sinnesförvirring. Eller religiösa grubblerier. En tvåbarnsmor går knappast ut i skogen och tar livet av sig. Det händer, men det händer mycket sällan.

Wallander visste vad det betydde.

Antingen hade det skett en olycka. Eller också hade Louise

Åkerblom råkat ut för ett brott.

– Du har förstås tänkt på möjligheten att det kan ha hänt en olycka, sa han.

– Jag har ringt till vartenda sjukhus i Skåne, svarade Robert Åkerblom. Hon finns inte inlagd nånstans. Dessutom borde väl ett sjukhus höra av sig till mig om nåt hade hänt. Louise hade alltid identitetskort med sig.

– Vad har hon för bil? frågade Wallander.

– En Toyota Corolla. Från 1990. Mörkblå. Numret är MHL 449.

Wallander skrev.

Sedan började han om från början igen. Metodiskt gick han i detalj igenom vad Robert Åkerblom visste om sin hustrus förehavanden under fredagseftermiddagen den 24 april. De såg på kartor och Wallander kände obehaget växa inom sig.

Låt oss för Guds skull inte ha fått ett kvinnomord på halsen, tänkte han. Vad som helst, men inte det.

Klockan kvart i elva la Wallander pennan ifrån sig.

– Det finns ingen anledning att inte tro att Louise ska komma till rätta, sa han och hoppades att hans tveksamhet inte skulle höras. Men vi ska naturligtvis också ta din anmälan på allvar.

Robert Åkerblom hade sjunkit ihop i stolen. Wallander fruktade att han skulle börja gråta igen. Han tyckte plötsligt oändligt synd om mannen som satt i hans rum. Helst av allt skulle han ha velat trösta honom. Men hur skulle han kunna göra det utan att samtidigt avslöja hur orolig han var.

Han reste sig från stolen.

– Jag vill gärna höra hennes telefonmeddelande, sa han. Sen ska jag åka till Skurup och besöka banken. Har du förresten nån som kan hjälpa dig med flickorna hemma?

– Jag behöver ingen hjälp, sa Robert Åkerblom. Jag klarar det själv. Vad tror kommissarien har hänt med Louise?

– Jag tror ingenting alls än så länge, svarade Wallander. Annat än att hon snart är hemma igen.

Jag ljuger, tänkte han.

Jag tror inte. Jag hoppas.

Wallander for efter Robert Åkerblom ner mot staden. Så fort han hade lyssnat till meddelandet på telefonsvararen och tittat i hennes skrivbordslådor, skulle han återvända till polishuset och tala med Björk. Även om det fanns mycket bestämda rutiner för hur spaning efter försvunna personer skulle gå till, ville Wallander genast ha mesta möjliga resurser till sitt förfogande. Louise Åkerbloms försvinnande tydde redan från början på att ett brott kunde ha blivit begånget.

Åkerbloms Fastighetsförmedling var inhyst i en före detta speceriaffär. Wallander kunde minnas den från sina första år i Ystad, när han kommit som ung polis från Malmö. I den gamla affärslokalen fanns två skrivbord, utställningsmontrar med fotografier och beskrivningar av olika fastigheter. På ett bord omgivet av besöksstolar låg pärmar där husspekulanter kunde fördjupa sig i de olika fastigheternas anatomi. Två generalstabskartor satt på en vägg, fullprickade av olikfärgade knappnålar. Bakom själva kontoret fanns ett litet pentry.

De hade gått in från gården. Men Wallander hade ändå kunnat se den handskrivna skylten »Idag håller vi stängt« som satt fasttejpad på dörren mot gatan.

– Vilket skrivbord är ditt? frågade Wallander.

Robert Åkerblom pekade. Wallander satte sig i stolen vid det andra skrivbordet. Frånsett en almanacka, ett fotografi av döttrarna, några pärmar och ett pennställ var bordet tomt. Wallander fick en känsla av att det nyligen var rengjort.

– Vem städar här? frågade han.

– Vi har en städerska som kommer tre gånger i veckan, svarade Robert Åkerblom. Men vi brukar själva damma och tömma papperskorgarna varje dag.

Wallander nickade. Sedan såg han sig runt i rummet. Det enda som tycktes honom avvikande var ett litet krucifix som satt på väggen intill dörren till pentryt.

Så nickade han mot telefonsvararen.

– Det kommer med en gång, sa Robert Åkerblom. Det var det enda meddelandet efter klockan tre i fredags.

Första intrycket, tänkte Wallander igen. Lyssna noga nu.

Hej då. Jag ska bara titta på ett hus vid Krageholm. Sen åker jag till Ystad. Klockan är kvart över tre. Jag är hemma till fem.

Glad, tänkte Wallander. Hon låter ivrig och glad. Inte hotad, inte rädd.

– En gång till, sa Wallander. Men först vill jag höra vad du själv säger på bandspelaren. Om du har det kvar?

Robert Åkerblom nickade, spolade tillbaka bandet och tryckte på en knapp.

Välkommen till Åkerbloms Fastighetsförmedling. Just nu är vi ute på tjänsteförrättningar. Men vi öppnar igen som vanligt måndag morgon klockan åtta. Det går bra att lämna ett meddelande eller att skicka ett fax efter signalen som strax följer. Tack för att ni ringde och välkommen åter.

Wallander kunde höra att Robert Åkerblom inte riktigt trivdes framför telefonsvararens mikrofon. Hans röst lät ansträngd.

Sedan återvände han till Louise Åkerblom igen. Gång på gång fick mannen spola tillbaka bandet.

Wallander försökte lyssna efter något budskap som kunde finnas bakom orden. Han hade ingen aning om vad det skulle vara. Ändå sökte han.

När han hade hört på bandet nästan tio gånger nickade han åt Robert Åkerblom att det var nog.

– Jag behöver ta med mig kassetten, sa han. På polishuset kan vi förstärka ljudet.

Robert Åkerblom tog ur den lilla kassetten och räckte den till Wallander.

– Jag vill att du gör mig en tjänst medan jag tittar i hennes skrivbordslådor, sa Wallander. Skriv upp allt hon gjorde eller skulle göra i fredags. Vem hon skulle möta, och var. Skriv också upp vilken väg du vet eller tror att hon körde. Skriv upp klockslag. Och jag vill ha en noggrann beskrivning över var det hus ligger som hon skulle se på vid Krageholm.

– Det kan jag inte ge dig, sa Robert Åkerblom.

Wallander såg undrande på honom.

– Det var Louise som tog emot samtalet från kvinnan som ville lämna huset till försäljning, förklarade Robert Åkerblom. Hon ritade själv en karta och den tog hon med sig. Först idag skulle hon ha fört in alla uppgifter i en pärm. Hade vi tagit huset till försäljning skulle hon eller jag ha åkt tillbaka och fotograferat det.

Wallander funderade ett ögonblick.

– Just nu är det med andra ord bara Louise som vet var huset låg, sa han.

Robert Åkerblom nickade.

– När skulle hon som ringde höra av sig igen? fortsatte Wallander.

– Nån gång idag, svarade Robert Åkerblom. Det var därför Louise ville hinna se huset redan i fredags.

– Det är viktigt att du är här när hon ringer, sa Wallander. Säg att din hustru har sett huset men att hon tyvärr är sjuk idag. Be om en ny färdbeskrivning och ta hennes telefonnummer. Så fort hon har hört av sig så ringer du till mig.

Robert Åkerblom nickade att han förstått. Sedan satte han sig att skriva ner det Wallander hade bett honom om.

Wallander öppnade skrivbordslådorna, en efter en. Han hittade ingenting som verkade anmärkningsvärt. Ingen låda verkade onaturligt tom. Han lyfte på det gröna skrivunderlägget. Där låg ett recept på pannbiffar, utrivet ur någon tidskrift. Sedan betraktade han fotografiet av de två flickorna.

Han reste sig och gick ut i pentryt. Ena väggen pryddes av en almanacka och ett broderat bibelcitat. På en hylla stod en liten oöppnad kaffeburk. Däremot fanns flera olika sorters te. Han öppnade kylskåpet. Där fanns en liter mjölk och en öppnad margarinförpackning.

Han tänkte på hennes röst och på det hon hade sagt i telefonsvararen. Han var säker på att bilen hade stått stilla när hon talade i telefonen. Rösten var stadig. Det skulle den inte ha varit om hon samtidigt hade varit koncentrerad på att köra. När de senare förstärkte ljudet på polishuset skulle det visa sig att han hade rätt. Dessutom var säkert Louise Åkerblom en försiktig och laglydig människa som inte riskerade vare sig sitt eget liv eller någon annans genom att tala i telefon när bilen befann sig i trafiken.

Om tidsuppgifterna stämmer är hon i Skurup, tänkte Wallander. Hon har avslutat sina ärenden på banken och ska just åka till Krageholm. Men först vill hon ringa sin man. Hon är nöjd med att affären på banken gått bra. Dessutom är det fredag eftermiddag och arbetsdagen är slut. Och vädret är vackert. Hon har all anledning att vara glad.

Wallander gick tillbaka, satte sig vid hennes skrivbord igen och bläddrade i almanackan som låg på bordet. Robert Åkerblom lämnade honom ett papper där han hade skrivit ner det Wallander hade begärt.

– Just nu har jag bara en fråga till, sa Wallander. Det är egentligen ingen fråga. Men den är viktig. Hurdan är Louise till humöret?

Han var noga med att tala i nutid, som om ingenting hade hänt. Men i hans tankar var Louise Åkerblom redan en människa som inte längre fanns.

– Alla tycker om henne, svarade Robert Åkerblom enkelt. Hon har ett jämnt humör, skrattar ofta, har lätt för att tala med människor. Egentligen tycker hon det är svårt att göra affärer. När det gäller pengar och komplicerade förhandlingar lämnar hon det till mig. Hon har lätt för att bli rörd. Och upprörd. Hon plågas av andra människors lidande.

– Har hon nån speciell egenhet? frågade Wallander.

– Egenhet?

– Alla har vi våra sidor, sa Wallander.

Robert Åkerblom tänkte efter.

– Inte vad jag vet, sa han sedan.

Wallander nickade och reste sig. Klockan var redan kvart i tolv. Han ville tala med Björk innan denne hann åka hem för att äta lunch.

– Jag hör av mig senare i eftermiddag, sa han. Försök att inte oroa dig för mycket. Tänk efter om det är nåt du har glömt, nåt jag borde veta.

Wallander gick ut samma väg han hade kommit.

– Vad är det som har hänt? frågade Robert Åkerblom när de tog i hand.

– Förmodligen ingenting, sa Wallander. Allt har säkert sin naturliga förklaring.

Wallander fick tag på Björk som just var på väg hem. Som vanligt verkade han jäktad. Wallander föreställde sig att en polismästares arbete inte var något att trakta efter.

– Tråkigt med inbrottet, sa Björk och anlade ett beklagande ansiktsuttryck. Hoppas inte tidningarna börjar skriva om det. Det skulle inte se bra ut att en kriminalkommissarie har haft inbrott i sin lägenhet. Vår uppklarningsprocent är dålig. Svensk polis ligger långt ner i den internationella statistiken.

– Det är som det är, sa Wallander. Men jag behöver prata med dig några minuter.

De stod i korridoren utanför Björks rum.

– Det kan inte vänta till efter lunch, förtydligade Wallander.

Björk nickade och de gick in i hans rum.

Wallander sa som det var. Han berättade utförligt om sitt möte med Robert Åkerblom.

– En religiös tvåbarnsmor, sa Björk när Wallander hade tystnat. Borta sen i fredags. Det låter inte bra.

– Nej, sa Wallander. Det är inte alls bra.

Björk betraktade honom uppmärksamt.

– Du misstänker brott?

Wallander ryckte på axlarna.

– Jag vet inte vad jag tror, sa han. Men det här är inget vanligt försvinnande. Det är jag säker på. Därför borde vi sätta in ordentliga resurser redan från början. Inte bara följa den vanliga, lite avvaktande proceduren vid försvinnanden.

Björk nickade.

– Jag håller med, sa han. Vilka vill du ha? Glöm inte att vi är underbemannade så länge som Hanson är borta. Han lyckades sannerligen bryta benet i fel ögonblick.

– Martinson och Svedberg, svarade Wallander. Hittade Svedberg förresten den där tjurkalven som sprang omkring på E 14?

– Det var en bonde som fångade den med lasso till slut, sa Björk dystert. Svedberg vrickade foten när han halkade ner i ett avloppsdike. Men han är i tjänst.

Wallander reste sig.

– Jag åker till Skurup nu, sa han. Låt oss träffas klockan halv fem och samla ihop det vi har. Men redan nu måste vi sätta spaning på hennes bil.

Han la ett papper på Björks bord.

– Toyota Corolla, sa Björk. Jag ska ta mig an det.

Wallander for från Ystad mot Skurup. Eftersom han behövde tid att tänka körde han långsamt längs strandvägen.

Det hade börjat blåsa. Söndertrasade moln jagade fram över himlen. Han såg en färja från Polen på väg in mot hamn.

När han kom till Mossby Strand körde han ner till den övergivna parkeringsplatsen och stannade vid den igenbommade kiosken. Han blev sittande i bilen och tänkte på året innan, då en gummiflotte hade flutit i land just här, med två döda män. Han tänkte på den kvinna, Baiba Liepa, som han hade träffat i Riga. Han tänkte på att han fortfarande inte hade kunnat glömma henne, trots att han hade försökt.

Efter ett år tänkte han fortfarande ständigt på henne.

Minst av allt behövde han ett kvinnomord just nu.

Vad han behövde var lugn och ro.

Han tänkte på fadern som skulle gifta sig. På inbrottet och all musik som var borta. Det var som om någon berövat honom en viktig del av hans liv.

Han tänkte på sin dotter Linda som gick på en folkhögskola i Stockholm, och som han tyckte han höll på att mista kontakten med.

Det var för mycket på en gång.

Han steg ur bilen, drog upp blixtlåset i jackan och gick ner till stranden. Luften var kall och han frös.

I huvudet gick han igenom det Robert Åkerblom hade berättat. Återigen prövade han olika teorier. Kunde det trots allt finnas en naturlig förklaring? Kunde hon ha begått självmord? Han tänkte på hennes röst i telefonsvararen. Hennes iver.

Strax före ett lämnade Kurt Wallander stranden och fortsatte mot Skurup.

Hans slutsats var ofrånkomlig.

Nu var han säker på att Louise Åkerblom var död.

3.

Kurt Wallander hade en återkommande dagdröm som han misstänkte att han delade med många människor. Han drömde att han begick en bankkupp som skulle slå världen med häpnad. I drömmen fanns också en undran över hur mycket pengar som vanligen förvarades i ett bankkontor av normal storlek. Mindre än vad man trodde? Men mer än nog? Exakt hur han skulle gå till väga visste han inte. Men drömmen om bankkuppen återkom ständigt.

Han smålog för sig själv åt tanken. Men leendet dog genast bort, det gav honom dåligt samvete.

Han var säker på att de aldrig skulle återfinna Louise Åkerblom i livet. Han hade inga bevis, han hade ingen brottsplats, inget offer. Han hade absolut ingenting. Ändå visste han.

Fotografiet av de två flickorna återkom gång på gång i hans huvud.

Hur förklarar man det som inte går att förklara, tänkte han. Och hur ska Robert Åkerblom kunna fortsätta att be till sin gud i fortsättningen, som svikit honom och de två barnen så grymt?

Kurt Wallander gick omkring inne på sparbanken i Skurup och väntade på att den banktjänsteman som assisterat Louise Åkerblom under fastighetsavslutet på fredagseftermiddagen skulle återkomma från ett tandläkarbesök. När Wallander kommit till banken en kvart innan hade han talat med bankdirektör Gustav Halldén som han träffat vid något tidigare tillfälle. Han hade sagt som det var, att han behövde upplysningar i samband med en kvinnas försvinnande. Men han bad samtidigt Halldén att behandla upplysningen konfidentiellt.

– Vi vet ju inte säkert om nåt allvarligt har hänt, hade Wallander förklarat.

– Jag förstår, svarade Halldén. Ni bara tror att nåt har hänt.

Wallander nickade. Just så var det. Men hur kunde man egentligen avgöra var gränsen gick, mellan tro och vetande?

Han blev avbruten i sina tankar av att någon tilltalade honom.

– Ni ville visst träffa mig, sa en man med oklar stämma bakom hans rygg.

Wallander vände sig om.

– Kamrer Moberg? frågade han.

Mannen nickade. Han var ung, förvånansvärt ung, enligt Wallanders åsikter om hur gammal en kamrer borde vara. Men det var något annat som genast fångade hans uppmärksamhet.

Mannens ena kind var påfallande uppsvullen.

– Jag har fortfarande svårt att tala, sluddrade kamrer Moberg.

Wallander förstod inte vad mannen sa.

– Bäst att vänta, upprepade han. Det är kanske bäst vi väntar tills bedövningen har släppt?

– Vi försöker ändå, sa Wallander. Jag har tyvärr dåligt med tid. Om det inte gör alltför ont när ni talar?

Kamrer Moberg skakade på huvudet och visade vägen in i ett litet mötesrum som låg i bakre delen av bankhallen.

– Det var här vi satt, förklarade kamrer Moberg. Ni sitter på samma ställe som Louise Åkerblom satt. Halldén sa att det var henne ni ville tala om. Har hon försvunnit?

– Hon är anmäld försvunnen, sa Wallander. Förmodligen är hon bara på besök hos släktingar och har glömt att säga till hemma.

Han kunde se på kamrer Mobergs svullna ansikte att han mottog Wallanders reservationer med stor skepsis. Naturligtvis, tänkte Wallander. Försvunna människor är försvunna. Man kan inte vara halvvägs försvunnen.

– Vad var det ni ville veta? frågade kamrer Moberg och drack ett glas vatten från karaffen på bordet.

– Vad som hände i fredags eftermiddag, sa Wallander. I detalj. Klockslag, vad hon sa, vad hon gjorde. Jag vill också ha namnen på dom som köpte huset och den som sålde, om jag behöver kontakta dom senare. Kände ni Louise Åkerblom från tidigare?

– Jag har träffat henne vid en del tillfällen, svarade kamrer Moberg. Vi har haft med varandra att göra i sammanlagt fyra fastighetsaffärer.

– Berätta om fredagen, sa Wallander.

Kamrer Moberg tog fram sin fickalmanacka ur innerfickan på kavajen.

– Vi hade satt mötet till klockan kvart över två, sa han. Louise kom några minuter innan. Vi växlade några ord om vädret.

– Verkade hon spänd eller orolig? frågade Wallander.

Kamrer Moberg tänkte efter innan han svarade.

– Nej, sa han. Tvärtom, så verkade hon glad. Tidigare hade jag nog uppfattat henne som torr och tillknäppt. Men inte i fredags.

Wallander nickade åt honom att fortsätta.

– Kunderna kom, en ung familj Nilson. Och säljaren, en representant för ett dödsbo i Sövde. Vi satte oss här och gick igenom hela proceduren. Det var ingenting märkvärdigt. Alla papper var i ordning. Lagfarter, inteckningsbevis, lånehandlingar, en postväxel. Det gick mycket fort. Sen skildes vi. Jag antar att alla önskade varandra en trevlig helg. Men det minns jag inte.

– Hade Louise Åkerblom bråttom? frågade Wallander.

Kamrer Moberg tänkte efter igen.

– Kanske, sa han. Kanske hade hon det. Men jag är inte säker. Däremot är jag helt övertygad om en annan sak.

– Vad?

– Hon gick inte direkt till sin bil.

Kamrer Moberg pekade mot fönstret som vette ut mot en liten parkeringsplats.

– Det är bankens parkeringsplatser, fortsatte kamrer Moberg. Jag såg att hon ställde bilen där när hon kom. Men när hon lämnade banken tog det en kvart innan hon körde härifrån. Jag satt kvar här inne och talade i telefon. Därför kunde jag se det. Jag tror hon hade en påse i handen när hon kom till bilen. Förutom sin portfölj.

– En påse, sa Wallander. Hur såg den ut?

Kamrer Moberg ryckte på axlarna. Wallander märkte att bedövningen hade börjat släppa.

– Hur ser en påse ut, sa kamrer Moberg. Jag tror det var en papperspåse. Inte plast.

– Och sen for hon iväg?

– Först ringde hon ett samtal från biltelefonen.

Till sin man, tänkte Wallander. Så långt stämmer allting.

– Klockan var strax efter tre, fortsatte kamrer Moberg. Jag hade ett nytt möte halv fyra och behövde förbereda mig. Mitt eget telefonsamtal drog ut på tiden.

– Kunde ni se när hon for iväg?

– Då hade jag redan gått in på mitt kontor.

– Så det sista ni såg av henne var när hon talade i biltelefonen?

Kamrer Moberg nickade.

– Vad hade hon för bil?

– Jag vet inte mycket om bilmärken, sa kamrer Moberg. Men

40

den var svart. Eller kanske mörkblå.

Wallander slog igen sitt anteckningsblock.

– Kommer ni på nåt mer vill jag att ni hör av er genast, sa han. Allt kan vara viktigt.

Wallander lämnade banken efter att ha fått både säljarens och köparnas namn och telefonnummer. Han gick ut på framsidan av banken och stannade på torget.

En papperspåse, tänkte han. Det låter som ett konditori. Han erinrade sig att det låg ett konditori på gatan som gick parallellt med järnvägen. Han sneddade över torget och vek sedan av till vänster.

Flickan bakom disken hade arbetat under fredagen. Men hon kände inte igen Louise Åkerblom från fotografiet Wallander visade fram.

– Det finns ju ett annat bageri, sa flickan bakom disken.

– Var ligger det?

Flickan förklarade och Wallander insåg att det låg lika nära banken som det konditori där han befann sig just nu. Han tackade och gick därifrån. Han letade sig fram till bageriet som låg till vänster om torget. En äldre kvinna frågade vad han önskade när han steg in i affären. Wallander räckte fram fotografiet och presenterade sig.

– Jag undrar om ni känner igen henne, sa han. Hon kan ha varit inne här och handlat strax efter klockan tre i fredags.

Kvinnan gick och hämtade ett par glasögon för att studera fotografiet närmare.

– Har det hänt nåt? frågade hon nyfiket. Vem är det?

– Svara bara på om ni känner igen henne, sa Wallander vänligt.

Kvinnan nickade.

– Jag kommer ihåg henne, sa hon. Jag tror hon handlade några bakelser. Jo, det minns jag bestämt. Napoleonbakelser. Och vanligt matbröd.

Wallander tänkte efter.

– Hur många bakelser? frågade han.

– Fyra. Jag minns att jag skulle lägga dom i en kartong. Men hon sa att det gick bra med en påse. Hon verkade ha bråttom.

Wallander nickade.

– Såg ni vart hon gick när hon lämnade affären?

– Nej. Det var andra kunder som väntade på sin tur.

– Tack, sa Wallander. Ni har varit till stor hjälp.

– Vad är det som har hänt? frågade kvinnan.

– Ingenting, svarade Wallander. Bara rutin.

Han lämnade affären och gick tillbaka till baksidan av banken där hon hade haft sin bil.

Hit men inte längre, tänkte han. Här slutar spåren. Härifrån ger hon sig iväg för att besiktiga ett hus som vi fortfarande inte vet var det ligger, efter att ha ringt in ett meddelande på en telefonsvarare. Hon är på gott humör, hon har bakelser i en påse och hon ska vara hemma klockan fem.

Han såg på klockan. Tre minuter i tre. Tre dygn sedan Louise Åkerblom befann sig just här.

Wallander gick till sin bil som stod parkerad på framsidan av banken, han sköt in en musikkassett, en av de få han hade kvar efter inbrottet, och försökte göra en sammanfattning. Placido Domingos röst fyllde kupén och han tänkte att fyra napoleonbakelser var en till varje medlem av familjen Åkerblom. Sedan undrade han om de bad bordsbön också innan de åt bakelser. Han undrade hur det kändes att tro på en gud.

Samtidigt gav det honom en idé. Han skulle hinna med ytterligare ett samtal innan de samlades för genomgång på polishuset.

Vad var det Robert Åkerblom hade sagt?

Pastor Tureson?

Wallander startade bilen och for mot Ystad. När han kom ut på E 14 la han sig i överkant av den tillåtna hastigheten. Han ringde upp Ebba i polishusets reception, bad henne leta reda på pastor Tureson och meddela att Wallander ville träffa honom omedelbart. Strax före Ystad ringde Ebba tillbaka. Pastor Tureson befann sig i Metodistkyrkan och skulle gärna ta emot Wallander.

– Det skadar kanske inte att du besöker en kyrka då och då, sa Ebba.

Wallander tänkte på de nätter han hade tillbringat med Baiba Liepa i en kyrka i Riga året innan. Men han sa ingenting. Även om han ville hade han inte tid att tänka på henne just nu.

Pastor Tureson var en äldre man, lång och kraftig, med ett yvigt vitt hårsvall. Wallander kände styrkan i hans händer när de hälsade.

Kyrkorummet var enkelt. Wallander fick inte den tryckande känsla som ofta infann sig hos honom när han steg in i en kyrka.

De satte sig på varsin pinnstol framme vid altarbordet.

– Jag ringde till Robert för några timmar sen, sa pastor Tureson. Stackars man, han är alldeles förstörd. Har ni inte hittat henne än?

– Nej, svarade Wallander.

– Jag förstår inte vad som kan ha hänt. Louise var inte den som utsatte sig för några faror.

– Ibland går det inte att undvika, sa Wallander.

– Vad menar ni med det?

– Det finns två sorters faror. Den ena utsätter man sig för. Den andra utsätts man för. Det är inte riktigt samma sak.

Pastor Tureson slog uppgivet ut med händerna. Hans oro verkade äkta, hans medkänsla med mannen och döttrarna uppriktig.

– Berätta om henne, sa Wallander. Hurdan var hon? Hade ni känt henne länge? Hur var familjen Åkerblom?

Pastor Tureson såg allvarligt på Wallander.

– Ni ställer frågor till mig, som om det redan vore förbi, sa han.

– Det är en ovana, urskuldade sig Wallander. Jag menar naturligtvis att ni ska berätta om hur hon är.

– Jag har varit pastor i församlingen i fem år, började han. Som ni kan höra kommer jag ursprungligen från Göteborg. Familjen Åkerblom har varit medlemmar i vår kyrka under hela min tid här. Båda kommer från metodistfamiljer, dom träffades genom kyrkan. Och nu låter dom sina döttrar växa upp med den rätta tron. Robert och Louise är duktiga människor. Arbetsamma, sparsamma, generösa. Det är svårt att beskriva dom på annat sätt. Det är överhuvudtaget svårt att låta bli att tala om dom tillsammans. Församlingsmedlemmarna är bestörta över att hon har försvunnit. Det kände jag i vår gemensamma förbön igår.

Den perfekta familjen. Inte en spricka i muren, tänkte Wallander. Jag kan tala med tusen olika människor och alla kommer att säga samma sak. Det finns inga svagheter hos Louise Åkerblom, ingenting. Det enda avvikande är att hon har försvunnit.

Det stämmer inte. Ingenting stämmer.

– Kommissarien tänker nånting? sa pastor Tureson.

– Jag tänker på svaghet, svarade Wallander. Är det inte ett av grundinslagen i alla religioner? Att Gud ska hjälpa oss att övervinna vår svaghet?

– Alldeles riktigt.

– Men det verkar på mig som om Louise Åkerblom inte hade

några svagheter. Bilden av henne är så perfekt att jag nästan blir misstänksam. Finns det verkligen så helt igenom goda människor?

– Louise är en sån människa, svarade pastor Tureson.

– Hon blir nästan änglalik?

– Inte riktigt, sa pastor Tureson. Jag minns en gång när hon kokade kaffe vid en församlingsafton. Hon brände sig. Jag råkade höra att hon faktiskt svor.

Wallander försökte börja om från början.

– Det finns ingen risk att det rådde en konflikt mellan henne och hennes man? frågade han.

– Absolut inte, svarade pastor Tureson.

– Ingen annan man?

– Naturligtvis inte. Jag hoppas ni inte ställer den frågan till Robert.

– Kan hon ha drabbats av religiösa tvivel?

– Det anser jag vara helt uteslutet. Det skulle jag ha vetat om.

– Kan hon ha haft orsak att begå självmord?

– Nej.

– Kan hon ha blivit akut sinnesförvirrad?

– Varför skulle hon ha blivit det? Hon är en helt igenom harmonisk människa.

– De flesta människor bär på hemligheter, sa Wallander efter en stunds tystnad. Kan ni föreställa er att Louise Åkerblom har nån hemlighet som hon inte delar med någon, inte ens sin man?

Pastor Tureson skakade på huvudet.

– Visst bär alla människor på hemligheter, svarade han. Ofta mycket mörka hemligheter. Men jag är övertygad om att Louise inte bär på nåt som gör att hon lämnar sin familj och vållar all denna oro.

Wallander hade inga fler frågor.

Det stämmer inte, tänkte han igen. Det är någonting i den här perfekta bilden som inte stämmer.

Han reste sig och tackade pastor Tureson.

– Jag kommer att tala med andra församlingsmedlemmar, sa han. Om inte Louise kommer tillbaka.

– Hon måste komma till rätta, sa pastor Tureson. Allt annat är en omöjlighet.

Klockan var fem över fyra när Wallander lämnade Metodistkyrkan. Det hade börjat regna och han huttrade i blåsten. I bilen blev han sittande och kände att han var trött. Det var som om han inte orkade med tanken på att två små flickor skulle ha blivit utan sin mor.

Klockan halv fem var de samlade i Björks rum på polishuset. Martinson satt nersjunken i soffan, Svedberg lutade sig mot ena väggen. Som vanligt kliade han sig på flinten och tycktes tankspritt leta efter det hår som var försvunnet. Wallander hade slagit sig ner på en trästol. Björk stod lutad över skrivbordet, inbegripen i ett telefonsamtal. Till slut la han på luren och gav besked till Ebba om att de inte skulle störas den närmaste halvtimmen. Utom av Robert Åkerblom.

– Vad har vi? sa Björk. Var börjar vi nånstans?

– Vi har ingenting, svarade Wallander.

– Jag har informerat Svedberg och Martinson, fortsatte Björk. Vi har satt spaning på hennes bil. Alla dom vanliga rutinerna vid försvinnanden som vi bedömer som allvarliga.

– Inte bedömer, sa Wallander. Det *är* allvarligt. Hade det hänt en olycka hade vi ha fått veta nånting vid det här laget. Men det har vi inte. Alltså är det fråga om ett brott. Jag är tyvärr övertygad om att hon är död.

Martinson började ställa en fråga, men Wallander avbröt honom och gav istället ett referat av vad han hade gjort under dagen. Han måste få sina kollegor att inse samma sak som han själv hade insett. En människa som Louise Åkerblom försvinner inte frivilligt från sin familj.

Någon eller något måste ha tvingat henne att inte vara hemma klockan fem, som hon sagt i telefonsvararen att hon skulle.

– Det låter onekligen besvärligt, sa Björk när Wallander tystnat.

– Fastighetsmäklare, frikyrka, familj, sa Martinson. Kanske har det blivit för mycket för henne? Hon köper bakelser, hon kör hemåt. Plötsligt vänder hon och far till Köpenhamn istället.

– Vi måste hitta bilen, sa Svedberg. Utan den hittar vi ingenting.

– Framförallt måste vi hitta huset hon skulle besiktiga, invände Wallander. Har inte Robert Åkerblom ringt?

Ingen hade mottagit något telefonsamtal.

– Om hon verkligen for för att se på det där huset som ligger nånstans i närheten av Krageholm, borde vi kunna följa henne i spåren tills vi hittar henne, eller tills spåren tar slut.

– Peters och Norén har letat på småvägarna kring Krageholm, sa Björk. Men ingen Toyota Corolla. Däremot hittade dom en stulen lastbil.

Wallander tog upp kassetten från telefonsvararen ur fickan. Efter visst besvär lyckades de få tag på en bandspelare som passade. De stod lutade runt skrivbordet och lyssnade på Louise Åkerbloms röst.

– Bandet måste gås igenom, sa Wallander. Jag kan i och för sig inte tänka mig vad teknikerna skulle kunna hitta. Men i alla fall.

– En sak är klar, sa Martinson. När hon talar in sitt meddelande är hon varken hotad eller tvingad, rädd eller orolig, desperat eller olycklig.

– Alltså händer nånting, sa Wallander. Mellan klockan tre och klockan fem. Nånstans mellan Skurup, Krageholm och Ystad. För drygt tre dygn sen.

– Hur var hon klädd? frågade Björk.

Wallander insåg plötsligt att han hade glömt att ställa en av de mest elementära frågorna till hennes man. Han sa som det var.

– Jag tror ändå det kan finnas en naturlig förklaring, sa Martinson eftertänksamt. Det är som du själv säger, Kurt. Hon är inte den som försvinner frivilligt. Trots allt är överfall och mord fortfarande sällsynta. Jag tycker vi ska arbeta på som vanligt. Men inte bli hysteriska.

– Jag är inte hysterisk, sa Wallander och märkte att han blev arg. Men jag vet vad jag tror. Vissa slutsatser tycker jag talar för sig själva.

Björk skulle just ingripa när telefonen ringde.

– Jag sa ju till att vi inte ville bli störda, sa Björk.

Wallander la hastigt handen på telefonluren.

– Det kan vara Robert Åkerblom, sa han. Kanske det är lika bra att jag talar med honom?

Han lyfte på luren och sa sitt namn.

– Det är Robert Åkerblom. Har ni hittat Louise?

– Nej, svarade Wallander. Inte än.

– Änkan har ringt nu, sa Robert Åkerblom. Jag har en karta. Jag ska själv ge mig ut och leta.

Wallander tänkte efter.

– Åk med mig, sa han. Det blir nog bäst så. Jag kommer genast. Kan du kopiera kartan i några exemplar? Fem räcker.

– Ja, svarade Robert Åkerblom.

Wallander tänkte att sant religiösa människor oftast var lagly-
diga och auktoritetsbundna. Ingen hade kunnat hindra Robert
Åkerblom att ge sig ut och leta efter sin hustru på egen hand.

Wallander la på luren med en smäll.

– Nu har vi en karta, sa han. Vi börjar med två bilar. Robert
Åkerblom ville med. Han kan åka med mig.

– Ska vi inte ta ut några patrullbilar? undrade Martinson.

– Då får vi köra i kolonn, sa Wallander. Först måste vi se kartan
och göra en plan. Sen ska vi skicka ut allt vi har.

– Ring mig när nåt händer, sa Björk. Här eller hemma.

Wallander halvsprang genom korridoren. Han hade bråttom.
Han måste få veta om spåren slutade i ett ingenting. Eller om
Louise Åkerblom fanns där ute någonstans.

De hade lagt ut kartan som Robert Åkerblom hade ritat efter den
beskrivning han fått i telefon på motorhuven till Wallanders bil.
Svedberg hade torkat rent med en näsduk efter regnskuren tidigare
på eftermiddagen.

– E 14, sa Svedberg. Till avtagsvägen Katslösa och Kadesjö. Till
vänster mot Knickarp, sen höger, vänster igen, och leta efter en
traktorväg.

– Inte så bråttom, sa Wallander. Om ni hade varit i Skurup, vil-
ken väg hade ni tagit då?

Det fanns flera alternativa möjligheter. Efter en stunds diskus-
sion vände sig Wallander till Robert Åkerblom.

– Vad tror du? sa han.

– Jag tror Louise skulle ha valt en mindre väg, sa han utan att
tveka. Hon tyckte inte om jäktet på E 14. Jag tror hon skulle ha
kört över Svaneholm och Brodda.

– Även om hon hade bråttom? Om hon skulle hinna hem till
klockan fem?

– Även då, sa Robert Åkerblom.

– Den vägen tar ni, sa Wallander till Martinson och Svedberg. Vi
kör direkt upp till gården. Vi anropar varandra om det behövs.

De körde ut ur Ystad. Wallander släppte förbi Martinson och
Svedberg som hade längst sträcka att avverka. Robert Åkerblom
satt och stirrade rakt framför sig. Wallander sneglade då och då på
honom. Han gned oroligt händerna mot varandra, som om han

inte kunde bestämma sig för om han skulle knäppa dem eller inte.

Wallander kände spänningen i kroppen. Men vad skulle de egentligen kunna finna?

Han bromsade in vid avtagsvägen mot Kadesjö, släppte förbi en lastbil, och mindes att han hade kört samma väg en morgon två år tidigare, då ett äldre lantbrukarpar hade dödats på en avsides belägen gård. Han rös till vid minnet och tänkte som så många gånger tidigare på sin kollega Rydberg som avlidit ett år innan. Varje gång Wallander ställdes inför en brottsutredning som gick utanför det vanliga, saknade han den äldre kollegans erfarenhet och råd.

Vad är det som händer i vårt land, tänkte han. Vart har alla gammeldags tjuvar och bedragare tagit vägen? Var kommer allt detta besinningslösa våld ifrån?

Kartan låg bredvid växelspaken.

– Är vi rätt? frågade han för att bryta tystnaden i bilen.

– Ja, svarade Robert Åkerblom utan att ta blicken från vägen. Vi ska svänga vänster efter nästa backkrön.

De körde in i Krageholmsskogen. Sjön låg till vänster, den skymtade mellan träden. Wallander saktade in och de började hålla utkik efter avtagsvägen.

Det var Robert Åkerblom som upptäckte den. Wallander hade redan kört förbi. Han backade och stannade.

– Sitt kvar i bilen, sa han. Jag ska bara se mig omkring.

Själva avfarten till kärrvägen var nästan helt igenvuxen. Wallander böjde sig ner på knä och upptäckte svaga märken av bildäck. Han kände Robert Åkerbloms ögon i nacken.

Han gick tillbaka till bilen och anropade Martinson och Svedberg. De hade just kommit fram till Skurup.

– Vi är vid avfarten, sa Wallander. Ta det försiktigt när ni kör in. Förstör inte hjulspåren.

– Uppfattat, svarade Svedberg. Vi ger oss iväg nu.

Wallander svängde försiktigt in på avtagsvägen och undvek att köra i hjulspåren.

Två bilar, tänkte han. Eller samma som har kört fram och tillbaka.

De guppade långsamt fram längs den vattensjuka och illa underhållna kärrvägen. Det skulle vara en kilometer till huset som var till salu. Till sin förvåning hade Wallander sett på kartan att gården hade namnet Ensligheten.

Efter tre kilometer tog vägen slut. Robert Åkerblom såg oförstående på kartan och på Wallander.

– Fel väg, sa Wallander. Vi kan inte ha undgått att se huset. Det ska ligga alldeles intill vägen. Vi får köra tillbaka.

När de kom ut på huvudvägen fortsatte de långsamt framåt. Efter ungefär fem hundra meter hittade de nästa avtagsväg. Wallander upprepade sin undersökning. I motsats till vid den förra avfarten hittade han olika hjulspår som korsade varandra. Vägen gav också intryck av att vara bättre underhållen och mer använd.

Men inte heller här hittade de det riktiga huset. Det skymtade en gård bland träden, men de for förbi eftersom den inte alls stämde med beskrivningen. Efter fyra kilometer stannade Wallander.

– Har du telefonnumret med dig till änkefru Wallin? frågade han. Jag har en bestämd misstanke om att hon har dåligt lokalsinne.

Robert Åkerblom nickade och tog fram en liten telefonbok ur innerfickan. Wallander upptäckte att ett bokmärke i form av en ängel låg mellan sidorna.

– Ring henne, sa Wallander. Förklara att du har villat bort dig. Be henne upprepa vägen igen.

Många signaler gick fram innan fru Wallin svarade.

Det visade sig mycket riktigt att fru Wallin inte alls var säker på antalet kilometer till avtagsvägen.

– Be henne om nåt annat riktmärke, sa Wallander. Det måste finnas nåt vi kan orientera oss efter. Annars får vi skicka en bil och hämta henne.

Wallander lät Robert Åkerblom prata med fru Wallin utan att han slog över biltelefonen till högtalare.

– En ek som blixten slagit ner i, sa Robert Åkerblom när samtalet var över. Strax före trädet ska vi svänga.

De körde vidare. Efter två kilometer hittade de eken som hade fått sin stam splittrad av blixten. Där fanns också en avtagsväg till höger. Wallander anropade den andra bilen igen och förklarade hur de skulle hitta. Sedan gick han för tredje gången ur bilen och letade efter hjulspår. Till sin förvåning hittade han inga som helst märken som tydde på att någon bil nyligen svängt in på avtagsvägen. Det behövde inte betyda något, hjulspåren kunde ha regnat bort. Men ändå kände han något som liknade en besvikelse.

Huset låg där det skulle, vid vägen efter en kilometer. De stannade och steg ur bilen. Det hade börjat regna och vinden hade blivit byig.

Plötsligt började Robert Åkerblom springa upp mot huset samtidigt som han med gäll röst ropade sin hustrus namn. Wallander blev stående vid bilen. Det hela hade skett så fort att han blivit alldeles överrumplad. När Robert Åkerblom försvann bakom huset skyndade han efter honom.

Ingen bil, tänkte han medan han sprang. Ingen bil och ingen Louise Åkerblom.

Han hittade Robert Åkerblom som just skulle slänga en trasig tegelsten genom ett fönster på baksidan av huset. Wallander högg tag i hans arm.

– Det lönar sig inte, sa Wallander.

– Hon kanske finns därinne, ropade Robert Åkerblom.

– Du sa att hon inte hade några nycklar till huset, svarade Wallander. Släpp tegelstenen så kan vi leta efter nån uppbruten dörr. Men jag kan redan nu säga att hon inte finns här.

Robert Åkerblom sjönk plötsligt ihop på marken.

– Var är hon? frågade han. Vad är det som har hänt?

Wallander fick en klump i halsen. Han visste inte alls vad han skulle säga.

Sedan tog han Robert Åkerblom i armen och reste honom upp.

– Du kan inte sitta här och bli sjuk, sa han. Nu går vi runt och tittar.

Men det fanns ingen uppbruten dörr. De kikade in genom de gardinlösa fönstren och såg tomma rum, ingenting annat. De hade just insett att det inte fanns mer att se när Martinson och Svedberg svängde in på gårdsplanen.

– Ingenting, sa Wallander. Samtidigt la han ena fingret diskret över munnen utan att Robert Åkerblom kunde se.

Han ville inte att Svedberg och Martinson skulle börja ställa frågor.

Han ville inte säga att Louise Åkerblom förmodligen aldrig hade kommit fram till gården.

– Ingenting vi heller, sa Martinson avledande. Ingen bil, ingenting.

Wallander såg på sin klocka. Tio minuter över sex. Han vände sig mot Robert Åkerblom och försökte le.

– Jag tror att du gör mest nytta nu genom att vara hemma hos dina flickor, sa han. Svedberg här kör dig hem. Men vi poliser fort-sätter att systematisera spaningen. Försök låta bli att oroa dig. Hon kommer säkert till rätta.

– Hon är död, sa Robert Åkerblom med låg röst. Hon är död och hon kommer aldrig tillbaka.

De tre polismännen stod tysta.

– Nej, sa Wallander till slut. Det finns ingen orsak att tro att det ska vara så illa. Nu kör Svedberg dig hem. Jag lovar att jag ska kontakta dig senare.

Svedberg for.

– Nu får vi dra igång på allvar, sa Wallander beslutsamt. Han kände hur oron hela tiden ökade inom honom.

De satte sig i hans bil. Wallander ringde upp Björk och begärde att all tillgänglig personal med bilar skulle samlas vid den splittra-de eken. Samtidigt hade Martinson börjat planera hur de skulle finkamma alla vägar i en cirkel kring gården så effektivt och snabbt som möjligt. Wallander bad Björk se till att de fick ordent-liga kartor.

– Vi letar så länge det är ljust, sa Wallander. Imorgon, i gryning-en fortsätter vi om vi inte får nåt resultat ikväll. Och då får du ock-så ta kontakt med militären. Då måste vi överväga skallgång.

– Hundar, sa Martinson. Vi behöver hundar redan ikväll.

Björk lovade att själv komma för att personligen ta ansvaret.

Martinson och Wallander såg på varandra.

– Sammanfatta, sa Wallander. Vad tror du?

– Hon kom aldrig hit, svarade Martinson. Hon kan vara här i närheten eller långt borta. Vad som har hänt vet jag inte. Men vi måste hitta bilen. Och då gör vi rätt i att börja leta här. Nån borde för övrigt ha sett den. Vi måste knacka dörr. Björk får hålla press-konferens i morgon. Vi måste släppa ut att vi ser allvarligt på för-svinnandet.

– Vad kan ha hänt? sa Wallander.

– Nåt vi helst inte vill föreställa oss, svarade Martinson.

Regnet trummade mot vindrutorna och taket.

– Helvete, sa Wallander.

– Ja, sa Martinson. Just det.

Strax före midnatt återsamlades de trötta och genomvåta polis-männen på gårdsplanen till det hus som Louise Åkerblom sannolikt aldrig hade besökt. De hade inte funnit några spår efter den mörkblå bilen, än mindre efter Louise Åkerblom. Det mest anmärkningsvärda var att en hundpatrull hade hittat två älgkadaver. Dessutom hade en polisbil hållit på att krocka med en Mercedes som kom körande i rasande fart längs en av de små kärrvägarna, när de var på väg till återsamlingen.

Björk tackade för insatsen. Han hade redan överlagt med Wallander och de trötta poliserna kunde skickas hem med beskedet att sökandet skulle återupptas klockan sex påföljande morgon.

Wallander var den siste som for mot Ystad. Från sin biltelefon hade han ringt till Robert Åkerblom och sagt att han tyvärr inte hade några nyheter. Trots att det var sent hade Robert Åkerblom uttryckt önskemål om att Wallander skulle besöka honom i villan där han nu var ensam med döttrarna.

Innan Wallander startade bilmotorn ringde han sin syster i Stockholm. Han visste att hon var uppe sent på kvällarna. Han berättade att deras far hade planer på att gifta sig med hemhjälpen. Till Wallanders stora förvåning började hon gapskratta. Men till hans lättnad lovade hon att komma ner till Skåne i början av maj.

Wallander satte tillbaka telefonen i sin hållare och körde mot Ystad. Regnbyarna slog mot vindrutan.

Han letade sig fram till Robert Åkerbloms adress. Det var en villa som såg ut som tusen andra villor. Det lyste på nedre botten.

Innan han steg ur bilen lutade han sig tillbaka i sätet och slöt ögonen.

Hon kom aldrig fram, tänkte han.

Vad hände på vägen?

Det är någonting som inte alls stämmer med det här försvinnandet. Jag förstår det inte.

4·

Klockan bredvid Kurt Wallanders säng ringde kvart i fem.

Han stönade och la kudden över huvudet.

Jag får alldeles för lite sömn, tänkte han uppgivet. Varför kan jag inte vara en polisman som skjuter undan allt arbete när jag kommer hem?

Han låg kvar i sängen och återvände i minnet till sitt korta besök hos Robert Åkerblom kvällen innan. Det hade varit en plåga att se hans vädjande ansikte och bara kunna säga att de inte hade lyckats hitta hans hustru. Kurt Wallander hade lämnat huset så fort han kunnat, och han hade mått illa när han körde hem. Sedan hade han blivit liggande utan att kunna somna till klockan tre, trots att han var uttröttad, på gränsen till utmattning.

Vi måste hitta henne, tänkte han. Nu, snart. Död eller levande. Bara vi hittar henne.

Han hade avtalat med Robert Åkerblom att han skulle återkomma under förmiddagen, så fort sökandet hade återupptagits. Wallander insåg att han måste gå igenom Louise Åkerbloms personliga tillhörigheter för att ta reda på vem hon var. Någonstans i Wallanders huvud malde hela tiden känslan att det var något som var mer än underligt med hennes försvinnande. Det fanns egendomliga inslag i de flesta försvinnanden. Men det var något i det här fallet som skilde sig från hans tidigare erfarenheter, och han ville veta vad det var.

Wallander tvingade sig ur sängen, satte på kaffe, och gick för att slå på radion. Han svor när han påminde sig inbrottet, och tänkte att ingen hade tid att ta sig an den utredningen under nuvarande omständigheter.

Han duschade, klädde sig och drack kaffe. Vädret gjorde inte hans humör ljusare. Det regnade ihållande och blåsten hade tilltagit. Det var sämsta tänkbara väder för att gå skallgång. Trötta och sura polismän, hundar med slokande svansar och ilskna rekryter från regementet skulle fylla åkrarna och skogsdungarna runt Krageholm under dagen. Men Björk fick ta hand om det hela. Själv skulle han gå igenom Louise Åkerbloms tillhörigheter.

Han satte sig i bilen och for ut till den splittrade eken. Björk travade oroligt fram och tillbaka längs vägrenen.

– Vilket väder, sa han. Att det alltid måste regna när man ska ut och leta efter folk.

– Ja, svarade Wallander. Det är konstigt.

– Jag har pratat med en överstelöjtnant som heter Hernberg, fortsatte Björk. Han skickar två bussar med rekryter klockan sju. Men jag tänkte vi lika gärna kan börja leta redan nu. Martinson har förberett det hela.

Wallander nickade nöjd. Martinson var skicklig på att planera en skallgång.

– Klockan tio hade jag tänkt mig en presskonferens, sa Björk. Det vore bra om du kunde vara med. Till dess måste vi ha ett fotografi av henne.

Wallander gav honom det han hade i innerfickan. Björk betraktade bilden av Louise Åkerblom.

– Söt flicka, sa han. Hoppas vi hittar henne levande. Är det likt?

– Hennes man påstår det.

Björk stoppade fotografiet i ett plastfodral som han hade i regnrockens ena ficka.

– Jag åker hem till deras hus, sa Wallander. Jag tror jag kan göra mer nytta där.

Björk nickade. När Wallander skulle gå tillbaka till sin bil, tog Björk tag i hans axel.

– Vad tror du? frågade han. Är hon död? Är det ett brott?

– Det kan nästan inte vara nånting annat, svarade Wallander. Om hon inte ligger skadad nånstans. Men jag tror inte att det är så.

– Det är inte bra alls, sa Björk. Inte bra alls.

Wallander körde tillbaka till Ystad. Det gick vita gäss på det grå havet.

När han steg in i villan på Åkarvägen stod två flickor och såg på honom med allvarliga ögon.

– Jag har sagt att ni är polis, sa Robert Åkerblom. Dom förstår att mamma är borta och att ni letar efter henne.

Wallander nickade och försökte le, trots att han fick en klump i halsen.

– Jag heter Kurt, sa han. Och vad heter ni?

– Maria och Magdalena, svarade flickorna i tur och ordning.

– Det är fina namn, sa Wallander. Själv har jag en dotter som heter Linda.

– Dom ska vara hemma hos min syster idag, sa Robert Åkerblom. Hon kommer strax och hämtar dom. Kan jag bjuda på en kopp te?

– Gärna, sa Wallander.

Han hängde upp ytterrocken, tog av sig skorna och gick in i köket. De två flickorna stod i dörren och såg på honom.

Var börjar jag? tänkte Wallander. Och kommer han att förstå att jag måste öppna varenda låda, bläddra i alla hennes papper?

De två flickorna blev hämtade och Wallander drack sitt te.

– Klockan tio kommer vi att ha en presskonferens, sa han. Det betyder att vi offentliggör din hustrus namn och vädjar om att alla som kan ha sett henne hör av sig. Det betyder som du förstår också en annan sak. Att vi inte längre kan utesluta att ett brott har blivit begånget.

Wallander hade föreställt sig risken att Robert Åkerblom skulle bryta ihop och börja gråta. Men den bleke, hålögde mannen, oklanderligt klädd i kostym och slips, tycktes denna morgon vara samlad.

– Vi måste fortsätta att tro att allt har sin naturliga förklaring, sa Wallander. Men vi kan inte utesluta nånting längre.

– Jag förstår, sa Robert Åkerblom. Jag har förstått hela tiden.

Wallander sköt undan tekoppen, tackade och reste sig.

– Har du kommit på nåt mer som jag bör veta om? frågade han.

– Nej, svarade Robert Åkerblom. Det är helt oförståeligt.

– Låt oss gå igenom huset tillsammans, sa Wallander. Sen hoppas jag du förstår att jag måste gå igenom hennes kläder, lådor, allt som kan vara av betydelse.

– Hon har ordning på sina tillhörigheter, svarade Robert Åkerblom.

De började på husets övervåning och letade sig sedan ner i källaren och garaget. Wallander tänkte att Louise Åkerblom måste tycka om ljusa pastellfärger. Ingenstans såg han mörka gardiner eller borddukar. Huset andades livsglädje. Möblerna var en blandning av gammalt och nytt. Redan när han drack teet hade han konstaterat att köket var välutrustat med köksmaskiner. Tydligen präglades inte deras materiella liv av överdriven puritanism.

– Jag skulle behöva åka ner till kontoret en stund, sa Robert

Åkerblom när de hade återvänt från rundvandringen. Jag antar att jag kan lämna dig ensam här.

– Det går bra, sa Wallander. Jag spar mina frågor tills du kommer tillbaka. Eller så ringer jag. Men strax före tie åker jag till polishuset för presskonferensen.

– Till dess är jag tillbaka, svarade Robert Åkerblom.

När Wallander blivit lämnad ensam började han sin metodiska genomgång av huset. Han öppnade lådor och skåp i köket, tittade i kylskåp och frysfack.

En sak i köket förvånade honom. I ett skåp under diskbänken fanns ett välfyllt spritförråd. Det stämde inte med den bild han gjort sig av familjen Åkerblom.

Han fortsatte med vardagsrummet utan att hitta något värt att notera. Sedan gick han upp till övervåningen. Flickornas rum lät han vara. Han gick först igenom badrummet, läste på apoteksförpackningar, och noterade några av Louise Åkerbloms mediciner i sitt anteckningsblock. Han ställde sig på badrumsvågen och grimaserade när han såg vad han vägde. Sedan fortsatte han med sovrummet. Han kände alltid ett obehag när han gick igenom en kvinnas kläder. Det var som om någon iakttog honom utan att han visste om det. Han letade igenom fickor och pappkartonger i garderoberna. Så fortsatte han med byrån där hon förvarade sina underkläder. Han hittade ingenting som förbryllade honom, ingenting som sa honom något han inte redan visste. När han var färdig satte han sig på sängkanten och såg sig runt i rummet.

Ingenting, tänkte han. Absolut ingenting.

Han suckade och gick vidare till nästa rum som var ett hemmakontor. Han satte sig vid skrivbordet och drog ut låda efter låda. Han försjönk i fotoalbum och brevbuntar. Han hittade inte ett enda fotografi där inte Louise Åkerblom log eller skrattade.

Han la noga tillbaka allt i lådorna och gick vidare. Deklarationer och försäkringshandlingar, skolbetyg och mäklarintyg, ingenting som fick honom att reagera.

Det var först när han öppnade den nedersta lådan i den sista skrivbordshurtsen som han blev överraskad. Först trodde han där bara fanns vita skrivpapper. Men när han kände med handen på botten av lådan stötte fingrarna emot ett föremål av metall. Han tog fram det och blev sittande med rynkad panna.

Det var ett par handbojor. Inga leksaksattrapper, utan riktiga handbojor. Tillverkade i England.

Han la dem framför sig på bordet.

Det behöver inte betyda någonting, tänkte han. Men de var noga undanstoppade. Och jag undrar om inte Robert Åkerblom hade tagit hand om dem om han vetat om att de fanns.

Han sköt igen lådan och stoppade handbojorna i fickan.

Sedan begav han sig till källarutrymmena och garaget. På en hylla ovanför en liten hyvelbänk hittade han några skickligt utformade flygplansmodeller i balsaträ. Han föreställde sig Robert Åkerblom. Kanske hade han en gång burit på en dröm om att bli pilot?

Telefonen ringde på avstånd. Han gick genast och svarade.

Klockan hade hunnit bli nio.

– Jag vill gärna tala med kriminalkommissarie Wallander, hörde han Martinson säga.

– Det är jag, svarade Wallander.

– Det är bäst du kommer hit, fortsatte Martinson. Genast.

Wallander kände att hjärtat började slå fortare.

– Har ni hittat henne? frågade han.

– Nej, svarade Martinson. Varken henne eller bilen. Men det har börjat brinna i ett hus här i närheten. Eller rättare sagt, huset exploderade. Jag tänkte det kunde finnas nåt sammanhang.

– Jag kommer, sa Wallander.

Han skrev ett meddelande till Robert Åkerblom och la det på köksbordet.

På vägen mot Krageholm försökte han förstå vad Martinson egentligen hade menat. Ett hus som hade exploderat? Men vilket hus?

Han körde om tre långtradare som låg efter varandra. Regnet var nu så kraftigt att vindrutetorkarna bara delvis förmådde hålla framrutan klar.

Strax innan han kom fram till den splittrade eken lättade regnet något och en svart rökpelare syntes ovanför träden. En polisbil väntade på honom vid trädet. En av polismännen gjorde tecken att han skulle vända. När de svängde av från huvudvägen insåg Wallander att det var en av de vägar han hade misstagit sig på dagen innan, den kärrväg som hade haft de flesta hjulspåren.

Det var också någonting mer med den vägen, men i hastigheten kunde han inte komma på vad det var.

Väl framme vid brandplatsen erinrade han sig huset. Det låg till vänster, knappt synligt från kärrvägen. Brandkåren var redan igång med släckningsarbetet. Wallander steg ur bilen och kände genast värmen från branden. Martinson kom emot honom.

– Människor? frågade Wallander.

– Inga, svarade Martinson. Så vitt vi vet. Hur som helst är det omöjligt att gå in. Hettan är våldsam. Det blir så när allt övertänds på en och samma gång. Huset har stått tomt i över ett år sen ägaren dog. Det kom en lantbrukare hit och berättade för mig. Dödsboet har tydligen inte kunnat bestämma sig för om dom ska hyra ut eller sälja.

– Berätta, sa Wallander medan han betraktade den våldsamma rökutvecklingen.

– Jag var ute vid huvudvägen, sa Martinson. Det hade blivit nån oreda i en av militärens skallgångskedjor. Plötsligt small det. Det var som om en bomb hade exploderat. Först trodde jag det var ett flygplan som hade störtat. Sen såg jag röken. Det tog mig högst fem minuter att komma hit. Allt var övertänt. Inte bara bostadshuset utan ladan också.

Wallander försökte tänka.

– En bomb, sa han. Kan det ha varit nån gasläcka?

Martinson skakade på huvudet.

– Inte ens tjugo gasoltuber kunde ha åstadkommit en sån smäll, sa han. Fruktträden på baksidan av huset har knäckts. Om dom inte har ryckts upp med rötterna. Det här måste ha varit anlagt.

– Det kryllar av polis och militär i trakten, sa Wallander. Egendomligt tillfälle att starta en mordbrand.

– Precis min tanke, sa Martinson. Därför tänkte jag direkt att det kanske föreligger nåt samband.

– Har du nån idé? frågade Wallander.

– Nej, svarade Martinson. Ingen alls.

– Ta reda på vem som äger huset, sa Wallander. Vem som representerar dödsboet. Jag håller med dig om att det här verkar som nåt annat än en tillfällighet. Var är Björk?

– Han hade redan åkt in till polishuset för att förbereda presskonferensen, sa Martinson. Du vet att han blir nervös av att prata med journalister som aldrig skriver det han säger. Men han vet om vad som har hänt. Svedberg har talat med honom. Och han vet att du är här.

– Jag får titta närmare på det här när det är släckt, sa Wallander.

Men det vore bra om du kunde avdela folk att leta extra noga här i närheten.

– Efter Louise Åkerblom? sa Martinson.

– I första hand efter bilen, svarade Wallander.

Martinson gick för att intervjua lantbrukaren. Wallander blev stående och betraktade den våldsamma branden.

Om det fanns ett samband, hur såg det då ut? tänkte han. En försvunnen kvinna och ett hus som exploderar. Mitt framför näsan på ett stort spaningsuppbåd?

Han såg på klockan. Tio minuter i tio. Han vinkade till sig en av brandmännen.

– När kan jag börja rota i det här? frågade han.

– Det brinner fort, sa brandmannen. Framåt eftermiddagen ska det väl i alla fall vara möjligt att komma i närheten av huset.

– Det är bra, sa Wallander. Det verkar ha varit en kraftig smäll, fortsatte han.

– Inte började det med en tändsticka, sa brandmannen. Om det inte var hundra kilo dynamit som antändes.

Wallander körde tillbaka mot Ystad. Han ringde Ebba i receptionen och bad henne meddela Björk att han var på väg.

Sedan kom han plötsligt ihåg vad det var han hade glömt. Kvällen innan hade någon av besättningarna i en patrullbil klagat över att de nästan blivit påkörda av en Mercedes som framförts i vansinnesfart längs en av kärrvägarna.

Wallander hade ett bestämt minne av att det var samma väg som ledde förbi huset som hade exploderat.

Alltför många tillfälligheter, tänkte han. Snart måste vi hitta någonting som gör att det börjar hänga ihop.

Björk vandrade oroligt fram och tillbaka i polishusets reception när Wallander kom fram.

– Jag vänjer mig aldrig vid presskonferenser, sa han. Och vad är det för eldsvåda som Svedberg ringde om? Han uttryckte sig mycket konstigt, måste jag säga. Han sa att huset och ladan hade exploderat. Vad menade han med det? Och vilket hus gäller det?

– Svedbergs beskrivning var nog alldeles korrekt, svarade Wallander. Men eftersom det knappast har nånting med presskonferensen om Louise Åkerbloms försvinnande att göra, föreslår jag att vi talar om det efteråt. Då kanske kollegorna där ute har fått fram mer information också.

Björk nickade.

– Nu gör vi det här enkelt, sa han. Kort och klart referat av hennes försvinnande, utdelning av fotografier, vädjan till allmänheten. Frågorna om spaningsläget får du ta dig an.

– Det existerar knappast ens ett spaningsläge, sa Wallander. Om vi ändå hade spårat hennes bil. Men vi har ingenting.

– Nånting får du hitta på, sa Björk. Poliser som påstår sig vara tomhänta är fredlösa villebråd. Glöm aldrig det.

Presskonferensen tog en dryg halvtimme. Frånsett lokaltidningarna och lokalradion hade Expressens och Idags lokalkorrespondenter infunnit sig. Men ingen av stockholmstidningarna.

De kommer först när vi har hittat henne, tänkte Wallander. Förutsatt att hon är död.

Björk öppnade presskonferensen och meddelade att en kvinna försvunnit under omständigheter som polisen måste se allvarligt på. Han gav hennes signalement, beskrev bilen och delade ut fotografier. Sedan undrade han om det fanns några frågor, nickade åt Wallander och satte sig ner. Wallander klev upp på den lilla plattformen och väntade.

– Vad tror ni har hänt? frågade lokalradions reporter. Wallander hade aldrig sett honom förut. Lokalradion tycktes ständigt skifta medarbetare.

– Vi tror ingenting, svarade Wallander. Men omständigheterna gör att vi måste ta allvarligt på Louise Åkerbloms försvinnande.

– Berätta om omständigheterna då, fortsatte lokalradions medarbetare.

Wallander tog sats.

– Vi måste ha klart för oss att dom flesta människor som på ett eller annat sätt försvinner i det här landet förr eller senare kommer till rätta, sa han. Två gånger av tre får vi en upplösning som har en helt naturlig förklaring. En av dom vanligaste är glömska. Men ibland finns det tecken som tyder på något annat. Då ser vi också allvarligt på försvinnandet.

Björk lyfte handen.

– Det får naturligtvis inte tolkas som om polisen inte tog allvarligt på alla försvinnanden, förtydligade han.

Herregud, tänkte Wallander.

Expressens reporter, en ung man med rött skägg, lyfte handen och begärde ordet.

– Kan ni inte vara lite mer konkreta, sa han. Ni utesluter inte att brott har blivit begånget. Varför utesluter ni inte det? Jag tycker också det är oklart var hon försvann och vem som såg henne sist.

Wallander nickade. Journalisten hade rätt. Björk hade varit svävande på flera viktiga punkter.

– Hon lämnade Sparbanken i Skurup strax efter klockan tre i fredags eftermiddag, sa han. En banktjänsteman såg henne starta sin bil och fara därifrån klockan kvart över tre. Den tidpunkten kan vi vara helt säkra på. Efter det har ingen sett henne. Vi är dessutom ganska säkra på att hon har valt en av två möjliga vägar. Antingen E 14 mot Ystad. Eller så har hon kört över Slimminge och Rögla mot trakten av Krageholm. Som ni tidigare har hört är Louise Åkerblom fastighetsmäklare. Hon kan ha valt att besiktiga ett hus som var inlämnat till påseende för försäljning. Eller hon kan ha kört raka vägen hem. Vi vet inte vad hon bestämde sig för.

– Vilket hus? frågade en av lokaltidningarnas medarbetare.

– Det kan jag inte svara på av utredningstekniska skäl, sa Wallander.

Presskonferensen dog ut av sig själv. Lokalradion gjorde en intervju med Björk. Wallander pratade med en av lokaltidningarnas medarbetare ute i korridoren. När han blivit ensam hämtade han en kopp kaffe, gick in i sitt rum och ringde ut till brandplatsen. Han fick tag på Svedberg som kunde meddela att Martinson redan omorganiserat en grupp av deltagarna i sökaktionen till att koncentrera sina insatser på den brinnande gården.

– Jag har aldrig sett en sån brand, sa Svedberg. Det kommer inte finnas en takbjälke kvar när det här är över.

– Jag kommer ut i eftermiddag, sa Wallander. Jag åker hem till Robert Åkerblom igen. Ring mig dit om det händer nånting.

– Vi ringer, sa Svedberg. Vad sa journalisterna?

– Ingenting av intresse, svarade Wallander och la på.

I samma ögonblick knackade Björk på dörren.

– Det gick ju riktigt bra, sa han. Inga försåtligheter, bara förnuftiga frågor. Hoppas nu bara dom skriver som vi vill.

– Imorgon kommer vi att få lov att avdela ett par man till att svara i telefon, sa Wallander som inte brydde sig om att kommentera hans kommentar om presskonferensen. När en religiös tvåbarnsmamma försvinner, är jag rädd att många som inte har sett nånting alls kommer att höra av sig. Med välsignelser och förböner för polisen. Förutom dom som förhoppningsvis verkligen har nånting att berätta.

– Om hon inte kommer till rätta under dagen, sa Björk.

– Det tror varken du eller jag, svarade Wallander.

Sedan berättade han om den märkliga branden. Om explosionen. Björk lyssnade med bekymrad min.

– Vad betyder allt det här? frågade han.

Wallander slog ut med armarna.

– Jag vet inte. Men jag åker tillbaka till Robert Åkerblom nu och fortsätter att prata med honom.

Björk öppnade dörren för att gå.

– Vi gör en avstämning hos mig klockan fem, sa han.

Just när Wallander skulle lämna sitt rum kom han ihåg att han hade glömt att be Svedberg uträtta något åt honom. Han ringde ut till brandplatsen igen.

– Kommer du ihåg att en polisbil höll på att krocka med en Mercedes igår kväll? frågade han.

– Jag har ett svagt minne, svarade Svedberg.

– Ta reda på allt om den händelsen, fortsatte Wallander. Jag har en stark känsla av att den där Mercedesen hör ihop med branden. Om den har med Louise Åkerblom att göra är mindre säkert.

– Jag antecknar, sa Svedberg. Nåt annat?

– Vi har möte här klockan fem, sa Wallander och avslutade samtalet.

En kvart senare var han tillbaka i Robert Åkerbloms kök. Han satt på samma stol som några timmar tidigare och drack ännu en kopp te.

– Ibland blir man störd av plötsliga utryckningar, sa Wallander. Det hade utbrutit en våldsam eldsvåda. Men den är under kontroll nu.

– Jag förstår, svarade Robert Åkerblom artigt. Det är säkert inte lätt att vara polis.

Wallander betraktade mannen på andra sidan bordet. Samtidigt kände han med ena handen på handbojorna han hade i byxfickan. Han såg inte fram mot det förhör han nu skulle påbörja.

– Jag har några frågor, sa han. Vi sitter väl lika bra här som nån annanstans.

– Javisst, sa Robert Åkerblom. Du ska bara ställa alla dom frågor du har.

Wallander märkte att han blev irriterad av den milda men samtidigt omisskännligt förmanande tonen i Robert Åkerbloms röst.

– Den första frågan är jag osäker på, sa Wallander. Har din fru några medicinska problem?

Mannen såg förvånat på honom.

– Nej, sa han. Hurså?

– Jag bara tänkte mig att hon eventuellt kunde ha fått veta att hon drabbats av en svår sjukdom. Har hon besökt läkare nyligen?

– Nej. Och hade hon varit sjuk skulle hon ha berättat det för mig.

– Det finns vissa svåra sjukdomar människor ibland drar sig för att berätta om, sa Wallander. Åtminstone behöver dom ett par dagar för att samla ihop sina känslor och tankar. Det är ju ofta så att det är den sjuke som får trösta den som mottar beskedet.

Robert Åkerblom tänkte efter innan han svarade.

– Jag är säker på att det inte stämmer, sa han.

Wallander nickade och gick vidare.

– Har hon några spritproblem? frågade han.

Robert Åkerblom ryckte till.

– Varför ställer du en sån fråga? sa han efter en stunds tystnad. Ingen av oss smakar så mycket som en droppe alkohol.

– Ändå är skåpet under diskbänken fullt med olika spritflaskor, sa Wallander.

– Vi har inget emot att andra dricker sprit, sa Robert Åkerblom. I måttliga mängder naturligtvis. Det händer att vi har gäster. Även en liten fastighetsförmedling som vår har ibland behov av det som kallas representation.

Wallander nickade. Han hade ingen anledning att misstro svaret. Han tog upp handbojorna ur byxfickan och la dem på bordet. Hela tiden iakttog han Robert Åkerbloms reaktion.

Den var som han hade förväntat sig. Oförstående.

– Tänker du anhålla mig? frågade han.

– Nej, sa Wallander. Men dom här handbojorna hittade jag i vänstra hurtsens nedersta låda, under en bunt skrivpapper, i ditt arbetsrum på övervåningen.

– Handklovar, sa Robert Åkerblom. Jag har aldrig sett dom tidigare.

– Eftersom det knappast kan vara era döttrar som har lagt dom där, måste vi tro att det är din hustru, sa Wallander.

– Jag förstår det bara inte, sa Robert Åkerblom.

Plötsligt insåg Wallander att mannen på andra sidan köksbordet ljög. En knappt märkbar glidning i rösten, en hastig osäkerhet i ögonen. Men det var tillräckligt för att Wallander skulle uppfatta det.

– Kan nån annan ha lagt dom där? fortsatte han.

– Jag vet inte, sa Robert Åkerblom. Vi har ju bara församlingsmedlemmar på besök. Frånsett representationsgäster. Och dom går ju aldrig upp till övervåningen.

– Inga andra?

– Våra föräldrar. En del släktingar. Lekkamrater till barnen.

– Det är ganska många människor, sa Wallander.

– Jag förstår det inte, sa Robert Åkerblom igen.

Du förstår kanske inte hur du kunde glömma att ta bort dem, tänkte Wallander. Frågan just nu är bara vad de betyder.

För första gången ställde sig Wallander frågan om Robert Åkerblom kunde ha tagit livet av sin hustru. Men han slog bort tanken. Handbojorna och lögnen var inte nog för att kasta omkull allt det Wallander hittills hade förutsatt.

– Är det säkert att du inte kan förklara dom här handbojorna? frågade Wallander igen. Jag kanske ska påpeka att det inte är förbjudet i lag att ha handbojor i sitt hus. Man behöver inte licens. Däremot får man naturligtvis inte fängsla människor hur som helst.

– Tror du att jag talar osanning? frågade Robert Åkerblom.

– Jag tror ingenting, sa Wallander. Jag vill bara veta varför dom här handbojorna ligger gömda i en skrivbordslåda.

– Jag har redan sagt att jag inte förstår hur dom har hamnat här i huset.

Wallander nickade. Han kände inget behov av att pressa honom längre. I alla fall inte än. Men att han hade ljugit var Wallander säker på. Kunde det vara så att det i detta äktenskap dolde sig ett avvikande och kanske dramatiskt sexualliv? Kunde det i sin tur förklara Louise Åkerbloms försvinnande?

Wallander sköt undan tekoppen som tecken på att samtalet var slut. Handbojorna stoppade han tillbaka i fickan, inlindade i en näsduk. En teknisk undersökning kunde kanske berätta mer om vad de hade använts till.

– Tills vidare var det allt, sa Wallander och reste sig. Jag kommer att höra av mig så fort jag har nåt att meddela. Och du bör vara beredd på att det blir uppståndelse redan i kväll, när kvällstidningarna kommit ut, och lokalradion har haft sitt inslag. Men vi ska förstås hoppas att det hjälper oss.

Robert Åkerblom nickade utan att svara.

Wallander tog honom i hand och gick ut till sin bil. Vädret höll på att slå om. Det duggregnade och vinden hade mojnat. Wallander for ner till Fridolfs Konditori vid busstorget och åt ett par smörgåsar och drack kaffe. Klockan hade hunnit bli halv ett när han åter satt i bilen på väg ut mot brandplatsen. Han parkerade, klev över avspärrningarna och kunde konstatera att huset och ladan redan var rykande ruiner. Ännu var det dock för tidigt för polisens tekniker att börja sin undersökning. Wallander gick närmare eldhärden och talade med släckningschefen Peter Edler som han kände väl.

– Vi dränker med vatten, sa han. Inte mycket annat vi kan göra. Är det mordbrand?

– Jag har ingen aning, svarade Wallander. Har du sett Svedberg eller Martinson?

– Jag tror dom har åkt för att äta, sa Edler. I Rydsgård. Och överstelöjtnant Hernberg har tagit sina blöta rekryter och gett sig iväg till regementet. Men dom kommer tillbaka.

Wallander nickade och lämnade släckningschefen.

En polisman med en hund stod några meter därifrån. Polismannen åt på en medhavd smörgås medan hunden ivrigt grävde med ena tassen i det blöta och sotiga gruset.

Plötsligt började hunden yla. Polismannen drog otåligt några gånger i kopplet och tittade sedan efter vad det var hunden grävde efter.

Sedan uppfattade Wallander hur han ryckte till och tappade smörgåsen.

Wallander kunde inte hjälpa att han blev nyfiken och gick några steg närmare.

– Vad är det hunden har hittat? frågade han.

Polismannen vände sig mot Wallander. Han var alldeles blek och han skakade.

Wallander gick hastigt närmare och böjde sig ner.

Framför honom i sörjan låg ett finger.

Ett svart finger. Ingen tumme och inget lillfinger. Men ett finger från en människa.

Wallander märkte att han blev illamående.

Han sa till polismannen med hunden att omedelbart kontakta Svedberg och Martinson.

– Dom ska hit genast, sa han. Även om dom är mitt i maten. I baksätet på min bil ligger en tom plastpåse. Hämta den.

Polismannen gick.

Vad är det som händer? tänkte Wallander. Ett svart finger. En svart människas finger. Avhugget. Mitt i Skåne.

När polismannen kom tillbaka med plastpåsen gjorde Wallander ett provisoriskt regnskydd över fingret. Ryktet hade hunnit sprida sig och brandmännen samlades runt fyndet.

– Vi måste leta efter likrester i brandruinen, sa Wallander till släckningschefen. Gud vet vad som har försiggått här.

– Ett finger, sa Peter Edler vantroget.

Tjugo minuter senare anlände Svedberg och Martinson och de sprang upp till fyndplatsen. Tillsammans betraktade de oförstående och illa berörda det svarta fingret.

Ingen hade något att säga.

Till slut bröt Wallander tystnaden.

– En enda sak är säker, sa han. Det här är inte ett finger som tillhör Louise Åkerblom.

5.

Klockan fem hade de samlats i ett av sammanträdesrummen på polishuset. Wallander kunde inte påminna sig att han någonsin tidigare hade upplevt en tystare församling.

Mitt på bordet, i en plastduk, låg det svarta fingret.

Han kunde se att Björk hade vridit på sin stol så att han inte skulle behöva se det.

Alla de andra betraktade fingret. Ingen sa någonting.

Efter en stund kom det en bil från sjukhuset och tog med sig den avhuggna kroppsdelen. Först när den var borta gick Svedberg och hämtade en bricka med kaffekoppar, och Björk öppnade mötet.

– För en gångs skull är jag mållös, började han. Är det nån här som kan ge en rimlig förklaring?

Ingen svarade. Frågan var meningslös.

– Wallander, sa Björk och sökte en ny början. Ge oss en sammanfattning.

– Det blir inte lätt, svarade Wallander. Men jag ska försöka. Ni andra får fylla i.

Han öppnade sitt anteckningsblock och bläddrade.

– Louise Åkerblom försvann för nästan exakt fyra dygn sen, började han. Närmare bestämt för 98 timmar sen. Efter det har ingen sett henne vad vi känner till. Under vårt sökande efter henne, och inte minst efter hennes bil, exploderar ett hus som ligger just i det område där vi tror hon kan befinna sig. Vi vet nu att huset tillhör ett dödsbo. Talesmannen för dödsboet är advokat och bor i Värnamo. Han ställer sig helt oförstående till det som har hänt. Huset har stått obebott i mer än ett år. Dödsboet har ännu inte kunnat bestämma sig för om det ska försäljas eller bevaras inom släkten. Möjligheten finns också att nån av delägarna löser ut dom andra. Advokaten heter Holmgren och vi har bett kollegorna i Värnamo att tala lite närmare med honom. Inte minst vill vi veta namnen på dom övriga dödsbodelägarna och deras adresser.

Han tog en klunk av kaffet innan han fortsatte.

– Branden började klockan nio, sa han. Mycket talar för att nån form av kraftig sprängladdning med tidsinställd detonator har använts. Det finns inga som helst skäl att tro att branden uppstått av andra, naturliga orsaker. Advokaten Holmgren förnekade bestämt att det exempelvis funnits gastuber i huset. Dom elektriska ledningarna hade också dragits på nytt så sent som för ett år sen. Under släckningsarbetet krafsar en av våra polishundar fram ett avhugget finger som ligger cirka tjugofem meter från det brinnande huset. Det är ett pekfinger eller ett långfinger från en vänsterhand. Med all sannolikhet har det tillhört en man. Vi vet också att mannen är svart. Våra tekniker har finkammat den del av brandplatsen och gårdsplanen som nu är tillgänglig utan att hitta något mer. Inte heller hundarna har kunnat bidra med några nya fynd. Vi har genomfört intensiv skallgång i området utan att hitta nånting. Bilen är fortfarande borta, Louise Åkerblom är borta. Ett hus har exploderat och vi har hittat ett finger som tillhört en neger. Det är allt.

Björk grimaserade.

– Vad säger läkarna? frågade han.

– Maria Lestadius från sjukhuset har tittat på det, sa Svedberg. Men hon vill att vi vänder oss till kriminaltekniska laboratoriet med en gång. Hon sa sig sakna kompetens att läsa i fingrar.

Björk vred på sin stol.

– En gång till, sa han. 'Läsa i fingrar?'

– Hon uttryckte sig så, sa Svedberg uppgivet. Det var en välkänd vana som Björk hade, att ibland koncentrera sin uppmärksamhet på oväsentligheter.

Björk lät ena handen falla tungt mot bordet.

– Det här är förfärligt, sa han. Vi vet med andra ord ingenting. Har inte Robert Åkerblom kunnat bidra med nånting som kan hjälpa oss vidare?

Wallander bestämde sig hastigt för att tills vidare inte säga något om handbojorna. Han var rädd för att de skulle kunna förleda dem till att börja tänka i banor som just nu inte var av omedelbart intresse. Dessutom tvivlade han på att handbojorna hade direkt med hennes försvinnande att göra.

– Ingenting, sa han. På mig verkar Åkerbloms ha varit landets lyckligaste familj.

– Kan hon ha drabbats av religiöst vansinne? undrade Björk. Man läser ju ständigt om alla dom här galna sekterna.

– Metodistkyrkan kan knappast kallas för en galen sekt, svarade

Wallander. Det är en av våra äldsta frikyrkor. Men jag erkänner att jag inte vet exakt vad dom står för.

– Det måste undersökas, sa Björk. Hur har ni tänkt er att vi ska gå vidare?

– Vi får hoppas på morgondagen, sa Martinson. Att folk börjar ringa.

– Jag har redan avdelat folk som ska ta emot telefontips, sa Björk. Är det nåt annat vi kan göra?

– Vi har faktiskt nånting att arbeta med, sa Wallander. Vi har ett finger. Det betyder att det nånstans finns en svart man som saknar ett finger på sin vänsterhand. Han har dessutom behov av att få hjälp av läkare eller sjukhus. Om han inte redan har gjort det så kommer han förr eller senare att dyka upp. Vi kan heller inte utesluta att han kontaktar polisen. Ingen hugger av sina egna fingrar. Åtminstone händer det mycket sällan. Nån har alltså utsatt honom för grovt våld. Vi kan förstås inte heller utesluta att han redan har lämnat landet.

– Fingeravtryck, sa Svedberg. Jag vet inte hur många afrikaner som uppehåller sig i det här landet, legalt eller illegalt. Men möjligheten finns att avtrycket kan spåras i våra register. Dessutom kan vi skicka ut förfrågan till Interpol. Så vitt jag vet har många afrikanska stater byggt upp avancerade kriminalregister dom senaste åren. Det stod en artikel om det i Svensk Polis för några månader sen. Jag håller med Kurt. Även om vi inte kan se nåt samband mellan Louise Åkerblom och fingret så måste vi tänka oss möjligheten.

– Ska vi släppa ut det här i tidningarna? undrade Björk. Polisen efterlyser ägaren till ett finger. Det skulle i alla fall ge rubriker.

– Varför inte? sa Wallander. Vi har knappast nånting att förlora på att göra det.

– Jag ska tänka på saken, sa Björk. Låt oss avvakta. Men jag håller med om att sjukhusen i landet måste varslas. Läkare har väl för övrigt upplysningsplikt om de misstänker att en skada har vållats genom en brottslig handling?

– Dom har också tystnadsplikt, sa Svedberg. Men visst ska sjukhusen kontaktas. Vårdcentraler, allt vi har. Är det nån som vet hur många läkare som finns i det här landet?

Ingen visste.

– Be Ebba ta reda på det, sa Wallander.

Det tog henne tio minuter att ringa sekreteraren i Svenska Läkarförbundet.

– Det finns drygt tjugofem tusen läkare i Sverige, sa Wallander när hon hade ringt in uppgiften till mötesrummet.

De häpnade.

Tjugofem tusen läkare.

– Var är alla dom när man behöver dom? sa Martinson undrande.

Björk började bli otålig.

– Kommer vi vidare? undrade han. Om inte så har vi alla mycket att göra. Klockan åtta imorgon bitti har vi återsamling.

– Jag ska ta mig an det, sa Martinson.

De hade just samlat ihop sina papper och rest sig när telefonen ringde. Martinson och Wallander befann sig redan ute i korridoren när Björk ropade dem tillbaka.

– Genombrott, sa han, högröd i ansiktet. Dom tror att dom har hittat bilen. Det var Norén som ringde. En lantbrukare hade dykt upp på brandplatsen och frågat om polisen var intresserad av nåt som han hittat i en damm några kilometer därifrån. Mot Sjöbohållet, tyckte jag han sa. Norén for dit och såg en radioantenn sticka upp ur sörjan. Lantbrukaren som hette Antonson var säker på att bilen inte funnits där för en vecka sedan.

– Nu djävlar, sa Wallander. Bilen ska upp ikväll. Vi kan inte vänta till imorgon. Vi får ordna strålkastare och kranbil.

– Jag hoppas det inte finns nån i bilen, sa Svedberg.

– Det är det vi ska ta reda på, sa Wallander. Kom nu.

Dammen låg otillgängligt, strax intill en skogsdunge, norr om Krageholm, på vägen mot Sjöbo. Det tog över tre timmar för polisen att få strålkastare och en kranbil på plats. Klockan var halv tio innan de hade lyckats fästa en vajer i bilen. Då hade Wallander hunnit halka och halvvägs hasa ner i dammen. Han fick låna en overall som Norén hade i reserv i bilen. Men han märkte knappt att han var blöt och hade börjat frysa. Hela hans uppmärksamhet var koncentrerad på bilen.

Han kände både spänning och olust. Han hoppades att det var rätt bil. Men han fruktade att Louise Åkerblom skulle finnas inuti den.

– En sak är i alla fall klar, sa Svedberg. Det är inte nån olycka. Bilen har körts ner i dammen för att gömmas. Förmodligen när det varit som mörkast på natten. Den som har gjort det har inte sett att antennen stuckit upp ur sörjan.

Wallander nickade. Svedberg hade rätt.

Långsamt sträcktes vajern. Kranbilen högg med sina stöttor och började dra.

Bakänden blev sakta synlig.

Wallander såg på Svedberg som var expert på bilar.

– Är det rätt? frågade han.

– Vänta lite, svarade Svedberg. Jag kan inte se än.

Sedan lossnade vajern. Bilen försvann på nytt i sörjan.

De fick börja om från början igen.

En halvtimme senare började kranbilen dra på nytt.

Wallander lät blicken vandra mellan bilen som långsamt kom upp till ytan och Svedberg.

Plötsligt nickade denne.

– Det är rätt bil. Det är en Toyota Corolla. Inget tvivel.

Wallander vred på en strålkastare. Nu syntes det att bilen var mörkblå.

Långsamt kom bilen upp ur dammen. Kranbilen slutade dra. Svedberg såg på Wallander. Sedan gick de fram till bilen och kikade in från varsitt håll.

Bilen var tom.

Wallander öppnade bakluckan.

Ingenting.

– Bilen är tom, sa han till Björk.

– Hon kan ligga kvar i dammen, sa Svedberg.

Wallander nickade och betraktade dammen. Den var ungefär hundra meter i omkrets. Men eftersom antennen hade varit synlig var det inte djupt.

– Vi behöver dykare, sa han till Björk. Nu, genast.

– En dykare skulle inte se nånting när det är så här mörkt, invände Björk. Det får vänta till i morgon.

– Dom ska bara gå på botten, sa Wallander. Dra draggar mellan sig. Jag vill inte vänta till i morgon.

Björk gav med sig. Han gick till en av polisbilarna och ringde. Under tiden hade Svedberg öppnat dörren vid förarplatsen och lyste in med en ficklampa. Försiktigt tog han loss den våta biltelefonen.

– Sista numret man slår brukar registreras, sa han. Hon kan ju ha ringt nån annanstans än till telefonsvararen på kontoret.

– Bra, sa Wallander. Bra tänkt, Svedberg.

Medan de väntade på dykarna gjorde de en första undersökning av bilen. I baksätet hittade Wallander en papperspåse med uppblötta bakelser.

Så långt är det rätt, tänkte han. Men vad hände sedan? På vägen? Vem var det du mötte, Louise Åkerblom? Någon du hade avtalat ett möte med?

Eller någon annan? Någon som ville träffa dig utan att du visste om det?

– Ingen handväska, sa Svedberg. Ingen portfölj. I handskfacket finns bara dom vanliga registreringsbevisen och försäkringshandlingarna. Och en utgåva av Nya testamentet.

– Leta efter en handritad karta, sa Wallander.

Svedberg hittade ingen.

Wallander gick långsamt runt bilen. Den var inte skadad. Louise Åkerblom hade inte råkat ut för någon trafikolycka.

De satte sig i en av patrullbilarna och drack kaffe ur en termos. Det hade slutat regna och himlen var nästan molnfri.

– Ligger hon i dammen? frågade Svedberg.

– Jag vet inte, svarade Wallander. Kanske.

Två unga dykare kom i en av brandkårens utryckningsfordon. Wallander och Svedberg hälsade, de kände varandra väl från tidigare.

– Vad är det vi ska hitta? frågade en av dykarna.

– Kanke en kropp, svarade Wallander. Kanske en portfölj, en handväska. Eller andra saker som vi inte vet vad det är.

Dykarna gjorde sig i ordning och klev ner i det smutsiga, trögflytande vattnet. Mellan sig hade de sina dragglinor.

Polismännen stod tysta och betraktade det hela.

Martinson kom just när dykarna första gången hade arbetat sig över dammen.

– Det är rätt bil, ser jag, sa Martinson.

– Hon kanske ligger i dammen, sa Wallander.

Dykarna var noggranna. Då och då stannade någon av dem och provdrog med draggen. Olika föremål började samlas på stranden.

En trasig sparkstötting, delar av en tröska, ruttna trädgrenar, en gummistövel.

Klockan passerade midnatt. Fortfarande inga spår av Louise Åkerblom.

Kvart i två på natten steg dykarna upp på land.

– Det finns ingenting mer, sa en av dem. Men vi kan göra om det i morgon om ni tror det kan ge nånting.

– Nej, sa Wallander. Hon finns inte här.

De växlade några korta ord och for sedan var och en till sitt.

Wallander drack en öl och åt några skorpor när han kommit hem. Han var så trött att han inte längre orkade tänka. Han brydde sig inte om att klä av sig utan la sig bara ovanpå sängen med en filt över sig.

Klockan halv åtta på onsdagsmorgonen, den 29 april, var Wallander tillbaka på polishuset.

En tanke hade slagit honom när han satt i bilen. Han letade reda på telefonnumret till pastor Tureson. Det var han själv som svarade. Wallander bad om ursäkt för att han ringde så tidigt. Sedan bad han om ett sammanträffande med Tureson under dagen.

– Gäller det nåt särskilt? frågade Tureson.

– Nej, svarade Wallander. Det är bara några funderingar jag har, som jag gärna skulle vilja ha svar på. Allt kan vara av vikt.

– Jag hörde lokalradion, sa Tureson. Och jag har sett i tidningarna. Har ingenting nytt framkommit?

– Hon är fortfarande borta, svarade Wallander. Av spaningsskäl kan jag inte säga så mycket om vad som händer under vår utredning.

– Jag förstår, sa Tureson. Förlåt att jag frågade. Men jag är naturligtvis upprörd över Louises försvinnande.

De bestämde att träffas klockan elva i Metodistkyrkans lokaler.

Wallander la på luren, och gick in till Björk. Svedberg satt och gäspade medan Martinson talade i Björks telefon. Björk trummade oroligt med fingrarna mot bordet. Med en grimas la Martinson på luren.

– Tipsen har börjat komma in, sa han. Ännu verkar det inte vara nåt av värde. Men en person har ringt och meddelat att han absolut såg Louise Åkerblom på flygplatsen i Las Palmas förra torsdagen. Dagen innan hon försvann, alltså.

– Nu får vi börja, avbröt Björk.

Polischefen hade tydligen sovit dåligt under natten. Han verkade trött och irriterad.

– Vi fortsätter där vi slutade igår, sa Wallander. Bilen ska undersökas ordentligt, telefontipsen bearbetas alltefter som dom kommer in. Själv tänker jag åka ut till brandplatsen igen och se vad teknikerna kommer fram till. Fingret är på väg till kriminalteknisk undersökning. Frågan är om vi ska släppa ut det eller inte.

– Vi gör det, sa Björk oväntat bestämt. Martinson kan hjälpa mig att formulera ett pressmeddelande. Jag gissar att det kommer att bli till en hittills okänd röra när det når redaktionerna.

– Det är bättre om Svedberg gör det där, sa Martinson. Jag håller på att kontakta tjugofem tusen svenska läkare. Plus ett oändligt antal vårdcentraler och akutmottagningar. Det tar tid.

– Då säger vi så, sa Björk. Själv ska jag ta mig an den där advokaten i Värnamo. Vi ses i eftermiddag om inget händer.

Wallander gick ut till sin bil. Det skulle bli en vacker dag i Skåne. Han stannade och drog in den friska luften. För första gången detta år fick han en känsla av att våren var på väg.

När han kom till brandplatsen väntade honom två överraskningar.

Polisteknikernas arbete hade varit lyckosamt under de första morgontimmarna. Han möttes av Sven Nyberg som kommit till Ystadpolisen bara några månader tidigare. Han hade arbetat i Malmö men inte tvekat att flytta till Ystad när tillfälle gavs. Wallander hade hittills inte haft så mycket med honom att göra. Men ryktet som föregick honom sa att han var en skicklig undersökare av brottsplatser. Att han därtill var tvär och svår att få kontakt med hade Wallander upptäckt själv.

– Jag tror du ska titta på några saker, sa Nyberg.

De gick bort mot ett litet regnskydd som var uppriggat på fyra stolpar.

På en plastduk låg några förvridna metalldelar.

– En bomb? frågade Wallander.

– Nej, svarade Nyberg. Den har vi inte hittat några spår av än. Men det här är minst lika intressant. Det du ser är några detaljer av en stor radioanläggning.

Wallander betraktade honom oförstående.

– En kombinerad sändare och mottagare, sa Nyberg. Vad det är

74

för typ eller märke kan jag inte svara på. Men det är definitivt ingen anläggning för en radioamatör. Man kan ju tycka det är lite underligt att en sån ska finnas i ett ödehus. Som dessutom sprängs i luften.

Wallander nickade.

– Du har rätt, sa han. Det där vill jag veta mer om.

Nyberg tog upp en annan metalldel från plasten.

– Det här är minst lika intressant, sa han. Ser du vad det är?

Wallander tyckte att det såg ut som en pistolkolv.

– Vapen, sa han.

Nyberg nickade.

– En pistol, svarade han. Förmodligen satt det ett laddat magasin i när huset sprang i luften. Pistolen slets sönder när magasinet exploderade av tryckvågen eller elden. Dessutom har jag en misstanke om att det här är en ganska ovanlig modell. Kolven är utdragen, som du ser. Det är definitivt inte någon Luger eller Beretta.

– Vad är det då? frågade Wallander

– För tidigt att svara på, sa Nyberg. Men du ska få besked så fort vi vet.

Nyberg stoppade och tände sin pipa.

– Vad tror du om allt det här? frågade han.

Wallander skakade på huvudet.

– Jag har sällan känt mig så osäker, svarade han uppriktigt. Jag hittar inga samband, jag vet bara att jag letar efter en försvunnen kvinna och hela tiden trampar i dom mest konstiga saker. Ett avhugget finger, delar av en kraftig radiosändare, udda vapenmodeller. Kanske är det just det ovanliga som jag ska utgå ifrån? Nånting min erfarenhet som polis hittills aldrig har stött på?

– Tålamod, sa Nyberg. Tids nog kommer vi säkert att upptäcka sambanden.

Nyberg återgick till sitt mödosamma pussel. Wallander strövade omkring en stund på brandplatsen och försökte än en gång göra en sammanfattning för sig själv. Till slut gav han upp.

Han satte sig i bilen och ringde in till polisstationen.

– Är det många tips? frågade han Ebba.

– Det kommer samtal i en jämn ström, svarade hon. Svedberg gick förbi nyss och sa att några personer med upplysningar verkat trovärdiga och intressanta. Mer vet jag inte.

Wallander gav henne telefonnumret till Metodistkyrkan och bestämde sig för att dessutom grundligt gå igenom Louise Åkerbloms skrivbord på fastighetsbyrån efter sitt samtal med pastorn. Det gav honom dåligt samvete att han hittills hade låtit sig nöja med den första ytliga genomgången.

Han körde tillbaka till Ystad. Eftersom han hade gott om tid innan han skulle träffa Tureson parkerade han vid Torget och gick in i radioaffären. Utan att betänka sig särskilt länge skrev han på ett avbetalningsköp av en ny stereoanläggning. Sedan for han hem till Mariagatan och monterade den. En CD-skiva hade han köpt, Puccinis »Turandot«. Han satte på skivan, la sig på soffan och försökte tänka på Baiba Liepa. Men Louise Åkerbloms ansikte skymde hela tiden.

Han vaknade med ett ryck och såg på klockan. Han svor till när han insåg att han skulle ha varit vid Metodistkyrkan för tio minuter sedan.

Pastor Tureson väntade honom i kyrkans bakrum. Det var en blandning av lagerrum och kontor. På väggarna hängde bonader med olika bibelcitat. En kaffebryggare stod i en fönsternisch.

– Jag beklagar att jag är sen, sa Wallander.

– Jag förstår så väl att polisen har mycket att göra, svarade Tureson.

Wallander satte sig på en stol och tog fram sitt anteckningsblock. Tureson frågade om han ville ha kaffe men han tackade nej.

– Jag försöker bilda mig en uppfattning om vem Louise Åkerblom är, började han. Det jag tycker mig ha fått veta hittills pekar åt ett enda håll. Att Louise Åkerblom är en helt igenom harmonisk människa som aldrig frivilligt skulle lämna sin man och sina barn.

– Det är så vi alla känner henne, sa Tureson.

– Samtidigt gör det mig misstänksam, fortsatte Wallander.

– Misstänksam?

Tureson såg förvånad ut.

– Jag tror helt enkelt inte att det finns så felfria och harmoniska människor, förtydligade Wallander. Alla har sina mörka fläckar. Frågan är bara vilka som är Louise Åkerbloms. Jag förutsätter att hon inte försvunnit frivilligt för att hon inte stått ut med sin egen lycka.

– Kommissarien skulle få samma svar från alla medlemmar av vår församling, sa Tureson.

76

Wallander lyckades aldrig efteråt reda ut vad det egentligen var som hände. Men någonting i pastor Turesons svar skärpte plötsligt hans uppmärksamhet. Det var som om pastorn försvarade bilden av Louise Åkerblom, trots att den inte var ifrågasatt annat än av Wallanders allmänna synpunkter. Eller var det något annat han försvarade?

Wallander ändrade sig hastigt och ställde en fråga som tidigare förefallit mindre viktig.

– Berätta om menigheten, sa han. Varför väljer man att bli medlem av Metodistkyrkan?

– Vår gudstro och vår bibeltolkning framstår som den rätta, svarade pastor Tureson.

– Är den det? undrade Wallander.

– Enligt min och församlingens uppfattning är den det, sa pastor Tureson. Men det ifrågasätts naturligtvis av andra trossamfund. Det är naturligt.

– Finns det nån i församlingen som inte tycker om Louise Åkerblom? frågade Wallander och fick genast en känsla av att mannen som satt mitt emot honom dröjde lite för länge med att ge honom sitt svar.

– Det kan jag inte tänka mig, svarade pastor Tureson.

Där är det igen, tänkte Wallander. Något undvikande, glidande, i hans svar.

– Hur kommer det sig att jag inte tror er? frågade han.

– Det borde kommissarien göra, svarade Tureson. Jag känner min församling.

Wallander kände sig plötsligt mycket trött. Han insåg att han var tvungen att ställa sina frågor på ett annat sätt om han skulle lyckas rubba pastorn. Ett frontalangrepp, alltså.

– Jag vet att Louise Åkerblom har fiender inom menigheten, sa han. Hur jag vet det spelar ingen roll. Men jag vill gärna ha er kommentar.

Tureson såg länge på honom innan han svarade.

– Inte fiender, sa han. Men det är riktigt att det finns en församlingsmedlem som har ett olyckligt förhållande till henne.

Han reste sig och gick fram till ett fönster.

– Jag har vacklat fram och tillbaka, sa pastor Tureson. Igår kväll tänkte jag faktiskt ringa till er. Men jag gjorde det aldrig. Alla hoppas vi ju att Louise ska komma tillbaka. Att allt ska få en naturlig förklaring. Men samtidigt har jag känt en ökande oro. Det måste jag också erkänna.

Han återvände till sin stol.

– Jag har ju också skyldigheter mot alla dom andra församlingsmedlemmarna, sa han. Jag vill inte vara ansvarig för att ställa nån i en dålig dager. För att påstå nånting som senare visar sig vara alldeles fel.

– Det här samtalet är inget officiellt förhör, sa Wallander. Det ni berättar stannar hos mig. Jag skriver inget protokoll.

– Jag vet inte hur jag ska säga, sa pastor Tureson.

– Säg som det är, svarade Wallander. Det brukar vara enklast.

– För två år sen fick vi en ny församlingsmedlem, började pastor Tureson. Det var en maskinist på en av polenfärjorna som började besöka våra möten. Han var frånskild, trettiofem år gammal, vänlig och försynt. Han blev mycket snart omtyckt och uppskattad av församlingen. Men för ungefär ett år sen bad Louise Åkerblom en gång att få tala med mig. Hon var väldigt mån om att hennes man Robert inte skulle få veta nånting. Vi satt i det här rummet och hon berättade för mig att vår nye församlingsmedlem hade börjat förfölja henne med kärleksförklaringar. Han skickade brev, följde efter henne, ringde. Hon försökte avvisa honom så vänligt hon kunde. Men han fortsatte, och situationen blev till slut outhärdlig. Louise bad att jag skulle tala med honom. Jag gjorde det. Då var det som om han blev en helt annan människa. Han fick ett fruktansvärt raseriutbrott, påstod att Louise hade svikit honom, och att han visste att det var jag som utövade ett dåligt inflytande på henne. Egentligen älskade hon honom och ville lämna sin man. Det var fullständigt absurt. Han försvann från våra möten, han slutade på färjan och vi trodde att han var borta för gott. Till församlingen sa jag bara att han hade flyttat och varit för blyg för att säga adjö. För Louise var det naturligtvis en stor glädje. Men för ungefär tre månader sen började det igen. En kväll upptäckte Louise att han stod på gatan utanför hennes hus. Det var naturligtvis en väldig chock för henne. Återigen började han förfölja henne med kärleksförklaringar. Jag måste erkänna, kommissarie Wallander, att vi faktiskt övervägde att kontakta polisen. Idag ångrar jag naturligtvis att vi inte gjorde det. Det kan naturligtvis vara en tillfällighet. Men jag undrar allt mer för varje timme som går.

Äntligen, tänkte Wallander. Nu har jag någonting att hålla mig

78

till. Även om jag ingenting begriper av svarta fingrar, sönder-
sprängda radiostationer och sällsynta pistoler. Nu har jag i alla fall
någonting.

– Vad heter mannen? frågade han.

– Stig Gustafson.

– Har ni nån tänkbar adress?

– Nej. Men jag har hans personnummer. Han reparerade kyr-
kans rörledningar vid ett tillfälle och fick betalt för det.

Tureson gick bort till ett skrivbord och bläddrade i en pärm.

– 570503-0470, sa han.

Wallander slog igen anteckningsblocket.

– Ni gjorde alldeles rätt som berättade, sa han. Förr eller senare
hade jag lyckats ta reda på det. Men nu spar vi tid.

– Hon är död, eller hur? sa Tureson plötsligt.

– Det vet jag inte, svarade Wallander. Alldeles ärligt så vet jag
inte svaret på den frågan.

Wallander tog pastorn i hand och lämnade kyrkan. Klockan var
kvart över tolv.

Nu, tänkte han, nu har jag äntligen någonting att gå efter.

Han halvsprang till sin bil och for raka vägen till polishuset. Han
skyndade till sitt rum för att kalla ihop sina kollegor till ett möte.
Just när han satte sig bakom skrivbordet ringde telefonen. Det var
Nyberg som fortfarande var kvar på brandplatsen.

– Nya fynd? frågade Wallander.

– Nej, svarade Nyberg. Men jag kom just på vad det är för märke
på pistolen. Den vi hittade kolven till.

– Jag skriver, sa Wallander och tog fram sitt block.

– Jag hade rätt i att det är ett ovanligt vapen, fortsatte Nyberg.
Jag tvivlar på att det finns många exemplar i det här landet.

– Desto bättre, sa Wallander. Desto enklare att spåra.

– Det är en 9 mm Astra Constable, sa Nyberg. Jag har sett den
på en vapenutställning i Frankfurt en gång. Och jag har ganska
gott minne när det gäller vapen.

– Var tillverkas den? frågade Wallander.

– Det är det som är det konstiga, sa Nyberg. Så vitt jag vet till-
verkas den bara på licens i ett enda land.

– Vilket?

– I Sydafrika.

Wallander la ifrån sig pennan.

– Sydafrika?

– Ja.

– Hur kommer det sig?

– Varför ett vapen blir populärt i ett land men inte i ett annat kan jag inte svara på. Det är bara så.

– Det var fan. Sydafrika?

– Det ger oss onekligen en viss anknytning till fingret vi hittade.

– Vad gör en sydafrikansk pistol här i landet?

– Det är det ditt jobb att ta reda på, sa Nyberg.

– Det är bra, sa Wallander. Det är bra att du ringer genast. Vi får tala mer om det här sen.

– Jag tänkte du ville veta, sa Nyberg och avslutade samtalet.

Wallander reste sig ur stolen och gick fram till fönstret.

Efter några minuter hade han bestämt sig.

I första hand skulle de koncentrera sig på att hitta Louise Åkerblom och kontrollera Stig Gustafson. Allt annat fick tills vidare komma i andra hand.

Så långt, tänkte Wallander. Så långt efter 117 timmar av Louise Åkerbloms försvinnande.

Han lyfte telefonluren.

Tröttheten var plötsligt alldeles borta.

6.

Peter Hanson var tjuv.

Han var ingen särskilt framgångsrik brottsling. Men han lyckades oftast utföra de uppdrag som hans beställare och arbetsgivare, häleren Morell i Malmö, begärde av honom.

Just den här dagen, Valborgsmässoaftonens förmiddag, tyckte dock Peter Hanson riktigt illa om Morell. Han hade planerat att vara ledig under helgen som alla andra, kanske kosta på sig att åka över till Köpenhamn. Men så hade Morell ringt sent kvällen innan och sagt att Peter Hanson hade ett brådskande uppdrag att utföra.

– Du måste skaffa fram fyra vattenpumpar, hade Morell sagt. Av den gamla typen. Som står på varenda gårdsplan ute på landet.

– Det måste väl kunna vänta till efter helgen, hade Peter Hanson invänt. Han hade redan somnat när Morell ringde, och han tyckte inte om att bli väckt.

– Det kan inte vänta, hade Morell svarat. Det är en person som bor i Spanien som ska bila dit i övermorgon. Han vill ha med sig pumparna. Han säljer dem till andra svenskar som bor där nere. Dom är sentimentala och betalar bra för att ha gamla svenska vattenpumpar utanför sina haciendor.

– Hur ska jag få tag på fyra vattenpumpar? hade Peter Hanson frågat. Och har du glömt att det är helg? Det är folk i vartenda sommarhus i morgon.

– Det ordnar du, hade Morell svarat. Börja tidigt så löser det sig.

Sedan hade han blivit hotfull i telefonen.

– Annars blir jag tvungen att börja se efter i mina papper hur mycket din bror är skyldig mig, hade han sagt.

Peter Hanson hade slängt på telefonluren. Han visste att Morell skulle uppfatta det som ett positivt svar. Eftersom han hade blivit väckt och inte skulle kunna somna om på länge, klädde han på sig och körde ner till stan från Rosengård, där han bodde. Han gick in på en pub och satte sig att dricka öl.

Peter Hanson hade en bror som hette Jan-Olof. Han var Peter Hansons stora olycka i livet. Jan-Olof spelade på Jägersro, på rikstoto, och emellanåt även på landets övriga travbanor. Han spelade mycket och han spelade illa. Han förlorade mer än han hade råd med och han hade hamnat i Morells händer. Eftersom han inte kunde ge några lånegarantier hade Peter Hanson fått träda in som den levande garanten.

Morell var i första hand hälare. Men under de senare åren hade han insett att han, liksom andra företagare, måste välja framtidsväg. Antingen skulle han koncentrera och specialisera sin verksamhet ytterligare. Eller så kunde han bredda den bas han stod på. Han hade valt det senare alternativet.

Även om han hade ett stort nät av beställare som kunde ge mycket precisa besked om vilka önskemål de hade, hade han bestämt sig för att också starta en lånerörelse. På det sättet räknade han med att öka sin omsättning kraftigt.

Morell var drygt femtio år gammal. Efter en tjugoårig verksamhet i bedrägerisvängen hade han bytt väg och sedan slutet av 70-talet lyckosamt byggt upp ett häleriimperium i södra Sverige. Han hade ett trettiotal tjuvar och chaufförer på sina osynliga lönelistor och varje vecka gick transporter av stulet gods till hans lager i Malmös frihamn, för vidare befordran till utrikes mottagare. Från Småland kom stereoanläggningar, teveapparater och mobiltelefoner. Från Halland rullade karavaner av stulna bilar söderut till väntande köpare i Polen och, numera, även det forna Östtyskland. Han såg en ny betydande marknad öppna sig i de baltiska staterna och hade redan också levererat några lyxbilar till Tjeckoslovakien. Peter Hanson var en av de minst betydande kuggarna i hans organisation. Morell var fortfarande tveksam om hans kapacitet och använde honom mest för något udda beställningar som kom in. Fyra vattenpumpar var ett idealiskt uppdrag att ge honom.

Det var orsaken till att Peter Hanson satt och svor i sin bil på Valborgsmässoaftonens förmiddag. Morell hade förstört hans helg. Dessutom bekymrade han sig för uppdraget. Det var för mycket folk i rörelse för att han skulle kunna räkna med att få arbeta ostört.

Peter Hanson var född i Hörby och kände Skåne. Det fanns inte den minsta avtagsväg i detta landskap han inte hade kört, och hans minne var gott. I fyra år hade han nu arbetat för Morell, sedan han var nitton. Han tänkte ibland på allt han hade lastat in i sin rostiga varubil. En gång hade han stulit två tjurkalvar. Till jul var det vanligt med beställningar på grisar. Flera gånger hade han också släpat på gravstenar och undrat vem den uppenbart sjuke beställaren var. Han hade burit bort ytterdörrar medan ägarna till husen legat och sovit, plockat ner en kyrkspira med hjälp av en för tillfället inhyrd kranförare. Vattenpumpar var ingenting ovanligt. Men dagen var illa vald.

Han hade bestämt sig för att börja i trakterna öster om Sturups flygplats. Österlen hade han alldeles slagit ur tankarna. Där skulle vartenda fritidshus vara befolkat denna dag.

Skulle han lyckas måste det bli i trakterna mellan Sturup, Hörby och Ystad. Där fanns en hel del ödegårdar där han kanske skulle kunna få arbeta ifred.

Strax bortom Krageholm, på en liten väg som slingrade sig genom ett skogsparti, och sedan mynnade ut i Sövde, hittade han sin första pump. Det var en halvt raserad gård som låg väl skyddad från insyn. Pumpen var rostig, men den var hel. Han började bryta upp fästet med en kofot. Men när han tog i lossnade hela fästet som visade sig vara genomruttet. Han la ifrån sig kofoten och började bryta loss pumpen från bräderna som täckte själva brunnsöppningen. Han tänkte att det kanske trots allt inte skulle vara helt omöjligt att skaffa fram fyra pumpar till Morell. Tre ödegårdar till och han kunde vara tillbaka i Malmö tidigt på eftermiddagen. Klockan var ännu bara tio minuter över åtta. Det kanske skulle finnas möjlighet ändå att resa över till Köpenhamn på kvällen.

Sedan bröt han loss den rostiga pumpen.

Samtidigt rasade brädfundamentet ihop.

Han kastade en blick ner i brunnen.

Det låg någonting där nere i mörkret. Något ljusgult.

Sedan upptäckte han till sin fasa att det var ett människohuvud med ljust hår.

Det var en kvinna som låg där.

En sammanpressad kropp, hoptryckt, förvriden.

Han släppte pumpen och sprang därifrån. I ursinnig fart lämnade han ödegården bakom sig. Efter några kilometer, strax innan han kom fram till Sövde, stannade han, öppnade bildörren och kräktes.

Sedan försökte han tänka. Han visste att han inte hade inbillat sig. Det var en kvinna som hade legat där i brunnen.

En kvinna som ligger i en brunn har blivit mördad, tänkte han.

Sedan slog det honom att han hade lämnat sina fingeravtryck på den bortslitna vattenpumpen.

Hans fingeravtryck fanns i arkiven.

Morell, tänkte han förvirrat. Det här får Morell ordna.

Han körde genom Sövde, alldeles för fort, och svängde sedan söderut mot Ystad. Han skulle köra tillbaka till Malmö och låta Morell ta hand om det hela. Mannen som skulle åka till Spanien fick ge sig av utan sina pumpar.

Ungefär vid avtagsvägen mot Ystads soptipp tog resan slut. Han fick sladd när han skulle tända en cigarett med sina skakande händer och lyckades bara delvis parera den skenande bilen. Bilen slog in i ett staket, knäckte en rad med brevlådor och blev stående. Peter Hanson hade använt säkerhetsbältet och undvek därmed att åka rakt igenom framrutan. Smällen gjorde honom ändå omtöcknad och han blev sittande, chockad, bakom ratten.

En man som klippte gräset i sin trädgård hade sett det som hade hänt. Han sprang först över vägen för att förvissa sig om att ingen blivit svårt skadad. Sedan skyndade han tillbaka till sitt hus, ringde polisen, och ställde sig sedan vid bilen för att bevaka att mannen bakom ratten inte försökte ge sig av. Det måste vara rattfylleri, tänkte han. Varför tappar han annars kontrollen på en raksträcka?

Efter en kvart kom en patrullbil från Ystad. Det var Peters och Norén, två av de mest erfarna polismännen i distriktet som hade tagit emot anropet. Sedan de försäkrat sig om att ingen blivit skadad, började Peters att dirigera trafiken förbi olycksplatsen, medan Norén satte sig med Peter Hanson i polisbilens baksäte för att försöka reda ut vad som hade hänt. Norén lät honom blåsa i alkoholballongen, men den gav inget utslag. Mannen verkade mycket förvirrad och inte alls intresserad av att förklara hur olyckan hade gått till. Norén började tro att mannen var sinnesförvirrad. Han talade osammanhängande om vattenpumpar, om en hälare i Malmö, och ett ödehus med en brunn.

– Det ligger en kvinna i brunnen, sa han.

– Jaha, svarade Norén. En kvinna i en brunn?

– Hon var död, mumlade Peter Hanson.

Plötsligt kände Norén obehaget komma krypande. Vad var det mannen försökte säga? Att han hade hittat en död kvinna i en brunn vid ett ödehus?

Norén sa åt mannen att sitta kvar i bilen. Sedan skyndade han

84

sig ut på vägen där Peters stod och viftade undan bilister som nyfiket bromsade ner och ville stanna.

– Han påstår att han har hittat en död kvinna i en brunn, sa Norén. Med ljust hår.

Peters lät armarna falla.

– Louise Åkerblom?

– Jag vet inte. Jag vet ju inte ens om det är sant.

– Ring Wallander, sa Peters. Genast.

På polishuset i Ystad rådde denna Valborgsmässoaftons förmiddag en avvaktande stämning bland kriminalpoliserna. De hade träffats klockan åtta i sammanträdesrummet och Björk hade skyndat på mötet. Denna dag var han splittrad av andra bekymmer än en försvunnen kvinna. Det var en av de traditionellt mest oroliga kvällarna under hela året, och det var mycket som skulle förberedas inför kvällen och natten.

Mötet handlade i sin helhet om Stig Gustafson. Under torsdagseftermiddagen och kvällen hade Wallander dirigerat sina trupper att leta reda på den förre färjemaskinisten. När han hade refererat sitt samtal med pastor Tureson hade alla delat hans känsla av att de stod inför ett genombrott. De hade också insett att det avhuggna fingret och det söndersprängda huset fick vänta. Martinson hade även varit av den åsikten att det kanske trots allt var en tillfällighet. Att det helt enkelt inte fanns något samband.

– Det har ju hänt tidigare, hade han sagt. Att vi gör beslag hos en hembrännare. Och hittar en tjuvgömma hos grannen när vi frågar efter vägen.

Denna fredagsmorgon hade de ännu inte lyckats ta reda på var Stig Gustafson bodde.

– Vi måste klara det under dagen, sa Wallander. Vi kanske inte hittar honom. Men har vi adressen kan vi i alla fall ta reda på om han hastigt har gett sig av.

I samma ögonblick ringde telefonen. Björk ryckte till sig luren, lyssnade kort och gav den sedan vidare till Wallander.

– Det är Norén, sa han. Han står vid en bilolycka nånstans utanför stan.

– Det får nån annan ta sig an, svarade Wallander irriterat.

Men han tog ändå luren och lyssnade på vad Norén hade att säga. Martinson och Svedberg som väl kände till Wallanders reak-

85

tioner och var lyhörda för alla hans växlande sinnesstämningar uppfattade genast att samtalet var viktigt.

Wallander la långsamt ner telefonluren och såg på sina kollegor.

– Norén står ute vid avtagsvägen till soptippen, sa han. En mindre bilolycka har inträffat. Det sitter en man där som påstår att han har hittat en död kvinna nerstoppad i en brunn.

De avvaktade spänt Wallanders fortsättning.

– Om jag förstod rätt, sa Wallander, så ligger den där brunnen mindre än fem kilometer från det hus Louise Åkerblom skulle besiktiga. Och ännu närmare den damm där vi hittade hennes bil.

De lät tystnaden råda några ögonblick. Sedan reste de sig alla på en gång.

– Vill du ha full utryckning genast? frågade Björk.

– Nej, svarade Wallander. Först måste vi ha det här bekräftat. Norén varnade oss för att vara alltför optimistiska. Han tyckte mannen verkade förvirrad.

– Det skulle jag nog också ha varit, sa Svedberg. Om jag först hittat en död kvinna i en brunn. Och sen kört av vägen.

– Det är just precis så jag också tänker, svarade Wallander.

De lämnade Ystad i utryckningsfordon. Wallander hade Svedberg med sig i bilen medan Martinson körde för sig själv. Just vid norra utfarten slog Wallander på sirenerna. Svedberg såg undrande på honom.

– Det är väldigt lite trafik, sa han.

– Men i alla fall, svarade Wallander.

De stannade vid avtagsvägen till soptippen, satte den bleke Peter Hanson i baksätet, och följde hans anvisningar om färdvägen.

– Det var inte jag, sa han, gång på gång.

– Som vad då? frågade Wallander.

– Det var inte jag som dödade henne, sa han.

– Vad gjorde du där då? frågade Wallander vidare.

– Jag skulle bara stjäla pumpen.

Wallander och Svedberg såg på varandra.

– Morell ringde sent igår kväll och beställde fyra vattenpumpar, mumlade Peter Hanson. Men jag dödade henne inte.

Wallander var oförstående. Men Svedberg insåg plötsligt att han kunde förklara.

– Jag tror jag begriper, sa han. Det finns en ökänd hälare i Mal-

86

mö som heter Morell. Han är ökänd eftersom kollegorna inne i stan aldrig får fast honom.

– Vattenpumpar? undrade Wallander misstroget.

– Antikviteter, svarade Svedberg.

De svängde in vid ödegården och steg ur bilarna. Wallander hann tänka att det skulle bli en fin Valborgsmässafton. Himlen var molnfri, det var vindstilla, och säkert minst sexton, sjutton grader varmt, trots att klockan bara var nio.

Han betraktade brunnen och den lösslitna pumpen som låg på marken intill. Sedan tog han ett djupt andetag, gick fram till brunnen och tittade ner.

Martinson och Svedberg väntade tillsammans med Peter Hanson i bakgrunden.

Wallander såg genast att det var Louise Åkerblom.

Till och med i döden hade hon ett stelnat leende i ansiktet.

Sedan blev han häftigt illamående. Han vände sig hastigt bort och satte sig på huk.

Martinson och Svedberg gick fram till brunnen. Båda ryggade häftigt tillbaka.

– Fy fan, sa Martinson.

Wallander svalde saliv och tvingade sig att andas djupt. Han tänkte på Louise Åkerbloms två döttrar. Och på Robert Åkerblom. Han undrade hur de skulle kunna fortsätta att tro på en god och allsmäktig gud när deras mor och hustru låg död och nerstoppad i en brunn.

Han reste sig upp och gick tillbaka till brunnen.

– Det är hon, sa han, inget tvivel om det.

Martinson sprang till sin bil, ringde Björk och begärde full utryckning. För att få upp Louise Åkerbloms kropp ur brunnen skulle de dessutom behöva brandmän. Wallander satte sig med Peter Hanson på ödegårdens förfallna veranda och lyssnade på hans historia. Då och då ställde han en fråga och nickade när Peter Hanson hade svarat. Han visste redan nu att det han sa var sant. Egentligen borde polisen vara tacksam över att han begett sig ut för att stjäla gamla vattenpumpar. Det kunde annars ha tagit mycket lång tid innan Louise Åkerblom hade blivit återfunnen.

– Ta hans personuppgifter, sa Wallander till Svedberg, när samtalet med Peter Hanson var över. Släpp honom sen. Men se till att den där Morell bekräftar hans historia.

Svedberg nickade.

– Vem av åklagarna har jour? undrade Wallander.

– Jag tyckte Björk sa att det var Per Åkeson, svarade Svedberg.

– Ta kontakt med honom, fortsatte Wallander. Berätta att vi har hittat henne. Och att det är mord. Jag ska ge honom en rapport senare i eftermiddag.

– Vad gör vi med Stig Gustafson? frågade Svedberg.

– Du får jaga vidare ensam till att börja med, svarade Wallander. Jag vill ha Martinson kvar här när vi tar upp henne och gör den första undersökningen.

– Jag är glad att jag slipper se på, sa Svedberg.

Han försvann i en av bilarna.

Wallander tog återigen några djupa andetag innan han gick fram till brunnen igen.

Han ville inte vara ensam när han berättade för Robert Åkerblom var de hade hittat hans hustru.

Det tog två timmar att få upp Louise Åkerbloms döda kropp ur brunnen. De som utförde arbetet var samma unga brandmän som två dagar tidigare hade draggat igenom dammen där de hade hittat hennes bil. De lyfte upp henne med en räddningssele och la henne i ett utredningstält som hade rests intill brunnen. Redan när de hissade upp kroppen ur brunnen hade Wallander fått klart för sig hur hon hade dött. Hon hade blivit skjuten i pannan. Återigen hade han överfallits av den vaga förnimmelsen av att ingenting var naturligt i denna utredning. Han hade fortfarande inte mött Stig Gustafson, om han nu var den som hade dödat Louise Åkerblom. Men skulle han ha skjutit henne rakt framifrån? Det var någonting som inte stämde.

Han frågade Martinson om vad som var hans första reaktion.

– Ett skott rakt i pannan, sa Martinson. Det får mig inte att tänka på okontrollerad upprördhet och olycklig kärlek. Det får mig att tänka på en kallblodig avrättning.

– Just min tanke, sa Wallander.

Brandmännen tömde brunnen på vatten. Sedan gick de ner igen och när de kom upp hade de med sig Louise Åkerbloms handväska, portfölj och ena sko. Den andra satt kvar på hennes fot. Vattnet hade pumpats upp i en hastigt uppmonterad plastbassäng. Martinson hittade ingenting mer av intresse när de filtrerade vattnet.

Brandmännen återvände ännu en gång till brunnens botten. De lyste med starka lampor, men det enda de hittade var ett skelett efter en katt.

Läkaren var blek när hon kom ut ur tältet.

– Det är förfärligt, sa hon till Wallander.

– Ja, svarade Wallander. Vi vet det viktigaste, att hon har blivit skjuten. Det jag vill ha reda på av patologerna i Malmö är först och främst två saker: dels kulan, dels en rapport om hon har ytterligare skador som kan tyda på misshandel, att hon har hållits fängslad. Allt du kan hitta. Och naturligtvis om hon har utsatts för ett sexualbrott.

– Kulan sitter kvar i huvudet, sa läkaren. Jag kan inte se nån utgång.

– En sak till, sa Wallander. Jag vill att man undersöker hennes armleder och anklar. Jag vill att man letar efter tecken på om nån har satt handbojor på henne.

– Handbojor?

– Just det, upprepade Wallander. Handbojor.

Björk hade hållit sig i bakgrunden under arbetet med att få upp den döda kroppen ur brunnen. Sedan kroppen lagts på en bår och körts iväg i en ambulans till sjukhuset, tog han Wallander åt sidan.

– Vi måste underrätta hennes man, sa han.

Vi och vi, tänkte Wallander. Du menar att jag ska göra det.

– Jag ska ta med mig pastor Tureson, sa han.

– Du måste försöka få besked om hur lång tid det tar för honom att underrätta alla nära anhöriga, fortsatte Björk. Jag är rädd för att vi inte kan hålla det här hemligt särskilt länge. Dessutom begriper jag inte hur ni kunde släppa iväg den där tjuven utan vidare. Han kan gå till en kvällstidning och kvittera ut stora pengar om han avslöjar det här.

Wallander irriterades av Björks mästrande tonfall. Samtidigt måste han medge att risken fanns.

– Ja, sa han. Det var dumt. Det är mitt ansvar.

– Jag trodde det var Svedberg som släppte iväg honom, sa Björk.

– Det var Svedberg, svarade Wallander. Men det är mitt ansvar i alla fall.

– Du behöver ju inte bli arg för att jag påpekar det här, sa Björk.

Wallander ryckte på axlarna.

– Jag är arg på den som har gjort det här mot Louise Åkerblom, svarade han. Och mot hennes döttrar. Och hennes man.

Gården var avspärrad och undersökningen fortsatte. Wallander satte sig i bilen och ringde till pastor Tureson. Han svarade nästan genast. Wallander sa som det var. Pastor Tureson var tyst länge innan han svarade. Han lovade att vänta på Wallander utanför kyrkan.

– Kommer han att bryta ihop? frågade Wallander.

– Han har sin förtröstan i Gud, svarade pastor Tureson.

Vi får se, tänkte Wallander. Vi får se om det räcker.

Men han sa ingenting.

Pastor Tureson stod på gatan med nerböjt huvud.

På vägen in till staden hade Wallander haft svårt att samla tankarna. Det fanns ingenting som var så svårt för honom som att framföra besked till anhöriga om att någon i familjen plötsligt hade omkommit. Det gjorde ingen egentlig skillnad om döden hade kommit genom en olyckshändelse, ett självmord eller genom ett våldsbrott. Hans ord var obarmhärtiga, hur försiktigt och hänsynsfullt de än framsades. Han var tragikens yttersta budbärare, hade han tänkt. Han påminde sig vad Rydberg, hans vän och kollega, hade sagt några månader innan han dog. *Det kommer aldrig att finnas ett bra sätt för poliser att framföra budskap om det plötsligt inträffade dödsfallet. Därför ska vi fortsätta att göra det, aldrig lämna över det till någon annan. Vi är förmodligen tåligare än andra, har sett mer av det som helst ingen borde behöva se.*

På vägen till staden hade han också tänkt att den ständiga oron över att något var alldeles fel, alldeles ogripbart, med hela den pågående utredningen, snart måste få sin förklaring. Han skulle fråga Martinson och Svedberg rätt ut om de hade samma känsla som han. Fanns det ett samband mellan det avhuggna svarta fingret och Louise Åkerbloms försvinnande och död? Eller var det bara ett spel av oberäkneliga tillfälligheter?

Han tänkte att det också fanns en tredje möjlighet. Att någon medvetet arrangerade förvirringen.

Men varför hade detta dödsfall plötsligt inträffat, tänkte han. Det enda motiv som vi hittills har kunnat spåra är olycklig kärlek.

Men därifrån är steget långt till att någon begår mord. Och sedan handlar så kallblodigt att bilen göms på ett ställe och kroppen någon helt annanstans.

Vi kanske inte ens har hittat en enda sten som varit värd att vända på, tänkte han. Vad gör vi om Stig Gustafson visar sig vara utan intresse?

Han tänkte på handbojorna. På Louise Åkerbloms ständiga leende. På den lyckliga familjen som inte längre fanns.

Men var det avbilden som rämnat? Eller verkligheten?

Pastor Tureson steg in i bilen. Han hade tårar i ögonen. Wallander fick omedelbart själv en klump i halsen.

– Hon är alltså död, sa Wallander. Vi har hittat henne vid en ödegård några mil från Ystad. Mer kan jag inte säga just nu.

– Hur dog hon?

Wallander tänkte hastigt efter innan han svarade.

– Hon blev skjuten, svarade han.

– Jag har en fråga till, sa pastor Tureson. Frånsett att få svar på vem som har utfört detta vansinnesdåd. Led hon mycket innan hon dog?

– Jag vet inte än, svarade Wallander. Men även om jag visste skulle jag säga till hennes man att döden kom mycket fort och därmed smärtfritt.

De stannade utanför villan. På väg till Metodistkyrkan hade Wallander varit vid polishuset och hämtat sin egen bil. Han ville inte komma i en polisbil.

Robert Åkerblom öppnade nästan genast de ringde på dörren. Han har sett oss, tänkte Wallander. Så fort en bil bromsat in på gatan har han sprungit fram till närmaste fönster för att se vem det är.

Han släppte in dem i vardagsrummet. Wallander lyssnade efter ljud. De två flickorna tycktes inte vara hemma.

– Jag måste tyvärr meddela dig att din hustru är död, började Wallander. Vi har hittat henne utanför en ödegård några mil från stan. Hon har blivit mördad.

Robert Åkerblom såg på honom med orörligt ansikte. Det var som om han väntade på en fortsättning.

– Jag beklagar det här, fortsatte han. Men jag kan inget annat göra än att säga precis som det är. Jag måste tyvärr också be dig om att identifiera henne. Men det kan vänta. Det behöver inte göras idag. Det går också bra om pastor Tureson gör det.

Robert Åkerblom fortsatte att stirra på honom.

– Är döttrarna hemma? frågade Wallander försiktigt. Det här blir ju fruktansvärt för dem.

Han såg vädjande på pastor Tureson.

– Vi ska hjälpas åt, sa Tureson.

– Tack för att jag får veta, sa Robert Åkerblom plötsligt. All den här osäkerheten har varit så svår.

– Jag beklagar sorgen, sa Wallander. Alla vi som arbetat med det här hade hoppats att det skulle finnas en naturlig lösning.

– Vem? sa Robert Åkerblom.

– Vi vet inte, svarade Wallander. Men vi kommer inte att ge oss förrän vi vet.

– Ni kommer aldrig att lyckas, sa Robert Åkerblom.

Wallander såg frågande på honom.

– Varför tror du det? undrade han.

– Ingen kan ha velat döda Louise, sa Robert Åkerblom. Hur ska ni då kunna hitta den som är skyldig?

Wallander visste inte vad han skulle säga. Robert Åkerblom hade satt fingret på deras största problem.

Några minuter senare reste han sig. Pastor Tureson följde honom ut i tamburen.

– Ni har ett par timmar på er att kontakta alla dom närmast anhöriga, sa Wallander. Ring mig om ni inte lyckas. Vi kan inte hålla det här hemligt hur länge som helst.

– Jag förstår, sa pastor Tureson.

Sedan sänkte han rösten.

– Stig Gustafson? frågade han.

– Vi söker fortfarande, svarade Wallander. Vi vet inte om det är han.

– Har ni några andra spår? frågade pastor Tureson.

– Kanske, svarade Wallander. Men det kan jag tyvärr heller inte svara på.

– Av utredningstekniska skäl?

– Just det.

Wallander såg att pastor Tureson hade ytterligare en fråga.

– Ja, sa han. Fråga på!

Pastor Tureson sänkte rösten så lågt att Wallander nästan inte lyckades uppfatta vad han sa.

– Är det ett sexualbrott? frågade han.

– Det vet vi inte än, svarade Wallander. Men omöjligt är det naturligtvis inte.

Wallander upplevde en egendomlig blandning av hunger och obehag när han lämnade den åkerblomska villan. Han stannade vid en
korvkiosk på Österleden och stoppade i sig en hamburgare. Han
kunde inte minnas när han ätit senast. Sedan skyndade han vidare
mot polishuset. När han kom dit möttes han av Svedberg som kunde meddela att Björk i all hast hade fått improvisera en presskonferens. Eftersom han inte velat störa Wallander som var upptagen
med att framföra dödsbudskapet hade han tagit Martinson till
hjälp.
– Kan du gissa hur det har kommit ut? frågade han.
– Ja, svarade Wallander. Peter Hanson?
– Fel! Gissa en gång till!
– Nån av oss?
– Inte den här gången. Utan Morell. Hälaren i Malmö. Han såg
sin chans att plocka en kvällstidning på pengar för sitt tips. Det är
alldeles uppenbart en riktig fähund. Men nu kan dom i Malmö
äntligen sätta dit honom. Att beordra någon att stjäla fyra vattenpumpar är straffbart.
– Han får bara villkorligt, svarade Wallander.
De gick in i matrummet och hällde upp var sin mugg med kaffe.
– Hur tog Robert Åkerblom det? frågade Svedberg.
– Jag vet inte, svarade Wallander. Det måste väl vara som att mista halva sitt eget liv. Ingen kan nog föreställa sig som inte själv har
gått igenom nåt liknande. Jag kan det inte. Det enda jag kan säga
just nu är att att vi måste ha ett möte så fort den där presskonferensen är över. Till dess sätter jag mig på mitt rum och försöker göra
en sammanfattning.
– Jag tänkte jag skulle försöka få ihop en översikt över våra tips,
sa Svedberg. Det kan ju hända att nån såg Louise Åkerblom i fredags tillsammans med en man som kan vara Stig Gustafson.
– Gör det, sa Wallander. Och ge oss allt du har om mannen.

Presskonferensen drog ut på tiden. Efter en och en halv timme tog
den äntligen slut. Då hade Wallander försökt skriva ner sin sammanfattning i olika punkter och göra en plan för nästa fas i utredningen.

Björk och Martinson var alldeles slutkörda när de kom in i sammanträdesrummet.

– Nu förstår jag hur du brukar känna det, sa Martinson och sjönk ner i en stol. Det enda dom inte frågade om var vilken färg hon hade på underkläderna.

Wallander reagerade omedelbart.

– Det där var onödigt, sa han.

Martinson slog urskuldande ut med händerna.

– Jag ska försöka sammanfatta, sa Wallander. Början på historien kan vi, så den hoppar jag över. Men vi har alltså hittat Louise Åkerblom. Hon har blivit mördad, skjuten genom pannan. Jag gissar dessutom att hon blivit skjuten på mycket nära håll. Men det får vi veta med säkerhet senare. Vi vet inte om hon har utsatts för ett sexualbrott. Vi vet inte heller om hon blivit misshandlad eller om hon har hållits fången. Vi kan dessutom inte svara på var hon blev dödad. Inte heller när. Men vi kan vara säkra på att hon var död när hon stoppades ner i brunnen. Vi har dessutom hittat hennes bil. Det är viktigt att vi så fort som möjligt får en preliminär rapport från sjukhuset. Inte minst om det är ett sexualbrott. Då får vi börja kontrollera kända gärningsmän som är tänkbara.

Wallander drack en klunk kaffe innan han fortsatte.

– När det gäller motiv och gärningsman har vi hittills bara ett enda spår att gå efter, fortsatte han. Maskinisten Stig Gustafson som förföljt och oroat henne med hopplösa kärleksförklaringar. Vi har fortfarande inte lokaliserat honom. Det där vet du mer om, Svedberg. Du kan också ge oss en sammanfattning av tipsen som kommit in. Vad som komplicerar hela utredningen ytterligare är det avhuggna, svarta fingret och huset som exploderade. Det blir inte mindre komplicerat av att Nyberg hittat rester av en avancerad radiosändare i brandresterna, samt en pistolkolv till ett vapen som mest används i Sydafrika, om jag förstod honom rätt. I och för sig hänger ju fingret och vapnet ihop på det viset. Men ingenting blir klarare för det. Inte minst om det föreligger nåt samband mellan dom två händelserna.

Wallander slutade och såg på Svedberg som bläddrade i sina ständigt hoprörda papper.

– Om jag börjar med tipsen, sa han, så ska jag nån gång sammanställa en bok som ska heta Folk Som Vill Hjälpa Polisen. Den kommer att göra mig rik. Vi har som vanligt fått in förbannelser, lögner, välsignelser, erkännanden, drömmar, hallucinationer, samt ett och annat förnuftigt tips. Men såvitt jag kan se är det tyvärr bara ett enda som är av omedelbart intresse. Förvaltaren på Rydsgårds gård påstår bestämt att han såg Louise Åkerblom passera i fredags eftermiddag. Tiden stämmer också bra. Det innebär att vi vet vilken väg hon for. Men i övrigt är det oväntat lite som vi kan ha nytta av. Nu vet vi ju att dom bästa tipsen brukar ha en tendens att dröja några dagar. Det är människor med omdöme som tvekar innan dom hör av sig. När det gäller Stig Gustafson så har vi inte lyckats reda ut vart han har flyttat. Men han ska ha en kvinnlig ogift släkting i Malmö. Tyvärr vet vi inte vad hon heter i förnamn. Och det går bra att slå upp Gustafson i telefonkatalogen över Malmö. Det finns hur många som helst. Vi får bara fortsätta och dela upp namnen mellan oss. Det är vad jag har att säga.

Wallander satt tyst ett ögonblick. Björk såg uppmanande på honom.

– Låt oss koncentrera oss, sa Wallander slutligen. Vi måste hitta Stig Gustafson, det är huvuduppgiften. Om det är vår enda möjlighet att leta efter hans släkting i Malmö, så gör vi det. Varenda människa som kan lyfta en telefonlur här i huset måste hjälpa till. Jag ska själv sätta mig och ringa, bara jag har manat på sjukhuset.

Sedan vände han sig mot Björk.

– Vi fortsätter hela kvällen, sa han. Det är nödvändigt.

Björk nickade sitt godkännande.

– Gör det, sa han. Jag kommer att finnas här om det händer nånting avgörande.

Svedberg började organisera jakten på maskinisten Stig Gustafsons släkting i Malmö, medan Wallander gick in på sitt rum. Innan han ringde sjukhuset slog han numret till sin far. Det dröjde länge innan någon svarade. Han antog att fadern hade stått ute i sin ateljé och målat. Wallander hörde genast att han var på dåligt humör.

– Hej. Det är jag, sa han.

– Vem? frågade fadern.

– Du hör mycket väl vem det är, sa Wallander.

– Jag har glömt hur din röst låter, sa fadern.

Wallander tvingade sig att hålla tillbaka lusten att slänga på telefonluren.

– Jag arbetar, sa han. Jag har just hittat en död kvinna i en brunn. En kvinna som blivit mördad. Jag hinner inte komma ut till dig idag. Det hoppas jag du förstår.

Till hans stora förvåning lät fadern plötsligt vänlig.

– Det förstår jag att du inte kan, sa han. Det låter obehagligt.

– Det är det också, svarade Wallander. Men jag ville bara önska dig en trevlig kväll. Och jag försöker komma ut i morgon.

– Bara om du hinner, sa fadern. Nu har jag inte tid att prata mer med dig.

– Varför inte det?

– Jag väntar besök.

Wallander hörde hur samtalet bröts. Han blev sittande med telefonluren i handen.

Besök, tänkte han. Gertrud Anderson besöker honom alltså även när hon inte arbetar?

Han skakade länge på huvudet.

Snart måste jag ha tid med honom, tänkte han. Det vore rena katastrofen om han gifte sig.

Han reste sig och gick in till Svedberg. Han fick en lista på namn och telefonnummer, återvände till sitt rum och slog det översta. Samtidigt tänkte han att han också måste hinna kontakta jourhavande åklagare under eftermiddagen.

Klockan blev fyra utan att de lyckades spåra Stig Gustafsons släkting.

Halv fem fick Wallander tag på Per Åkeson i hans bostad. Han gav ett referat av det som hade hänt, och meddelade att de nu koncentrerade sig på att få tag på Stig Gustafson. Åklagaren hade inget att invända. Han bad Wallander höra av sig igen under kvällen om det hände något mer.

Kvart över fem hämtade Wallander sin tredje lista inne hos Svedberg. Fortfarande hade de inte lyckats. Wallander stönade över att det var Valborgsmässoafton. Många människor var inte hemma. De hade rest bort över helgen.

På de två första numren svarade ingen. Det tredje numret tillhörde en äldre dam som bestämt nekade till att ha någon som hette Stig i släkten.

Wallander öppnade fönstret och kände att han höll på att få ont i huvudet. Sedan återvände han till telefonen och slog det fjärde numret. Han lät det gå fram många signaler och skulle just lägga på när det svarade. Han hörde att det var en yngre kvinna som talade. Han presenterade sig och förklarade sitt ärende.

– Javisst, sa kvinnan som hette Monica. Jag har en halvbror som heter Stig. Han är fartygsmaskinist. Har han råkat ut för nånting?

Wallander kände all trötthet och olust försvinna.

– Nej, sa han. Men vi skulle behöva komma i kontakt med honom snarast. Du vet kanske var han bor?

– Det är klart jag vet var han bor, sa hon. I Lomma. Men han är inte hemma.

– Var är han då?

– Han är på Las Palmas. Men han kommer tillbaka i morgon. Han skulle landa i Köpenhamn klockan tie på förmiddagen. Jag tror han åker med Spies.

– Utmärkt, sa Wallander. Om du kan ge mig hans adress och telefonnummer vore jag tacksam.

Han fick det han begärde, bad om ursäkt för att han stört och avslutade samtalet. Sedan störtade han in till Svedberg och hämtade upp Martinson på vägen. Ingen visste var Björk befann sig.

– Vi åker in till Malmö själva, sa Wallander. Kollegorna inne i stan får hjälpa till. Bevakning med passkontroll på alla som kommer med dom olika färjorna. Det måste Björk ordna.

– Sa hon hur länge han varit borta? frågade Martinson. Om han köpt en veckas resa innebär det att han reste förra lördagen.

De såg på varandra. Betydelsen av Martinsons påpekande var uppenbar.

– Nu tycker jag ni ska gå hem, sa Wallander. Imorgon måste i alla fall några av oss vara utvilade. Låt oss träffas här imorgon klockan åtta. Sen kör vi till Malmö.

Martinson och Svedberg åkte hem. Wallander talade med Björk som lovade att ringa sin kollega i Malmö och ordna det Wallander hade begärt.

Kvart över sex ringde Wallander till sjukhuset. Läkaren kunde bara ge svävande svar.

– Kroppen har inga synliga skador, sa hon. Inga blåmärken, inga frakturer. Ytligt sett verkar det heller inte vara nåt sexualbrott. Men det måste jag få återkomma till. Jag hittar inga märken på anklarna eller handlederna.

– Det är bra, sa Wallander. Tack så länge. Jag hör av mig i morgon igen.

Sedan lämnade han polishuset.

Han for ut till Kåseberga och satt en stund på höjden och såg ut över havet.

Strax efter nio var han hemma.

7

I gryningen, just innan han vaknade, hade Kurt Wallander en dröm.

Han hade upptäckt att hans ena hand var svart.

Men det var inte en svart handske som satt där. Det var huden som hade mörknat tills handen var som en afrikans.

I drömmen hade Wallander vacklat mellan reaktioner av fasa och belåtenhet. Rydberg, den förra kollegan, som nu varit död i snart två år, hade ogillande betraktat handen. Han hade frågat Wallander varför bara den ena var svart.

– Nånting måste hända även imorgon, hade Wallander svarat i drömmen.

När han vaknade och mindes drömmen hade han blivit liggande i sängen och funderat över det svar han gett Rydberg. Vad hade han egentligen menat?

Sedan hade han stigit upp, sett genom fönstret att första maj detta år skulle bli en molnfri och solig, men mycket blåsig dag i Skåne. Klockan var sex.

Trots att han bara hade sovit två timmar kände han sig inte trött. Just den här morgonen skulle de få svar på om Stig Gustafson hade något alibi för fredagseftermiddagen veckan innan, då Louise Åkerblom med all sannolikhet blivit mördad.

Löser vi brottet redan idag, har det gått förvånansvärt enkelt, tänkte han. De första dagarna hade vi ingenting att gå efter. Sedan började allting hända mycket fort. En brottsutredning följer sällan vardagens rytm. Den har sitt eget liv, sin egen rörelse. En brottsutrednings klockor vränger tiden, låter den stå stilla, eller låter den rusa fram. Ingen kan på förhand veta.

De möttes klockan åtta i sammanträdesrummet och Wallander tog ordet.

– Det finns ingen anledning för oss att blanda in den danska polisen, började han. Om vi får tro hans halvsyster så kommer Stig Gustafson att anlända med en Scanairflight till Köpenhamn klockan tio. Det kan du Svedberg kontrollera. Sen har han tre möjligheter att ta sig till Malmö. Över Limhamn, med flygbåtarna eller med SAS' svävare. Vi ska ha bevakning på alla ställena.

– En gammal fartygsmaskinist åker väl den stora färjan, sa Martinson.

– Han kanske har fått nog, invände Wallander. Vi ska vara två man vid varje postering. Han ska gripas bestämt och upplysas om orsaken. Ett visst mått av försiktighet kan vara på sin plats. Sen tar vi honom hit. Jag tänkte vara den som börjar prata med honom.

– Två personer verkar lite, sa Björk. Kan vi inte åtminstone ha en patrullbil i bakgrunden?

Wallander gav med sig.

– Jag har talat med kollegorna i Malmö, fortsatte Björk. Vi får all den hjälp vi behöver. Ni får själva komma överens om hur passpolisen ska ge er signal när han dyker upp.

Wallander såg på klockan.

– Om det inte är mer så bryter vi nu, sa han. Det är bäst vi är i Malmö i god tid.

– Flyget kan vara ett dygn försenat, sa Svedberg. Vänta tills jag har kontrollerat.

En kvart senare kunde han ge besked om att planet från Las Palmas förväntades vara på Kastrup redan tjugo minuter över nio.

– Det är redan i luften, sa Svedberg. Och dom har medvind.

De reste omedelbart in till Malmö, talade med sina kollegor och fördelade sina posteringar. Wallander tog på sig svävarterminalen tillsammans med en polisaspirant som var alldeles ny och hette Engman. Han hade kommit istället för en polisman som hette Näslund och som Wallander hade arbetat tillsammans med i många år. Det var en gotlänning som bara väntat på möjligheten att återvända till sin hemort. När det uppstått en vakans inom Visbypolisen hade han inte tvekat att bryta upp. Wallander saknade honom ibland, framförallt hans ständigt lika goda humör. Martinson och en kollega ansvarade för Limhamn medan Svedberg stod vid flygbåtarna. De hade kontakt med varandra över walkie-talkies. Halv tio var allt organiserat. Wallander lyckades få kaffe till sig själv och polisaspiranten av kollegorna på svävarterminalen.

– Det är den första mördare jag är med och griper, sa Engman.

– Vi vet inte om det är han, svarade Wallander. I det här landet är man oskyldig tills man är överbevisad. Glöm inte det.

Han lyssnade med obehag till sitt mästrande tonfall. Han tänkte att han borde släta över genom att säga något vänligt. Men han kom inte på någonting.

Halv elva gjorde Svedberg och hans kollega ett odramatiskt ingripande vid flygbåtarna. Stig Gustafson var en liten man, magerlagd och tunnhårig, brunbränd efter sin semester.

Svedberg förklarade att han var misstänkt för mord, belade honom med handfängsel och meddelade att han skulle förhöras i Ystad.

– Jag vet inte vad ni talar om, sa Stig Gustafson. Varför ska jag ha handbojor? Varför ska jag resa till Ystad? Vem är det jag ska ha dödat?

Svedberg noterade att han verkade uppriktigt förvånad. Hastigt föresvävade det honom att maskinisten Stig Gustafson kanske var oskyldig.

Tio minuter i tolv satte Wallander sig mitt emot Gustafson i ett förhörsrum på polishuset i Ystad. Då hade han redan informerat åklagaren Per Åkeson om gripandet.

Han började med att fråga om Stig Gustafson ville ha kaffe.

– Nej, svarade han. Jag vill åka hem. Och jag vill veta varför jag är här.

– Jag vill tala med dig, sa Wallander. Och de svar jag får kommer att avgöra om du kan åka hem eller inte.

Han började från början. Antecknade Stig Gustafsons personuppgifter, noterade att han hade Emil som mellannamn, och var född i Landskrona. Mannen var uppenbarligen nervös och Wallander såg att han svettades i hårfästet. Men det behövde inte betyda någonting. Det fanns polisskräck likaväl som det fanns ormskräck.

Sedan började det egentliga förhöret. Wallander gick rakt på sak, spänd över vilken reaktion han skulle mötas av.

– Du är här för att svara på frågor om ett brutalt mord, sa han. Mordet på Louise Åkerblom.

Wallander såg att mannen stelnade till. Hade han inte räknat med att kroppen skulle bli återfunnen så fort? tänkte Wallander. Eller är han uppriktigt överraskad?

– Louise Åkerblom försvann förra fredagen, fortsatte han. Hennes kropp blev återfunnen för några dagar sen. Sannolikt blev hon mördad redan under loppet av den senare delen av fredagen. Vad har du att säga om den saken?

– Är det den Louise Åkerblom jag känner? frågade Stig Gustafson.

Wallander märkte att han nu var rädd.

– Ja, svarade han. Hon som du lärde känna hos metodisterna.

– Har hon blivit mördad?

– Ja.

– Det är ju fruktansvärt!

Wallander började omedelbart få en gnagande känsla i magen av att något var fel, alldeles åt helvete fel. Stig Gustafsons upprörda förvåning gav intryck av att vara helt igenom äkta. I och för sig visste Wallander av erfarenhet att det fanns gärningsmän som stod bakom de grövsta brott man kunde tänka sig, men samtidigt hade förmågan att spela oskyldiga på ett fullt trovärdigt sätt.

Ändå gnagde det.

Hade de följt ett spår som från början var alldeles kallt?

– Jag vill veta vad du gjorde förra fredagen, sa Wallander. Börja med att berätta om eftermiddagen.

Svaret som kom överraskade honom.

– Jag var hos polisen, sa Stig Gustafson.

– Polisen?

– Ja. Polisen i Malmö. Jag skulle resa till Las Palmas dagen efter. Och jag hade plötsligt upptäckt att mitt pass hade gått ut. Jag var hos polisen i Malmö för att få ett nytt pass. Expeditionen hade redan stängt när jag kom dit. Men dom var hyggliga och hjälpte mig ändå. Jag fick mitt pass klockan fyra.

Innerst inne förstod Wallander i detta ögonblick att Stig Gustafson var ute ur bilden. Men det var som om han ändå inte ville ge sig. De behövde så innerligt väl lösa den här mordgåtan så fort de någonsin kunde. Dessutom skulle det vara direkt tjänstefel att låta sina känslor styra förhöret.

– Jag hade parkerat vid Centralstationen, tillade Stig Gustafson. Sen gick jag på en pub och tog en öl.

– Finns det nån som kan intyga att du var på puben strax efter fyra i fredags? fortsatte Wallander.

Stig Gustafson tänkte efter.

– Det vet jag inte, svarade han till slut. Jag satt för mig själv. Kanske nån av dom som sålde öl kommer ihåg mig? Men det är mycket sällan jag besöker puben. Jag är inte nåt känt ansikte, precis.

– Hur länge var du där? frågade Wallander.

– Kanske en timme. Inte mer.

– Ungefär till halv sex? Stämmer det?

– Det gör det nog. Jag hade tänkt hinna in på Systemet innan det stängde.

– Vilken affär?

– Den som ligger bakom NK. Jag vet inte vad gatan heter.

– Och dit gick du?

– Jag köpte några öl bara.

– Finns det nån som kan intyga att du var där?

Stig Gustafson skakade på huvudet.

– Expediten hade rött skägg, sa han. Men kanske jag har kvittot kvar. Det står ju datum på kvitton, eller hur?

– Fortsätt, sa Wallander och nickade.

– Sen hämtade jag bilen, sa Stig Gustafson. Jag skulle köpa en resväska ute på B&W:s stormarknad vid Jägersro.

– Finns det nån där som kan känna igen dig?

– Jag köpte ingen väska, svarade Stig Gustafson. Dom var för dyra. Jag tänkte att jag fick nöja mig med min gamla. Det var en besvikelse.

– Vad gjorde du sen?

– Jag åt en hamburgare på MacDonalds som ligger där ute. Men där är det ju bara småungar som serverar. Dom minns väl ingenting?

– Unga människor har ofta bra minne, sa Wallander och tänkte på en bankkassörska han haft stor glädje av vid en utredning några år tidigare.

– Jag kommer förresten ihåg en annan sak nu, sa Stig Gustafson plötsligt. Som hände när jag var på puben.

– Vad?

– Jag gick ner på pissoaren. Där stod jag och pratade en stund med en karl. Han klagade över att det inte fanns pappershanddukar att torka händerna med. Han var lite berusad. Men inte farligt. Han sa han att hette Forsgård och hade blomsteraffär i Höör.

Wallander antecknade.

– Vi ska undersöka det, sa han. Om vi nu återvänder till Mac-Donalds vid Jägersro, så bör klockan ha varit omkring halv sju.

– Det kan nog stämma, sa Stig Gustafson.

– Vad gjorde du sen?

– Jag for hem till Nisse och spelade kort.

– Vem är Nisse?

– En gammal timmerman som jag seglade ihop med i många år. Han heter Nisse Strömgren. Bor på Föreningsgatan. Vi spelar kort då och då. Ett spel vi lärde oss i Fjärran Östern. Det är väldigt komplicerat. Men roligt när man kan det. Det går ut på att samla på knektar.

– Hur länge var du där?

– Klockan var nog närmare midnatt innan jag for hem. Det var lite för sent eftersom jag skulle upp så tidigt. Bussen skulle gå redan klockan sex från Centralen. Bussen till Kastrup, alltså.

Wallander nickade. Stig Gustafson har alibi, tänkte han. Om det han har sagt stämmer. Och om Louise Åkerblom verkligen dödades i fredags.

Det fanns just nu inte tillräckliga skäl för att begära Stig Gustafson anhållen. Åklagaren skulle aldrig gå med på en sådan begäran.

Det är inte han, tänkte Wallander. Om jag börjar pressa honom på hans förföljelse av Louise Åkerblom kommer vi ändå ingen vart.

Han reste sig.

– Vänta här, sa han och lämnade rummet.

De samlades i mötesrummet och lyssnade nerslagna till Wallanders referat.

– Vi får undersöka det han har sagt, sa Wallander. Men jag tror ärligt talat inte längre att det är han. Det var en blindgångare.

– Jag tycker du går för fort fram, invände Björk. Vi vet ju faktiskt inte än om hon verkligen dog under fredagseftermiddagen. Stig Gustafson kan ju faktiskt ha åkt från Lomma till Krageholm efter det att han lämnat den där kortspelande kamraten.

– Det verkar knappast troligt, sa Wallander. Vad kunde ha hållit Louise Åkerblom ute till så sent? Glöm inte att hon hade lämnat ett meddelande på telefonsvararen om att hon skulle vara hemma till klockan fem. Det måste vi tro på. Innan klockan fem har nånting hänt.

Ingen sa något.

Wallander såg sig runt.

– Jag måste tala med åklagaren, sa han. Om ingen har nåt att säga kommer jag att släppa Stig Gustafson.

Ingen gjorde någon invändning.

Kurt Wallander gick över till andra änden av polishuset där åklagarmyndigheten hade sina kontor. Han blev insläppt till Per Åkeson och gav honom ett referat av förhöret. Varje gång Wallander besökte hans kontor slogs han av den häpnadsväckande oordning som rådde. Papper låg i oorganiserade travar på bord och stolar, papperskorgen var överfull. Men Per Åkeson var en skicklig åklagare. Ingen hade dessutom någonsin kunnat komma på honom med att ha slarvat bort ett enda papper av värde.

– Honom kan vi inte häkta, sa han när Wallander var färdig. Jag antar att det går ganska snabbt att få hans alibi bekräftat?

– Ja, sa Wallander. Jag tror ärligt talat inte det är han.

– Vad har ni mer för spår? undrade Åkeson.

– Det är mycket vagt, saWallander. Vi har ställt oss frågan om han eventuellt kan ha lejt nån att döda henne. Vi ska göra en ordentlig genomgång nu i eftermiddag innan vi går vidare. Men vi har inga andra personspår att gå efter. Vi får arbeta brett tills vidare. Jag hör av mig.

Per Åkeson nickade och kisade med ögonen mot Wallander.

– Hur mycket sover du egentligen? frågade han. Eller hur lite? Har du sett dig i spegeln? Du ser förfärlig ut!

– Det är ingenting emot vad jag känner mig, svarade Wallander och reste sig.

Han gick tillbaka längs korridoren, öppnade dörren till förhörsrummet och steg in.

– Vi ska ge dig transport till Lomma, sa han. Men vi kommer säkert att höra av oss igen.

– Är jag fri? frågade Stig Gustafson.

– Du har aldrig varit annat, svarade Wallander. Att bli förhörd är inte detsamma som att vara häktad.

– Jag har inte dödat henne, sa Stig Gustafson. Jag förstår inte hur ni kunnat tro det.

– Inte? sa Wallander. Trots allt har du ju hängt henne i hälarna då och då.

Wallander såg att en sky av oro skymtade i Stig Gustafsons ansikte.

Bara så han vet att vi vet, tänkte Wallander.

Han följde Stig Gustafson ut till receptionen och ordnade att han fick hemtransport.

Honom ser jag aldrig igen, tänkte han. Honom kan vi avskriva.

Efter en timslång lunch samlades de på nytt i sammanträdesrummet. Wallander hade använt lunchen till att äta några smörgåsar hemma i sitt kök.

– Var är alla vanliga tjuvar? suckade Martinson när de hade satt sig ner. Det här verkar ju vara en ren rövarhistoria. Allt vi har är en död, frireligiös kvinna, nerstoppad i en brunn. Och ett avhugget svart finger.

– Jag håller med dig, sa Wallander. Men hur gärna vi än skulle vilja kan vi inte bortse från det där fingret.

– Det är för många trådar som flyter omkring utan styrning, sa Svedberg irriterat och kliade sig på flinten. Vi måste samla ihop det vi har. Och det måste ske nu. Annars kommer vi aldrig vidare.

Wallander anade i Svedbergs ord en förstucken kritik mot hans sätt att leda utredningen. Men inte heller nu kunde han tycka att det var helt orättvist. Det var alltid en fara i att koncentrera sig för fort på ett enda spår. Svedbergs bildspråk återspeglade blott alltför väl den förvirring han kände.

– Du har rätt, sa Wallander. Låt oss alltså se vad vi har. Louise Åkerblom blir mördad. Vi vet inte exakt var och vi vet inte av vem. Men vi vet på ett ungefär när. I närheten av fyndplatsen exploderar ett hus som ska ha stått tomt. I brandresterna hittar Nyberg delar av en avancerad radiosändare och en förbränd pistolkolv. Pistolen tillverkas på licens i Sydafrika. Dessutom hittar vi ett avskuret svart finger på gårdsplanen. Vidare har någon försökt gömma Louise Åkerbloms bil i en damm. Det är ren tur att vi hittar den så fort. På samma sätt som med hennes kropp. Vidare vet vi att hon blivit skjuten mitt i pannan och att det hela ger intryck av avrättning. Jag ringde till sjukhuset innan vi började sammanträdet. Ingenting tyder på att hon har utsatts för ett sexualbrott. Hon har helt enkelt blivit skjuten.

– Allt det här måste sorteras, sa Martinson. Vi måste få fram mer material. Om fingret, om radiosändaren, om pistolen. Den där dödsboadvokaten i Värnamo måste omedelbart kontaktas. Nån måste helt enkelt ha funnits i huset.

– Vi delar upp det mellan oss innan vi avslutar mötet, sa Wallander. Själv har jag egentligen bara två funderingar till som jag vill redovisa.

– Vi börjar med dom, sa Björk.

– Vem kan tänkas skjuta ihjäl Louise Åkerblom? sa Wallander. En våldtäktsman hade varit tänkbar. Men hon är troligen inte våldtagen enligt läkarens preliminära bedömning. Hon har inga spår efter att ha blivit misshandlad eller att ha hållits fången. Hon har inga fiender. Det jag då kan tänka mig är att det hela är ett misstag. Hon har blivit dödad istället för nån annan. Den andra möjligheten är att hon har råkat bli vittne till nånting hon inte borde ha sett eller hört.

– Där kan vi passa in huset, sa Martinson. Det låg i närheten av den fastighet hon skulle besiktiga. Och nånting har definitivt pågått i det där huset. Hon kan ha sett nåt och blivit skjuten. Peters och Norén besökte det där huset hon skulle ha besiktigat. Det som tillhörde en änkefru Wallin. De menade båda att det var fullt möjligt att ta fel på vägarna.

Wallander nickade.

– Fortsätt, sa han.

– Det är inte så mycket mer, sa Martinson. Av nån anledning blir ett finger avhugget. Om det nu inte skedde i samband med sprängningen. Men skadan tydde inte på det. I en sån explosion förvandlas en människa till pulver. Fingret var helt, frånsett att det var av.

– Jag vet inte mycket om Sydafrika, sa Svedberg. Annat än att det är ett rasistiskt land med mycket våld. Sverige har inga diplomatiska förbindelser med Sydafrika. Dessutom spelar vi inte tennis med dem eller gör affärer med dem. Åtminstone inte officiellt. Vad jag för mitt liv inte kan begripa är varför några trådar från Sydafrika skulle leda till Sverige. De kunde leda ungefär vart som helst. Men inte hit.

– Kanske just därför, mumlade Martinson.

Wallander högg genast tag i Martinsons kommentar.

– Vad menar du? frågade han.

– Ingenting, sa Martinson. Jag tror bara att vi måste tänka i helt nya banor för att få ordning på den här utredningen.

– Precis min åsikt, bröt Björk in. Imorgon vill jag ha en skriftlig kommentar till det här av var och en. Låt oss se om lite stilla eftertanke kan föra oss vidare.

De fördelade arbetet mellan sig. Wallander övertog advokaten i Värnamo från Björk som skulle koncentrera sig på att få fram en preliminär rapport över undersökningen av fingret.

Wallander slog numret till advokatbyrån och bad att få tala med advokat Holmgren i ett brådskande ärende. Det dröjde så länge innan Holmgren tog samtalet att Wallander hade hunnit bli irriterad.

– Det gäller den av er förvaltade fastigheten i Skåne, sa Wallander. Huset som brunnit ner.

– En helt oförklarlig händelse, sa advokat Holmgren. Men jag har kontrollerat att dödsboets försäkringar täcker det inträffade. Har polisen nån förklaring till hur det hela gått till?

– Nej, svarade Wallander. Men vi arbetar på det. Jag har en del frågor jag behöver ställa nu per telefon.

– Jag hoppas det inte tar för lång tid, sa advokaten. Jag är mycket upptagen.

– Om vi inte kan ta det per telefon får polisen i Värnamo kalla ner er till stationen, sa Wallander och brydde sig inte om att han lät brysk.

Det dröjde ett ögonblick innan advokaten svarade.

– Ställ era frågor, Jag lyssnar.

– Vi väntar fortfarande på att få ett fax med namn och adresser till dödsboets delägare.

– Jag ska se till att det blir åtgärdat.

– Sen undrar jag vem som haft det direkta ansvaret för fastigheten.

– Det har jag. Jag förstår nog inte frågan?

– Ett hus måste ju ses till då och då. Takpannor lagas, möss hållas efter. Gör ni det också?

– En av dödsboets delägare bor i Vollsjö. Han brukar se till huset. Han heter Alfred Hanson.

Wallander fick adressen och telefonnumret.

– Huset har alltså stått obebott i ett år?

– Mer än ett år. Det har rått viss oenighet om fastigheten skulle försäljas eller inte.

– Ingen har med andra ord bott i huset?

– Naturligtvis inte.

– Ni är säker på det?

– Jag förstår inte vart ni vill komma? Huset har varit igenbommat. Alfred Hanson har ringt mig med jämna mellanrum och sagt att allt är som det ska.

– När ringde han senast?

– Hur ska jag kunna minnas det?

– Jag vet inte. Men jag vill gärna ha svar på frågan.

– Nån gång vid nyår, tror jag. Men jag kan inte svära på det. Varför är det viktigt?

– Tills vidare är allting viktigt. Men jag tackar för upplysningarna.

Wallander avslutade samtalet, slog upp telefonkatalogen och letade reda på Alfred Hansons adress. Sedan reste han sig, rev till sig jackan, och lämnade rummet.

– Jag åker till Vollsjö, sa han i dörröppningen till Martinsons rum. Det är nåt underligt med det där huset som exploderade.

– Jag tycker allting är underligt, svarade Martinson. Jag talade för övrigt med Nyberg just innan du kom. Han påstår att den där sönderbrända radiosändaren kan vara av rysk tillverkning.

– Rysk?

– Han sa så. Inte vet jag.

– Ett land till, sa Wallander. Sverige, Sydafrika och Ryssland. Var ska det sluta?

En dryg halvtimme senare svängde han in på gården där Alfred Hanson skulle bo. Det var ett relativt modernt hus som kraftigt stack av mot den ursprungliga bebyggelsen. I en bur skällde några schäfrar ursinnigt när Wallander steg ur bilen. Klockan hade hunnit bli halv fem och han kände att han var hungrig.

En man i fyrtioårsåldern öppnade dörren och steg ut på trappan i strumplästen. Håret stod på ända och när Wallander kom närmare märkte han att mannen luktade sprit.

– Alfred Hanson? frågade han.

Mannen nickade.

– Jag kommer från polisen i Ystad, sa Wallander.

– Helvete, sa mannen innan Wallander hunnit säga sitt namn.

– Förlåt?

– Vem är det som har skvallrat? Är det den där jävla Bengtson?

Wallander tänkte sig för innan han sa någonting.

– Jag kan inte svara på det, sa han. Polisen skyddar alla sina informatörer.

– Det måste vara Bengtson, sa mannen. Är jag anhållen?

– Vi kan ju resonera om saken, sa Wallander.

Mannen släppte in Wallander i köket. Genast kände han den svaga men omisskännliga lukten av finkel. Därmed hade han sammanhanget klart för sig. Alfred Hanson var hembrännare och trodde att Wallander kommit för att gripa honom.

Mannen hade sjunkit ner på en köksstol och kliade sig i huvudet.

– Alltid har man otur, suckade han.

– Vi pratar om bränningen sen, sa Wallander. Jag har ett annat ärende också.

– Vad då?

– Fastigheten som brann ner.

– Jag vet ingenting om det där, sa mannen.

Wallander märkte genast att han blev orolig.

– Vet ingenting om vad då?

Mannen tände en skrynklig cigarett med darrande fingrar.

– Egentligen är jag lackerare, sa mannen. Men jag orkar inte med att jobba klockan sju varenda morgon. Så jag tänkte att jag kan väl hyra ut den där kåken om nån är intresserad. Jag vill ju ha huset sålt. Men släkten konstrar så förbannat.

– Vem var intresserad?

– Nån från Stockholm. Han hade kört runt här i trakten och letat. Sen hade han hittat huset och gillat läget. Jag undrar fortfarande hur han kunde spåra det till mig.

– Vad hette han?

– Han sa han hette Nordström. Men det tror jag vad jag vill om.

– Varför det?

– Han talade bra svenska. Men han bröt. Inte fan heter utlänningar Nordström?

– Men han ville alltså hyra huset?

– Ja. Och han betalade bra. Jag skulle få tiotusen kronor i månaden. Det säger man knappast nej till. Och ingen skada skedd, tänkte jag. Jag får lite betalt för att se till huset. Dödsboet och Holmgren i Värnamo behöver inget få veta.

– Hur länge skulle han hyra fastigheten?

– Han kom i början av april. Huset skulle han ha till slutet av maj.

– Sa han vad det skulle användas till?

– Folk som ville vara ifred för att måla.

– Måla?

Wallander tänkte på sin far.

– Konstnärer, alltså. Och han la upp pengarna här på bordet. Det är klart jag slog till.

– När träffade ni honom igen?

– Aldrig.

– Aldrig?

– Det var liksom ett outtalat villkor med det hela. Att jag skulle hålla mig därifrån. Och det gjorde jag ju. Han fick nycklarna och sen var det klart.

– Har ni fått igen nycklarna?

– Nej. Han sa han skulle skicka dom med posten.

– Och ni har ingen adress?

– Nej.

– Kan ni beskriva honom?

– Han var fruktansvärt tjock.

– Och mer?

– Hur fan ska man beskriva en tjock karl? Han var tunnhårig, rödmosig och tjock. Och när jag säger tjock så menar jag tjock. Som en tunna var han.

Wallander nickade.

– Har ni några av pengarna kvar? frågade han, med tanke på fingeravtryck.

– Inte ett öre. Det är därför jag har börjat bränna igen.

– Om ni slutar idag ska jag inte ta er med till Ystad, sa Wallander.

Alfred Hanson trodde knappt det var sant.

– Jag menar vad jag säger, sa Wallander. Men jag kommer att kontrollera att ni har slutat. Och töm ut allt ni redan har bränt.

Mannen satt vid köksbordet och gapade när Wallander gick.

Tjänstefel, tänkte han. Men just nu har jag inte tid med hembrännare.

Han for tillbaka mot Ystad. Utan att han egentligen visste varför körde han in och stannade på en parkeringsplats intill Krageholmssjön. Han steg ur bilen och gick ner till sjökanten.

Det var någonting med den här utredningen, med Louise Åkerbloms död, som skrämde honom. Som om det hela egentligen bara nätt och jämnt hade börjat.

Jag är rädd, tänkte han. Det är som om det där svarta fingret pekar rakt mot mig. Jag befinner mig mitt i något jag saknar förutsättningar för att begripa.

Han satte sig på en sten trots att den var fuktig. Men plötsligt kändes tröttheten och missmodet överväldigande.

Han såg ut över sjön och tänkte att det fanns en grundläggande likhet mellan den utredning han just nu var mitt uppe i och den känsla han bar inom sig. Lika lite som han tyckte sig ha kontroll över sig själv, lika lite tyckte han sig klara att styra den pågående utredningen. Med en suck som även för honom själv framstod som patetisk tänkte han att han var lika vilse i sitt eget liv som han var i utredningen om Louise Åkerbloms mördare.

Hur kommer jag vidare? sa han högt för sig själv. Jag vill inte ha med hänsynslösa, livsföraktande mördare att göra. Jag vill inte befatta mig med ett våld som kommer att vara obegripligt för mig så länge jag lever. Kanske nästa generation poliser i det här landet kommer att ha en annan erfarenhet och därmed få en annan syn på sitt arbete. Men för mig är det för sent. Jag blir aldrig någon annan än den jag är. En någorlunda duktig polis i ett mellanstort svenskt polisdistrikt.

Han reste sig och betraktade en skata som flaxade bort från en trädtopp.

Alla frågor förblir obesvarade, tänkte han. Jag ägnar mitt liv åt att försöka få fast och sedan fälla gärningsmän som gjort sig skyldiga till olika brott. Ibland lyckas jag, ofta inte. Men när jag själv en dag går bort har jag misslyckats med den största efterforskningen av alla. Livet förblir en egendomlig gåta.

Jag vill träffa min dotter, tänkte han. Jag saknar henne ibland så att det gör ont. Jag måste fånga en svart man utan finger, framförallt om det är han som har dödat Louise Åkerblom. Jag har en fråga till honom som jag vill ha ett svar på: Varför dödade du henne?

Jag måste följa Stig Gustafson, inte släppa honom ur sikte alltför tidigt, även om jag redan nu är övertygad om att han är oskyldig.

Han gick tillbaka till bilen.

Rädslan och olusten ville inte försvinna. Fingret fortsatte att peka.

Mannen från Transkei
8.

Mannen syntes knappt där han satt på huk i skuggan av bilvraket. Han var alldeles orörlig och hans svarta ansikte gick inte att urskilja mot den mörka bilplåten.

Han hade omsorgfullt valt den plats där han skulle bli hämtad. Han hade väntat sedan tidigt på eftermiddagen och nu hade solen börjat försvinna bortom den dammiga silhuetten av förstadsgettot Soweto. Den röda, torra jorden glödde i den nedgående solen. Det var den 8 april 1992.

Han hade rest långt för att komma till mötesplatsen i tid. Den vite mannen som hade uppsökt honom hade sagt att han måste vara ute i god tid. Av säkerhetsskäl ville de inte ge honom ett exakt klockslag när han skulle bli hämtad. Någon gång strax efter solnedgången, det var allt han hade fått veta.

Det hade bara gått tjugosex timmar sedan den vite mannen som hade sagt sig heta Stewart hade stått utanför hans hem i Ntibane. När han hade hört knackningen på dörren hade han först tänkt att det var polisen i Umtata som ville honom något. Det gick sällan mer än en månad mellan deras besök. Så fort det hade skett ett bankrån eller mord stod någon av spanarna vid Umtatas våldsrotel utanför dörren. Ibland tog de med honom in till staden för förhör. Men oftast accepterade de att han hade ett alibi, även om det den senaste tiden mest inneburit att han hade varit full på någon av traktens barer.

När han hade kommit ut ur skjulet av korrugerad plåt där han bodde hade han inte känt igen mannen som stått i det skarpa solljuset och påstått att han hade hetat Stewart.

Victor Mabasha hade genast insett att mannen ljög. Han kunde ha hetat vad som helst, men bara inte Stewart. Trots att han hade talat engelska hade Victor kunnat höra på uttalet att mannen till sitt ursprung var boer. Och *boere* hette inte Stewart.

Det hade varit på eftermiddagen mannen hade sökt upp honom. Victor Mabasha hade legat och sovit när det knackade på dörren. Han hade inte gjort sig någon brådska att stiga upp, dra på sig ett par byxor och öppna dörren. Han hade börjat vänja sig vid att ingen längre hade några viktiga ärenden till honom. Oftast var det någon som han var skyldig pengar. Eller någon som var dum nog att tro att han skulle kunna låna av honom. Om det nu inte var polisen som kom på besök. Men de knackade inte. De bultade på dörren. Om de inte slet upp den.

Mannen som sa sig heta Stewart hade varit i 50-årsåldern. Han hade varit klädd i en illasittande kostym och han hade svettats ymnigt. Under ett baobabträd på andra sidan vägen hade han parkerat sin bil. Victor hade lagt märke till att den hade skyltar från Transvaal. Hastigt hade han undrat varför någon hade rest så långt, ända hit till Transkeiprovinsen för att träffa honom.

Mannen hade inte bett att få stiga in. Han hade bara sträckt fram ett kuvert och sagt åt honom att någon ville träffa honom i ett viktigt ärende utanför Soweto dagen efter.

– Allt du behöver veta finns i brevet, hade han sagt.

Några halvnakna barn lekte med en bucklig navkapsel strax intill skjulet. Victor ropade åt dem att försvinna därifrån. Genast var de borta.

– Vem? hade Victor frågat.

Han misstrodde alla vita män. Men mest av allt misstrodde han vita män som ljög dåligt och dessutom trodde att han skulle nöja sig med att få ett kuvert i handen.

– Det kan jag inte säga, svarade Stewart.

– Det är alltid någon som vill träffa mig, sa Victor. Frågan är bara om jag vill träffa honom.

– Allt finns i kuvertet, upprepade Stewart.

Victor sträckte ut handen och tog emot det tjocka bruna kuvertet. Han kände genast att det fanns en sedelbunt i kuvertet. Det var både betryggande och oroväckande. Han behövde pengar. Men han visste inte varför han fick dem. Det bekymrade honom. Han ville inte bli inblandad i något han visste alltför lite om.

Stewart torkade sig i ansiktet och över den kala hjässan med en genomblöt näsduk.

– Det finns en karta, sa han. Mötesplatsen är utsatt. Det är i närheten av Soweto. Du har inte glömt hur där ser ut?

– Allting förändras, svarade Victor. Jag vet hur det såg ut i Soweto för åtta år sen. Men jag vet ingenting om hur det ser ut idag.

– Det är inte inne i Soweto, sa Stewart. Mötesplatsen är på en avtagsväg till motorleden mot Johannesburg. Där är ingenting förändrat. Du måste resa tidigt imorgon bitti om du ska hinna i tid.

– Vem är det som vill träffa mig? frågade Victor ännu en gång.

– Han föredrar att inte säga sitt namn, sa Stewart. Du träffar honom imorgon.

Victor skakade långsamt på huvudet och räckte tillbaka kuvertet.

– Jag vill ha ett namn, sa han igen. Får jag inget namn så kommer jag inte att vara i tid på mötesplatsen. Jag kommer aldrig att vara där.

Mannen som kallade sig Stewart tvekade. Victor betraktade honom med orörliga ögon. Efter lång tvekan tycktes Stewart ha insett att Victor menade allvar. Han såg sig runt. De lekande barnen var borta. Det var ungefär femtio meter till Victors närmaste grannar, som bodde i ett plåtskjul lika eländigt som hans eget. En kvinna stötte korn i det virvlande dammet utanför dörren. Några getter letade efter grässtrån i den förtorkade röda jorden.

– Jan Kleyn, sa han med låg röst. Det är Jan Kleyn som vill träffa dig. Glöm att jag nånsin har sagt det. Men du måste vara i tid.

Sedan vände han sig om och gick tillbaka till sin bil. Victor stod och såg honom försvinna i ett dammoln. Han körde alldeles för fort. Victor tänkte att han var den typiske vite mannen som kände sig osäker och utlämnad när han besökte de svartas bostadsområden. För Stewart var det som att besöka fientligt territorium. Och det var ju sant.

Han smålog åt tanken.

Vita människor var rädda människor.

Sedan undrade han hur Jan Kleyn kunde nedlåta sig till att använda sig av en sådan budbärare.

Eller det kanske var ytterligare en lögn som Stewart hade kommit med? Kanske Jan Kleyn inte alls hade sänt honom? Kanske var det någon annan?

Barnen som lekte med navkapseln var tillbaka igen. Han återvände in i skjulet, tände fotogenlampan, satte sig på den rangliga sängen och sprättade långsamt upp kuvertet.

Av gammal vana öppnade han det från undersidan. Brevbomber hade nästan alltid sin detonator placerad på ovansidan av kuvertet. Få människor förväntade sig att få sig en bomb tillsänd i posten och öppnade det som vanligt.

Kuvertet innehöll en karta, noggrant tecknad för hand med en svart tuschpenna. Ett rött kryss markerade mötespunkten. Han kunde se platsen framför sig. Den skulle inte vara möjlig att missa. Förutom kartan fanns en sedelbunt som innehöll röda 50-randsedlar i kuvertet. Utan att räkna visste Victor att det var femtusen rand.

Det var allt. Där fanns inget meddelande om varför Jan Kleyn ville träffa honom.

Victor la kuvertet på jordgolvet och sträckte ut sig på sängen. Han kände att lakanen luktade mögel. En osynlig mygga surrade ovanför hans ansikte. Han vred på huvudet och betraktade fotogenlampan.

Jan Kleyn, tänkte han. Jan Kleyn vill träffa mig. Det är två år sedan nu. Den gången sa han att vi aldrig mer skulle ha något med varandra att göra. Men nu vill han träffa mig igen. Varför?

Han satte sig upp i sängen och såg på sitt armbandsur. Skulle han vara i Soweto dagen efter måste han resa från Umtata med buss redan ikväll. Stewart hade haft fel. Han kunde inte vänta till imorgon bitti. Det var nästan nittio mil till Johannesburg.

Något beslut behövde han inte fatta. I och med att han tagit emot pengarna måste han resa. Han hade ingen lust att vara skyldig Jan Kleyn femtusen rand. Det skulle vara som att sätta en dödsdom på sitt eget huvud. Så mycket visste han om Jan Kleyn att han aldrig lät någon som svikit honom undslippa sitt ansvar.

Han drog fram en bag som låg inkilad under sängen. Eftersom han inte visste hur länge han skulle vara borta eller vad det var Jan Kleyn ville han skulle göra, packade han bara ner några skjortor, underbyxor och ett par tjocka skor. Blev det uppdrag han fick långvarigt skulle han köpa de kläder han behövde. Sedan lossade han försiktigt bakstycket på ena sänggaveln. Inlindade i plast, insmord med fett låg hans två knivar. Han torkade bort fettet med en trasa och drog av sig skjortan. Från en krok i taket tog han ner det specialgjorda knivbältet. Han fäste det runt midjan och konstaterade belåtet att han kunde använda samma hål. Trots att han i flera månader, så länge pengarna räckt, hade ägnat sin tid åt att dricka öl, hade han inte gått upp i vikt. Han var fortfarande i god form, trots att han snart skulle fylla trettioett år.

Han stoppade ner de två knivarna i sina hölster efter att ha känt på eggarna med fingerspetsarna. Han behövde bara trycka lätt med handen för att blod skulle börja sippra fram ur fingrarna. Sedan lossade han ytterligare en del av sängens bakstycke och tog fram sin pistol, också den insmord i kokosfett och inlindad i plast. Han satte sig på sängen och rengjorde vapnet noggrant. Det var en 9 mm Parabellum. Han laddade magasinet med den speciella ammunition som bara fanns att köpa hos en illegal vapenhandlare i Ravenmore. Två extra magasin lindade han in i en av skjortorna i bagen. Sedan spände han på sig axelhölstret och stoppade ner pistolen. Nu kunde han resa och möta Jan Kleyn.

Strax därpå lämnade han sitt skjul. Han låste med det rostiga hänglåset och började gå mot busshållplatsen som låg några kilometer bort längs vägen mot Umtata.

Han kisade mot den röda solen som hastigt försvann över Soweto, och han mindes den gången för åtta år sedan då han senast hade varit där. Av en lokal handelsman hade han fått 500 rand för att skjuta en konkurrerande affärsinnehavare. Som vanligt hade han iakttagit all upptänklig försiktighet och gjort en noggrann planering. Men något hade gått fel från början. En polispatrull hade råkat passera platsen och han hade flytt hals över huvud från Soweto. Sedan dess hade han aldrig återvänt.

Den afrikanska skymningen var kort. Plötsligt var han omgiven av mörker. På avstånd hördes bruset av bilar på motorvägen som delade sig mot Kapstaden och Port Elizabeth. En polissiren ylade långt borta och han tänkte att Jan Kleyn måste ha ett alldeles speciellt ärende för att kontakta just honom. Det fanns många villiga som var beredda att skjuta vem som helst för tusen rand. Men Jan Kleyn hade gett honom fem tusen rand i förskott, och det kunde inte bara vara för att han ansågs vara den bäste och mest kallblodige yrkesmördaren i hela Sydafrika.

Tanken avbröts av att ljudet från en bilmotor lösgjorde sig från bruset från motorvägen. Strax därpå skymtade han billjus som närmade sig. Han drog sig djupare in i skuggorna och tog fram sin pistol. Han gjorde en mantelrörelse och osäkrade vapnet.

Bilen stannade där avtagsvägen tog slut. Billyktorna lyste över dammiga busksnår och upphuggna bilvrak. Victor Mabasha väntade i mörkret. Nu var han på helspänn.

En man steg ur bilen. Victor såg genast att det inte var Jan Kleyn. Det hade han knappast heller väntat sig. Jan Kleyn skickade andra att hämta de han ville träffa.

Victor gled försiktigt runt bilvraket och gjorde en kringgående rörelse för att kunna närma sig mannen bakifrån. Bilen hade stannat precis där han hade förutsett och han hade övat den kringgående rörelsen för att kunna förflytta sig ljudlöst.

Han stannade tätt intill mannen och tryckte pistolen mot hans huvud. Mannen ryckte till.

– Var är Jan Kleyn? frågade Victor Mabasha.

Mannen vred försiktigt på huvudet.

– Jag ska köra dig till honom, svarade mannen. Victor Mabasha märkte att han var rädd.

– Var är han nånstans? frågade Victor Mabasha.

– På en farm utanför Pretoria. I Hammanskraal.

Genast insåg Victor Mabasha att det inte var någon fälla. Han hade en gång tidigare träffat Jan Kleyn i Hammanskraal. Han stoppade tillbaka pistolen i sitt hölster.

– Då är det bäst vi far, sa han. Det är tie mil till Hammanskraal.

Han satte sig in i baksätet. Mannen bakom ratten var tyst. Snart såg han ljusen från Johannesburg när de passerade längs motorvägen norr om staden.

Varje gång han befann sig i närheten av Johannesburg märkte han hur det ursinniga hat han alltid hade känt för staden blossade upp igen. Det var som ett vilddjur som ständigt förföljde honom, som ständigt återuppstod och påminde honom om det han helst av allt ville glömma.

Det var i Johannesburg Victor Mabasha hade växt upp. Hans far hade varit gruvarbetare och sällan visat sig hemma. Under många år hade han arbetat i diamantgruvorna i Kimberley, senare hade han slitit i gruvhålen som låg nordöst om Johannesburg, i Verwoerdburg. Vid fyrtiotvå års ålder hade hans lungor varit slut. Victor Mabasha kunde fortfarande minnas det ohyggliga väsandet när hans far kippade efter luft det sista året han levde, ångesten som lyste i hans ögon. Under alla dessa år hade hans mor försökt hålla ihop hemmet och de nio barnen. De hade bott i ett slumområde och Victor mindes hela sin uppväxt som en utdragen och till synes ändlös förnedring. Han hade tidigt revolterat mot allt detta, men hans protest hade varit missförstådd och förvirrad. Han hade hamnat i en krets av unga tjuvar, han hade åkt fast och blivit sönderslagen i fängelsecellen av vita polismän. Det hade bara ökat hans bitterhet och han hade återvänt till gatorna och brotten. Till skillnad från många av sina kamrater hade han gått sin egen väg när det gällde att överleva förnedringen. Istället för att söka sig till den svarta medvetanderörelsen som långsamt växte fram hade han bestämt sig för att gå i motsatt riktning. Trots att det var det vita förtrycket som förstörde hans liv, tänkte han att det enda sättet att undkomma var att hålla sig väl med de vita. Han började utföra olika beställningsstölder för vita hälare, mot att han stod under deras beskydd. När han så en dag, strax efter det att han hade fyllt tjugo år, fick löfte om 1.200 rand för att döda en svart politiker som hade förolämpat en vit affärsägare, hade han inte tvekat. Det skulle vara det slutgiltiga beviset för att han stod på de vitas sida. Och hans hämnd skulle alltid vara att de inte förstod hur djupt han föraktade dem. De trodde han var en enfaldig *kaffir* som visste hur en svart borde uppträda i Sydafrika. Men i sitt innersta hatade han de vita och det var därför han gick deras ärenden.

Ibland kunde han se i tidningen att någon av hans forna kamrater hade blivit hängd eller dömd till ett långvarigt fängelsestraff. Han kunde sörja över deras öde, men förvissningen om att han gick den rätta vägen för att överleva och kanske till slut kunna bygga upp ett liv utanför slumområdena lämnade honom aldrig.

När han var 22 år hade han träffat Jan Kleyn första gången. Trots att de var jämnåriga behandlade han honom ändå med överlägset förakt.

Jan Kleyn var fanatiker. Victor Mabasha visste att han hatade de svarta och menade att de var som djur, som ständigt måste tuktas av de vita. Han hade tidigt anslutit sig till det fascistiska Boerskt motstånd och på några få år hade han nått en ledande position. Men han var ingen politiker, han arbetade i det fördolda och han gjorde det från en position i den sydafrikanska underrättelsetjänsten. Hans största tillgång var hans hänsynslöshet. För honom var det ingen skillnad på att skjuta ner en svart eller att döda en råtta.

Victor Mabasha både hatade och beundrade Jan Kleyn. Hans absoluta övertygelse om att boerna var ett utvalt folk, hans dödsföraktande hänsynslöshet imponerade på honom. Det var som om han ständigt kunde kontrollera alla sina tankar och känslor. Förgäves hade han försökt spåra en svag punkt hos Jan Kleyn. Men någon sådan fanns inte.

Vid två tillfällen hade han utfört mord som beställts av Jan

Kleyn. Han hade skött sina uppgifter till belåtenhet. Jan Kleyn hade varit nöjd. Men trots att de den gången hade träffats regelbundet hade Jan Kleyn fortfarande aldrig tagit honom i hand.

Ljusen från Johannesburg försvann långsamt bakom dem. Trafiken på motorvägen mot Pretoria tunnades ut. Victor Mabasha lutade sig bakåt i sätet och slöt ögonen. Snart skulle han få veta vad det var som hade förändrat Jan Kleyns uppfattning att de aldrig mer skulle ses. Mot sin vilja kände han en spänning i kroppen. Jan Kleyn skulle aldrig ha kallat på honom om det inte hade varit något mycket viktigt.

Huset låg på en kulle ungefär en mil utanför Hammanskraal. Det var omgivet av höga stängsel, och lösa schäferhundar bevakade att ingen obehörig trängde sig in.

I ett rum fyllt av jakttroféer satt denna kväll två män och väntade på Victor Mabasha. Gardinerna var fördragna och tjänstefolket hade skickats hem. De två männen satt på varsin sida av ett bord som var täckt av en grön filtduk. De drack whisky och pratade lågmält med varandra, som om det trots allt hade funnits någon i huset som kunde höra dem.

Den ene av männen var Jan Kleyn. Han var till ytterlighet avmagrad, som om han nyligen hade gått igenom en svår sjukdom. Ansiktet var skarpskuret och fick honom att likna en vaksam fågel. Han hade grå ögon, tunt ljust hår och var klädd i mörk kostym, vit skjorta och slips. När han talade var hans röst hes och hans sätt att uttrycka sig var återhållet, nästan långsamt.

Den andre mannen var hans motsats. Franz Malan var storvuxen och dessutom fet. Magen hängde ut över byxlinningen, han var rödbrusig i ansiktet och svettades ymnigt. Det var ett till det yttre omaka par som denna kväll i april 1992 väntade på att Victor Mabasha skulle infinna sig.

Jan Kleyn såg på sitt armbandsur.

– En halv timme till så är han här, sa han.

– Jag hoppas du har rätt, svarade Franz Malan.

Jan Kleyn ryckte till, som om någon plötsligt hade riktat ett vapen mot honom.

– Har jag nånsin fel? frågade han. Han talade fortfarande med låg röst. Men det hotfulla i stämman gick inte att ta miste på.

Franz Malan betraktade honom tankfullt.

– Inte än, svarade han. Det var bara en tanke.

– Du tänker fel tankar, sa Jan Kleyn. Du slösar bort din tid med att oroa dig i onödan. Allt kommer att gå som planerat.

– Jag hoppas det, sa Franz Malan. Mina överordnade skulle sätta ett pris på mig om nåt gick fel.

Jan Kleyn log mot honom.

– Jag skulle begå självmord, sa han. Och jag har ingen tanke på att dö. När vi har återerövrat det vi har förlorat de senaste åren ska jag dra mig tillbaka. Men inte innan.

Jan Kleyn var resultatet av en häpnadsväckande karriär. Hans kompromisslösa hat mot alla som ville göra slut på apartheidpolitiken i Sydafrika var välkänt eller ökänt, beroende på vilken åsikt man hade. Många avfärdade honom som den störste tokstollen inom Boerskt motstånd. Men de som kände honom visste att han var en kyligt beräknande människa, vars hänsynslöshet dock aldrig fick honom att begå överilade handlingar. Han brukade själv beskriva sig som en politisk kirurg, med uppgiften att operera bort tumörer som ständigt hotade den friska sydafrikanska boerkroppen. Få människor kände till att han var en av underrättelsetjänstens mest effektiva tjänstemän.

Franz Malan hade i över tio år arbetat för den sydafrikanska militären som hade en egen hemlig säkerhetsavdelning. Han hade tidigare varit officer med fältplacering och lett hemliga operationer i Syd-Rhodesia och Moçambique. Vid 44 års ålder hade han fått en hjärtattack och hans militära karriär var över. Men hans åsikter och hans duglighet innebar att han omedelbart omplacerades till säkerhetsavdelningen. Hans uppgifter var mångskiftande, alltifrån att placera ut bilbomber hos apartheidmotståndare till att organisera terroraktioner mot ANC:s möten och representanter. Även han var medlem av Boerskt motstånd. Men han spelade liksom Jan Kleyn en roll bakom scenen.Tillsammans hade de tänkt ut den plan som denna kväll skulle börja förverkligas med Victor Mabashas ankomst. Under dagar och nätter hade de diskuterat vad som måste göras. Till slut hade de nått enighet. De hade lagt fram sin plan för den hemliga sammanslutning som aldrig kallades någonting annat än Kommittén.

Det var också denna Kommitté som från början gett dem uppdraget.

Det hela hade börjat när Nelson Mandela släpptes från sin nästan trettioåriga fängelsevistelse på Robben Island. För Jan Kleyn och Franz Malan, liksom alla andra rättroende *boere*, hade det varit en krigsförklaring. President de Klerk hade svikit sitt eget folk, de vita i Sydafrika. Apartheidsystemet skulle komma att raseras om ingenting drastiskt skedde. Ett antal högt uppsatta *boere*, bland dem Jan Kleyn och Franz Malan, hade insett att fria val ofrånkomligt skulle leda till ett svart majoritetsstyre. Och det var för dem liktydigt med en katastrof, en domens dag över det utvalda folkets rätt att styra Sydafrika som de ville. De hade diskuterat många alternativa aktioner innan de slutligen hade bestämt vad som måste göras.

Beslutet hade fattats fyra månader tidigare. De hade träffats i just detta hus, som ägdes av den sydafrikanska armén, och användes för konferenser och möten som måste ske diskret. Officiellt hade varken underrättelsetjänsten eller militären några kontakter med hemliga sammanslutningar. Deras lojalitet var formellt knuten till den sittande regeringen och Sydafrikas konstitution. Men verkligheten var annorlunda. På samma sätt som under Brödraskapets storhetstid hade Jan Kleyn och Franz Malan kontakter överallt i det sydafrikanska samhället. Den operation de nu hade planerat färdigt för den hemliga Kommittén och var beredda att sätta igång, hade sin bas inom den sydafrikanska arméns huvudkommando, Inkatharörelsen som opponerade mot ANC och bland välbeställda företagare och bankmän.

De hade suttit i samma rum som nu, vid bordet med den gröna filten, när Jan Kleyn plötsligt hade sagt:

– Vem är den viktigaste enskilda personen i Sydafrika idag?

Franz Malan behövde inte tänka länge förrän han förstod vem Jan Kleyn menade.

– Gör ett tankeexperiment, fortsatte Jan Kleyn. Tänk dig honom död. Inte av naturliga orsaker. Det skulle bara förvandla honom till ett helgon. Nej, tänk dig honom mördad.

– Det skulle bli upplopp i de svarta förstäderna av en omfattning som vi hittills inte kunnat föreställa oss. Generalstrejk, kaos. Omvärlden skulle isolera oss ännu mer.

– Tänk vidare. Låt oss säga att det kunde bevisas att han mördats av en svart man.

– Det skulle öka förvirringen. Inkatha och ANC skulle gå i ett öppet och urskillningslöst krig mot varandra. Vi skulle kunna sitta med armarna i kors och se på medan dom förintade varandra med hackor och yxor och spjut.

– Rätt. Men tänk ytterligare ett steg. Att mannen som mördar honom är medlem av ANC.

– Det skulle bli kaos i rörelsen. Kronprinsarna skulle slita sönder struparna på varandra.

Jan Kleyn nickade ivrigt.

– Rätt. Tänk vidare!

Franz Malan funderade ett ögonblick innan han svarade.

– Till slut skulle nog dom svarta vända sig mot dom vita. Och eftersom den svarta politiska rörelsen vid det laget skulle befinna sig på randen av totalt sammanbrott och anarki, skulle vi vara tvungna att låta polisen och armén ingripa. Ett kort inbördeskrig skulle bli följden. Med god planering skulle vi hinna eliminera alla som är av betydelse bland dom svarta. Vare sig omvärlden vill eller inte skulle den tvingas acceptera att det var dom svarta som började kriget.

Jan Kleyn nickade.

Franz Malan betraktade forskande mannen mitt emot.

– Menar du allvar? frågade han långsamt.

Jan Kleyn såg förvånat på honom.

– Allvar?

– Att vi ska ta livet av honom?

– Naturligtvis menar jag allvar. Innan nästa sommar ska mannen vara likviderad. Jag tänker mig det som Operation Spriengboek.

– Varför det?

– Allting måste ha ett namn. Har du aldrig skjutit en antilop nån gång? Träffar du rätt tar djuret ett språng innan det dör. Och det språnget tänker jag erbjuda den största fienden vi har.

De hade suttit uppe till gryningen. Franz Malan kunde inte låta bli att imponeras av hur grundligt Jan Kleyn hade förberett sig. Planen var djärv utan att präglas av onödiga risker. När de i gryningen gick ut på husets veranda och sträckte på benen hade Franz Malan bara en enda invändning kvar.

– Din plan är utmärkt, sa han. Jag ser egentligen bara en fara med den. Du bygger på att Victor Mabasha inte kommer att svikta. Du glömmer att han tillhör zulustammen. Delvis påminner de om *boere*. Deras yttersta lojalitet ligger hos dem själva och förfäderna

123

dom tillber. Det innebär att du lägger ett stort ansvar och förtroende i händerna på en svart man. Du vet att deras lojalitet aldrig kan vara vår. Förmodligen har du rätt. Han kommer att bli en rik man, rikare än han nånsin kunnat drömma om. Men ändå. Planen bygger på att vi litar på en svart.

– Mitt svar kan du få genast, sa Jan Kleyn. Jag litar inte på en enda människa. I alla fall inte fullt ut. Jag litar på dig. Men jag inser att alla har en svag punkt någonstans. Jag ersätter denna brist på tillit med försiktighet och återförsäkringar. Det gäller naturligtvis också Victor Mabasha.

– Den enda du litar på är dig själv, sa Franz Malan.

– Ja, svarade Jan Kleyn. Hos mig kan du aldrig hitta den svaga punkt du talar om. Naturligtvis kommer Victor Mabasha att ständigt befinna sig under bevakning. Och jag kommer att låta honom veta om det. Han kommer också att få speciell träning av en av världens främsta experter på attentat. Sviker han ska han veta att han kommer att få en så långsam och plågsam död att han skulle förbanna sin egen födelse. Victor Mabasha vet vad tortyr är. Han kommer att förstå vad vi kräver av honom.

Några timmar senare skildes de och for åt varsitt håll.

Fyra månader senare var planen förankrad hos ett antal sammansvurna som under ed hade avgivit sitt tysthetslöfte.

Uppdraget var på väg att förverkligas.

När bilen bromsade in framför huset på kullen, hade Franz Malan kopplat hundarna. Victor Mabasha som avskydde schäfrar satt kvar i bilen, tills han var säker på att han inte skulle bli attackerad. Jan Kleyn stod på verandan och tog emot honom. Victor Mabasha kunde inte motstå frestelsen att sträcka fram handen. Men Jan Kleyn såg förbi den och frågade istället hur resan hade varit.

– När man sitter i en buss en hel natt hinner man formulera många frågor, svarade Victor Mabasha.

– Utmärkt, sa Jan Kleyn. Du kommer att få alla svar du behöver.

– Vem avgör det? sa Victor Mabasha. Vad jag behöver eller inte behöver?

Innan Jan Kleyn hann svara kom Franz Malan fram ur skuggorna. Inte heller han sträckte fram handen.

– Låt oss gå in, sa Jan Kleyn. Vi har mycket att tala om och tiden är knapp.

– Jag heter Franz, sa Franz Malan. Sträck upp händerna över huvudet.

Victor protesterade inte. Det tillhörde de oskrivna reglerna att vapen lämnades utanför när en förhandling skulle ske. Franz Malan tog hans pistol och betraktade sedan knivarna.

– De är tillverkade av en afrikansk vapensmed, sa Victor Mabasha. Utmärkta både för närstrid och som kastvapen.

De gick in och satte sig vid bordet med den gröna duken. Chauffören kokade kaffe i köket.

Victor Mabasha väntade. Han hoppades att de två männen inte märkte hur spänd han var.

– En miljon rand, sa Jan Kleyn. Låt oss börja från slutet den här gången. Jag vill att du hela tiden ska ha i huvudet vad vi erbjuder dig för den tjänst vi önskar att du ska göra oss.

– En miljon kan vara både mycket och lite, sa Victor Mabasha. Det beror på omständigheterna. Och vilka är vi?

– Låt frågorna komma sen, sa Jan Kleyn. Du känner mig, du vet att du kan lita på mig. Franz som sitter mitt emot dig ska du se som min förlängda arm. Du kan ha lika mycket förtroende för honom som för mig.

Victor Mabasha nickade. Han hade förstått. Spelet hade börjat. Alla försäkrade varandra om sin pålitlighet. Men ingen litade på någon annan än sig själv.

– Vi tänker be dig att göra oss en liten tjänst, upprepade Jan Kleyn och fick det i Victor Mabashas öron att låta som om han bad honom hämta ett glas vatten. Vilka 'vi' är i det här sammanhanget har ringa betydelse för dig att veta.

– En miljon rand, sa Victor Mabasha. Låt oss anta att det är mycket pengar. Jag förutsätter att ni vill att jag ska döda nån åt er. Då är en miljon för mycket. Om vi antar att det är för lite, vad blir svaret då?

– Hur i helvete kan en miljon rand vara lite? sa Franz Malan ilsket.

Jan Kleyn lyfte avvärjande ena handen.

– Låt oss hellre säga att det är bra betalt för en mycket koncentrerad och kortvarig arbetsuppgift, sa han.

– Ni vill att jag ska döda nån, upprepade Victor Mabasha.

Jan Kleyn såg länge på honom innan han svarade. Victor Mabasha tyckte plötsligt att en kall vind drog genom rummet.

– Alldeles riktigt, svarade Jan Kleyn långsamt. Vi vill att du ska döda nån.

– Vem?

– Det kommer du att få veta när tiden är mogen, sa Jan Kleyn.

Victor Mabasha blev plötsligt orolig. Det borde vara den självklara spelöppningen, att han fick veta det viktigaste. Vem han skulle rikta sitt vapen emot.

– Den här uppgiften är mycket speciell, fortsatte Jan Kleyn. Den förutsätter resor, kanske månadslånga förberedelser, repetitioner och extrem vaksamhet. Låt mig bara säga att det är en man vi vill att du ska eliminera. En betydelsefull man.

– En sydafrikan? frågade Victor Mabasha.

Jan Kleyn tvekade ett ögonblick innan han svarade.

– Ja, sa han. En sydafrikan.

Victor Mabasha försökte hastigt räkna ut vem det kunde vara. Men fortfarande var allt mycket oklart för honom. Och vem var denne fete och svettige man som satt tyst och försjunken bland skuggorna på andra sidan bordet? Victor Mabasha hade en vag aning om att han kände igen honom. Hade han träffat honom tidigare? I vilket sammanhang i så fall? Hade han sett hans fotografi i någon tidning? Han letade febrilt i minnet utan att hitta något svar.

Chauffören dukade fram koppar och ställde en kaffekanna mitt på den gröna duken. Ingen sa någonting innan han hade lämnat rummet och stängt dörren bakom sig.

– Om ungefär tie dagar vill vi att du lämnar Sydafrika, sa Jan Kleyn. Du återvänder direkt härifrån till Ntibane. Till alla som du känner säger du att du ska resa till Botswana för att arbeta hos en farbror som har en järnaffär i Gaborone. Du kommer att få ett brev som är poststämplat i Botswana, där du blir erbjuden arbetet. Brevet ska du visa upp så ofta du kan. Den 15 april, om sju dagar, tar du bussen till Johannesburg. Du blir mött på busstationen och kommer att tillbringa en natt i en lägenhet, där du kommer att träffa mig för att få dom sista instruktionerna. Dagen efter flyger du till Europa och fortsätter sen till S:t Petersburg. I passet kommer du att vara från Zimbabwe och ha ett annat namn. Du kan få lov att välja själv. När du kommer till S:t Petersburg blir du mött på flygplatsen. Ni reser sen med tåg till Finland och fortsätter därifrån med båt till Sverige. Där kommer du att vara i några veckor. Du kommer att träffa en man som ska ge dig dina viktigaste instruktioner. På ett datum som ännu inte är bestämt återvänder du till Sydafrika. När du väl är tillbaka är det jag som övertar ansvaret för den sista fasen. Senast i slutet av juni är det hela klart. Du mottar dina pengar var du vill i världen. 100.000 rand kommer att betalas ut i förskott så fort du har accepterat att göra oss den lilla tjänsten vi ber om.

Jan Kleyn tystnade och betraktade honom med forskande ögon. Victor Mabasha undrade om han verkligen hade hört rätt. S:t Petersburg? Finland? Sverige? Han försökte se en Europakarta framför sig utan att lyckas.

– Jag har en enda fråga, sa han efter en stund. Vad betyder allt det här?

– Att vi är försiktiga och noggranna, svarade Jan Kleyn. Det bör du uppskatta eftersom det är en garanti även för din egen säkerhet.

– Den sköter jag själv, sa Victor Mabasha avvisande. Men låt oss börja från början. Vem är det som möter mig i S:t Petersburg?

– Som du kanske vet har Sovjetunionen genomgått stora förändringar dom senaste åren, sa Jan Kleyn. Förändringar som vi alla gläder oss åt. Men det har å andra sidan inneburit att ett stort antal duktiga människor har blivit arbetslösa. Inte minst gäller det officerare inom den hemliga polisen, KGB. Vi mottar en ständig ström av förfrågningar från dessa människor om vi är intresserade av deras erfarenheter och tjänster. I många fall är dom beredda att göra vad som helst för att få uppehållstillstånd i vårt land.

– Jag arbetar inte med KGB, sa Victor Mabasha. Jag arbetar inte med någon. Jag gör det jag ska och jag gör det ensam.

– Alldeles riktigt, sa Jan Kleyn. Du arbetar ensam. Men du kommer att få värdefulla erfarenheter av våra vänner som möter dig i S:t Petersburg. Dom är mycket skickliga.

– Varför Sverige?

Jan Kleyn smuttade på kaffet.

– En bra och naturlig fråga, började han. För det första är det en avledningsmanöver. Även om ingen utomstående i det här landet vet vad som pågår, är det lämpligt att lägga ut rökridåer. Sverige, som är ett litet obetydligt, neutralt land, har alltid varit mycket aggressivt mot vårt samhällssystem. Ingen föreställer sig att lammet gömmer sig i vargens lya. För det andra har våra vänner i S:t Petersburg goda kontakter i Sverige. Det är mycket enkelt att ta sig in i landet eftersom gränskontrollerna är minst sagt tillfälliga eller helt obefintliga. Många av våra ryska vänner har redan etablerat sig i Sverige, under falska namn och falska förutsättningar. För det tredje har vi pålitliga vänner som hjälper oss att skaffa fram lämpliga bostäder i Sverige. Men det viktigaste kanske ändå är att du håller dig borta från Sydafrika. Det finns alltför många som är intresserade av vad en sån som jag har för mig. En plan kan avslöjas.

Victor Mabasha skakade på huvudet.

– Jag måste få veta vem det är jag ska döda, sa han.

– När tiden är mogen, svarade Jan Kleyn. Inte innan. Låt mig sluta med att påminna dig om ett samtal vi hade för snart åtta år sen. Då sa du att man kan döda vem som helst bara man planerar riktigt. Det finns ingen som kan undkomma om det verkligen gäller. Och nu väntar vi på ditt svar.

I det ögonblicket förstod Victor Mabasha vem det var han skulle döda.

Tanken var svindlande. Men det hängde genast ihop. Jan Kleyns oresonliga hat mot de svarta, den tilltagande liberaliseringen av Sydafrika.

En betydelsefull man. De ville att han skulle skjuta president de Klerk.

Hans första tanke var att säga nej. Det var en alltför stor risk att ta. Hur skulle det vara möjligt att ta sig förbi alla presidentens säkerhetsmän som ständigt omgav honom? Hur skulle det vara möjligt att undkomma? President de Klerk var ett objekt för en attentatsman som var beredd att offra sitt eget liv i en självmordsattack.

Samtidigt kunde han inte neka till att han fortfarande menade det han sagt till Jan Kleyn åtta år tidigare. Ingen människa i världen kunde garanteras skydd mot en skicklig attentatsman.

Och en miljon rand. Tanken svindlade. Han kunde inte säga nej.

– 300.000 i förskott, sa han. Det ska sättas in på en bank i London senast i övermorgon. Jag vill ha rätt att vägra den slutliga planen om jag anser den vara för riskabel. Då får ni kräva att jag utformar ett alternativ. Under dom förutsättningarna säger jag ja.

Jan Kleyn log.

– Utmärkt, sa han. Det var det jag visste.

– I passet vill jag heta Ben Travis.

– Naturligtvis. Ett bra namn. Lätt att minnas.

Ur en plastpärm som låg på golvet bredvid Jan Kleyns stol tog han fram ett brev som var poststämplat i Botswana och räckte det till Victor Mabasha.

– Den 15 april går det en buss till Johannesburg från Umtata klockan sex på morgonen. Den vill vi att du reser med.

Jan Kleyn och mannen som sagt sig heta Franz reste sig.

– Vi kommer att köra dig hem i bil, sa Jan Kleyn. Eftersom tiden är knapp är det lika bra att du reser inatt. Du kan sova i baksätet.

Victor Mabasha nickade. Han hade bråttom hem. En vecka var inte mycket för allt det han måste hinna med. Som till exempel att ta reda på vem denne Franz egentligen var.

Nu gällde det hans egen säkerhet. Den krävde hans fulla koncentration.

De skildes på verandan. Den här gången sträckte Victor Mabasha inte fram handen. Han fick tillbaka sina vapen och satte sig i baksätet på bilen.

President de Klerk, tänkte han. Ingen undkommer. Inte ens du.

Jan Kleyn och Franz Malan stod kvar på verandan och såg billjusen försvinna.

– Jag tror du har rätt, sa Franz Malan. Jag tror han kommer att klara det.

– Naturligtvis kommer han att klara det, svarade Jan Kleyn. Varför tror du jag valde den bäste?

Franz Malan betraktade fundersamt stjärnhimlen.

– Tror du han förstod vem det gäller? frågade han.

– Jag tror han gissar på president de Klerk, svarade Jan Kleyn. Det är nästan ofrånkomligt.

Franz Malan släppte blicken på stjärnorna och såg på Jan Kleyn.

– Det var din avsikt, eller hur? Att låta honom gissa?

– Naturligtvis, svarade Jan Kleyn. Jag gör aldrig någonting utan avsikt. Och nu tror jag det är bäst att vi skiljs. Jag har ett viktigt möte i Bloemfontein i morgon.

Den 17 april flög Victor Mabasha under namnet Ben Travis till London. Då visste han vem Franz Malan var. Det hade också övertygat honom om att det var president de Klerk som var hans tilltänkta offer. I sin väska hade han några böcker som handlade om de Klerk. Han visste att han måste lära känna honom så mycket som möjligt.

Dagen efter fortsatte han till S:t Petersburg. Där möttes han av en man som hette Konovalenko.

Två dagar senare la en färja till vid kaj i Stockholm. Efter en lång bilresa söderut kom han fram till en avsides belägen gård sent på kvällen. Mannen som körde bilen talade utmärkt engelska även om han bröt på ryska.

Måndagen den 20 april vaknade Victor Mabasha i gryningen. Han gick ut på gårdsplanen och kissade. En orörlig dimma låg över fälten. Han huttrade i den kyliga luften.

Sverige, tänkte han. Du välkomnar Ben Travis med dimma, kyla och tystnad.

9.

Det var utrikesminister Botha som upptäckte ormen.

Klockan var då redan närmare midnatt och de flesta av den sydafrikanska regeringens medlemmar hade sagt god natt och dragit sig tillbaka till sina bungalows. Kvar runt lägerelden fanns bara president de Klerk, utrikesminister Botha, inrikesminister Vlok och hans sekreterare, samt ett par av presidentens och kabinettets utvalda säkerhetsmän. De bestod enbart av officerare som avgett enskilda tro- och tysthetslöften till de Klerk personligen. Längre bort, knappt synliga från lägerelden, avvaktade svarta tjänare i skuggorna.

Det var en grön mamba. Den var svår att urskilja där den låg orörlig i utkanten av det flackande ljuset från elden. Utrikesminister Botha skulle förmodligen aldrig ha upptäckt den om han inte böjt sig framåt för att klia sig på ena ankeln. Han ryckte till när han upptäckte ormen och blev sedan sittande orörlig. Tidigt i sitt liv hade han lärt sig att en orm bara kan se och attackera föremål som är i rörelse.

– Det ligger en giftorm två meter framför mina fötter, sa han med låg röst.

President de Klerk satt försjunken i tankar. Han hade fällt ner sin vilstol så att han kunde sträcka ut sig i en halvliggande ställning. Som vanligt satt han en bit ifrån sina kollegor. Han hade någon gång tänkt att det var för att visa honom respekt som hans ministrar aldrig placerade sina stolar för nära honom när de samlades kring lägerelden. Det passade honom också utmärkt. President de Klerk var en man som ofta kände ett tvingande behov av att vara ensam.

Långsamt sjönk utrikesministerns ord in i hans huvud och rörde om i hans tankar. Han vred på huvudet och såg på sin utrikesministers ansikte i de dansande eldsflammorna.

– Sa du nånting? frågade han.

– Det ligger en grön giftorm framför mina fötter, upprepade Pik Botha. Jag tror aldrig jag har sett en så stor mamba tidigare.

President de Klerk hävde sig försiktigt upp i stolen. Han avskydde ormar. Han hade en nästan panisk rädsla för kräldjur överhuvudtaget. I presidentbostaden visste tjänstefolket att de dagligen måste göra en minutiös genomgång av varje vrå för att leta efter spindlar, skalbaggar eller andra insekter. Samma gällde de som städade presidentens kontor, hans bilar eller kabinettets mötesrum.

Han sträckte långsamt på huvudet och upptäckte ormen. En känsla av illamående drabbade honom omedelbart.

– Döda den, sa han.

Inrikesministern hade slumrat till i sin vilstol och hans statssekreterare satt och lyssnade på musik med hörlurar över öronen. En av livvakterna drog försiktigt fram en kniv han hade nerstucken i bältet och högg den mot ormen med stor precision. Mambans huvud skars av från kroppen. Livvakten tog upp ormkroppen som fortfarande piskade fram och tillbaka. Sedan slängde han den på elden. Till sin förfäran upptäckte de Klerk att ormens huvud som låg kvar på marken öppnade och stängde munnen och visade sina gifttänder. Illamåendet blev allt starkare och han kände en plötslig yrsel, som om han var nära att svimma. Han lutade sig hastigt bakåt i stolen och blundade.

En död orm, tänkte han. Men kroppen piskar och den som inte vet kan tro att den fortfarande lever. Det är precis som här, i mitt land, mitt Sydafrika. Mycket av det gamla, det som vi trott vara dött och begravet, lever vidare. Vi slåss inte bara med och mot det levande, vi måste också kämpa mot det som envisas med att gå igen.

Ungefär var fjärde månad tog president de Klerk med sig sina ministrar och några särskilt utvalda sekreterare till en camp i Ons Hoop, strax söder om gränsen till Botswana. De brukade stanna ett par dygn och resorna företogs i största öppenhet. Officiellt var presidenten och hans kabinett samlade för att i avskildhet överlägga om viktiga ärenden av växlande art. de Klerk hade infört denna rutin redan från början när han tillträdde som republikens statschef. Nu hade han varit president i snart fyra år, och han visste att en del av regeringens viktigaste beslut hade fattats i den informella miljön kring lägerelden i Ons Hoop. Campen hade byggts för statliga pengar, och de Klerk hade inga svårigheter att motivera dess existens. Det var som om han själv och hans medarbetare tänkte friare och kanske också djärvare tankar när de satt vid eldarna under natthimlen och kände doften av det ursprungliga Afrika. de Klerk hade ibland tänkt att det var deras boerblod som gav sig till känna. Fria män, ständigt bundna vid naturen, som aldrig helt kunnat vänja sig vid en ny tid, vid luftkonditionerade arbetsrum och bilar utrustade med skottsäkra vindrutor. Här i Ons Hoop kunde de njuta av bergen vid horisonten, den oändliga slätten, och inte minst en vällagad *braai*. De kunde föra sina diskussioner utan att behöva känna sig jagade av tiden, och de Klerk insåg att det hade gett resultat.

Pik Botha betraktade ormen som förtärdes av elden. Sedan vred han på huvudet och såg att de Klerk satt med slutna ögon. Han visste att det betydde att presidenten ville vara ensam. Han skakade försiktigt den sovande inrikesministerns ena axel. Vlok vaknade med ett ryck. När de reste sig stängde statssekreteraren hastigt av sin musikkassett och samlade ihop några papper som låg under stolen.

Pik Botha dröjde sig kvar när de andra hade försvunnit, eskorterade av en tjänare som bar en lampa. Det hände ibland att presidenten ville växla några ord i förtrolighet med sin utrikesminister.

– Jag tror jag drar mig tillbaka, sa Pik Botha.

de Klerk öppnade ögonen och såg på honom. Just denna kväll hade han ingenting att tala med Pik Botha om.

– Gör det, sa han. Vi behöver all den sömn vi kan få.

Pik Botha nickade, önskade god natt och lämnade presidenten ensam.

I vanliga fall brukade de Klerk sitta en stund för sig själv och tänka igenom de diskussioner som ägt rum under dagen och kvällen. När de reste ut till campen i Ons Hoop var det för att diskutera övergripande politiska strategier, inte rutinmässiga regeringsärenden. Vid lägerelden talade de om Sydafrikas framtid, aldrig någonting annat. Det var här de la upp strategin för hur landet skulle omvandlas utan att de vita förlorade alltför mycket av sitt inflytande.

Men just den här kvällen, måndagen den 27 april 1992, väntade de Klerk på en man som han ville träffa ensam, utan att ens hans utrikesminister, hans mest förtrogne i regeringen, visste om det. Han nickade till en av livvakterna som genast försvann. Några minuter senare kom han tillbaka. I sällskap hade han en man i fyrtioårsåldern. Han var klädd i ett enkelt kakiställ. Han hälsade på de Klerk och flyttade en av vilstolarna närmare presidenten. Samtidigt gav de Klerk tecken med ena handen att livvakterna skulle dra sig tillbaka. Han ville ha dem i närheten, men utom hörhåll.

Det fanns fyra människor som president de Klerk litade på i sitt liv. Först av alla sin hustru. Därtill sin utrikesminister Botha. Sedan fanns det två personer till. Den ene satte sig just nu ner i stolen intill honom. Han hette Pieter van Heerden och arbetade inom Sydafrikas underrättelsetjänst. Men ännu viktigare än hans arbete för republikens säkerhet var att van Heerden spelade rollen av att vara de Klerks specielle informatör och budbärare om tillståndet i nationen. Genom Pieter van Heerden fick de Klerk regelbundna rapporter om vilka tankar som var förhärskande inom det militära överkommandot, inom poliskåren, de andra politiska partierna och inte minst inom säkerhetspolisens egna organisationer. Om en militärkupp planerades, om en konspiration var under uppbyggnad, skulle van Heerden få veta det och han skulle genast informera presidenten. Utan van Heerden skulle de Klerk sakna en vägvisare till vilka de krafter som arbetade emot honom var. van Heerden spelade utåt och i sitt arbete som säkerhetspolis rollen av en man som var mycket kritisk mot president de Klerk. Han gjorde det skickligt, alltid välbalanserat, aldrig överdrivet. Ingen skulle kunna misstänka honom för att vara presidentens personliga budbärare.

de Klerk var medveten om att han med van Heerdens hjälp begränsade förtroendet inför sitt eget kabinett. Men han såg ingen annan möjlighet att garantera sig de informationer han ansåg vara nödvändiga för att kunna genomföra den stora förändring som måste komma i Sydafrika, om en nationell katastrof skulle kunna undvikas.

Inte minst hade detta att göra med den fjärde person som de Klerk hade ett reservationslöst förtroende för.

Nelson Mandela.

Ledaren för ANC, mannen som suttit fängslad i tjugosju år på Robben Island utanför Kapstaden, en gång i början av 1960-talet inspärrad på livstid för påstådda, aldrig bevisade sabotageaktioner.

President de Klerk hade ytterst få illusioner. Han insåg att de enda som tillsammans skulle kunna förhindra att ett inbördeskrig bröt ut med ett gränslöst blodbad som följd, var han själv och Nelson Mandela. Många gånger hade han gått omkring sömnlös i presidentpalatset om nätterna, sett ut över staden Pretorias ljus, och tänkt att utfallet av framtiden för republiken Sydafrika låg i hur den politiska kompromiss såg ut som han och Nelson Mandela förhoppningsvis skulle kunna åstadkomma.

Med Nelson Mandela kunde han tala helt öppet. Han visste att även det omvända gällde. De var som människor mycket olika till karaktär och temperament. Nelson Mandela var en sökande, filosofiskt lagd person, som den vägen nådde den beslutsamhet och praktiska handlingskraft han också besatt. President de Klerk saknade denna filosofiska dimension. Han gick direkt på jakt efter en praktisk lösning när ett problem uppstått. För honom var republikens framtid växlande politiska realiteter och ett ständigt väljande mellan vad som var möjligt att genomföra eller inte. Men mellan dessa båda människor, med så skilda förutsättningar och erfarenheter fanns ett förtroende som bara ett uppenbart svek skulle kunna bryta sönder. Det innebar att de aldrig behövde dölja sin oenighet, aldrig behövde hemfalla till onödig retorik när de samtalade på tu man hand. Men det betydde samtidigt att de kämpade på två olika fronter. Den vita befolkningen var splittrad, och de Klerk visste att allt skulle bryta samman om han inte stegvis lyckades ta sig fram med kompromisser som kunde accepteras av en majoritet av den vita befolkningen. De ultrakonservativa krafterna skulle han ändå aldrig rå på. Inte heller de rasistiska medlemmarna av officerskåren inom armén och poliskåren. Men han var tvungen att se till att de inte växte sig för starka.

President de Klerk visste att Nelson Mandela hade liknande problem. Även de svarta var splittrade inbördes. Inte minst mellan den zuludominerade Inkatharörelsen och ANC. Därför kunde de mötas i en förståelse men behövde samtidigt inte förneka den oenighet som rådde.

van Heerden var en garanti för att de Klerk hade de informationer han behövde. Han visste att man måste hålla sina vänner nära sig. Men fienden och fiendens tankar ännu närmare.

I vanliga fall träffades de en gång i veckan på de Klerks kontor, oftast sent på lördagseftermiddagen. Men den här gången hade van Heerden begärt ett brådskande möte. de Klerk hade först varit ovillig att låta honom besöka campen. Det skulle vara svårt att möta honom där utan att de övriga regeringsmedlemmarna fick vetskap om det. Men van Heerden hade varit ovanligt påstridig. Mötet kunde inte uppskjutas tills de Klerk återkom till Pretoria. Då hade de Klerk gett med sig. Eftersom han visste att van Heerden var en helt igenom kallblodig och behärskad person som aldrig reagerade överilat, hade han insett att han måste ha något mycket viktigt att informera republikens president om.

– Vi är ensamma nu, sa de Klerk. Pik upptäckte en giftorm strax framför sina fötter för en stund sen. Jag funderade ett tag på om den kunde ha burit en radiosändare.

van Heerden log.

– Vi har ännu inte börjat använda oss av giftormar som informatörer, sa han. Kanske blir det en gång nödvändigt. Vem vet?

de Klerk betraktade honom forskande. Vad var det som var så viktigt att det inte hade kunnat vänta?

van Heerden fuktade läpparna innan han började tala.

– En konspiration för att döda er befinner sig just nu i en intensiv planeringsfas, började han. Det råder inga som helst tvivel om att detta redan är ett allvarligt hot. Mot er, hela regeringspolitiken och i sin förlängning mot hela nationen.

van Heerden avbröt sig efter de inledande orden. Han var van vid att de Klerk ofta kom med frågor. Men den här gången sa presidenten ingenting. Han betraktade bara van Heerden med uppmärksamma ögon.

– Jag saknar fortfarande information om många detaljer i sammansvärjningen, fortsatte van Heerden. Men huvuddragen känner jag till, och dom är allvarliga nog. Konspirationen har förgreningar in i härens överkommando, i dom ultrakonservativa kretsarna, främst Boerskt motstånd. Men vi får inte glömma att många konservativa människor, dom allra flesta, inte är organiserade politiskt. Därtill finns det tecken på att utländska attentatsexperter, främst från KGB, är inblandade.

– KGB finns inte längre, avbröt de Klerk. Åtminstone inte i den form vi var vana vid.

– Det finns arbetslösa KGB-officerare, sa van Heerden. Som jag tidigare har informerat presidenten om, mottar vi för närvarande ett stort antal erbjudanden från tidigare officerare i den sovjetiska underrättelsetjänsten, om att de i framtiden vill göra oss tjänster.

de Klerk nickade, han kom ihåg.

– En sammansvärjning har alltid ett centrum, sa han efter en stund. Någon eller några personer, oftast ytterst få, och skygga, mycket skygga, som drar i trådarna. Vilka är det?

– Jag vet inte, sa van Heerden. Och det bekymrar mig. Inom den militära säkerhetstjänsten är en person som heter Franz Malan med all säkerhet inblandad. Han har varit ovarsam nog att lagra en del material kring konspirationen i sina datafiler, utan att blockera dom från insyn. Det var där den första ledtråden dök upp om att nåt var i görningen. Jag upptäckte det när jag bad en av mina förtrogna att göra en rutinkontroll.

Om folk visste, tänkte de Klerk. Så långt har det gått, att säkerhetstjänstens officerare kontrollerar varandra, tjuvläser varandras datafiler, misstänker varandra för ständig politisk otrohet.

– Varför bara jag? frågade de Klerk. Varför inte både Mandela och mig?

– Det är för tidigt att svara på, sa van Heerden. Men det är naturligtvis inte svårt att göra sig en föreställning om vad ett lyckat attentat mot er skulle kunna innebära i dagens läge.

de Klerk höjde handen. van Heerden behövde inte förklara. de Klerk kunde mycket väl se katastrofen framför sig.

– Det är ytterligare en omständighet som oroar mig, sa van Heerden. Vi håller ju ständigt ett antal kända mördare, både svarta och vita, under uppsikt. Män som dödar vem som helst mot en passande betalning. Jag tror jag kan påstå att våra förebyggande insatser mot eventuella attentat mot politiker är ganska väl genomförda. Igår fick jag en rapport från säkerhetspolisen i Umtata som meddelade att en viss Victor Mabasha varit på ett kort besök i Johannesburg för några dagar sen. När han återkom till Ntibane hade han mycket pengar med sig.

de Klerk grimaserade.

– Det låter lite väl tillfälligt, sa han.

– Jag är inte så säker på det, svarade van Heerden. Om jag planerade att döda landets president skulle jag nog välja Victor Mabasha.

de Klerk höjde på ögonbrynen.

– Även om du skulle rikta ett attentat mot Nelson Mandela?

– Även då.

– En svart yrkesmördare.

– Han är mycket skicklig.

de Klerk reste sig ur sin vilstol och rörde om i elden som höll på att falna. Just nu orkade han inte höra vad som kännetecknade en skicklig yrkesmördare. Han la på ett par vedträn och sträckte på ryggen. Hans kala hjässa glimmade i ljuset från elden som åter flammade upp. Han såg mot natthimlen och betraktade Södra Korsets stjärnbild. Han var mycket trött. Men han försökte ändå begripa vad van Heerden just hade sagt. Han insåg att en sammansvärjning var mer än tänkbar. Många gånger hade han föreställt sig att en attentatsman, utsänd av ursinniga vita *boere* som ständigt anklagade honom för att sälja ut landet till de svarta, skulle döda honom. Han hade naturligtvis också grubblat över vad som skulle hända om Mandela dog, oavsett om det var en naturlig eller onaturlig död. Nelson Mandela var gammal. Även om hans fysik var stark hade han tillbringat nästan trettio år i fängelse.

de Klerk återvände till sin stol.

– Du får naturligtvis koncentrera dig på att avslöja den här sammansvärjningen, sa han. Använd vilka medel du vill. Pengar är heller inga problem. Kontakta mig när som helst på dygnet om det sker nåt viktigt. Tills vidare är det två åtgärder som måste vidtas eller övervägas. Det ena är naturligtvis alldeles uppenbart. I all diskretion måste min bevakning ökas. Det andra är jag mer tveksam om.

van Heerden anade vad presidenten tänkte på. Han avvaktade hans fortsättning.

– Ska jag informera honom eller inte, sa de Klerk. Hur kommer han att reagera? Eller ska jag vänta tills vi vet mer?

van Heerden visste att de Klerk inte bad honom om råd. Frågorna riktade han till sig själv. Svaren skulle också de vara hans egna.

– Jag ska fundera på det, sa de Klerk. Du ska få besked inom kort. Var det nåt mer du ville?

– Nej, svarade van Heerden och reste sig.

– Det är en vacker natt, sa de Klerk. Vi lever i det vackraste landet på jorden. Men monster lurar i skuggorna. Ibland skulle jag vilja kunna se in i framtiden. Jag skulle vilja kunna. Men jag vet ärligt talat inte om jag skulle våga.

De tog adjö. van Heerden försvann i skuggorna.

de Klerk stirrade in i elden. Han var egentligen för trött för att fatta ett beslut. Skulle han informera Mandela om sammansvärjningen eller skulle han vänta?

Han blev sittande vid elden och såg den långsamt falna.
Till slut hade han bestämt sig.
Ännu skulle han ingenting säga till sin vän.

IO.

Victor Mabasha hade förgäves försökt tänka att det som hade hänt bara var en ond dröm. Kvinnan som hade stått utanför huset hade aldrig funnits. Konovalenko, mannen som han var tvungen att hata, hade aldrig dödat henne. Det var bara en dröm som en ande, en *songoma*, hade förgiftat hans tankar med, för att göra honom osäker, kanske oförmögen att utföra sitt uppdrag. Det var den förbannelse som vilade över honom som svart sydafrikan, det visste han. Att inte veta vem han var, eller fick lov att vara. En människa som hänsynslöst bejakade våldet i ena ögonblicket, för att i nästa inte kunna förstå hur någon kunde döda en medmänniska. Han hade insett att andarna hade skickat sina sjungande hundar efter honom. De vakade över honom, de höll honom kvar, de var hans yttersta vaktposter, så oändligt mycket vaksammare än Jan Kleyn någonsin skulle kunna vara...

Allt hade gått fel från början. Instinktivt hade han misstrott och tyckt illa om den man som hade mött honom på flygplatsen utanför S:t Petersburg. Det fanns något undanglidande hos honom. Victor Mabasha avskydde svårfångade människor. Han visste av erfarenhet att de ofta vållade honom allvarliga problem.

Dessutom insåg han att mannen som hette Anatoli Konovalenko var rasist. Flera gånger hade Victor varit nära att gripa honom runt strupen och tala om att han såg, han visste vad Konovalenko tänkte, att han bara var en *kaffir*, en av de underlägsna.

Men han hade inte gjort det. Han hade disciplinerat sig. Han hade ett uppdrag och det måste gå före allting annat. Egentligen hade han blivit förvånad över sina häftiga reaktioner. I hela hans liv hade rasismen varit hans livsmiljö. På sitt sätt hade han lärt sig att behärska den. Varför reagerade han då på Konovalenko? Var det för att han inte accepterade att bli betraktad som underlägsen av en vit man som inte hade sitt ursprung i Sydafrika? Han hade kommit fram till att det måste vara svaret.

Resan från Johannesburg till London, och sedan vidare till S:t Petersburg hade gått utan problem. På nattflyget till London hade han suttit vaken och sett ut i mörkret. Då och då hade han tyckt sig skymta eldar som flammade i mörkret långt under honom. Men han hade förstått att det var inbillning. Det var inte första gången han hade lämnat Sydafrika. Vid ett tillfälle hade han likviderat en ANC-representant i Lusaka, vid ett annat hade han deltagit i ett attentat i dåvarande Syd-Rhodesia som hade riktat sig mot revolutionsledaren Joshua Nkomo. Det var enda gången han hade misslyckats. Det var också då han hade bestämt sig för att i framtiden enbart operera på egen hand.

Yebo, yebo. Aldrig mer skulle han underordna sig. Så fort han var färdig att återvända till Sydafrika från detta frusna skandinaviska land, skulle Anatoli Konovalenko bara vara som en obetydlig detalj i den onda dröm som *songoman* förgiftat honom med. Konovalenko var en otydlig rökpelare som skulle drivas ut ur hans kropp. Den helige ande som dolde sig i de sjungande hundarnas ylande skulle jaga bort honom. Hans förgiftade minne skulle aldrig mer behöva befatta sig med den arroganta ryssen som hade så grå, nerslitna tänder.

Konovalenko var liten och undersätsig. Han nådde knappt Victor till axlarna. Men hans huvud var det inget fel på, det hade Victor omedelbart förstått. Naturligtvis var det inte förvånande. Jan Kleyn skulle aldrig nöja sig med annat än det bästa som fanns på marknaden.

Däremot hade Victor aldrig kunnat föreställa sig mannens brutalitet. Förvisso hade han insett att en före detta hög officer inom KGB, med likvidation av infiltratörer och avhoppare som specialitet, knappast hade några samvetskval när det gällde att döda. Men för Victor var onödig brutalitet något som kännetecknade amatörer. En likvidation skulle ske *mningi checha*, snabbt och utan att offret tvingades lida i onödan.

De hade lämnat S:t Petersburg dagen efter Victors ankomst. På färjan över till Sverige hade han frusit så svårt att han hade tillbringat hela resan i sin hytt, inlindad i filtar. I god tid innan ankomsten till Stockholm hade Konovalenko gett honom hans nya pass och instruktioner. Till sin stora förvåning hade han upptäckt att han nu hette Shalid och var svensk medborgare.

– Du var en gång en statslös landsflyktig eritrean, hade Konovalenko förklarat. Du kom till Sverige redan i slutet av 1960-talet och beviljades medborgarskap 1978.

– Borde jag inte åtminstone tala några ord svenska efter mer än tjugo år? hade Victor undrat.

– Det räcker om du kan säga *tack*, svarade Konovalenko. Ingen kommer att fråga dig om nånting.

Konovalenko hade haft rätt.

Till Victors stora förvåning hade en ung kvinnlig passkontrollant bara kastat en hastig blick i hans pass innan hon hade gett honom det tillbaka. Kunde det verkligen vara så enkelt att resa ut och in i ett land, tänkte han. Han började förstå att det trots allt kanske fanns ett motiv för att slutplaneringen av hans uppdrag hade förlagts till ett land så långt från Sydafrika.

Även om han misstrodde och tyckte direkt illa om mannen som skulle vara hans instruktör, kunde han inte undgå att imponeras av den osynliga organisation som tycktes täcka in och kontrollera allt som skedde runt honom. I hamnen i Stockholm hade en bil väntat på dem. Nycklarna hade legat på vänster bakhjul. Eftersom Konovalenko var osäker på utfarten från Stockholm hade en annan bil kört fram och lotsat dem ut till motorleden söderut och sedan försvunnit. Victor hade tänkt att världen styrdes av hemliga organisationer och människor som hans *songoma*. Det var i underjorden världen formades och förändrades. Människor som Jan Kleyn var bara budbärare. Var Victor själv befann sig i denna osynliga organisation var han osäker på. Han visste inte ens om han ville veta det.

Det for genom landet som hette Sverige. Då och då skymtade snöfläckar mellan barrträden. Konovalenko körde inte särskilt fort och han sa nästan ingenting medan han körde. Det passade Victor, eftersom han var trött efter den långa resan. Han slumrade till då och då i baksätet och genast talade hans ande till honom. Sånghunden ylade i drömmens mörker och när han slog upp ögonen visste han inte alls var han var. Det regnade oavbrutet. Victor slogs av hur rent och ordentligt allt verkade vara. När de stannade för att äta fick han en känsla av att ingenting i detta land någonsin kunde gå sönder.

Men det var något som fattades. Victor försökte gripa fatt i vad det var utan att lyckas. Han insåg att landskapet de for genom fyllde honom med saknad.

Bilresan tog hela dagen.

– Vart är vi på väg? frågade Victor när de suttit i över tre timmar i bilen. Det tog flera minuter innan Konovalenko svarade.

– Söderut, sa han. Du får se när vi är framme.

Då var *songomans* onda dröm fortfarande avlägsen. Kvinnan hade ännu inte stått på gårdsplanen, hennes panna hade ännu inte sprängts av skottet från Konovalenkos pistol. Victor Mabasha hade inga tankar på något annat än att göra det Jan Kleyn betalade honom för. I det uppdraget ingick att lyssna till vad Konovalenko skulle säga honom, kanske till och med kunna lära honom. Andarna, föreställde sig Victor, både de onda och de goda, fanns kvar i Sydafrika, i bergsgrottorna utanför Ntibane. Andarna lämnade aldrig landet, de passerade inga gränser.

De kom fram till den ensligt belägna gården strax före klockan åtta på kvällen. Redan i S:t Petersburg hade Victor förvånat insett att skymningen och natten inte var som i Afrika. Det var ljust när det borde vara mörkt och skymningen föll inte mot jorden som nattens tunga näve, det var som om den bara långsamt sänkte sig, som ett löv, buret av en osynlig luftpelare.

De bar in några väskor i huset och installerade sig i varsitt sovrum. Victor märkte att huset var ordentligt uppvärmt. Även det måste tillerkännas den hemliga organisationens fulländning, tänkte han. En svart man i detta polarrike måste antas frysa. Och den som är kall, liksom den som hungrar eller är törstig, kan ingenting utföra, ingenting lära sig.

Det var lågt i tak. Victor kunde nätt och jämnt passera under de friliggande takbjälkarna. Han gick runt i huset och kände en främmande doft av möbler, mattor och skurmedel. Men den doft han saknade mest var den från en öppen eld.

Afrika var långt borta. Han tänkte att det kanske också var meningen. Här skulle en plan utprovas, omprövas, fulländas. Ingenting fick störa, ingenting fick påminna om det som väntade därefter.

Konovalenko plockade fram färdiglagad mat ur en stor frysbox. Victor bestämde sig för att han senare skulle se hur många färdiga portioner som fanns där, för att räkna ut hur lång tid han skulle stanna i detta hus.

Ur sitt eget bagage plockade Konovalenko fram brännvin, den ryska vodkan. Han ville bjuda Victor när de satt sig vid ett matbord för att äta, men denne avstod, han drack försiktigt när han förberedde ett arbete, en, kanske två öl per dag. Men Konovalenko drack, och redan denna första kväll blev han kraftigt berusad. Victor tänkte att det gav honom ett övertag. I en kritisk situation skulle han kunna använda sig av Konovalenkos uppenbara svaghet för sprit.

Vodkan gjorde Konovalenko pratsam. Han började tala om det förlorade paradiset, KGB under 1960- och 70-talen, då de styrde oinskränkt över det sovjetiska väldet, då ingen politiker någonsin kunde känna sig trygg för att inte KGB hade vetskap om och registrerade deras innersta hemligheter. Victor tänkte att KGB kanske hade ersatt *songoman* i detta ryska rike där ingen tilläts tro på heliga andar annat än i största hemlighet. Ett samhälle som försöker jaga gudarna på flykten är dödsdömt, tänkte han. Det vet *nkosis* i mitt hemland, och därför har inte våra gudar drabbats av apartheid. De får leva fritt, har aldrig blivit påtvingade passlagar, de har ständigt kunnat röra sig utan att förnedras. Skulle våra andar ha förts bort till avlägsna fängelseöar och våra sjungande hundar jagats ut i Kalahariöknen, då hade ingen vit man, kvinna eller barn överlevt i Sydafrika. Då hade de alla, *boere* såväl som engelsmän, sedan länge varit borta, ömkliga benrester begravda i den röda jorden. Under den gamla tiden, då hans förfäder fortfarande kämpade öppet mot de vita inkräktarna, brukade zulukrigarna hugga av sina fallna fienders underkäkar. En *impi* som återvände från ett lyckat slag bar dessa, de fallnas käkar som segertroféer, med vilka de skulle pryda hövdingens tempelportar. Nu var det gudarna som bestod upproret mot de vita, och de lät sig aldrig besegras.

Den första natten i det främmande huset sov Victor Mabasha drömlöst. Han tömde ur sig de sista resterna av den långa resan och när han vaknade i gryningen kände han sig utvilad och återställd. Någonstans kunde han höra Konovalenkos snarkningar. Han steg försiktigt upp, klädde sig och gjorde sedan en ordentlig undersökning av huset. Vad han letade efter visste han inte. Men någonstans var Jan Kleyn alltid närvarande, någonstans fanns hans vakande öga.

På husets vind, som egendomligt nog avgav en svag lukt av korn, påminnande om *sorghum*, fann han en avancerad radiosändare. Victor Mabasha var ingen expert på förfinad elektronik. Men han hyste inga tvivel om att det med denna apparatur var möjligt att både sända och motta meddelanden från Sydafrika. Han letade vidare och fann till slut det han sökte, i form av en låst dörr i ena änden av huset. Där bakom fanns orsaken till att han hade gjort den långa resan.

Han gick ut ur huset och ställde sig att pissa på gårdsplanen. Aldrig tidigare tyckte han sig ha haft så gul urin. Det måste vara maten, tänkte han. Denna främmande, okryddade mat. Den långa resan. Och andarna som slåss i mina drömmar. Jag bär Afrika med mig var jag än befinner mig.

En dimma låg orörlig över landskapet. Han gick runt huset, såg en förfallen trädgård med många olika fruktträd, av vilka han bara kände igen ett fåtal. Allt var mycket tyst, och han tänkte att detta kunde ha varit någon annanstans, till och med en julimorgon någonstans i Natal.

Han frös och gick tillbaka in i huset. Konovalenko hade vaknat. Han kokade kaffe i köket, klädd i en mörkröd träningsoverall. När han vände ryggen mot Victor såg han att det stod KGB på den.

Efter frukosten började arbetet. Konovalenko låste upp dörren till det slutna rummet. Det var tomt så när som på ett bord och en taklampa med starkt lysande sken. Mitt på bordet låg ett gevär och en pistol. Victor såg genast att det var för honom okända modeller. Hans första intryck var att framförallt geväret såg klumpigt ut.

– En av våra stoltheter, sa Konovalenko. Effektivt, men kanske inte så vackert. Utgångspunkten var en vanlig Remington 375 HH. Men KGB:s tekniker förädlade geväret till fulländning. Nu skjuter du ner vad som helst på upp till åttahundra meters avstånd. Lasersiktet har bara sin like bland den amerikanska militärens mest exklusiva och svåråtkomliga vapen. Tyvärr fick vi aldrig möjlighet att använda oss av detta mästerverk vid nån förrättning. Det blir med andra ord du som får inviga det.

Victor Mabasha gick fram till bordet och betraktade geväret.

– Känn på det, sa Konovalenko. Från och med nu ska ni bli ett oskiljaktigt par.

Victor Mabasha förvånades av hur lätt geväret var. Men samtidigt fanns en stabil balanspunkt när han satte det mot axeln.

– Vilken typ av ammunition? frågade han.

– Superplastic, svarade Konovalenko. En specialtillverkad variant enligt den klassiska Spitzerprototypen. Kulan ska flyga långt och fort. Den spetsiga modellen övervinner luftmotståndet bättre.

Victor Mabasha la ifrån sig geväret på bordet och tog upp pistolen. Det var en 9 mm Glock Compact. Han hade tidigare bara läst om vapnet i olika tidskrifter, aldrig hållit det i handen.

– Här tänker jag mig standardammunition, sa Konovalenko. Det finns ingen anledning att konstra till det i onödan.

– Jag måste skjuta in mig på geväret, sa Victor. Det kommer att ta tid om jag ska ha ett avstånd på nästan en kilometer. Men var hittar man en ostörd åttahundra meter lång träningsbana?

– Här, sa Konovalenko. Vårt hus är valt med omsorg.

– Vem har valt?

– Dom som hade den uppgiften, svarade Konovalenko.

Victor kunde höra att frågor som inte direkt var avledda av vad Konovalenko själv sa irriterade KGB-mannen.

– Här finns inga grannar i närheten, fortsatte Konovalenko. Dessutom blåser det ständigt. Ingen kommer att höra nånting. Låt oss gå tillbaka in i vardagsrummet och sätta oss. Innan vi börjar vårt arbete vill jag gå igenom och klargöra förutsättningarna med dig.

De satte sig mitt emot varandra i två gamla, slitna skinnstolar.

– Förutsättningarna är mycket enkla, började Konovalenko. Noga räknat är dom tre. För det första, och det är den viktigaste, ska du utföra en likvidation som är den svåraste du nånsin kommer att utföra. Svår, inte enbart för att det finns en teknisk komplikation, avståndet, utan framförallt eftersom du helt enkelt inte får misslyckas. Det kommer bara att ges en möjlighet. För det andra: den slutliga planen kommer att beslutas med mycket kort varsel. Du kommer inte att ha lång tid på dig att organisera det hela i slutfasen. Tid för tveksamheter och överväganden av olika alternativ kommer att vara obefintlig. Att du har blivit utvald beror inte bara på att du anses vara skicklig och kallblodig. Du arbetar också bäst ensam. I det här fallet kommer du att vara ensammare än nånsin. Ingen kan hjälpa dig, ingen kommer att känna dig, ingen kommer att stödja dig. För det tredje finns det en psykologisk dimension i det aktuella fallet som inte får underskattas. Du kommer inte att få veta vem offret är förrän i absolut sista ögonblicket. Du får inte mista din kallblodighet. Du vet redan nu att personen som ska likvideras är synnerligen betydelsefull. Det innebär att du ägnar mycket tid åt att grubbla över vem det kan vara. Men du kommer inte att veta förrän du redan nästan håller fingret på avtryckaren.

Victor Mabasha irriterades över Konovalenkos mästrande ton. Ett kort ögonblick hade han lust att tala om för honom att han redan visste vem det var han skulle likvidera. Men han sa ingenting.

– Jag kan berätta för dig att vi hade dig i KGB:s arkiv, sa Konovalenko och log. Om jag inte minns alldeles fel karaktäriserades du som *en mycket användbar ensamvarg*. Tyvärr går det inte längre att kontrollera eftersom arkiven är förstörda eller upplösta i kaos.

Konovalenko tystnade och tycktes försjunka i det dystra minnet av det stolta underrättelseorgan som inte längre fanns. Men tystnaden varade bara ett kort ögonblick.

– Vi har inte mycket tid på oss, sa Konovalenko. Det behöver inte vara en negativ faktor. Det kommer att tvinga dig till det yttersta av din koncentration. Dagarna kommer att delas mellan praktisk målskjutning med geväret, psykologiska genomgångar och utarbetande av olika tänkbara situationer som kan uppstå när likvidationen ska ske. Dessutom har jag förstått att du inte är nån särskilt van bilförare. Därför kommer jag att skicka ut dig i en bil ett par timmar varje dag.

– I det här landet råder högertrafik, sa Victor Mabasha. I Sydafrika kör vi på vänster sida.

– Just det, svarade Konovalenko. Det kommer också att skärpa din uppmärksamhet. Har du några frågor?

– Jag har hur många frågor som helst, sa Victor Mabasha. Men jag inser att jag bara kommer att få svar på ett fåtal av dem.

– Alldeles riktigt, svarade Konovalenko.

– Hur har Jan Kleyn fått tag på dig? frågade Victor Mabasha. Han hatar kommunister. Och som KGB-man var du kommunist. Det kanske du är fortfarande, vad vet jag?

– Man biter inte den hand som föder en, svarade Konovalenko. Att vara ansluten till en hemlig säkerhetsorganisation är en fråga om lojalitet med dom händer som råkar sitta på armarna till dom som har makten. Visst kunde man hitta en del ideologiskt trosvissa kommunister inom KGB på sin tid. Men till största delen var det yrkesmänniskor som utförde den uppgift dom fått sig förelagd.

– Det förklarar inte din kontakt med Jan Kleyn?

– Om man plötsligt blir arbetslös söker man arbete, svarade Konovalenko. Om man inte föredrar att skjuta sig. Sydafrika har alltid förefallit mig och många av mina kollegor som ett välorganiserat och disciplinerat land. Jag bortser då från dom oklarheter som råder just nu. Jag erbjöd helt enkelt mina tjänster genom kanaler som redan fanns mellan våra respektive underrättelsetjänster. Tydligen hade jag kvalifikationer som gjorde att Jan Kleyn blev intresserad. Vi gjorde en affär. Jag åtog mig att ta hand om dig några dagar mot ett överenskommet pris.

– Hur mycket? frågade Victor Mabasha.

– Inte pengar, svarade Konovalenko. Däremot en möjlighet att emigrera till Sydafrika och vissa garantier om framtida arbetsmöjligheter.

Import av mördare, tänkte Victor Mabasha. Men det är naturligtvis klokt om man ser det ur Jan Kleyns perspektiv. Jag skulle kanske ha gjort samma sak själv.

– Har du fler frågor? undrade Konovalenko.

– Sen, svarade Victor Mabasha. Jag tror det är bäst att jag återkommer.

Konovalenko spratt upp ur skinnfåtöljen med oväntad snabbhet.

– Dimman har lättat, sa han. Det blåser. Jag föreslår att vi börjar med att bekanta oss med geväret.

Dagarna som följde, på den ensliga gården där vinden alltid ven, skulle Victor Mabasha minnas som en utdragen väntan på en oundviklig katastrofal upplösning. Men när den väl kom antog den inte den form han förväntat sig. Allt blev till ett tumultartat kaos och sedan när han redan befann sig på flykt var det som om han fortfarande inte förstod vad som hade hänt.

Dagarna hade på ytan följt den plan och de förutsättningar som Konovalenko hade givit. Victor Mabasha lärde sig också omedelbart uppskatta det gevär han fått i sina händer. Han låg och satt och stod och provsköt på ett gärde bakom huset. På andra sidan den bruna lerjorden fanns en sandvall, där Konovalenko satte upp olika mål. Victor Mabasha sköt mot fotbollar, pappansikten, en gammal resväska, en radioapparat, kastruller, kaffebrickor och annat som han knappt uppfattade vad det var. Efter varje avlossat skott fick han resultatet genom en walkie-talkie, och han gjorde ytterst små, knappt märkbara justeringar av siktet. Victor Mabasha märkte att geväret sakta började lyda hans outtalade kommandon.

Dagarna indelades i tre pass, avbrutna av måltider, som Konovalenko ombesörjde. Victor Mabasha tänkte gång på gång att Konovalenko hade stora kunskaper och en god förmåga att dela med sig av det han visste. Jan Kleyn hade valt rätt man.

Känslan av den hotande katastrofen kom från ett helt annat håll. Det var Konovalenkos attityd emot honom, den svarte yrkesmördaren. Victor Mabasha försökte i det längsta låta bli att höra den föraktfulla undertonen i allt vad Konovalenko sa, men till slut blev det en omöjlighet. Och när hans ryske Mästare avslutade sina dagar med att dricka alldeles för mycket vodka, kom föraktet i än mer öppen dager. Det förekom dock aldrig några direkta rasistiska antydningar som kunde gett Victor Mabasha en möjlighet att reagera. Men det gjorde bara saken värre. Victor Mabasha kände att han inte skulle kunna uthärda länge till.

Fortsatte det skulle han bli tvungen att döda Konovalenko trots att det skulle göra situationen omöjlig.

När de satt i skinnfåtöljerna och hade sina psykologiska seanser, märkte Victor Mabasha att Konovalenko betraktade honom som djupt okunnig om de mest elementära mänskliga reaktioner. Som ett sätt att avleda sitt växande hat mot den lille arrogante mannen med sina grå, nerslitna tänder, beslöt han att spela den roll han fått sig tilldelad. Han gjorde sig dum, lekte med ovidkommande inpass, och såg hur Konovalenko njöt av att få sina fördomar bekräftade.

På nätterna ylade de sjungande hundarna för honom. Han vaknade ibland och tyckte att Konovalenko stod lutad över honom, med ett vapen i handen. Men det var aldrig någon där, och sedan låg han vaken till gryningen som kom alldeles för tidigt.

De enda andningshål han hade var de dagliga bilturerna. I ett uthus stod två bilar, varav en Mercedes var ämnad för honom. Den andra bilen använde Konovalenko för utfärder, vars syften han aldrig nämnde någonting om.

Victor Mabasha körde runt på småvägarna, letade sig in till en stad som hette Ystad, fortsatte längs olika strandvägar han hittade, och bilfärderna gjorde att han uthärdade. Han hade en natt stigit upp och räknat matportionerna i frysboxen, en vecka till skulle de stanna på den ensliga gården.

Jag måste orka, hade han tänkt. Jan Kleyn förväntar sig att jag gör det jag ska för mina en miljon rand.

Han antog för övrigt att Konovalenko hade regelbunden kontakt med Sydafrika och att sändningarna skedde när han var ute med bilen. Han kände sig också säker på att Konovalenko bara hade goda omdömen att skicka till Jan Kleyn.

Men känslan av annalkande katastrof övergav honom inte. För varje timme kom han närmare den brytpunkt där hela hans väsen skulle kräva att han dödade Konovalenko. Han visste att han var tvungen att göra det för att inte såra sina förfäder och för att inte förlora sin självkänsla.

Men ingenting blev som han hade tänkt sig.

De satt i skinnfåtöljerna, klockan var ungefär fyra på eftermiddagen, och Konovalenko talade om svårigheter och möjligheter att utföra likvidationen från olika typer av hustak.

Plötsligt hade han stelnat till. I samma ögonblick hade Victor Mabasha hört vad han hade reagerat på. En bil närmade sig och stannade.

De satt orörliga och lyssnade. En bildörr öppnades och stängdes igen.

Konovalenko som alltid gick omkring med en pistol, en enkel Luger, i träningsoverallens ena ficka reste sig snabbt och osäkrade vapnet.

– Gå undan nånstans där du inte syns från fönstren, sa han.

Victor Mabasha gjorde som han blev tillsagd. Han satte sig på huk i en död fönstervinkel bakom den öppna spisen. Konovalenko öppnade försiktigt en dörr som ledde ut till den igenvuxna frukt-trädgården, stängde och försvann.

Hur länge han satt bakom spisen visste han inte.

Men han satt där när pistolskottet small som ett piskslag.

Försiktigt reste han sig, såg genom ett fönster Konovalenko stå lutad över något på framsidan av huset, och gick ut.

Det var en kvinna som låg där på rygg i det blöta gruset. Konova-lenko hade skjutit henne i pannan.

– Vem är det? sa Victor Mabasha.

– Hur ska jag kunna veta det? svarade Konovalenko. Men hon var ensam i bilen.

– Vad ville hon?

Konovalenko ryckte på axlarna och svarade, samtidigt som han med foten petade igen den döda kvinnans ögon. Lera från under-sidan av hans sko fastnade i hennes ansikte.

– Hon frågade om vägen, sa han. Hon hade tydligen kört fel.

Victor Mabasha kunde aldrig reda ut för sig själv om det var lerklumparna från Konovalenkos sko i kvinnans ansikte, eller om det var det faktum att hon blivit dödad när hon frågat om vägen, som fick honom att definitivt besluta sig för att döda Konovalenko.

Nu hade han fått ytterligare ett skäl: mannens okontrollerade brutalitet.

Att döda en kvinna för att hon frågade efter vägen skulle vara en helt omöjlig handling för honom. Inte heller skulle han sluta någons ögon genom att sätta sin fot i en död människas ansikte.

– Du är galen, sa han.

Konovalenko höjde förvånat på ögonbrynen.

– Vad skulle jag annars ha gjort?

– Du kunde ha sagt att du inte visste var den väg fanns som hon letade efter?

Konovalenko stoppade tillbaka pistolen i fickan.

– Du förstår fortfarande inte, sa han. Vi existerar inte. Vi försvinner härifrån om några dagar, och då ska det vara som om vi aldrig har funnits här.

– Hon frågade bara efter vägen, sa Victor Mabasha igen och kände att han började svettas av upprördhet. Det måste vara nån mening med att döda en människa.

– Gå in i huset, sa Konovalenko. Det här sköter jag om.

Genom fönstret kunde han se hur Konovalenko backade upp kvinnans bil och la ner henne i bagageutrymmet och for iväg.

Knappt en timme senare var han tillbaka igen. Då kom han gående längs kärrvägen och hennes bil var borta.

– Var är hon? frågade Victor Mabasha.

– Begravd, svarade Konovalenko.

– Och bilen?

– Även den begravd.

– Det har gått fort?

Konovalenko hade satt på kaffepannan. Han vände sig om mot Victor Mabasha och log.

– Ännu en lärdom, sa han. Hur väl man än organiserar, så sker alltid det oväntade. Men det är just därför som en detaljerad planering är nödvändig. Har man den så har man också möjligheten att improvisera. Utan organisation skapar det oväntade bara kaos och förvirring.

Konovalenko återvände till kaffepannan.

Jag dödar honom, tänkte Victor Mabasha. När allt det här är

över, när vi ska skiljas åt, så dödar jag honom. Det finns inte längre någon återvändo.

På natten låg han sömnlös. Genom väggen kunde han höra Konovalenkos snarkningar. Jan Kleyn kommer att förstå, tänkte han.

Han är som jag. Han förutsätter det rena och välplanerade. Han avskyr det brutala, det våld som saknar bestämt syfte.

Genom att jag dödar president de Klerk vill han få slut på allt det besinningslösa mördande som präglar vårt olyckliga land idag.

Ett monster som Konovalenko ska aldrig få en fristad i vårt land. Ett monster ska aldrig få inresetillstånd till det jordiska paradiset.

Tre dagar senare berättade Konovalenko att de skulle ge sig av.

– Jag har lärt dig det jag kan, sa han. Och du behärskar geväret. Du vet hur du ska tänka när du får veta vem det är som snart ska dyka upp i ditt kikarsikte. Du vet hur du ska tänka när du planerar för det slutliga genomförandet. Det är dags att du reser hem igen.

– Det är en sak jag undrar över, sa Victor Mabasha. Hur ska jag få geväret med till Sydafrika?

– Ni reser naturligtvis inte tillsammans, svarade Konovalenko och dolde inte sitt förakt över den för honom idiotiska frågan. Vi kommer att använda oss av en helt annan transportväg. Vilken behöver du inte veta.

– Jag har ännu en fråga, fortsatte Victor Mabasha. Pistolen. Den har jag ännu inte ens provskjutit en enda gång.

– Det behöver du inte heller, sa Konovalenko. Den är till dig själv. Om du misslyckas. Det är ett vapen som aldrig kan spåras.

Fel, tänkte Victor Mabasha. Den kommer jag aldrig att rikta mot mitt eget huvud.

Den kommer jag att använda mot dig.

Samma kväll blev Konovalenko mer berusad än vad Victor Mabasha hade sett honom tidigare. Med blodsprängda ögon satt han på andra sidan bordet och betraktade honom.

Vad tänker han, undrade Victor Mabasha för sig själv. Har den mannen någonsin upplevt kärlek? Om jag hade varit kvinna, hur hade det varit att dela min säng med honom?

Tankarna gjorde honom upprörd. Hela tiden såg han den döda kvinnan på gårdsplanen framför sig.

– Du har många fel, avbröt honom Konovalenko i hans tankar. Men ditt största fel är att du är sentimental.

– Sentimental?

Han visste vad det betydde. Men han var osäker över vilken betydelse Konovalenko la i ordet.

– Du tyckte inte om att jag sköt den där kvinnan, sa Konovalenko. Dom sista dagarna har du varit okoncentrerad och skjutit mycket dåligt. I min slutrapport till Jan Kleyn kommer jag att påpeka din svaghet. Den oroar mig.

– Det oroar mig mer att man kan vara så brutal som du, svarade Victor Mabasha.

Plötsligt fanns det ingen återvändo längre. Han visste att han nu skulle säga det han tänkte till Konovalenko.

– Du är dummare än jag trodde, sa Konovalenko. Jag antar att det ligger i det svarta släktets natur.

Victor Mabasha lät orden sjunka in i sitt medvetande. Sedan reste han sig långsamt.

– Jag ska döda dig, sa han.

Konovalenko skakade leende på huvudet.

– Nej, sa han. Det gör du inte.

Varje kväll hade Victor Mabasha hämtat pistolen som låg på bordet innanför ståldörren. Nu drog han fram den och riktade den mot Konovalenko.

– Du skulle inte ha dödat henne, sa han. Du förnedrade både mig och dig själv genom att döda henne.

Han såg att Konovalenko plötsligt hade blivit rädd.

– Du är galen, sa han. Du kan inte döda mig.

– Det finns inget jag kan bättre än att göra det som måste göras, svarade Victor Mabasha. Res dig. Långsamt. Visa händerna. Vänd dig om.

Konovalenko gjorde som han sa.

Victor Mabasha hann tänka att någonting var fel, innan Konovalenko med stor snabbhet kastade sig åt sidan. Victor Mabasha sköt men skottet träffade en bokhylla.

Var kniven kom ifrån visste han inte. Men Konovalenko hade den i handen när han med ett rytande kastade sig emot honom. De krossade ett bord under sin sammantagna tyngd. Victor Mabasha var stark, men även Konovalenko hade väldiga krafter. Victor Mabasha hade hamnat i underläge och han såg kniven pressas allt närmare hans ansikte. Först när han lyckades sparka Konovalenko i ryggen lossade greppet. Pistolen hade han tappat. Han slog till Konovalenko med knytnäven utan att han tycktes reagera. Innan han kom loss kände han plötsligt en stingande känsla i vänsterhanden. Hela armen blev förlamad. Men han lyckades få tag på Konovalenkos halvtomma vodkaflaska, vände sig om och krossade den mot hans panna. Konovalenko stöp och blev liggande.

I samma ögonblick upptäckte Victor Mabasha att pekfingret på vänster hand var avhugget. Det hängde kvar vid handen, endast fasthållet av en tunn hudflik.

Han vacklade ut ur huset. Att han hade krossat Konovalenkos huvud tvivlade han inte på. Han såg på blodet som pumpade ut ur handen. Sedan bet han ihop tänderna och slet av hudfliken. Fingret blev liggande i gruset. Han återvände in i huset, lindade en kökstrasa runt den blödande handen, kastade ner några kläder i sin väska och letade sedan reda på pistolen. Han slog igen dörren bakom sig, startade Mercedesen och gav sig iväg med en rivstart. Han körde alldeles för fort på den smala kärrvägen. Någonstans mötte han en bil och lyckades med knapp nöd undvika en kollision. Sedan letade han sig ut på en större huvudväg och tvingade sig att sakta farten.

Mitt finger, tänkte han. Det är till dig, *songoma*. Led mig nu hem. Jan Kleyn kommer att förstå. Han är en klok *nkosi*. Han vet att han kan lita på mig. Jag ska göra det han ber mig om. Även om det inte sker med ett gevär som skjuter åttahundra meter. Jag ska göra det han ber mig om och han ska ge mig en miljon rand. Men jag behövder din hjälp nu, *songoma*. För det har jag gett dig mitt finger.

Konovalenko satt orörlig i en av skinnfåtöljerna. Huvudet genomborrades av smärtor. Hade vodkaflaskan som träffat hans huvud kommit rakt framifrån och inte från sidan skulle han ha varit död. Men han levde fortfarande. Då och då tryckte han en handduk med isbitar mot ena tinningen. Trots värken tvingade han sig att tänka klart. Det var inte första gången som Konovalenko hade befunnit sig i en krissituation.

Efter ungefär en timme hade han övervägt alla alternativ och visste vad han skulle göra. Han såg på klockan. Två gånger per dygn kunde han anropa Sydafrika och få direkt kontakt med Jan Kleyn. Det var tjugo minuter kvar till nästa anropstid. Han gick ut i köket och fyllde handduken med nya isbitar.

Tjugo minuter senare satt han på vinden framför den avancerade radiosändaren och anropade Sydafrika. Det tog några minuter innan Jan Kleyn svarade. De använde inga namn när de talade med varandra.

Konovalenko refererade vad som hade hänt. *Buren hade öppnats och fågeln försvunnit, sa han. Den hade misslyckats med att lära sig sjunga.*

Det tog en stund innan Jan Kleyn förstod vad som hade hänt. Men när han väl hade bilden klar för sig var hans svar entydigt. *Fågeln måste infångas. En annan fågel skickas som ersättare. Besked om sändningen skulle komma senare. Nu fick allt återgå till utgångspunkten under en period.*

När samtalet var över kände Konovalenko en djup tillfredsställelse. Jan Kleyn hade förstått att Konovalenko hade gjort det som förväntats av honom.

Den fjärde förutsättningen, den som Victor Mabasha aldrig fått besked om, hade varit mycket enkel.

– Pröva honom, hade Jan Kleyn sagt, när de hade träffats i Nairobi och planerat Victor Mabashas framtid. Testa hans uthållighet, sök reda på hans svaga punkter. Vi måste veta att han verkligen håller. Det gäller alldeles för mycket för att något ska lämnas åt tillfälligheterna. Om han inte duger måste han ersättas.

Victor Mabasha höll inte, tänkte Konovalenko. Bakom den hårda ytan fanns till slut bara en förvirrad och sentimental afrikan.

Nu var det Konovalenkos sak att finna honom och döda honom. Sedan skulle han så småningom konfronteras med Jan Kleyns nye kandidat.

Han förstod att det han nu måste göra inte skulle bli alldeles enkelt. Victor Mabasha var skadad och han handlade oberäkneligt. Men Konovalenko tvivlade inte på att han skulle lyckas. Hans uthållighet hade varit välkänd under hans år inom KGB. Han var en man som aldrig gav upp.

Konovalenko la sig på sängen och sov några timmar.

Tidigt i gryningen packade han sin väska och bar ut den till BMW:n.

Innan han låste ytterdörren apterade han detonatorn som skulle spränga hela huset i luften. Han satte tiden till tre timmar. När explosionen skedde skulle han vara långt borta.

Strax efter klockan sex for han därifrån. Han räknade med att vara i Stockholm sent på eftermiddagen.

Vid utfarten till E 14 stod två polisbilar. Ett kort ögonblick fruktade han att Victor Mabasha hade avslöjat sin egen och Konovalenkos existens. Men ingen i polisbilarna reagerade när han for förbi.

Jan Kleyn ringde Franz Malan i hans bostad strax före sju på tisdagsmorgonen.

– Vi måste träffas, sa han kort. Kommittén måste träffas snarast.

– Har det hänt nåt? frågade Franz Malan.

– Ja, svarade Jan Kleyn. Den första fågeln dog inte. Vi måste välja ut en ny.

II.

Lägenheten låg i ett höghus i Hallunda.

Konovalenko parkerade utanför huset sent på tisdagskvällen den 28 april. Han hade tagit god tid på sig på vägen upp från Skåne. Även om han njöt av att köra fort och den starka BMW:n inbjöd till höga farter, hade han varit noga med att hålla sig innanför fartgränserna. Utanför Jönköping hade han bistert konstaterat att ett antal bilister vinkats in till sidan av vägen av polisen. Eftersom han blivit omkörd av flera av dem antog han att de hade fastnat i en radarkontroll.

Konovalenko å andra sidan saknade helt förtroende för den svenska poliskåren. Han antog att det ytterst bottnade i hans förakt för det öppna, demokratiska svenska samhället. Konovalenko inte bara misstrodde demokratin, han hatade den. Den hade berövat honom en stor del av hans liv. Även om det skulle ta mycket lång tid att införa den – kanske skulle den aldrig ens någonsin bli verklighet – hade han lämnat Leningrad så fort han hade insett att det gamla, slutna sovjetsamhället inte längre skulle kunna räddas. Dödsstöten hade varit det misslyckade kuppförsöket på hösten 1991, då ett antal ledande militärer och politbyråmedlemmar av den gamla stammen hade försökt restaurera det forna hierarkiska systemet. Men när misslyckandet var ett faktum hade Konovalenko omedelbart börjat planera för sin flykt. I en demokrati, hur den än såg ut, skulle han aldrig kunna leva. Den uniform han burit sedan han antogs av KGB som rekryt redan i tjugoårsåldern hade blivit som ett yttre hudlager. Och han kunde inte skinnflå sig själv. Vad skulle finnas kvar?

Han hade heller inte varit ensam om sina tankar. De sista åren, när KGB utsattes för hårdhänta reformer, när muren i Berlin brutalt hackades ner, hade han och hans kollegor ständigt diskuterat hur en framtid skulle kunna se ut. Det tillhörde underrättelsetjänsternas oskrivna regler att avkrävas ett ansvar när ett totalitärt samhälle började bryta samman. Alltför många människor hade utsatts för KGB:s behandling, alltför många anhöriga ville hämnas sina försvunna och dödade familjemedlemmar. Konovalenko

157

hade ingen lust att dras inför domstol, på det sätt han nu kunde se skedde med de forna kollegorna inom Stasi i det nya Tyskland. Han hade satt upp en världskarta på den ena väggen av sitt kontor och i timmar studerat den. Han hade dystert tvingats inse att världen under detta sena 1900-tal inte riktigt passade honom. Han hade svårt att tänka sig att leva i någon av de brutala men ytterst instabila diktaturerna i Syd-Amerika. Inte heller hade han något förtroende för de självhärskare som fortfarande styrde över vissa afrikanska stater. Däremot hade han övervägt möjligheten av att kunna skapa en framtid i något fundamentalistiskt styrt arabland. Den islamiska religionen var honom delvis likgiltig, delvis förhatlig. Men han visste att härskarna höll sig med en polis av både öppen och hemlig karaktär som hade stora befogenheter. Till slut avskrev han dock även detta alternativ. Han trodde aldrig han skulle klara omställningen till så främmande nationella kulturer, vilket islamiskt land han än valde. Dessutom ville han inte avstå från att dricka vodka.

Han hade även funderat på att erbjuda sina tjänster åt något internationellt säkerhetsföretag. Men han kände sig för osäker, det var en värld han inte kände till.

Egentligen fanns det till slut bara ett land han kunde tänka sig. Sydafrika. Han hade läst det han hade kunnat komma över av den svåråtkomliga litteraturen om landet. Med hjälp av den auktoritet som fortfarande omgav KGB:s officerare hade han spårat upp och öppnat ett antal litterära och politiska giftskåp. Hans läsning förstärkte honom i uppfattningen att Sydafrika var ett lämpligt alternativ för honom att organisera sin framtid i. Han tilltalades av den rasmässiga åtskillnaden och insåg att både den öppna och hemliga polisiära organisationen var väl utbyggd och hade stort inflytande.

Han tyckte inte om färgade människor, minst av allt svarta. För honom var det lägre stående människor, oberäkneliga, oftast brottsliga. Huruvida det var fördomar eller inte hade han ingen uppfattning om. Han hade bara bestämt sig för att det var så. Men han tilltalades av tanken att ha tillgång till hemhjälp, servitör och trädgårdmästare.

Anatoli Konovalenko var gift. Men han planerade sitt nya liv utan sin hustru Mira. Det var många år sedan han hade tröttnat på henne. Hon var sannolikt lika trött på honom. Han hade dock aldrig brytt sig om att fråga. Kvar fanns bara en vana, tom på innehåll, utan känslor. Han hade kompenserat sig genom att regelbundet inleda förbindelser med kvinnor han kom i kontakt med genom sitt arbete.

Deras två döttrar levde redan sina egna liv. För dem behövde han inte oroa sig.

Flykten från det sammanfallande imperiet tänkte han sig som att han skulle försvinna i osynlighet. Anatoli Konovalenko skulle upphöra att existera. Han skulle byta identitet, möjligen också utseende. Hans hustru fick klara sig bäst hon kunde på den pension hon skulle få ut när han väl hade blivit dödförklarad.

Liksom de flesta av sina kollegor hade Konovalenko under årens lopp organiserat ett system av hemliga utgångar, genom vilka han, om det blev nödvändigt, skulle kunna undkomma en eventuell krissituation. Han hade byggt upp en reserv av utländsk valuta, han hade ett antal alternativa identiteter i form av pass och andra dokument. Dessutom hade han ett stort kontaktnät av personer som satt på strategiskt viktiga positioner. De fanns inom Aeroflot, inom tullmyndigheterna, inom utrikesförvaltningen. De som tillhörde *nomenklaturan* var som medlemmar i en hemlig sekt. De fanns till för att hjälpa varandra, de garanterade gemensamt att deras sätt att leva inte skulle kunna raseras. Åtminstone hade det varit deras tro tills det ofattbara sammanbrottet hade kommit.

Mot slutet, strax före flykten, hade allt gått mycket fort. Han hade kontaktat Jan Kleyn som var en förbindelseofficer mellan KGB och den sydafrikanska underrättelsetjänsten. De hade träffats under ett besök som Konovalenko hade gjort på Moskvastationen i Nairobi, för övrigt hans första resa till den afrikanska kontinenten. De hade kommit bra överens, och Jan Kleyn hade mycket klart gett besked om att Konovalenkos tjänster skulle kunna vara av värde för hans land. Han ställde en emigration och ett behagligt liv i utsikt.

Det skulle dock ta sin tid. Konovalenko behövde en mellanstation efter det att han lämnat Sovjetunionen. Han hade bestämt sig för Sverige. Många kollegor hade rekommenderat honom detta land. Frånsett att det hade en hög levnadsstandard var det lätt att ta sig över landets gränser, och minst lika enkelt att hålla sig undan, anonymt, om man så önskade. Det fanns dessutom en växande rysk koloni, inte minst av kriminella, organiserade i ligor, som hade börjat bygga upp sin verksamhet i Sverige. I många fall var det råttorna som först av alla lämnade ett sjunkande skepp, inte de sista. Konovalenko visste att han skulle komma att ha nytta av dessa människor. KGB hade tidigare haft ett utmärkt samarbete med ryska brottslingar. Nu kunde de vara till gagn för varandra även i landsflykten.

Han steg ur bilen och tänkte att det fanns skamfläckar även i detta land som ansågs vara ett föredöme. Det trista bostadsområdet påminde honom om både Leningrad och Berlin. Det var som om det framtida förfallet redan fanns inskrivet i husens fasader. Samtidigt insåg han att Vladimir Rykoff och hans hustru Tania hade gjort rätt som bosatt sig i Hallunda. Här fanns ett stort antal nationaliteter i hyreshusen. Här kunde de leva i den anonymitet som de önskade.

Som jag önskar, rättade han sin tanke.

När han kommit till Sverige hade han använt sig av Rykoff för att snabbt smälta in i sin nya verklighet. Rykoff hade varit i Stockholm redan sedan början av 1980-talet. Han hade av misstag skjutit ihjäl en KGB-överste i Kiev och insett att han måste fly ut ur landet. Eftersom han var mörk och hade ett utseende som kunde passera som arabiskt hade han rest in som persisk flykting och mycket snart beviljats flyktingstatus, trots att han inte talade ett ord persiska. När han så småningom fått svenskt medborgarskap, hade han återtagit sitt rätta namn Rykoff. Han var bara iranier när han hade kontakt med de svenska myndigheterna. För att försörja sig och sin förment iranska hustru, hade han begått ett par enkla bankrån redan under tiden i uppsamlingslägret utanför Flen. Det hade gett honom ett anständigt startkapital. Han hade också insett att han skulle kunna tjäna pengar på att bygga upp en ankomstservice för andra ryska medborgare som i en ökande ström, mer eller mindre legalt, tog sig in i Sverige. Hans något ovanliga resebyrå blev snart välkänd och han hade periodvis mer folk att ta sig an än han egentligen orkade med. På avlöningslistan hade han olika representanter för svenska myndigheter, i perioder även handläggare på Invandrarverket, och allt bidrog till att resebyrån fick rykte om sig för effektivitet och god planering. Ibland irriterades han av att det var så svårt att muta svenska ämbetsmän. Men han lyckades oftast till slut, om han gick försiktigt fram. Rykoff hade också infört det uppskattade inslaget att bjuda alla nyanlända på en riktig rysk måltid i lägenheten i Hallunda.

Konovalenko hade mycket snart efter ankomsten insett att Rykoff bakom den hårda ytan var både lättledd och karaktärssvag. När Konovalenko dessutom började lägga an på hans hustru och hon inte alls visade sig vara ovillig, hade han snart Rykoff där han ville. Konovalenko inrättade sin tillvaro så att det var Rykoff som fick utföra allt praktiskt fotarbete, alla enformiga rutinuppdrag.

När Jan Kleyn hade kontaktat honom och erbjudit honom uppdraget att ta hand om en afrikansk yrkesmördare inför ett viktigt likvidationsuppdrag i Sydafrika, hade han låtit Rykoff sköta alla praktiska arrangemang. Det var han som hade hyrt huset i Skåne, skaffat bilarna och ordnat med matförråden. Han höll kontakten med dokumentförfalskare och var den som tog emot det vapen Konovalenko lyckades smuggla ut från S:t Petersburg.

Konovalenko visste att Rykoff hade ytterligare en kvalitet.

Han tvekade inte att döda om det behövdes.

Konovalenko låste bilen, tog sin väska och åkte upp till femte våningen. Han hade nyckel men ringde på istället för att låsa upp. Signalen var enkel, en sorts kodifierad version av upptakten till Internationalen.

Det var Tania som öppnade. Hon såg förvånat på honom när hon inte kunde upptäcka Victor Mabasha.

– Kommer du redan? sa hon. Var är negern?

– Är Vladimir hemma? sa Konovalenko och brydde sig inte om att besvara hennes frågor.

Han gav henne väskan och steg in i lägenheten. Den hade fyra rum och var utrustad med dyra läderfåtöljer, marmorbord och de senaste modellerna av musikanläggningar och videobandspelare. Allt var mycket smaklöst och Konovalenko tyckte inte om att bo där. Men just nu var han tvungen.

Vladimir kom ut från sovrummet iklädd en dyrbar morgonrock av siden. Till skillnad från Tania som var smärt hade Vladimir Rykoff svällt ut på alla ledder. Konovalenko tänkte att det var som om det var han som hade beordrat honom att bli fet. Vladimir hade heller sannolikt inte protesterat om han mottagit en sådan order.

Tania dukade fram en enkel måltid och satte en vodkaflaska på bordet. Konovalenko berättade det han ansåg vara nödvändigt att de kände till. Men han nämnde ingenting om kvinnan han varit tvungen att döda.

Det viktigaste var att Victor Mabasha drabbats av ett oförklarligt sammanbrott. Nu fanns han någonstans i Sverige och han måste ovillkorligen likvideras.

– Varför gjorde du det inte i Skåne? frågade Vladimir.

– Det mötte vissa svårigheter, svarade Konovalenko.

Varken Vladimir eller Tania frågade något mer.

Under bilresan hade Konovalenko noga gått igenom det som hänt och vad som nu måste ske. Han hade insett att Victor Mabasha bara hade en enda möjlighet för att komma ut ur landet.

Han måste söka upp Konovalenko. Det var han som hade pass och biljetter, det var han som kunde ge honom pengar.

Victor Mabasha skulle med största sannolikhet söka sig till Stockholm. Om han inte redan hade gjort det. Och där skulle Konovalenko och Rykoff ta emot honom.

Konovalenko drack några glas vodka. Men han aktade sig noga för att bli berusad. Även om det var vad han just nu mest av allt önskade hade han först ett viktigt ärende att utföra.

Han måste ringa upp Jan Kleyn på det telefonnummer i Pretoria han bara hade lov att använda i yttersta nödfall.

– Gå in i sovrummet, sa han till Tania och Vladimir. Stäng dörren och sätt på radion. Jag måste ringa ett telefonsamtal och jag vill vara ostörd.

Han visste att både Tania och Vladimir tjuvlyssnade om de hade möjlighet. Den här gången ville han inte ge dem det. Inte minst eftersom han hade för avsikt att berätta för Jan Kleyn om kvinnan han hade varit tvungen att döda.

Det skulle ge honom den perfekta förklaringen till att Victor Mabashas sammanbrott egentligen var något mycket positivt. Och det skulle stå klart att det helt och hållet var Konovalenkos förtjänst att mannens svaghet hade avslöjats innan det var för sent.

Dödandet av kvinnan kunde även fylla en annan funktion. Jan Kleyn skulle förstå, om han inte redan hade gjort det, att Konovalenko var en absolut hänsynslös och kallblodig människa.

Det som Jan Kleyn i Nairobi hade förklarat var det som mest av allt behövdes i Sydafrika just nu.

Vita, dödsföraktande människor.

Konovalenko slog numret som han hade lärt sig utantill direkt efter det att han hade fått det i Afrika. Under de många åren som

KGB-officer hade han ständigt försökt öva upp sin koncentration och sitt minne genom att memorera telefonnummer.

Fyra gånger fick han slå de många siffrorna innan satelliten över ekvatorn tog emot signalerna och skickade dem tillbaka till jorden igen.

Någon lyfte telefonluren i Pretoria.

Konovalenko kände omedelbart igen den hesa, långsamma rösten.

Till en början hade han lite svårt att behärska ekot av tidsförskjutningen som var ungefär en sekund till södra Afrika. Men snart hade han vant sig.

Han refererade återigen vad som hade hänt. Hela tiden talade han i kod. Victor Mabasha var *entreprenören*. Han hade noga förberett sig under bilresan till Stockholm och Jan Kleyn avbröt honom inte en enda gång med frågor eller begäran om förtydliganden.

När Konovalenko var färdig blev det tyst i luren.

Han väntade.

– Vi kommer att sända en ny entreprenör, sa Jan Kleyn till slut. Den andre måste givetvis avskedas omedelbart. Vi hör av oss när vi vet mer om vem ersättaren blir.

Samtalet var över.

Konovalenko la på luren och visste att samtalet hade utfallit precis som han hade hoppats. Jan Kleyn hade tolkat händelseförloppet som att Konovalenko hade förhindrat ett katastrofalt utfall av det planerade attentatet.

Han kunde inte motstå frestelsen att smyga sig bort till sovrumsdörren och lyssna. Det var tyst därinne, frånsett radion som stod på.

Han satte sig vid bordet och fyllde ett halvt dricksglas med vodka. Nu kunde han tillåta sig att bli berusad. Eftersom han hade behov av att vara ensam lät han dörren till sovrummet förbli stängd.

Tids nog skulle han ta med sig Tania till det rum där han själv sov under sina besök.

Dagen efter, tidigt på morgonen, steg han försiktigt upp ur sängen för att inte väcka Tania. Rykoff var redan uppe och satt i köket och drack kaffe. Konovalenko tog en egen kopp och satte sig mitt emot honom.

– Victor Mabasha måste dö, sa han. Förr eller senare kommer han till Stockholm. Jag har en stark föraning om att han redan är här. Jag högg av honom ett finger innan han försvann. Han kommer alltså att ha ett bandage eller en handske på vänster hand. Med största säkerhet kommer han att besöka de klubbar i stan där afrikaner träffas. Något annat alternativ har han inte för att kunna spåra mig. Därför ska du idag sprida ut att det föreligger ett kontrakt på Victor Mabasha. Hundra tusen kronor till den som gör sig av med honom. Du ska besöka alla dina kontakter, alla ryska brottslingar du känner till. Nämn inte mitt namn. Säg bara att uppdragsgivaren är solid.

– Det är mycket pengar, sa Vladimir.

– Det är mitt problem, svarade Konovalenko. Gör bara som jag har sagt. Ingenting hindrar för övrigt att du själv förtjänar pengarna. Eller varför inte jag?

Konovalenko skulle inte ha något emot att själv avlossa sin pistol mot Victor Mabashas huvud. Men han visste att det knappast skulle bli så. Den turen vore det förmätet att begära.

– Ikväll åker du och jag själv in till klubbarna, fortsatte han. Till dess måste kontraktet vara utlagt så att alla som bör känna till det är informerade. Du har med andra ord mycket att göra.

Vladimir nickade och reste sig. Trots hans oformliga fetma visste Konovalenko att han var ytterst effektiv när det verkligen gällde.

En halvtimme senare lämnade Vladimir lägenheten. Konovalenko stod vid fönstret och såg honom långt där nere på asfalten, när han steg in i en Volvo som på Konovalenko verkade vara av en senare modell än den han tidigare hade haft.

Han äter ihjäl sig, tänkte Konovalenko. Hans lycka är att köpa nya bilar. Han kommer att dö utan att ha känt den stora glädjen i att överskrida sina egna gränser.

Skillnaden mellan honom och en idisslande ko kan inte vara annat än ytterst hårfin.

Själv hade Konovalenko också ett viktigt ärende att uträtta denna dag.

Han måste skaffa fram hundra tusen kronor. Att det skulle ske genom ett rån var han på det klara över. Frågan var egentligen bara vilken bank han skulle välja.

Han gick tillbaka till sovrummet och lockades ett ögonblick av frestelsen att krypa tillbaka under täcket och väcka Tania. Men han trängde undan tanken och klädde sig snabbt och tyst.

Strax före klockan tio lämnade även han lägenheten i Hallunda. Det var kyligt i luften och det regnade.

Han undrade hastigt över var Victor Mabasha befann sig just i detta ögonblick.

Klockan kvart över två onsdagen den 29 april rånade Anatoli Konovalenko Handelsbankens kontor i Akalla. Rånet tog honom två minuter. Han sprang ut ur banken, rundade gathörnet och öppnade bildörren. Motorn hade gått på tomgång och han var snabbt borta från platsen.

Han räknade med att ha fått med sig minst det dubbla av det belopp som behövdes. Om inte annat tänkte han unna sig och Tania en lyxmiddag på restaurang när Victor Mabasha var borta.

Vägen han körde gjorde en skarp högersväng strax före Ulvsundavägen. Plötsligt tvärbromsade han. Framför honom stod två polisbilar och blockerade gatan. Inom loppet av några få sekunder virvlade många tankar genom hans huvud. Hur hade polisen hunnit upprätta en vägspärr? Det var högst tio minuter sedan han hade lämnat banken och larmet gått. Och hur kunde de veta att han just hade valt den här flyktleden?

Sedan handlade han.

Han la in backen, och hörde hur gummidäcken skrek mot asfalten. När han svängde för att vända rev han ner en papperskorg på trottoaren och slet upp den bakre kofångaren mot ett träd. Nu hade han ingen tanke på att köra långsamt längre. Nu måste han improvisera sin flykt.

Bakom sig hörde han sirenerna. Han svor högt för sig själv och undrade återigen hur det hade gått till. Samtidigt förbannade han det faktum att han inte alls hittade i trakterna norr om Sundbyberg. De flyktvägar han hade att välja mellan skulle samtliga ha fört honom ut på någon huvudled mot centrala staden. Men nu visste han inte alls var han var och kunde inte planera för hur han skulle komma undan.

Det dröjde heller inte länge förrän han hade förirrat sig in i ett industriområde och insåg att han befann sig på en återvändsgata. Polisen var fortfarande bakom honom även om han hade ökat försprånget genom att köra mot rött ljus vid två tillfällen. Han hoppade ur bilen, hade plastkassen i ena handen och pistolen i den andra. När den första polisbilen tvärbromsade lyfte han vapnet och sköt sönder vindrutan. Om han träffade någon visste han inte. Men nu skulle han få det försprång han behövde. Poliserna skulle inte följa efter innan de hade kallat på förstärkning.

Han klättrade snabbt över ett staket som ledde in till ett område, han kunde inte avgöra om det var ett skrotupplag eller en byggarbetsplats. Men han hade tur. Från andra hållet hade en bil med ett ungt par kört in. De hade valt den avskilda platsen för att få vara ensamma. Konovalenko tvekade inte. Han smög sig fram mot bilen bakifrån, och tryckte pistolen genom den nervevade rutan mot mannens tinning.

– Stilla och gör som jag säger, sa han på sin brutna svenska. Ut ur bilen. Lämna nycklarna.

Paret tycktes vara helt oförstående. Konovalenko hade inte tid att vänta. Han slet upp bildörren, drog ut föraren och satte sig själv vid ratten och såg på flickan i sätet intill.

– Nu kör jag, sa han. Och du har exakt en sekund på dig att bestämma dig för om du vill åka med eller inte.

Hon skrek till och kastade sig ur bilen. Konovalenko körde därifrån. Nu hade han inte bråttom längre. Sirener närmade sig från olika håll, men förföljarna kunde inte veta att han redan funnit ett nytt flyktfordon.

Dödade jag någon? tänkte han. Det får jag veta om jag slår på teven ikväll.

Vid tunnelbanestationen i Duvbo lämnade han bilen och for tillbaka till Hallunda. Varken Tania eller Vladimir var hemma när han ringde på dörren. Han öppnade med sin egen nyckel, la plastpåsen med pengar på matbordet och hämtade vodkaflaskan. Efter några ordentliga klunkar hade spänningen släppt och han kunde konstatera att allt hade gått bra. Om han hade skadskjutit eller kanske dödat en av polismännen skulle det givetvis innebära att det blev oro i stan. Men han kunde inte inse att det skulle förhindra eller ens försena att Victor Mabasha likviderades.

Han räknade pengarna och kom fram till summan etthundrasextiotvå tusen kronor.

Klockan sex slog han på teven för att höra den första nyhetssändningen. Då hade bara Tania kommit hem. Hon stod i köket och lagade mat.

Nyhetssändningen började med det Konovalenko väntade på. Till sin förvåning insåg han att det pistolskott med vilket han bara hade haft ambitionen att splittra polisbilens framruta under andra omständigheter skulle ha betraktats som ett mästerskott. Kulan hade träffat den ene polismannen i patrullbilen just i vinkeln mellan näsan och pannan, mitt emellan ögonen. Han hade dött ögonblickligen.

Sedan kom det en bild på polismannen som Konovalenko hade dödat. Han hade hetat Klas Tengblad och varit tjugosex år gammal, gift med två minderåriga barn.

Polisen hade inga andra spår efter gärningsmannen än att han varit ensam och att det varit samme man som några minuter tidigare hade rånat Handelsbankens filial i Akalla.

Konovalenko grimaserade och gick fram för att stänga av teven. I samma ögonblick upptäckte han att Tania stod i dörröppningen och betraktade honom.

– En bra polis är en död polis, sa han och tryckte på fjärrkontrollen. Vad blir det till middag? Jag är hungrig.

Vladimir kom hem och satte sig vid matbordet när Tania och Konovalenko just höll på att avsluta måltiden.

– Ett bankrån, sa Vladimir. Och en dödad polisman. En ensam gärningsman som bryter på svenska. Det kommer inte precis att saknas poliser på stan ikväll.

– Sånt händer, svarade Konovalenko. Är du klar med att lägga ut besked om kontraktet?

– Det finns inte en människa i den undre världen som inte före midnatt kommer att känna till att det finns hundratusen kronor att tjäna, sa Rykoff.

Tania gav honom en tallrik med mat.

– Var det verkligen nödvändigt att skjuta en polis just idag? frågade han.

– Vad får dig att tro att det var jag som sköt honom? undrade Konovalenko.

Vladimir ryckte på axlarna.

– Ett mästerskott, sa han. Ett bankrån för att klara ekonomin på Victor Mabasha. Utländsk brytning. Det låter ganska rimligt att det var du.

– Du tar fel om du tror att det var en fullträff, sa Konovalenko. Det var bara tur. Eller otur. Hur man nu väljer att se det. Men för säkerhets skull tror jag det blir bäst att du åker in ensam till stan ikväll. Eller ta med dig Tania.

– Det finns några klubbar på Söder där afrikaner brukar hålla till, sa Vladimir. Jag tänkte jag skulle börja där.

Klockan halv nio åkte Tania och Vladimir in till stan. Konovalenko tog ett bad och satte sig sedan att se på teve. De olika nyhetssändningarna hade långa inslag om den döde polismannen. Men det fanns inga säkra spår att gå efter.

Naturligtvis, tänkte Konovalenko. Jag lämnar inga spår.

Han hade slumrat till i sin stol när telefonen plötsligt ringde. Det gick fram en signal. Sedan ringde det igen, den här gången sju signaler. När telefonen ringde för tredje gången lyfte Konovalenko på luren. Nu visste han att det var Vladimir som använde den överenskomna signalen. I bakgrunden kunde han höra oväsen som tydde på att han befann sig på ett diskotek.

– Hör du mig? ropade Vladimir.

– Jag hör dig, svarade Konovalenko.

– Jag hör knappt mig själv, fortsatte han. Men jag har nyheter.

– Har nån sett Victor Mabasha i Stockholm? Konovalenko visste att det måste vara därför han ringde.

– Bättre än så, sa Vladimir. Han är här just nu.

Konovalenko tog ett djupt andetag.

– Har han upptäckt dig?

– Nej. Men han är på sin vakt.

– Har han sällskap av någon?

– Han är ensam.

Konovalenko tänkte efter. Klockan var tjugo minuter över elva. Vad var det riktiga beslutet att fatta?

Efter ett kort ögonblick hade han bestämt sig.

– Ge mig adressen, sa han. Jag kommer. Vänta på mig utanför. Lägg märke till hur klubben ser ut. Framförallt var nödutgångarna ligger.

– Det ska bli, svarade Vladimir. Sedan avslutades samtalet.

Konovalenko kontrollerade sin pistol och stoppade ett extra magasin i fickan. Så gick han in i sitt rum och låste upp en plåtkista som stod längs ena väggen. Ur den tog han fram två tårgasgranater och två gasmasker som han stoppade i den plastkasse där han tidigare under dagen haft pengarna från bankrånet.

Till slut kammade han sig noga framför badrumsspegeln. Det ingick i hans ritual när han förberedde sig inför en viktig uppgift.

Kvart i tolv lämnade han lägenheten i Hallunda och for in till stan i en taxi. Han hade begärt körningen till Östermalmstorg. Där steg han ur, betalade och vinkade till sig en ny bil. Med den for han till Söder.

Diskoteket hade ett gatunummer som var 45. Konovalenko bad chauffören köra till nummer 60. Där steg han av och började gå tillbaka samma väg han kommit.

Plötsligt klev Vladimir fram ur skuggorna.

– Han är kvar, sa han. Tania har åkt hem.

Konovalenko nickade långsamt.

– Då tar vi honom, sa han.

Sedan bad han Vladimir beskriva hur diskoteket såg ut.

– Var befinner han sig? frågade Konovalenko när han hade bilden klar för sig.

– Vid bardisken, svarade Vladimir.

Konovalenko nickade.

Några minuter senare hade de ifört sig gasmasker och osäkrat sina vapen.

Vladimir rev upp ytterdörren och vräkte undan de två förvånade vakterna.

Sedan kastade Konovalenko in tårgasgranaterna.

12.

Ge mig natten, *songoma*. Hur ska jag uthärda detta nattliga ljus som inte låter mig finna något gömställe? Varför har du sänt mig till detta egendomliga land där människan berövats sitt mörker? Jag ger dig mitt avhuggna finger, *songoma*. Jag offrar en bit av min kropp mot att du ger mig mörkret tillbaka. Men du har övergivit mig. Du har lämnat mig ensam. Lika ensam som antilopen som inte längre orkar undvika den jagande cheetan.

Victor Mabasha hade upplevt sin flykt som en resa i ett drömlikt, viktlöst tillstånd. Det var som om hans själ färdades för sig själv, osynligt, någonstans i närheten. Han tyckte han kände sin egen andedräkt i nacken. I Mercedesen, vars läderklädsel påminde honom om den avlägsna doften av hudar från skinnade antiloper, fanns nu bara hans kropp kvar, framförallt den värkande handen. Fingret var borta, men fanns där ändå, som en hemlös smärta i ett främmande land.

Från första början av den vilda flykten hade han försökt tvinga sig att behärska sina tankar, att handla förnuftigt. Jag är en *zulu*, hade han upprepat för sig själv, som en besvärjelse. Jag tillhör det obesegrade krigarfolket, jag är en av Himmelens söner. Mina förfäder stod alltid i första ledet när våra *impis* gick till angrepp. Vi besegrade de vita långt innan de jagade bushmännen ut i de oändliga öknarna där de snart gick under. Vi besegrade dem innan de sa att vårt land var deras. Vi besegrade dem vid foten av *Isandlwana* och skar av deras käkar som sedan prydde kungarnas *kraaler*. Jag är en *zulu*, mitt ena finger är avhugget. Men jag uthärdar smärtan och jag har nio fingrar kvar, lika många som schakalen har liv.

När han inte hade orkat längre hade han på måfå kört in längs en liten skogsväg och stannat vid en blänkande insjö. Vattnet hade varit så svart att han först hade trott det vara olja. Där hade han satt sig på en sten vid strandkanten, vecklat upp den blodiga handduken och tvingat sig att se på sin hand. Det blödde fortfarande, handen kändes främmande, smärtan fanns mer i hans medvetande än i såret efter det stympande hugget.

Hur kom det sig att Konovalenko hade varit snabbare än han själv? Den sekundkorta tveksamheten hade besegrat honom. Han insåg också att hans flykt varit tanklös. Som ett förvirrat barn hade han betett sig. Han hade handlat ovärdigt, mot sig själv, och mot Jan Kleyn. Han skulle ha stannat, letat igenom Konovalenkos bagage, sökt efter flygbiljetter och pengar. Men det enda han hade gjort var att ta med sig lite kläder och pistolen. Inte heller kunde han minnas vägen han färdats. Det fanns ingen möjlighet för honom att återvända. Han skulle aldrig hitta tillbaka.

Svagheten, tänkte han. Aldrig har jag lyckats besegra den, trots att jag givit upp alla mina lojaliteter, alla de föresatser som jag fylldes av när jag växte upp. Jag har fått den som straff av *songoman*. Hon har lyssnat till andarna och låtit hundarna sjunga min sång som handlar om svagheten jag aldrig kommer att kunna besegra.

Solen som aldrig tycktes vila i detta egendomliga land hade redan stigit över horisonten. En rovfågel lyfte från en trädtopp och flaxade bort längs den spegelblanka sjön.

Först av allt måste han sova. Några timmar, inte mer. Han visste att han inte behövde mycket sömn. Sedan skulle hans hjärna åter kunna hjälpa honom.

I en tid som verkade honom avlägsen som den forntid hans förfäder hade ägt, hade hans far, *Okumana*, mannen som smidde spetsar till spjut bättre än någon annan, förklarat för honom att det alltid fanns en utväg så länge man var levande. Döden var det sista gömstället. Det skulle man spara tills det inte fanns någon möjlighet att lösa ett till synes oövervinneligt hot. Det fanns alltid utvägar som man först inte kunde se och det var därför människan i motsats till djuren hade en hjärna. För att kunna se inåt, inte utåt. Inåt, mot de hemliga platser där förfädernas andar väntade på att få bli människornas vägvisare i livet.

Vem är jag? tänkte han. En människa som förlorar sin identitet är inte längre någon människa. Utan ett djur. Det är det som har hänt med mig. Jag började döda människor eftersom jag själv var död. När jag var barn, och såg skyltarna, de fördömda vägvisarna till var svarta fick lov att vara och vad som var till enbart för de vita, redan då började jag förminskas. Ett barn ska växa, förstoras, men i mitt land skulle det svarta barnet lära sig att bli mindre och mindre. Jag såg mina föräldrar duka under av sin egen osynlighet, sin egen uppdämda bitterhet. Jag var ett lydigt barn som lärde mig att vara en ingen bland ingen. Åtskillnaden var min egentlige fader. Jag lärde mig det som ingen ska behöva lära. Att leva med falskhet, förakt, en lögn som upphöjts till den enda sanningen i mitt land. En lögn som vakades över av poliser och passlagar, men framförallt av en flod med vitt vatten, en ström av ord om den naturliga skillnaden mellan svart och vit, den vita civilisationens överlägsenhet. Mig gjorde den överlägsenheten till en mördare, *songoma*. Och jag kan tänka att detta är den yttersta konsekvensen av allt det jag lärde mig genom att som barn bli mindre och mindre. Ty vad annat har denna åtskillnad, denna förfalskade vita överlägsenhet, varit än en systematisk utplundring av våra själar? När vår förtvivlan har exploderat i rasande förstörelse, har de vita inte sett den förtvivlan och det hat som är så oändligt mycket större. Det som vi burit inom oss. Det är i mitt inre jag ser mina tankar och känslor klyvas som av ett svärd. Ett av mina fingrar kan jag undvara. Men hur ska jag kunna leva utan att veta vem jag är?

Han ryckte till och märkte att han varit nära att somna. I gränslandet till sömnen, halvt drömmande, hade tankar som länge varit borta återvänt till honom.

Han blev sittande länge på stenen vid insjön.

Minnena sökte sig till honom. Han behövde inte kalla på dem.

Sommaren 1967. Han hade just fyllt sex år när han upptäckte att han ägde en förmåga som skilde honom från de andra barnen med vilka han lekte i dammet i slumområdet utanför Johannesburg där de bodde. De hade tillverkat en boll av papper och snören, och plötsligt insåg han att han hade ett bollsinne som ingen av hans kamrater. Han kunde behandla bollen hur som helst och den följde honom som en lydig hund. Ur upptäckten föddes hans första stora dröm som obarmhärtigt skulle krossas av den heliga åtskillnaden. Han skulle bli den främste av rugbyspelare i Sydafrika.

Det var som en ofattbar glädje. Han tänkte att hans förfäders andar varit goda mot honom. Från en vattenkran fyllde han en flaska med vatten och offrade mot den röda jorden.

En dag den sommaren stannade en vit sprithandlare sin bil i

dammet där Victor lekte med pappersbollen tillsammans med sina kamrater. Mannen bakom ratten betraktade länge den svarte pojken med sin fenomenala bollbegåvning.

Vid ett tillfälle hamnade bollen intill bilen. Victor närmade sig försiktigt, bockade och tog upp bollen.

– Hade du ändå varit vit, sa mannen. Aldrig har jag sett någon behandla en boll som du. Det är synd att du är svart.

Med blicken följde han ett flygplan som ritade en vit strimma över himlen.

Jag minns inte smärtan, tänkte han. Men den måste ha funnits där redan då. Eller hade de ingjutit så fast i sexåringen att orätten var livets naturliga tillstånd att han inte alls reagerade? Men tio år senare, när han var sexton år, hade allting förändrats.

Juni 1976. Soweto. Utanför Orlando West Junior Secondary School hade över femtontusen elever samlats. Själv hade han inte hört dit. Han levde på gatorna, levde den lilla, men allt skickligare, allt hänsynslösare tjuvens liv. Fortfarande bestal han bara svarta. Men blicken var redan riktad mot de vita bostadsområdena där de stora stölderna kunde utföras. Han drogs med i strömmen av unga människor, han delade deras ursinne över att utbildningen nu skulle ske på det förhatliga boerspråket. Han kunde fortfarande framkalla minnet av den unga flicka som knöt näven och skrek till den president som inte var närvarande: Vorster! Tala *zulu* så ska vi tala afrikaans! Kaoset hade funnits inom honom. Den yttre dramatiken, polisen som gick till attack och ursinnigt slog med sina *sjamboks*, drabbade honom först när han själv blev slagen. Han hade deltagit i stenkastningen och hans bollsinne hade inte övergett honom. Han träffade med nästan allt han kastade, han såg en polisman ta sig åt kinden med blodet rinnande genom fingrarna, och han mindes mannen i bilen och hans ord när han stått i det röda dammet för att hämta sin pappersboll. Sedan hade han blivit gripen, och slagen av piskorna hade bitit så hårt i hans skinn att smärtan även hade känts inom honom. Han mindes framförallt en polisman, en kraftig rödbrusig man som luktat av gammal sprit. I hans ögon hade han plötsligt upptäckt en rädsla. I det ögonblicket insåg han att han var den starkare och den vite mannens rädsla skulle sedan alltid fylla honom med ett förakt som var bottenlöst.

Han vaknade till ur tankarna av att han såg en rörelse på andra sidan sjön. Det var en roddbåt, upptäckte han, som sakta rörde sig i riktning mot honom. En man rodde med långsamma årtag. Ljudet från årtullarna nådde honom trots att avståndet var stort.

Han reste sig upp från stenen, vacklade till av en plötslig yrsel, och insåg att han måste få handen omsedd av en läkare. Han hade alltid haft tunt blod och blött länge när han skadat sig. Dessutom måste han få tag på något att dricka. Han satte sig i bilen, startade motorn, och såg att bensinen skulle räcka högst en timme till.

När han kommit ut på huvudvägen fortsatte han i samma riktning han tidigare hade valt.

Det tog honom fyrtifem minuter att komma fram till en liten stad som hette Älmhult. Han försökte föreställa sig hur namnet uttalades. Vid en bensinstation stannade han. Av Konovalenko hade han tidigare fått pengar till bensin. Nu hade han två hundralappar kvar och han visste hur han skulle hantera sedelautomaten. Den skadade handen hindrade honom och han såg att den väckte uppmärksamhet.

En äldre man erbjöd sig att hjälpa honom. Victor Mabasha förstod inte vad han sa, men nickade och försökte le. Han fyllde för den ena hundralappen och upptäckte att det bara räckte till drygt tio liter. Men han måste ha något att äta och framförallt behövde han släcka törsten. Han gick in på bensinstationen efter att mumlande ha tackat mannen som hjälpt honom och kört undan bilen från automaten. Han köpte bröd och två helflaskor coca-cola. När han hade betalat hade han fyrtio kronor kvar. På en karta som satt bland olika reklamerbjudanden vid kassan försökte han hitta Älmhult på kartan utan att lyckas.

Han gick ut till bilen och slet av en stor brödbit med tänderna. Innan han hade släckt sin våldsamma törst hade han tömt en av coca-colaflaskorna.

Han försökte bestämma sig vad han skulle göra. Hur skulle han hitta en läkare eller ett sjukhus? Men han hade inga pengar så han kunde betala för sig. Sjukhuspersonalen skulle avvisa honom och vägra att behandla honom.

Han visste vad det betydde. Han måste begå ett rån. Pistolen som låg i handskfacket var hans enda utväg.

Han lämnade den lilla staden bakom sig och fortsatte genom de till synes ändlösa skogarna.

Jag hoppas jag inte behöver döda någon, tänkte han. Jag vill inte döda någon innan jag har utfört mitt uppdrag, att skjuta de Klerk.

Första gången jag dödade en människa, *songoma*, var jag inte ensam. Ändå kan jag inte glömma det, trots att jag kan ha svårt att erinra mig andra människor jag har dödat efteråt. Det var den där förmiddagen i januari 1981, på kyrkogården i Duduza. Jag minns de spruckna gravstenarna, *songoma*, jag minns att jag tänkte att jag gick på taket till de dödas boning. Det var en gammal släkting som skulle begravas den där morgonen, jag tror han var min fars kusin. På andra ställen på kyrkogården pågick andra begravningar. Plötsligt uppstod ett oväsen någonstans, ett begravningståg var på väg att upplösas. Jag såg en flicka springa bland gravstenarna, hon löpte som en jagad hind, och hon *var* jagad. Någon skrek att hon var en vit angiverska, en svart som gick polisens ärenden. Hon blev infångad, hon skrek, hennes nöd var större än någonting jag tidigare hade upplevt. Men hon blev nerstucken, nerklubbad, och hon låg bland gravarna och hon levde fortfarande. Då började vi bära torra grenar och grästuvor som vi ryckte upp mellan gravstenarna. Jag säger vi för jag var plötsligt med i det som hände. En svart kvinna som gav polisen informationer, varför skulle hon leva? Hon bad för sitt liv men kroppen täcktes snart av torra grenar och gräs och vi brände henne levande där hon låg. Hon försökte förgäves komma undan lågorna, men vi höll fast henne tills hennes ansikte hade svartnat. Det var den första människa jag dödade, *songoma*, och jag har aldrig glömt henne, för när jag dödade henne dödade jag också mig själv. Rasåtskillnaden hade triumferat. Jag hade blivit ett djur, *songoma*. Det fanns ingenting att återvända till längre.

Handen hade börjat värka igen. Victor Mabasha försökte hålla den alldeles orörlig för att minska smärtan. Fortfarande stod solen mycket högt och han brydde sig inte ens om att se på klockan. Ännu hade han lång tid att sitta i bilen och låta tankarna hålla honom sällskap.

Jag vet inte alls var jag är, tänkte han. Jag vet att jag är i ett land som heter Sverige. Men ingenting mer. Kanske det är så världen egentligen ser ut? Det finns inget här eller där. Bara ett nu.

Så småningom föll den egendomliga, knappt märkbara skymningen.

Han sköt in ett av magasinen i pistolen och stoppade den innanför bältet.

Han saknade sina knivar. Men han var samtidigt fast besluten att inte döda någon om det gick att undvika.

Han såg på bensinmätaren. Mycket snart skulle han vara tvungen att fylla bensin igen. Nu måste han lösa problemet med pengar. Fortfarande hoppades han att han inte skulle behöva döda någon.

Några kilometer senare upptäckte han en liten affär som var kvällsöppen. Han stannade, slog av motorn och väntade tills det inte fanns några kunder i lokalen. Han osäkrade pistolen, steg ur bilen och gick hastigt in i affären. Vid kassan stod en äldre man. Victor pekade på kassaapparaten med pistolen. Mannen försökte säga någonting men Victor sköt ett skott i taket och pekade igen. Med skakande händer öppnade mannen kassaapparaten. Victor böjde sig fram, flyttade över pistolen till den skadade handen och rafsade till sig de pengar som fanns. Sedan vände han och lämnade hastigt butiken.

Han såg aldrig att mannen segnade ner på golvet bakom disken. Vid fallet slog han huvudet hårt mot cementgolvet. Det skulle senare komma att tolkas som att en rånare hade slagit ner honom.

Mannen som låg bakom disken var dock redan död. Hjärtat hade inte orkat den plötsliga chocken.

När Victor skyndade sig ut ur affären fastnade hans bandage i dörren. Han hade inte tid att peta loss det, tvingade sig att motstå smärtan och slet handen fri.

I samma ögonblick upptäckte han en flicka som stod utanför affären och såg på honom. Hon var kanske tretton år och hennes ögon var mycket stora. Hon betraktade hans blodiga hand.

Jag måste döda henne, tänkte han. Jag kan inte leva med vittnen.

Han drog upp pistolen och riktade den mot henne. Men han kunde inte förmå sig. Han lät handen falla och skyndade tillbaka till bilen och for därifrån.

Han tänkte att nu skulle han mycket snart ha polisen efter sig. De skulle börja leta efter en svart man med en stympad hand. Flickan som han inte dödat skulle börja tala. Han gav sig själv högst fyra timmar innan han skulle vara tvungen att hitta en annan bil.

Han stannade vid en obemannad bensinstation och fyllde tanken. Han hade sett att det hade stått Stockholm på en vägskylt han tidigare hade passerat och den här gången hade han försökt lägga på minnet hur han skulle kunna ta sig tillbaka samma väg han kommit.

Han kände sig plötsligt mycket trött. Någonstans längs vägen skulle han bli tvungen att stanna för att sova.

Han hoppades att han någonstans skulle hitta ännu en insjö med svart och stilla vatten.

Han hittade den på det stora slättlandet, strax söder om Linköping. Då hade han redan bytt bil. Utanför Huskvarna hade han kört in vid ett motell och lyckats bryta upp dörren och tändningslåset till en annan Mercedes. Han hade sedan fortsatt så länge han orkat. Utanför Linköping svängde han av på en mindre väg, sedan ännu en gång på en ännu mindre väg, och till slut hade sjön legat där framför honom. Klockan hade varit strax efter midnatt. Han hade rullat ihop sig i baksätet och somnat.

Jag vet att jag drömmer, *songoma*. Men ändå är det du och inte jag som talar. Och du berättar om den store Chaka, den store krigaren som skapade zulufolkets storhet, som överallt väckte en gränslös fruktan. Människor föll döda ner till marken när han vredgades. Han lät avrätta hela regementen om de inte visat tillbörligt mod under något av de oändliga, aldrig avslutade krigen. Han är min förfader och jag hörde berättas om honom på kvällarna, vid eldarna, när jag var ett litet barn. Jag förstår nu att min far tänkte på honom för att kunna glömma den vita värld han tvingades leva i. För att uthärda gruvorna, skräcken för rasen i de underjordiska gångarna, för gaserna som frätte sönder hans lungor. Men du berättar något annat om Chaka, *songoma*. Du berättar att Chaka, som var Senzangakhonas son, blev som förbytt efter det att Noliwa, den kvinna han älskade, hade dött. Hans hjärta fylldes av ett stort mörker, han kunde inte längre känna kärlek till människorna eller jorden, bara ett hat som åt honom likt parasiter, inifrån. Långsamt försvann alla hans mänskliga drag, kvar fanns till slut bara ett djur, som inte kunde känna glädje annat än när han dödade och såg blod och lidande. Men varför berättar du det för mig, *songoma*? Har jag redan blivit som han? Ett av åtskillnaden skapat, blodtörstigt djur? Jag vill inte tro dig, *songoma*. Jag dödar, men inte urskillningslöst. Jag älskar att se kvinnorna dansa, deras mörka kroppar mot de flammande eldarna. Jag vill se mina egna döttrar dansa, *songoma*. Dansa, utan avbrott, tills mina ögon faller igen och jag återvänder till underjorden, där jag ska möta dig och du ska avslöja den sista hemligheten för mig...

Han vaknade med ett ryck strax före klockan fem på morgonen.

Utanför bilen hörde han en fågel som sjöng på ett sätt han aldrig tidigare hade upplevt.

Sedan fortsatte han norrut.

Strax före klockan elva på förmiddagen kom han fram till Stockholm.

Det var onsdagen den 29 april, dagen innan Valborgsmässoafton 1992.

13

Det hade varit tre män, de hade alla varit maskerade, och de hade kommit precis när efterrätten hade serverats. Inom loppet av två minuter avlossade de över 300 skott med sina automatvapen. Sedan försvann de i en väntande bil.

Efteråt var det mycket tyst. Men bara ett kort ögonblick. Sedan började skriken från de skadade och de chockade.

Det var den anrika vinprovarklubben i Durban som haft årsmöte. Festkommittén hade noga övervägt säkerhetsaspekten när de hade valt att förlägga middagen efter årsmötet till golfklubbens restaurang i Pinetown, några mil utanför Durban. Pinetown var en stad som hittills aldrig hade varit utsatt för något av det våld som blivit alltmer vanligt och omfattande i Natalprovinsen. Dessutom hade restaurangens föreståndare lovat att förstärka vakthållningen under kvällen.

Men vakterna blev nerslagna innan de hann slå larm. Staketet runt restaurangen hade klippts sönder med stålsaxar. Attentatsmännen hade dessutom lyckats strypa en schäferhund.

Det hade funnits sammanlagt femtiofem personer i restaurangen när de tre männen störtade in med vapen i händerna. Samtliga medlemmar av vinprovarklubben var vita. Serveringen sköttes av fem svarta, fyra män och en kvinna. De svarta kockarna och kallskänkorna flydde tillsammans med den portugisiske kökschefen från restaurangen på baksidan när skottlossningen började.

När det hela var över låg nio personer döda bland omkullvälta bord och stolar, krossat porslin och nerfallen takarmatur. Sjutton personer var mer eller mindre svårt skadade, de övriga var chockade, däribland en äldre kvinna som senare skulle avlida i en hjärtattack.

Efterrätten hade bestått av en fruktsallad. Över tvåhundra rödvinsbuteljer sköts sönder. Polisen som kom till platsen efter massakern hade svårt att urskilja vad som var blod och vad som var rödvin.

Kriminalkommissarie Samuel de Beer från Durbans mordrotel

var en av de första som anlände till restaurangen. I sitt sällskap hade han den svarte kommissarien Harry Sibande. Trots att de Beer var en polis som inte dolde sin rasistiska föreställningsvärld hade Harry Sibande lärt sig att överse med hans förakt för svarta. Inte minst berodde det på att Sibande för länge sedan hade insett att han var en betydligt bättre polis än de Beer någonsin skulle kunna bli.

De hade gått runt i förödelsen, sett hur de döda och sårade bars bort till ambulanser som körde i skytteltrafik mellan Pinetown och Durbans olika sjukhus.

De svårt chockade vittnen som fanns att tillgå hade inte mycket att säga. Det hade varit tre män, de hade varit maskerade. Men deras händer hade varit svarta.

de Beer insåg att det som hade skett var ett av de grövsta politiska attentaten från någon av de svarta arméfraktionerna hittills i Natal detta år. Denna kväll, den 30 april 1992, var det som om det öppna inbördeskriget mellan svarta och vita i Natal kom ännu ett steg närmare.

de Beer ringde samma kväll till underrättelsetjänsten i Pretoria. De lovade att sända honom hjälp tidigt påföljande morgon. Även militärens egen specialavdelning för politiska attentat och terroraktioner skulle ställa en erfaren utredare till hans förfogande.

President de Klerk blev informerad om händelsen strax före midnatt. Det var hans utrikesminister, Pik Botha, som ringde till residenset på de Klerks särskilda nödlinje.

Utrikesministern hade kunnat höra att de Klerk varit irriterad över att bli störd.

– Vi har mord på oskyldiga människor varje dag, hade han sagt. Vad är det som är speciellt i det här fallet?

– Omfattningen, svarade utrikesministern. Det är för stort, för grovt, för grymt. Det kommer att bli en våldsam reaktion i partiet om du inte går ut med ett mycket kraftfullt uttalande imorgon bitti. Jag är övertygad om att ANC:s ledning, förmodligen Mandela själv, kommer att fördöma det som har hänt. Svarta kyrkoledare kommer att göra detsamma. Det skulle inte se bra ut om du ingenting hade att säga.

Utrikesminister Botha var en av de få som oreserverat hade president de Klerks öra. Presidenten lyssnade som oftast på de råd han fick av sin utrikesminister.

– Jag ska göra som du säger, svarade de Klerk. Skriv ihop nånting till imorgon. Se till att jag har det klockan sju.

Sent samma kväll utväxlades ytterligare ett telefonsamtal mellan Johannesburg och Pretoria som hade med överfallet i Pinetown att göra. Översten vid militärens speciella och ytterst hemliga säkerhetstjänst, Franz Malan, blev uppringd av sin kollega vid underrättelsetjänsten, Jan Kleyn. Båda hade redan blivit underrättade om vad som hade hänt några timmar tidigare på restaurangen i Pinetown. Båda hade reagerat med bestörtning och avsky. De hade spelat sina roller som de var vana. Både Jan Kleyn och Franz Malan hade funnits med i bakgrunden när massakern i Pinetown hade planerats. Det ingick som ett led i strategin att öka osäkerheten i landet. I förlängningen, som en slutpunkt i kedjan av ett ökande antal, alltmer omfattande attentat och mord, fanns den likvidation som Victor Mabasha skulle ansvara för.

Jan Kleyn ringde dock till Franz Malan i ett helt annat ärende. Han hade under dagen upptäckt att någon hade gått in i hans ytterst privata och hemliga datafiler på arbetsplatsen. Efter några timmars funderande hade han genom uteslutningsmetoden förstått vem det var som övervakade honom. Han hade också insett att händelsen innebar ett hot mot den avgörande operation de just höll på att planera.

De använde aldrig sina namn när de ringde till varandra. De kände varandras röster. Om en telefonledning vid något tillfälle var dålig hade de en särskild kod av hälsningsfraser som de skulle utbyta för att identifiera varandra.

– Vi måste träffas, sa Jan Kleyn. Du vet vart jag reser i morgon?
– Ja, svarade Franz Malan.
– Se till att du gör detsamma, sa Jan Kleyn.

Franz Malan hade blivit informerad om att en kapten vid namn Breytenbach skulle representera hans egen hemliga detalj vid undersökningen av massakern. Men han visste också att ett telefonsamtal med kapten Breytenbach skulle vara nog för att Franz Malan själv skulle kunna resa i hans ställe. Franz Malan hade ett öppet mandat att utan att konferera med sina överordnade göra de omdisponeringar i enskilda ärenden han fann vara nödvändiga.

– Jag kommer, svarade han.

Sedan avslutades samtalet. Franz Malan ringde kapten Breytenbach och meddelade att han själv skulle flyga ner till Durban dagen efter. Sedan funderade han på vad det kunde vara som bekymrade Jan Kleyn. Han anade att det hade med den stora operationen att göra. Han hoppades bara att den inte höll på att gå om intet.

Klockan fyra på morgonen den första maj lämnade Jan Kleyn Pretoria bakom sig. Han passerade Johannesburg och körde snart längs motorvägen N 3 mot Durban. Klockan åtta räknade han med att vara framme.

Jan Kleyn tyckte om att köra bil. Hade han velat kunde han ha beordrat en helikopter att ta honom till Durban. Men då hade resan gått för fort. Ensamheten i bilen, landskapet som rusade förbi gav honom tid till eftertanke.

Han ökade farten och tänkte att problemen i Sverige snart skulle vara lösta. Han hade under några dagar ifrågasatt om Konovalenko verkligen var så skicklig och kallblodig som han hade förutskickat. Hade han begått ett misstag som kontrakterat honom? Han hade efter mycket funderande kommit fram till att så inte var fallet. Konovalenko skulle göra det som var nödvändigt. Victor Mabasha skulle snart vara likviderad. Det kanske till och med redan hade skett. En man vid namn Sikosi Tsiki, den andre på hans ursprungliga lista, skulle inta hans plats och Konovalenko skulle ge honom samma förberedelse som Victor Mabasha hade fått.

Det enda Jan Kleyn fortfarande upplevde som egendomligt var den händelse som tydligen hade utlöst Victor Mabashas sammanbrott. Hur kunde en man som han reagera så våldsamt på att en obetydlig svensk kvinna blev dödad? Hade det trots allt funnits en svag punkt av sentimentalitet hos honom? I så fall var det tur att den hade upptäckts i tid. Vad kunde annars ha hänt när Victor Mabasha plötsligt hade sett sitt offer i kikarsiktet?

Han slog bort tankarna på Victor Mabasha och återvände istället till sina funderingar på den övervakning han utan sin vetskap hade varit utsatt för. Det hade inte funnits några detaljer i hans datafiler, inga namn, inga platser, ingenting. Men han insåg att en skicklig underrättelseofficer ändå kunde dra vissa slutsatser. Inte minst att ett ovanligt och avgörande politiskt attentat planerades.

Jan Kleyn tänkte att han faktiskt hade haft tur. Han hade upptäckt intrånget i datafilerna i tid och kunde ännu göra någonting åt det.

Överste Franz Malan klättrade in i helikoptern som väntade på den speciella arméflygplatsen utanför Johannesburg. Klockan var kvart över sju och han räknade med att vara i Durban vid åttatiden. Han nickade till piloterna, satte på sig säkerhetsbältet, och betraktade marken under sig när de lyfte. Han var trött. Tanken på vad det kunde vara som bekymrade Jan Kleyn hade hållit honom vaken ända till gryningen.

Fundersamt betraktade han den afrikanska förstad de flög över. Han såg förfallet, slummen, röken från eldarna.

Hur skulle de kunna besegra oss? tänkte han. Bara vi hårdnackat visar att vi menar allvar. Det kommer att kosta mycket blod, också vitas blod, som i Pinetown igår kväll. Men ett fortsatt vitt herrevälde i Sydafrika är inte gratis. Det kräver offer.

Han lutade sig bakåt, slöt ögonen och försökte sova.

Snart skulle han få veta vad det var som bekymrade Jan Kleyn.

De kom till den avspärrade restaurangen i Pinetown med tio minuters mellanrum. De tillbringade en dryg timme i de nerblodade rummen tillsammans med de lokala mordutredarna, under ledning av kommissarien Samuel de Beer. Både Jan Kleyn och Franz Malan kunde konstatera att attentatsmännen gjort väl ifrån sig. Dödssiffran hade kalkylerats till att bli något högre än nio, men det var ändå en underordnad synpunkt. Massakern på de oskyldiga vinprovarna hade fått den väntade effekten. Ett ursinnigt raseri och rop på hämnd från de vita hade redan kunnat höras. I bilradion hade Jan Kleyn lyssnat till Nelson Mandela och president de Klerk som var och en för sig fördömt det inträffade. de Klerk hade dessutom hotat terroristerna med en våldsam vedergällning.

– Finns det några spår efter dom som har utfört det här vansinnesdådet? frågade Jan Kleyn.

– Inga än så länge, svarade Samuel de Beer. Det finns inte ens nån som har sett flyktbilen.

– Det bästa hade varit om regeringen genast utfärdat löfte om en belöning, sa Franz Malan. Jag ska personligen be försvarsministern tala för saken vid nästa kabinettsmöte.

I samma ögonblick hördes oväsen utifrån den avspärrade gatan där många vita människor hade samlats. Många bar demonstrativt vapen, och svarta som såg folksamlingen gick en annan väg. Dörren till restaurangen flög upp och in kom en vit kvinna i trettioårsåldern. Hon var upprörd, på gränsen till hysteri. När hon fick syn på kommissarie Sibande, som just då var den ende svarte mannen i lokalen, drog hon plötsligt upp en pistol och avlossade ett skott i hans riktning. Harry Sibande hann kasta sig ner på golvet och tog skydd bakom ett kullfallet bord. Men kvinnan gick rakt mot bordet och fortsatte att avlossa pistolen som hon höll krampaktigt mellan båda händerna. Hela tiden vrålade hon på *afrikaans* att hon skulle hämnas sin bror som blivit dödad kvällen innan. Hon skulle inte ge sig förrän varenda *kaffir* var utrotad.

Samuel de Beer kastade sig över henne och avväpnade henne. Sedan ledde han ut henne till en väntande polisbil. Harry Sibande reste sig upp bakom bordet. Han var skakad. En av kulorna hade gått igenom bordsplattan och rivit upp hans ena kavajärm.

Jan Kleyn och Franz Malan hade betraktat händelsen. Allt hade gått mycket fort. Men båda tänkte samma sak. Just den reaktion den vita kvinnan hade visat var vad de syftat till med massakern kvällen innan. Men i större skala. Hatet skulle välla över landet som en jättelik våg.

de Beer kom tillbaka och torkade svett och blod ur ansiktet.

– Man måste förstå henne, sa han.

Harry Sibande sa ingenting.

Jan Kleyn och Franz Malan utlovade all den hjälp som de Beer ansåg sig behöva. De slutade samtalet med att försäkra varandra om att terroristdådet snabbt måste och skulle bli uppklarat. Sedan lämnade de restaurangen tillsammans i Jan Kleyns bil och åkte från Pinetown. De for norrut längs motorvägen N2 och tog av mot havet vid en skylt där det stod Umhlanga Rocks. Jan Kleyn svängde in vid en liten fiskrestaurang som låg direkt på stranden. Här skulle de kunna vara ostörda. De beställde havskräftor och drack mineralvatten. Det blåste en mild vind från havet. Franz Malan hängde av sig kavajen.

– Enligt vad jag fått veta är kommissarie de Beer en sällsynt oduglig brottsutredare, sa han. Hans kaffirkollega lär vara betydligt skarpare i huvudet. Dessutom envis.

– Jag har samma informationer, sa Jan Kleyn. Utredningen kommer att gå i meningslösa cirklar tills ingen utom dom anhöriga längre minns händelsen.

Han la ifrån sig kniven och torkade munnen med en servett.

– Döden är aldrig behaglig, fortsatte han. Ingen anstiftar blodbad om det inte är nödvändigt. Å andra sidan finns inga segrare utan förlorare. Inte heller nån segrare utan offer. Jag antar att jag i grunden är en mycket primitiv darwinist. Den starkare överlever, den överlevande har följaktligen rätten på sin sida. När det brinner i ett hus frågar ingen var elden börjat innan man inleder släckningsarbetet.

– Vad händer med dom tre männen? frågade Franz Malan. Jag har inget minne av att ha sett vad som beslutades?

– Låt oss ta en promenad när vi har ätit, sa Jan Kleyn med ett småleende.

Franz Malan förstod att det tills vidare var svaret på hans fråga. Han kände Jan Kleyn tillräckligt för att veta att det inte skulle löna sig att fråga mer. Tids nog skulle han få veta.

Vid kaffet började Jan Kleyn berätta varför han nödvändigtvis hade velat träffa Franz Malan.

– Som du vet lever vi som arbetar i hemlighet, i olika underrättelseorganisationer, med ett antal oskrivna regler och förutsättningar, började han. En av dom är att vi alla övervakar varandra. Förtroendet för våra kollegor är alltid begränsat. Alla skapar vi våra egna mätinstrument för att kontrollera vår personliga säkerhet. Inte minst för att bevaka att ingen träder alltför långt in på vår egen mark. Vi minerar runt oss och vi gör det för att alla andra gör det. På så sätt uppstår en balans och vi kan gemensamt utföra vårt arbete. Tyvärr har jag upptäckt att någon intresserat sig alltför närgånget för mina datafiler. Nån har fått i uppdrag att övervaka mig. Och det uppdraget måste komma mycket högt uppifrån.

Franz Malan bleknade.

– Har planen avslöjats? frågade han.

Jan Kleyn såg på honom med kalla ögon.

– Jag är naturligtvis inte så omdömeslös, sa han. Ingenting av det som finns i min dator kan avslöja det uppdrag vi har gett oss och som vi håller på att genomföra. Där finns inga namn, ingenting. Men däremot kan man inte bortse ifrån att en tillräckligt intelligent person förmår dra slutsatser som kan peka i rätt riktning. Det gör saken allvarlig.

– Det blir svårt att ta reda på vem det är, sa Franz Malan.

– Inte alls, svarade Jan Kleyn. Jag vet redan vem det är.

Franz Malan såg överraskat på honom.

– Jag började söka mig framåt genom att gå bakåt, sa Jan Kleyn.

Det är ofta en utomordentlig metod att nå resultat. Jag ställde mig frågan var uppdraget kunde komma ifrån. Det tog inte lång stund att inse att dom som verkligen kan ha intresse av att veta vad jag håller på med egentligen bara är två personer. Två personer, så högt upp man kan komma. Presidenten och utrikesministern.

Franz Malan öppnade munnen för att komma med en invändning.

– Låt mig fortsätta, sa Jan Kleyn. Om du tänker efter kommer du att se det uppenbara. Det finns med rätta en konspirationsrädsla i landet. de Klerk har alla skäl att frukta för dom tankar som existerar inom vissa delar av det högsta militärkommandot. Likaså kan han inte räkna med en självklar lojalitet bland dom som styr över landets underrättelseverksamhet. Det råder mycket stor osäkerhet i Sydafrika idag. Allt kan inte beräknas eller förutsättas. Det innebär att informationsbehovet är gränslöst. Presidenten har bara en person han litar fullständigt på i kabinettet, och det är utrikesminister Botha. När jag väl kommit så långt i mina tankar var det bara att gå igenom dom som var tänkbara kandidater till att vara presidentens hemliga budbärare. Av skäl som jag inte behöver gå in på här fanns det snart bara en kandidat kvar. Pieter van Heerden.

Franz Malan visste vem det var. Han hade träffat honom vid ett flertal tillfällen.

– Pieter van Heerden, sa Jan Kleyn. Han har varit presidentens budbärare. Han har suttit vid hans fötter och avslöjat våra hemligaste tankar.

– Jag uppfattar van Heerden som mycket intelligent, sa Franz Malan.

Jan Kleyn nickade.

– Alldeles riktigt, svarade han. Han är en mycket farlig man. En fiende som måste respekteras. Oturligt nog för honom är han en smula sjuklig.

Franz Malan höjde på ögonbrynen.

– Sjuklig?

– Vissa svårigheter löser sig av sig själva, sa Jan Kleyn. Jag råkar veta att han ska läggas in på ett privatsjukhus i Johannesburg i nästa vecka, för att genomgå en mindre operation. Han har problem med prostatan.

Jan Kleyn drack en klunk kaffe.

– Det sjukhuset kommer han aldrig att lämna, fortsatte han. Och jag ska själv ombesörja det. Trots allt var det mig han försökte komma åt. Det var mina datafiler han öppnade.

De satt tysta medan en svart servitör dukade av.

– Jag har själv löst problemet, sa Jan Kleyn när de åter blivit ensamma. Men jag ville berätta det här för dig av ett enda skäl. Du måste själv vara mycket försiktig. Med all sannolikhet har även du nån som försöker titta över din axel.

– Det är bra att jag får veta, sa Franz Malan. Jag ska gå igenom mina säkerhetsrutiner igen.

Servitören kom med notan och Jan Kleyn betalade.

– Låt oss ta en promenad, sa Jan Kleyn. Du hade en fråga som du snart ska få svar på.

De följde en stig som ledde längs strandklinten mot några höga klippstup som hade gett stranden dess namn.

– Sikosi Tsiki reser till Sverige på onsdag, sa Jan Kleyn.

– Du menar att han är den bäste?

– Han stod som nummer två på vår lista. Jag har fullt förtroende för honom.

– Och Victor Mabasha?

– Antagligen är han redan död. Jag förväntar mig att Konovalenko tar kontakt ikväll eller senast i morgon.

– Vi har nåtts av ett rykte från Kapstaden om ett stort möte där den 12 juni, sa Franz Malan. Jag håller på att undersöka om det kunde vara ett lämpligt tillfälle.

Jan Kleyn stannade.

– Ja, sa han. Tidpunkten kunde vara utmärkt.

– Jag ska hålla dig underrättad, sa Franz Malan.

Jan Kleyn stannade vid kanten av ett stup som ledde brant mot havet.

Franz Malan tittade ner.

Långt under honom låg ett bilvrak.

– Tydligen är bilen inte upptäckt än, sa Jan Kleyn. När den blir det kommer man att hitta tre döda män i den. Svarta män i tjugofemårsåldern. Nån har skjutit dom och sen rullat bilen över stupet.

Jan Kleyn pekade på en parkeringsplats strax bakom dem.

– Avtalet var att dom skulle få sina pengar här, sa han. Men det fick dom alltså inte.

De vände och gick tillbaka.

Franz Malan brydde sig inte om att fråga vem som hade avrättat de tre som utfört massakern på restaurangen. Vissa saker ville han helt enkelt inte känna till.

Strax efter klockan ett på eftermiddagen lämnade Jan Kleyn av Franz Malan vid en arméförläggning utanför Durban. De tog i hand och skildes hastigt.

Jan Kleyn undvek motorleden tillbaka till Pretoria. Han föredrog mindre trafikerade vägar genom Natal. Han hade inte bråttom och han kände behov av att göra en sammanfattning för sig själv. Det var mycket som stod på spel, för honom själv, hans medsammansvurna, och inte minst för alla vita som levde i Sydafrika.

Han tänkte också på att han nu for genom Nelson Mandelas hemtrakter. Det var här han hade fötts, det var här han hade växt upp. Förmodligen skulle han också föras tillbaka hit när hans liv var över.

Jan Kleyn kunde ibland skrämmas av sin egen känslokyla. Han visste att han var det man brukade kalla en fanatiker. Men han kände inte till något annat liv som han hellre skulle vilja leva.

Det fanns egentligen bara två saker som gjorde honom orolig. Det ena var de mardrömmar han ibland hade om nätterna. Då såg han sig själv som innesluten i en värld av enbart svarta människor. Han kunde inte längre tala. Det som kom ur hans mun var ord som hade förvandlats till djurläten. Han lät som en skrikande hyena.

Det andra var att ingen visste hur lång tid man hade utmätt.

Det var inte så att han ville leva evigt. Men han ville leva tillräckligt länge för att se att Sydafrikas vita hade befäst sitt hotade herredöme.

Sedan kunde han dö. Men inte före.

Han stannade och åt middag på en liten restaurang i Witbank.

Då hade han ännu en gång noga tänkt igenom planen och alla förutsättningar och fallgropar. Han kände sig lugn. Allt skulle gå som de hade tänkt sig. Kanske också Franz Malans tanke om den 12 juni i Kapstaden var ett bra tillfälle.

Strax före nio på kvällen svängde han in på uppfarten till sitt stora hus i utkanten av Pretoria.

Hans svarte nattvakt låste upp grinden för honom.

Det sista han tänkte på innan han somnade var Victor Mabasha.

Han hade redan svårt att minnas hans ansikte.

14.

Pieter van Heerden kände sig illa till mods.

Känslan av olust, av en smygande rädsla, var ingen ny upplevelse för honom. Ögonblick av spänning och fara ingick som en naturlig del i hans arbete inom underrättelsetjänsten. Men det var som om han var mer försvarslös inför sin oro när han nu låg i sjukhussängen på Brenthurst Clinic och väntade på att opereras.

Brenthurst Clinic var ett privat sjukhus i Johannesburgs norra stadsdel Hillbrow. Om han hade velat hade han kunnat välja ett betydligt dyrare alternativ. Men Brenthurst passade honom. Det var känt för sin höga medicinska nivå, läkarkollektivet var omvittnat skickligt och omvårdnaden klanderfri. Däremot präglades inte sjukhuset av lyxutrustade patientrum. Tvärtom var hela huset ganska nerslitet. van Heerden hade gott om pengar utan att vara direkt rik. Men han tyckte inte om att pråla. Under sina ledigheter och resor undvek han att bo på lyxhotell där han bara kände sig omgiven av den speciella sorts tomhet vita sydafrikaner tycktes omge sig med. Därför ville han inte heller låta sig opereras på ett sjukhus som betjänade de mest välbeställda vita människorna i landet.

van Heerden låg i ett rum på andra våningen. Utifrån korridoren kunde han höra någon som skrattade. Strax därpå passerade en skramlande tevagn. Han såg ut genom fönstret. En ensam duva satt på ett hustak. Där bakom hade himlen den mörkblå färgton som han tyckte så mycket om. Afrikas korta skymning skulle snart vara över. Med det hastigt växande mörkret återkom hans oro.

Det var måndagen den 4 maj. Dagen efter, på morgonen klockan 8, skulle doktor Plitt och doktor Berkowitsch utföra det okomplicerade kirurgiska ingrepp som förhoppningsvis innebar att hans problem med att urinera försvann. Han oroade sig inte för operationen. Läkarna som besökt honom under dagen hade övertygat honom om att ingreppet var ofarligt. Han hade inte någon orsak att misstro dem. Några dagar senare skulle han kunna lämna sjukhuset och efter ytterligare någon vecka skulle han ha glömt hela saken.

Det var något annat som oroade honom. Delvis hade det med hans sjukdom att göra. Han var trettiosex år gammal men han hade utsatts för en kroppslig svaghet som nästan bara drabbade män i sextioårsåldern. Han hade ställt sig frågan om han redan var utbränd, om han så dramatiskt hade åldrats i förtid. Att arbeta för underrättelsetjänsten var förvisso krävande, det hade han för länge sedan begripit. Att dessutom vara presidentens specielle och hemlige budbärare ökade den press han ständigt tvingades leva med. Men han höll sig i god fysisk form. Han rökte inte och han smakade mycket sällan alkohol.

Det som gjorde honom orolig, och som säkert också indirekt hade bidragit till att göra honom sjuk, var den tilltagande vanmakten över tillståndet i landet.

Pieter van Heerden var boer. Han hade växt upp i Kimberley, från födseln omgiven av boernas alla traditioner. Familjens grannar hade varit *boere*, hans klasskamrater hade varit det, liksom hans lärare. Hans far hade arbetat för de Beer, det boerägda företaget som behärskade diamantproduktionen i Sydafrika och världen som helhet. Hans mor hade spelat den traditionella rollen av boerhustru, undergiven mot sin man, hängiven uppgiften att uppfostra deras barn och bibringa dem en grundläggande religiös föreställning om tingens ordning. Hon hade ägnat all sin tid och kraft åt Pieter och hans fyra syskon. Fram till det han var tjugo år och gick sitt andra år på Stellenboschuniversitetet utanför Kapstaden hade han aldrig ifrågasatt det liv han levde. Att han överhuvudtaget lyckats övertala sin far att få gå på detta omvittnat radikala universitet var hans första stora självständighetstriumf i livet. Eftersom han inte hade upptäckt några särskilda talanger hos sig själv och inte heller närde några uppseendeväckande framtidsdrömmar, hade han föreställt sig en karriär som ämbetsman. Att följa i sin fars fotspår och ägna sitt liv åt gruvdrift och diamantproduktion lockade honom inte. Han studerade juridik och märkte att det passade honom, även om han på intet sätt utmärkte sig.

Förändringen kom när han vid ett tillfälle av en kurskamrat lockades att göra ett besök i ett svart bostadsområde, några mil utanför Kapstaden. Som en eftergift till att tiderna trots allt hade förändrats gjorde en del studenter av nyfikenhet besök i svarta stadsdelar. Den radikalism som utövades av de liberala studenterna vid Stellenboschuniversitetet hade hittills varit en fråga om ord. Nu skedde en förändring och den var dramatisk. För första gången tvingade de sig att se med egna ögon.

För van Heerden hade det hela varit en chockartad upplevelse. Han hade insett under vilka eländiga och förödmjukande villkor de svarta levde. Kontrasten mellan de vitas parkliknande villaområden och den svarta slummen hade varit skärande. Han hade helt enkelt inte kunnat förstå hur detta kunde vara ett och samma land. Besöket i den svarta förstaden hade förorsakat en djupgående känslomässig oreda hos honom. Han hade blivit grubblande och dragit sig undan sina kamrater. Långt senare hade han tänkt att det hade varit som att upptäcka en skickligt gjord förfalskning. Men det hade inte varit en tavla på väggen som burit en falsk signatur. Det var hela det liv han levt till nu som var en lögn. Till och med hans minnen föreföll honom förvridna och osanna. Han hade haft en svart *nanny* när han växte upp. Det tillhörde hans tidigaste och tryggaste barndomsminnen, att lyftas av hennes starka armar och tryckas mot hennes bröst. Nu tänkte han att hon måste ha hatat honom. Det innebar att det inte endast var de vita som levde i en lögnaktig värld. Det gällde även de svarta som för sin överlevnad tvingades dölja sitt hat över den gränslösa oförrätt de ständigt blev utsatta för. Och dessutom i ett land som en gång varit deras men stulits ifrån dem. Hela den grundval han trodde sig ha stått på, med av Gud, naturen och traditionen given rätt, hade visat sig vara ett moras. Hans världsbild, den aldrig ifrågasatta, byggde på en skamlig orättvisa. Och den hade han upptäckt i den svarta stadsdelen Langa, belägen på det avstånd från det helvita Kapstaden som ansågs vara lämpligt av rasåtskillnadens konstruktörer.

Upplevelsen berörde honom djupare än de flesta av hans kamrater. När han försökte diskutera insåg han att det som hos honom blivit en svårartad traumatisk upplevelse hos vännerna snarast tog sig sentimentala uttryck. Medan han tyckte sig se en apokalyptisk katastrof framför sig talade hans kamrater om att ordna klädinsamlingar.

Han tog examen utan att ha kommit till rätta med sin upplevelse. När han vid ett tillfälle under ett studieuppehåll besökte Kimberley fick hans far ett raseriutbrott över sonens berättelse om besöket i den svarta stadsdelen. Han insåg att hans tankar var som han själv, alltmer hemlösa.

Efter sin examen fick han erbjudande om arbete vid justitite-departementet i Pretoria. Han accepterade genast. Inom något år hade hans duglighet bekräftats och han blev en dag tillfrågad om han kunde tänka sig en förflyttning till underrättelsetjänsten. Han hade då vant sig vid att leva med sitt trauma, eftersom han inte funnit något sätt att lösa det. Hans kluvenhet hade blivit synonym med hans personlighet. Han kunde spela rollen av den rättroende och övertygade boern som gjorde och sa vad som förväntades av honom. Men inom honom växte känslan av en annalkande katastrof. En dag skulle illusionen rämna och de svarta skulle utkräva en skoningslös hämnd. Han hade ingen att tala med och han levde ett ensamt, alltmer isolerat liv.

Han insåg mycket snart att arbetet inom underrättelsetjänsten innebar många fördelar. Inte minst fick han en insyn i de politiska processer som allmänheten bara hade vaga eller ofullständiga kunskaper om.

När Frederik de Klerk blev president och gjorde sin offentliga deklaration att Nelson Mandela skulle friges och ANC inte längre skulle vara förbjudet, hade han tänkt att det kanske ändå fanns en möjlighet att undvika katastrofen. Skammen över det som varit tidigare skulle aldrig gå över. Men trots allt kanske det fanns en framtid för Sydafrika?

Pieter van Heerden hade genast börjat avguda president de Klerk. Han kunde förstå de som betraktade honom som en förrädare. Men han delade inte deras åsikt. För honom var de Klerk en frälsare. När han dessutom utsågs till att vara kontaktman med presidenten hade han känt något som han förstod var stolthet. Mellan honom och de Klerk hade det mycket snart växt fram ett förtroende. För första gången i sitt liv hade van Heerden en känsla av att han gjorde något som var av betydelse. Genom att ge presidenten informationer som ibland inte var ämnade för hans öron, bidrog van Heerden till att stärka de krafter som ville skapa ett annat Sydafrika, utan rasförtryck.

Han tänkte på det här när han låg i sin säng på Brenthurst Clinic. Först när Sydafrika var förvandlat, när Nelson Mandela hade blivit dess förste svarte president, skulle den oro han ständigt gick och bar på gå över.

Dörren öppnades och en svart sjuksköterska kom in. Hon hette Marta.

– Doktor Plitt ringde nyss, sa hon. Han kommer hit om ungefär en halvtimme för att ta ett ryggmärgsprov.

van Heerden såg förvånat på henne.

– Ryggmärgsprov? undrade han. Nu?

– Jag tycker också det är konstigt, svarade Marta. Men han var mycket bestämd. Jag skulle säga åt er att lägga er på vänstersida redan nu. Det är kanske bäst att lyda. Operationen är ju i morgon bitti. Doktor Plitt vet säkert vad han gör.

van Heerden nickade. Han hade fullt förtroende för den unge läkaren. Men han kunde inte hjälpa att han tyckte det var en konstigt vald tidpunkt att göra ett ryggmärgsprov.

Marta hjälpte honom att lägga sig till rätta.

– Doktor Plitt sa att ni måste ligga alldeles stilla, sa hon. Ni får inte röra er.

– Jag är en lydig patient, sa van Heerden. Jag gör som läkarna säger. Jag brukar göra som du säger också, eller hur?

– Det är inga problem med er, svarade Marta. Vi ses imorgon när ni har vaknat upp efter operationen. Jag slutar för kvällen nu.

Hon lämnade rummet och van Heerden tänkte att hon nu hade en bussresa på mer än en timme framför sig. Han visste inte var hon bodde men han antog att det var i Soweto.

Han hade nästan slumrat till när han hörde dörren öppnas. Det var mörkt i rummet, bara hans sänglampa lyste. I reflexen från fönstret kunde han se läkaren komma in.

– God kväll, sa van Heerden utan att röra sig.

– God kväll, Pieter van Heerden, hörde han en röst svara.

Rösten tillhörde inte doktor Plitt. Men han kände igen den. Det tog honom ett par sekunder att inse vem det var som stod bakom hans rygg. Och när han förstod vände han sig hastigt om.

Jan Kleyn visste att läkarna på Brenthurt Clinic mycket sällan använde vita rockar under sina patientbesök. Han visste överhuvudtaget allt han behövde veta om rutinerna på sjukhuset. Att spela rollen av läkare hade varit mycket enkelt att arrangera. Det hände ofta att läkare övertog vakter från varandra. De behövde inte ens nödvändigtvis arbeta på samma sjukhus. Det var dessutom inte ovanligt att läkare besökte sina patienter på udda tidpunkter. Särskilt skedde det omedelbart före eller efter en operation. När han sedan hade tagit reda på vid vilken tidpunkt sjuksköterskeskiften bytte av varandra hade hans plan varit klar. Han hade parkerat sin bil på framsidan av sjukhuset, passerat receptionen och viftat till vakterna med ett legitimationskort från ett transportföretag som ofta anlitades av olika sjukhus och laboratorier.

– Jag ska hämta ett brådskande blodprov, sa han. En patient på avdelning två.

– Hittar du? frågade vakten.

– Jag har varit här förr, svarade Jan Kleyn och tryckte ner hissen.

Det var också alldeles sant. Dagen innan hade han besökt sjukhuset med en fruktpåse i handen. Han hade låtsats besöka en patient på avdelning två. Han visste alltså mycket väl hur han skulle komma dit.

Korridoren hade varit tom när han gick mot det rum han visste var van Heerdens. Långt borta där korridoren slutade hade en nattsköterska suttit lutad över en sjukhusjournal. Han rörde sig tyst och sköt försiktigt upp dörren.

När van Heerden förfärat hade vänt sig om hade Jan Kleyn redan den ljuddämpade pistolen i sin högra hand.

I den vänstra hade han ett skinn från en schakal.

Kleyn tillät sig ibland att spetsa sin tillvaro med makabra infall. I detta fall kunde dessutom schakalens skinn fungera som ett avledande spår, något som skulle förvirra de kriminalpoliser som senare kom att undersöka dödsfallet. En underrättelseofficer som mördats på ett sjukhus skulle vålla uppståndelse inom Johannesburgspolisens mordrotel. Man skulle börja söka samband mellan mordet och det arbete Pieter van Heerden hade. Inte minst skulle hans kontakter med president de Klerk skärpa kraven på att mordet blev uppklarat. Jan Kleyn var därför bestämd på att föra in polisen på ett spår som med säkerhet skulle leda dem fel. Det hände att svarta kriminella roade sig med rituella inslag när de begick sina brott. Framförallt gällde det vid rånmord. Man nöjde sig inte med att smeta blod på väggarna. Ofta lämnade gärningsmännen någon symbol vid offrets sida. En avbruten trädgren, stenar ordnade i ett bestämt mönster. Eller ett djurskinn.

Kleyn hade genast kommit att tänka på en schakal. För honom var det just den roll som van Heerden hade spelat. Han hade varit den som utnyttjat andras kunskaper, andras informationer, och fört dem vidare på ett sätt han inte borde ha gjort.

Han betraktade van Heerdens förfärade ansiktsuttryck.

– Operationen är inställd, sa Jan Kleyn med sin hesa röst.

Sedan slängde han schakalens skinn över van Heerdens ansikte och sköt honom med tre skott mot huvudet. Kudden började svartna. Kleyn stoppade pistolen i fickan och öppnade lådan i nattygsbordet. Han tog van Heerdens plånbok och lämnade rummet. Lika obemärkt som han kommit kunde han försvinna. Vakterna skulle efteråt inte kunna ge något egentligt signalement av mannen som rånmördat van Heerden.

Rånmord blev också polisens beteckning på dådet, som sedermera avskrevs. Men president de Klerk lät sig inte övertygas. För honom hade van Heerdens död varit hans sista budskap. Det fanns inte längre några tvivel. Konspirationen var äkta.

De som stod bakom sammansvärjningen menade allvar.

En fårflock i dimma

15.

Måndagen den 4 maj var Kurt Wallander beredd att lämna ifrån sig ansvaret för utredningen om Louise Åkerbloms död till någon av sina kollegor. Det berodde dock inte på att han som polisman kände sig skyldig till att de inte kom någonvart. Det var fråga om något annat. En känsla som hade växt sig starkare och starkare. Det var helt enkelt som om han inte orkade mer.

Under lördagen och söndagen hade utredningen stått helt stilla. Människor var bortresta och oanträffbara. Att få några svar från den rikstekniska roteln var i det närmaste ogörligt. Stillheten gällde utom i ett mycket bestämt undantagsfall. Jakten på en okänd man som dödat en ung polis i Stockholm fortsatte med oförminskad intensitet.

Utredningen kring Louise Åkerbloms död hade omslutits av stillhet. Björk hade drabbats av ett plötsligt och svårartat gallstensanfall under fredagsnatten och blivit inlagd på sjukhuset. Wallander besökte honom tidigt på lördagsmorgonen för att få direktiv.

Efter besöket på sjukhuset satte sig Wallander med Martinson och Svedberg i polishusets sammanträdesrum.

– Idag och imorgon är Sverige stängt, sa Wallander. Några resultat från de olika tekniska undersökningarna som vi går och väntar på får vi inte förrän på måndag. Därför kan vi använda de två närmaste dagarna till att gå igenom det material vi redan har. Dessutom tror jag det vore klokt om du Martinson tog och visade dig hemma hos din familj. Jag misstänker att nästa vecka kommer att bli arbetsam. Men låt oss skärpa uppmärksamheten en stund nu på morgonen. Jag vill att vi går igenom hela den här utredningen en gång till, från första början. Jag vill också att ni svarar på en fråga, var och en av er.

Han gjorde en kort paus innan han fortsatte.

– Jag vet att det här inte är riktigt polisiärt, sa han. Men jag har under hela den här utredningen haft en känsla av att nånting är konstigt. Jag kan inte uttrycka det tydligare än så. Det jag vill veta är om nån av er har samma känsla. Som om vi stod inför ett brott som inte följer några av dom mönster vi möter i vanliga fall.

Wallander hade väntat sig en reaktion av förvåning, kanske misstro. Men Martinson och Svedberg delade hans känsla.

– Jag har aldrig varit med om nåt liknande, sa Martinson. Jag har naturligtvis inte lika lång erfarenhet som du, Kurt. Men jag måste tillstå att jag känner mig handfallen inför hela den här härvan. Först försöker vi gripa en gärningsman som är ansvarig för ett otäckt kvinnomord. Ju djupare vi gräver, dess obegripligare blir det varför hon har blivit dödad. Till slut sitter vi igen med en känsla av att hennes död är en händelse i utkanten av nånting helt annat, nåt större. Jag har sovit dåligt hela sista veckan. Och det brukar jag inte göra.

Wallander nickade och såg på Svedberg.

– Vad ska jag säga, började han och kliade sig på flinten. Martinson har redan sagt det, bättre än vad jag kan göra. Igår kväll när jag kom hem gjorde jag en lista: *död kvinna, brunn, svart finger, sprängt hus, radiosändare, pistol, Sydafrika*. Sedan satt jag och glodde på den där listan i över en timme, som om det hade varit en rebus. Det är som om vi inte inser att samband och sammanhang tydligtvis inte har med vartannat att göra i den här utredningen. Jag tror aldrig tidigare jag har haft känslan av att snubbla omkring i ett så fullständigt mörker som nu.

– Det var det här jag ville veta, sa Wallander. Jag tror nämligen inte det är oviktigt att vi bär på samma känsla inför den här utredningen. Låt oss trots allt se om vi kan tränga igenom lite av det här mörkret Svedberg talar om.

De gick igenom utredningen från början och det tog dem nästan tre timmar. Efteråt satt de igen med en gemensam upplevelse av att de trots allt hittills inte hade begått några större misstag under arbetet. Men några nya spår tyckte de sig inte heller ha upptäckt.

– Det hela är mycket oklart, minst sagt, sammanfattade Wallander. Det enda egentliga spår vi har är ett svart finger. Vi kan nog också vara ganska säkra på att mannen som mist sitt finger inte varit ensam, om det nu är han som är gärningsmannen. Alfred Hanson hade inte hyrt ut huset till en afrikan. Det vet vi med bestämdhet. Men vem den man är som kallat sig Nordström och lagt tiotusen kronor på hans bord, det vet vi inte. Inte heller vet vi vad huset har använts till. När det gäller dom här människornas relation till Louise Åkerblom eller till det sprängda huset, radiosändaren och pistolen har vi bara obekräftade och vaga teorier. Det farligaste som finns är utredningar som inbjuder till gissningar och inte till logiskt tänkande. Den teori som trots allt just nu förefaller troligast är att Louise Åkerblom råkade se nåt som hon inte borde ha sett. Men vad är det för människor som begår rena avrättningar? Det är vad vi måste ta reda på.

De satt tysta runt bordet och tänkte på vad han hade sagt. En städerska öppnade dörren och tittade in.

– Inte nu, sa Wallander.

Hon stängde dörren igen.

– Jag tänker ägna dagen åt tipsen som kommit in, sa Svedberg. Behöver jag hjälp säger jag till. Jag kommer knappast att hinna med nåt annat.

– Det är kanske lika bra att vi gör oss färdiga med Stig Gustafson, sa Martinson. Jag kan börja med att kontrollera hans alibi, så gott det nu går en sån här dag. Blir det nödvändigt åker jag in till Malmö. Men först ska jag försöka få tag på den där blomsterhandlaren Forsgård han påstår sig ha träffat på en pissoar.

– Det är en mordutredning, sa Wallander. Jaga rätt på folk och strunta i att dom är i sina sommarstugor och vill vara ifred.

De bestämde att träffas igen klockan fem för att göra en avstämning. Wallander hämtade kaffe, gick in på sitt rum och ringde Nyberg i hemmet.

– Du får min rapport på måndag, sa Nyberg. Men du vet redan det viktigaste.

– Nej, invände Wallander. Jag vet fortfarande inte varför huset brann ner. Jag har ingen brandorsak.

– Det ska du väl egentligen tala med brandchefen om? sa Nyberg. Han kanske har nån bra förklaring. Vi är inte färdiga än.

– Jag trodde vi samarbetade, sa Wallander irriterat. Brandkåren och polisen? Men det kanske har kommit nya bestämmelser som jag inte känner till?

– Vi har ingen entydig förklaring, sa Nyberg.

– Vad tror du då? Vad tror brandkåren? Vad tror Peter Edler?

– Det måste ha varit en så kraftig explosion att ingenting av detonatorn blivit kvar. Vi har talat om att det kan ha varit en serie av explosioner.

– Nej, sa Wallander. Det var bara en smäll.

– Jag menar inte riktigt så, svarade Nyberg tålmodigt. Man kan organisera tio explosioner inom en sekund om man är tillräckligt skicklig. Det rör sig om en kedja där varje laddning har en tiondels sekunds fördröjning. Men det ökar effekten oerhört. Det har med det förändrade lufttrycket att göra.

Wallander tänkte hastigt efter.

– Det är inga amatörer som har gjort det här, sa han.

– Definitivt inte.

– Kan det finnas nån annan förklaring till branden?

– Knappast.

Wallander kastade en blick i sina papper innan han gick vidare.

– Vad kan du säga mer om radiosändaren? fortsatte han. Ryktet går att den är rysktillverkad.

– Det är inget rykte, sa Nyberg. Det har jag kunnat bekräfta. Jag har fått hjälp av militären.

– Vad drar du för slutsatser av det?

– Inga alls. Militären är mycket intresserad av hur den har kunnat hamna här i landet. Det är ett mysterium.

Wallander gick vidare.

– Pistolkolven?

– Inget nytt.

– Nåt annat?

– Egentligen inte. Rapporten kommer inte att avslöja några häpnadsväckande fynd.

Wallander avslutade samtalet. Sedan gjorde han något som han bestämt sig för under morgonens spaningsmöte. Han slog numret till polishögkvarteret på Kungsholmen och bad att få tala med kommissarie Lovén. Wallander hade träffat honom året innan, under utredningen av en flotte med två lik som flutit iland vid Mossby strand. Trots att de bara hade arbetat tillsammans under några dagar hade Wallander insett att det var en skicklig brottsutredare.

– Kommissarie Lovén är inte anträffbar för tillfället, svarade telefonisten på Kungsholmen.

– Det här är kommissarie Wallander i Ystad. Jag har ett angeläget ärende. Det gäller polismannen som blev dödad i Stockholm för några dagar sen.

– Jag ska söka kommissarie Lovén, svarade telefonisten.

– Det är angeläget, upprepade Wallander.

Det tog exakt tolv minuter innan Lovén var i telefonen.

– Wallander, sa han. Jag tänkte på dig häromdan när jag läste om mordet på den där kvinnan. Hur går det?

– Långsamt, svarade Wallander. Hur går det för er?

– Vi tar honom, sa Lovén. Förr eller senare så tar vi dom som skjuter på oss. Du hade visst nåt att säga i ärendet?

– Kanske, svarade Wallander. Det är bara det att kvinnan här nere blev skjuten i pannan. Precis som Tengblad. Jag tänkte det vore bra om man jämförde kulorna så fort som möjligt.

– Ja, sa Lovén. Nu sköt den här mannen visserligen mot en vindruta. Det bör ha varit svårt att urskilja ansikten där bakom. Och det ska sannerligen vara en skicklig skytt som träffar mitt i pannan på nån som sitter i en bil som är i rörelse. Men du har naturligtvis rätt. Det hela måste undersökas.

– Har ni nåt signalement? fortsatte Wallander.

Svaret kom snabbt.

– Han stal en bil från ett ungt par efter mordet, svarade Lovén. Tyvärr blev dom så skärrade att dom har lämnat ytterst motstridiga uppgifter om hur han såg ut.

– Dom hörde händelsevis inte honom tala? fortsatte Wallander.

– Det var det enda dom var överens om, sa Lovén. Att han bröt på nån sorts utländska.

Wallander kände att spänningen inom honom ökade. Han förklarade för Lovén om sitt samtal med Alfred Hanson och om mannen som betalat tio tusen kronor för att hyra en ödegård.

– Det här måste alldeles klart beaktas, sa Lovén när Wallander hade slutat. Även om det låter märkligt.

– Det hela är mycket märkligt, sa Wallander. Jag skulle kunna resa upp till Stockholm på måndag. Jag misstänker att min afrikan finns där.

– Han kanske var inblandad i tårgasattentatet mot ett diskotek på Söder, sa Lovén.

Wallander erinrade sig vagt nånting han sett i Ystads Allehanda dagen innan.

– Vad då för attentat? frågade han.

– Nån kastade in tårgasgranater på en klubb som ligger på Söder, svarade Lovén. Det är ett diskotek som har många afrikaner bland publiken. Vi har aldrig haft problem där tidigare. Men nu hände det. Dessutom var det nån som avlossade skott inne i lokalen.

– Ta noga vara på dom kulorna, sa Wallander. Låt oss undersöka dom också.

– Du tror visst att det bara finns ett vapen i det här landet?

– Nej. Men jag letar efter samband. Oväntade samband.

– Jag ska sätta fart på det här, sa Lovén. Tack för att du ringde. Jag ska meddela spaningsledningen att du kommer på måndag.

De träffades som avtalat klockan fem och sammanträdet blev mycket kort. Martinson hade lyckats bekräfta så stora delar av Stig Gustafsons uppgifter att denne nu definitivt var på väg att avföras från utredningen. Men Wallander kände sig tveksam, utan att han riktigt kunde reda ut varför.

– Vi släpper honom inte helt, sa han. Vi går igenom allt materal som handlar om honom en gång till.

Martinson betraktade honom förvånat.

– Vad är det egentligen du tror dig om att kunna hitta? frågade han.

Wallander ryckte på axlarna.

– Jag vet inte, svarade han. Jag är bara orolig för att vi släpper honom för tidigt.

Martinson var på väg att protestera men ändrade sig. Han hade stor respekt för Wallanders omdöme och intuition.

Svedberg hade grävt sig igenom högen med de tips som hittills kommit in till polisen. Där fanns ingenting som omedelbart kastade nytt ljus över vare sig Louise Åkerbloms död eller huset som hade sprängts i luften.

– Man tycker att nån borde ha sett en afrikan som saknar ett finger, kommenterade Wallander.

– Han kanske inte finns, sa Martinson.

– Vi har fingret, sa Wallander. Det är inget spöke som fått det avhugget.

Sedan redovisade Wallander vad han själv kommit fram till. Det rådde enighet om att han borde resa till Stockholm. Ett samband, hur osannolikt det än verkade vara, kunde existera mellan morden på Louise Åkerblom och Tengblad.

De avslutade mötet med att gå igenom personer som var dödsbodelägare i det sprängda huset.

– Det här kan vänta, sa Wallander efteråt. Här finns knappast nåt som för oss vidare.

Sedan skickade han hem Svedberg och Martinson. Själv stannade han ytterligare en stund på sitt kontor och ringde hem till åklagaren, Per Åkeson. Han gav honom en kortfattad lägesrapport.

– Det är inte bra om vi inte kan lösa det här mordet snabbt, sa Åkeson.

Wallander kunde inte annat än hålla med. De bestämde att träffas tidigt på måndag morgon för att grundligt gå igenom det utredningsarbete som hittills blivit gjort. Wallander insåg att Åkeson var rädd för att senare drabbas av kritik för en slarvigt genomförd brottsutredning. Han avslutade samtalet, släckte lampan på skrivbordet och lämnade polishuset. Han for nerför den utdragna backen och svängde in på sjukhusets parkering.

Björk mådde bättre och räknade med att lämna sjukhuset under måndagen. Wallander gav honom en rapport, Björk tyckte också det var lämpligt att Wallander reste till Stockholm.

– Det här brukade vara ett lugnt distrikt, sa Björk när Wallander gjorde sig klar för att gå. Här hände oftast ingenting som väckte nån större uppmärksamhet. Nu är det som förbytt.

– Det är inte bara här, invände Wallander. Det du talar om tillhör en annan tid.

– Jag börjar bli gammal, suckade Björk.

– Det är du inte ensam om, svarade Wallander.

Orden blev hängande kvar i hans huvud när han lämnade sjukhuset. Klockan närmade sig halv sju och han märkte att han var hungrig. Tanken på att ställa sig och laga mat hemma i lägenheten var honom dock direkt motbjudande. Han bestämde sig hastigt för att unna sig att äta ute. Han for hem, duschade och satte på sig rena kläder. Sedan försökte han ringa sin dotter Linda i Stockholm. Han lät många signaler gå fram. Men till slut gav han upp. Han gick ner i källaren och antecknade tid för tvättstugan. Sedan promenerade han in till centrum. Det hade slutat blåsa men var kyligt i luften.

Att bli gammal, tänkte han. Jag är inte mer än 44 år och jag börjar redan känna mig utsliten.

Tankarna väckte en plötslig ilska till liv inom honom. Det var han själv och ingen annan som avgjorde om han kände sig gammal i förtid. Han kunde varken skylla på sitt arbete eller på en nu fem år avlägsen skilsmässa. Frågan var bara hur han skulle kunna förändra sin situation.

Han kom fram till torget och funderade på var han skulle äta. I ett anfall av spendersamhet bestämde han sig för Continental. Han gick Hamngatan ner, stannade ett ögonblick vid lampaffärens skyltfönster och fortsatte sedan fram till hotellet. Han nickade till flickan i receptionen och påminde sig att hon varit klasskamrat med hans dotter.

Matsalen var nästan tom. Ett ögonblick ångrade han sig. Att sitta ensam med sig själv i en övergiven matsal föreföll honom alltför ödsligt. Men sedan satte han sig i alla fall. Han hade bestämt sig och orkade inte ändra sig.

Förändringen av mitt liv börjar imorgon, tänkte han och grimaserade. Alltid sköt han det viktigaste på framtiden, när det gällde hans eget liv. I arbetet var han däremot en envis företrädare för motsatsen. Det viktiga kom alltid först. Som människa var han kluven i två delar.

Han satte sig i restaurangens baravdelning. En ung servitör kom fram till bordet och frågade vad han önskade dricka. Wallander fick en känsla av att han kände igen servitören utan att direkt kunna placera honom.

– Whisky, sa han. Utan is. Men ett glas vatten vid sidan.

Han tömde drinken så fort den kom på bordet och beställde omedelbart en ny. Det var sällan han längtade efter att dricka sig onykter. Men ikväll tänkte han inte hålla emot.

När han fick sin tredje whisky kom han på vem servitören var. Några år tidigare hade Wallander förhört honom om några inbrott och bilstölder. Senare hade han blivit häktad och dömd.

Honom har det alltså gått bra för, tänkte han. Och jag ska inte påminna honom om hans förflutna. Kanske kan man påstå att det har gått bättre för honom än för mig? Om man ser till förutsättningarna?

Han kände nästan omedelbart verkningarna av spriten.

En stund senare flyttade Wallander över till matavdelningen och beställde förrätt, varmrätt och efterrätt. Till maten drack han en flaska vin, till kaffet två glas konjak.

Klockan var halv elva när han lämnade restaurangen. Han var då rejält onykter och hade ingen tanke på att gå hem och lägga sig.

Han gick till taxistationen mitt emot Busstorget och for till den enda dansrestaurangen som fanns i staden. Där var oväntat mycket folk och han hade vissa besvär med att klämma in sig vid ett bord i baren. Sedan drack han whisky och dansade. Han var ingen oäven dansör och gick alltid upp på ett dansgolv med ett visst mått av säkerhet. Svensktoppsmusiken gjorde honom sentimental och grät-mild. Han blev ögonblickligen förälskad i samtliga kvinnor som han dansade med. Med alla föreställde han sig också en fortsättning hemma i sin lägenhet. Men illusionen bröts när han plötsligt började må illa och knappt hann ut från restaurangen innan han kräktes. Han gick aldrig in igen utan vacklade tillbaka till stan. När han kommit upp i sin lägenhet slet han av sig alla kläder och ställde sig naken framför hallspegeln.

– Kurt Wallander, sa han högt. Här har du ditt liv.

Sedan bestämde han sig för att ringa till Baiba Liepa i Riga. Klockan var över två och han insåg att han inte borde göra det. Men han lät signalerna gå fram och till slut svarade hon.

Plötsligt visste han inte vad han skulle säga. Han hittade heller inte de engelska ord han behövde. Alldeles uppenbart hade han väckt henne och hon hade blivit uppskrämd av att få ett telefonsamtal mitt i natten.

Sedan sa han att han älskade henne. Hon begrep först inte vad han menade. Men när hon förstod insåg hon också att han var berusad och Wallander själv kände att samtalet var ett fruktansvärt misstag. Han bad om ursäkt för att han hade ringt och samtalet bröts. Han gick direkt ut i köket och tog fram en halv flaska vodka som stod i kylskåpet. Trots att han fortfarande mådde illa tvingade han i sig innehållet.

I gryningen vaknade han på soffan i vardagsrummet. Hans bakrus var oerhört. Det som ingav honom den största ruelsen var samtalet till Baiba Liepa.

Han stönade vid minnet, vacklade in i sovrummet och kröp ner i sin säng. Sedan tvingade han sig att låta bli att tänka. Först långt fram på eftermiddagen steg han upp och kokade kaffe. Han satte sig vid teven och såg det ena programmet efter det andra. Han struntade i att ringa till sin far och försökte heller inte få tag på sin dotter. Vid sjutiden värmde han en fiskgratäng som var det enda han hade i frysfacket. Sedan återvände han till teven igen. Till varje pris försökte han undvika att tänka på nattens samtal.

Klockan elva tog han en sömntablett och drog täcket över huvudet.

Imorgon är allt bättre, tänkte han. Då ska jag ringa henne och förklara mig. Eller kanske skriva ett brev. Eller något annat.

Måndagen den 4 maj blev dock helt annorlunda mot vad Wallander hade föreställt sig.

Det var som om allting hände på en gång.

Han hade just kommit in på sitt rum strax efter klockan halv åtta när telefonen ringde. Det var Lovén i Stockholm.

– Det går rykten i stan, sa han. Rykten om ett kontrakt på en afrikan. Vars främsta kännemärke är att han har ett bandage om vänster hand.

Det dröjde ett ögonblick innan Wallander förstod vad det var för kontrakt Lovén talade om.

– Det var som fan, sa han.

– Jag tänkte du skulle säga det, sa Lovén. Annars ville jag höra när du kommer, så vi kan åka ut och hämta dig.

– Jag vet inte än, svarade Wallander. Men det blir inte förrän i eftermiddag. Björk, om du minns honom, har gallsten. Jag måste ordna upp här först. Men jag ringer så fort jag har ett svar.

– Vi väntar, sa Lovén.

Wallander hade precis lagt på luren när det ringde igen. Samtidigt kom Martinson in i rummet och viftade upphetsat med ett papper. Wallander pekade på en stol och lyfte luren.

Det var obducenten i Malmö, Högberg, som var färdig med den preliminära rättsmedicinska undersökningen av Louise Åkerbloms kropp. Wallander hade haft med honom att göra tidigare och visste att mannen var grundlig. Wallander drog till sig ett kollegieblock och viftade åt Martinson att ge honom en penna.

– Det är absolut ingen våldtäkt, sa Högberg. Såvida våldtäktsmannen inte använt kondom och det hela har i så fall varit en obegripligt fridfull affär. Hon har heller inga skador som tyder på att hon har utsatts för annat övervåld. Bara en del skrubbsår som hon kan ha fått nere i brunnen. Inte heller gick det att finna tecken på att hon skulle ha haft handbojor vare sig runt handleder eller vrister. Det enda som hänt henne var att hon blivit skjuten.

– Jag behöver kulan så fort som möjligt, sa Wallander.

– Den kommer under förmiddagen, svarade Högberg. Men den fullständiga rapporten dröjer naturligtvis ytterligare.

– Tack för insatsen, sa Wallander.

Han la på och vände sig mot Martinson.

– Louise Åkerblom utsattes inte för våldtäkt, sa han. Vi kan utesluta att det är ett sexualbrott.

– Då vet vi det, sa Martinson. Dessutom vet vi nu att det svarta fingret är ett pekfinger på en svart mans vänstra hand. Antagligen är mannen drygt trettio år. Alltsammans står på det här faxet som just kom från Stockholm. Jag undrar hur dom bär sig åt för att kunna säga det så exakt.

– Ingen aning, svarade Wallander. Men ju mer vi vet, dess bättre. Om Svedberg är i huset tycker jag vi ska träffas genast. Jag reser till Stockholm i eftermiddag. Dessutom har jag utlovat en presskonferens till klockan två. Den får du och Svedberg ta er an. Händer det nåt annat viktigt ringer du mig i Stockholm.

– Svedberg kommer att bli glad när han får höra det, sa Martinson. Du är säker på att du inte kan åka lite senare?

– Alldeles säker, svarade Wallander och reste sig.

– Jag hörde att Malmökollegorna gripit Morell, sa Martinson när de stod ute i korridoren.

Wallander såg undrande på honom.

– Vem? frågade han.

– Morell. Hälaren i Malmö. Han med vattenpumparna.

– Jaså han, sa Wallander tankspritt. Jaså han.

Han fortsatte ut i receptionen och bad Ebba boka in honom på ett flyg vid tretiden på eftermiddagen. Han bad henne också försöka ordna ett rum på Hotel Central som låg på Vasagatan i Stockholm och var någorlunda billigt. Sedan gick han tillbaka till sitt rum och la handen på luren för att ringa sin far. Men han lät det bero. Det var som om han inte vågade riskera att bli på dåligt humör. Han behövde den här dagen med obruten koncentration. Däremot fick han en idé. Han skulle be Martinson ringa ut till Löderup senare på dagen och hälsa från Wallander och förklara att han blivit tvungen att resa till Stockholm med kort varsel. Det skulle möjligen kunna visa fadern att Wallander var strängt upptagen i viktiga ärenden.

Han blev uppmuntrad av tanken. Det här skulle kanske visa sig vara användbart inför framtiden.

Fem minuter i fyra landade Wallander på ett Arlanda där det föll ett svagt duggregn. Han gick genom den hangarliknande vänthallen och såg Lovén stå och vänta utanför svängdörrarna.

Wallander märkte att han hade huvudvärk. Dagen hade varit ytterst pressad. Han hade blivit sittande i nästan två timmar hos åklagaren. Per Åkeson hade haft många frågor och kritiska synpunkter. Wallander hade frågat sig hur man förklarade för en åklagare att även poliser emellanåt tvingades lita till sin instinkt när prioriteringar måste göras. Åkeson hade framfört kritik mot de rapporter som hittills förelåg. Wallander hade dock försvarat utredningen och det hade mot slutet av mötet uppstått en irriterad stämning mellan de två. Innan Peters hade kört Wallander till Sturups flygplats hade han hunnit hem och kastat ner lite kläder i en väska. Det var också då han äntligen fick kontakt med sin dotter i telefon. Hon blev glad över att han skulle komma, det kunde han höra. De bestämde att han skulle ringa på kvällen, oavsett hur sent det blev.

Först när Wallander satt i flygplanet och det hade lyft hade han insett att han var mycket hungrig. SAS' smörgåsar var det första han åt denna dag.

Under bilresan in till polishuset på Kungsholmen blev Wallander informerad om jakten på Tengblads mördare. Lovén och hans kollegor hade tydligen inte något riktigt spår att gå efter och han förstod att deras sökande präglades av rastlöshet. Lovén hann också ge honom en bild av vad som hade hänt på diskoteket som utsatts för attacken med tårgasgranater. Det hela tydde på att det varit antingen ett allvarligt okynnesdåd eller en hämndaktion. Inte heller här fanns det några säkra spår. Till sist hade Wallander frågat om kontraktet. För honom var det ett både nytt och skrämmande inslag i tillvaron. Något som hade kommit de senaste åren och enbart förekom i landets tre största städer. Men han hade inga illusioner. Snart skulle de ha det i sin egen närhet. Det upprättades kontrakt mellan en beställare och en mördare om att avliva människor. Det hela var en direkt affärstransaktion. Wallander tänkte att det måste vara det slutgiltiga tecknet på att brutaliseringen av samhället nått proportioner ingen kunnat föreställa sig.

– Vi har folk ute som försöker ta reda på vad det egentligen handlar om, sa Lovén när de passerade Norra kyrkogården vid infarten till Stockholm.

– Jag får ingenting att hänga ihop, sa Wallander. Det är som förra året, när den där flotten drev iland. Där hängde heller ingenting samman.

– Vi får hoppas på våra tekniker, sa Lovén. Att dom kan få ut nåt av kulorna.

Wallander klappade på sin kavajficka. Han hade med den kula som dödat Louise Åkerblom.

De körde ner i polishusets underjord och tog sedan hissen direkt upp till den kommandocentral från vilken jakten på Tengblads mördare organiserades.

När Wallander steg in i rummet hajade han till över antalet poliser. Det var över femton personer som betraktade honom och han tänkte på skillnaden mot Ystad.

Lovén presenterade honom och Wallander mottog ett mumlande som hälsning. En kortväxt och tunnhårig man i femtioårsåldern presenterade sig som Stenberg och var spaningsledare.

Wallander kände sig plötsligt nervös och illa förberedd. Dessutom oroade han sig för att de inte skulle begripa hans skånska. Men han satte sig vid bordet och berättade om allt som hade hänt. Han fick många frågor och han insåg att han hade att göra med erfarna brottsutredare som mycket hastigt förmådde sätta sig in i en utredning, se var de svaga punkterna fanns, och ställa de rätta frågorna.

Mötet drog ut på tiden, det varade över två timmar. Till sist, när glåmigheten hade börjat breda ut sig i rummet, och Wallander hade tvingats be om tabletter för sin huvudvärk, gjorde Stenberg en sammanfattning.

– Vi behöver ett snabbt besked om resultat från analysen av ammunitionen, slutade han. Finns det ett samband mellan dom vapen som använts har vi i alla fall lyckats göra allting ännu oklarare.

Några av poliserna drog på munnen. Men de flesta satt och stirrade tomt framför sig.

Klockan hade hunnit bli närmare åtta när Wallander lämnade polishuset på Kungsholmen. Lovén körde honom till hotellet på Vasagatan.

– Klarar du dig själv? frågade Lovén när han släppte av Wallander.

– Jag har min dotter här i stan, svarade Wallander. Vad hette förresten det där diskoteket där nån slängde in tårgasgranaterna?

– Aurora, svarade Lovén. Men jag tror knappast det är ett ställe i din smak.

– Säkert inte, svarade Wallander.

Lovén nickade och for. Wallander hämtade nyckeln och motstod frestelsen att uppsöka någon bar i närheten av hotellet. Minnet av lördagskvällen i Ystad var ännu alltför starkt. Han åkte upp till sitt rum, duschade och bytte skjorta. Efter att ha vilat en timme ovanpå sängen letade han reda på adressen till Aurora i telefonkatalogen. Kvart i nio lämnade han hotellet. Han hade tvekat om han skulle ringa sin dotter innan han gick ut. Till slut hade han bestämt sig för att vänta. Besöket på Aurora skulle sannolikt inte ta lång tid. Linda hade dessutom sena vanor. Han gick över gatan till Centralstationen, steg in i en taxi och gav en adress på Söder. Wallander betraktade tankfullt staden de for igenom. Någonstans här fanns hans dotter Linda, någon annanstans hans syster Kristina. Dold bland husen och människorna fanns förmodligen också en afrikan som fått sitt vänstra pekfinger avhugget.

Han kände ett plötsligt obehag. Det var som om han väntade att det snart skulle inträffa något. Något han redan nu borde frukta.

Louise Åkerbloms leende ansikte skymtade hastigt förbi för hans inre syn.

Vad hade hon hunnit förstå? undrade han. Hade hon insett att hon skulle dö?

En trappa ledde från gatuplanet ner till en svartmålad järndörr. Ovanför lyste en röd, nersmutsad neonskylt. Flera av bokstäverna hade slocknat. Wallander kände sig tveksam över varför han egentligen hade bestämt sig för att besöka den plats där någon kastat in ett par tårgasgranater några dagar tidigare. Men i det mörker han famlade i hade han inte råd att bortse från den minsta möjlighet att finna en svart man med ett avhugget finger. Han gick nerför trappan, sköt upp dörren och steg in i ett dunkelt rum där han till en början hade svårt att urskilja några detaljer. Svag musik hördes från högtalare som hängde i taket. Rummet var rökigt och han trodde till en början att han var ensam. Sedan upptäckte han skuggor med glänsande ögonvitor i hörnen och en bardisk som var starkare upplyst än resten av rummet. När ögonen hade vant sig gick han fram till bardisken och beställde en öl. Mannen som serverade honom hade kalrakat huvud.

– Vi klarar oss utan hjälp, sa han.

Wallander förstod inte vad han menade.

– Vi ordnar den bevakning vi behöver själva, sa mannen.

Wallander insåg till sin förvåning att mannen förstod att han var polis.

– Hur kan du se att jag är polis? frågade han och ångrade sig i samma ögonblick.

– En yrkeshemlighet, svarade mannen.

Wallander märkte att han höll på att bli arg. Mannens arroganta självsäkerhet irriterade honom.

– Jag har några frågor, sa han. Eftersom du redan vet att jag är polis behöver jag inte legitimera mig.

– Det är mycket sällan jag svarar på frågor, sa mannen.

– Den här gången gör du det, sa Wallander. Annars må fan ta dig.

Mannen såg överraskat på Wallander.

– Kanske jag svarar, sa han.

– Hit kommer många afrikaner, sa Wallander.

– Dom älskar det här stället.

– Jag letar efter en svart man i trettiårsåldern som har ett mycket speciellt kännetecken.

– Som vad då?

– Ett avhugget finger. På vänster hand.

Wallander hade inte förväntat sig reaktionen. Men den skallige mannen brast ut i skratt.

– Vad är det som är så roligt? frågade Wallander.

– Du är nummer två, sa mannen.

– Nummer två?

– Som frågar. Igår kväll var här en person som också undrade om jag hade sett till en afrikan med en vanställd hand.

Wallander tänkte ett ögonblick innan han fortsatte.

– Vad svarade du?

– Nej.

– Nej?

– Jag har inte sett nån som varit utan finger.

– Säkert?

– Säkert.

– Vem var det som frågade?

– Har aldrig sett honom, sa mannen och började torka glas.

Wallander anade att mannen ljög.

– Jag frågar en gång till, sa han. Men bara en gång.

– Jag har inget mer att säga.

– Vem var det som frågade?

– Som jag sa. En okänd.

– Talade han svenska?

– Något så när.

– Vad menar du med det?

– Att han inte lät som du och jag.

Nu närmar vi oss, tänkte Wallander. Nu gäller det att jag inte släpper honom.

– Hur såg han ut?

– Det minns jag inte.

– Snart är fan lös om jag inte får ordentliga svar.

– Han såg helt vanlig ut. Svart jacka. Ljushårig.

Plötsligt fick Wallander en känsla av att mannen var rädd.

– Ingen hör oss, sa Wallander. Jag kan lova dig att jag aldrig kommer att föra vidare det du säger till mig.

– Han kanske heter Konovalenko, sa mannen. Ölen bjuder jag på om du går nu.

– Konovalenko? sa Wallander. Är du säker?

– Hur fan ska man kunna vara säker på nånting i den här världen, sa mannen.

Wallander gick och lyckades genast vinka in en taxi till trottoaren. Han sjönk ner i baksätet och sa hotellets namn.

När han kommit in i sitt rum la han handen på telefonluren för att ringa sin dotter. Men sedan lät han det bero. Han skulle ringa henne tidigt dagen efter.

Han blev länge liggande vaken.

Konovalenko, tänkte han. Ett namn. Skulle det leda honom rätt?

Han tänkte igenom allt det som hade hänt, från den morgon Robert Åkerblom hade stigit in på hans kontor.

Först i gryningen lyckades han somna.

16.

När Wallander kom till polishuset nästa morgon fick han höra att Lovén redan satt i möte med spaningsgruppen som jagade Tengblads mördare. Han tog kaffe i en automat och gick in i Lovéns rum och ringde till Ystad. Efter en stunds väntan kom Martinson till telefonen.

– Vad händer? frågade Martinson.

– Just nu kommer jag att koncentrera mig på en man som kanske är ryss och eventuellt heter Konovalenko, sa Wallander.

– Du har väl för Guds skull inte letat reda på ännu en balt? undrade Martinson.

– Vi vet inte ens om Konovalenko heter nånting annat, sa Wallander. Inte heller om han verkligen är ryss. Han kan mycket väl vara svensk.

– Alfred Hanson, sa Martinson. Han talade om att mannen som hade hyrt huset bröt.

– Det är just det jag tänker på, svarade Wallander. Men jag har mina tvivel om att det var Konovalenko.

– Varför det?

– En känsla bara. Hela den här utredningen är full av känslor. Jag tycker inte alls om det. Dessutom sa han att den som hade hyrt huset hade varit mycket tjock. Det stämmer inte med den man som sköt Tengblad. Om det nu var samme man.

– Var passar afrikanen utan finger in i den här bilden?

Wallander berättade hastigt om sitt besök på Aurora kvällen innan.

– Det kanske är nånting ändå, sa Martinson. Du stannar i Stockholm, förstår jag?

– Ja. Det är nödvändigt. Åtminstone nån dag till. Är det lugnt i Ystad?

– Robert Åkerblom har via pastor Tureson framfört frågan när han kan få begrava sin hustru.

– Det finns väl egentligen inga hinder?

– Björk ville att jag skulle tala med dig.

– Nu har du gjort det. Hurdant är vädret?

– Som det ska.

– Vad menar du med det?

– Aprilväder. Det växlar hela tiden. Men inte vill jag påstå att vi har nån värme.

– Kan du ringa till min far en gång till och tala om att jag fortfarande är i Stockholm?

– Sist jag ringde bjöd han ut mig. Men jag hade inte tid.

– Kan du göra det?

– Genast.

Wallander avslutade samtalet och ringde upp sin dotter. Han hörde att hon var yrvaken när hon grep luren.

– Du skulle ha ringt igår, sa hon.

– Jag arbetade så sent, svarade Wallander.

– Jag kan träffa dig nu på förmiddagen, sa hon.

– Det går nog inte, svarade Wallander. Jag kommer att vara hemskt upptagen dom närmaste timmarna.

– Du kanske inte har lust att träffa mig?

– Det vet du att jag har. Jag ringer dig senare.

Wallander avslutade hastigt samtalet när Lovén kom inklampande i rummet. Han insåg att han hade sårat sin dotter. Varför ville han egentligen inte att Lovén skulle höra att han talade med Linda? Han förstod det inte själv.

– Det var fan vad du ser ut, sa Lovén. Har du inte sovit i natt?

– Jag kanske har sovit för länge, svarade Wallander undvikande. Det kan vara lika illa. Hur går det?

– Inget genombrott. Men det kommer.

– Jag har en fråga, sa Wallander och bestämde sig för att tills vidare inte berätta om sitt besök på Aurora kvällen innan. Det har kommit ett anonymt tips till kollegorna i Ystad om att en ryss som kanske heter Konovalenko kan vara inblandad i det här polismordet.

Lovén rynkade pannan.

– Kan det vara nånting att ta på allvar?

– Kanske. Uppgiftslämnaren hade verkat välinformerad.

Lovén tänkte efter innan han svarade.

– I och för sig har vi besvär med ryska brottslingar som börjat slå sig ner i Sverige. Vi är också på det klara med att problemen knappast kommer att minska under åren som kommer. Därför har vi försökt kartlägga vad som pågår.

Han letade en stund bland pärmarna i en bokhylla innan han hittade vad han sökte.

– Vi har en man som heter Rykoff, sa han. Vladimir Rykoff. Han bor ute i Hallunda. Om det finns nån Konovalenko i den här stan så borde han veta.

– Varför det?

– Han har rykte om sig att vara ytterst välinformerad om vad som händer i dom där immigrantkretsarna. Vi kan ju åka ut och hälsa på honom.

Lovén sträckte över pärmen till Wallander.

– Läs igenom det här, sa han. Det berättar en hel del.

– Jag kan besöka honom själv, sa Wallander. Det behöver vi inte vara två om.

Lovén ryckte på axlarna.

– Jag är bara glad om jag slipper, sa han. Vi har trots allt en hel del andra spår att gå efter när det gäller Tengblad, även om genombrottet låter vänta på sig. Teknikerna tror för övrigt att din kvinna nere i Skåne blev skjuten med samma vapen. Men man kan naturligtvis inte uttala sig alldeles kategoriskt. Förmodligen är det samma vapen. Å andra sidan vet vi inte om det är samma hand som hållit i det.

Klockan hade hunnit bli närmare ett innan Wallander hade letat sig ut till Hallunda. Då hade han också stannat vid ett motell och ätit lunch medan han läste igenom det Lovén hade av material kring mannen som hette Vladimir Rykoff. När han kommit ut till Hallunda och hittat fram till rätt hus stod han en stund och betraktade omgivningen. Han slogs av att han nästan inte hörde någon av de människor som gick förbi honom tala svenska.

Det är här ute framtiden finns, tänkte han. Ett barn som växer upp här och kanske blir polis kommer att ha helt andra erfarenheter än vad jag har.

Han gick in i trappuppgången och letade reda på namnet Rykoff. Sedan for han upp med hissen.

Det var en kvinna som öppnade för honom. Wallander märkte genast att hon var vaksam. Ändå hade han inte hunnit tala om för henne att han var polis. Han visade henne sin legitimation.

– Rykoff, sa han. Jag har några frågor till honom.

– Om vad då?

Wallander hörde att hon bröt. Förmodligen kom hon ursprungligen från någon av öststaterna.

– Det ska jag tala med honom om.

– Det är min man.

– Är han hemma?

– Jag ska säga till honom.

Sedan kvinnan försvunnit genom en dörr som han antog ledde till sovrummet såg han sig omkring. Lägenheten var dyrbart möblerad. Ändå fick han en känsla av något provisoriskt. Som om människorna som bodde där alltid var beredda på att bryta upp och ge sig av.

Dörren öppnades och Vladimir Rykoff kom in i rummet. Han var klädd i en morgonrock som Wallander bedömde även den vara dyrbar. Eftersom hans hår stod på ända tänkte Wallander att han hade legat och sovit.

Även hos Rykoff anade han instinktivt en vaksamhet.

Plötsligt insåg han att han äntligen höll på att närma sig någonting. Någonting som skulle sätta den utredning i rörelse som börjat för snart två veckor sedan med att Robert Åkerblom hade kommit till hans kontor och berättat att hans hustru hade försvunnit. Den utredning som alltmer tenderat att lösa upp sig i ett antal förvirrade spår som korsade varandra, utan att ge honom några sammanhang att bearbeta.

Han hade haft samma känsla vid tidigare utredningar. Känslan av att stå inför ett genombrott. Ofta hade den varit riktig.

– Jag beklagar om jag kommer och stör, sa han. Men jag har några frågor till er.

– Om vad då?

Rykoff hade fortfarande inte bett honom sätta sig ner. Hans tonfall var bryskt och avvisande. Wallander bestämde sig för att gå rakt på sak. Han satte sig i en stol och tecknade åt Rykoff och hans hustru att göra samma sak.

– Enligt vad jag vet kom ni hit som iransk flykting, började Wallander. Ni fick svenskt medborgarskap under 1970-talet. Namnet Vladimir Rykoff låter inte särskilt iranskt.

– Det är min ensak vad jag heter.

Wallander betraktade honom oavbrutet.

– Naturligtvis, sa han. Men medborgarskap i det här landet kan under vissa omständigheter omprövas. Om uppgifter som legat till grund för beslutet visar sig vara falska.

– Hotar ni?

– Inte alls. Vad arbetar ni med?

– Jag driver en resebyrå.

– Som heter?

– Rykoffs Reseservice.

– Till vilka länder ordnar ni resor?

– Det växlar.

– Kan ni ge några exempel?

– Polen.

– Mer!

– Tjeckoslovakien.

– Fortsätt!

– Herregud! Vart vill ni komma?

– Er resebyrå finns registrerad som en enskild firma hos Länsstyrelsen. Men enligt skattemyndigheterna har ni inte avgett deklarationer dom senaste två åren. Eftersom jag förutsätter att ni inte deklarerar falskt måste det innebära att resebyrån inte varit verksam dom senaste åren.

Rykoff betraktade honom förstummad.

– Vi lever på tillgångar från dom goda åren, sa hans hustru plötsligt. Det finns ingen lag som säger att man måste arbeta jämt.

– Alldeles riktigt, sa Wallander. Ändå gör dom flesta människor det. Vad det nu kan bero på.

Kvinnan tände en cigarett. Wallander såg att hon var orolig. Mannen betraktade henne ogillande. Demonstrativt reste hon sig och öppnade ett fönster. Det satt fast så hårt att Wallander var på väg att hjälpa henne när det äntligen gick upp.

– Jag har en advokat som sköter allt som har med resebyrån att göra, sa Rykoff som började visa tecken på upprördhet. Wallander undrade om det var ilska eller rädsla.

– Låt oss tala klartext, sa Wallander. Ni har lika lite rötter i Iran som vad jag har. Ni är ursprungligen från Ryssland. Det lär aldrig bli möjligt att beröva er ert svenska medborgarskap. Det är inte heller därför jag är här. Men ni är ryss, Rykoff. Och ni känner till vad som rör sig i ryska immigrantkretsar. Inte minst bland dom av era landsmän som sysslar med olagligheter. För några dagar sen blev en polis skjuten här i stan. Det är det dummaste en människa kan göra. Vi blir arga på ett alldeles speciellt sätt. Om ni förstår vad jag menar.

Rykoff tycktes ha återfått sitt lugn. Men Wallander la märke till att hans hustru fortfarande var orolig, fastän hon försökte dölja det. Då och då kastade hon en blick på väggen bakom honom.

Innan han hade satt sig ner hade han lagt märke till att där fanns en klocka.

Någonting ska hända, tänkte han. Och då vill de inte att jag ska vara här.

– Jag söker en man som heter Konovalenko, sa Wallander stillsamt. Känner ni nån som heter så?

– Nej, svarade Rykoff. Inte vad jag vet.

I samma ögonblick insåg Wallander tre saker. För det första att Konovalenko existerade. För det andra att Rykoff mycket väl visste vem det var. Och för det tredje att han inte alls tyckte om att polisen frågade efter honom.

Rykoff hade förnekat alltsammans. Men Wallander hade kastat en blick som han försökte få att verka tillfällig på Rykoffs hustru när han ställde frågan. I hennes ansikte, den hastiga ryckningen i hennes ögon, hade han fått svaret.

– Är det alldeles säkert? Jag trodde Konovalenko var ett vanligt namn?

– Jag känner ingen som heter så.

Sedan vände Rykoff sig till sin hustru.

– Inte känner vi nån med det namnet?

Hon skakade på huvudet.

Jodå, tänkte Wallander. Ni känner Konovalenko. Genom er ska vi också leta reda på honom.

– Det var synd att ni inte gjorde det, sa Wallander.

Rykoff såg förvånat på honom.

– Var det allt ni ville veta?

– Tills vidare, svarade Wallander. Men jag är säker på att vi kommer att höra av oss igen. Vi kommer inte att ge oss förrän vi har gripit den som dödade polismannen.

– Jag vet ingenting om det där, sa Rykoff. Som alla andra tycker jag naturligtvis det är tråkigt när en ung polis blir dödad.

– Naturligtvis, sa Wallander och reste sig upp. Det var en sak till, fortsatte han. Ni har kanske läst i tidningarna om en kvinna som blev mördad i södra Sverige för några veckor sen? Eller ni kanske har sett nånting i teve? Vi tror att Konovalenko var inblandad i det också.

Den här gången var det Wallander som stelnade till.

Han hade uppfattat någonting hos Rykoff som han inte genast förstod.

Sedan insåg han vad det var. Mannens fullständiga uttryckslöshet.

Det var den frågan han har väntat på, tänkte Wallander och kände hur pulsen blev snabbare. För att inte avslöja sin reaktion började han gå runt i rummet.

– Har ni nånting emot att jag ser mig omkring? frågade han.

– Varsågod, svarade Rykoff. Tania, öppna alla dörrar för vår besökare.

Wallander kastade en blick genom de olika dörröppningarna. Men hans medvetande var helt upptaget av Rykoffs reaktion.

Lovén visste inte hur rätt han hade, tänkte Wallander. I den här lägenheten i Hallunda har vi ett spår.

Han förvånades över att han var så lugn som han var. Han borde ha lämnat lägenheten genast och ringt till Lovén efter full utryckning. Rykoff skulle sättas i långa förhör och polisen skulle inte ge sig förrän han hade erkänt att Konovalenko existerade, och helst också berättat var han befann sig.

Det var när han tittade in i ett mindre rum som han antog bara användes för gäster, som någonting fångade hans uppmärksamhet utan att han kunde säga vad det var. Där fanns ingenting iögonfallande. En säng, ett skrivbord, en pinnstol och blå gardiner framför fönstret. På en vägghylla stod några prydnadssaker och böcker. Wallander försökte intensivt förstå vad det var han såg utan att se. Han memorerade rummets detaljer och vände sig om.

– Då ska jag lämna er, sa han.

– Vi har ingenting otalt med polisen, sa Rykoff.

– Då har ni heller ingenting att oroa er för, svarade Wallander.

Han körde tillbaka till staden.

Nu slår vi till, tänkte han. Jag ska ge Lovén och hans spaningsgrupp hela den här märkliga historien. Och vi ska få Rykoff eller hans hustru att tala.

Men nu tar vi dem, tänkte han. Nu tar vi dem.

Det var nära att Konovalenko aldrig hade uppfattat Tanias signal. När han ställt bilen utanför huset i Hallunda hade han som vanligt kastat en blick upp mot husfasaden. De hade avtalat att Tania skulle låta ett fönster stå öppet om han av någon anledning inte borde komma upp. Fönstret hade varit stängt. När han var på väg in i hissen insåg han att han glömt påsen med de två vodkaflaskorna i bilen. Han hade hämtat dem och av en ren reflex kastat en blick upp längs husväggen igen. Då hade fönstret varit öppet. Han hade återvänt till bilen och satt sig bakom ratten för att vänta.

När Wallander kom ut hade han genast förstått att det var en polisman som Tania hade varnat honom för.

Tania kunde efteråt bekräfta hans misstankar. Mannen hette Wallander och var kriminalkommissarie. Hon hade också uppmärksammat att det stått i hans legitimation att han kom från Ystad.

– Vad ville han? frågade Konovalenko.

– Han ville veta om jag kände nån som hette Konovalenko, sa Rykoff.

– Bra, svarade Konovalenko.

Både Tania och Rykoff såg oförstående på honom.

– Naturligtvis är det bra, sa Konovalenko. Vem kan ha berättat om mig? Om ni inte har gjort det? Det finns bara en person: Victor Mabasha. Genom den här polismannen kan vi få tag på honom.

Sedan sa han åt Tania att hämta glas. De drack vodka.

Utan att säga något tömde Konovalenko en osynlig skål för polismannen från Ystad. Han kände sig plötsligt mycket belåten med sig själv.

Wallander hade återvänt till sitt hotell direkt efter besöket i Hallunda. Det första han gjorde var att ringa sin dotter.

– Kan vi träffas? frågade han.

– Nu? frågade hon. Jag trodde du arbetade?

– Jag har fått några timmar över. Om du hinner.

– Var ska vi träffas? Du hittar så dåligt i Stockholm.

– Centralen vet jag var den ligger.

– Ska vi ses där då? Mitt i stora hallen? Om fyrtifem minuter?

– Det passar bra.

De avslutade samtalet. Wallander gick ner i receptionen.

– Jag är oanträffbar resten av eftermiddagen, sa han. Vem som än hör av sig, personligen eller på telefon, ska ha samma besked. Att jag fått ett brådskande ärende att uträtta och inte träffas.

– Till när? frågade receptionisten.

– Tills vidare.

När han sedan hade gått över till Centralen och såg Linda komma in i stora hallen kunde han knappt känna igen henne. Hon hade färgat håret svart och hade klippt det kort. Dessutom var hon starkt sminkad. Över en svart overall bar hon en illröd regnkappa. På fötterna hade hon korta stövlar med höga klackar. Wallander upptäckte flera män som vände sig om efter henne och han kände sig plötsligt både arg och generad. Det var sin dotter han hade stämt träff med. Men det var en ung självmedveten kvinna som kom. Borta var tydligen all hennes tidigare blyghet. Han kramade om henne med en känsla av att det inte riktigt gick för sig.

Hon sa att hon var hungrig. Det hade börjat regna och de sprang till ett kafé på Vasagatan, mitt emot det stora postkontoret.

Han betraktade henne medan hon åt. Han skakade på huvudet när hon undrade om han inte skulle ha någonting.

– Mamma var här förra veckan, sa hon plötsligt mellan tuggorna. Hon skulle visa upp sin nya karl. Har du träffat honom?

– Jag har inte talat med henne på över ett halvt år, svarade Wallander.

– Jag tror inte jag tyckte om honom, fortsatte hon. Egentligen tror jag han blev mer intresserad av mig än han var av mamma.

– Jaså?

– Han importerade verktyg från Frankrike, sa hon. Men mest talade han om att spela golf. Du vet väl att mamma har börjat spela golf?

– Nej, sa Wallander förvånat. Det visste jag inte.

Hon betraktade honom ett ögonblick innan hon fortsatte.

– Det är inte bra att du inte vet vad hon gör, sa hon. Trots allt är hon den viktigaste kvinnan hittills i ditt liv. Hon vet allt om dig. Hon känner till den där kvinnan i Lettland också.

Wallander häpnade. Han hade aldrig talat med sin förra hustru om Baiba Liepa.

– Hur kan hon känna till henne?

– Det är väl nån som berättar för henne.

– Vem?

– Vad spelar det för roll?

– Jag undrar bara.

Plötsligt bytte hon samtalsämne.

– Varför är du här i Stockholm? frågade hon. Det är väl knappast bara för att träffa mig?

Han berättade vad som hade hänt. Följde händelserna bakåt, till den dag för två veckor sedan, då hans far hade berättat att han skulle gifta sig och sedan hur Robert Åkerblom hade kommit in på hans kontor och berättat att hans hustru hade försvunnit. Hon lyssnade uppmärksamt och han hade för första gången en känsla av att hans dotter nu var en vuxen människa. Någon som säkert redan inom många områden hade betydligt större erfarenheter än han själv.

– Jag saknar nån att tala med, slutade han. Om ändå Rydberg hade funnits kvar i livet. Minns du honom?

– Var det han som alltid verkade så sur?

– Det var han inte. Även om han kunde tyckas sträng.

– Jag kommer ihåg honom. Jag hoppades att du aldrig skulle bli som han.

Nu var det han som bytte samtalsämne.

– Vad vet du om Sydafrika? frågade han.

– Inte så mycket. Mer än att svarta nästan behandlas som slavar. Och att jag naturligtvis är emot det. På folkhögskolan har vi haft besök av en svart kvinna från Sydafrika. Man kunde inte tro att det var sant, det hon berättade.

– Du vet i alla fall mer än vad jag vet, sa han. När jag var i Lettland förra året undrade jag ofta över hur det kunde komma sig att jag hade kunnat bli över fyrti år utan att veta nånting om världen.

– Du följer med så dåligt, sa hon. Det kommer jag ihåg från när jag var tolv, tretton år och försökte fråga om nånting. Varken du eller mamma brydde er om vad som hände utanför vår grind. Det var bara villan och rabatterna och ditt arbete. Ingenting annat. Det var ju därför ni skildes?

– Var det?

– Ni hade förvandlat livet till en fråga om tulpanlökar och nya kranar i badrummet. Det var vad ni diskuterade när ni överhuvudtaget pratade med varandra.

– Det är väl inget fel att tala om blommor?

– Rabatterna blev så höga att ni inte såg vad som hände där utanför.

Hon avslutade samtalet tvärt.

– Hur lång tid har du på dig? frågade hon.

– En stund i alla fall.

– Alltså har du egentligen inte tid alls. Men vi kan ju ses senare ikväll om du har lust.

De gick ut på gatan där regnet hade upphört.

– Är det inte besvärligt att gå med så höga klackar? frågade han tveksamt.

– Jo, sa hon. Men man lär sig. Vill du försöka?

Wallander märkte hur glad han var över att hon fanns. Någonting lättade inom honom. Han såg henne vinkande försvinna mot tunnelbanan.

I samma ögonblick kom han på vad det var han hade sett i lägenheten ute i Hallunda dagen innan. Vad som fångat hans uppmärksamhet utan att han då kunnat säga vad det var.

Nu visste han.

På den lilla vägghyllan hade han skymtat ett askfat. En gång tidigare hade han sett ett likadant. Det kunde vara en tillfällighet. Men han trodde det inte.

Han påminde sig kvällen han hade gått till hotell Continental i Ystad för att äta. Han hade först suttit i baravdelningen. På bordet framför honom hade det stått ett askfat av glas. Och det hade varit maken till det som funnits i det lilla rummet i Vladimirs och Tanias lägenhet.

Konovalenko, tänkte han.

Vid något tillfälle har han besökt hotell Continental. Han kan ha suttit vid samma bord som jag. Han har inte kunnat motstå frestelsen att ta med sig ett av de tunga askfaten av glas. En mänsklig svaghet, en av de vanligaste. Han har aldrig kunnat föreställa sig att en kriminalkommissarie från Ystad ska kasta en blick in i ett litet rum i Hallunda där han då och då tillbringar sina nätter.

Wallander gick upp på sitt hotellrum och tänkte att han trots allt inte var en alldeles oduglig polisman. Ännu hade tiden inte helt sprungit ifrån honom. Fortfarande besatt han kanske förmåga att lösa det meningslösa och brutala mordet på en kvinna som hade råkat välja fel väg i närheten av Krageholm.

Sedan gjorde han åter en sammanfattning av vad han trodde sig veta. Louise Åkerblom och Klas Tengblad hade blivit skjutna med samma vapen. Tengblad dessutom av en vit man som bröt. Den svarte afrikanen som varit med när Louise Åkerblom dödades hade jagats av en man som även han bröt och som förmodligen hette Konovalenko. Denne Konovalenko var känd av Rykoff, trots att han förnekade det. Av kroppshyddan att döma kunde Rykoff mycket väl vara den man som hyrt huset av Alfred Hansson. Och i Rykoffs lägenhet fanns ett askfat som bevisade att någon varit i Ystad. Det var inte mycket att ta på och hade det inte varit för kulorna hade sambanden varit mer än lovligt svaga. Men han hade också sin intuition och han visste att det var klokt att lita till den. Ett tillslag mot Rykoff skulle kunna ge de svar man så ivrigt sökte.

Samma kväll åt han middag med Linda på en restaurang strax intill hotellet.

Den här gången kände han sig mindre osäker i hennes sällskap. När han gick till sängs strax före ett på natten insåg han att det hade varit den trevligaste kväll han upplevt på lång tid.

Wallander kom till polishuset på Kungsholmen strax före åtta dagen efter. Inför en häpen samling poliser la han fram sina upptäckter i Hallunda och de slutsatser han dragit. Medan han talade insåg han att han omgavs av en kompakt misstro. Men polisernas önskan att gripa den man som skjutit deras kollega var mycket stark och han kände också hur stämningen långsamt förändrades. Efteråt var det ingen som ifrågasatte det han hade kommit fram till.

Under förmiddagstimmarna gick sedan allting mycket fort. Huset i Hallunda sattes under diskret bevakning medan tillslaget förbereddes. En energisk ung åklagare bestämde sig utan att tveka för att godkänna polisens planer om de gripanden som skulle ske.

Tillslaget bestämdes till klockan två. Wallander höll sig tyst i bakgrunden medan Lovén och hans kollegor i detalj gick igenom vad som skulle hända. Vid tiotiden, mitt under den mest kaotiska delen av förberedelserna gick han in i Lovéns rum och ringde till Ystad och talade med Björk. Han berättade om tillslaget som skulle ske under eftermiddagen och att de eventuellt snart skulle ha löst mordet på Louise Åkerblom.

– Jag måste erkänna att det hela låter osannolikt, sa Björk.

– Vi lever i en osannolik värld, sa Wallander.

– Hur som helst har du gjort ett bra arbete, sa Björk. Jag ska informera alla här i huset om vad som sker.

– Men ingen presskonferens, sa Wallander. Och tills vidare ska vi inte tala med Robert Åkerblom heller.

– Naturligtvis inte, sa Björk. När tror du att du är tillbaka?

– Så fort som möjligt, svarade Wallander. Hurdant är vädret?

– Strålande, sa Björk. Det känns som om våren är på väg. Svedberg nyser som besatt av allergi. Det brukar vara ett säkert vårtecken, som du vet.

Wallander kände en vag hemlängtan när han hade lagt på luren. Men spänningen inför tillslaget var ännu starkare.

Klockan elva samlade Lovén alla som skulle delta i Hallunda under eftermiddagen. Rapporter från de som bevakade huset tydde på att både Vladimir och Tania fanns i lägenheten. Huruvida ytterligare någon person befann sig där gick inte att få svar på.

Wallander lyssnade uppmärksamt på Lovéns genomgång. Han insåg att ett tillslag i Stockholm skilde sig avsevärt från det han var van vid. Dessutom var operationer av denna storlek praktiskt taget obefintliga i Ystad. Wallander kunde bara erinra sig en händelse året innan då en narkotikapåverkad person hade förskansat sig i ett sommarhus i Sandskogen.

Lovén hade före mötet frågat om Wallander ville delta aktivt.

– Ja, hade han svarat. Om Konovalenko finns där så tillhör han på sätt och vis mig. Åtminstone till hälften. Dessutom har jag lust att se minen på Rykoff.

Halv tolv avslutade Lovén mötet.

– Vi vet inte vad vi kommer att möta, sa han. Förmodligen bara två personer som snällt kommer att finna sig i att vi är där. Men det kan bli annorlunda.

Wallander åt lunch på polishuset tillsammans med Lovén.

– Har du aldrig funderat på vad du håller på med? undrade Lovén plötsligt.

– Det tänker jag på varje dag, svarade Wallander. Gör inte dom flesta poliser det?

– Jag vet inte, sa Lovén. Jag bara vet vad jag själv tänker. Och dom tankar jag har i huvudet gör mig nerslagen. Här i Stockholm håller vi alldeles på att förlora kontrollen. Jag vet inte hur det är i ett mindre distrikt som Ystad. Men att vara brottsling i den här staden måste vara en ganska behaglig tillvaro. Åtminstone när det gäller risken att bli gripen.

– Vi har nog fortfarande kontroll, svarade Wallander. Men skillnaden mellan distrikten minskar ständigt. Det som händer här händer i Ystad också.

– Det är många poliser i Stockholm som vill ut i landet, sa Lovén. Dom tror det är lättare där.

– Det är nog många som vill hit också, svarade Wallander. Som tycker att det är för lugnt ute på landet eller i småstäderna.

– Jag tvivlar på att jag skulle kunna byta, sa Lovén.

– Det gäller nog mig också, svarade Wallander. Antingen är jag polis i Ystad. Eller så är jag inte polis alls.

Samtalet avstannade. Efter måltiden försvann Lovén i olika ärenden.

Wallander letade reda på ett vilorum och sträckte ut sig på en soffa. Han tänkte att han egentligen inte hade sovit en hel natt sedan Robert Åkerblom steg in på hans kontor.

Han slumrade till några minuter och vaknade med ett ryck.

Sedan blev han liggande och tänkte på Baiba Liepa.

Tillslaget mot lägenheten i Hallunda skedde exakt klockan två. Wallander, Lovén och ytterligare tre polismän fanns i trappuppgången. Efter att ha ringt två gånger och väntat bröt de upp dörren med en kofot. I bakgrunden väntade en speciell insatsstyrka med automatvapen. I trappuppgången hade alla utom Wallander pistoler i händerna. Lovén hade frågat om han ville ha ett vapen. Men Wallander hade tackat nej. Däremot hade han tacksamt tillsammans med de andra satt på sig en skottsäker väst.

De störtade in i lägenheten, spred ut sig, och allt var över innan det ens hade börjat.

Lägenheten var tom. Kvar fanns bara möblerna.

Poliserna såg frågande på varandra. Sedan tog Lovén fram en walkie-talkie och anropade befälet utanför huset.

– Lägenheten är tom, sa han. Det blir inga gripanden. Hela styrkan kan återkallas. Däremot vill jag ha hit tekniker som undersöker lägenheten.

– Dom måste ha gett sig av i natt, sa Wallander. Eller alldeles i gryningen.

– Vi tar dom, sa Lovén. Inom en halvtimme ska vi ha ett rikslarm efter dom.

Han räckte ett par plasthandskar till Wallander.

– Om du vill lyfta på madrasserna, sa han.

Medan Lovén talade i sin bärbara telefon med ett polisbefäl på Kungsholmen gick Wallander in i det lilla rummet. Han satte på sig handskarna och lyfte försiktigt ner askfatet från vägghyllan. Han hade inte sett fel. Det var en exakt kopia av det askfat han stirrat på några kvällar tidigare, medan han druckit alldeles för mycket whisky. Han lämnade askfatet till en tekniker.

– Här finns det säkert fingeravtryck, sa han. Förmodligen har vi dom inte i registren. Men dom kanske finns hos Interpol.

Han såg på medan teknikern stoppade ner askfatet i en plastpåse.

Sedan gick han fram till ett fönster och tittade frånvarande på de omgivande husen och den grå himlen. Han påminde sig vagt att det var samma fönster som Tania hade öppnat dagen innan för att vädra ut röken som irriterade Vladimir. Utan att riktigt kunna bestämma sig för om han var nerslagen eller arg för att tillslaget hade misslyckats, gick han in i det stora sovrummet. Han tittade in i garderoberna. De flesta kläderna var kvar. Däremot kunde han inte hitta några väskor. Han satte sig på ena sängkanten och drog frånvarande ut en låda i nattduksbordet. Där låg bara en trådrulle och ett halvt paket cigaretter. Han såg att Tania rökte franska Gitanes.

Sedan böjde han sig ner och tittade in under sängen. Där fanns bara några dammiga tofflor. Han gick runt sängen och öppnade lådan i det andra nattygsbordet. Den var tom. Ovanpå bordet stod ett otömt askfat och en halväten chokladkaka.

Wallander märkte att fimparna hade filter. Han tog upp en av dem och såg att det var Camel.

Plötsligt blev han fundersam.

Han tänkte tillbaka på dagen innan. Tania hade tänt en cigarett. Vladimir hade genast blivit irriterad och hon hade öppnat ett fönster som hade kärvat.

Det var sällan rökare klagade över andra som hade samma last. Speciellt inte när rummet inte var rökigt. Rökte Tania olika sorters cigaretter? Det var knappast troligt. Alltså rökte även Vladimir.

Tankfullt gick han ut i vardagsrummet igen. Han öppnade samma fönster som Tania. Det kärvade även nu. Han försökte öppna de andra fönstren och glasdörren till balkongen. Det gick utan problem.

Han blev stående på golvet med rynkad panna. Varför hade hon valt att öppna ett fönster som kärvade? Och varför var fönstret svårt att öppna?

Plötsligt blev svaren viktiga för honom. Efter ett ögonblick insåg han att det bara fanns ett tänkbart svar.

Tania hade öppnat fönstret som kärvade eftersom det av något skäl var viktigt att just det fönstret blev öppnat. Och det hade kärvat eftersom det öppnades sällan.

Han ställde sig vid fönstret igen. Han tänkte att om man satt i en bil på parkeringsplatsen var det här fönstret det man tydligast kunde se. Det andra fönstret låg intill den utskjutande balkongen. Dörren till balkongen var överhuvudtaget inte synlig från parkeringsplatsen.

Han tänkte igenom det hela ännu en gång.

Då förstod han. Tania hade verkat orolig. Hon hade sett på väggklockan bakom hans huvud. Sedan hade hon öppnat ett fönster som bara användes när någon nerifrån parkeringsplatsen inte borde gå upp till lägenheten.

Konovalenko, tänkte han. Så nära hade han varit.

I pausen mellan två telefonsamtal berättade han för Lovén om sin iakttagelse.

– Du kan ha rätt, sa Lovén. Om det nu inte var nån annan?

– Naturligtvis, sa Wallander. Om det inte var nån annan.

De for tillbaka till Kungsholmen medan teknikerna fortsatte sitt arbete. Just när de steg in på Lovéns kontor ringde telefonen. I en plåtlåda ute i Hallunda hade teknikerna hittat några tårgasgranater av samma typ som blivit inkastade på diskoteket på Söder veckan innan.

– Allt faller på plats, sa Lovén. Eller ingenting. Jag begriper inte vad han hade emot det där diskoteket? I alla fall har rikslarm gått. Och vi ska se till att ge det här bred täckning i tidningar och teve.

– Då kan jag åka tillbaka till Ystad imorgon, sa Wallander. När ni har hittat Konovalenko så får vi väl låna ner honom till Skåne.

– Det är alltid irriterande med tillslag som misslyckas, sa Lovén. Jag undrar var dom gömmer sig nånstans.

Frågan blev hängande i luften. Wallander återvände till sitt hotell och bestämde sig för att besöka Aurora samma kväll. Nu hade han nya frågor att ställa till den skallige mannen i baren.

Han hade en känsla av att han närmade sig ett avgörande.

17.

Mannen som satt på en stol utanför president de Klerks arbetsrum hade väntat länge.

Klockan hade redan passerat midnatt och han hade suttit där sedan klockan åtta på kvällen. Han var alldeles ensam i det svagt upplysta förrummet. En vaktmästare kom då och då in och beklagade att han måste fortsätta att vänta. Det var en äldre man, klädd i mörk kostym. Det var också han som strax efter klockan elva hade släckt alla lampor utom den golvlampa som fortsatte att lysa.

Georg Scheepers hade fått en känsla av att mannen kunde ha varit anställd på en begravningsbyrå. Hans diskretion och lågmäldhet, hans servilitet som gränsade till underkastelse, påminde honom om den man som hade ansvarat för hans egen mors begravning några år tidigare.

Det är en symbolisk liknelse som möjligtvis är alldeles riktig, tänkte Scheepers. Kanske president de Klerk förvaltar de sista, döende resterna av det vita sydafrikanska imperiet? Kanske detta mer är ett väntrum till en man som sitter på sitt kontor och planerar en begravning än leder ett land mot framtiden?

Under de fyra timmar han väntat hade han haft gott om tid till eftertanke. Då och då hade vaktmästaren ljudlöst öppnat dörren och beklagat att presidenten fortfarande var upptagen av ett brådskande ärende. Klockan tio hade han serverat honom en kopp ljummet te.

Georg Scheepers tänkte på varför han blivit kallad till president de Klerk denna kväll, onsdagen den 7 maj. Dagen innan, vid lunchtid, hade han blivit uppringd av sekreteraren till sin chef Henrik Wervey. Georg Scheepers var assistent till Johannesburgs fruktade chefsåklagare och han var inte van vid att se honom annat än i domstolen eller vid de regelbundet återkommande fredagsmötena. När han skyndat genom korridorerna hade han undrat vad Wervey hade velat honom. I motsats till denna kväll hade han genast blivit insläppt till åklagaren. Wervey hade pekat på en stol och sedan fortsatt att underteckna några skrivelser som en sekreterare väntade på. Så hade de blivit lämnade ensamma.

Henrik Wervey var en inte bara av brottslingar fruktad man. Han var närmare sextio år gammal, över en och nittio lång och kraftigt byggd. Det var ett välkänt faktum att han då och då visade exempel på sin stora styrka genom att utföra olika kraftprov. Vid en ombyggnad av åklagarrummen några år tidigare hade han egenhändigt släpat iväg med ett kassaskåp som det sedan krävdes två man att lyfta upp på en vagn. Men det var inte hans kroppskrafter som gjorde honom fruktad. Under de många åren som åklagare hade han alltid yrkat på dödsstraff när han hade haft den minsta möjlighet. I de fall, och de hade blivit många, domstolen hade följt hans yrkanden och dömt en brottsling till hängning, och domen sedan hade blivit verkställd, hade Wervey oftast också varit åskådare vid avrättningen. Det hade gett honom rykte som en brutal man. Ingen hade dock kunnat beslå honom med att tillämpa sina principer med rasmässig urskillning. En vit brottsling hade lika mycket att frukta som en svart.

Georg Scheepers hade satt sig i stolen och oroat sig över att han gjort något som skulle föranleda klander. Wervey var känd för att obarmhärtigt sätta åt sina assistenter om han ansåg det befogat.

Men samtalet hade utvecklats helt annorlunda mot vad han hade väntat sig. Wervey hade lämnat skrivbordet och satt sig i en stol intill honom.

– Sent igår kväll blev en man mördad i sin sjuksäng på en privatklinik i Hillbrow, började han. Han hette Pieter van Heerden och han arbetade för underrättelsetjänsten. Mordroteln anser att allt tyder på rånmord. Hans plånbok är borta. Ingen har sett nån komma, ingen har sett mördaren försvinna. Tydligtvis har gärningsmannen varit ensam och vissa tecken tyder på att han utgett sig för att vara bud från ett laboratorium som används av Brenthurst. Eftersom ingen av nattsköterskorna har hört nånting måste mördaren ha använt ett vapen med ljuddämpare. Mycket talar alltså för att polisens teori om rånmord är riktig. Men att van Heerden arbetade inom underrättelsetjänsten måste givetvis också beaktas.

Wervey höjde på ögonbrynen och Georg Scheepers visste att han förväntade sig en reaktion.

– Det låter rimligt, sa Scheepers. Att undersöka om det hela var ett tillfälligt riktat rånmord eller inte.

– Nu finns det ytterligare en sak som komplicerar bilden, fortsatte Wervey. Och det jag säger nu är ytterst konfidentiellt. Det måste vara fullständigt klart.

– Jag förstår, svarade Scheepers.

– van Heerden var ansvarig för att president de Klerk utanför de officella kanalerna fick löpande och förtroliga informationer om underrättelsetjänstens arbete, sa Wervey. Han hade alltså en ytterst känslig position.

Wervey tystnade. Scheepers väntade spänt på fortsättningen.

– President de Klerk ringde mig för några timmar sen, sa han. Han ville att jag skulle utse nån bland åklagarna att hålla honom särskilt informerad om polisens utredning. Han tycks vara övertygad om att motivet för mordet har med van Heerdens arbete inom underrättelsetjänsten att göra. Utan att ha tillgång till några bevis avfärdar han kategoriskt tankarna om ett vanligt rånmord.

Wervey betraktade Scheepers.

– Vi kan ju heller inte veta vad van Heerden informerade presidenten om, sa han tankfullt.

Georg Scheepers nickade. Han förstod.

– Jag har utsett dig att hålla president de Klerk underrättad, fortsatte Wervey. Från och med nu lämnar du ifrån dig allt annat arbete och koncentrerar dig helt på utredningen kring omständigheterna vid van Heerdens död. Är det uppfattat?

Georg Scheepers nickade. Fortfarande hade han dock svårt att helt inse vidden av det Wervey just hade sagt.

– Du kommer regelbundet att bli kallad till presidenten, sa han. Du för inga protokoll, bara minnesanteckningar som du sen bränner. Du talar endast med presidenten och med mig. Om nån på din avdelning undrar vad du håller på med så är den officiella förklaringen att jag har bett dig bedöma rekryteringsbehovet av åklagare den närmaste tioårsperioden. Är det klart?

– Ja, svarade Georg Scheepers.

Wervey reste sig, hämtade en plastmapp från skrivbordet och räckte den till honom.

– Här är det lilla utredningsmaterial som hittills föreligger, sa han. van Heerden har bara varit död i tolv timmar. Spaningarna efter mördaren leds av en kommissarie som heter Borstlap. Jag föreslår att du åker ut till Brenthurst Clinic och pratar med honom.

Därmed var mötet slut.

– Sköt nu det här ordentligt, sa Wervey som avslutning. Jag har valt dig därför att du har visat dig vara ett gott åklagarämne. Jag tycker inte om att bli besviken.

Georg Scheepers hade återvänt till sitt arbetsrum och försökt förstå vad som egentligen förväntades av honom. Sedan hade han tänkt att han måste köpa en ny kostym. Ingenting av det han hade i klädväg passade när han blev kallad till presidenten.

När han nu satt i det dunkla förrummet var han klädd i en mörkblå kostym som hade varit mycket dyr. Hans hustru hade frågat varför han hade köpt den. Han hade förklarat att han skulle delta i en beredning där justitieministern var ordförande. Utan vidare frågor hade hon accepterat hans förklaring.

Klockan hade blivit tjugo minuter i ett på natten när den diskreta vaktmästaren öppnade dörren och sa att presidenten nu tog emot honom. Georg Scheepers spratt upp från stolen och märkte att han var nervös. Han följde efter vaktmästaren som stannade framför en hög dubbeldörr, knackade och öppnade för honom.

Vid ett skrivbord, upplyst av en ensam bordslampa satt den tunnhårige mannen han skulle träffa. Han blev stående osäker innanför dörren innan mannen vid skrivbordet vinkade honom till sig och pekade på en besöksstol.

President de Klerk såg trött ut. Georg Scheepers la märke till att han hade stora påsar under ögonen.

Presidenten gick rakt på sak. Hans röst hade ett stråk av otålighet i sig, som om han ständigt tvingades tala med människor som ingenting förstod.

– Jag är övertygad om att Pieter van Heerdens död inte är ett rånmord, sa de Klerk. Ni har som uppgift att se till att polisens utredare på allvar inser att det måste vara hans arbete inom underrättelsetjänsten som ligger bakom hans död. Jag vill att alla hans datafiler ska undersökas, alla hans dokumentmappar, allt han befattat sig med det senaste året. Är det uppfattat?

– Ja, svarade Georg Scheepers.

de Klerk lutade sig fram mot honom så att ljuset från bordslampan lyste upp hans ansikte och gav det en nästan spöklik framtoning.

– van Heerden informerade mig om att han misstänkte att det pågick en konspiration som allvarligt hotade hela Sydafrika, sa han. En sammansvärjning som skulle kunna leda oss in i kaos. Att han blev dödad måste ses i det sammanhanget. Ingenting annat.

Georg Scheepers nickade.

– Mer behöver ni inte veta, sa de Klerk och lutade sig bakåt i stolen igen. Chefsåklagare Wervey utsåg er att informera mig eftersom han anser er vara fullkomligt pålitlig och lojal mot statsmakten. Men jag vill bara betona sakens konfidentiella natur. Det vore en högförrädisk handling att avslöja vad jag just sagt till er. Eftersom ni är åklagare behöver jag inte tala om vad straffet är för en sån handling.

– Naturligtvis inte, svarade Georg Scheepers och sträckte ofrivilligt på sig i stolen.

– Ni rapporterar direkt till mig när ni har nånting att säga, fortsatte de Klerk. Ni talar med mitt sekretariat så ordnar dom tid. Tack för att ni kom.

Audiensen var över. de Klerk hade åter lutat sig över sina papper.

Georg Scheepers reste sig, bugade och gick över den tjocka mattan till dubbeldörrarna.

Vaktmästaren följde honom nerför trapporna. En beväpnad vakt eskorterade honom till parkeringsplatsen där han hade sin bil. När han satte sig bakom ratten var hans händer svettiga.

En konspiration, tänkte han. En sammansvärjning? Som skulle kunna hota hela landet och föra det mot kaos? Är vi inte redan där? Kan vi komma närmare kaos än vi redan befinner oss?

Han lät frågan förbli obesvarad och startade motorn. Sedan öppnade han handskfacket, där han förvarade en pistol. Han tryckte in magasinet, osäkrade vapnet och la det på sätet bredvid sig.

Georg Scheepers tyckte inte om att köra bil på natten. Det var alltför osäkert, alltför farligt. Väpnade rån och överfall skedde ständigt, dessutom alltmer brutalt.

Sedan for han hem genom den sydafrikanska natten. Pretoria sov.

Han hade mycket att tänka på.

18.

När lärde jag känna rädslan, *soŋoma*? När stod jag första gången, ensam och utlämnad, framför skräckens förvridna ansikte? När förstod jag att fruktan finns inom alla människor, oavsett hudfärg, ålder, ursprung? Ingen undkommer rädslan, inget liv är möjligt utan fruktan. Jag kan inte minnas, *soŋoma*. Men jag vet nu att det är så. Jag är fånge i detta land där nätterna är så obegripligt korta, där mörkret aldrig helt tillåts omsluta mig. Jag minns inte första gången rädslan kom till mig, *soŋoma*. Men jag påminns om den nu, när jag söker finna en öppning för att ta mig ut, bort härifrån, hem till Ntibane.

Dagarna och nätterna hade flutit ihop till en otydlig helhet där han inte längre förmådde urskilja delarna. Victor Mabasha visste inte hur lång tid som gått sedan han lämnade den döde Konovalenko bakom sig i det avsides belägna huset på de leriga åkrarna. Den man som plötsligt hade återuppstått och skjutit mot honom i det tårgasfyllda diskoteket. Det hade varit en chock för honom. Han hade varit övertygad om att han dödat Konovalenko med flaskan som han krossat mot tinningen. Men trots att ögonen svidit hade han sett Konovalenko genom rökdimmorna. Victor Mabasha hade tagit sig ut ur lokalen via en baktrappa där skrikande och sparkande människor panikslaget försökte fly från röken. Ett kort ögonblick trodde han sig vara förflyttad tillbaka till Sydafrika, där tårgasanfall mot svarta bostadsområden inte var ovanliga. Men han var i Stockholm och Konovalenko hade rest sig från de döda och nu följde han efter honom för att döda honom.

Han hade kommit till staden i gryningen och länge kört runt på gatorna utan att veta vad han skulle göra. Han hade varit mycket trött, så utmattad att han inte helt vågat lita på sitt eget omdöme. Det hade gjort honom rädd. Tidigare hade han alltid föreställt sig att hans omdöme, hans förmåga att med klart huvud ta sig ur svåra situationer, var hans yttersta livförsäkring. Han hade övervägt om han skulle våga ta in på hotell. Men han saknade pass, han saknade alla dokument som gav honom en identitet. Han var en ingen bland alla dessa människor, en namnlös man med vapen, det var allt.

Smärtan i handen återvände i oregelbundna intervaller. Han måste snart få tag på en läkare. Det svarta blodet hade trängt igenom gasbindan och han hade inte råd att drabbas av infektioner och feber. Det skulle göra honom helt försvarslös. Men den blodiga klump som var allt som fanns kvar av fingret berörde honom knappast. Det var som om fingret aldrig hade funnits. I sina tankar hade han förvandlat det till en dröm. Han hade blivit född utan pekfinger på vänster hand.

Han hade sovit på en kyrkogård i en sovsäck han köpt. Men ändå frös han. I drömmarna jagades han av de sjungande hundarna. När han låg vaken och såg mot stjärnorna tänkte han att han kanske aldrig skulle komma tillbaka till sitt land igen. Den röda, torrt virvlande jorden skulle aldrig mer beröras av hans fotsulor. Tanken ingav honom en plötslig sorg, så häftig att han inte kunde påminna sig ha känt något liknande sedan hans far hade dött. Han tänkte också på att i Sydafrika, ett land som byggde på en allomfattande lögn, fanns sällan plats för enkla osanningar. Han tänkte på den lögn som var själva ryggraden i hans eget liv.

Nätterna som han tillbringade på kyrkogården var fyllda av *songomans* ord. Och det var också under dessa nätter, enbart omgiven av alla de okända döda, vita människor som han aldrig mött och först skulle återse i underjorden, bland andarna, som han mindes sin barndom. Han såg sin fars ansikte, hans leende, hörde hans röst. Han tänkte också att andarnas värld kanske var delad på samma sätt som Sydafrika. Kanske även underjorden bestod av en svart och en vit värld? Han föreställde sig sorgset att även hans förfäders andar tvingades leva i nerrökta, förslummade bostadsområden. Han försökte få *songoman* att berätta. Men allt han fick till svar var de sjungande hundarna och deras ylanden som han inte lyckades tyda.

I gryningen den andra dagen hade han lämnat kyrkogården efter att ha gömt sovsäcken i ett gravvalv där han lyckats vrida upp en luftventil. Några timmar senare hade han stulit en ny bil. Det hela hade gått mycket fort, tillfället hade oväntat dykt upp, och han hade inte tvekat. Hans omdöme hade åter börjat hjälpa honom. Han hade kommit gående på en gata, sett en man stiga ur sin bil med motorn igång, och sedan försvinna in genom en port. Det fanns inga människor i närheten. Han hade känt igen bilmärket, det var en Ford, och han hade kört många av den typen tidigare. Han hade satt sig vid ratten, ställt ut en kvarlämnad portfölj på gatan, och kört därifrån. Så småningom hade han lyckats ta sig ut ur staden och han letade åter efter en insjö där han skulle kunna vara ensam och tänka.

Han hittade ingen sjö. Men han kom till havet. Åtminstone tänkte han att det måste vara havet. Han visste inte vilket eller vad det hette. Men när han smakade på vattnet var det salt. Inte så salt som han var van vid, från stränderna vid Durban och Port Elizabeth. Men inte kunde det finnas salta insjöar i detta land? Han gick ut på några klippor och anade oändligheten i en smal spricka mellan öarna i arkipelagen. Det var kyligt i luften och han frös. Men han blev stående längst ute på den yttersta klippan och han tänkte att hit hade han kommit i sitt liv. Hit, och det var långt. Men hur skulle fortsättningen se ut?

Som han mindes från sin barndom, satte han sig på huk, och la en spiralformad labyrint av små stenar som brutits loss ur klippan. Samtidigt försökte han vända sig så djupt inåt i sig själv att han skulle kunna höra *songomans* röst. Men han nådde inte ända fram. Bruset från havet var för starkt och hans egen koncentration för svag. Stenarna han la ut till en labyrint hjälpte honom inte. Det gjorde honom rädd. Ty utan sin förmåga att tala med andarna skulle han bli så försvagad att han kanske skulle dö. Han skulle inte ha något motstånd mot sjukdomar längre, hans tankar skulle överge honom och hans kropp bli till ett skal som sprack sönder av minsta yttre beröring.

Oroligt slet han sig loss från havet och återvände till bilen. Han försökte koncentrera sig på det som var viktigast. Hur hade Konovalenko kunnat spåra honom så enkelt till det diskotek han besökt, efter att ha fått tips av några afrikaner från Uganda han kommit i samtal med på en hamburgerbar?

Det var den första frågan.

Den andra var hur han skulle kunna ta sig ut ur landet och återvända till Sydafrika.

Han insåg att han skulle bli tvungen att göra det han minst av allt ville. Söka reda på Konovalenko. Det skulle bli mycket svårt. Konovalenko skulle vara lika svårfångad som en ensam *sprieng-boek* i ett ändlöst afrikanskt bushlandskap. Men på något sätt måste han locka Konovalenko till sig. Det var han som hade pass, det var han som kunde tvingas att hjälpa honom ut ur landet. Någon annan möjlighet tyckte han sig inte se.

Fortfarande hoppades han att han inte skulle behöva döda någon annan än Konovalenko.

Den kvällen hade han återvänt till diskoteket. Det hade inte varit mycket folk där och han hade suttit vid ett bord i ett hörn och druckit öl. Det var när han gick fram till bardisken med sitt tomma glas för att beställa mer som den skallige mannen tilltalade honom. Först hade han inte förstått vad han sa. Sedan insåg han att två olika personer hade varit där dagarna innan och frågat efter honom. Av beskrivningen förstod han att den förste varit Konovalenko. Men vem var den andre? Mannen bakom bardisken sa att det hade varit en polis. En polis som talat ett språk som bara talades i södra delen av landet.

– Vad ville han? frågade Victor Mabasha.

Den skallige mannen nickade mot hans smutsiga bandage.

– Han sökte en svart man som hade mist ett finger, svarade han.

Han drack ingen mer öl utan lämnade omedelbart diskoteket. Konovalenko kunde komma tillbaka. Ännu var han inte beredd att möta honom, trots att han bar sitt vapen lättåtkomligt innanför bältet.

När han kommit ut på gatan insåg han omedelbart vad han skulle göra. Polismannen skulle få hjälpa honom att hitta Konovalenko.

Någonstans pågick en utredning om en kvinnas försvinnande. Kanske hade de redan hittat hennes kropp, var nu än Konovalenko hade gömt den. Men om de hade lyckats ta reda på att han existerade så borde de också känna till Konovalenko?

Jag lämnade ett spår, tänkte han. Ett finger. Kanske Konovalenko också lämnade någonting efter sig?

Resten av kvällen väntade han i skuggorna utanför diskoteket. Men varken Konovalenko eller polismannen visade sig. Den skallige mannen hade gett honom en beskrivning av polismannen. Victor Mabasha tänkte att en vit man i 40-årsåldern dessutom var en sällsynt besökare på diskoteket.

Sent på natten återvände han till kyrkogården och gravvalvet. Dagen efter stal han en ny bil och när det blev kväll väntade han på nytt i skuggorna utanför diskoteket.

Precis klockan nio stannade en taxi utanför porten. Victor satt i bilens framsäte. Han hasade ner så att hans huvud kom i jämnhöjd med ratten. Den man som var polis steg ur och försvann ner i underjorden. Så fort mannen var borta körde han fram bilen så nära porten han kunde och steg ur. Han tog skydd där det var som mörkast och fortsatte vänta. Pistolen hade han lättåtkomlig i ena jackfickan.

Mannen som en kvart senare kom upp på gatan och villrådigt eller tankfullt såg sig omkring verkade inte vara på sin vakt. Han gav ett intryck av att vara alldeles ofarlig, en ensam, oskyddad nattvandrare. Victor Mabasha drog fram sin pistol, tog ett par snabba steg och tryckte pipan mot undersidan av hans haka.

– Stilla, sa han på engelska. Alldeles stilla.

Mannen ryckte till. Men han förstod engelska. Han rörde sig inte.

– Gå fram till bilen, fortsatte Victor Mabasha. Öppna dörren och kryp över till sätet intill.

Mannen lydde. Han var uppenbarligen mycket rädd.

Hastigt böjde Viktor sig in i bilen och gav honom ett slag på käken. Det var tillräckligt hårt för att göra honom tillfälligt medvetslös. Men inte så hårt att en käkfraktur skulle uppstå. Victor Mabasha kände sina krafter när han hade kontroll över situationen. Det som han inte hade haft den katastrofala sista kvällen tillsammans med Konovalenko.

Han letade igenom polismannens kläder. Men han hade egendomligt nog inget vapen. Victor Mabasha förstärktes i uppfattningen att han befann sig i ett märkligt land, där poliser gick obeväpnade. Sedan band han mannens händer på framsidan av bröstet och tejpade över hans mun. En smal blodstrimma sipprade fram ur ena mungipan. Det gick aldrig att helt undvika skador. Mannen hade förmodligen bitit sig i tungan.

Under de tre timmar Victor Mabasha hade haft till sitt förfogande på eftermiddagen hade han memorerat den väg han tänkte använda. Han visste vart han skulle och han ville inte riskera att köra fel. När han stannade vid det första stoppljuset tog han fram mannens plånbok och såg att han hette Kurt Wallander och var fyrtiofyra år gammal.

Ljuset slog om och han fortsatte. Hela tiden höll han ett vaksamt öga i backspegeln.

Det var efter det andra stoppljuset han började tro att en bil följde efter dem. Kunde polismannen ha haft en försäkring bakom sig? I så fall skulle det snart uppstå problem. När han kom ut på en trafikled med flera filer ökade han farten. Plötsligt blev han osäker om han hade inbillat sig. Kanske de trots allt var ensamma utan bevakning?

Mannen i sätet intill stönade och rörde sig. Victor Mabasha tänkte att han hade slagit precis så hårt som han planerat.

Han svängde in vid kyrkogården och stannade i skuggorna av ett grönt hus där det fanns en affär som på dagarna sålde blommor och kransar. Nu var det släckt och stängt. Han slog av ljuset och betraktade uppmärksamt trafiken vid avtagsvägen. Men han såg ingen bil som bromsade in.

Han väntade ytterligare tio minuter. Men ingenting annat hände än att polismannen långsamt vaknade till liv.

– Inte ett ljud, sa Victor Mabasha och rev loss tejpremsan över munnen.

En polis förstår, tänkte han. Han vet när en människa menar allvar. Sedan undrade han om man även i detta land blev hängd om man tog en polisman som gisslan.

Han steg ur bilen, lyssnade och såg sig omkring. Bortsett från trafikbruset var allt stilla. När han hade gått runt bilen och öppnat dörren tecknade han åt mannen att stiga ur. Sedan ledde han honom fram till en av järngrindarna och de försvann hastigt i dunklet bland grusgångar och gravstenar.

Victor Mabasha ledde honom mot det gravvalv där han utan svårighet hade dyrkat upp järnporten. Det hade luktat unket i det fuktiga rummet. Men kyrkogårdar skrämde honom inte. Tidigare hade han flera gånger hållit sig dold bland de döda.

Han hade köpt en gasollampa och en extra sovsäck. Polismannen vägrade först följa med honom in i gravvalvet och gjorde motstånd.

– Jag ska inte döda dig, sa han. Jag ska inte heller skada dig. Men du måste gå in.

Han tryckte ner polismannen på en av sovsäckarna, tände lampan och gick ut för att se om ljusskenet syntes. Men allt var mörkt.

Igen blev han stående och lyssnade. De många åren med ständig vaksamhet hade tränat upp hans hörsel. Någonting hade rört sig på en grusgång. Polismannens försäkring, tänkte han. Eller ett nattdjur.

Till slut bestämde han sig för att det inte var något som hotade. Han gick tillbaka in i gravvalvet och satte sig på huk mitt emot polismannen som hette Kurt Wallander.

Dennes tidigare rädsla hade nu förvandlats till öppen förfäran, kanske skräck.

– Om du gör som jag säger kommer ingenting att hända dig, sa han. Men du måste svara på mina frågor. Och du måste tala sanning. Jag vet att du är polis. Jag ser att dina ögon hela tiden söker sig till min vänstra hand där jag har ett bandage. Det betyder att du har hittat mitt finger. Det som Konovalenko skar av. Jag vill tala om för dig genast att det var han som dödade kvinnan. Om du vill tro mig eller inte är din sak att avgöra. Jag kom till det här landet för att stanna en kort tid. Och jag har bestämt mig för att bara döda en enda människa. Konovalenko. Men först måste du hjälpa mig genom att tala om var han finns. När Konovalenko är död ska jag genast släppa dig.

Victor Mabasha väntade på ett svar. Sedan påminde han sig att han hade glömt någonting.

– Det är inte så att du har en skugga? frågade han. En bil som följer efter dig?

Mannen skakade på huvudet.

– Du är ensam?

– Ja, svarade polismannen och grimaserade.

– Jag var tvungen att se till att du inte började kämpa emot, sa Victor Mabasha. Men jag tror inte slaget tog så hårt.

– Nej, svarade mannen och grimaserade igen.

Victor Mabasha satt tyst. Just nu hade han ingen brådska. Stillheten skulle göra polismannen lugnare.

Victor Mabasha kände sympati för hans rädsla. Han visste hur övergiven skräcken kan göra en människa.

– Konovalenko, sa han stillsamt. Var finns han?

– Jag vet inte, svarade Wallander.

Victor Mabasha betraktade honom och förstod på svaret att

Konovalenko var känd av polisen men att han faktiskt inte visste var han fanns. Det var en missräkning. Det skulle göra det hela besvärligare, mer tidsödande. Men ingenting skulle i grunden komma att förändras. Tillsammans skulle de kunna leta reda på Konovalenko.

Victor Mabasha berättade långsamt om allt som hade hänt i samband med att kvinnan blev dödad. Men han nämnde ingenting om varför han befann sig i Sverige.

– Då var det han som sprängde huset i luften, sa Wallander när han hade slutat tala.

– Nu är det du som vet vad som hände, sa Victor Mabasha. Nu är det du som ska berätta för mig.

Polismannen hade plötsligt blivit lugnare, även om han tycktes illa berörd av att befinna sig i ett rått och fuktigt gravhus. Bakom deras ryggar stod kistor, inneslutna i stensarkofager, staplade ovanpå varandra.

– Har du ett namn? frågade han.

– Kalla mig Goli, sa Victor Mabasha. Det räcker.

– Och du kommer från Sydafrika?

– Kanske. Men det är inte viktigt.

– För mig är det viktigt.

– Det enda som är viktigt för oss är var Konovalenko befinner sig.

De sista orden yttrade han med skärpa. Polismannen förstod. Rädslan återkom i hans ögon.

I samma ögonblick stelnade Victor Mabasha till. Hans vaksamhet hade inte mattats under samtalet med polismannen. Nu hade hans känsliga öron uppfattat ett ljud utanför gravvalvet. Han tecknade åt polismannen att inte röra sig. Sedan tog han fram pistolen och skruvade ner lågan på gasollampan.

Det var någon utanför gravvalvet. Och det var inget djur. Rörelserna var alltför medvetet försiktiga.

Han lutade sig hastigt fram mot polismannen och grep runt hans strupe.

– För sista gången, väste han. Hade du nån som följde efter dig?

– Nej. Ingen. Jag svär.

Victor Mabasha släppte greppet. Konovalenko, tänkte han rasande. Jag begriper inte hur du bär dig åt. Men jag förstår nu varför Jan Kleyn vill ha dig i sin tjänst i Sydafrika.

– Varför frågade du om jag var hemma? sa hon plötsligt när han just skulle gå. Varför sa du inte att du var här igår och sökte mig?

Wallander förstod inte vad hon menade.

– Vad talar du om? sa han.

– Jag mötte fru Nilson som bor här bredvid när jag kom hem, sa hon. Hon sa att du hade varit här igår och frågat om jag var hemma. Du har ju egen nyckel?

– Jag har inte talat med nån fru Nilson, sa Wallander.

– Då har jag väl missförstått, sa hon.

Plötsligt blev Wallander alldeles kall.

Vad var det hon hade sagt?

– En gång till, sa han. Du kom hem. Du mötte fru Nilson. Hon sa att jag hade frågat efter dig?

– Ja?

– Upprepa ordagrant vad hon sa.

– Din pappa har frågat efter dig. Bara det.

Wallander blev rädd.

– Jag har aldrig träffat fru Nilson, sa han. Hur kan hon veta hur jag ser ut? Hur kan hon veta att jag är jag?

Det tog en stund innan hon förstod.

– Menar du att det skulle ha varit nån annan? Men vem? Varför det? Vem skulle låtsas vara du?

Wallander såg allvarligt på henne. Sedan släckte han takljuset och gick försiktigt fram till ett av fönstren i vardagsrummet.

Gatan nedanför var öde.

Så gick han tillbaka ut i tamburen.

– Jag vet inte vem det var, sa han. Men du åker med mig till Ystad imorgon. Jag vill inte att du ska vara ensam här just nu.

Hans allvar nådde henne.

– Ja, sa hon bara. Behöver jag vara rädd i natt?

– Du behöver inte vara rädd alls, svarade han. Du ska bara inte bo ensam här dom närmaste dagarna.

– Säg inte mer, bad hon. Just nu vill jag veta så lite som möjligt.

Hon bäddade åt honom på en madrass.

Sedan låg han i mörkret och lyssnade på hennes andhämtning. Konovalenko, tänkte han.

När han var säker på att hon hade somnat steg han upp och gick fram till fönstret.

Gatan var lika öde som tidigare.

Wallander hade ringt till en telefonsvarare som upplyste honom om att det gick ett tåg till Malmö klockan tre minuter över sju och de lämnade lägenheten i Bromma strax efter klockan sex.

Han hade sovit oroligt under natten, slumrat till då och då, för att sedan åter vakna med ett ryck. Han ville tillbringa ett antal timmar på ett tåg. Att flyga skulle innebära att han kom fram till Ystad för fort. Han behövde vila och han behövde tänka.

Utanför Mjölby hade de blivit stående i nästan en timme med en lokskada. Men Wallander hade bara tacksamt tagit emot den extra tid han fick. Då och då samtalade de med varann. Men lika ofta försjönk hon i en bok och han i sina egna tankar.

Fjorton dagar, hade han tänkt medan han betraktade en traktor som plöjde en till synes oändlig åker. Han försökte räkna måsarna som följde i plogfårans spår utan att lyckas.

Fjorton dagar sedan Louise Åkerblom försvann. Redan håller bilden av henne på att försvinna i de två små barnens medvetande. Han undrade om Robert Åkerblom skulle kunna hålla fast vid sin gud. Vad kunde pastor Tureson ge för svar?

Han såg på sin dotter som satt med kinden mot fönstret och sov. Hur såg hennes mest ensamma fruktan ut? Fanns det ett landskap där deras övergivna och ödsliga tankar stämde möte utan att de visste om det? Man känner ingen, tänkte han. Minst av allt sig själv.

Hade Robert Åkerblom känt sin hustru?

Den plöjande traktorn försvann i en sänka i åkern. Wallander föreställde sig att den sakta sjönk i ett bottenlöst hav av lera.

Tåget ryckte plötsligt igång. Linda vaknade och såg på honom.

– Är vi framme? frågade hon yrvaket. Hur länge har jag sovit?

– Kanske en kvart, svarade han och log. Vi är inte i Nässjö än.

– Jag vill ha kaffe, sa hon och gäspade. Vill inte du?

Sedan blev de sittande i kafévagnen ända tills de hade kommit till Hässleholm. För första gången berättade han för henne den egentliga historien om sina två resor till Riga året innan. Hon lyssnade fascinerat.

– Det låter inte som om det handlar om dig, sa hon när han hade slutat.

– Jag har samma känsla, svarade han.

– Du kunde ju ha dött, sa hon. Tänkte du aldrig på mig och mamma?

– Dig tänkte jag på, svarade han. Men jag tänkte nog aldrig på din mor.

När de kom till Malmö behövde de bara vänta en halvtimme på den anknytande motorvagnen mot Ystad. Strax före fyra var de hemma i hans lägenhet. Han bäddade i gästrummet åt henne och påminde sig när han letade efter rena lakan att han alldeles hade glömt sin tvättid. Vid sjutiden gick de till en av pizzeriorna på Hamngatan och åt middag. Båda var trötta och de var hemma redan före klockan nio.

Hon ringde till sin farfar och Wallander stod bredvid och lyssnade. Hon lovade att besöka honom dagen efter.

Han förvånades över hur hans far kunde låta så helt annorlunda när han talade med henne.

Han tänkte att han borde ringa till Lovén. Men han lät bli eftersom han ännu inte visste hur han skulle förklara att han inte omedelbart hade kontaktat polisen efter händelserna på kyrkogården. Han förstod det inte själv. Det var direkt tjänstefel. Hade han börjat förlora kontrollen över sitt eget omdöme? Eller hade han blivit så rädd att det förlamat hans vilja?

När hon hade somnat blev han länge stående och såg ner på den öde gatan.

Bilderna i hans huvud växlade mellan Victor Mabasha och den man som hette Konovalenko.

Samtidigt som Wallander stod i sitt fönster i Ystad kunde Vladimir Rykoff konstatera att polisen fortfarande intresserade sig för hans lägenhet. Han befann sig två våningar högre upp i samma hus. Det var Konovalenko som en gång föreslagit att de borde ha en tillflyktsmöjlighet om den vanliga lägenheten av något skäl inte kunde eller borde användas. Det var också Konovalenko som hade förklarat att det säkraste gömstället inte alltid är det som befinner sig längst bort. Bäst är att göra det oväntade. Alltså hade Rykoff i Tanias namn hyrt en exakt likadan lägenhet två trappor ovanför. Det underlättade också transporten av nödvändiga kläder och annat bagage.

Dagen innan hade Konovalenko sagt åt dem att utrymma lägenheten. Han hade anställt korsförhör med Vladimir och Tania och insett att polismannen från Ystad uppenbarligen var duktig. Han skulle inte underskattas. De kunde heller inte bortse från att polisen skulle göra en husundersökning. Mest av allt fruktade Konovalenko dock att Vladimir och Tania skulle utsättas för mer allvarliga förhör. Han litade inte på att de hela tiden skulle hålla reda på vad de kunde säga och inte.

Konovalenko hade också övervägt om det var bäst att skjuta dem. Men han hade bedömt det som onödigt. Han hade fortfarande behov av Vladimirs fotarbete. Dessutom skulle polisen bara bli ännu mer upphetsad än vad den redan var.

De flyttade upp till den andra lägenheten redan samma kväll. Konovalenko hade gett Vladimir och Tania stränga besked om att hålla sig inne de närmaste dagarna.

Bland det första som Konovalenko hade lärt sig som ung KGB-officer var att det fanns vissa dödssynder inom den ljusskygga värld som var underrättelsetjänsternas. Att vara hemlighetens tjänare innebar delaktighet i ett brödraskap vars huvudsakliga regelverk var skrivet med osynlig skrift. Den svåraste synden var naturligt nog det dubbla förräderiet. Att förråda sin egen organisation men att samtidigt göra det som en tjänst åt en främmande makt. I det mytiska helvete som underrättelsetjänsten bestod sig själv med befann sig mullvadarna närmast infernots centrum.

Det fanns även andra dödssynder. En var att komma för sent.

Inte bara till ett avtalat möte, en tömning av en hemlig brevlåda, en kidnappning, eller helt enkelt en avresa. En lika svår försummelse var att komma för sent i förhållande till sig själv, sin egen plan, sina egna beslut.

Ändå var det detta som hände Konovalenko, tidigt på morgonen torsdagen den 7 maj. Det misstag han hade begått var att han alltför mycket litat på sin BMW. Som ung KGB-officer hade hans överordnade lärt honom att alltid planera en restid utifrån två parallella möjligheter. Om det ena fordonet råkade bli stående skulle det ändå finnas tillräckligt med tid för att tillgripa ett från början bestämt alternativ. Men denna fredagsmorgon, när hans BMW plötsligt stannade vid S:t Eriksbron och sedan inte ville starta igen, hade Konovalenko inte haft någon beredskap. Han kunde naturligtvis använda sig av både taxi och tunnelbana. Eftersom han inte heller visste om och i så fall när polismannen eller hans dotter skulle lämna lägenheten i Bromma, var det inte ens säkert att han skulle komma för sent. Ändå var det som om misstaget var hans, hela skulden, och inte bilens. I nästan tjugo minuter försökte han få igång motorn och det var som om han sysslade med en återupplivning. Men bilen var död för honom.

Till slut lämnade han den och fångade upp en ledig taxi. Han hade planerat att vara utanför det röda tegelhuset senast klockan sju. Nu kom han inte förrän klockan var närmare kvart i åtta.

Att lista ut att Wallander hade en dotter och att det var hon som bodde i Bromma hade inte varit svårt. Han hade ringt till polisen i Ystad och fått veta att Wallander bodde på Hotel Central i Stockholm. Han hade uppgett att han själv var polis. Sedan hade han begett sig till hotellet och diskuterat rumsbokningar för ett större resesällskap några månader senare. I ett obevakat ögonblick hade han dragit till sig en meddelandelapp till Wallander och hastigt memorerat namnet Linda och ett telefonnummer. Han hade lämnat hotellet och sedan spårat adressen i Bromma. Där hade han samtalat med en kvinna i trappuppgången och snart haft sammanhanget klart för sig.

Den här morgonen väntade han på gatan till halv nio. Då kom en äldre kvinna ut genom porten. Han gick fram och hälsade på henne och hon kände igen den trevlige mannen som tidigare tilltalat henne.

– De reste tidigt i morse, sa hon som svar på hans fråga.
– Båda två?
– Båda två.
– Skulle dom vara borta länge?
– Hon lovade att ringa.
– Hon berättade förstås vart dom skulle resa?
– På semester utrikes. Men riktigt vart förstod jag inte.

Konovalenko såg hur hon ansträngde sig för att minnas. Han väntade.

– Frankrike tror jag, sa hon efter en stund. Men jag är inte alldeles säker.

Konovalenko tackade henne för hjälpen och gick därifrån. Senare skulle han skicka Rykoff att gå igenom lägenheten.

Eftersom han behövde tänka och inte omedelbart hade bråttom gick han mot Brommaplan där han skulle kunna få tag på en taxi. BMW-n hade tjänat ut, Rykoff skulle som ytterligare uppgift denna dag få skaffa honom en ny bil.

Konovalenko hade genast uteslutit möjligheten att de rest utomlands. Polismannen från Ystad var en klartänkt och beräknande person. Han hade tagit reda på att någon dagen innan ställt frågor till den gamla damen. En person som skulle återkomma för att ställa ytterligare frågor. Därför hade han lagt ut ett spår som pekade åt fel håll, åt Frankrike.

Vart? tänkte Konovalenko. Sannolikheten talar för att han återvänder med sin dotter till Ystad. Men han kan också ha valt andra tillflyktsorter som jag omöjligt kommer att kunna spåra.

En tillfällig reträtt, tänkte Konovalenko. Jag ska ge honom ett försprång som jag kan ta igen senare.

Han drog ännu en slutsats. Polismannen från Ystad var orolig. Varför hade han annars tagit med sig sin dotter?

Konovalenko log hastigt åt tanken att de tänkte mycket lika, den obetydlige polismannen som hette Wallander och han själv. Han erinrade sig några ord som en överste inom KGB hade sagt till rekryterna strax efter det att de hade påbörjat sin långa träning. Hög utbildning, en anrik släkttavla eller ens ett rikt mått av intelligens är ingen garanti för att bli en framstående schackspelare.

Viktigast var nu att få tag på Victor Mabasha, tänkte han. Döda honom, avsluta det som hade misslyckats både på diskoteket och på kyrkogården.

Med en vag känsla av oro tänkte han tillbaka på kvällen innan.

Strax före midnatt hade han ringt till Sydafrika och talat med Jan Kleyn på hans speciella larmnummer. Han hade förberett samtalet noga. Det fanns inte längre några giltiga ursäkter för att Victor Mabasha fortfarande var i livet. Alltså hade han ljugit. Han hade sagt att Victor Mabasha hade blivit dödad dagen innan. En handgranat hade apterats i bensintanken. När gummibandet som höll tillbaka säkringen hade frätts sönder av bensinen hade bilen exploderat. Victor Mabasha hade dött ögonblickligen.

Ändå tyckte sig Konovalenko ha anat ett missnöje hos Jan Kleyn. En förtroendekonflikt mellan honom själv och den sydafrikanska underrättelsetjänsten som han inte hade råd med. Det skulle kunna äventyra hela hans framtid.

Konovalenko ökade farten. Nu fanns det inga tidsmarginaler längre. Victor Mabasha måste spåras upp och dödas inom loppet av de närmaste dygnen.

Den egendomliga skymningen sänkte sig sakta. Men Victor Mabasha märkte det knappast.

Då och då tänkte han på den man han skulle döda. Jan Kleyn skulle förstå. Han skulle låta honom behålla sitt uppdrag. En dag skulle han se den sydafrikanske presidenten i sitt kikarsikte. Han skulle inte tveka, han utförde det uppdrag han en gång hade accepterat.

Han undrade om presidenten var medveten om att han snart skulle dö. Hade vita människor sina egna *songomas* som talade till dem i deras drömmar?

Han tänkte till slut att det måste vara så. Hur skulle en människa kunna leva utan kontakt med andevärlden som styrde över livet, över levande och döda?

Men den här gången hade andarna varit välvilliga mot honom. De hade sagt honom vad han måste göra.

Wallander vaknade strax efter klockan sex på morgonen. För första gången sedan arbetet med att spåra Louise Åkerbloms mördare hade börjat kände han sig ordentligt utsövd. Genom den halvöppna dörren kunde han höra sin dotter snarka. Han steg upp och ställde sig att betrakta henne genom dörröppningen. Han fylldes plötsligt av intensiv glädje och tänkte hastigt att livets mening, i all enkelhet, var att ta sig an sina barn. Ingenting annat. Han gick in i badrummet, duschade länge och bestämde sig för att beställa tid hos polisläkaren. Någon form av medicinsk hjälp måste vara möjlig att ge till en polis som allvarligt hade ambitionen att gå ner i vikt och förbättra sin kondition.

Varje morgon påminde han sig den gången året innan då han vaknat på natten, kallsvettig, och trodde sig ha drabbats av en hjärtattack. Läkaren som undersökt honom hade sagt att det var en varning han hade fått. En varning om att något var alldeles fel i hans liv. Nu, efter ett år, kunde han bara konstatera att han egentligen inte hade gjort någonting för att ändra sin livsföring. Dessutom hade hans övervikt förvärrats med minst tre kilo.

Han drack kaffe vid köksbordet. Dimman låg tät över Ystad denna morgon. Men våren skulle snart ha kommit på allvar och han bestämde sig för att tala med Björk redan på måndagen om semesterplaneringen.

Kvart över sju lämnade han lägenheten efter att ha skrivit ner sitt direktnummer på en lapp och lagt den på köksbordet.

På gatan insveptes han av dimman. Den var så tät att han knappt kunde urskilja sin bil som stod parkerad ett stycke från huset. Han tänkte att han kanske borde låta den stå och promenera till polishuset.

Plötsligt anade han en rörelse på andra sidan gatan. Det var som om lyktstolpen hade svajat till.

Sedan upptäckte han att det var en människa som stod där, liksom han själv insvept i dimma.

I nästa sekund insåg han vem det var. Goli hade återkommit till Ystad.

19

Jan Kleyn hade en svaghet, som var en väl bevarad hemlighet.

Hon hette Miranda och var svart som korpens skugga.

Hon var hans hemlighet, den avgörande kontrapunkten i hans liv. För alla som kände Jan Kleyn skulle hon ha varit en omöjlighet. Hans kollegor inom underrättelsetjänsten skulle ha avfärdat alla rykten om hennes existens som orimliga fantasier. Jan Kleyn var en av de sällsynta solar som ansågs alldeles fri från fläckar.

Men en fanns och hon hette Miranda.

De var jämngamla och hade vetat om varandras existens alltsedan de varit barn. Men de hade inte växt upp tillsammans. De hade levt i två skilda världar. Mirandas mor Matilda hade varit tjänstekvinna i Jan Kleyns föräldrahem, den stora vita villan som låg på en höjd utanför Bloemfontein. Själv hade hon bott några kilometer därifrån, i ett plåtskjul bland andra, där afrikanerna hade sina hem. Varje morgon, tidigt i gryningen, hade hon strävat uppför den mödosamma backen till den vita villan där hon började sin arbetsdag med att servera familjen frukost. Uppförsbacken var som en botgöring för brottet hon begått genom att födas svart. Jan Kleyn, liksom hans syskon, hade haft speciella tjänare som bara var till för att passa upp på barnen. Men han hade ändå haft för vana att ty sig speciellt till Matilda. En dag när han var elva år hade han plötsligt börjat undra över varifrån hon kom varje morgon och vart hon återvände när arbetsdagen var slut. Som ett led i ett otillåtet äventyr – han var förbjuden av sin far att lämna den muromgärdade trädgården ensam – hade han följt efter henne i hemlighet. Det var första gången han på nära håll hade sett de sammangyttrade plåtskjulen där de afrikanska familjerna bodde. Han hade naturligtvis känt till att de svarta levde under helt andra förhållanden än han själv. Ständigt hade han av sina föräldrar fått höra att det var en naturgiven nödvändighet att vita och svarta levde olika. Vita, som Jan Kleyn, var människor. De svarta hade ännu inte blivit det. Någon gång i en avlägsen framtid skulle de kanske kunna uppnå samma nivå som de vita. Deras hud skulle ljusna, deras förstånd öka, och allt skulle vara ett resultat av de vitas tålmodiga uppfostran. Ändå hade han kanske inte föreställt sig att deras hus skulle vara så usla som de han såg framför sig.

Men det var också någonting annat som fångade hans uppmärksamhet. Matilda möttes av en flicka i hans egen ålder, långbent och mager. Det måste vara Matildas dotter. Tidigare hade han aldrig reflekterat över att Matilda kunde ha egna barn. Nu insåg han för första gången att Matilda hade en familj, ett liv utanför arbetet i hans hem. Det var en upptäckt som berörde honom illa. Han upptäckte att han blev arg. Det var som om Matilda hade lurat honom. Alltid hade han trott att hon bara var till för honom.

Två år senare dog Matilda. Miranda hade aldrig berättat den exakta dödsorsaken för honom, bara att någonting hade tärt henne inifrån tills livet hade lämnat henne ifrån sig. Matildas hem och familj hade splittrats. Mirandas far hade tagit med sig två söner och en dotter till sina avlägsna hemtrakter, det karga gränslandet mot Lesotho. Meningen var att Miranda skulle växa upp hos en av Matildas systrar. Men Jan Kleyns mor hade i ett anfall av oväntad omtanke beslutat att ta sig an Miranda. Hon skulle bo hos trädgårdsmästaren som hade ett litet hus i ett undanskymt hörn av den stora trädgården. Miranda skulle läras upp att överta sin mors arbetsuppgifter. På så sätt skulle Matildas ande finnas kvar i den vita villan. Jan Kleyns mor var inte för inte boer. För henne var bevarande av traditioner en garanti för familjens och afrikaanersamhällets fortbestånd. Att ha samma tjänarfamilj, generation efter generation, bidrog till känslan av oföränderlighet och stabilitet.

Jan Kleyn och Miranda fortsatte att växa upp i närheten av varandra. Men avståndet var oförändrat. Även om han såg att hon var mycket vacker, var den svarta skönheten något som egentligen inte existerade. Det tillhörde det han hade lärt sig var förbjudet. Han hörde i hemlighet hur jämnåriga berättade många historier om hur vita *boere* reste till grannlandet Moçambique, den portugisiska kolonin, under veckoslut, för att kunna gå till sängs med svarta kvinnor. Men han tänkte att det bara bekräftade den sanning han hade lärt sig att aldrig ifrågasätta. Därför fortsatte han också att se Miranda utan att egentligen vilja upptäcka henne, när hon serverade honom frukost på altanen. Men hon hade börjat förekomma i hans drömmar. Drömmarna var våldsamma och gjorde honom upprörd när han mindes dem dagen efter. I drömmarna var verkligheten förvandlad. Där inte bara uppfattade han Mirandas skönhet, där bejakade han den. I drömmarna tilläts han att älska henne, och de flickor av boerfamiljer han annars umgicks med bleknade bort inför Matildas dotter.

Deras första egentliga möte skedde när de båda var nitton år. Det var en söndag i januari när alla utom Jan Kleyn hade rest till en släktmiddag i Kimberley. Han hade inte kunnat åka eftersom han fortfarande kände sig matt och nerstämd efter ett långvarigt malariaanfall. Han satt på altanen, Miranda var den enda tjänstekvinnan i huset, och plötsligt, reste han sig och gick ut till henne i köket. Långt senare skulle han ofta tänka att han egentligen aldrig någonsin efter det hade lämnat henne. Han hade blivit kvar i köket. I det ögonblicket hade hon tagit herraväldet över honom. Helt skulle han aldrig komma att återerövra det.

Två år senare blev hon gravid.

Han gick då på Randuniversitetet i Johannesburg. Kärleken till Miranda var hans passion och på samma gång hans skräck. Han insåg att han var en förrädare mot sitt folk och sina traditioner. Ofta försökte han bryta all kontakt med henne, tvinga sig ifrån den förbjudna kärleken. Men han förmådde inte. De träffades i hemlighet, ögonblick dominerade av rädsla för att någon skulle upptäcka dem. När hon talade om för honom att hon var gravid, hade han slagit till henne. I nästa ögonblick hade han förstått att han aldrig skulle kunna leva utan henne, även om han inte heller kunde leva öppet med henne. Hon hade slutat sin tjänst i den vita villan. Han hade ordnat plats åt henne i Johannesburg. Med hjälp av engelska vänner från universitetet som hade en annan syn på förhållanden med svarta kvinnor, köpte Jan Kleyn ett litet hus i Bezuidenhout Park i östra Johannesburg. Där lät han henne bo under sken av att vara tjänstekvinna åt en engelsman som för det mesta vistades på sin gård i Syd-Rhodesia. Där kunde de träffas och där, i Bezuidenhout Park, föddes också deras dotter som de utan att behöva tala om saken döpte till Matilda. De fortsatte att träffas, fick inga fler barn, och Jan Kleyn gifte sig aldrig med en vit kvinna, till sina föräldrars sorg och ibland även förbittring. En boer som inte bildade familj och fick många barn var en avvikande, en som inte lydde de regler som afrikaanertraditionen påbjöd. Jan Kleyn blev alltmer en gåta för sina föräldrar, och han insåg att han aldrig någonsin skulle kunna förklara att han älskade tjänstekvinnan Matildas dotter Miranda.

Jan Kleyn låg i sängen och tänkte på allt detta, denna lördags-morgon den 9 maj. På kvällen skulle han besöka huset i Bezuiden-hout Park. Det var en vana han betraktade som helig. Det enda som kunde hindra honom var något som hade med hans arbete i under-rättelsetjänsten att göra. Just denna lördag visste han att besöket i Bezuidenhout skulle bli kraftigt försenat. Ett viktigt möte med Franz Malan väntade. Det kunde inte uppskjutas.

Han hade som vanligt vaknat tidigt denna lördagsmorgon. Jan Kleyn la sig sent och vaknade tidigt. Han hade disciplinerat sig att klara sig med få timmars sömn. Men just denna morgon unnade han sig att ligga kvar i sängen och dra sig. Från köket hörde han svaga ljud från sin tjänare Moses som förberedde frukosten.

Han tänkte på telefonsamtalet som kommit strax efter midnatt. Konovalenko hade äntligen gett honom det besked han väntat på. Victor Mabasha var död. Det hade inte bara inneburit att ett pro-blem hade upphört att existera. Det innebar också att de tvivel han hade hyst de senaste dagarna över Konovalenkos kapacitet hade försvunnit.

Klockan tio skulle han träffa Franz Malan i Hammanskraal. Ti-den var mogen att fatta beslut om när och var attentatet skulle ske. Victor Mabashas ersättare var också utsedd. Jan Kleyn tvivlade inte på att han ånyo hade fattat ett riktigt beslut. Sikosi Tsiki skulle göra vad som krävdes av honom. Valet av Victor Mabasha hade inte varit en missbedömning. Jan Kleyn visste att det fanns osynliga skikt hos alla människor, även de som var de mest kompromisslösa. Därför hade han beslutat att låta Konovalenko testa den man som blivit utsedd. Victor Mabasha hade blivit vägd på Konovalenkos våg och befunnen för lätt. Sikosi Tsiki skulle genomgå samma prov. Jan Kleyn kunde inte föreställa sig att två personer i rad skulle visa sig för svaga.

Strax efter halv nio lämnade han sitt hus och for mot Hammans-kraal. Röken låg tung över det afrikanska slumområdet vid sidan av motorvägen. Han försökte föreställa sig att Miranda och Matil-da skulle ha tvingats leva där, bland plåtskjul, herrelösa hundar, ständigt med den stickande träkolselden i ögonen. Miranda hade haft tur som undsluppit slummens inferno. Hennes dotter Matilda hade ärvt hennes tur. Genom Jan Kleyns försorg, hans eftergift till den förbjudna kärleken, hade de sluppit dela sina afrikanska syst-rars och bröders hopplösa liv.

Jan Kleyn tänkte att hans dotter hade ärvt sin mors skönhet. Men det fanns en skillnad som pekade mot framtiden. Matilda var ljusare i hyn än sin mor. När hon en gång fick barn med en vit man skulle processen fortsätta. I en framtid, bortom hans eget liv, skulle hans efterlevande föda barn vars utseende aldrig skulle avslöja att det i det förgångna funnits svart blod.

Jan Kleyn tyckte om att köra bil och tänka på framtiden. Han hade aldrig förstått de som menade att det var omöjligt att sia om hur den skulle bli. För honom skapades framtiden i just detta ögonblick.

Franz Malan stod på verandan i Hammanskraal och väntade när Jan Kleyn svängde upp på gårdsplanen. De tog i hand och gick genast in till det väntande bordet med den gröna filtduken.

– Victor Mabasha är död, sa Jan Kleyn när de hade satt sig.

Ett brett leende spred sig i Franz Malans ansikte.

– Jag undrade just, sa han.

– Konovalenko dödade honom igår, sa Jan Kleyn. Svenskarna har alltid gjort utmärkta handgranater.

– Vi har dom här i landet, sa Franz Malan. Det är alltid besvärligt att få tag på dom. Men våra mellanhänder brukar lösa problemen.

– Det är väl det enda vi kan tacka rhodesierna för, sa Jan Kleyn.

Han erinrade sig hastigt det han hört om det som hade utspelats i Syd-Rhodesia för snart trettio år sedan. Som ett led i utbildningen till sitt värv inom underrättelsetjänsten hade han av en gammal officer hört om hur de vita i Syd-Rhodesia lyckats kringgå de världsomspännande sanktioner de utsatts för. Det hade lärt honom att politiker alltid har smutsiga händer. De som spelar om makten upprättar och bryter regler alltefter hur spelet utvecklas. Trots de sanktioner som alla länder i världen anslöt sig till, utom Portugal, Taiwan, Israel och Sydafrika, hade Syd-Rhodesia aldrig lidit brist på de varor de behövde importera. Deras export hade heller aldrig upplevt något egentligt avbräck. Inte minst hade detta berott på amerikanska och sovjetiska politiker som diskret hade flugit in till Salisbury och erbjudit sina tjänster. De amerikanska politikerna hade mest varit senatorer från södern, som ansett det vara viktigt att stödja den vita minoriteten i landet. Genom sina kontakter hade grekiska och italienska affärsmän, hastigt upprättade flygbolag och ett sinnrikt nät av mellanhänder, tagit på sig uppgiften att i hemlighet upphäva sanktionerna. På sitt håll hade ryska politiker genom likartade insatser garanterat sig tillgång till vissa av de rhodesiska metaller de behövde till sina industrier. Snart hade bara ett sken av isoleringen återstått. Men politiker världen över hade fortsatt att stå i talarstolarna och fördöma den vita rasistiska regimen och hävda sanktionernas förträfflighet.

Senare hade Jan Kleyn insett att det vita Sydafrika på samma sätt hade många vänner i världen. Det stöd som utgick var mindre iögonfallande än det som de svarta mottog. Men Jan Kleyn betvivlade inte att det som skedde i tysthet var minst lika värdefullt som det stöd som proklamerades på gator och torg. Det som pågick var en kamp på liv och död där alla medel efter hand blivit tillåtna.

– Ersättaren? undrade Franz Malan.

– Sikosi Tsiki, svarade Jan Kleyn. På den lista jag upprättade tidigare stod han som nummer två. Han är tjugoåtta år gammal, född utanför East London. Han har lyckats med bedriften att bli utesluten ur både ANC och Inkatharörelsen. I båda fallen för bristande lojalitet och för stölder. Numera hyser han ett hat jag vill kalla fanatiskt mot båda organisationerna.

– Fanatiker, sa Franz Malan. Det brukar alltid finnas något som inte helt går att kontrollera hos fanatiska människor. De agerar med dödsförakt. Men följer inte alltid uppgjorda planer.

Jan Kleyn irriterades av Franz Malans mästrande ton. Men han lyckades dölja det när han svarade.

– Det är jag som kallar honom fanatisk, sa han. Det betyder inte att han lever upp till att vara det. Han är en man vars kallblodighet knappast är mindre än din eller min.

Franz Malan lät sig nöja med svaret. Han hade som vanligt ingen orsak att misstro det Jan Kleyn sa.

– Jag har talat med dom övriga vännerna i kommittén, fortsatte Jan Kleyn. Jag begärde omröstning eftersom det trots allt var en ersättare som skulle väljas. Ingen hade avvikande åsikt.

Franz Malan kunde se kommittémedlemmarna framför sig. Hur de satt runt det ovala valnötsbordet och långsamt lyfte handen en efter en. Slutna omröstningar förekom aldrig. Öppenheten i besluten var nödvändig för att förtroendet aldrig skulle svikta. Frånsett viljan att med drastiska metoder försvara boernas och ytterst alla vitas rättigheter i Sydafrika hade kommitténs medlemmar lite eller ingenting med varandra att göra. Fascistledaren Terrace Blanche sågs med illa dolt förakt av många av de övriga i kommittén. Men hans närvaro var nödvändig. Diamantfamiljen de Beers representant, en äldre man, som ingen någonsin sett skratta, omgavs av den kluvna respekt som stor rikedom ofta gav upphov till. Domaren Pelser, som var Brödraskapets representant, var en man vars människoförakt var ökänt. Men han hade stort inflytande och blev sällan motsagd. General Stroesser slutligen, från flygvapnets översta kommando, var en man som inte gärna omgav sig med civila tjänstemän eller gruvägare.

Men de hade röstat för att ge Sikosi Tsiki uppdraget. Därmed skulle han själv och Jan Kleyn fortsätta planeringen.

– Sikosi Tsiki reser redan om tre dar, sa Jan Kleyn. Konovalenko är beredd att ta emot honom. Han flyger via Amsterdam till Köpenhamn på ett zambiskt pass. Sen blir han hämtad med båt över till Sverige.

Franz Malan nickade. Nu var det hans tur. Han tog upp ett antal svartvita, uppförstorade fotografier och en karta ur sin portfölj. Fotografierna hade han själv tagit och framkallat i det laboratorium han hade installerat i sitt hem. Kartan hade han kopierat på sin arbetsplats när ingen hade sett honom.

– Fredagen den 12 juni, började han. Den lokala polisen räknar med minst fyrti tusen åhörare. Mycket talar för att det kan vara ett lämpligt tillfälle för oss att slå till. För det första finns det en bergshöjd, Signal Hill, strax söder om stadion. Avståndet är cirka 700 meter till den plats där talarstolen kommer att stå. Bergshöjden är inte bebyggd. Men det finns en körbar väg dit upp från södra sidan. Sikosi Tsiki ska inte behöva få några problem vare sig när han åker dit eller beger sig därifrån. Om det blir nödvändigt kan han också hålla sig gömd däruppe och ta sig nerför bergsslänten senare och blanda sig med de svarta i det kaos som kommer att uppstå.

Jan Kleyn betraktade omsorgsfullt fotografierna. Han väntade på fortsättningen.

– Mitt andra argument, sa Franz Malan, är att attentatet skulle utföras i hjärtat av det vi kan kalla den engelska delen av vårt land. Afrikaner reagerar primitivt. Deras första tanke kommer att vara att det är någon från Kapstaden som har utfört attentatet. Ursinnet kommer att riktas mot dom som bor i staden. Alla dessa liberala engelsmän som vill dom svarta så väl kommer att tvingas inse vad dom har att vänta sig om dom svarta tar makten i landet.

Det kommer att underlätta betydligt för oss att sätta igång mot-reaktionen.

Jan Kleyn nickade. Han hade tänkt samma tanke. Han övervägde hastigt vad Franz Malan hade sagt. Hans erfarenhet var att alla planer var behäftade med någon form av svaghet.

– Vad talar emot? frågade han.

– Jag har svårt att hitta nånting, svarade Franz Malan.

– Det finns alltid en svag punkt, sa Jan Kleyn. Innan vi har hittat den kan vi inte fatta beslutet.

– Jag kan bara tänka mig en sak som skulle kunna inträffa, sa Franz Malan efter en stunds stillhet. Att Sikosi Tsiki missar.

Jan Kleyn hajade till.

– Han missar inte, sa han. Jag väljer människor som träffar sina mål.

– 700 meter är trots allt långt, sa Franz Malan. Ett plötsligt vindkast, en ofrivillig ryckning i armen. En solreflex som ingen kunnat förutsäga. Skottet går några centimeter vid sidan. Någon annan blir träffad.

– Det får bara inte hända, sa Jan Kleyn.

Franz Malan tänkte att de kanske inte skulle lyckas hitta den svaga punkten i den plan de höll på att lägga. Men han hade funnit en svag punkt hos Jan Kleyn. När de rationella argumenten blev otillräckliga hänvisade han till en ödesbestämd utgångspunkt. Att något bara inte fick hända.

Men han sa ingenting.

En tjänare serverade te. Sedan gick de igenom planen på nytt. Skärskådade detaljer, noterade frågor som måste besvaras. Först när klockan närmade sig fyra på eftermiddagen insåg de att de inte kunde komma längre.

– Det är idag nästan exakt en månad till den 12 juni, sa Jan Kleyn. Det betyder att vår tid att fatta beslutet är begränsad. Nästa fredag måste vi avgöra om det ska ske i Kapstaden eller inte. Till dess måste alla överväganden vara gjorda, alla frågor ha blivit besvarade. Vi träffas här igen på morgonen den 15 maj. Jag kallar sen hela kommittén till klockan tolv. Under veckan som kommer måste vi båda gå igenom planen, var och en för sig, och söka efter sprickor och svagheter. Styrkan känner vi redan, dom goda argumenten. Nu måste vi söka dom dåliga.

Franz Malan nickade. Han hade ingenting att invända.

De tog avsked och lämnade huset i Hammanskraal med tio minuters mellanrum.

Jan Kleyn for raka vägen till huset i Bezuidenhout Park.

Miranda Nkoyi betraktade sin dotter. Hon satt på golvet och stirrade rakt ut i luften. Men Miranda såg att blicken inte var tom utan seende. När hon betraktade sin dotter kunde hon ibland, som i ett hastigt övergående yrselanfall, tycka sig känna igen sin mor. Så ung, knappt sjutton år, hade hennes mor varit då hon fött Miranda. Nu var hennes egen dotter i samma ålder.

Vad är det hon ser? tänkte Miranda. Ibland kunde hon känna en kall rysning när hon kände igen drag som också fanns hos Matildas far. Framförallt blicken som förlorat sig i sammanbiten koncentration trots att det bara var luft hon hade framför sig. Det inre seende som ingen annan kunde förstå.

– Matilda, sa hon varsamt, som för att med mildhet återföra henne till det rum där hon själv befann sig.

Flickan bröt häftigt sin koncentration och såg henne stint i ögonen.

– Jag vet att min far kommer snart, sa hon. Eftersom du inte tilllåter mig att hata honom när han är här gör jag det medan jag väntar. Du kan bestämma när. Men du kan aldrig ta hatet ifrån mig.

Miranda hade lust att ropa att hon förstod hennes känsla. Hon hade den ofta själv. Men hon kunde inte. Hon var som sin mor, den äldre Matilda, som sörjde sig ut ur den ständiga förödmjukelsen att inte tillåtas leva ett fullvärdigt liv i sitt eget land. Miranda visste att hon hade mjuknat som hon, tystnat i en vanmakt som hon bara kunde uppväga genom att ständigt förråda den som var hennes dotters far.

Snart, tänkte hon. Snart måste jag berätta för min dotter att hennes mor ändå har bevarat något av livets krafter. Jag måste berätta för att erövra henne igen, visa att avståndet ändå inte är som avgrunden mellan oss.

Matilda tillhörde i all hemlighet ANC:s ungdomsorganisation. Hon var aktiv och hade redan flera förtroendeuppdrag. Vid mer än ett tillfälle hade hon tagits av polisen. Miranda gick i en ständig skräck för att hon skulle bli skadad eller dödad. Varje gång de svartas kistor bars i de sjungande, böljande begravningstågen bad hon till alla de gudar hon trodde på att skona hennes dotter. Hon vände sig till den kristna guden, till förfädernas andar, till sin döda mor, till den *songoma* hennes far alltid hade talat om. Men hon kände sig aldrig övertygad om att de verkligen hörde henne. Bönen gav henne bara lindring genom att göra henne utmattad.

Miranda förstod sin dotters kluvna vanmakt över att ha en boer till far, av att vara avlad av fienden. Det var som att ha blivit tillfogad ett dödligt sår redan vid tillblivelsen.

Ändå visste hon att en mor aldrig kan känna ånger för sitt eget barn. Den gången, för sjutton år sedan, hade hon älskat Jan Kleyn lika lite som idag. Matilda var avlad i underkastelse och rädsla. Det var som om den säng de legat i hade svävat i ett ensamt, lufttomt universum. Efteråt hade hon inte orkat kasta av sig underkastelsen. Barnet skulle födas, det hade en far, och han organiserade ett liv åt henne, ett hus i Bezuidenhout, pengar att leva för. Hon var från början fast besluten att inte få något mer barn med honom. Om det blev nödvändigt skulle Matilda bli hennes enda avkomma, även om hennes afrikanska hjärta skrek vid tanken. Jan Kleyn hade aldrig öppet önskat ytterligare barn med henne, hans krav på hennes deltagande i kärlek var ständigt lika ihåligt. Hon lät honom komma till sig under nätterna och kunde uthärda eftersom hon hade lärt sig att hämnas genom att förråda honom.

Hon betraktade sin dotter som åter hade förlorat sig i en värld dit hon aldrig släppte in sin mor. Hon såg att dottern hade ärvt hennes egen skönhet. Den enda skillnaden var att hennes hy var ljusare. Hon hade ibland undrat vad Jan Kleyn skulle ha sagt om han vetat att hans dotter mest av allt önskade sig en mörkare hy.

Även min dotter förråder honom, tänkte Miranda. Men vårt förräderi är inte ondska. Det är den livlina vi krampaktigt håller oss fast i när Sydafrika brinner. Ondskan är helt och hållet hans. En dag kommer den att förgöra honom. Den frihet vi får kommer inte i första hand att vara en röstsedel i handen, utan en befrielse från inre kedjor som hållit oss fångna.

Bilen stannade på uppfarten vid garaget.

Matilda reste sig och såg på sin mor.

– Varför har du aldrig dödat honom? frågade hon.

Det var hans röst i hennes som Miranda hörde. Men hon hade försäkrat sig om att hennes hjärta inte var som en boers. Utseendet, hennes ljusa hud, hade hon inte kunnat göra något åt. Men hon hade försvarat hennes hjärta, hett, outtröttligt. Den skansen, om så den sista, skulle Jan Kleyn aldrig kunna inta.

Det skamliga var att han ingenting tycktes märka. Varje gång han kom till Bezuidenhout var bilen fullastad med matvaror, för att hon skulle laga en *braai* åt honom, exakt som hon kunde minnas från den vita villan när han växte upp. Han hade aldrig förstått att han gjorde om henne till hennes egen mor, den förslavade tjänstekvinnan. Han förstod aldrig att han tvingade henne att uppträda i olika roller: matlagerskan, älskarinnan, kvinnan som borstade hans kläder. Han såg inte sin dotters sammanbitna hat. Han såg en värld, orörlig, förstenad, som han uppfattade det som sin livsuppgift att försvara. Det falska, förljugna, den bottenlösa osanning som hela landet vilade på, såg han inte.

– Är allt som det ska? frågade han när han ställt ifrån sig matpåsarna i tamburen.

– Ja, svarade Miranda. Allt är bra.

Sedan lagade hon *braai* medan han försökte tala med sin dotter som gömde sig i rollen av att vara blyg och försagd. Han försökte stryka henne över håret och genom köksdörren såg Miranda hur dottern stelnade. De åt måltiden, afrikaanerkorvarna, de grova köttbitarna, kålsalladerna. Miranda visste att Matilda skulle gå ut på toaletten och tvinga sig att kräkas upp allt när måltiden var över. Sedan ville han tala om det som ingenting betydde, om huset, om tapeterna, om trädgården. Matilda försvann till sitt rum, Miranda var ensam med honom, och hon gav de svar han förutsatte. Sedan gick de till sängs. Hans kropp var så het som bara den frysande kan vara. Dagen efter skulle vara söndag. Eftersom de inte kunde ses tillsammans tog de sin promenad innanför husets väggar, gick runt, runt varandra, åt och satt tysta. Matilda brukade fly så fort hon kunde och inte återkomma förrän han hade rest. Först på måndagen skulle allt börja återgå till det normala igen.

När han hade somnat och hans andhämtning hade blivit lugn och regelbunden, reste hon sig försiktigt ur sängen. Hon hade lärt sig hur hon skulle kunna röra sig absolut ljudlöst i sovrummet. Hon gick ut i köket men lämnade dörren öppen så att hon hela tiden kunde kontrollera att han inte vaknade. Ett glas med vatten som hon redan tidigare gjort i ordning var hennes förklaring om han skulle vakna och undra varför hon var uppe.

Som vanligt hade hon hängt upp hans kläder på en stol i köket. Den stod så placerad att den inte kunde ses från sovrummet. Han hade någon gång frågat henne varför hon alltid hängde upp hans kläder i köket och inte i sovrummet. Hon hade förklarat att hon ville borsta av dem åt honom varje morgon innan han klädde sig.

Försiktigt kände hon igenom hans fickor. Hon visste att plånboken fanns i vänster innerficka på kavajen och att nycklarna låg i höger byxficka. Den pistol han alltid bar låg på bordet intill sängen.

För det mesta hittade hon ingenting mer i hans fickor. Men just denna kväll låg där ett papper där något stod skrivet med den handstil hon kände igen som hans. Med ett öga på sovrummet memorerade hon hastigt det som stod skrivet.

Kapstaden, läste hon.

12 juni.

Avstånd till platsen? Vindförhållanden? Vägar?

Hon stoppade tillbaka pappret där hon hade hittat det när hon var säker på att hon hade vikt det på samma sätt som när hon tagit fram det.

Vad orden på lappen betydde kunde hon inte förstå. Men hon skulle ändå göra som hon blivit tillsagd att göra när hon hittade någonting i hans fickor. Hon skulle berätta det för mannen hon alltid träffade dagen efter att Jan Kleyn hade varit hos henne. Tillsammans med sina vänner skulle de försöka tyda vad orden betydde.

Hon drack upp vattnet och gick tillbaka till sängen.

Det hände att han talade i sömnen. När han gjorde det skedde det nästan alltid inom en timme efter det att han hade somnat. Även de ord han ömsom mumlade, ömsom ropade, skulle hon minnas och berätta för den man hon träffade dagen efter. Han skulle skriva ner allt hon kunde komma ihåg, liksom allt annat som hade hänt under Jan Kleyns besök. Ibland berättade han var han kom från, ibland också vart han skulle. Men oftast sa han ingenting. Aldrig hade han medvetet eller av misstag avslöjat något om sitt arbete inom underrättelsetjänsten.

För länge sedan hade han sagt att han arbetade som byrådirektör på justitiedepartementet i Pretoria.

Sedan, när hon blivit kontaktad av mannen som ville ha informationer, och av honom lärt sig att Jan Kleyn arbetade för landets hemliga polis, hade hon fått besked om att aldrig yppa att hon visste vad han höll på med.

Jan Kleyn lämnade hennes hus på söndagskvällen. Miranda vinkade när han for.

Det sista han sa var att han skulle komma tillbaka sent på eftermiddagen påföljande fredag.

Han satt i bilen och tänkte att han såg fram mot den kommande veckan. Planen hade börjat få konturer. Han hade allt som skulle hända under kontroll.

Vad han dock inte visste var att Victor Mabasha fortfarande levde.

På kvällen den 12 maj, exakt en månad innan han skulle utföra attentatet mot Nelson Mandela, reste Sikosi Tsiki från Johannesburg med KLM:s ordinarie flight till Amsterdam. Liksom Victor Mabasha hade Sikosi Tsiki länge grubblat över vem som skulle vara hans offer. I motsats till Victor Mabasha hade han dock inte kommit fram till att det måste vara president de Klerk. Han lämnade till sist frågan öppen.

Att det kunde handla om Nelson Mandela hade han överhuvudtaget inte reflekterat över.

Onsdagen den 13 maj, strax efter klockan sex på eftermiddagen, lade en fiskebåt till vid en kaj i Limham.

Sikosi Tsiki hoppade iland. Fiskebåten vände genast och stävade tillbaka mot Danmark.

På kajen stod en osedvanligt fet man och tog emot honom.

Just den eftermiddagen blåste en sydvästlig storm in över Skåne. Först på kvällen dagen efter mojnade vinden.

Sedan kom värmen.

20.

Strax efter klockan tre på söndagseftermiddagen satt Peters och Norén i sin patrullbil och körde genom Ystads centrala gator. De väntade på att deras pass skulle ta slut. Dagen hade varit lugn och de hade bara behövt göra ett enda ordentligt ingripande. Strax före klockan tolv hade de fått larm om att en naken man höll på att riva ett hus ute i Sandskogen. Det var hans fru som hade ringt. Hon hade förklarat att mannen fått ett raseriutbrott över att ständigt behöva hålla på att ägna all fritid åt att laga svärföräldrarnas sommarhus. För att få fred i livet skulle han nu riva det. Hon hade förklarat att han hellre ville sitta vid en stilla insjö och meta.

– Ni får åka dit och lugna ner mannen, sa operatören på larmcentralen.

– Vad kallas det? frågade Norén som hade hand om radion medan Peters körde. Förargelseväckande beteende?

– Det finns ingenting som heter det längre, svarade operatören. Men om det är svärföräldrarnas hus måste det väl kunna kallas egenmäktigt förfarande. Strunta i vad det heter. Lugna bara ner honom. Det är det viktigaste.

De for mot Sandskogen utan att öka farten.

– Jag tror jag förstår honom, sa Peters. Att ha eget hus kan vara ett elände. Det är alltid nånting man borde ha gjort. Men som man inte hinner. Eller som är för dyrt. Att hålla på med andras hus på samma sätt kan inte vara bättre.

– Förmodligen borde vi istället hjälpa honom med att riva huset, sa Norén.

De letade sig fram till den rätta adressen. En folksamling hade uppstått på vägen utanför staketet. Norén och Peters steg ur bilen och betraktade den nakne mannen som klättrade omkring på hustaket och slet bort plåtar med en kofot. Samtidigt kom hustrun springande. Norén kunde se att hon hade gråtit. De lyssnade på hennes osammanhängande förklaring till vad som hade hänt. Det viktigaste var att de kunde konstatera att han inte hade lov att göra det han gjorde.

De gick fram till huset och ropade upp till mannen som satt

gränsle över taknocken. Han hade varit så koncentrerad på takplåtarna att han inte hade upptäckt polisbilen. När han nu såg Peters och Norén blev han så överraskad att han tappade kofoten. Den kom dansande över taket och Norén var tvungen att hoppa undan för att inte träffas.

– Försiktigt med den där! ropade Peters. Jag tror det är bäst du kommer ner. Du har inte lov att riva det här huset.

Till deras förvåning lydde mannen omedelbart. Han släppte stegen han dragit upp efter sig och klättrade ner. Hustrun kom springande med en badrock som han satte på sig.

– Tänker ni anhålla mig? frågade mannen.

– Nej, sa Peters. Men du får låta bli att riva det här huset. Ärligt talat så tror jag knappast de kommer att be dig reparera det mer.

– Jag vill bara meta, sa mannen.

De for tillbaka genom Sandskogen. Norén rapporterade in till larmoperatören.

Just när de skulle svänga ut på Österleden hände det.

Det var Peters som upptäckte bilen. Den kom från motsatt håll och han kände genast igen både färgen och kombinationen på nummerplåten.

– Här kommer Wallander, sa han.

Norén tittade upp från sitt rapportblock.

När bilen körde förbi tycktes inte Wallander se dem. Det var i så fall mycket egendomligt eftersom de åkte i en polisbil med blåvita färger. Vad som däremot hade fångat de två polisernas uppmärksamhet var inte i första hand Wallanders frånvarande ögon.

Det var mannen som hade suttit i sätet intill. Han hade varit svart.

Peters och Norén såg på varandra.

– Satt det inte en neger i bilen? sa Norén.

– Jo, svarade Peters. Visst var han svart.

De tänkte båda på det avhuggna finger de hittat några veckor tidigare och på den svarte man som också blivit efterlyst över hela landet.

– Wallander måste ha gripit honom, sa Norén tveksamt.

– Varför kör han då åt det här hållet? invände Peters. Och varför stannar han inte när han får syn på oss?

– Det var som om han inte ville se oss, sa Norén. Det är som med barn. Om dom blundar tror dom att ingen kan se dom.

Peters nickade.

– Tror du han har problem?

– Nej, sa Norén. Men var har han lyckats hitta negern?

Sedan blev de avbrutna av ett larm om en övergiven motorcykel som kunde misstänkas vara stulen ute i Bjäresjö. När de hade avslutat sitt pass återvände de till polishuset. Till deras förvåning fick de veta att Wallander inte hade visat sig när de frågade efter honom i kafferummet. Peters skulle just berätta om deras möte när han såg att Norén hastigt la ena fingret över läpparna.

– Varför skulle jag inte säga nånting? frågade han när de satt i omklädningsrummet och gjorde sig färdiga för att åka hem.

– Om Wallander inte har visat sig måste det betyda nånting, sa Norén. Vad det betyder har varken du eller jag nånting med att göra. Dessutom kan det ju vara en helt annan neger. Martinson berättade nån gång att Wallanders dotter höll ihop med en afrikan. Det kan ha varit han, vad vet vi?

– Jag tycker ändå det är konstigt, vidhöll Peters.

Den känslan hade han även när han kommit hem till radhuset som låg vid utfarten mot Kristianstad. När han hade ätit middag och lekt en stund med sina barn gick han ut med hunden. Eftersom Martinson bodde i samma bostadsområde hade han bestämt sig för att ringa på hos honom och berätta vad han och Norén hade sett. Hunden var en labradortik och Martinson hade nyligen frågat om han kunde få ställa sig på kö när det kom valpar.

Det var Martinson själv som öppnade. Han ville att Peters skulle komma in.

– Jag ska strax gå hem, sa Peters. Men det var en sak jag ville tala med dig om. Har du tid?

Martinson som hade förtroendeuppdrag inom folkpartiet och hoppades på en framtida plats i kommunfullmäktige hade läst några tråkiga politiska rapporter som partiet skickat till honom. Han satte genast på sig en jacka och följde med ut. Peters berättade vad som hade hänt tidigare på eftermiddagen.

– Är du säker på det här? undrade Martinson när Peters hade tystnat.

– Vi kan inte ha sett fel båda två, sa Peters.

– Konstigt, sa Martinson tankfullt. Jag skulle ha fått veta det genast om det var afrikanen som mist ett finger.

– Kanske det var hans dotters pojkvän, försökte Peters.

– Wallander har berättat att det tog slut, svarade Martinson.

De gick tysta en stund och såg på hunden som drog i sitt koppel.

– Det var som om han inte ville se oss, sa Peters försiktigt. Och det kan ju bara betyda en sak. Att han inte ville att vi skulle upptäcka honom.

– Eller framförallt afrikanen som satt bredvid, sa Martinson frånvarande.

– Det har väl en naturlig förklaring, sa Peters. Jag vill ju inte påstå att Wallander håller på med nånting han inte ska.

– Naturligtvis inte, sa Martinson. Men det var bra att du berättade för mig.

– Jag vill ju inte fara omkring med skvaller, fortsatte Peters.

– Det här är inget skvaller, svarade Martinson.

– Norén blir så förbannad, sa Peters.

– Han får ingenting veta, svarade Martinson.

De skildes utanför Martinsons hus. Peters lovade att Martinson skulle få köpa en valp när den tiden hade kommit.

Martinson funderade på om han skulle ringa till Wallander. Sedan bestämde han sig för att vänta med att tala med honom till dagen efter. Med en suck lutade han sig åter över de oändliga politiska dokumenten.

När Wallander kom till polishuset dagen efter, strax före klockan åtta på morgonen, hade han ett svar klart på den fråga han visste skulle komma. Dagen innan, när han efter mycken tvekan hade bestämt sig för att ta med sig Victor Mabasha på en biltur, hade han ansett att risken att möta någon han kände eller någon från polisen som osannolik. Han hade kört vägar patrullbilarna sällan använde sig av. Men naturligtvis hade han stött ihop med Peters och Norén. Han hade upptäckt dem så sent att han inte hunnit säga åt Victor Mabasha att krypa ihop och göra sig osynlig. Inte heller hade han hunnit vika av åt något annat håll. I ögonvrån hade han sett att Peters och Norén hade upptäckt mannen vid hans sida. Det skulle krävas en förklaring av honom dagen efter, det hade han omedelbart insett. Samtidigt hade han förbannat sin otur och ångrat utfärden.

Det var som om det aldrig tog slut, hade han tänkt.

Sedan, när han hade lugnat sig, hade han åter sökt hjälp hos sin dotter.

– Herman Mboya måste återuppstå som din pojkvän, hade han sagt. Om nån skulle fråga. Vilket knappast är troligt.

Hon hade sett på honom och sedan skrattat uppgivet.

– Minns du vad du lärde mig när jag var barn? frågade hon. Att en lögn leder till nya lögner. Och till slut är härvan så stor att ingen längre kan säga vad som är sanning.

– Jag tycker lika illa om allt det här som du, svarade Wallander. Men snart är det över. Snart är han ute ur landet. Och vi kan glömma att han nånsin har varit här.

– Visst ska jag säga att Herman Mboya har kommit tillbaka, sa hon. Ibland önskar jag faktiskt att han hade det.

När Wallander steg in på polishuset på måndagsmorgonen hade han alltså en förklaring på varför en afrikan hade suttit bredvid honom i bilen under söndagseftermiddagen. I en situation där det mesta var komplicerat och hotade att glida honom ur händerna, föreföll det honom vara det minsta problemet. När han hade upptäckt Victor Mabasha på gatan på morgonen, insvept i dimma, mest av allt påminnande om en hägring, hade hans första impuls varit att hastigt återvända till lägenheten och begära hjälp från sina kollegor. Men någonting hindrade honom, något som gick på kontrakurs mot hans normala polisförnuft. Redan ute på kyrkogården i stockholmsnatten hade han fått en bestämd känsla av att det den svarte mannen sa var sant. Det var inte han som hade dödat Louise Åkerblom. Han hade kanske varit närvarande, men han hade varit oskyldig. Det var en annan man, en man som hette Konovalenko, och som också efteråt hade försökt döda honom. Möjligheten fanns att den svarte mannen som fått sitt finger avhugget hade försökt förhindra det som skedde på ödegården. Wallander hade grubblat oavbrutet på vad som låg bakom. Det var i den känslan han hade tagit med honom upp till lägenheten, väl medveten om att det kunde vara ett misstag. Wallander hade vid olika tillfällen använt sig av minst sagt okonventionella former i sitt umgänge med misstänkta eller överbevisade brottslingar. Vid flera tillfällen hade Björk sett sig föranlåten att påminna Wallander om vad reglementet sa om korrekt polisiärt uppträdande. Redan på gatan hade han dock begärt att den svarte mannen skulle lämna ifrån sig eventuella vapen. Han hade tagit emot pistolen och sedan känt igenom hans kläder. Den svarte mannen hade verkat egendomligt oberörd, som om han inte förväntat sig annat än att Wallander skulle bjuda in honom till sin bostad. För att inte visa sig alltför aningslös hade Wallander trots allt frågat hur han hade kunnat hitta fram till hans adress.

– På väg till kyrkogården, svarade mannen. Jag såg igenom din plånbok. Jag la din adress på minnet.

– Du överföll mig, sa han. Och nu söker du upp mig i mitt hem, många mil från Stockholm? Jag hoppas du har svar på dom frågor jag tänker ställa.

De satte sig i köket och Wallander drog igen dörren för att Linda inte skulle vakna. Efteråt skulle han minnas de timmar de satt mitt emot varandra vid bordet som ett av de märkligaste samtal han någonsin varit med om. Det var inte bara det att Wallander fick en första ordentlig inblick i den främmande värld i vilken Victor Mabasha hade sitt ursprung och dit han snart skulle återvända. Han tvingades också ställa sig frågan om hur en människa kunde vara sammansatt av så många oförenliga delar. Hur kunde man vara en kallblodig mördare som utövade sitt dödande som tjänsteförrättning, samtidigt som man var en tänkande och kännande människa med väl genomreflekterade politiska åsikter? Vad han däremot naturligtvis inte genomskådade var att samtalet ingick som ett led i ett bedrägeri där han blev lurad. Victor Mabasha hade insett vad som gällde. Hans förmåga att väcka trovärdighet kunde ge honom friheten att återvända till Sydafrika. Det var andarna som hade viskat till honom att han skulle söka upp polismannen som jagade Konovalenko och få hans hjälp med att lämna landet.

Det Wallander efteråt starkast skulle minnas var det Victor Mabasha hade berättat om en planta som bara växte i den namibiska öknen. Den kunde bli tvåtusen år gammal. Som en skyddande skugga la den sina långa blad över blomman och det sinnrikt sammansatta rotsystemet. Victor Mabasha betraktade den egenartade växten som en symbol för de krafter som stod emot varandra i hans hemland och som även kämpade om herraväldet inom honom själv.

– Människor lämnar inte ifrån sig sina privilegier frivilligt, sa han. Det har blivit en vana med så djupa rötter att privilegierna har blivit som en kroppsdel. Det är fel att tro att det skulle vara en rasmässig defekt. I mitt hemland är det dom vita som är bärare av denna vanans makt. Men i en annan situation kunde det lika gärna ha varit jag och mina bröder. Man kan aldrig bekämpa rasism med rasism. Men det som måste ske i mitt land, som har varit så sårat och sargat under hundratals år, är att underlägsenhetens vanor bryts. Dom vita måste inse att deras närmaste framtid består av att avstå. Dom måste lämna ifrån sig land till dom egendomslösa svarta som genom århundradena blivit fråntagna sin jord. Dom måste överföra den största delen av sin rikedom till dom som inget har, måste lära sig att betrakta svarta som människor. Barbariet har alltid mänskliga drag. Det är det som gör barbariet så omänskligt. Dom svarta som är vana att underkasta sig, att betrakta sig som en ingen bland andra som inga är, måste bryta sina vanor. Kanske underlägsenheten är den svåraste mänskliga skadan att hela? Den vanan gräver så djupt, deformerar hela människan, lämnar ingen kroppsdel orörd. Att gå från att vara en ingen till att uppleva sig som en någon är den längsta resa en människa kan göra. När man väl har lärt sig att uthärda sin underkastelse har det blivit en vana som dominerar hela ens liv. Och jag tror att en fredlig lösning är en illusion. Rasåtskillnaden i mitt land har nått en punkt där den redan börjat vittra eftersom den till slut blivit orimlig. Nya generationer av svarta har växt upp och dom vägrar att underkasta sig. Dom är otåliga, dom ser sammanbrottet komma. Men det går för långsamt. Det finns också många vita som tänker på samma sätt. Dom vägrar att acceptera privilegierna som innebär att dom måste leva som om alla svarta i deras land vore osynliga, inte existerade annat än som tjänstefolk eller en egendomlig djurart som hölls inspärrad i avsides belägna slumområden. I mitt land har vi stora djurparker där djuren blivit fredade. Vi har samtidigt stora människoparker där de som lever är ständigt ofredade. Djuren har det på så sätt bättre än människorna i mitt land.

Victor Mabasha tystnade och såg på Wallander som om han väntade sig att få frågor eller invändningar. Wallander tänkte att alla vita säkert var desamma för honom, vare sig de levde i Sydafrika eller inte.

– Många av mina svarta bröder och systrar tror att känslan av underlägsenhet kan besegras av sin motsats, överlägsenheten, fortsatte Victor Mabasha. Men det är naturligtvis fel. Det leder bara till motvilja och spänningar mellan olika grupper där det borde råda sämja. Inte minst kan det splittra en familj. Och du ska veta, kommissarie Wallander, att utan en familj så saknar man värde i mitt land. För afrikanen är familjen alltings utgångspunkt.

– Det trodde jag var era andar, avbröt Wallander.

– Andarna ingår i familjen, sa Victor Mabasha. Andarna är våra förfäder som vakar över oss. Dom lever som osynliga medlemmar av familjen. Vi glömmer aldrig att dom finns. Det är därför dom vita har begått ett sånt obeskrivligt brott när dom har tvingat oss bort från den jord där vi har levt i många generationer. Andar tycker inte om att tvingas lämna den jord som en gång var deras. Andarna avskyr ännu mer än dom levande dom bostadsområden dom vita har tvingat oss att leva i.

Han tystnade tvärt, som om de ord han just uttalat hade gett honom en insikt så förfärande, att han hade svårt att tro det han själv hade sagt.

– Jag växte upp i en familj som splittrades redan från början, sa han efter en lång tystnad. Dom vita visste att dom kunde försvaga oss genom att bryta sönder familjen. Jag kunde se på mina syskon hur dom alltmer började uppträda som blinda kaniner. Dom sprang runt i cirklar, runt, runt, utan att längre veta varifrån dom kom eller vart dom skulle ta vägen. Jag såg det och gick en annan väg. Jag lärde mig att hata. Jag drack det mörka vatten som väcker lusten att hämnas. Men jag hade också insett att dom vita i all sin övermakt, sin arroganta övertygelse om att deras herravälde var gudagivet, också hade svaga punkter. Dom var rädda. Dom talade om att forma landet Sydafrika till ett fulländat konstverk, ett vitt palats i paradiset.

– Men dom såg aldrig orimligheten i sin dröm. Och dom som ändå såg vägrade att låtsas om det. Så blev själva fundamentet en lögn, och rädslan kom till dom om nätterna. Dom fyllde sina hus med vapen. Men rädslan tog sig in ändå. Våldet blev en del av rädslans vardag. Jag såg allt det här och jag tänkte att jag skulle hålla mina vänner nära mig, men mina fiender ännu närmare. Jag skulle spela rollen av den svarte mannen som visste hur dom vita ville ha det. Jag skulle odla mitt förakt genom att göra dom tjänster. Jag skulle stå i deras kök och spotta i soppterrinen innan jag bar in den till deras matbord. Jag skulle fortsätta att vara en ingen som i hemlighet hade blivit en någon.

Han tystnade. Wallander tänkte att han hade sagt det han ville säga. Men vad hade Wallander egentligen förstått? På vilket sätt hjälpte det här honom att förstå vad det var som drev Victor Mabasha till Sverige? Vad handlade det om? Det han tidigare vagt hade anat, att Sydafrika var ett land som höll på att slitas i stycken av en fruktansvärd raspolitik, framstod nu som något han tydligare kunde förstå. Men attentatet? Mot vem skulle det riktas? Vem stod bakom? En organisation?

– Jag måste få veta mer, sa han. Du har ännu inte sagt vem det är som ligger bakom allt det här. Vem som betalar din biljett till Sverige?

– Dom skoningslösa männen är som skuggor, svarade Victor Mabasha. Deras förfäders andar har övergivet dom sen länge. Dom träffas i hemlighet för att planera ofärden i vårt land.

– Och du går deras ärenden?

– Ja.

– Varför?

– Varför inte?

– Du dödar människor.

– Andra kommer en dag att döda mig.

– Vad menar du med det?

– Jag vet att det kommer att hända.

– Men du dödade inte Louise Åkerblom?

– Nej.

– Det gjorde en man som heter Konovalenko?

– Ja.

– Varför?

– Det kan bara han svara på.

– En man kommer resande från Sydafrika, en annan från Ryssland. Dom träffas på en enslig belägen gård i Skåne. Där har dom en kraftig radiosändare, dom har vapen. Varför?

– Det var så bestämt.

– Av vem?

– Av dom som bad oss åka.

Vi talar i cirklar, tänkte Wallander. Jag får inga svar.

Men han försökte igen, tvingade sig vidare.

– Jag har förstått att det har handlat om en förberedelse, sa han. Till ett brott som ska begås i ditt hemland. Ett brott som du ska begå. Ett mord? Men vem ska mördas? Varför?

– Jag har försökt förklara mitt land för dig.

– Jag ställer enkla frågor och vill ha lika enkla svar.

– Kanske svaren måste vara dom som dom är?

– Jag förstår dig inte, sa Wallander efter en lång tystnad. Du är en man som inte tvekar att mörda, på beställning som det verkar. Samtidigt verkar det på mig som om du är en känslig människa som lider av tillståndet i ditt land. Jag får det inte att hänga ihop.

– Ingenting hänger ihop för en som är svart och lever i Sydafrika.

Sedan fortsatte Victor Mabasha att berätta om sitt sårade och sargade land. Wallander hade svårt att tro allt det han fick höra. När Victor Mabasha till slut tystnade tänkte Wallander att han hade gjort en lång resa. Hans färdledare hade visat honom platser han tidigare inte ens vetat hade existerat.

Jag lever i ett land där vi fått lära oss att tro att alla sanningar är enkla, tänkte han. Dessutom att sanningen är en och odelbar. Hela vårt rättssystem vilar på den grundsatsen. Nu börjar jag inse att det kanske är motsatsen som gäller. Sanningen är komplicerad, mångskiftande, motsägelsefull. Däremot är lögnen svart och vit. Om synen på en människa, en människas liv, är respektlös och föraktfull, då blir också sanningen en annan än om livet betraktas som okränkbart.

Han betraktade Victor Mabasha som såg honom rätt in i ögonen.

– Dödade du Louise Åkerblom? frågade Wallander och anade att det var för sista gången.

– Nej, svarade Victor Mabasha. Efteråt offrade jag mitt ena finger för hennes själ.

– Du vill fortfarande inte berätta vad det är du ska göra när du kommer tillbaka?

Innan Victor Mabasha gav sitt svar hann Wallander uppfatta att någonting förändrades. Det var något i den svarte mannens ansikte som framstod som annorlunda. Efteråt kunde han tänka att det var själva masken av uttryckslöshet som plötsligt börjades lösas upp och försvinna.

– Jag kan fortfarande inte säga vad, sa Victor Mabasha. Men det kommer inte att ske.

– Jag tror inte jag förstår, sa Wallander långsamt.

– Döden ska inte komma från mina händer, sa Victor Mabasha. Men jag kan inte förhindra att det sker genom andras.

– Ett attentat?

– Som jag hade fått i uppdrag att utföra. Men som jag nu lämnar ifrån mig. Jag lägger det på marken och går därifrån.

– Du svarar för gåtfullt, sa Wallander. Vad är det du lägger på marken? Jag vill veta mot vem det där attentatet skulle riktas.

Men Victor Mabasha gav inget svar. Han skakade på huvudet och Wallander förstod, om än mycket motvilligt, att han inte skulle komma längre. Efteråt skulle han också inse att han fortfarande hade lång väg att gå innan han hade lärt sig urskilja de sanningar som måste sökas någon helt annanstans än där han var van. Kort sagt förstod han först efteråt att den sista bekännelsen, när Victor Mabasha tillät ansiktsmasken att spricka, var rakt igenom falsk. Han hade ingen som helst avsikt att avstå från sitt uppdrag. Men han hade förstått att den lögnen var vad som krävdes av honom för att få den hjälp med att resa ut ur landet som han behövde. För att uppnå trovärdighet var han tvungen att ljuga, och det skickligt för att lura den svenske polismannen.

Wallander hade för tillfället inga frågor kvar.

Han kände sig trött. Men samtidigt hade han kanske uppnått det han velat. Attentatet var avvärjt, åtminstone som en handling utförd av Victor Mabasha. Om han nu talade sant. Det skulle ge hans okända kollegor i Sydafrika mera tid. Och han kunde inte föreställa sig att det som Victor Mabasha avstod från, kunde betyda nåt annat än en positiv handling för de svarta i Sydafrika.

Det räcker, tänkte Wallander. Jag ska kontakta den sydafrikanska polisen via Interpol och berätta allt jag vet. Mer kan jag inte göra. Nu återstår bara Konovalenko. Om jag försöker få Per Åkeson att häkta den här mannen är risken stor att det bara kommer att uppstå ytterligare förvirring. Möjligheten att Konovalenko lämnar landet ökar dessutom. Jag behöver inte veta mer. Nu kan jag begå min sista laglösa handling i fallet Victor Mabasha.

Hjälpa honom härifrån.

Under den senare delen av samtalet hade hans dotter varit med. Hon hade vaknat och förvånat kommit ut i köket. Wallander hade förklarat i korta drag vem mannen var.

– Han som slog ner dig? frågade hon.

– Just han.

– Och nu sitter han här och dricker kaffe?

– Ja.

– Du tycker inte själv det är lite konstigt?

– En polismans liv är konstigt.

Sedan hade hon inte frågat mer. När hon hade klätt sig hade hon kommit tillbaka och suttit tyst och lyssnat på en stol. Efteråt hade Wallander skickat henne till apoteket för att köpa förband till handen. Han hade också hittat en penicillinförpackning i badrumsskåpet och gett Victor Mabasha av tabletterna, väl medveten om att han istället borde ha ringt efter en läkare. Med obehag hade han sedan gjort rent såret efter det avhuggna fingret och lagt ett rent bandage om handen.

Sedan hade han ringt till Lovén och fått tag på honom nästan genast. Han hade frågat efter nyheter om Konovalenko och de försvunna människorna i hyreshuset i Hallunda. Att Victor Mabasha satt i hans kök var dock ingenting som han anförtrodde Lovén.

– Vi vet vart dom tagit vägen från sin lägenhet när vi gjorde vårt tillslag, sa Lovén. Dom hade helt enkelt flyttat två trappor högre upp i samma hus. Både listigt och bekvämt. Dom hade en reservlägenhet där, i hennes namn. Men nu är dom borta.

– Då vet vi också en annan sak, sa Wallander. Att dom är kvar i landet. Förmodligen i Stockholm. Där går det lättast att gömma sig.

– Om det blir nödvändigt ska jag personligen sparka in dörrarna till samtliga lägenheter i den här stan, sa Lovén. Vi måste ta dom nu. Snart.

– Koncentrera dig på Konovalenko, sa Wallander. Afrikanen tror jag är mindre viktig.

– Om jag ändå kunde förstå vad dom har ihop, sa Lovén.

– Dom var på samma ställe när Louise Åkerblom mördades, svarade Wallander. Sen begick Konovalenko ett bankrån och sköt en polis. Då var afrikanen inte med.

– Men vad betyder det? sa Lovén. Jag ser inga samband, bara en otydlig förbindelse som saknar logik.

– Ändå vet vi en hel del, svarade Wallander. Konovalenko tycks vara besatt av viljan att döda den här afrikanen. Det mest rimliga är att dom blivit fiender från att tidigare inte ha varit det.

– Men var passar din fastighetsmäklare in i bilden?

– Ingenstans. Vi kan nog slå fast att hon blev dödad av en tillfällighet. Som du nyss sa är Konovalenko hänsynslös.

– Allt det här kan kokas ner till en enda fråga, sa Lovén. Varför?

– Den enda som kan svara är Konovalenko, svarade Wallander.

– Eller afrikanen, sa Lovén. Du glömmer honom, Kurt.

Det var efter telefonsamtalet med Lovén som Wallander definitivt bestämde sig för att få Victor Mabasha ut ur landet. Men innan han kunde bestämma sig måste han vara helt säker på att det trots allt inte var han som skjutit Louise Åkerblom.

Hur tar jag reda på det, tänkte han. Jag har aldrig sett en människa som är så totalt uttryckslös i ansiktet. Hos honom kan jag inte utläsa var en sanning upphör och en lögn tar vid.

– Det bästa du kan göra är att stanna här i lägenheten, sa han till Victor Mabasha. Jag har fortfarande många frågor som jag vill ha svar på. Det är lika bra att du vänjer dig redan nu vid den tanken.

Frånsett utflykten under söndagen tillbringade de helgen i lägenheten. Victor Mabasha var mycket trött och sov mesta tiden. Wallander oroade sig för att handen skulle orsaka blodförgiftning. Samtidigt våndades han över att han överhuvudtaget hade behållit mannen i sin lägenhet. Som så många gånger tidigare hade han följt sin intuition snarare än sitt förnuft. Nu såg han ingen självklar väg ut ur problemen.

På söndagskvällen körde han Linda ut till sin far. Han släppte av henne på vägen för att slippa höra faderns förebråelser över att han inte ens hade tid att dricka kaffe.

Men till slut var det ändå måndag och han återvände till polishuset. Björk hälsade honom välkommen tillbaka. Sedan satte de sig med Martinson och Svedberg i sammanträdesrummet. Wallander berättade valda delar av det som hade hänt i Stockholm. Frågorna var många. Men ingen hade till slut mycket att invända. Nyckeln till det hela innehades av Konovalenko.

– Det är med andra ord bara att vänta på att han blir gripen, sammanfattade Björk. Det ger oss lite tid att ägna oss åt högarna av andra ärenden som ligger och väntar.

De gjorde en sammanställning över vad som var mest brådskande att ta itu med. På Wallanders lott föll att undersöka vad som hade hänt med tre galopphästar som stulits från en hästgård utanför Skårby. Till sina kollegors förvåning brast han i skratt.

– Det blir lite absurt, urskuldade han sig. En försvunnen kvinna. Och nu några bortrövade hästar.

Han hade knappt hunnit in i sitt rum förrän han fick det besök han väntade på. Vem som skulle komma med frågan visste han inte. Det kunde vara vem som helst av hans kollegor. Men det var Martinson som knackade på dörren och steg in.

– Har du tid? frågade han.

Wallander nickade.

– Det är en sak jag måste fråga om, fortsatte Martinson.

Wallander såg att han var besvärad.

– Jag lyssnar, sa Wallander.

– Nån såg dig tillsammans med en afrikan igår, sa Martinson. I din bil. Jag bara tänkte ...

– Tänkte vad då?

– Jag vet faktiskt inte.

– Linda har återupptagit kontakten med sin kenyan.

– Jag tänkte väl det.

– Nyss sa du att du inte visste vad du tänkte?

Martinson slog ut med armarna och grimaserade. Sedan lämnade han hastigt rummet.

Wallander lät ärendet med de försvunna hästarna bli liggande, stängde dörren som Martinson lämnat öppen, och satte sig att tänka. Vilka frågor var det han ville ha svar på från Victor Mabasha? Och hur skulle han kunna kontrollera vad som var sanning?

Under de senaste åren hade Wallander vid många tillfällen kommit i kontakt med utländska medborgare i samband med olika utredningsärenden. Han hade talat med dem både i deras egenskap av brottsoffer och möjliga gärningsmän. Ofta hade han tänkt att det han tidigare hade föreställt sig vara absoluta sanningar om rätt och fel, skuld och oskuld, inte nödvändigtvis behövde vara det. Inte heller hade han tidigare insett att synen på vad som var ett brott, lindrigt eller grovt, växlade med de olika kulturer som människor levde i. Han hade ofta känt sig hjälplös i dessa situationer. Han tyckte sig sakna alla förutsättningar för att ställa de frågor som kunde leda till att ett brott blev uppklarat eller att en misstänkt person kunde försättas på fri fot. Samma år Rydberg, hans gamle kollega och läromästare, hade avlidit hade de ofta talat om den stora förändring som pågick i landet, liksom i världen som helhet. Det skulle komma att ställas helt nya krav på polisen. Rydberg hade sakta druckit sin whisky och siat om att den svenska polisen under de närmaste tio åren skulle tvingas genomgå större förändringar än någonsin tidigare. Men den här gången skulle det inte bara innebära genomgripande organisatoriska åtgärder, utan direkt handla om det polisiära arbetet.

– Det här är nånting jag inte får uppleva, hade Rydberg sagt, en kväll när de trängt ihop sig på hans lilla balkong. Var människa har sin utmätta tid. Ibland kan jag känna vemod över att inte få vara med om det som kommer. Säkert blir det svårt. Men också spännande. Du däremot kommer att finnas på plats. Och du kommer att tvingas tänka helt nya tankar.

– Jag undrar om jag kommer att klara det, hade Wallander svarat. Allt oftare ställer jag mig frågan om det inte finns ett liv bortom polishuset.

– Ska du segla till Västindien, så se till att du aldrig kommer tillbaka, svarade Rydberg ironiskt. Dom som ger sig ut och sedan kommer tillbaka mår sällan bättre av sitt äventyr. Dom bedrar sig själva. Dom har inte insett den gamla sanningen att man inte kan resa ifrån sig själv.

– Det kommer jag aldrig att göra, svarade Wallander. Så stora planer ryms inte i mig. Jag kan på sin höjd fundera över om det kunde finnas ett annat arbete jag skulle trivas med.

– Du kommer att vara polis så länge du lever, sa Rydberg. Du är som jag. Det är det lika bra du inser.

Wallander slog bort tankarna på Rydberg, tog fram ett oanvänt kollegieblock och grep efter en penna.

Sedan blev han sittande. Frågor och svar, tänkte han. Det första felet uppstår förmodligen redan här. Många människor, inte minst från de kontinenter som ligger längst bort från vårt land, måste få berätta fritt för att kunna formulera ett svar. Det borde jag ha lärt mig efter att trots allt ha samtalat med ett antal afrikaner, araber och latinamerikaner i olika sammanhang. De blir ofta rädda för vår brådska, som de egentligen tror är uttryck för förakt. Att inte ha tid med en människa, inte kunna sitta tyst tillsammans med någon, är detsamma som att förkasta, visa hånfullhet.

Berätta, skrev han överst på kollegieblocket.

Han tänkte att det kanske kunde leda honom rätt.

Berätta, ingenting annat.

Han sköt undan kollegieblocket och la upp fötterna på skrivbordet. Sedan ringde han hem och hörde att allting var lugnt. Han lovade att komma ett par timmar senare.

Han läste tankspritt igenom anmälan om de försvunna hästarna. Den sa honom inte mer än att tre värdefulla djur hade försvunnit natten till den 6 maj. De hade funnits i sina boxar på kvällen. På morgonen, när en av stallflickorna öppnade portarna vid halv sextiden, hade boxarna varit tomma.

Han såg på klockan och bestämde sig för att åka ut till hästgården. Efter att ha talat med tre hästskötare och ägarens personlige representant var Wallander benägen att tro att det hela mycket väl kunde vara ett avancerat försäkringsbedrägeri. Han gjorde en del anteckningar och sa att han skulle återkomma.

På vägen tillbaka till Ystad stannade han vid Fars Hatt och drack kaffe.

Han undrade tankspritt om det fanns galopphästar i Afrika.

21.

Sikosi Tsiki kom till Sverige på onsdagskvällen den 13 maj.

Redan samma kväll fick han av Konovalenko veta att han skulle stanna kvar i södra delen av landet. Här skulle hans förberedelser bedrivas, härifrån skulle han också lämna landet. När Konovalenko fått besked av Jan Kleyn om att ersättaren var på väg hade han övervägt möjligheten av att organisera den nödvändiga förläggningen utanför Stockholm. Det fanns många möjligheter, särskilt i närheten av Arlanda, där bullret från lyftande och anländande flygplan dränkte de flesta ljud. Där skulle den nödvändiga inskjutningen av geväret kunna ske. Dessutom hade han problemet med Victor Mabasha och den svenske polisman han efterhand kommit att hata. Om de fanns i Stockholm måste han vara kvar tills de hade blivit likviderade. Han kunde heller inte bortse från att den allmänna vaksamheten i landet kunde vara större efter det att han hade dödat polismannen. För säkerhets skull beslöt han sig för att agera på två fronter samtidigt. Medan han behöll Tania hos sig i Stockholm skickade han på nytt Rykoff till södra delen av landet för att leta upp ett lämpligt hus med väl isolerat läge. Rykoff hade då på en karta pekat på ett område norr om Skåne som hette Småland och påstått att det där var betydligt enklare att hitta ensligt belägna gårdar. Men Konovalenko ville vara i närheten av Ystad. Om de inte fick tag på Victor Mabasha och polismannen i Stockholm så skulle de förr eller senare dyka upp i Wallanders hemstad. Det var han lika säker på som att det hade uppstått en oväntad förbindelse mellan den svarte mannen och Wallander. Han hade svårt att förstå vad den kunde gå ut på. Men han var ändå alltmer övertygad om att de skulle befinna sig i närheten av varandra. Hittade han väl en av dem så skulle han också återfinna den andre.

På Turistbyrån i Ystad hyrde Rykoff ett hus som låg nordost om Ystad, mot Tomelillahållet. Husets läge kunde ha varit bättre. Men intill ägorna fanns ett övergivet grustag som kunde användas till skjutövningarna. Eftersom Konovalenko hade bestämt att Tania denna gång skulle följa med om det blev aktuellt att använda sig av detta alternativ, hade Rykoff inte behövt fylla frysboxen med mat.

Istället hade han på Konovalenkos order använt sin väntetid till att ta reda på var Wallander bodde och sedan hålla hans bostad under bevakning. Han hade gjort som han blivit tillsagd. Men Wallander visade sig inte. Dagen innan Sikosi Tsiki skulle komma, tisdagen den 12 maj, hade Konovalenko bestämt sig för att stanna i Stockholm. Trots att ingen av alla de som han sänt ut för att söka efter Victor Mabasha hade sett honom, hade Konovalenko en bestämd känsla av att han låg och tryckte någonstans i staden. Han hade också svårt att tänka sig möjligheten av att en så uppenbart försiktig och välplanerande polisman som Wallander alltför tidigt skulle återvända till sitt hem, som han måste räkna med var under uppsikt.

Ändå var det där Rykoff till slut hade upptäckt honom, strax efter klockan fem på tisdagseftermiddagen. Porten hade öppnats och Wallander hade kommit ut. Han hade varit ensam och Rykoff som satt i sin bil hade genast insett att han var på sin vakt. Han hade gått till fots från huset och Rykoff hade förstått att han omedelbart skulle bli avslöjad om han följde efter honom i bilen. Det innebar också att han var kvar när porten tio minuter senare öppnades på nytt. Rykoff stelnade till. Den här gången var det två personer som kom ut ur huset. En ung flicka som måste vara den dotter till Wallander som Rykoff aldrig hade sett. Strax bakom henne kom Victor Mabasha. De gick tvärs över gatan, satte sig i en bil och for därifrån. Inte heller den här gången brydde sig Rykoff om att följa efter. Istället satt han kvar och slog numret till den lägenhet i Järfälla där Konovalenko för tillfället bodde tillsammans med Tania. Det var hon som svarade. Rykoff hälsade bara kort och bad att få tala med Konovalenko. Efter att ha hört vad Rykoff hade att berätta fattade Konovalenko genast sitt beslut. Tania och han skulle komma till Skåne på morgonen dagen efter. Sedan skulle de stanna tills de hade hämtat Sikosi Tsiki och dödat Wallander och Victor Mabasha, om nödvändigt också dottern. Vad som skulle hända sedan fick avgöras då. Men lägenheten i Järfälla fanns tillgänglig.

Under natten körde Konovalenko med Tania till Skåne. Rykoff mötte dem på en parkeringsplats utanför Ystads västra infart. De for raka vägen till huset han hade hyrt. Senare på eftermiddagen gjorde även Konovalenko ett besök på Mariagatan. Länge betraktade han huset där Wallander bodde. På vägen tillbaka stannade han också till i backen utanför polishuset.

Han tänkte att situationen var mycket enkel. Han fick inte misslyckas ännu en gång. Det skulle innebära slutet på hans drömmar om ett framtida liv i Sydafrika. Redan nu levde han farligt, det insåg han. Han hade inte sagt sanningen till Jan Kleyn, att Victor Mabasha fortfarande levde. Det fanns en risk, även om den var liten, att Jan Kleyn hade någon som gav honom rapporter utan att Konovalenko visste om det. Då och då hade han sänt ut skuggor att bevaka hans eventuella förföljare. Men ingen hade avslöjat någon övervakning som kunde vara beordrad av Jan Kleyn.

Dagen använde Konovalenko och Rykoff till att bestämma hur de skulle gå till väga. Konovalenko var redan från början bestämd på att slå till hårt och beslutsamt. Det skulle bli ett brutalt, direkt riktat angrepp.

– Vad har vi tillgång till? hade han frågat.

– Praktiskt taget allt utom granatkastare, hade Rykoff svarat. Vi har sprängämnen, avståndsdetonatorer, granater, automatvapen, hagelgevär, pistoler, kommunikationsutrustning.

Konovalenko drack ett glas vodka. Helst av allt skulle han vilja ta Wallander till fånga levande. Det fanns frågor han gärna skulle vilja ha svar på innan han dödade honom. Men han slog bort tanken. Han kunde inte ta några risker.

Sedan bestämde han hur de skulle göra.

– Imorgon förmiddag när Wallander är ute får Tania gå in i huset och se efter hur trappuppgången och ingångsdörren ser ut, sa han. Du kan låtsas dela ut matreklam. Vi kan plocka till oss det på nåt varuhus. Sen måste huset bevakas oavbrutet. Om vi är säkra på att dom finns inne imorgon kväll slår vi till då. Vi spränger oss in och följer efter med vapeneld. Om inte nåt särskilt händer dödar vi båda två och beger oss av.

– Dom är tre, anmärkte Rykoff.

– Två eller tre, svarade Konovalenko. Vi kan inte tillåta att någon överlever.

– Den här nye afrikanen jag ska hämta ikväll, undrade Rykoff. Ska han vara med?

– Nej, svarade Konovalenko. Han väntar här med Tania.

Sedan såg han allvarligt på Rykoff och Tania.

– Det är nämligen så att Victor Mabasha redan är död sen några dagar, sa han. Åtminstone är det vad Sikosi Tsiki ska tro. Är det klart?

Båda nickade.

Konovalenko serverade sig och Tania ytterligare ett glas vodka. Rykoff avstod eftersom han skulle göra i ordning sprängämnen och inte ville vara påverkad av alkohol. Dessutom skulle han några timmar senare åka och hämta Sikosi Tsiki i Limhamn.

– Låt oss bjuda mannen från Sydafrika på en välkomstmiddag, sa Konovalenko. Ingen av oss tycker om att sitta till bords tillsammans med en afrikan. Men det är ibland nödvändigt för uppdragets skull.

– Victor Mabasha tyckte inte om rysk mat, sa Tania.

Konovalenko funderade ett ögonblick.

– Kyckling, sa han sedan. Det tycker alla afrikaner om.

Klockan sex hämtade Rykoff Sikosi Tsiki i Limham. Några timmar senare satt de vid matbordet. Konovalenko lyfte sitt glas.

– Imorgon har du vilodag, sa han. På fredag börjar vi.

Sikosi Tsiki nickade. Ersättaren var lika tystlåten som sin företrädare.

Tysta män, tänkte Konovalenko. Skoningslösa när det gäller. Lika skoningslösa som jag själv.

Dagarna efter sin återkomst till Ystad använde Wallander till största delen för att planera olika former av brottslig verksamhet. Med sammanbiten beslutsamhet förberedde han Victor Mabashas flykt ur landet. Under stora våndor hade han kommit fram till att det var den enda möjligheten att bringa situationen under kontroll. Hans samvetsförebråelser var starka och han kunde inte undgå att ständigt bli påmind om att hans handlingar var direkt förkastliga. Även om Victor Mabasha inte själv hade dödat Louise Åkerblom så hade han varit närvarande vid det tillfälle när mordet hade skett. Han hade dessutom begått bilstölder och ett rån mot en affär. Som om inte det räckte befann han sig illegalt i Sverige och hade planerat att begå ett allvarligt brott i sitt hemland Sydafrika. Wallander intalade sig att brottet trots allt på detta sätt kunde undvikas. Därtill skulle Konovalenko kunna förhindras att mörda även Victor Mabasha. För mordet på Louise Åkerblom skulle han komma att straffas när han väl blev gripen. Det han nu tänkte göra var att sända ett meddelande till kollegorna i Sydafrika via Interpol. Men först ville han ha ut Victor Mabasha ur landet. För att inte dra på sig onödig uppmärksamhet hade han kontaktat en resebyrå i Malmö för att ta reda på hur Mabasha skulle kunna flyga till Lusaka i Zambia. Det var Mabasha som förklarat för honom att han inte skulle komma in i Sydafrika utan visum. Som svensk medborgare behövde han inte visum för att komma in i Zambia. Fortfarande hade han pengar till både biljett och den vidare färden från Zambia, via Zimbabwe och Botswana. När han väl kom till Sydafrika skulle han gå över gränsen på något obevakat ställe. Resebyrån i Malmö gav de olika alternativ som förelåg. Till slut bestämde de sig för att Victor Mabasha skulle ta sig till London och därifrån flyga med Zambia Airways till Lusaka. Det innebar att Wallander måste skaffa ett falskt pass till honom. Den saken vållade honom inte bara hans besvärligaste praktiska utmaning utan även de svåraste samvetskvalen. Att på sin egen polisstation stå och förfalska ett pass var för honom ett förräderi mot hans eget yrke. Det hjälpte inte att han hade tagit ett löfte av Victor Mabasha att han omedelbart skulle förstöra passet när han gått igenom passkontrollen i Zambia.

– Samma dag, hade Wallander krävt. Och det ska brännas.

Wallander hade köpt en billig kamera och tagit några bilder till passet. Det problem som in i det sista var olöst handlade om hur Victor Mabasha skulle komma igenom den svenska passkontrollen. Även om han hade ett svenskt pass som på ett tekniskt plan var äkta och inte fanns på de datoriserade spärrlistorna hos gränsbevakningen, var risken ändå stor att någonting skulle kunna ske. Efter många överväganden bestämde Wallander sig för att ta ut Victor Mabasha genom svävarterminalen i Malmö. Han skulle utrusta honom med en biljett i första klass. Han antog att embarkeringskortet eventuellt kunde bidra till att passpolisen inte i onödan skulle intressera sig för honom. Dessutom skulle Linda få spela rollen av hans flickvän. De skulle ta avsked av varandra precis framför passpolisernas ögon och Wallander skulle lära honom några meningar på perfekt svenska.

Avresan och de bekräftade biljetterna betydde att han skulle lämna Sverige fredagen den 15 maj på förmiddagen. Till dess måste Wallander ha skaffat fram det falska passet.

På tisdagseftermiddagen hade han fyllt i en passansökan för sin far och tagit med sig två fotografier. Hela framställningsprocessen för pass hade nyligen genomgått stora förändringar. Passet framställdes medan den sökande väntade. Wallander avvaktade tills kvinnan som hade hand om passen hade expedierat den sista kunden och gjorde sig beredd att stänga.

– Förlåt att jag är lite sen, sa Wallander. Men min pappa ska ut och åka på en pensionärsresa till Frankrike. Han hade naturligtvis råkat bränna upp sitt pass när han städade bort gamla papper.

– Det händer, sa kvinnan som hette Irma. Måste han ha det idag?

– Helst, svarade Wallander. Jag är ledsen att jag är sen.

– Inte kan ni lösa mordet på den där kvinnan heller, sa hon och tog fotografierna och ansökan.

Wallander följde uppmärksamt hennes arbete och såg passet växa fram. Efteråt, när han stod med det färdiga resultatet i handen, trodde han att han skulle kunna upprepa det hon hade gjort.

– Imponerande enkelt, sa han.

– Men tråkigt, svarade Irma. Vad beror det på att alla arbeten blir tråkigare när dom förenklas?

– Bli polis, sa Wallander. Vi har aldrig tråkigt.

– Jag är polis, sa hon. Dessutom tvivlar jag på att jag skulle vilja byta med dig. Det måste vara förfärligt att plocka upp ett lik ur en brunn. Hur känns det egentligen?

– Jag vet nog inte, svarade Wallander. Förmodligen känns det så mycket att man blir bedövad och inte känner nånting alls. Men det finns säkert nån utredning på justitiedepartementet som handlar om vad poliser känner när de tar upp kvinnolik ur brunnar.

Han stod kvar och pratade medan hon låste. Alla underlag till passen förvarades i kassaskåp. Men han visste var nycklarna förvarades.

De hade bestämt att Victor Mabasha skulle lämna landet som den svenske medborgaren Jan Berg. Wallander hade prövat ett otal namnkombinationer för att komma underfund med vilken Victor Mabasha hade lättast för att uttala. De stannade för Jan Berg. Victor Mabasha hade frågat vad namnet betydde. Han hade varit nöjd när han fått orden översatta för sig. Wallander hade förstått under deras samtal de gångna dagarna att mannen från Sydafrika levde i en nära kontakt med en andevärld som var honom själv helt främmande. Ingenting var tillfälligt, inte ens ett tillfälligt namnbyte. Linda hade kunnat hjälpa honom med en del förklaringar till varför Victor Mabasha tänkte som han gjorde. Men han tyckte ändå att han såg in i en värld som han saknade förutsättningar för att förstå. Victor Mabasha talade om sina förfäder som om de var levande. Wallander kunde ibland inte hålla reda på om händelser låg hundra år tillbaka i tiden eller nyligen hade skett. Han kunde inte undgå att fascineras av Victor Mabasha. Svårare och svårare blev det att förstå att mannen var en brottsling som förberedde ett allvarligt attentat i sitt hemland.

Wallander stannade kvar på sitt kontor till sent på tisdagskvällen. För att få tiden att gå började han skriva ett brev till Baiba Liepa i Riga. Men när han läste igenom det han skrivit rev han sönder pappren. En gång skulle han skriva ett brev som han sände till henne. Men ännu skulle det dröja, det insåg han.

Vid tiotiden fanns bara nattpersonalen kvar. Eftersom han inte vågade tända i rummet där passen framställdes hade han utrustat sig med en avskärmad ficklampa som gav ett blått ljus. Han gick genom korridoren och önskade att han var på väg någon helt annanstans. Han tänkte på Victor Mabashas andevärld och undrade hastigt om svenska polismän hade någon speciell skyddsande som vakade över deras steg när de var på väg att begå otillåtna handlingar.

Nyckeln hängde på sin plats i dokumentskåpet. Han stod ett ögonblick och betraktade den maskin som förvandlade fotografierna och ansökningsblankettens ifyllda rader och rutor till ett pass.

Sedan satte han på sig gummihandskar och började. En gång tyckte han sig höra fotsteg som närmade sig. Han dök ner bakom maskinen och släckte ficklampan. När fotstegen hade försvunnit fortsatte han. Han märkte att svetten rann under skjortan. Men till slut stod han med passet i handen. Han stängde av maskinen och hängde tillbaka nyckeln på sin plats i skåpet och låste. Förr eller senare skulle en kontroll avslöja att ett passunderlag hade försvunnit. Med tanke på registreringsnumren kunde det ske redan dagen efter, tänkte han. Det skulle vålla Björk stora bekymmer. Men ingenting skulle kunna spåras till Wallander.

Först när han kom tillbaka till sitt rum och sjönk ner bakom skrivbordet insåg han att han hade glömt att stämpla passet. Han svor till för sig själv och kastade passet på bordet framför sig.

I samma ögonblick slets dörren upp och Martinson steg in. Han hajade till när han såg Wallander i stolen.

– Åh, ursäkta, sa han. Jag trodde inte du var här. Jag skulle bara se om jag hade glömt min mössa.

– Mössa? frågade Wallander. Det är mitten av maj?

– Jag tror jag håller på att bli förkyld, svarade Martinson. Jag hade den med mig när vi satt här igår.

Wallander kunde inte minnas att Martinson haft någon mössa med sig dagen innan när han och Svedberg suttit hos Wallander för att gå igenom de senaste nyheterna i utredningen och den hittills resultatlösa jakten på Konovalenko.

– Titta på golvet under stolen, sa Wallander.

När Martinson böjde sig ner stoppade Wallander hastigt passet i fickan.

– Ingenting, sa Martinson. Jag tappar alltid bort mina mössor.

– Fråga städerskan, föreslog Wallander.

Martinson skulle just gå när han kom att tänka på någonting.

– Kommer du ihåg Peter Hanson? frågade han.

– Hur skulle jag kunna glömma honom? svarade Wallander.

– Svedberg ringde honom för ett par dar sen och frågade om några detaljer i förhörsrapporten. Då berättade han för Peter Hanson om inbrottet i din lägenhet. Tjuvar brukar hålla reda på varandra. Svedberg tyckte det kunde vara värt försöket. Idag ringde Peter Hanson och sa att han kanske visste vem som hade gjort det.

– Det var fan, sa Wallander. Kan han se till att jag får tillbaka mina skivor och band så struntar jag i musikanläggningen.

– Tala med Svedberg i morgon, sa Martinson. Och sitt inte kvar här för länge.

– Jag skulle just gå, svarade Wallander och reste sig.

Martinson blev stående i dörren.

– Tror du att vi tar honom? frågade han.

– Visst, sa Wallander. Visst tar vi honom. Konovalenko ska inte komma undan.

– Jag undrar trots allt om han är kvar i landet, invände Martinson.

– Det måste vi utgå ifrån, svarade Wallander.

– Men afrikanen som mist sitt finger?

– Konovalenko kan säkert förklara.

Martinson nickade tveksamt.

– En sak till, sa han. Louise Åkerbloms begravning är i morgon.

Wallander såg på honom. Men han sa ingenting.

Begravningen var klockan två på onsdagseftermiddagen. In i det längsta tvekade Wallander om han skulle gå eller inte. Han hade ingen personlig relation till familjen Åkerblom. Kvinnan som skulle begravas hade redan varit död när han kommit i hennes närhet. Å andra sidan kunde det kanske missuppfattas att en polisman var närvarande. Inte minst med tanke på att gärningsmannen ännu inte var gripen. Wallander hade svårt att reda ut för sig själv varför han övervägde att gå. Kanske var det av nyfikenhet? Eller kanske det var dåligt samvete. Men när klockan var ett bytte han om till mörk kostym och letade länge efter sin vita slips innan han hittade den. Victor Mabasha satt och betraktade honom när han knöt slipsen framför spegeln i hallen.

– Jag ska gå på begravning, sa Wallander. Kvinnan som Konovalenko dödade.

Victor Mabasha betraktade honom förvånat.

– Först nu? sa han undrande. Hos oss begraver vi våra döda så fort det går. För att dom inte ska gå igen.

– Vi tror inte på spöken, svarade Wallander.

– Andarna är inga spöken, sa Victor Mabasha. Ibland undrar jag hur det kommer sig att vita människor förstår så lite.

– Det kan du kanske ha rätt i, sa Wallander. Eller också har du fel. Det kan ju vara helt tvärtom.

Sedan gick han. Han märkte att han blivit irriterad över Victor Mabashas fråga.

Ska den där svarta fan komma och lära mig, tänkte han hädiskt. Vad skulle han ha tagit sig till utan mig och min hjälp?

Han parkerade bilen på lite avstånd från kapellet vid krematoriet och väntade medan klockorna ringde och de svartklädda människorna försvann genom porten. Först när en vaktmästare skulle stänga gick han in och satte sig längst bak. En man som satt några rader framför honom vände sig om och hälsade. Det var en journalist på Ystads Allehanda.

Sedan lyssnade han på orgelmusiken och fick genast en klump i halsen. Begravningar var för honom en svår påfrestning. Han fruktade redan den dag han skulle tvingas följa sin far till graven. Sin mors begravning elva år tidigare kunde fortfarande väcka obehagliga minnen till liv. Han skulle ha hållit ett kort tal vid båren, men brutit samman och störtat ut ur kyrkan.

Han försökte behärska sin upprördhet genom att betrakta människorna som fanns i kapellet. Längst fram satt Robert Åkerblom och de två döttrarna, båda i vita klänningar. Bredvid satt pastor Tureson som skulle förrätta jordfästningen.

Plötsligt började han tänka på handbojorna han hade hittat i en skrivbordslåda i det åkerblomska hemmet. Det var över en vecka sedan han senast hade haft dem i huvudet.

Det finns en polisiär nyfikenhet som går utanför det omedelbara utredningsarbetet, tänkte han. Kanske det är en deformering som vi utsätts för efter att ha ägnat många år åt ett ständigt grävande i människors mest privata gömmor? Jag vet att de här handbojorna kan avföras ur mordutredningen. De saknar betydelse. Ändå är jag beredd att ägna möda åt att försöka förstå varför de låg där i lådan. Förstå vilken betydelse de hade för Louise Åkerblom, kanske också för hennes man.

Han ruskade olustigt av sig sina tankar och koncentrerade sig på begravningsakten. Vid ett tillfälle under pastor Turesons tal fick han ögonkontakt med Robert Åkerblom. Trots avståndet kunde han uppfatta den oändliga sorgen och övergivenheten. Klumpen i halsen återkom och tårarna började rinna. För att återfå behärskningen började han tänka på Konovalenko. Liksom sannolikt de flesta andra poliser i landet var Wallander i hemlighet ingen övertygad motståndare till det absoluta förbudet mot dödsstraff. Frånsett skandalen att det tagits bort mot landsförrädare under krigstid, var det inte så att han föreställde sig det tillämpas som en reaktion på vissa typer av brott. Det var snarast så att vissa mord, vissa våldtäkter, vissa narkotikabrott i sin grovhet, sitt totala människoförakt kunde leda hans tankar till att en människa hade förlorat alla rättigheter till sitt eget liv. Han insåg att hans resonemang var motsägelsefullt och att en sådan lagstiftning vore både omöjlig och orimlig. Ytterst var det bara hans oreflekterade erfarenheter, osorterade men plågsamma, som talade. Det han tvingades se som polis. Som ledde till reaktioner, irrationella och smärtsamma.

Efter begravningsakten tog han Robert Åkerblom och de övriga närmast sörjande i hand. Han undvek att se på de två döttrarna, rädd att han skulle brista i gråt.

Pastor Tureson förde honom åt sidan utanför kapellet.

– Det är mycket uppskattat att du velat komma, sa han till Wallander. Ingen hade nog räknat med att polisen skulle sända nån till begravningen.

– Jag representerar ingen annan än mig själv, svarade Wallander.

– Så mycket bättre att du kom, sa pastor Tureson. Fortfarande söker ni mannen som ligger bakom tragedin?

Wallander nickade.

– Men ni kommer att fängsla honom?

Wallander nickade igen

– Ja, sa han. Förr eller senare. Hur går det med Robert Åkerblom? Och döttrarna?

– Gemenskapen i församlingen betyder allt för dom just nu, svarade pastor Tureson. Dessutom har han sin gud.

– Han tror alltså fortfarande, sa Wallander stillsamt.

Pastor Tureson rynkade pannan.

– Varför skulle han lämna sin gud för nåt människor har gjort mot honom och hans familj?

– Nej, sa Wallander stilla. Varför skulle han väl göra det?

– Det är samling i kyrkan om en timme, sa pastor Tureson. Du är välkommen.

– Tack, svarade Wallander. Men jag måste återgå till arbetet.

De tog i hand och Wallander gick till sin bil. Han märkte plötsligt att det var full vår runt honom.

Bara Victor Mabasha har rest, tänkte han. Bara vi tar Konovalenko. Sedan ska jag ägna mig åt våren.

På torsdagsmorgonen körde Wallander sin dotter till faderns hus i Löderup. När de kom fram bestämde hon sig plötsligt för att stanna över natten. Hon såg på den vildvuxna trädgården och ville göra den i ordning innan hon återvände till Ystad. Det skulle ta henne minst två dagar.

– Om du ångrar dig så ringer du bara, sa Wallander.

– Du kan gott tacka mig för att jag städade din lägenhet, sa hon. Det såg förfärligt ut.

– Jag vet, sa han. Men tack.

– Hur länge till måste jag stanna? frågade hon. Jag har faktiskt mycket att göra i Stockholm.

– Inte länge till, svarade Wallander och märkte hur lite övertygande han lät. Men till hans förvåning lät hon sig nöja med svaret.

Efteråt hade han ett långt samtal med åklagare Åkeson. Tillsammans med Martinson och Svedberg hade Wallander efter sin återkomst ställt samman allt utredningsmaterial.

Vid fyratiden på eftermiddagen handlade han mat och for hem. Innanför dörren låg en ovanligt stor hög med broschyrer från något varuhus. Utan att se efter vad det var kastade han det i soppåsen. Sedan lagade han middag och gick ännu en gång igenom alla praktiska omständigheter kring resan med Victor Mabasha. De intränade replikerna lät bättre för varje gång han uttalade orden.

Efter middagen övade de in den sista detaljen. Victor Mabasha skulle hålla en överrock över vänster arm så att den dolde det bandage han fortfarande hade över den deformerade handen. De övade hur han tog fram sitt pass ur innerfickan och hade rocken över vänster arm. Wallander var nöjd. Ingen skulle ha möjlighet att upptäcka skadan.

– Du flyger till London med ett engelskt bolag, sa han. SAS hade varit för riskabelt. Svenska flygvärdinnor läser förmodligen tidningar och ser nyheterna på teve. Dom skulle kunna upptäcka handen och slå larm.

Senare på kvällen, när det inte längre fanns några praktiska göromål kvar, inträdde en tystnad som ingen av dem förmådde bryta på en lång stund. Till slut reste sig Victor Mabasha och ställde sig på golvet framför Wallander.

– Varför har du hjälpt mig? frågade han.

– Jag vet inte, svarade Wallander. Ofta tänker jag att jag borde sätta handbojor på dig. Jag inser att jag tar en stor risk när jag släpper iväg dig. Kanske det var du som dödade Louise Åkerblom trots allt? Du har själv berättat hur skicklig lögnare man blir i ditt hemland. Kanske jag släpper iväg en mördare?

– Ändå gör du det?

– Ändå gör jag det.

Victor Mabasha lossade ett halsband och räckte det till Wallander. Han såg att där fanns en rovdjurstand som smycke.

– Leoparden är den ensamme jägaren, sa Victor Mabasha. I motsats till lejonflocken går leoparden sina egna vägar och korsar bara sina egna spår. På dagarna under den värsta hettan vilar den i träden tillsammans med örnarna. På natten jagar den ensam. Leoparden är en skicklig jägare. Men leoparden är också den största utmaningen för andra jägare. Det här är en hörntand från en leopard. Jag vill att du ska ha den.

– Jag är inte säker på att jag förstod vad du menade, sa Wallander. Men jag tar emot tanden.

– Allt går inte att förstå, sa Victor Mabasha. En berättelse är en resa som aldrig har nåt slut.

– Det är kanske skillnaden mellan dig och mig, sa Wallander. Jag är van vid och förväntar mig att en historia har ett slut. Du anser att en god historia är oändlig.

– Kanske är det så, sa Victor Mabasha. Det kan vara en lycka att veta att man aldrig kommer att träffa en människa igen. Ty då finns nåt som lever kvar.

– Kanske, sa Wallander igen. Men jag tvivlar. Jag undrar om det verkligen är så.

Victor Mabasha svarade inte.

En timme senare sov han under filten på soffan, medan Wallander satt och betraktade tanden han hade fått.

Plötsligt märkte han att han var orolig. Han gick ut i det mörka köket och spanade ner på gatan. Allt var stilla. Sedan gick han ut i tamburen och kontrollerade att dörren var ordentligt låst. Han satte sig på en pall vid telefonhyllan och tänkte att han bara var trött. Tolv timmar till så skulle Victor Mabasha vara borta.

Han såg på tanden igen.

Ingen skulle ändå tro mig, tänkte han. Om inte för annat är det lika bra att jag aldrig någonsin berättar om mina dagar och nätter tillsammans med en svart man som en gång fick sitt ena finger avhugget på en ödegård i Skåne.

Den hemligheten får jag en gång ta med mig.

När Jan Kleyn och Franz Malan träffades i Hammanskraal på morgonen, fredagen den 15 maj, behövde de inte lång tid på sig för att inse att ingen av dem hade funnit några avgörande svagheter med planen.

Attentatet skulle ske i Kapstaden den 12 juni. Från bergshöjden Signal Hill bortom det stadion där Nelson Mandela skulle tala hade Sikosi Tsiki en idealisk position för att kunna avlossa sitt långskjutande gevär. Sedan skulle han obemärkt försvinna.

Men det var två saker som Jan Kleyn inte hade avslöjat för vare sig Franz Malan eller de övriga kommittémedlemmarna. Det var heller ingenting han hade för avsikt att någonsin yppa för en enda människa. För Sydafrikas och det vita herraväldets fortbestånd var han beredd att ta med sig några utvalda hemligheter i sin framtida grav. I landets historia skulle vissa händelser och samband aldrig komma att avslöjas.

Det första var att han inte ville ta risken att låta Sikosi Tsiki leva med vetskapen om vem han hade dödat. Han betvivlade inte att Sikosi Tsiki skulle hålla tyst. Men på samma sätt som forna tiders faraoner låtit döda de som byggt de hemliga kamrarna i pyramiderna, för att kunskapen om dess existens skulle gå förlorad, skulle han offra Sikosi Tsiki. Han skulle själv döda honom och han skulle se till att kroppen aldrig blev återfunnen.

Den andra hemligheten Jan Kleyn tänkte behålla för sig själv var att Victor Mabasha hade varit i livet så sent som på eftermiddagen dagen innan. Nu var han död, det rådde det inga tvivel om. Men för Jan Kleyn var det ett personligt nederlag att Victor Mabasha så länge hade lyckats undkomma. Han kände sig personligen ansvarig för Konovalenkos misstag och upprepade oförmåga att avsluta kapitlet som hette Victor Mabasha. KGB-mannen hade visat oväntade brister. Hans försök att dölja sina tillkortakommanden genom lögner var den största svagheten. Jan Kleyn kände sig alltid personligt kränkt när någon misstrodde hans förmåga att erhålla de upplysningar han behövde. När attentatet mot Mandela var över skulle han ta slutlig ställning till om han var beredd att ta emot Konovalenko i Sydafrika eller inte. Han betvivlade inte mannens förmåga att sköta de nödvändiga förberedelserna med Sikosi Tsiki. Han tänkte att det kanske var samma vacklande oförmåga hos Konovalenko som varit den yttersta orsaken till att det sovjetiska imperiet störtat samman. Han bortsåg inte från möjligheten av att även Konovalenko måste gå upp i rök, liksom hans medhjälpare Vladimir och Tania. Hela operationen krävde en noggrann uppstädning. Den uppgiften tänkte han inte överlåta på någon annan.

De satt vid bordet med den gröna filtduken och gick igenom planen på nytt. Under den gångna veckan hade Franz Malan besökt Kapstaden och det stadion där Nelson Mandela skulle tala. Han hade dessutom tillbringat en eftermiddag på den plats varifrån Sikosi Tsiki skulle avlossa sitt gevär. Han hade tagit en videofilm som de såg tre gånger i rummets teve. Det enda som fortfarande saknades var en rapport över de vindförhållanden som normalt rådde över Kapstaden i juni. Under sken av att representera en yachtklubb hade Franz Malan kontaktat den nationella meteorologiska institutionen som lovat översända de uppgifter han hade begärt.

Det namn och den adress han uppgivit skulle aldrig kunna spåras.

Jan Kleyn hade inte bedrivit något fotarbete. Hans insats låg på ett annat plan. Den teoretiska dissektionen av planen var hans uppgift. Han hade övervägt eventualiteter, utfört ett ensamt rollspel, tills han var övertygad om att något oönskat problem aldrig skulle kunna uppstå.

Efter två timmar avslutade de arbetet.

– En sak återstår, sa Jan Kleyn. Vi måste ta reda på exakt vilka dispositioner Kapstadens polis kommer att vidta inför den 12 juni.

– Det blir min uppgift, svarade Franz Malan. Vi ska sända ut ett cirkulärbrev till samtliga polisdistrikt i landet om att vi vill ha kopior av de upprättade säkerhetsplanerna i god tid före alla politiska arrangemang där stora folksamlingar väntas.

De gick ut på verandan medan de väntade på att kommitténs medlemmar skulle anlända. Tysta betraktade de utsikten. Vid synranden låg röken tung över ett förslummat bostadsområde för svarta.

– Det kommer att bli ett blodbad, sa Franz Malan. Jag har fortfarande svårt att helt föreställa mig vad som kommer att hända.

– Se det som en reningsprocedur, sa Jan Kleyn. Det ordet väcker behagligare tankar än blodbad. Dessutom är det vad vi eftersträvar.

– Ändå, sa Franz Malan. Ibland kan jag känna en osäkerhet. Kommer vi att kunna kontrollera skeendet?

– Svaret är enkelt, sa Jan Kleyn. Vi måste.

Åter detta fatalistiska drag, tänkte Franz Malan. Han betraktade i smyg mannen som stod några meter ifrån honom. Ibland kunde han slås av en undran. Var Jan Kleyn en galen människa? En psykopat som dolde den våldsamma sanningen om sig själv under en ständigt lika behärskad yta?

Tanken berörde honom illa. Det enda han kunde göra var att slå bort den.

Klockan två var samtliga kommittémedlemmar församlade. Franz Malan och Jan Kleyn visade videofilmen och gav sin redovisning. Frågorna var få, invändningarna lätta att bemöta. Det hela tog mindre än en timme. Strax före tre genomförde de sin omröstning. Beslutet var fattat.

Tjugoåtta dagar senare skulle Nelson Mandela dödas medan han talade på ett stadion utanför Kapstaden.

De församlade männen lämnade Hammanskraal med några minuters mellanrum. Jan Kleyn var den siste som for.

Nerräkningen hade börjat.

22.

Attacken skedde strax efter midnatt.

Victor Mabasha hade sovit på soffan med en filt över sig. Wallander hade stått vid köksfönstret och försökte bestämma sig för om han var hungrig eller bara skulle dricka te. Samtidigt undrade han om hans far och hans dotter fortfarande var uppe. Han antog att så var fallet. De hade alltid märkvärdigt mycket att tala om.

Medan han väntade på att vattnet skulle koka upp tänkte han att det nu hade gått tre veckor sedan de hade börjat leta efter Louise Åkerblom. Nu, efter de tre veckorna, visste de att hon hade dödats av en man som hette Konovalenko. Samme man som med stor sannolikhet också hade dödat polismannen Tengblad.

Om några få timmar, när Victor Mabasha var ute ur landet, skulle han kunna berätta om det som hade hänt. Men han skulle göra det anonymt, och han insåg att knappast någon skulle tro på det brev han utan underskrift skulle skicka till polisen. Allt berodde ytterst på vad Konovalenko skulle kunna förmås att erkänna. Och frågan var om ens han skulle bli trodd.

Wallander hällde upp det kokande vattnet i kannan för att låta det stå och dra. Sedan drog han ut en av köksstolarna för att sätta sig ner.

I samma ögonblick exploderade ytterdörren och tamburen. Av den våldsamma tryckvågen kastades Wallander bakåt och slog huvudet i kylskåpet. Köket började hastigt fyllas med rök och han famlade sig fram till sovrumsdörren. Just när han kom fram till sängen och grep efter pistolen på nattygsbordet hörde han fyra skott i tät följd bakom sig. Han kastade sig platt på golvet. Skotten kom från vardagsrummet.

Konovalenko, tänkte han febrilt. Nu kommer han efter mig.

Hastigt ålade han in under sängen. Han var så rädd att han var övertygad om att hjärtat inte skulle orka med påfrestningen. Efteråt skulle han minnas att han slagits av det förnedrande i att behöva dö under sin egen säng.

Han hörde några dunsar och andfådda stönanden från vardagsrummet. Sedan var det någon som kom in i sovrummet, stod ett ögonblick orörlig och gick igen. Wallander hörde Victor Mabasha ropa något. Han levde alltså fortfarande. Wallander hörde fotsteg som försvann ut i trappuppgången. Samtidigt var det någon som skrek, utan att han kunde avgöra om det kom från gatan eller någon av lägenheterna i huset.

Han kröp fram från sängen och hävde sig försiktigt upp för att kunna se ner på gatan genom fönstret. Röken var stickande och han hade svårt att urskilja något. Men sedan upptäckte han två män som släpade Victor Mabasha mellan sig. Den ene var Rykoff. Utan att betänka sig rev Wallander upp sovrumsfönstret och sköt ett skott rakt ut i luften. Rykoff släppte Victor Mabasha och vände sig om. Wallander hann kasta sig ner på golvet innan en salva från ett automatvapen slog in genom fönsterrutorna. Skärvorna yrde om hans ansikte. Efteråt hörde han skrikande människor och en bil som startade. Han uppfattade att det var en svart Audi innan den försvann längs gatan. Wallander rusade ner på gatan där halvklädda människor började samlas. När de fick syn på Wallander med pistolen i handen kastade de sig skrikande åt sidan. Wallander öppnade bildörren med fumliga fingrar, hackade svärande med startnyckeln mot tändningslåset innan han hittade rätt, och började sedan följa efter Audin. På avstånd uppfattade han ljudet av sirener som närmade sig. Han valde att köra ut på Österleden och han hade tur. Från Regementsgatan kom Audin sladdande och försvann österut. Wallander tänkte att de möjligen inte förstod att det kunde vara han som satt i bilen. Den enda förklaringen till att mannen i sovrummet inte böjt sig ner och kikat under sängen måste vara att den bäddade sängen tydde på att Wallander inte varit hemma.

I vanliga fall brukade Wallander slarva med att göra i ordning sin säng på morgnarna. Men den här dagen hade hans dotter, utled på all oordning, städat lägenheten och bytt sängkläder åt honom.

De körde ut ur staden i hög fart. Wallander höll avståndet och tänkte att han befann sig mitt inne i en mardröm. Säkert bröt han mot samtliga regler för hur ett gripande av en farlig brottsling skulle gå till. Han började bromsa för att stanna och vända. Men sedan ångrade han sig och fortsatte. De hade redan passerat Sandskogen, golfbanan till vänster, och Wallander började undra om Audin skulle svänga av mot Sandhammaren eller fortsätta rakt fram mot Simrishamn och Kristianstad.

Plötsligt såg han hur bakljusen på bilen framför började röra sig fram och tillbaka samtidigt som de kom närmare. Audin måste ha fått punktering. Han såg hur bilen kanade ner i ett dike och blev liggande på sidan. Wallander tvärbromsade vid infarten till ett hus intill vägen och körde in på gårdsplanen. När han steg ur bilen såg han en man stå i den upplysta dörren.

Wallander hade pistolen i handen. När han började tala försökte han låta vänlig och bestämd på en och samma gång.

– Jag heter Wallander och är polis, sa han och märkte hur andfådd han var. Ring 90 000 och säg att jag är en man som heter Konovalenko på spåren. Förklara var du bor och säg åt dem att börja söka vid militärens övningsfält. Har du förstått?

Mannen som verkade vara i trettioårsåldern nickade.

– Jag känner igen dig, sa han sävligt. Jag har sett dig i tidningarna.

– Ring på en gång, svarade Wallander. Du har väl telefon?

– Det är klart jag har telefon, sa mannen. Behöver du inte ett bättre vapen än den där pistolen?

– Det gör jag säkert, svarade Wallander. Men jag hinner inte byta just nu.

Sedan sprang han ut på vägen.

På avstånd såg han Audin. Han försökte hålla sig i skuggan när han försiktigt närmade sig. Fortfarande undrade han hur länge hjärtat skulle orka med alla påfrestningar. Ändå var han glad att han inte hade dött under sin säng. Nu var det som om själva rädslan drev honom vidare. Han stannade i skydd av en vägskylt och lyssnade. Det fanns ingen kvar vid bilen längre. Sedan upptäckte han att en bit av staketet som omgärdade militärens övningsfält hade slitits upp. En dimma höll hastigt på att driva in från havet och lägga sig tät över skjutfältet. Han betraktade några får som orörliga låg på marken. Sedan hörde han plötsligt ett får som han inte kunde se, gömt inne i dimman, som bräkte och ett annat som gav ett oroligt svar.

Där, tänkte han. Fåren ska få leda mig. Han sprang hukande fram till hålet i staketet och la sig ner och spanade in i dimman. Han varken såg eller hörde någonting. Sedan kom det en bil från Ystadshållet och bromsade in. En man steg ur. Wallander upptäckte att det var han som hade lovat ringa 90 000. Han hade ett hagelgevär i handen. Wallander kröp tillbaka genom staketet igen.

– Stanna här, sa han. Backa tillbaka bilen hundra meter. Stanna
där och vänta till polisen kommer. Visa dom det här hålet i stake-
tet. Säg att det är minst två män som har vapen. Ett av dom är nån
form av automatgevär. Kan du komma ihåg det här?

Mannen nickade.

– Jag tog med ett gevär, sa han.

Wallander tvekade ett ögonblick.

– Visa mig hur det fungerar, sa han sedan. Jag vet nästan ingen-
ting om hagelgevär.

Mannen såg förvånat på honom. Sedan visade han säkringen
och hur det laddades. Wallander insåg att det var av pumpmodell.
Han tog det i handen och fick ett antal reservpatroner nerstoppade
i fickan.

Mannen backade tillbaka sin bil och Wallander kröp genom sta-
ketet igen. Åter var det ett får som bräkte. Ljudet kom från höger,
någonstans mellan en skogsdunge och slänten ner mot havet. Wal-
lander stoppade pistolen innanför bältet och började försiktigt
smyga i riktning mot fårens oroliga bräkande.

Dimman var nu mycket tät.

Det var Martinson som väcktes av telefonsamtalet från larmcentra-
len. På en och samma gång fick han besked om skottlossningen och
branden på Mariagatan samt det meddelande Wallander hade läm-
nat till mannen utanför Ystad. Han blev med ens klarvaken och
började klä sig samtidigt som han slog numret till Björk. Enligt
Martinsons förmenande tog det obegripligt lång tid innan hans
budskap hade trängt in i Björks sömndruckna medvetande. Men
trettio minuter senare befann sig den största möjliga styrka Ystads-
polisen förmådde samla på så kort tid utanför polishuset. För-
stärkning var också på väg från omkringliggande distrikt. Dess-
utom hade Björk hunnit ringa och väcka rikspolischefen som
tidigare hade begärt att bli informerad när ett gripande av Konova-
lenko hade blivit aktuellt.

Martinson och Svedberg betraktade missnöjt den stora anhop-
ningen av poliser. De var båda av den åsikten att en mindre styrka
skulle kunna göra samma insats på betydligt kortare tid. Men
Björk följde bestämmelserna. Han vågade inte ta risken av att i ef-
terhand råka ut för kritik.

– Det här går åt helvete, sa Svedberg. Vi måste ta hand om det, du och jag. Björk kommer bara att ställa till en enda röra. Om Wallander är där ute ensam och om Konovalenko är så farlig som vi tror så behöver han oss nu.

Martinson nickade och gick fram till Björk.

– Medan du samlar ihop folket åker Svedberg och jag före, sa han.

– Kommer inte på tal, svarade Björk. Här måste vi följa regelboken.

– Om du följer den så följer Svedberg och jag sunda förnuftet, sa Martinson ilsket och gick därifrån. Björk ropade efter honom. Men Svedberg och Martinson klev in i en polisbil och for därifrån. De gjorde också tecken till en patrullbil med Norén och Peters att följa efter.

De lämnade Ystad i mycket hög hastighet. De släppte förbi patrullbilen som fick spåra med sirener och blåljus. Martinson körde och Svedberg satt bredvid och fumlade med sin pistol.

– Vad har vi? sa Martinson. Övningsfältet innan avtaget till Kåseberga. Två beväpnade män. Konovalenko den ene.

– Vi har ingenting, svarade Svedberg. Jag kan inte påstå att jag ser fram emot det här.

– Explosion och skottlossning på Mariagatan, fortsatte Martinson. Hur hänger allt det här ihop?

– Det får vi hoppas att Björk kan reda ut med hjälp av regelboken, svarade Svedberg.

Utanför polishuset i Ystad rådde ett tillstånd som hastigt närmade sig kaos. Hela tiden kom det telefonsamtal från uppskrämda människor som bodde på Mariagatan. Brandkåren höll på att släcka elden. Nu var det polisens tur att reda ut vilka som låg bakom skottlossningen. Brandmästaren Peter Edler meddelade att de hade funnit fullt av blod på gatan utanför huset.

Björk som var trängd från olika håll fattade till slut beslutet att vänta med Mariagatan. Först och främst gällde det att gripa Konovalenko och den andre mannen samt att komma Wallander till undsättning.

– Är det nån här som vet hur omfattande det där övningsfältet är? frågade Björk.

Ingen visste hur långt det var, men Björk hade klart för sig att det sträckte sig ända från vägen ner till stranden. Dessutom insåg han att de visste alltför lite för att kunna göra något annat än att försöka belägra hela övningsområdet.

Hela tiden kom det bilar från omkringliggande distrikt. Eftersom det gällde att fånga en man som bland annat hade dödat en polis, hade även lediga polismän infunnit sig.

Tillsammans med ett polisbefäl från Malmö bestämde Björk att de fick göra den slutgiltiga belägringsplanen när de kommit till platsen. Samtidigt hade en polisbil sänts till regementet för att få fram tillförlitliga kartor.

Det var en lång karavan av bilar som lämnade Ystad strax före klockan ett på natten. Några nattliga privata trafikanter la sig nyfiket i släptåg. Dimman hade nu också hastigt börjat svepa in över Ystads centrum.

De möttes vid övningsfältet av mannen som talat först med Wallander och sedan med Martinson och Svedberg.

– Har det hänt nåt? frågade Björk.

– Ingenting, svarade mannen.

I samma ögonblick small ett ensamt skott någonstans långt ute på övningsfältet. Strax därpå kom det en hel serie. Sedan var det åter tyst.

– Var är Svedberg och Martinson? frågade Björk med en röst som avslöjade hans rädsla.

– Dom sprang inåt fältet, svarade mannen.

– Och Wallander?

– Honom har jag inte sett sen han försvann.

Polisbilarnas takstrålkastare spelade över dimman och fåren.

– Vi måste ge besked om att vi är här, sa Björk. Vi får belägra så gott det går.

Några minuter senare hördes hans ensamma röst över fältet. Högtalaren ekade spökligt. Så spred de sig runt fältet och började vänta.

Sedan Wallander krupit in på övningsfältet och snart varit helt omsluten av dimman, hade händelserna utvecklats mycket snabbt. Han hade gått i riktning mot de bräkande fåren. Han hade rört sig snabbt, nerhukad, eftersom han hade en stark föraning om att han höll på att komma för sent. Flera gånger snubblade han på får som låg på marken och bräkande spratt undan. Han insåg att fåren som ledde honom också avslöjade att han var på väg.

Sedan hade han upptäckt dem.

De befann sig längst ut på fältet där det började slutta ner mot stranden. Det var som en frusen bild ur en film. Victor Mabasha hade tvingats ner på knä. Konovalenko stod framför honom med en pistol i handen, den fete Rykoff några steg vid sidan av. Wallander hörde hur Konovalenko upprepade en och samma fråga.

– Var är polismannen?

– Jag vet inte.

Wallander hade insett att Victor Mabashas röst hade varit trotsig. Det hade gjort honom ursinnig. Han hatade den man som hade dödat Louise Åkerblom och med all säkerhet också Tengblad. Samtidigt försökte han febrilt tänka ut vad han skulle kunna göra. Försökte han krypa närmare skulle de upptäcka honom. Han betvivlade att han skulle kunna träffa med pistolen på det avstånd de befann sig. Hagelgeväret saknade den nödvändiga räckvidden. Att försöka sig på ett stormangrepp skulle bara innebära att han dödade sig själv. Automatpistolen som Rykoff hade i sin hand skulle svepa bort honom.

Det återstod inget annat än att vänta och hoppas att hans kollegor snart skulle komma. Men han hörde hur Konovalenko blev alltmer irriterad. Han visste inte om tiden skulle vara tillräcklig.

Pistolen höll han skjutklar. Han försökte lägga sig så att han kunde sikta med stadiga händer. Mynningen höll han riktad mot Konovalenko.

Men slutet kom för tidigt. Och det kom så hastigt att Wallander inte hann reagera innan det redan var för sent. Efteråt insåg han, klarare än någonsin, hur kort tid det tar att avsluta ett liv.

Konovalenko hade upprepat sin fråga en sista gång. Victor Mabasha hade gett sitt avvisande, trotsiga svar. Sedan lyfte Konovalenko sin pistol och sköt Victor Mabasha rätt genom pannan. På samma sätt som han tre veckor tidigare hade dödat Louise Åkerblom.

Wallander skrek till och sköt. Men allt var redan över. Victor Mabasha hade fallit baklänges och låg i en onaturlig vinkel, orörlig. Wallanders skott hade missat Konovalenko. Nu förstod han att det största hotet utgick från Rykoffs automatvapen. Han siktade på den fete mannen och sköt, skott efter skott. Till sin stora förvåning såg han hur Rykoff plötsligt ryckte till och föll ihop. När Wallander riktade sitt vapen mot Konovalenko såg han att han hade lyft upp Victor Mabasha och höll honom som en sköld framför sig samtidigt som han drog sig bakåt mot stranden. Trots att Wallander insåg att Victor Mabasha var död kunde han inte förmå sig att skjuta. Däremot reste han sig och skrek åt Konovalenko att kasta ifrån sig sitt vapen och ge sig. Svaret kom i form av ett skott. Wallander kastade sig åt sidan. Victor Mabashas kropp hade räddat honom från att bli träffad. Inte ens Konovalenko kunde sikta med stadig hand när han samtidigt skulle hålla en tung kropp upprätt framför sig. På avstånd hördes en ensam siren som närmade sig. Dimman blev tätare ju närmare stranden Konovalenko kom. Wallander följde efter med båda sina vapen i händerna. Plötsligt släppte Konovalenko den döda kroppen, försvann nerför slänten och var borta. I samma ögonblick hörde Wallander ett får bräka bakom honom. Han vände sig hastigt om och lyfte både pistolen och hagelgeväret.

Sedan såg han att det var Martinson och Svedberg som kom fram ur dimman. Deras ansikten var fyllda av häpen förfäran.

– Ta bort vapnen! skrek Martinson. Ser du inte att det är vi?

Wallander visste att Konovalenko ännu en gång var på väg att undkomma. Det fanns ingen tid till förklaringar.

– Stanna där ni är, ropade han. Följ inte efter mig!

Därefter började han gå baklänges, fortfarande utan att sänka vapnen. Martinson och Svedberg rörde sig inte. Så var han borta i dimman.

Martinson och Svedberg såg uppskrämt på varandra.

– Var det verkligen Kurt? sa Svedberg.

– Ja, svarade Martinson. Men han verkade ju alldeles galen?

– Han lever, sa Svedberg. Trots allt så lever han.

Försiktigt närmade de sig slänten mot stranden där Wallander hade försvunnit. De kunde inte urskilja några rörelser i dimman. Svagt hördes vattnet som sakta rörde sig mot strandlinjen.

Martinson kontaktade Björk medan Svedberg började undersöka de två männen som låg på marken. Martinson dirigerade Björk åt rätt håll och begärde samtidigt ambulanser.

– Och Wallander? frågade Björk.

– Han lever, svarade Martinson. Men var han är just nu kan jag inte svara på.

Sedan stängde han hastigt av walkie-talkien innan Björk hann fråga något mer.

Han gick fram till Svedberg och betraktade mannen som Wallander hade dödat. Två kulor hade gått in strax ovanför Rykoffs navel.

– Vi måste berätta för Björk, sa Martinson. Att Wallander verkade fullständigt hysterisk.

Svedberg nickade. Han visste att det var ofrånkomligt.

De gick bort till den andra kroppen.

– Mannen utan finger, sa Martinson. Nu är han utan liv. Han böjde sig ner och pekade på skotthålet i pannan.

Båda hade samma tanke. Louise Åkerblom.

Sedan kom polisbilarna och något senare två ambulanser. Medan undersökningen av de döda männen började, tog Svedberg och Martinson med sig Björk och satte sig i en av polisbilarna. De berättade vad de hade sett. Björk betraktade dem misstroget.

– Det här låter mycket egendomligt, sa han till slut. Även om Kurt kan vara lite egensinnig ibland har jag svårt att föreställa mig honom mista förståndet.

– Du skulle ha sett hur han såg ut, sa Svedberg. Han verkade vara i upplösningstillstånd. Dessutom riktade han vapen mot oss. Han hade ett i varje hand.

Björk skakade på huvudet.

– Och sen försvann han alltså längs stranden?

– Han följde efter Konovalenko, sa Martinson.

– Längs stranden?

– Det var där han försvann.

Björk försökte tyst förstå det han hade fått höra.

– Vi får sätta in hundpatruller, sa han efter några ögonblick. Upprätta vägspärrar, kalla på helikoptrar så fort det blir ljust och dimman lättar.

De steg ur bilen. I samma ögonblick hördes ett ensamt skott genom dimman. Det kom från stranden, någonstans i östlig riktning. Allt blev mycket stilla. Poliser, ambulansmän och hundar väntade på att något mer skulle hända.

Till slut var det ett får som bräkte. Det ödsliga ljudet gjorde att Martinson rös.

– Vi måste hjälpa Kurt, sa han sen. Han är ensam där ute i dimman. Han har en man emot sig som inte tvekar att skjuta vem som helst. Vi måste hjälpa Kurt. Nu, Otto.

Svedberg hade aldrig hört Martinson kalla Björk vid hans förnamn tidigare. Också Björk hajade till, som om han inte genast förstått vem Martinson menat.

– Hundförare med skottsäkra västar, sa han.

Kort efter var skallgången påbörjad. Hundarna fick genast upp spår och började slita i sina koppel. Martinson och Svedberg följde tätt i hälarna på hundförarna.

Ungefär tvåhundra meter från mordplatsen upptäckte hundarna en blodfläck i sanden. De sökte i cirklar utan att hitta något mer. Plötsligt började en av hundarna dra i nordlig riktning. De befann sig i utkanterna av övningsfältet och följde staketet. Spåret som hundarna vittrade ledde över vägen och sedan i riktning mot Sandhammaren.

Efter två kilometer tog spåret slut. Det försvann i tomma intet.

Hundarna gnällde och började leta sig tillbaka samma väg de kommit.

– Vad är det som händer? frågade Martinson en av hundförarna.

Han skakade på huvudet.

– Spåret har kallnat, svarade han.

Martinson verkade oförstående.

– Wallander kan inte bara ha gått upp i rök?

– Det ser så ut, sa hundföraren.

Sökandet fortsatte och gryningen kom. Vägspärrar var upprättade. Hela södra Sveriges samlade poliskår var mer eller mindre indragen i jakten på Konovalenko och Wallander. När dimman lättade sattes helikoptrar in i spaningarna.

Men de hittade ingenting. De två männen var borta.

Klockan nio på förmiddagen satt Svedberg och Martinson tillsammans med Björk i sammanträdesrummet. Alla var trötta och blöta av dimman. Martinson hade dessutom fått de första tecknen på en uppblossande förkylning.

– Vad ska jag säga till rikspolischefen? frågade Björk.

– Ibland är det bäst att säga som det är, sa Martinson stilla.

Björk skakade på huvudet.

– Kan ni se rubrikerna framför er? frågade han. 'Vansinnig kriminalkommissarie den svenska polisens hemliga vapen i jakten på polismördaren.'

– En rubrik ska vara kort, sa Svedberg avvisande.

Björk reste sig.

– Åk hem och ät, sa han. Byt kläder. Sen måste vi fortsätta.

Martinson räckte upp handen, som om han satt i ett klassrum.

– Jag tänker åka ut till hans far i Löderup, sa han. Hans dotter är där. Det är ju möjligt att hon har nåt att säga som kan hjälpa oss.

– Gör det, sa Björk. Men skynda dig på.

Sedan gick han in på sitt rum och ringde rikspolischefen.

När han så småningom lyckades avsluta samtalet var han röd i ansiktet av ilska.

Han hade fått de missnöjda kommentarer han hade räknat med.

Martinson satt i köket i huset på Österlen. Wallanders dotter kokade kaffe medan de samtalade. När han kommit hade han gått ut i ateljén och hälsat på Wallanders far. Till honom hade han dock ingenting sagt om vad som hade hänt under natten. Först ville han tala med dottern.

Han såg att hon blev rädd. Hon fick tårar i ögonen.

– Jag skulle egentligen också ha sovit på Mariagatan igår, sa hon.

Hon serverade honom kaffe. Han märkte att hennes händer skakade.

– Jag förstår det inte, sa hon. Att han är död. Victor Mabasha. Jag förstår det bara inte.

Martinson mumlade något otydligt till svar.

Han tänkte att hon tydligen skulle kunna berätta en hel del om vad som egentligen hade pågått mellan hennes far och den döde afrikanen. Han insåg också att det inte hade varit hennes kenyanske pojkvän som suttit i Wallanders bil några dagar tidigare. Men varför hade han ljugit?

– Ni måste hitta pappa innan det händer nånting, avbröt hon hans tankar.

– Vi ska göra allt vi kan, svarade Martinson.

– Mer, sa hon. Det räcker inte.

Martinson nickade.

– Ja, sa han. Vi ska göra mer än vad vi kan.

En halvtimme senare lämnade Martinson huset. Hon hade lovat att berätta för sin farfar vad som hade hänt. Han i sin tur hade lovat att hålla henne underrättad om allt som kom att ske. Sedan for han tillbaka mot Ystad.

Efter lunch satte sig Björk med Svedberg och Martinson i samman-trädesrummet på polishuset i Ystad. Björk gjorde något mycket ovanligt. Han låste dörren om dem.

– Nu måste vi vara ifred, sa han. Det är nödvändigt att vi får slut på den här katastrofala röran innan den alldeles glider oss ur hän-derna.

Martinson och Svedberg stirrade ner i bordet. Ingen av dem viss-te vad han skulle säga.

– Har ingen av er uppfattat tecken på att Kurt börjat bli galen? frågade Björk. Ni måste ha sett nånting? Själv har jag alltid tyckt att han varit lite underlig emellanåt. Men det är ni som arbetar till-sammans med honom dagligen.

– Jag tror inte han har tappat förståndet, sa Martinson efter en lång tystnad som till slut blivit honom outhärdlig. Kanske är han överansträngd?

– Då skulle samtliga polismän i det här landet löpa amok då och då, sa Björk avvisande. Och det brukar dom inte göra. Naturligtvis har han blivit galen. Eller sinnesförvirrad om det låter bättre. Kan det ligga i släkten? Irrade inte hans far omkring ute på en åker här-omåret?

– Han var full, svarade Martinson. Eller tillfälligt senil. Kurt är inte åderförkalkad.

– Kan han ha drabbats av Alzheimers sjukdom, undrade Björk. Senilitet i förtid?

– Jag vet inte vad det är för sjukdom du talar om, sa Svedberg plötsligt. Låt oss för guds skull hålla oss till saken. Om Kurt drab-bats av en tillfällig sinnesförvirring kan bara en läkare avgöra. Vår uppgift är att hitta honom. Vi vet att han var inblandad i en våld-sam skottlossning där två personer dog. Vi såg honom där på fäl-tet. Han riktade sitt vapen mot oss. Men han utgjorde aldrig nån fara. Han verkade mest desperat. Eller förtvivlad. Jag kan inte av-göra vilket. Sedan dess är han försvunnen.

Martinson nickade långsamt.

– Kurt var inte på platsen av en tillfällighet, sa han eftertänk-samt. Hans lägenhet hade attackerats. Vi kan bara anta att den svarte mannen befann sig där tillsammans med honom. Vad som sen hände kan vi bara gissa oss till. Men Kurt måste ha kommit nånting på spåren, nånting han aldrig hade möjlighet att meddela oss. Eller som han kanske valde att tills vidare inte berätta? Vi vet att han gör så ibland och att det irriterar oss. Men nu gäller bara en enda sak. Att hitta honom.

De satt tysta.

– Aldrig trodde jag att jag skulle behöva uppleva det här, sa Björk till slut.

Martinson och Svedberg insåg vad han menade.

– Ändå är det nödvändigt, sa Svedberg. Du måste efterlysa honom. Gå ut med rikslarm.

– Förfärligt, mumlade Björk. Men det är ofrånkomligt.

Det fanns inte mer att säga.

Med tunga steg gick Björk till sitt rum för att skicka ut efterlysning och rikslarm efter sin kollega och vän, kommissarie Kurt Wallander.

Det var den 15 maj 1992. Våren hade kommit till Skåne. Dagen var mycket varm. Mot kvällen drog ett åskväder in över Ystad.

Den vita lejoninnan

23.

I månljuset tycktes lejoninnan vara alldeles vit.

Georg Scheepers höll andan där han stod på flaket till jeepen och betraktade henne. Hon låg orörlig nere vid floden, ungefär trettio meter ifrån honom. Han såg hastigt på sin hustru Judith som stod bredvid honom. Hon besvarade hans blick. Han såg att hon var rädd. Han skakade försiktigt på huvudet.

– Det är inte farligt, sa han. Hon gör oss ingenting.

Han trodde på det han sa. Men innerst inne var han ändå inte helt övertygad. Djuren i Krugerparken där de befann sig var vana vid att människor stod på bilflak och betraktade dem, också som nu, vid midnatt. Men han glömde inte att lejoninnan var ett rovdjur, oberäkneligt, styrt av sina drifter och inget annat. Hon var ung. Hennes styrka och snabbhet skulle aldrig bli större än nu. Det skulle ta henne högst tre sekunder att resa sig ur sin loja utsträckthet och med några kraftiga språng nå fram till deras bil. Den svarte chauffören tycktes inte vara särskilt vaksam. Ingen av dem bar vapen. Ville hon kunde hon döda dem alla inom loppet av några få sekunder. Tre bett av de kraftiga käkarna, mot hals eller ryggrad, skulle vara nog.

Plötsligt var det som om lejoninnan hade reagerat på hans tankar. Hon lyfte huvudet och betraktade bilen. Han kände att Judith högg tag i hans arm. Det var som om lejoninnan såg rakt in i deras ansikten. Månljuset speglades i hennes ögon och gjorde dem självlysande. Georg Scheepers hjärta började slå fortare. Han önskade att chauffören skulle starta motorn. Men den svarte mannen satt orörlig bakom ratten. Georg Scheepers tänkte med plötslig förfäran att mannen kanske hade somnat.

Samtidigt reste sig lejoninnan från sanden. Oavbrutet betraktade hon människorna i bilen. Georg Scheepers visste att det fanns någonting som hette lejonfrossa. Alla tankar, alla känslor av rädsla, av flykt fanns kvar. Men inte förmågan att röra sig.

Hon stod alldeles stilla och såg på dem. De kraftiga frambenens skuldror sköt upp och spelade under hennes hud. Hon var mycket

vacker, tänkte han. Hennes styrka är hennes skönhet, hennes obe-
räknelighet är hennes karaktär.

Han tänkte också att hon främst var ett lejon. Först i andra hand
var hon vit. Tanken bet sig fast i hans sinne. Den var som en på-
minnelse till honom själv om någonting han hade glömt. Men vad?
Han kunde inte komma på vad.

– Varför kör han inte? viskade Judith vid hans sida.

– Det är inte farligt, sa han. Hon kommer inte hit.

Orörligt betraktade lejoninnan människorna i bilen som stod
längst ute på strandbanken. Månljuset var mycket starkt. Natten
var klar och det var varmt. Någonstans i det mörka flodvattnet
hördes ljudet av en flodhästs sävliga rörelser.

Georg Scheepers tänkte att hela situationen var en påminnelse.
Känslan av en annalkande fara, som när som helst kunde övergå i
okontrollerbart våld, var det dagliga livets kännetecken i hans
land. Alla gick omkring och väntade på att något skulle hända.
Rovdjuret betraktade dem. Rovdjuret som fanns inom dem. De
svarta med sin otålighet över att förändringarna gick så sakta. De
vita med sin fruktan för att förlora sina privilegier, sin fruktan in-
för framtiden. Det var som en väntan vid flodbädden där ett lejon
betraktade dem.

Hon var vit eftersom hon var en albino. Han tänkte på alla myter
som omgav människor och djur som fötts som albinos. Deras kraf-
ter var mäktiga. De kunde heller aldrig dö.

Plötsligt började lejoninnan röra sig, rakt emot dem. Hennes
koncentration var obruten, hennes rörelser smygande. Chauffören
startade hastigt motorn och slog på strålkastarna. Ljuset bländade
henne. Hon stannade mitt i en rörelse, med ena tassen lyft. Georg
Scheepers kände sin hustrus naglar tränga igenom khakiskjortan.

Kör, tänkte han. Kör nu, innan hon anfaller.

Chauffören la in backen. Motor hostade till. Georg Scheepers
trodde hans hjärta skulle stanna när motorn nästan dog. Men
chauffören ökade trycket på gaspedalen och bilen började röra sig
bakåt. Lejoninnan vände bort huvudet för att slippa bli bländad.

Så var det över. Judiths naglar rev inte längre på hans arm. De
höll sig fast i räcket medan jeepen skumpade tillbaka mot den
bungalow där de bodde. Den nattliga utflykten skulle snart vara
över. Men minnet av lejoninnan och de tankar hennes närvaro vid
flodstranden väckte skulle finnas kvar.

Det var Georg Scheepers som hade föreslagit sin hustru att de skulle resa upp till Krugerparken under några dagar. Han hade då under en dryg vecka försökt tränga in i den döde van Heerdens efterlämnade papper. Han behövde tid att tänka. De skulle kunna vara borta över fredagen och lördagen. Men på söndagen, den 17 maj, skulle han ägna sin tid åt att försöka tränga in i van Heerdens datafiler. Han ville göra det när han var ensam på arbetet, när åklagarnas korridorer låg öde. Polisens efterforskare hade sett till att allt hans material, alla hans datadisketter hade lämnats upp i en kartong på åklagarämbetet. Det var hans chef Wervey som hade utverkat att underrättelsetjänsten beordrats att utlämna allt material. Officiellt var det Wervey själv, i kraft av sin position som Johannesburgs chefsåklagare, som skulle gå igenom materialet som av underrättelsetjänsten omedelbart klassificerats som ytterst hemligt. När van Heerdens chefer hade vägrat lämna ut materialet innan deras eget folk hade gått igenom det, hade Wervey fått ett av sina återkommande raseriutbrott och omedelbart tagit kontakt med justitieministern. Några timmar senare hade underrättelsetjänsten gett vika. Materialet skulle överlämnas till åklagarmyndigheten. Ansvaret skulle vara Werveys. Men det var alltså Georg Scheepers som skulle gå igenom det i yttersta hemlighet. Därför skulle han arbeta under söndagen när myndigheten var tom och övergiven.

De hade kört ut från Johannesburg tidigt på morgonen fredagen den 15 maj. Motorvägen N4 mot Nelspruit förde dem snabbt mot målet. De tog av in på en mindre väg och nådde Krugerparken vid Nambiporten. Judith hade ringt och bokat en bungalow i ett av de yttersta lägren, Nwanetsi, som låg nära gränsen till Moçambique. De hade varit där flera gånger tidigare och återvände gärna. Lägret med sina bungalows, restaurang och safarikontor drog framförallt till sig gäster som önskade stillhet. Människor som la sig tidigt och steg upp i gryningen för att kunna se djuren som kom ner till flodbädden för att dricka. På vägen till Nelspruit hade Judith frågat honom om den utredning han skulle göra för justitieministern. Han hade svarat undvikande och sagt att inte visste så mycket än. Men han behövde tid att för sig själv formulera vilka förutsättningar han skulle arbeta efter. Hon frågade inte mer eftersom hon visste att hon var gift med en ytterst fåordig man.

Under de två dygnen i Nwanetsi var de ständigt på utflykter. De såg djuren, landskapet och lämnade Johannesburg och oron långt bakom sig. Efter måltiderna försjönk Judith i någon av sina böcker medan Georg Scheepers tänkte på det han nu visste om van Heerden och hans hemliga arbete.

Han hade metodiskt börjat med att gå igenom van Heerdens pärmar och mycket snart hade han insett att han måste öva upp sin förmåga att läsa mellan raderna. Bland formellt korrekta promemorior och utredningsrapporter hittade han lösa lappar med hastigt nerkastade anteckningar. Han tydde dem långsamt, med stor möda, den svårläsbara handstilen ledde hans tankar till en gnetig skollärare. Han tänkte att det var utkast till dikter. Lyriska infall, skisser till metaforer och tänkespråk. Och det var då, när han försökte förstå den icke-formella delen av van Heerdens arbete, som han fick föraningen om att något skulle hända. Rapporterna, promemoriorna och de lösa anteckningarna – *gudaverserna* som han började tänka på dem som – sträckte sig många år bakåt i tiden. Till en början var de oftast exakta iakttagelser och reflexioner, uttryckta i en kylig och värderingsfri form. Men ungefär sex månader innan van Heerden dog började de ändra karaktär. Det var som om det smög sig in ett annat, mörkare, tonfall i hans tankar. Något har hänt, tänkte Scheepers. I hans arbete eller i hans privata liv har något dramatiskt förändrats. van Heerden började tänka andra tankar. Det tidigare säkra blev plötsligt ovisst, den klara stämman famlande, tvekande. Dessutom tycker han sig upptäcka en annan skillnad. Tidigare hade de lösa lapparna saknat inbördes sammanhang. Från och med nu noterade van Heerden datum, ibland även klockslag, på lapparna. Scheepers kunde se att van Heerden tillbringat många sena kvällar på sitt arbete. En övervägande del av anteckningarna hade klockslag efter midnatt noterade. Det hela började framstå som en poetiskt utformad dagbok, tänkte han. Han försökte hitta en grundläggande och sammanbindande ledtråd att utgå ifrån. Eftersom van Heerden aldrig berörde sitt privata liv antog han att van Heerden enbart skrev om det som hade hänt i hans arbete. Där fanns inga konkreta uppgifter som kunde hjälpa honom. van Heerden förde sin dagbok med synonymer och liknelser. Att *Hemlandet* var en omskrivning för Sydafrika var självklart. Men vem var *Kameleonten*? Vem var *Modern och Barnet*? van Heerden var inte gift. Han saknade närmare släktingar, hade kommissarie Borstlap vid Johannesburgspolisen skrivit i en personlig promemoria som Scheepers hade begärt. Scheepers skrev in namnen på sin dator och försökte tyda samband utan att lyckas. van Heerdens språk var undanglidande, som om han helst ville slippa ifrån det han noterade. Det fanns ett drag av hotande fara, tänkte Scheepers gång på gång. Ett drag av bekännelse. van Heerden hade kommit någonting på spåren. Hela hans världsbild tycktes plötsligt vara hotad. Han skrev om ett dödsrike och tycktes mena att vi bär det inom oss. Han hade visioner av någonting som bryter ihop. Samtidigt tyckte han sig ana en skuldmedveten och sorgsen känsla hos van Heerden som dramatiskt förstärktes under de sista veckorna innan han dog.

Det han skrev handlade hela tiden om de svarta, de vita, boerna, Gud och förlåtelsen, noterade Scheepers. Men ingenstans använde han ordet sammansvärjning eller konspiration. Det som jag ska leta efter, det som van Heerden informerade president de Klerk om. *Varför står det ingenting om det?*

På torsdagskvällen, dagen innan han och Judith skulle resa till Nwanetsi, blev han länge sittande på sitt kontor. Han hade släckt alla lampor utom den på skrivbordet. Då och då hörde han nattvakterna prata utanför fönstret som stod på glänt.

Pieter van Heerden var den lojale tjänaren, tänkte han. I sitt arbete inom den alltmer splittrade, alltmer egenmäktigt arbetande underrättelsetjänsten hade han kommit någonting på spåren. En konspiration mot staten. En sammansvärjning som hade till mål att på ett eller annat sätt förbereda en statskupp. van Heerden var intensivt upptagen av att spåra konspirationens centrum. Frågorna var många. Och van Heerden skrev dikter om sin oro och det dödsrike han bar inom sig.

Scheepers betraktade sitt dokumentskåp. Där hade han låst in disketterna Wervey hade kvitterat ut av van Heerdens chefer. Lösningen måste finnas där, tänkte han. van Heerdens alltmer förvirrade och inåtvända grubblerier, som de uttrycktes på de lösa lapparna, kunde bara vara en del av helheten. Sanningen måste finnas på hans disketter.

Tidigt på söndagsmorgonen den 17 maj återvände de från Krugerparken till Johannesburg. Han körde Judith hem och efter att ha ätit frukost for han in till åklagarmyndighetens ruvande byggnad i centrum av Johannesburg. Staden var övergiven. Han fick en känsla av att den plötsligt blivit utrymd och att människorna aldrig mer skulle återvända. De beväpnade vakterna släppte in honom och han gick genom den ekande korridoren till sitt arbetsrum.

När han steg in genom dörren upptäckte han genast att någon varit där. Det var små, knappt märkbara skillnader som berättade om besöket. Förmodligen var det städpersonalen, tänkte han. Men säker kunde han inte vara.

Jag börjar bli smittad av mitt uppdrag, sa han till sig själv. van Heerdens oro, hans ständiga rädsla för att vara övervakad, hotad, har nu också nått mig.

Han skakade bort olusten, tog av sig kavajen och öppnade dokumentskåpet. Sedan matade han in den första disketten.

Två timmar senare hade han sorterat materialet. van Heerdens datafiler avslöjade inte något anmärkningsvärt. Det mest påfallande var den minutiösa ordning han hållit på sitt arbete.

Kvar fanns bara en enda diskett.

Georg Scheepers lyckades inte öppna den. Instinktivt anade han att här fanns van Heerdens hemliga testamente. På skärmen blinkade en uppmaning att han skulle ange kodord för att disketten skulle slå upp portarna till sina många hemliga rum. Det går inte, tänkte Scheepers. Koden är ett ord. Och det kan vara vilket ord som helst. Möjligen skulle jag kunna köra disketten mot ett program som innehåller en komplett ordlista. Men är koden på engelska eller afrikaans? Ändå trodde han inte att lösningen skulle återfinnas i en systematisk genomgång av en ordlista. van Heerden skulle inte låsa sin dyrbaraste diskett med ett intetsägande kodord. Han skulle välja sin hemliga nyckel medvetet.

Scheepers kavlade upp skjortärmarna, fyllde sin kaffekopp från den termos han tagit med hemifrån och påbörjade ett återtåg bland de lösa lapparna. Han började frukta att van Heerden programmerat disketten att av egen kraft förstöra sitt innehåll efter ett visst antal misslyckade försök att avlocka den det okända lösenordet. Det var som att försöka bestiga en ålderdomlig fästning, tänkte han. Vindbryggan är uppdragen, vallgraven är vattenfylld. Kvar finns bara en väg. Att klättra uppför murarna. Någonstans finns inhuggna trappsteg. Det är vad jag letar efter. Ett första trappsteg.

När klockan blivit två på eftermiddagen hade han fortfarande inte lyckats. Missmodet var nära, det fanns också en vag känsla av ilska hos honom över van Heerden och hans lås som han inte kunde dyrka upp.

Ytterligare två timmar senare var han beredd att ge upp. Han hade inga fler uppslag hur han skulle komma åt att öppna disketten. Hela tiden kände han också att han inte ens var i närheten av det rätta ordet. van Heerdens val av lösenord hade haft en förutsättning och betydelse som han ännu inte hade lyckats spåra. Utan att hysa några egentliga förväntningar drog han till sig den promemoria och undersökningsrapport han fått av kommissarie Borstlap. Kanske kunde han finna något där som ledde honom rätt? Med avsmak läste han obduktionsprotokollet och blundade när han kom till fotografierna av den döde. Han tänkte att det trots allt kunde vara ett vanligt rånmord. Den omständligt utformade rapporten över polisens utredning gav honom ingen ledtråd. Han övergick till den personliga promemorian.

Längst bak i Borstlaps pärm låg en inventarieförteckning över vad polisen funnit i hans arbetsrum på underrättelsetjänsten. Kommissarie Borstlap hade gjort en ironisk kommentar om att det givetvis inte gick att garantera att van Heerdens chefer inte plockat bort papper och föremål som ansågs olämpliga att polisen la beslag på. Förstrött ögnade han igenom listan över askfat, inramade fotografier av föräldrarna, några litografier, pennställ, kalendrar, skrivunderlägg. Han skulle just lägga bort promemorian när han plötsligt hejdade sig. Bland inventarierna hade Borstlap antecknat en liten skulptur i elfenben, föreställande en antilop. *Mycket dyrbar, antik*, hade Borstlap noterat.

Han la ifrån sig promemorian och slog in *antilop* på tangentbordet. Datorn svarade genom att begära rätt lösenord. Han tänkte en stund. Sedan slog han in ordet *kudu*. Datorns svar var negativt. Han lyfte telefonluren och ringde hem till Judith.

– Jag behöver din hjälp, sa han. Hämta vårt djurlexikon och slå upp avdelningen för antiloper.

– Vad håller du på med egentligen? frågade hon förvånat.

– Mitt uppdrag innebär bland annat att utforma ett betänkande om våra antilopstammars utveckling, ljög han. Jag vill bara vara säker på att det inte är någon sort jag glömmer.

Hon hämtade boken och räknade upp de olika typerna av antiloper för honom.

– När kommer du hem? frågade hon efteråt.

– Antingen ganska snart, svarade han. Eller mycket sent. Jag ringer.

När han hade avslutat samtalet insåg han genast vilket ord det måste vara. Under förutsättning att den lilla skulpturen i inventarieförteckningen var den riktiga ledtråden.

Springbuck, tänkte han. Vår nationella symbol. Kan det vara så enkelt?

Han slog långsamt in ordet och dröjde ett ögonblick inför den sista bokstaven. Datorns svar kom omedelbart. Negativt.

En möjlighet till, tänkte han. Samma ord. Men på *afrikaans*. Han skrev ordet *Spriengboek*.

Genast glimtade det till på skärmen. Sedan kom det upp en översikt över diskettens innehåll.

Han var igenom. Han hade hittat rätt i van Heerdens värld.

Han märkte att han blev svettig av upphetsning. Brottslingens glädje inför öppnandet av ett bankvalv, tänkte han.

Sedan satte han sig att läsa på skärmen. Efteråt, när klockan hade blivit närmare åtta på kvällen och han hade kommit till slutet av de omfattande texterna, visste han två saker. För det första var han nu säker på att van Heerden blivit mördad på grund av sitt arbete. För det andra att den föraning av en annalkande fara han kände varit berättigad.

Han lutade sig bakåt i stolen och sträckte på nacken.

Sedan rös han.

van Heerden hade fört sina anteckningar som fanns lagrade på disketten med en kylig exakthet. Han förstod nu att van Heerden varit en djupt splittrad människa. De upptäckter han gjort i samband med misstankarna om konspirationen hade förstärkt en redan tidigare känsla av att hans liv som boer byggde på en lögn. Ju djupare han hade trängt in i konspiratörernas verklighet, dess djupare hade han också trängt in i sin egen. De lösa lapparnas och den kyliga exakthetens världar skulle rymmas inom en och samma människa.

Han tänkte att på sätt och vis hade van Heerden varit nära sin egen undergång.

Han reste sig och gick fram till fönstret. Någonstans på avstånd hördes polissirener.

Vad är det vi har trott? tänkte han. Att våra drömmar om en oföränderlig värld skulle vara sanna? Att de små eftergifterna till de svarta skulle vara tillräckliga? Det som i grunden ingenting förändrade?

En känsla av skam bemäktigade sig honom. Ty även om han var en av de nya boerna, en av de som inte ansåg att de Klerk var en förrädare, hade han i sin passivitet, liksom sin hustru Judith, in i det längsta bidragit till att den rasistiska politiken kunnat fortleva. Även han bar inom sig det dödsrike som van Heerden skrivit om. Även han var skyldig.

Det var detta tysta godkännande som ytterst utgjorde basen för konspiratörernas avsikter. De räknade med hans fortsatta passivitet. Hans tysta tacksamhet.

Åter satte han sig framför bildskärmen.

van Heerden hade spårat väl. Slutsatserna Scheepers nu kunde dra, och som han redan dagen därpå skulle vidarebefordra till president de Klerk, framstod som omöjliga att bortse ifrån.

Nelson Mandela, den självklare ledaren för de svarta, skulle mördas. van Heerden hade under den sista tiden han levde febrilt försökt svara på de avgörande frågorna om var och när. Han hade inte haft svaret när han stängde av datorn för sista gången. Men indikationer fanns som talade för att det skulle ske i en nära framtid, i samband med att Mandela talade inför en större folksamling. van Heerden hade gjort upp en lista på tänkbara platser och datum under de kommande tre månaderna. Där fanns bland annat Durban, Johannesburg, Soweto, Bloemfontein, Kapstaden och East London med vidhängande datum. Någonstans utanför Sydafrikas gränser höll en yrkesmördare på att förbereda sig. van Heerden hade lyckats reda ut att avdankade KGB-officerare skymtade som otydliga skuggor i mördarens bakgrund. Men också här fanns ännu många oklarheter.

Till sist återstod det viktigaste. Georg Scheepers läste ännu en gång om avsnittet där van Heerden analyserade sig fram till sammansvärjningens centrum. Han talade om en *Kommitté*. En löst sammansatt ring av människor, representanter för de dominerande maktgrupperna bland boerna i Sydafrika. Men van Heerden hade inga namn. De enda han kände till var Jan Kleyn och Franz Malan.

Georg Scheepers tyckte sig nu förstå att Kameleonten var Jan Kleyn. Däremot hittade han inte täcknamnet för Franz Malan.

Han förstod att van Heerden betraktade dessa två som huvudaktörerna. Genom att koncentrera sin uppmärksamhet på dem trodde han sig kunna avslöja kommitténs övriga medlemmar, hur den var uppbyggd, vad den egentligen tänkte åstadkomma.

Statskupp, skrev van Heerden mot slutet av den sista texten, daterad två dagar innan han mördades. *Inbördeskrig? Kaos?* Han besvarade inte frågorna. Han bara ställde dem.

Men det fanns ytterligare en notering, gjord samma dag, söndagen innan han togs in på sjukhuset.

Nästa vecka, skrev van Heerden. *Gå vidare. Bezuidenhout.* 559.

Det är vad han säger åt mig att göra från sin grav, tänkte Georg Scheepers. Det var vad han skulle ha gjort. Nu är det jag som måste göra det i hans ställe. Men vad? Bezuidenhout är en stadsdel i Johannesburg, siffrorna angav säkert en adress till ett hus.

Han märkte plötsligt att han var mycket trött och mycket orolig. Det ansvar som hade lagts på honom var större än han kunnat föreställa sig.

Han stängde av datorn och låste in disketten i sitt dokumentskåp. Klockan var redan nio. Ute var det mörkt. Polissirenerna ylade oavbrutet, som hyenor, osynligt vakande i natten.

Han lämnade åklagarnas ödsliga hus och gick till sin bil. Utan att han egentligen formade sitt beslut styrde han mot stadens östra utkanter, mot Bezuidenhout. Det tog inte lång tid för honom att komma rätt. Nummer 559 var ett hus som låg vid den park som gett Bezuidenhout dess namn. Han stannade bilen på gatan, slog av motorn och släckte strålkastarna. Huset var vitt, i glaserat tegel. Det lyste bakom fördragna gardiner. Han såg att det stod en bil på uppfarten.

Fortfarande var han för trött och orolig för att tänka på hur han skulle gå vidare. Först måste hela denna långa dag sjunka in i hans medvetande. Han tänkte på lejoninnan som legat orörlig vid flodbädden. Hur hon rest sig och kommit emot dem. Rovdjuret river i oss, tänkte han.

Han insåg plötsligt vad som var det viktigaste.

Att Nelson Mandela mördades vore det värsta som kunde hända i landet idag. Konsekvenserna skulle bli fruktansvärda. Allt som höll på att byggas upp, en bräcklig vilja till en lösning mellan vita och svarta skulle raseras på bråkdelen av en sekund. Fördämningarna skulle rasa, syndafloden vräka över landet.

Ett antal människor önskade denna syndaflod. De hade bildat en kommitté för att rasera fördämningarna.

Så långt kom han i sina tankar. Sedan såg han en man komma ut från huset och sätta sig i bilen. Samtidigt drogs en gardin undan från ett fönster. Han såg en svart kvinna, strax bakom henne ännu en, yngre. Den äldre kvinnan vinkade, hon som stod bakom var orörlig.

Han kunde inte se mannen i bilen. Det var för mörkt. Ändå visste han att det var Jan Kleyn. Han hasade ner på sätet när bilen passerade. När han åter satte sig upp var gardinen fördragen igen.

Han rynkade pannan. Två svarta kvinnor? Jan Kleyn kom ut ur deras hus. *Kameleonten, modern och barnet*? Han såg inte sambandet. Men han hade ingen anledning att misstro van Heerden. Hade han skrivit att det var viktigt så var det så.

van Heerden hade anat sig till en hemlighet, tänkte han. I det spåret måste jag följa efter.

Dagen efter ringde han till president de Klerks kansli och begärde brådskande företräde. Han fick besked om att presidenten kunde ta emot honom klockan tio på kvällen. Under dagen ställde han samman en rapport över sina slutsatser. Han var till ytterlighet nervös när han satte sig att vänta i presidentens förrum, välkomnad av samme dystre vaktmästare som vid sitt första besök. Den här kvällen behövde han dock inte vänta. På slaget tio meddelade vaktmästaren att presidenten tog emot. När Scheepers kom in i hans rum fick han samma känsla som senast. President de Klerk verkade mycket trött. Hans ögon var matta och ansiktet blekt. De tunga påsarna under ögonen tycktes tynga honom mot jorden.

Så kortfattat som möjligt berättade han om sina upptäcker dagen innan. Men han nämnde tills vidare ingenting om huset i Bezuidenhout Park.

President de Klerk lyssnade med halvslutna ögon. När Scheepers hade slutat satt de Klerk orörlig. Ett kort ögonblick trodde han att presidenten hade somnat under hans föredragning. Sedan slog de Klerk upp ögonen och betraktade honom.

– Jag undrar ofta hur det kommer sig att jag fortfarande lever, sa han långsamt. Tusentals *boere* betraktar mig som en förrädare. Ändå är det Nelson Mandela som utpekas i rapporterna som det tilltänkta offret för ett attentat.

President de Klerk tystnade. Scheepers såg att han tänkte koncentrerat.

– Det är nånting som oroar mig i rapporten, fortsatte han efter en stund. Låt oss anta att det finns villospår utlagda på lämpliga ställen. Låt oss tänka oss två alternativa situationer. Den ena att det är jag, landets president, som egentligen är det tilltänkta offret. Jag vill att ni läser rapporten med det för ögonen, Scheepers. Dessutom ber jag er överväga möjligheten av att dessa människor har för avsikt att slå till mot både min vän Mandela och mig själv. Det innebär inte att jag avskriver möjligheten av att det verkligen är Mandela dom här galningarna vill åt. Jag vill bara att ni kritiskt betraktar det ni håller på med. Pieter van Heerden blev mördad. Det betyder att det finns ögon och öron överallt. Erfarenheten har lärt mig att villospår är en viktig del av underrättelsetjänstens arbete. Har ni förstått?

– Ja, svarade Scheepers.

– Jag förväntar mig era slutsatser inom två dygn. Mer tid kan jag tyvärr inte ge er.

– Jag tror nog fortfarande att Pieter van Heerdens slutsatser pekar mot att det är Nelson Mandela som ska dödas, sa Scheepers.

– Tror? svarade de Klerk. Jag tror på Gud. Men inte vet jag om han finns. Inte heller om det finns mer än en.

Scheepers blev förstummad av svaret. Men han förstod vad de Klerk hade menat.

Presidenten lyfte händerna och lät dem falla mot skrivbordet.

– En kommitté, sa han tankfullt. Som vill rasera det vi försöker bygga upp. En rimlig avveckling av den nuvarande politiken som har slagit fel. Dom försöker utlösa en syndaflod över vårt land. Och det ska dom inte tillåtas att lyckas med.

– Naturligtvis inte, svarade Scheepers.

de Klerk försvann åter i sina tankar. Scheepers väntade tyst.

– Varje dag räknar jag med att en galen fanatiker ska nå fram till mig, sa han eftertänksamt. Jag tänker på vad som hände min företrädare Verwoerd. Dödad av ett knivhugg i parlamentet. Jag räknar med att det kan hända. Det skrämmer mig inte. Vad som däremot gör mig rädd är att det knappast finns nån som kan ta över efter mig just nu.

de Klerk betraktade honom med ett svagt leende.

– Ni är ännu ung, sa han. Men just nu är det här landets framtid beroende av två gamla män, Nelson Mandela och mig själv. Därför vore det bra om vi båda kunde fortsätta att vara i livet ytterligare en tid.

– Borde inte Nelson Mandela få ett kraftigt utökat personskydd? frågade Scheepers.

– Nelson Mandela är en mycket speciell man, svarade de Klerk. Han är inte överdrivet förtjust i livvakter. Framstående män brukar inte vara det. Se bara på de Gaulle. Därför måste det hela skötas mycket diskret. Men naturligtvis har jag sett till att bevakningen av honom har ökats. Men det är onödigt att han vet om det.

Audiensen var över.

– Två dygn, sa de Klerk. Inte mer.

Scheepers reste sig och bugade.

– En sak till, sa de Klerk. Ni bör inte glömma vad som hände van Heerden. Var försiktig.

Först när han hade lämnat regeringskansliet insåg Georg Scheepers vad president de Klerk hade sagt. Också över honom vakade osynliga ögon. Kallsvettig satte han sig i sin bil och for hem.

Åter tänkte han på lejoninnan som varit nästan vit i det kalla och klara månljuset.

24.

Kurt Wallander hade alltid föreställt sig döden svart.

Nu, när han stod på stranden, insvept i dimman, insåg han att döden var trolös mot alla färger. Här var den vit. Dimman inneslöt honom helt, svagt tyckte han sig höra vågskvalp mot stranden, men det var dimman som betydde något och den förstärkte hans känsla av att ingenstans kunna ta vägen.

När han hade stått uppe på övningfältet, omgiven av de osynliga fåren, och allt hade varit över, hade han inte haft en enda klar tanke i huvudet. Han visste att Victor Mabasha var död, att han själv hade dödat en människa och att Konovalenko ännu en gång var borta, uppslukad av allt det vita som omslöt dem. Svedberg och Martinson hade dykt upp i dimman som två bleka spökbilder av sig själva. I deras ansikten hade han kunnat läsa sin egen fasa över att det låg döda människor runt honom. Han hade på en och samma gång dels velat fly för att aldrig återvända, dels ge sig ut på jakt efter Konovalenko. Det som hände under dessa ögonblick mindes han efteråt som någonting han befann sig vid sidan av och betraktade på avstånd. Det var en annan Wallander som stod där och viftade med sina vapen. Det var inte han, det var någon som tillfälligt tagit honom i besittning. Först när han rutit åt Martinson och Svedberg att hålla sig undan, sedan halkat och snubblat nerför slänten och varit ensam i dimman, hade han långsamt börjat förstå vad som hade hänt. Victor Mabasha var död, skjuten i pannan, på samma sätt som Louise Åkerblom. Den fete mannen hade ryckt till och kastat upp armarna. Också han var död och det var Wallander som skjutit honom.

Han skrek rakt ut, som en ensam mänsklig mistlur i dimman. Det fanns ingen återvändo, tänkte han förtvivlat. Jag kommer att försvinna i den här dimman som i en öken. När den lättar så finns jag inte mer.

Han hade försökt att samla ihop resterna av det förnuft han fortfarande tyckte sig ha kvar. Återvänd, tänkte han. Gå tillbaka till de döda männen. Där finns dina kollegor. Tillsammans kan ni leta efter Konovalenko.

Sedan gick han därifrån. Han kunde inte återvända. Om han hade någon skyldighet kvar så var det att leta rätt på Konovalenko, döda honom om det inte gick att undvika, men helst fängsla honom, och överlämna honom till Björk. Efter det skulle han sova. När han sedan vaknade skulle mardrömmen vara över. Men det var inte sant. Mardrömmen skulle finnas kvar. När han sköt Rykoff hade han begått en handling som för alltid skulle följa honom. Alltså kunde han lika gärna gå på jakt efter Konovalenko. Dunkelt anade han att han redan nu sökte ett sätt att sona Rykoffs död.

Någonstans i dimman fanns Konovalenko. Kanske alldeles i närheten. Vanmäktigt sköt Wallander ett skott rätt in i allt det vita, som om han försökte splittra dimman. Han strök undan det svettiga håret som klibbade i pannan. Då upptäckte han att han blödde. Han måste ha skurit sig när Rykoff sköt sönder fönsterrutorna på Mariagatan. Han såg på sina kläder, de var nersölade av blod. Det droppade ner på sanden. Han stod orörlig och väntade på att hans andhämtning åter skulle bli lugn. Sedan fortsatte han. Han kunde följa Konovalenkos spår i sanden. Pistolen hade han stuckit ner i bältet. Hagelgeväret höll han osäkrat och berett mellan händerna i höjd med höfterna. Av fotspåren tyckte han sig kunna förstå att Konovalenko rörde sig fort, nästan springande. Han ökade farten, spårade som en hund. Den täta dimman gav honom plötsligt en upplevelse av att han stod stilla medan det var sanden som rörde sig. Samtidigt kunde han se att Konovalenko hade stannat. Han hade vänt sig om innan han fortsatt springa och han hade ändrat riktning. Spåren ledde tillbaka upp mot klinten. Så fort de nådde gräskanten insåg Wallander att spåret skulle vara borta. Han klättrade uppför branten och märkte att han befann sig i övningsfältets östra utkant. Han stannade och lyssnade. Långt bakom sig hörde han en siren som avlägsnade sig. Sedan var det ett får som bräkte alldeles intill honom. Åter stilla. Han följde staketet norrut. Det var det enda riktmärke han hade. Varje ögonblick tänkte han att Konovalenko skulle dyka upp i dimman. Wallander försökte föreställa sig hur det skulle vara att bli skjuten i huvudet. Men han kunde inte känna någonting. Meningen med hans liv just nu var att följa staketet längs övningsfältet, ingenting annat. Någonstans fanns Konovalenko beredd med sitt vapen och det var honom han skulle hitta.

När Wallander kom upp till vägen mot Sandhammaren fanns

ingenting annat än dimman. På motsatt sida tyckte han sig skymta silhuetten av en häst, orörlig med spetsade öron.

Sedan ställde han sig mitt på vägen och kissade. På avstånd hörde han en bil passera på vägen mot Kristianstad.

Han började gå mot Kåseberga. Konovalenko var försvunnen. Åter en gång hade han sluppit undan. Wallander gick utan mål. Det var lättare att gå än att stå stilla. Han önskade att Baiba Liepa skulle lösgöra sig ur allt det vita och komma emot honom. Men där fanns ingenting. Det var bara han och den fuktiga asfalten.

En cykel stod lutad mot resterna av en gammal mjölkpall. Eftersom den var olåst tänkte Wallander att det var någon som hade lämnat den där åt honom. Han satte fast hagelgeväret på pakethållaren och cyklade iväg. Så fort han kunde svängde han av från asfalten och letade sig fram längs grusvägarna som korsade varandra på slätten. Till slut var han framme vid sin fars hus. Allt var släckt utom en ensam lampa utanför ytterdörren. Han stod stilla och lyssnade. Sedan gömde han cykeln på baksidan av uthuset. Försiktigt gick han över gruset. Han visste var hans far hade en reservnyckel gömd, i en trasig blomkruka som stod i yttertrappan som ledde ner till källaren. Han låste upp faderns ateljé. Det fanns ett inre rum utan fönster där han förvarade färger och gamla taveldukar. Han drog igen dörren bakom sig och tände lampan. Ljuset från glödlampan förvånade honom. Det var som om han väntat sig att dimman skulle finnas även här. Under kallvattenkranen försökte han torka bort blodet från ansiktet. I en sprucken spegelflisa som satt på väggen kunde han se sig själv. Han kände inte igen sina egna ögon. De var uppspärrade, blodsprängda, ängsligt flackande. Han kokade kaffe på den nersmutsade elektriska plattan. Klockan var fyra på morgonen. Han visste att hans far brukade stiga upp halv sex. Till dess måste han vara borta. Vad han behövde just nu var ett gömställe. Olika alternativ, alla lika omöjliga, passerade genom hans huvud. Men till sist kom han på vad han skulle göra. Han drack upp sitt kaffe och lämnade ateljén, korsade gårdsplanen och låste försiktigt upp dörren till bostadshuset. Han stod i tamburen och kände den unkna gammelmansdoften i näsan. Sedan lyssnade han. Allt var stilla. Han gick försiktigt in i köket där telefonen stod och stängde dörren bakom sig. Till sin förvåning mindes han telefonnumret. Med handen på telefonluren tänkte han igenom vad han skulle säga. Så slog han numret.

Sten Widén svarade nästan genast. Wallander hörde att han redan var vaken. Hästmänniskor stiger upp tidigt, tänkte han.

– Sten? Det är Kurt Wallander.

De hade en gång varit mycket nära vänner. Wallander visste att han nästan aldrig visade att han blev överraskad.

– Jag hör det, sa han. Du ringer klockan fyra på morgonen?

– Jag behöver din hjälp.

Sten Widén sa ingenting. Han väntade på en fortsättning.

– På vägen mot Sandhammaren, sa Wallander. Du måste komma och hämta mig. Jag behöver gömma mig hos dig ett tag. Några timmar åtminstone.

– Var? frågade Sten Widén.

Sedan började han hosta.

Han röker fortfarande sina starka cigarrcigaretter, tänkte Wallander.

– Jag väntar på dig vid avtagsvägen ner mot Kåseberga, sa han. Vad har du för bil?

– En gammal Duett.

– Hur lång tid tar det för dig?

– Det är tät dimma. 45 minuter. Kanske lite mindre.

– Jag ska vara där. Tack för att du hjälper mig.

Han la på luren och lämnade köket. Sedan kunde han inte motstå frestelsen. Han gick genom vardagsrummet där den gamla teven stod och gläntade försiktigt på draperiet till gästrummet där hans dotter sov. I det svaga återskenet av lampan utanför köksdörren såg han hennes hår och panna, en bit av näsan. Hon sov tungt.

Därefter lämnade han huset och städade upp efter sig i ateljéns inre rum. Han cyklade ner till korsningen vid huvudvägen och svängde mot höger. När han kom till avfarten mot Kåseberga ställde han cykeln bakom en barack som tillhörde Televerket, gömde sig i skuggorna och väntade. Dimman var lika tät. Plötsligt passerade en polisbil mot Sandhammaren. Wallander tyckte sig se att det var Peters som körde.

Han tänkte på Sten Widén. Senast de träffades var för över ett år sedan. I samband med en brottsutredning hade Wallander fått infallet att besöka honom på hans hästgård vid Stjärnsunds borgruin. Där hade han hand om träningen av ett antal galopphästar. Han levde ensam, drack förmodligen för mycket och för ofta, och hade oklara förbindelser med sina kvinnliga anställda. En gång i tiden hade de haft en gemensam dröm. Sten Widén hade en vacker baryton. Han skulle bli operasångare och Wallander hans impressario. Men drömmen gled dem ur händerna, deras vänskap förflyktigades, för att till slut alldeles upphöra.

Ändå är han den kanske enda riktiga vän jag någonsin haft, tänkte Wallander medan han väntade i dimman. Om jag bortser från Rydberg. Men det var någonting annat. Vi skulle aldrig ha kommit varandra nära om vi inte båda hade varit poliser.

Efter fyrtio minuter kom den vinröda Duetten glidande genom dimman. Wallander klev fram bakom baracken och steg in i bilen. Sten Widén betraktade hans ansikte, blodfläckat, smutsigt. Men han röjde som vanligt ingen förvåning.

– Jag berättar sen, sa Wallander.

– När du vill, sa Sten Widén. En otänd cigarrcigarett satt i hans ena mungipa och han luktade sprit.

De passerade övningsfältet. Wallander kröp ihop och gjorde sig osynlig. Flera polisbilar stod vid sidan av vägen. Sten Widén bromsade in men stannade inte. Vägen var öppen, där fanns inga avspärrningar. Han betraktade Wallander som försökte gömma sig. Men han sa ingenting. De passerade Ystad, Skurup och tog till vänster vid avtagsvägen mot Stjärnsund. Dimman var fortfarande lika tät när de svängde in på hästgården. En flicka i sjuttonårsåldern stod gäspande och rökte utanför stallet.

– Mitt ansikte har synts i både tidningar och teve, sa Wallander. Jag vill helst vara anonym.

– Ulrika läser inga tidningar, svarade Sten Widén. Ser hon på teve så är det videofilmer. Jag har en flicka till, Kristina. Hon säger ingenting heller.

De gick in i det ostädade, kaotiska huset. Wallander fick en känsla av att det såg likadant ut som när han senast var på besök. Sten Widén frågade om han var hungrig. Wallander nickade och de satte sig i köket. Han åt några smörgåsar och drack kaffe. Då och då försvann Sten Widén ut i det angränsande rummet. När han kom tillbaka var spritdoften starkare.

– Tack för att du hämtade mig, sa Wallander.

Sten Widén ryckte på axlarna.

– Det är som det är, sa han.

– Jag behöver sova några timmar, fortsatte Wallander. Sen ska jag berätta.

– Hästarna ska skötas, sa Sten Widén. Du kan sova härinne.

Han reste sig och Wallander följde efter honom. Nu kände han hur trött han var. Sten Widén visade in honom i ett litet rum där det stod en soffa.

– Rena lakan är det tveksamt om jag har, sa han. Men en filt och en kudde kan du få.

– Det är mer än nog, sa Wallander.

– Du vet var badrummet är?

Wallander nickade. Han mindes.

Wallander tog av sig skorna. Det knastrade av sand på golvet. Jackan slängde han på en stol. Sedan la han sig ner. Sten Widén stod i dörröppningen och betraktade honom.

– Hur har du det? frågade Wallander.

– Jag har börjat sjunga igen, svarade Sten Widén.

– Det måste du berätta om, sa Wallander.

Sten Widén lämnade rummet. Wallander hörde en häst gnägga ute på gården. Det sista han tänkte innan han somnade var att Sten Widén var sig lik. Samma toviga hår, samma torra eksem i nacken.

Ändå fanns det någonting som var förändrat.

När han vaknade visste han först inte var han befann sig. Han hade huvudvärk och det värkte i hela kroppen. Han lade handen på pannan och kände att han hade feber. Han låg stilla under filten som luktade häst. När han skulle se på klockan märkte han att han måste ha tappat den under natten. Han reste sig och gick ut i köket. En väggklocka visade på halv tolv. Han hade sovit över fyra timmar. Dimman hade lättat utan att ännu helt ha försvunnit. Han hällde upp en kopp kaffe och satte sig vid köksbordet. Sedan reste han sig och öppnade de olika köksskåpen tills han hittade en tub med värktabletter. Strax efteråt ringde telefonen. Wallander hörde hur Sten Widén kom in och svarade. Samtalet handlade om hö. Det var ett pris på en leverans som diskuterades. När samtalet var slut kom han in i köket.

– Vaken? sa han.

– Jag behövde sova, svarade Wallander.

Sedan berättade han vad som hade hänt. Sten Widén lyssnade med uttryckslöst ansikte. Wallander började med Louise Åkerbloms försvinnande. Han talade om den man han hade dödat.

– Jag var tvungen att komma bort, slutade han. Jag inser givetvis att mina kollegor just nu letar efter mig. Men jag får ge dom en nödlögn. Att jag legat avsvimmad i nån buske. Men en sak vill jag be dig om. Om du kan ringa till min dotter och säga att jag är välbehållen. Och att hon ska stanna där hon är.

– Men jag ska inte säga var du är?

– Nej. Inte än. Men hon måste bli övertygad.

Sten Widén nickade. Wallander gav honom numret. Men det kom inget svar.

– Du måste försöka till du får tag på henne, sa han.

En av hästflickorna kom in i köket. Wallander nickade och hon sa att hon hette Kristina.

– Du får åka och hämta pizza, sa Sten Widén. Köp några tidningar också. Det finns inte en matbit i huset.

Sten Widén gav flickan pengar. Duetten startade ute på gården och avlägsnade sig.

– Du sa att du hade börjat sjunga igen, sa Wallander.

För första gången log Sten Widén. Wallander kunde minnas det leendet, men det var många år sedan han sett det senast.

– Jag har gått med i kyrkokören i Svedala, sa han. Ibland sjunger jag ensam på begravningar. Jag upptäckte att jag saknat det. Men hästarna är inte förtjusta när jag sjunger i stallet.

– Behöver du en impressario? frågade Wallander. Jag har svårt att se hur jag ska kunna fortsätta som polis efter allt det här.

– Du har dödat i självförsvar, sa Sten Widén. Det skulle jag också ha gjort. Var glad över att du hade tillgång till vapen.

– Jag tror ingen kan förstå hur det känns.

– Det går över.

– Aldrig.

– Allt går över.

Sten Widén försökte ringa igen. Fortfarande inget svar. Wallander gick ut i badrummet och duschade. Han fick låna en skjorta av Sten Widén. Också den luktade häst.

– Hur går det? frågade han.

– Med vad då?

– Med hästarna.

– Jag har en som är bra. Tre andra som kanske kan bli det. Men Dimma är begåvad. Hon springer in pengar. Kanske hon kan vara en möjlighet till Derbyt i år.

– Heter hon Dimma?

– Ja?

– Jag tänker på i natt. Hade jag haft en häst hade jag kanske hunnit ikapp Konovalenko.

– Inte Dimma. Hon kastar av folk hon inte känner. Talangfulla hästar är ofta busar. Som människor. Självupptagna och nyckfulla. Ibland undrar jag om hon vill ha en spegel i boxen. Men hon galopperar fort.

Flickan som hette Kristina kom tillbaka med pizzakartonger och några tidningar. Sedan gick hon.

– Ska hon inte äta? frågade Wallander.

– Dom sitter ute i stallet, sa Sten Widén. Vi har ett litet pentry där. Han tog den översta av tidningarna och bläddrade. Ett av uppslagen fångade hans uppmärksamhet.

– Det står om dig, sa han.

– Jag vill helst inte höra. Inte än.

– Som du vill.

När Sten Widén ringde för tredje gången fick han svar. Det var Linda som tog telefonen, inte fadern. Wallander kunde höra att hon envist ställde många frågor. Men Sten Widén sa bara det han skulle.

– Hon blev mycket lättad, sa han när samtalet var över. Hon lovade att stanna kvar där hon var.

De åt sina pizzor. En katt hoppade upp på bordet. Wallander gav den en bit. Han märkte att även katten luktade häst.

– Dimman lättar, sa Sten Widén. Har jag nånsin berättat för dig att jag varit i Sydafrika? Apropå det du sa nyss.

– Nej, svarade Wallander förvånat. Det visste jag inte.

– När det inte blev nåt av operasången for jag iväg, sa han. Jag ville bort från allt, det minns du. Jag tänkte jag skulle bli storviltjägare. Eller leta diamanter i Kimberley. Jag måste ha läst nånting. Och jag for faktiskt iväg. Jag kom till Kapstaden. Sen stannade jag i tre veckor innan jag fått nog. Jag flydde. Kom tillbaka hit. Och sedan blev det hästar så småningom, när farsan dog.

– Flydde?

– Som dom svarta behandlades. Jag skämdes. I sitt eget land gick dom omkring med mössan i hand och bad om ursäkt för att dom fanns. Det är det värsta jag har varit med om i den vägen. Jag glömmer det aldrig.

Han torkade sig om munnen och gick ut. Wallander tänkte på

det han hade sagt. Sedan insåg han att han snart var tvungen att åka in till polishuset i Ystad.

Han gick in i rummet där telefonen stod. Där hittade han vad han sökte. En halvtömd whiskyflaska. Han skruvade av kapsylen och tog en rejäl klunk, sedan en till. Genom fönstret såg han Sten Widén rida förbi på en brun häst.

Först har jag inbrott, tänkte han. Sedan spränger de min lägenhet i luften. Vad kommer härnäst?

Han la sig på soffan igen och drog upp filten till hakan. Febern hade varit inbillad och huvudvärken var borta. Snart måste han gå upp igen.

Victor Mabasha var död. Konovalenko hade skjutit honom. Utredningen av Louise Åkerbloms försvinnande och död kantades av lik. Han såg ingen utväg. Hur skulle de någonsin få tag på Konovalenko?

Efter en stund somnade han. Han vaknade först fyra timmar senare.

Sten Widén satt i köket med en kvällstidning framför sig.

– Du är efterlyst, sa han.

Wallander såg oförstående på honom.

– Vem?

– Du, sa Sten Widén igen. Du har blivit efterlyst. Det har gått ut rikslarm. Dessutom kan man mellan raderna ana att du drabbats av en tillfällig sinnesförvirring.

Wallander ryckte till sig tidningen. Han var i bild, liksom Björk.

Sten Widén hade talat sanning. Han var efterlyst. Tillsammans med Konovalenko. Dessutom misstänktes han ha problem med att ta vara på sig själv.

Wallander såg förfärat på Sten Widén.

– Ring min dotter, sa han.

– Det har jag redan gjort, svarade han. Och jag har sagt att du fortfarande har ditt förnuft i behåll.

– Trodde hon dig?

– Ja. Hon trodde mig.

Wallander satt orörlig. Sedan bestämde han sig. Han skulle spela rollen de hade gett honom. En kriminalkommissarie från Ystad, tillfälligt ur balans, försvunnen och efterlyst. Det skulle ge honom det han behövde mest av allt.

Tid.

När Konovalenko upptäckte Wallander i dimman intill havet, på fältet där fåren vilade, insåg han förvånat att han hade mött en jämbördig motståndare. Det var i samma ögonblick som Victor Mabasha kastades bakåt och var död innan han nådde marken. Konovalenko hörde ett vrål ur dimman, han vände sig runt samtidigt som han kurade ihop sig. Och där såg han honom, den rundlagde landsortspolisen, som gång på gång hade utmanat honom. Konovalenko förstod nu att han hade underskattat honom. Han såg Rykoff bli träffad av två kulor som slet upp bröstkorgen. Med den döde afrikanen som sköld retirerade Konovalenko nerför strandbrinken, och han visste att Wallander skulle komma efter honom. Han skulle inte ge sig och nu var det uppenbart att han var en farlig motståndare.

Konovalenko sprang i dimman längs stranden. Samtidigt ringde han till Tania på den mobila telefon han hade haft med sig. Hon väntade med en bil vid torget i Ystad. Han nådde staketet vid övningsfältet, letade sig upp till vägen och såg en skylt där det stod Kåseberga. Han dirigerade henne ut ur Ystad via telefonen, släppte henne inte med rösten, och han manade henne att köra försiktigt. Han sa ingenting om att Vladimir var död. Det fick komma sedan. Hela tiden höll han också uppsikt bakåt. Wallander var någonstans i närheten och han var farlig, den första skoningslösa svensk han någonsin träffat på nära håll. Samtidigt misstrodde han i grunden sin upplevelse. Wallander var ju en landsortspolis. Det var något i hans uppträdande som överhuvudtaget inte stämde.

Tania kom, Konovalenko tog över ratten, och de for tillbaka mot huset utanför Tomelilla.

– Var är Vladimir? frågade hon.

– Han kommer senare, svarade Konovalenko. Vi var tvungna att skära på oss. Jag hämtar honom sen.

– Och afrikanen?

– Död.

– Polismannen?

Han svarade inte. Tania förstod att någonting hade misslyckats. Konovalenko körde för fort. Han var jagad av något som störde hans vanliga lugn.

Det var där i bilen som Tania förstod att Vladimir var död. Men hon sa ingenting, hon höll sammanbrottet ifrån sig ända tills de hade kommit in i huset där Sikosi Tsiki satt i en stol och betraktade dem med uttryckslöst ansikte. Där började hon skrika. Konovalenko slog henne, först på kinderna med öppen hand, sedan allt hårdare. Men hon fortsatte att skrika ända tills han hade tvingat i henne starka lugnande tabletter, i en dos som praktiskt taget sövde ner henne. Hela tiden satt Sikosi Tsiki orörlig i sin soffa och betraktade dem. Konovalenko fick en upplevelse av att han uppträdde på en scen och att Sikosi Tsiki var den ende men uppmärksamme åskådaren. När Tania hade försvunnit i gränslandet mellan den djupa sömnen och medvetslösheten, bytte Konovalenko kläder och hällde upp ett glas vodka. Att Victor Mabasha äntligen var död gav honom inte den tillfredsställelse han hade väntat. Det löste de omedelbara praktiska problemen, inte minst i hans känsliga förhållande till Jan Kleyn. Men han visste att Wallander skulle komma efter honom.

Han skulle inte ge sig, han skulle vädra upp spåret på nytt.

Konovalenko drack ytterligare ett glas vodka.

Afrikanen i soffan är ett ljudlöst djur, tänkte han. Han ser oavbrutet på mig, inte vänligt, inte ovänligt, han bara ser. Han säger ingenting, frågar ingenting. Så skulle han kunna sitta i dygn efter dygn om det begärdes av honom.

Ännu hade Konovalenko ingenting att säga till honom. För varje minut som gick skulle Wallander komma närmare. Vad som nu krävdes var hans egen offensiv. Förberedelsen av det egentliga uppdraget, attentatet i Sydafrika, måste ännu vänta.

Han kände Wallanders svaga punkt. Det var dit Konovalenko ville nå. Men var fanns dottern? Någonstans i närheten, förmodligen i Ystad. Men inte i lägenheten.

Det tog honom en timme att formulera lösningen på problemet. Det var en plan som innehöll många risker. Men han hade insett att det inte fanns några riskfria strategier mot den märklige polismannen Wallander.

Eftersom Tania var nyckeln till hans plan och hon skulle sova i många timmar, var det bara för honom att vänta. Men han glömde inte för ett ögonblick att Wallander fanns där ute i dimman och mörkret och att han hela tiden kom allt närmare.

– Jag förstår att den kraftige mannen inte kommer tillbaka, sa Sikosi Tsiki plötsligt. Hans röst var mycket mörk, hans engelska sjungande.

– Han begick ett fel, svarade Konovalenko. Han var för långsam.

Han kanske inbillade sig att det fanns en återvändo. Men det gör det inte.

Det var allt Sikosi Tsiki yttrade denna natt. Han reste sig ur soffan och gick in i sitt rum. Konovalenko tänkte att han trots allt tyckte bättre om den ersättare Jan Kleyn hade skickat. Det skulle han också komma ihåg att påpeka när han ringde till Sydafrika påföljande kväll.

Han var ensam vaken. Gardinerna var noga fördragna och han fyllde sitt glas med vodka.

Strax före klockan fem på morgonen gick han och la sig.

Tania kom till polishuset i Ystad strax före ett på eftermiddagen lördagen den 16 maj. Hon var fortfarande omtöcknad, både av chocken över Vladimirs död och de starka lugnande medel som Konovalenko hade gett henne. Men hon bar också på en beslutsamhet. Det var Wallander som hade dödat hennes man. Polismannen som besökt dem i Hallunda. Konovalenko hade beskrivit Vladimirs död på ett sätt som inte alls stämde med vad som verkligen hade skett i dimman. Men för Tania framstod Wallander som ett monster av obehärskad, sadistisk grymhet. För Vladimirs skull skulle hon uppträda i den roll Konovalenko hade gett henne. I förlängningen väntade ett ögonblick då det skulle vara möjligt att döda honom.

Hon kom in i receptionen på polishuset. En kvinna i en glasbur log mot henne.

– Kan jag hjälpa till? frågade hon.

– Jag skulle vilja anmäla ett inbrott i min bil, sa Tania.

– Oj då, sa den kvinnliga receptionisten. Jag ska se om det finns nån här som kan ta emot er. Hela polishuset är uppochnervänt idag.

– Jag förstår, sa Tania. Det är förfärligt, det som händer.

– Aldrig trodde jag att vi i Ystad skulle behöva uppleva det här, sa receptionisten. Men man lär sig visst aldrig.

Hon prövade att få kontakt med olika personer. Till slut var det någon som svarade.

– Martinson? Har du tid att ta ett bilinbrott?

Tania hörde en upprörd röst i telefonen, avvisande, jäktad. Men kvinnan gav sig inte.

– Trots allt är vi tvungna att försöka fungera normalt, sa hon.

Jag får inte tag på nån annan än dig. Och det tar ju inte lång tid.

Mannen i telefonen gav med sig.

– Ni får tala med kriminalinspektör Martinson, sa hon och pekade. Tredje dörren till vänster.

Tania knackade och steg in i ett rum där det rådde kaos. Mannen bakom skrivbordet såg trött och uppjagad ut. Hans bord var överbelamrat med papper. Han betraktade henne med illa dold irritation. Men han bjöd henne att sitta ner och började leta i en låda efter en blankett.

– Bilinbrott, sa han.

– Ja, svarade Tania. Tjuvarna tog radion.

– Dom brukar göra det, sa Martinson.

– Ursäkta, sa Tania. Men det går inte att få ett glas vatten? Jag har sån rethosta.

Martinson såg förvånat på henne.

– Jovisst, sa han. Visst kan ni få vatten.

Han reste sig och lämnade rummet.

Tania hade redan registrerat en adresskalender som låg på bordet. Så fort Martinson hade lämnat rummet grep hon den och slog upp bokstaven W. Där fanns Wallanders hemnummer på Mariagatan och ett telefonnummer till hans far. Tania skrev hastigt upp det på ett papper hon hade i kappfickan. Sedan la hon tillbaka telefonboken och såg sig runt i rummet.

Martinson återvände med ett vattenglas och en kopp kaffe till sig själv. Telefonen började ringa men han la av luren. Sedan ställde han sina frågor och hon beskrev det påhittade inbrottet. Hon uppgav ett registreringsnummer hon sett på en bil som stått parkerad i centrum av staden. En radio hade blivit stulen, en påse med spritflaskor. Martinson skrev och till slut bad han henne läsa igenom och underteckna med sitt namn. Hon hade kallat sig Irma Alexanderson och uppgivit en adress på Malmövägen. Hon räckte tillbaka pappret till Martinson.

– Ni måste vara mycket bekymrad för er kollega, sa hon vänligt. Vad var det han hette? Wallander?

– Ja, sa Martinson. Det är inte lätt.

– Jag tänker på hans dotter, sa hon. Jag var hennes musiklärarinna en gång i tiden. Men hon flyttade till Stockholm sen.

Martinson betraktade henne med något ökat intresse.

– Hon är här nu igen, sa han.

– Jaså, sa Tania. Då måste hon ha haft en väldig tur när lägenheten började brinna.

– Hon är hos sin farfar, sa Martinson och la tillbaka telefonluren.

Tania reste sig.

– Jag ska inte störa mer, sa hon. Tack för hjälpen.

– Det var så lite, svarade Martinson och tog henne i hand.

Tania insåg att han skulle ha glömt henne i samma ögonblick hon lämnade rummet. Den mörka peruken som hon bar över sitt blonda hår innebar att han aldrig heller skulle känna igen henne.

Hon nickade åt kvinnan i receptionen, passerade ett uppbåd journalister som skulle delta i en presskonferens som snart skulle börja, och lämnade polishuset.

Konovalenko väntade i sin bil vid en bensinstation i backen ner mot centrum. Hon satte sig i bilen.

– Wallanders dotter är hos hans far, sa hon. Jag har hans telefonnummer.

Konovalenko såg på henne. Sedan började han le.

– Då har vi henne, sa han stilla. Då har vi henne. Och när vi har henne så har vi också honom.

25.

Wallander drömde att han gick på vattnet.

Den värld han befann sig i var egendomligt blåfärgad. Himlen med sina sönderslitna moln var blå, ett skogsbryn långt borta också blått, klippfästen med vilande blå fåglar. Och sedan havet där han gick på ytan. Någonstans i drömmen fanns även Konovalenko. Wallander hade följt hans spår i sanden. Men sedan hade de inte vikt av upp mot strandklinten utan försvunnit ut i havet. I drömmen var det en självklarhet att han fortsatte att följa efter. Och han gick på vattnet. Det var som att röra sig över ett tunt lager av finkornigt glassplitter. Vattnets yta var ojämn. Men den bar hans tyngd. Någonstans bortom de yttre blåfärgade skären, nära horisonten, fanns Konovalenko.

Han mindes drömmen när han vaknade tidigt på söndagsmorgonen den 17 maj. Han låg på soffan hemma hos Sten Widén. Han tassade ut i köket och såg att klockan var halv sex. En blick in i Sten Widéns sovrum visade att han redan hade stigit upp och gått ut till hästarna. Wallander hällde upp en kopp kaffe och satte sig vid köksbordet.

Kvällen innan hade han försökt börja tänka igen.

Hans situation var på ett plan mycket lättöverskådlig. Han var efterlyst och efterspanad. Ingen trodde honom om att ha begått något brott. Men han kunde vara skadad, han kunde vara död. Dessutom hade han lyft vapen mot sina kollegor och därmed avslöjat att han var i själslig obalans. För att kunna gripa Konovalenko var det nödvändigt att också uppspåra kommissarie Wallander från Ystad. Så långt var hans situation mycket tydlig. Dagen innan, när Sten Widén hade meddelat honom vad som stått i kvällstidningarna hade han bestämt att spela rollen han var tilldelad. Det skulle ge honom tid. Och den tiden behövde han för att få tag på Konovalenko, om nödvändigt döda honom.

Wallander hade insett att han erbjöd ett offer. Sig själv. Han misstrodde polisens möjligheter att gripa Konovalenko utan att ytterligare polismän skadades, kanske dödades. Därför skulle han göra det själv. Tanken gjorde honom skräckslagen. Men han kände att han inte kunde springa undan. Han måste fullfölja det han hade föresatt sig, oavsett vilka konsekvenserna skulle bli.

Wallander hade försökt föreställa sig Konovalenkos tankar. Han hade kommit fram till att Konovalenko inte kunde vara alldeles oberörd inför hans existens. Även om Konovalenko inte betraktade honom som en jämbördig motståndare måste han tänka att Wallander var en polis som gick sina egna vägar och inte tvekade att använda vapen om det blev nödvändigt. Det borde trots allt ha ingett honom en viss respekt, även om Konovalenko innerst inne anade att själva förutsättningen var falsk. Wallander var en polis som aldrig tog onödiga risker. Han var både feg och försiktig. Hans primitiva reaktioner var alltid utslag av att han befann sig i desperata nödsituationer. Men Konovalenko kunde få leva med sin föreställning om att jag är någon annan än den jag är, hade han tänkt.

Han hade också försökt föreställa sig Konovalenkos planer. Han hade återvänt till Skåne och han hade lyckats med sin föresats att döda Victor Mabasha. Wallander hade svårt att tro att han agerade på egen hand. Han hade haft Rykoff med sig. Men hur hade han sedan lyckats undkomma utan ytterligare hjälp? Rykoffs hustru Tania fanns säkert i närheten, kanske också övriga, okända medhjälpare. Tidigare hade de hyrt ett hus under falskt namn. Möjligheten fanns att de åter gömde sig i ett isolerat hus på landsbygden.

När Wallander hade kommit så långt i sina tankar insåg han att det fanns en viktig fråga som förblivit obesvarad.

Efter Victor Mabasha, tänkte han. Vad sker med det attentat som varit själva kärnan i allt som hänt? Vad sker med den osynliga organisation som drar i alla dessa trådar, även i Konovalenko? Kommer operationen att avblåsas? Eller fortsätter dessa ansiktslösa män mot sitt mål?

Han drack sitt kaffe och tänkte att det bara fanns en sak han kunde göra. Se till att Konovalenko verkligen hittade honom. När de attackerade lägenheten hade de sökt också efter honom. De sista ord Victor Mabasha hade yttrat i livet var att han inte visste var Wallander fanns. Konovalenko hade velat veta det.

Det hördes steg i farstun. Sten Widén kom in. Han var klädd i en smutsig overall och leriga gummistövlar.

– Vi har tävling på Jägersro idag, sa han. Har du lust att åka med?

Wallander var för ett kort ögonblick frestad. Han välkomnade allt som kunde avleda hans tankar.

– Ska Dimma springa? frågade han.

– Hon ska springa och hon ska vinna, svarade Sten Widén. Men jag betvivlar att hon kommer att vara särskilt betrodd av spelarna. Därför kan du tjäna lite pengar på henne.

– Hur kan du vara så säker på att hon är bäst? undrade Wallander.

– Hon är ojämn till humöret, svarade Sten Widén. Men idag verkar hon ha lust att tävla. Hon är orolig ute i boxen. Hon känner på sig att det är allvar. Sen är motståndet inte det bästa. Det kommer några hästar från Norge som jag inte vet så mycket om. Men jag tror hon tar dom också.

– Vem äger egentligen den där hästen? frågade Wallander.

– En affärsman som heter Morell.

Wallander reagerade på namnet. Han hade nyligen hört det utan att han genast kunde komma på i vilket sammanhang.

– Stockholmare?

– Skåning. Han bor i Malmö.

Då mindes Wallander. Peter Hanson och hans pumpar. En hälare som hette Morell.

– Vad sysslar egentligen den där Morell med för sorts affärer? frågade Wallander.

– Jag tror ärligt talat han är ganska skum, svarade Sten Widén. Det går rykten. Men han är en punktlig betalare av sina träningsavgifter. Jag lägger mig inte i var pengarna kommer från.

Wallander frågade inte mer.

– Jag tror ändå inte jag följer med, sa han.

– Ulrika har handlat mat, sa Sten Widén. Vi kör in med hästtransporten om ett par timmar. Du får klara dig själv.

– Duetten? frågade Wallander. Stannar den här?

– Låna den om du vill, sa Sten Widén. Men fyll på bensin. Det glömmer jag alltid.

Wallander såg hästarna ledas in i den stora transportbilen och fara iväg. Strax efter lämnade han själv gården. När han kom till Ystad tog han risken att svänga in på Mariagatan. Förödelsen var omfattande. Ett gapande hål i väggen, omgivet av nersotat tegel, visade var hans fönster funnits. Han stannade bara helt kort, innan han fortsatte ut ur staden. När han passerade övningsfältet såg han att det stod en polisbil parkerad långt ute på fältet. Nu när dimman hade försvunnit var avstånden kortare än han mindes dem. Han körde vidare och svängde ner till hamnen i Kåseberga. Han insåg att det fanns en risk att han blev igenkänd. Med fotografiet som varit publicerat i tidningarna var inte särskilt välliknande. Problemet var att han kunde möta någon han kände. Han gick in i telefonautomaten och ringde till sin far. Som han hade hoppats var det hans dotter som svarade.

– Var är du nånstans? frågade hon. Vad är det du håller på med?

– Lyssna nu, sa han. Är det nån som kan höra dig?

– Vem skulle det vara? Farfar målar.

– Ingen annan?

– Det är ingen här, säger jag ju!

– Polisen har inte satt ut nån bevakning? Ingen bil parkerad på vägen?

– Nilsons traktor står ute på en åker.

– Ingenting annat?

– Det är ingen här, pappa. Fråga inte mer nu.

– Jag kommer om en stund, sa han. Men säg ingenting till farfar.

– Har du sett vad som har stått i tidningarna?

– Vi talar om det sen.

Han hängde upp telefonluren och tänkte att han var glad över att det fortfarande inte hade kunnat konstateras att det varit han som dödat Rykoff. Även om polisen visste det så skulle det inte släppas ut förrän Wallander hade återkommit. Det var han säker på efter alla sina år som medlem av poliskåren.

Han for från Kåseberga direkt till sin fars hus. Han ställde bilen nere vid huvudvägen och gick den sista biten, där han inte riskerade att bli sedd.

Hon stod i dörren och väntade på honom. När de kommit in i farstun kramade hon om honom. De stod tysta. Vad hon tänkte visste han inte. Men för honom var det en bekräftelse på att de var på väg att komma varandra så nära att ord inte alltid skulle vara nödvändiga.

De satte sig i köket på varsin sida av bordet.

– Farfar kommer inte in på länge än, sa hon. Jag skulle kunna lära mig mycket av hans arbetsmoral.

– Eller tjurighet, sa han.

Båda brast i skratt samtidigt.

Sedan blev han åter allvarlig. Han berättade långsamt vad som hade hänt och varför han hade valt att acceptera rollen av efterlyst, halvt otillräknelig polisman på drift.

– Vad är det egentligen du tror att du ska kunna åstadkomma? På egen hand?

Han kunde inte avgöra om det var rädslan eller misstron som dominerade hennes kommentar.

– Locka fram honom. Jag är fullt på det klara med att jag inte är nån enmansarmé. Men det första steget för att få slut på det här måste jag ta själv.

Hastigt, som om hon avgav en protest mot det han nyss hade sagt, bytte hon samtalsämne.

– Led han mycket? frågade hon. Victor Mabasha?

– Nej, svarade Wallander. Det gick fort. Jag tror aldrig han förstod att han skulle dö.

– Vad händer med honom nu?

– Jag vet inte, svarade Wallander. Jag antar att han blir obducerad. Sen är det en fråga om hans familj vill att han ska begravas här eller i Sydafrika. Om han nu kommer därifrån.

– Vem var han egentligen?

– Jag vet inte. Ibland tyckte jag att jag uppnådde en sorts kontakt med honom. Men sen gled han undan igen. Jag kan inte säga att jag vet vad han tänkte innerst inne. Han var en märklig människa, ytterst sammansatt. Om man blir sån av att leva i Sydafrika, då måste det vara ett land dit man knappast ens skulle önska sina fiender.

– Jag vill hjälpa dig, sa hon.

– Det kan du också, svarade Wallander. Jag vill att du ringer till polishuset och ber att få tala med Martinson.

– Det är inte så jag menar, sa hon. Jag skulle önska jag kunde göra nånting ingen annan kan.

– Sånt kan man inte planera i förväg, sa Wallander. Det bara händer. När det händer.

Hon ringde polishuset och bad att få tala med Martinson. Men växeln lyckades inte spåra honom. Hon la handen över luren och frågade vad hon skulle göra. Wallander tvekade. Men sedan insåg han att han inte had råd att vare sig vänta eller välja. Han bad henne att söka efter Svedberg istället.

– Han sitter i möte, sa hon. Han kan inte gå ifrån.

– Förklara vem du är, sa Wallander. Ge besked om att det är viktigt. Han måste gå ifrån mötet.

Det dröjde några minuter innan Svedberg tog telefonen. Hon räckte luren till Wallander.

– Det är jag, sa han. Kurt. Men håll inne din reaktion. Var är du nånstans?

– Jag är i mitt rum.

– Har du stängt dörren?

– Vänta lite.

Wallander kunde höra hur han smällde igen dörren.

– Kurt, sa han. Var är du?

– Jag är på ett ställe där ni aldrig skulle kunna hitta mig.

– För fan, Kurt.

– Lyssna nu! Avbryt inte. Jag behöver träffa dig. Men bara under förutsättning att du ingenting säger till nån. Inte till Björk, inte till Martinson, inte till nån. Om du inte kan lova det så bryter vi samtalet genast.

– Vi sitter just i sammanträdesrummet och diskuterar hur vi ska trappa upp sökandet efter dig och Konovalenko, sa Svedberg. Det blir lite absurt om jag ska gå tillbaka till det mötet och inte berätta att jag just har talat med dig.

– Det kan inte hjälpas, sa Wallander. Jag tror jag har goda skäl för det jag gör. Jag tänker utnyttja det faktum att jag är efterlyst.

– Hur då?

– Det ska jag berätta för dig när vi träffas. Bestäm dig nu!

Det blev tyst i luren. Wallander väntade. Han kunde inte förutse vilket svar Svedberg skulle ge.

– Jag kommer, sa Svedberg till slut.

– Säkert?

– Ja.

Wallander beskrev vägen till Stjärnsund.

– Om två timmar, sa Wallander. Klarar du det?

– Jag får se till att göra det, svarade Svedberg.

Wallander avslutade samtalet.

– Jag vill att det finns nån som vet vad jag gör, sa han.

– Om nånting händer?

Hennes fråga kom så plötsligt att Wallander inte kom sig för att svara undvikande.

– Ja, sa han bara. Om nånting händer.

Han stannade och drack ännu en kopp kaffe. När han skulle gå blev han plötsligt tveksam.

– Jag ska inte göra dig oroligare än vad du är, sa han. Men jag vill inte att du lämnar det här huset under dom närmaste dagarna. Ingenting kommer att hända. Det är förmodligen för att jag själv ska sova lugnt om nätterna.

Hon klappade honom på kinden.

– Jag ska stanna här, sa hon. Oroa dig inte.

– Ett par dar till, sa han. Knappast mer. Efter det tror jag den här mardrömmen är över. Sen ska jag börja vänja mig vid att jag har dödat en människa.

Han vände sig om och gick innan hon hann säga något. I backspegeln såg han att hon hade gått ut på vägen och såg honom fara iväg.

Svedberg var punktlig.

Klockan var tio minuter i tre när han svängde in på gårdsplanen. Wallander satte på sig sin jacka och gick ut och mötte honom.

Svedberg såg på honom och skakade på huvudet.

– Vad är det du håller på med? sa han.

– Jag tror jag vet vad jag gör, svarade Wallander. Men tack för att du kom.

De gick ut på bron som ledde över den gamla vallgraven runt borgruinen. Svedberg stannade, lutade sig mot broräcket och betraktade tankfullt den gröna sörjan under sig.

– Det är svårt att förstå att sånt här händer, sa han.

– Jag har kommit fram till att vi nästan alltid lever mot bättre vetande, svarade Wallander. Vi tror vi kan bromsa en utveckling genom att vägra se den.

– Men varför Sverige? undrade Svedberg. Varför väljer dom det här landet som utgångspunkt?

– Victor Mabasha hade en tänkbar förklaring, sa Wallander.

– Vem?

Wallander insåg att Svedberg inte visste vad den döde afrikanen hade hetat. Han upprepade hans namn. Sedan fortsatte han.

– Delvis var det naturligtvis för att Konovalenko fanns här, sa han. Men lika mycket för att lägga ut en dimridå. För dom människor som står bakom det här attentatet är det avgörande att ingenting kan spåras. Sverige är ett land där det går lätt att gömma sig.

Det är enkelt att obemärkt ta sig in över våra gränser, det är lätt att försvinna. Han hade en liknelse för det. Han sa att Sydafrika är en gök som ofta lägger sina ägg i andras reden.

De fortsatte upp mot den sedan länge raserade borgruinen. Svedberg såg sig omkring.

– Här har jag aldrig varit, sa han. Man kan fråga sig hur det var att leva som polis den gången, när borgen stod.

De gick tysta omkring och såg på de nerfallna resterna av de en gång höga murarna.

– Du måste förstå att Martinson och jag blev ganska uppskakade, sa Svedberg. Du var nerblodad, håret stod på ända och du viftade med vapen i båda händerna.

– Ja, det förstår jag, svarade Wallander.

– Men det var fel av oss att säga till Björk att du verkade tokig.

– Ibland undrar jag om det inte stämmer.

– Vad tänker du göra? frågade Svedberg.

– Jag tänker locka Konovalenko att komma efter mig, sa Wallander. Just nu tror jag det är enda möjligheten att få fram honom ur sitt gömställe.

Svedberg betraktade honom allvarligt.

– Det du gör är farligt, sa han.

– Det är mindre riskabelt när man kan förutse faran, svarade Wallander, och undrade samtidigt vad han egentligen menade med sina ord.

– Du måste ha uppbackning, fortsatte Svedberg.

– Då kommer han inte, svarade Wallander bestämt. Det räcker inte med att han tror att jag är ensam. Han kommer att kontrollera det. Först när han är helt övertygad kommer han att slå till.

– Slå till?

Wallander ryckte på axlarna.

– Han kommer att försöka döda mig, sa han. Men jag ska se till att han inte lyckas.

– Hur då?

– Det vet jag inte än.

Svedberg betraktade honom undrande. Men han sa ingenting.

De började gå tillbaka och stannade ännu en gång ute på bron.

– Det är en sak som jag vill be om, sa Wallander. Jag oroar mig för min dotter. Konovalenkos handlingar är omöjliga att beräkna. Därför vill jag att ni ger henne bevakning.

343

– Björk kommer att kräva en förklaring, sa Svedberg.

– Jag vet, svarade Wallander. Det är just därför jag ber dig. Du kan prata med Martinson. Björk behöver knappast få veta nånting.

– Jag ska försöka, sa Svedberg. Jag förstår din oro.

De började gå igen, lämnade bron och stretade uppför backen.

– Martinson hade förresten besök igår av nån som kände din dotter, sa Svedberg som för att tala om någonting annat, mindre ödesmättat.

Wallander såg förvånat på honom.

– Hemma?

– På sitt rum. Hon skulle anmäla ett inbrott i en bil. Hon hade visst varit din dotters lärarinna. Jag minns inte så noga.

Wallander tvärstannade.

– En gång till, sa han. Vad är det egentligen du säger?

Svedberg upprepade sina ord.

– Vad hette hon? frågade Wallander.

– Inte vet jag.

– Hur såg hon ut?

– Det får du nog fråga Martinson om.

– Försök minnas exakt vad han sa!

Svedberg tänkte efter.

– Vi drack kaffe, sa han. Martinson klagade över att han blev störd hela tiden. Han trodde han skulle få magsår av allt arbete som bara hopade sig. 'Om man åtminstone slapp bilinbrotten just nu. Jag hade en kvinna på besök, förresten. Nån hade gett sig på hennes bil. Hon frågade om Wallanders dotter. Om hon fortfarande bodde i Stockholm.' Ungefär så sa han.

– Vad svarade Martinson? Sa han till den där kvinnan att min dotter är här?

– Jag vet inte.

– Vi måste ringa till Martinson, sa Wallander. Han började gå mycket fort mot bostadshuset. Snart sprang han med Svedberg efter sig.

– Ring till Martinson, sa Wallander när de kommit in i huset. Fråga om han sa var min dotter är just nu. Ta reda på vad den där kvinnan hette. Om han frågar varför du vill veta det så säg bara att du ska förklara sedan.

Svedberg nickade.

– Du tror inte att det var nåt bilinbrott?

344

– Jag vet inte. Men jag vågar inte ta några risker.

Svedberg fick tag på Martinson nästan genast. Han gjorde några anteckningar på baksidan av en papperslapp. Wallander kunde höra att Martinson var mycket oförstående inför Svedbergs frågor.

När samtalet var över hade Svedberg börjat dela Wallanders oro.

– Han sa att han hade sagt det.

– Sagt vad?

– Att hon bodde hos din far ute på Österlen.

– Varför hade han gjort det?

– Hon hade frågat.

Wallander såg på klockan i köket.

– Du får ringa, sa han. Det kan vara min far som svarar. Han är nog inne och äter just nu. Be att få tala med min dotter. Sedan övertar jag.

Wallander gav honom numret. Många signaler gick fram innan någon svarade. Det var Wallanders far. Svedberg frågade efter dottern. Efter att ha fått svar la han hastigt på.

– Hon har cyklat ner till stranden, sa han.

Wallander kände hur det knöt sig i magen.

– Jag sa ju åt henne att hålla sig inne.

– För en halvtimme sen, sa Svedberg.

De körde i Svedbergs bil och de höll hög fart. Wallander satt stum. Då och då sneglade Svedberg på honom. Men han sa ingenting.

De kom till avfarten mot Kåseberga.

– Fortsätt, sa Wallander. Nästa avtagsväg.

De parkerade så långt ut på klinten det gick. Där fanns inga andra bilar. Wallander sprang ner på stranden med Svedberg bakom sig. Stranden var tom. Wallander kände paniken komma. Åter hade han den osynlige Konovalenkos andedräkt i nacken.

– Hon kan ha satt sig i lä av en sanddyn, sa han.

– Är du säker på att det är här hon är? undrade Svedberg

– Det här är hennes strand, sa Wallander. Går hon till stranden så går hon hit. Vi får söka åt varsitt håll.

Svedberg gick tillbaka mot Kåsebergahållet medan Wallander fortsatte österut. Han försökte intala sig att den oro han kände var onödig. Ingenting hade hänt henne. Men han kunde inte förstå att hon inte hade stannat i huset som hon lovat. Kunde det vara möjligt att hon inte förstod allvaret? Trots allt som hade hänt?

Då och då vände han sig om och såg åt Svedbergs håll. Ännu inget resultat.

Wallander kom plötsligt att tänka på Robert Åkerblom. Han hade bett en bön i den här situationen, sa han till sig själv. Men jag har ingen gud att be till. Jag har inte ens några andar som Victor Mabasha. Jag har min egen glädje och sorg, det är allt.

Det stod en man med en hund uppe på klinten och såg ut mot havet. Wallander frågade om han hade sett en ensam flicka promenera på stranden. Men mannen skakade på huvudet. Han hade varit ute med hunden på stranden i tjugo minuter och han hade hela tiden varit ensam.

– Ni har inte sett en man? frågade Wallander och beskrev Konovalenko.

Mannen skakade på huvudet igen.

Wallander fortsatte. Han kände att han frös trots att vinden som blåste bar spår av vårvärme. Han skyndade på stegen. Stranden tycktes honom oändlig. Sedan vände han sig om igen. Svedberg var långt borta. Men Wallander upptäckte att det stod någon vid hans sida. Och Svedberg började plötsligt vinka.

Wallander sprang hela vägen tillbaka. När han kom fram till Svedberg och sin dotter var han utpumpad. Han såg på henne utan att säga något medan han väntade på att återfå andan.

– Du skulle inte lämna huset, sa han. Ändå gjorde du det?

– Jag trodde inte en promenad på stranden gjorde nåt, sa hon. Inte när det är ljust. Allt som händer sker ju på natten?

Svedberg körde medan de hade satt sig i baksätet.

– Vad ska jag säga till farfar? frågade hon.

– Ingenting, svarade Wallander. Jag ska prata med honom ikväll. Imorgon ska jag spela kort med honom. Då blir han glad.

De skildes ute på vägen strax intill huset.

Svedberg och Wallander for tillbaka till Stjärnsund.

– Jag vill ha den där bevakningen redan från och med ikväll, sa Wallander.

– Jag åker och talar med Martinson på en gång, svarade Svedberg. På nåt sätt ska vi ordna det.

– En polisbil parkerad på vägen, sa Wallander. Jag vill att det ska synas att huset är bevakat.

Svedberg gjorde sig beredd att åka.

– Jag behöver ett par dagar, sa Wallander. Till dess får ni fortsätta att spana efter mig. Men jag vill gärna att du ringer hit då och då.

– Vad ska jag säga till Martinson? undrade Svedberg.

– Att min fars hus ska bevakas har du kommit på själv, sa Wallander. Du får argumentera så gott du kan.

– Du vill fortfarande inte att jag ska berätta för Martinson?

– Det räcker med att du vet om var jag finns, svarade Wallander.

Svedberg for. Wallander gick in i köket och stekte några ägg. Två timmar senare kom hästtransporten tillbaka.

– Vann hon? frågade Wallander när Sten Widén steg in i köket.

– Hon vann, svarade han. Men det var knappt.

Peters och Norén satt i sin patrullbil och drack kaffe.

Båda var på dåligt humör. Av Svedberg hade de blivit beordrade att övervaka det hus där Wallanders far bodde. Inga pass var så långa som de när deras bil stod stilla. Nu skulle de bli sittande här tills de fick avlösning. Till dess var det ännu många timmar. Klockan var kvart över elva på kvällen. Skymningen hade sänkt sig.

– Vad tror du har hänt med Wallander? frågade Peters.

– Jag vet inte, svarade Norén. Hur många gånger ska jag behöva säga samma sak? Jag vet inte.

– Det är svårt att undvika att grubbla över det, fortsatte Peters. Jag sitter och undrar om det kan vara så att han är alkoholist.

– Varför tror du det?

– Du minns väl när vi tog honom för fyllekörning?

– Det är inte samma sak som att han är alkoholist.

– Nej. Men i alla fall.

Samtalet dog bort. Norén steg ur bilen och ställde sig bredbent att kissa.

Det var då han upptäckte eldskenet. Först trodde han att det var en bilstrålkastare som kastade reflexer. Sedan såg han att det också steg upp rök där elden lyste.

– Det brinner! ropade han till Peters.

Peters steg ur bilen.

– Kan det vara skogsbrand? undrade Norén.

Elden kom från en liten dunge med träd på bortre sidan av de närmaste åkrarna. Men eldhärden var omöjlig att urskilja klart eftersom området var kuperat.

– Vi får åka över och se efter, sa Peters.

– Svedberg sa att vi inte fick lämna bevakningen här, invände Norén. Vad som än hände.

– Det tar tio minuter, sa Peters. Det är vår skyldighet att ingripa om vi upptäcker en eldsvåda.

– Ring och begär tillstånd av Svedberg först, sa Norén.

– Det tar tio minuter, sa Peters. Vad är du rädd för?

– Jag är inte rädd, svarade Norén. Men order är order.

Ändå blev det som Peters ville. De backade ut bilen och letade sig fram mot eldskenet längs en lerig kärrväg. När de kom fram såg de att det brann i ett gammalt bensinfat. Någon hade fyllt det med papper och plastmaterial som gav elden ett klart lysande sken. När Peters och Norén kom fram var elden nästan slocknad.

– Konstig tid att elda skräp på, sa Peters och såg sig om.

Men där fanns ingen. Det var tomt.

– Nu kör vi tillbaka, sa Norén.

Knappt tjugo minuter senare var de tillbaka vid huset de skulle bevaka. Allt gav intryck av att vara lugnt. Ljusen var släckta. Wallanders far och hans dotter sov.

Många timmar senare fick de avlösning av Svedberg som själv tog över bevakningen.

– Allt är lugnt, sa Peters.

Han nämnde ingenting om utflykten till det brinnande bensinfatet.

Svedberg satt i sin bil och slumrade. Gryningen kom, det blev morgon.

Klockan åtta började han bli fundersam över att ingen visade sig utanför huset. Han visste att Wallanders far var mycket morgontidig.

Klockan halv nio hade han fått en känsla av att nåt inte var som det skulle. Han steg ur bilen och gick in på gårdsplanen, fram till ytterdörren och kände på handtaget.

Dörren var olåst. Han ringde på och väntade. Ingen öppnade. Han steg in i den mörka farstun och lyssnade. Allt var stilla. Sedan tyckte han sig höra ett krafsande någonstans ifrån. Det lät som en mus som försökte ta sig fram genom en vägg. Han följde ljudet tills han stod framför en stängd dörr. Han knackade. Som svar fick han ett kvävt rytande. Han ryckte upp dörren. I sin säng låg Wallanders far. Han var bunden och hade en bit svart tejp över munnen.

Svedberg stod alldeles stilla.Han rev försiktigt av tejpen och lösgjorde repen. Sedan letade han igenom hela huset. I det rum där han antog att dottern hade sovit var det tomt. Det fanns ingen mer än Wallanders far i huset.

– När hände det? frågade han.

– Igår kväll, svarade Wallanders far. Strax efter elva.

– Hur många var de?

– En.

– En?

– En person. Men han hade vapen.

Svedberg reste sig upp. Huvudet var alldeles tomt.

Sedan gick han ut till telefonen och ringde Wallander.

26.

Den syrliga doften av vinteräpplen.

Det var det första som kom över henne när hon vaknade. Men sedan, när hon slog upp ögonen i mörkret, fanns ingenting annat än ensamheten och skräcken. Hon låg på ett stengolv och det luktade av fuktig jord. Inga ljud hördes trots att rädslan gjorde alla hennes sinnen vidöppna. Försiktigt trevade hon med ena handen över den skrovliga golvytan. Det var inget gjutet golv utan stenar som fogats samman. Hon insåg att hon befann sig i en källare. I huset på Österlen där hennes farfar bodde och där hon brutalt blivit väckt och tvingad bort av en okänd man fanns ett likadant golv i potatiskällaren.

När det inte fanns något mer som hennes sinnen kunde registrera, kände hon yrsel och en huvudvärk som sakta växte. Hon kunde inte säga hur lång tid hon hade befunnit sig i mörkret och tystnaden eftersom hennes armbandsur låg kvar på bordet intill sängen. Ändå hade hon en bestämd känsla av att det var många timmar sedan hon hade blivit väckt och bortsläpad.

Hennes armar var fria. Däremot hade hon kedjor runt vristerna. När hon kände med fingrarna märkte hon att där fanns ett hänglås. Känslan av att vara fängslad med järnlås gjorde att hon började frysa. Hon tänkte hastigt att människor oftast blev bundna med rep. De var mjukare, följsammare. Kedjor hörde till en förfluten tid, till slaveri och avlägsna kättarprocesser.

Men det som var värst under dessa uppvaknandets ögonblick, var kläderna hon hade på sig. Hon kände genast att de inte var hennes. De var främmande – formen, färgerna hon inte kunde se men tyckte sig känna under fingertopparna, och lukten av ett starkt tvättmedel. Det var inte hennes kläder och det var någon som hade satt på henne dem. Någon hade tagit av henne nattlinnet och klätt henne i allt från underkläder till strumpor och skor. Det var ett övergrepp som gjorde henne illamående. Yrseln blev med ens starkare, hon höll huvudet i händerna och vaggade fram och tillbaka. Det är inte sant, tänkte hon förtvivlat. Men det var sant och hon kunde till och med minnas vad som hade hänt.

Hon hade drömt någonting, men kunde inte minnas något sammanhang. Hon hade vaknat av att en man plötsligt hade tryckt en handduk över hennes näsa och mun. En skarp lukt innan hon genomströmmats av en bedövande, bortdomnande känsla. Ljuset från lampan utanför köksdörren gav ett svagt återsken i hennes rum. Hon hade sett en man framför sig. Hans ansikte hade varit mycket nära när han böjt sig över henne. Nu när hon tänkte på honom påminde hon sig att han hade luktat starkt av rakvatten trots att han varit orakad. Han hade inte sagt något. Men trots att det hade varit skumt i rummet, hade hon sett hans ögon och hunnit tänka att hon aldrig skulle glömma dem. Sedan mindes hon ingenting mer innan hon vaknade på det fuktiga stengolvet.

Naturligtvis förstod hon varför det hade hänt. Mannen som stått lutad över henne och bedövat henne måste ha varit den man som jagade och jagades av hennes far. Hans ögon hade varit Konovalenkos ögon, som hon föreställt sig dem. Mannen som dödat Victor Mabasha, som dödat en polisman och ville döda ännu en, hennes egen far. Det var han som smugit sig in i hennes rum, som klätt henne och som satt kedjor runt hennes vrister.

När luckan i källartaket öppnades var hon alldeles oförberedd. Efteråt skulle hon tänka att mannen säkert hade stått där ovanför och lyssnat. Ljuset som föll ner genom hålet var mycket starkt, kanske det medvetet var arrangerat för att blända henne. Hon skymtade en stege som fälldes ner och ett par bruna skor, ett par byxben som kom nära. Sedan, sist av allt ansiktet, samma ansikte och samma ögon som hade sett på henne när hon blivit bedövad. Hon såg bort för att inte bländas och för att hennes rädsla återkom och gjorde henne alldeles stel. Men hon la märke till att källaren var större än hon hade trott. I mörkret hade väggarna och taket varit nära henne. Kanske befann hon sig i ett källarrum som sträckte sig under hela bottenytan av ett hus.

Mannen stod så att han skymde ljuset som lyste ner. Han hade en ficklampa i ena handen. I den andra hade han ett föremål av metall som hon inte genast kunde urskilja.

Sedan upptäckte hon att det var en sax.

Då skrek hon. Skärande, utdraget. Hon tänkte att han hade klättrat nerför stegen för att döda henne och att han skulle göra det med en sax. Hon tog tag i kedjorna runt benen och började slita i dem, som om hon trots allt skulle kunna spränga sig fri. Hela tiden lyste han på henne och hans ansikte var bara som en urklippt siluett mot det starka bakgrundsljuset.

Plötsligt vände han ficklampan mot sitt eget ansikte. Han höll den under hakan så att hans ansikte såg ut som ett livlöst kranium. Hon tystnade. Det var som om hennes skrik bara ökade hennes rädsla. Samtidigt kände hon en egendomlig trötthet. Någonting var redan för sent, det var meningslöst att bjuda motstånd.

Kraniet började plötsligt tala.

– Du skriker i onödan, sa Konovalenko. Ingen hör dig. Dessutom är det risk att jag blir irriterad. Då kan jag komma att göra dig illa. Bäst är om du är tyst.

Det sista sa han som en viskning.

Pappa, tänkte hon. Du måste hjälpa mig.

Sedan hände allting mycket fort. Med samma hand som han höll ficklampan med grep han tag om hennes hår, drog det uppåt och började klippa av det. Hon ryckte till, av smärtan och överfallet. Men han höll henne så hårt att hon inte kunde röra sig. Hon hörde det torra ljudet när den skarpa saxen klippte runt hennes nacke, strax under örsnibbarna. Det gick mycket fort. Sedan släppte han henne. Illamåendet återkom. Hennes avklippta hår var en ytterligare kränkning, på samma sätt som att han hade klätt på henne utan att hon varit vid medvetande.

Konovalenko rullade ihop håret till en boll och stoppade det i fickan.

Han är sjuk, tänkte hon. Han är galen, en sadist, en vansinnig människa som dödar utan att det berör honom.

Hennes tankar blev avbrutna av att han talade igen. Ficklampan lyste mot hennes hals där hon bar ett smycke. Det föreställde en luta och hon hade fått det av sina föräldrar när hon var femton år.

– Smycket, sa Konovalenko. Ta av det.

Hon gjorde som han sa och aktade sig för att vidröra hans händer när hon räckte fram det. Utan ett ord lämnade han henne, klättrade uppför stegen, slog igen luckan och återlämnade henne till mörkret.

Sedan kröp hon undan, åt sidan, tills hon stötte mot ena väggen. Hon trevade sig fram till det närmaste hörnet. Där försökte hon sedan gömma sig.

Redan kvällen innan, efter det lyckade bortförandet av polismannens dotter, hade Konovalenko kört ut Tania och Sikosi Tsiki ur köket. Han hade ett stort behov av att vara ensam och köket passade honom bäst just nu. Det hus som hade varit det sista Rykoff hade hyrt i sitt liv var planerat så att köket var det största rummet. Det var hållet i gammal stil, med friliggande takbjälkar, en djupt liggande bakugn och öppna porslinsskåp. Kopparkittlar hängde på ena väggen. Konovalenko påminde sig sin egen uppväxt i Kiev, det stora köket på kolchosen där hans far varit politisk kommissarie.

Till sin förvåning hade han insett att han saknade Rykoff. Det var inte bara en känsla av att han nu själv tvingades bära en ökad praktisk börda. Där fanns också en känsla som knappast kunde kallas svårmod eller sorg, men som ändå gjorde att han ertappade sig med att uppleva nerstämdhet. Under sina många år som KGB-officer hade livets värde, för alla utom honom själv och hans två barn, efter hand reducerats till kalkylerbara tillgångar eller, i motsatt fall, till att vara försumbara personer. Han hade ständigt varit omgiven av den bråda döden och alla känslomässiga reaktioner hade så småningom nästan helt försvunnit. Men Rykoffs död berörde honom och det gjorde honom än mer hatisk mot polismannen som ständigt gick i hans väg. Nu hade han hans dotter under sina fötter och visste att hon skulle vara betet som lockade fram honom. Men tanken på hämnden kunde inte helt befria honom från nedstämdheten. Han satt i köket och drack vodka, försiktigt för att inte bli alltför berusad, och betraktade då och då sitt ansikte i en spegel som hängde på väggen. Han tyckte plötsligt hans ansikte var fult. Hade han börjat bli gammal? Hade det sovjetiska imperiets sammanbrott också inneburit att något av hans egen hårdhet och kyla hade brutits ner?

Klockan två på natten, när Tania sov, eller åtminstone låtsades göra det, och Sikosi Tsiki hade stängt in sig i sitt rum, hade han gått ut i köket där telefonen stod och ringt till Jan Kleyn. Han hade noga övervägt vad han skulle säga. Han hade kommit fram till att det inte fanns skäl att undanhålla honom att en av hans medhjälpare hade omkommit. Det skadade inte att Jan Kleyn insåg att Konovalenkos arbete inte var utan risker. Sedan bestämde han sig också för att ännu en gång ljuga för honom. Han skulle säga att den besvärlige polismannen nu var likviderad. Så säker var han på att han skulle lyckas, nu när han hade låst in dottern i sin källare, att han vågade ta ut Wallanders död i förskott.

Jan Kleyn hade lyssnat och inte gjort några speciella kommentarer. Konovalenko visste att Jan Kleyns tystnad var det bästa betyg på sina insatser han kunde få. Sedan hade Jan Kleyn förklarat att Sikosi Tsikis borde återvända till Sydafrika snart. Han hade frågat om Konovalenko hyste några tvivel om hans lämplighet, om han hade visat tecken på svaghet, som Victor Mabasha hade gjort. Konovalenko hade svarat att så inte var fallet. Också det var ett uttalande i förskott. Den tid han hunnit ägna åt Sikosi Tsiki hade hittills varit ytterst begränsad. Det han hade var främst ett allmänt intryck av en man som tycktes känslomässigt förstenad. Han skrattade sällan eller aldrig, var lika kontrollerad som han var oklanderligt klädd. Han tänkte att när väl Wallander och hans dotter var borta skulle han under några intensiva dygn lära honom vad han behövde veta. Men han hade alltså sagt att Sikosi Tsiki inte skulle svikta. Jan Kleyn hade verkat nöjd. Han hade slutat samtalet med att be Konovalenko ringa honom igen tre dagar senare. Då skulle han få de exakta instruktionerna inför Sikosi Tsikis återresa till Sydafrika.

Samtalet med Jan Kleyn hade återgett honom något av den energi han tyckte sig ha förlorat i nedstämdheten över Rykoffs död. Han hade satt sig vid köksbordet och tänkt att bortförandet av dottern hade varit nästan genant enkelt. Det hade tagit honom några få timmar att ta reda på var farfaderns hus låg, efter det att Tania hade besökt polishuset i Ystad. Han hade själv ringt och det hade varit en hushållerska som svarat. Han hade presenterat sig som representant för Televerket och frågat om någon ändring av adressuppgifterna var aktuell inför nästa års upplaga av telefonkatalogen. Tania hade köpt en detaljerad Skånekarta i Ystads Bokhandel och de hade sedan åkt ut till huset och hållit det under uppsikt på avstånd. Hushållerskan hade lämnat huset sent på eftermiddagen och några timmar senare parkerade en ensam polisbil på vägen. När han var säker på att någon ytterligare övervakning inte förekom, hade han snabbt bestämt sig för hur avledningsmanövern skulle gå till. Han hade återvänt till huset utanför Tomelilla, preparerat bensinfatet som han hittat i uthuset, och instruerat Tania om vad hon skulle göra. I två bilar, varav den ena var hyrd vid en bensinstation i närheten, hade de återvänt till farfaderns hus, hittat skogsdungen, bestämt ett klockslag och sedan gått till verket. Tania hade fått elden att brinna som den skulle och sedan som beräknat hunnit försvinna innan polisen kom för att undersöka vad det var som brann. Konovalenko hade insett att han hade knappt om tid. Men det hade varit som en extra utmaning för honom. Han hade snabbt dyrkat upp ytterdörren, bundit och tystat farfadern i hans säng, och sedan sövt dottern och burit ut henne till den väntande bilen. Det hela hade tagit högst tio minuter och han hade varit borta innan polisbilen återvänt. Under dagen hade Tania köpt kläder åt flickan och klätt på henne medan hon fortfarande var medvetslös. Sedan hade han dragit ner henne i källaren och låst hennes ben med en kedja och ett hänglås. Allt hade gått mycket lätt och han undrade om fortsättningen skulle visa sig bli lika okomplicerad. Han hade iakttagit ett smycke runt hennes hals och tänkt att hans far skulle identifiera henne genom det. Men samtidigt ville han ge Wallander en annan bild av situationen, en hotfull åtbörd som inte skulle lämna några tvivel om vad han var beredd att göra. Det var då han hade bestämt att klippa av henne håret och sända det till honom tillsammans med smycket. Avklippt kvinnohår luktar undergång och död, tänkte han. Han är polis, han kommer att förstå.

Konovalenko hällde upp ännu ett glas vodka och såg ut genom köksfönstret. Det var redan gryning. Det var varmt i luften och han tänkte att snart skulle han leva under en ständig sol, långt från detta klimat där man aldrig visste från dag till dag vilket väder det skulle bli.

Han la sig att sova några timmar. När han vaknade såg han på sitt armbandsur. Kvart över nio, måndagen den 18 maj. Vid det här laget måste Wallander veta att hans dotter var bortförd. Nu väntade han på att Konovalenko skulle höra av sig.

Han ska få vänta lite till, tänkte Konovalenko. För varje timme som går kommer tystnaden att bli alltmer outhärdlig, hans oro större än hans förmåga att kontrollera den.

Luckan till källarhålet där dottern fanns låg precis bakom hans stol. Då och då lyssnade han efter ljud. Men allt var tyst.

Konovalenko satt ännu en stund och såg tankfullt ut genom fönstret. Sedan reste han sig, hämtade ett kuvert och stoppade in det avklippta håret och smycket.

Snart skulle han kontakta Wallander.

Beskedet om Lindas bortförande kom över Wallander som ett anfall av svindel.

Det gjorde honom förtvivlad och ursinnig. Sten Widén som råkade vara inne i köket när det ringde och var den som hade svarat, såg häpet hur Wallander slet loss telefonen från väggen och slängde ut den genom den öppna dörren till rummet som var Sten Widéns kontor. Men sedan såg han Wallanders rädsla. Den var alldeles blottad, alldeles bar. Widén hade förstått att något fruktansvärt hade hänt. Medlidande väckte oftast kluvna föreställningar hos honom. Men inte denna gång. Wallanders smärta över det som hade hänt dottern och över att ingenting kunna göra hade tagit honom hårt. Han hade satt sig på huk bredvid honom och klappat honom på axeln.

Under tiden hade Svedberg utvecklat en ursinnig energi. Efter att ha försäkrat sig om att Wallanders far inte var skadad och inte heller tycktes nämnvärt chockad, hade han ringt hem till Peters. Hans fru hade svarat och meddelat att mannen legat och sovit efter nattpasset. Men Svedberg hade med ett rytande klargjort att han omedelbart skulle väckas. När Peters yrvaket kommit till telefonen hade Svedberg gett honom en halvtimme att få tag på Norén och sedan infinna sig vid det hus de varit satta att bevaka. Peters som kände Svedberg väl visste att han aldrig skulle ha väckt honom om inte något allvarligt hade inträffat. Han ställde inga frågor utan lovade att skynda sig. Han ringde Norén och när de kom ut till farfaderns hus mötte Svedberg dem med det brutala beskedet om vad som hänt.

– Det är bara att säga som det är, sa Norén, som redan kvällen innan hade haft en vag föraning om att något inte hade varit som det skulle med det brinnande bensinfatet.

Svedberg lyssnade på Norén. Peters som kvällen innan varit den pådrivande för att de skulle åka och undersöka elden sa ingenting. Men Norén la inte över något ansvar på honom. De hade i hans redogörelse varit två om beslutet.

– För er skull hoppas jag att ingenting händer med Wallanders dotter, sa Svedberg efteråt.

– Bortförd? frågade Norén. Av vem då? Och varför?

Svedberg såg allvarligt på dem innan han svarade.

– Nu ska jag ta ett löfte av er, sa han. Och håller ni det så ska jag försöka glömma att ni handlade mot uttryckliga order igår kväll.

Går det sen bra med flickan så kommer ingen att få veta nånting. Är det klart?

Båda nickade.

– Ni varken hörde eller såg nån brand igår kväll, sa han. Och framförallt så har inte Wallanders dotter blivit bortförd. Ingenting har med andra ord hänt.

Peters och Norén såg oförstående på honom.

– Jag menar det jag säger, upprepade Svedberg. Ingenting har hänt. Det är vad ni ska ha i minnet. Ingenting annat. Ni får faktiskt lov att tro mig när jag säger att det är viktigt.

– Är det nånting vi kan göra? frågade Peters.

– Ja, sa Svedberg. Åk hem och fortsätt sova.

Sedan sökte Svedberg förgäves efter spår på gårdsplanen och inne i huset. Han letade i skogsdungen där bensinfatet stod. Det fanns ett bilspår som ledde dit, det var allt. Han återvände till huset och talade ännu en gång med Wallanders far. Han satt i köket och drack kaffe och var mycket rädd.

– Vad har hänt? frågade han oroligt. Flickan är borta.

– Jag vet inte, svarade Svedberg ärligt. Men det ordnar sig alldeles säkert.

– Tror du? sa Wallanders far. Hans röst var full av tvivel. Jag hörde hur upprörd Kurt var i telefon. Var är han, förresten? Vad är det egentligen som händer?

– Det är nog bäst att han förklarar själv, sa Svedberg och reste sig. Jag ska träffa honom.

– Hälsa honom, sa fadern enkelt. Hälsa honom att allt är bra med mig.

– Det ska jag göra, sa Svedberg och gick.

Wallander stod barfota i gruset utanför Sten Widéns hus när Svedberg svängde upp i sin bil. Klockan hade blivit närmare elva på förmiddagen. Redan ute på gårdsplanen förklarade Svedberg i detalj vad som måste ha hänt. Han underlät inte att berätta om hur enkelt Peters och Norén hade lockats bort under den korta tid som behövdes för att bortföra hans dotter. Till sist framförde han hälsningen från fadern.

Wallander hade hela tiden lyssnat uppmärksamt. Men Svedberg hade ändå en känsla av något frånvarande hos honom. I vanliga fall kunde han alltid fånga Wallanders ögon när han samtalade med honom. Men nu irrade hans blick omkring utan mål. Svedberg tänkte att han befann sig hos sin dotter, var hon än hölls fången.

– Inga spår? frågade Wallander.

– Inte ett enda.

Wallander nickade. De gick in i huset.

– Jag har försökt tänka, sa Wallander när de hade satt sig ner. Svedberg såg att hans händer skakade.

– Det är naturligtvis Konovalenko som har gjort det här, fortsatte han. Det som jag fruktat. Allt är mitt fel. Jag borde ha varit där. Allt borde ha varit annorlunda. Nu använder han sig av min dotter för att få tag på mig. Tydligen har han inga medhjälpare utan opererar på egen hand.

– Han har nog minst en, invände Svedberg försiktigt. Om jag förstod Peters och Norén riktigt så kan han omöjligt själv ha hunnit tända på i bensinfatet och sen först binda din far och därefter föra bort din dotter.

Wallander tänkte ett kort ögonblick.

– Bensinfatet tändes av Tania, sa han. Vladimir Rykoffs hustru. Alltså är dom två. Var de befinner sig vet vi inte. Förmodligen i ett hus på landet. Nånstans i närheten av Ystad. Ett hus som ligger mycket isolerat. Ett hus vi kunde ha hittat om situationen varit en helt annan. Nu går det inte.

Sten Widén gick på tysta fötter fram till bordet och ställde fram kaffe. Wallander såg på honom.

– Jag behöver nåt starkare, sa han.

Sten Widén kom tillbaka med en till hälften tömd whiskyflaska. Utan att betänka sig tog Wallander en klunk direkt ur flaskan.

– Jag har försökt räkna ut vad som kommer att hända, sa Wallander. Han kommer att kontakta mig. Och han kommer att använda sig av min fars hus. Det är där jag ska vänta på att han hör av sig. Vad han kommer att föreslå vet jag inte. I bästa fall mitt liv mot hennes. I sämsta fall nåt jag inte kan föreställa mig.

Han såg på Svedberg.

– Så har jag tänkt, sa han. Har jag tänkt fel?

– Förmodligen har du rätt, svarade Svedberg. Frågan är bara vad vi ska göra.

– Ingen ska göra nånting, sa Wallander. Inga poliser runt huset, ingenting. Konovalenko luktar sig till minsta fara. Jag måste vara ensam i huset tillsammans med min far. Din uppgift blir att se till att ingen kommer dit.

– Du klarar inte det här själv, sa Svedberg. Du måste låta oss hjälpa dig.

– Jag vill inte att min dotter ska dö, svarade Wallander enkelt. Jag måste klara det här själv.

Svedberg insåg att samtalet var över. Wallander hade bestämt sig och skulle inte låta sig rubbas.

– Jag kör dig ut till Löderup, sa Svedberg.

– Det behövs inte, du kan ta Duetten, sa Sten Widén.

Wallander nickade.

När han reste sig höll han på att falla. Han högg tag i bordskanten.

– Det är ingen fara, sa han.

Svedberg och Sten Widén stod på gårdsplanen och såg honom åka iväg med Duetten.

– Hur ska det här sluta? sa Svedberg.

Sten Widén svarade inte.

När Wallander kom ut till Löderup stod hans far och målade i sin ateljé.

För första gången såg Wallander att han hade övergivit sitt eviga tema, landskapet i kvällssol, med eller utan en tjädertupp i bildens framkant. Nu stod han och målade ett annat landskap, mörkare, mer kaotiskt. Det fanns inget sammanhang i kompositionen. Skogen tycktes växa direkt ur sjön, bergen i bakgrunden välte sig över betraktaren.

Han la ifrån sig penslarna när Wallander stått en stund bakom hans rygg. När han vände sig om såg Wallander att han var rädd.

– Vi går in, sa fadern. Jag har skickat iväg hemhjälpen.

Fadern la en hand på Wallanders axel. Han kunde inte påminna sig när fadern senast gjort en sådan gest.

När de kom in berättade Wallander allt som hade hänt. Han insåg att fadern inte förmådde hålla isär alla händelser som gick in och ut i varandra. Men han ville ändå ge honom en bild av skeendet under de senaste tre veckorna. Han ville inte undanhålla honom att han dödat en människa, inte heller att hans dotter befann sig i stor fara. Den man som höll henne fången, som hade bundit honom i hans säng, var absolut hänsynslös.

Efteråt satt fadern och såg tungt på sina händer.

– Jag ska lösa det här, sa Wallander. Jag är en duktig polis. Nu ska jag vänta här tills den där mannen kontaktar mig. Det kan ske när som helst. Men det kan också dröja till imorgon.

Eftermiddagen drog mot kväll utan att Konovalenko tog den väntade kontakten. Vid två tillfällen ringde Svedberg, men Wallander hade inget nytt att meddela. Han skickade också ut sin far i ateljén för att fortsätta måla. Han orkade inte ha honom sittande i köket, stirrande på sina händer. I vanliga fall skulle fadern ha fått ett utbrott över att behöva motta en befallning av sin son. Men nu reste han sig bara och gick. Wallander vandrade fram och tillbaka, satte sig ett ögonblick ner på en stol, för att sedan omedelbart resa sig igen. Då och då gick han ut på gårdsplanen och spanade ut över åkrarna. Sedan återvände han in igen och fortsatte att gå. Två gånger försökte han äta men misslyckades. Hans vånda, hans oro och hans maktlöshet gjorde honom oförmögen att tänka klart. Vid flera tillfällen dök Robert Åkerblom upp i hans medvetande. Men han drev honom på flykten, rädd att själva tanken skulle verka som en ond besvärjelse över hans dotters öde.

Det blev kväll utan att Konovalenko hade hört av sig. Svedberg ringde och sa att han från och med nu träffades i bostaden. Wallander ringde själv till Sten Widén utan att egentligen ha något att säga. Klockan tio skickade han sin far i säng för att sova. Vårkvällen var ljus utanför fönstren. Han satt en stund på trappan vid köksdörren. När han var säker på att fadern hade somnat ringde han till Baiba Liepa i Riga. Först fick han inget svar. Men när han försökte en halvtimme senare var hon hemma. Alldeles lugnt berättade han att hans dotter hade blivit bortförd av en mycket farlig man. Han sa att han inte hade någon att tala med och i just det ögonblicket menade han att det var alldeles sant. Sedan bad han ännu en gång om ursäkt för den natt han varit berusad och ringt och väckt henne. Han försökte beskriva sina känslor för henne men tyckte inte att han lyckades. De engelska orden var för långt borta. Innan han avslutade samtalet lovade han henne att höra av sig igen. Hon lyssnade på det han sa och var nästan helt tyst, samtalet igenom. Efteråt undrade han om han verkligen hade talat med henne eller om det hade varit inbillning.

Natten blev sömnlös. Då och då sjönk han ner i en av faderns gamla slitna fåtöljer och slöt ögonen. Men just när han höll på att domna bort vaknade han igen med ett ryck. Han fortsatte att gå och det var som om han färdades genom hela sitt liv. Mot gryningen betraktade han en ensam hare som satt orörlig på gårdsplanen.

Det hade blivit tisdag den 19 maj.

Strax efter klockan fem började det regna.

Budet kom strax före åtta.

Det var en taxi från Simrishamn som körde in på gårdsplanen. Wallander som hade hört bilen redan på avstånd hade gått ut på trappan när bilen stannade. Chauffören steg ur och lämnade ett tjockt kuvert till honom.

Brevet var adresserat till hans far.

– Det är till min far, sa han. Var kommer det från?

– En dam lämnade in det på Taxi i Simrishamn, sa chauffören som hade bråttom och inte ville bli blöt. Hon betalade för utkörningen. Allt är klart. Kvitto behövs inte.

Wallander nickade. Tania, tänkte han. Hon har fått överta sin mans roll med att springa ärenden.

Taxibilen försvann. Wallander var ensam i huset. Fadern stod redan ute i ateljén och målade.

Det var ett vadderat kuvert. Han undersökte det noga innan han försiktigt började sprätta upp det på ena kortsidan. Först kunde han inte se vad brevet innehöll. Sedan såg han Lindas hår och det halssmycke hon en gång hade fått.

Han satt som förstenad och såg på det avklippta håret som låg framför honom på bordet. Sedan började han gråta. Smärtan passerade ännu en gräns och han förmådde inte stå emot. Vad hade Konovalenko gjort mot henne? Skulden var hans, som dragit in henne i detta.

Sedan tvingade han sig att läsa det korta följebrevet.

Om exakt tolv timmar skulle Konovalenko ta nästa kontakt. *De behövde träffas för att reda ut sina problem*, skrev han. *Till dess skulle Wallander bara vänta. All kontakt med polisen skulle äventyra hans dotters liv*.

Brevet saknade underskrift.

Åter betraktade han sin dotters hår. Världen var hjälplös mot sådan ondska. Hur skulle då han kunna göra något för att stoppa Konovalenko?

Han föreställde sig att det var exakt de tankarna som Konovalenko ville att han skulle tänka. Han hade också gett honom tolv timmar att bli fri från alla förhoppningar om att det fanns någon annan lösning än den som Konovalenko hade dikterat.

Wallander satt alldeles orörlig på sin stol.

Han visste inte alls vad han skulle ta sig till.

27

Karl Evert Svedberg hade en gång i tidernas begynnelse blivit polis av ett enda skäl, som han dessutom försökte hemlighålla.

Han led av en svårartad mörkerrädsla.

Från sin tidigaste barndom hade han genomlevt sina nätter med sänglampan tänd. I motsats till de flesta andra hade rädslan för mörkret inte avtagit ju äldre han blev. Tvärtom hade hans tonårsperiod inneburit att rädslan tilltagit, och därmed också hans egen skamfulla känsla av att lida av en defekt som knappast kunde kallas annat än feghet. Hans far som var bagare och steg upp halv tre varje morgon föreslog sonen att överta hans yrke. Eftersom han då sov under förmiddagarna skulle lösningen på problemet infinna sig av sig själv. Hans mor som var modist och av sin alltmer tynande kundkrets ansågs som mycket skicklig i att forma personliga och uttrycksfulla damhattar upplevde problemet betydligt allvarligare. Hon tog med sig sonen till barnpsykolog utan att denne kunde göra annat än att tro att pojkens mörkerrädsla trots allt skulle försvinna med åren. Men det blev tvärtom. Hans rädsla ökade. Men aldrig lyckades han förstå vad den bottnade i. Till slut bestämde han sig för att bli polis. Han föreställde sig att mörkerrädslan skulle bekämpas genom att han stärkte sitt personliga mod. Men nu, denna vårdag, tisdagen den 19 maj, vaknade han med sänglampan tänd. Dessutom hade han för vana att även låsa sovrumsdörren. Han bodde ensam i en lägenhet i centrala Ystad. Han var född i staden och lämnade den ogärna ens för kortare utflykter.

Han släckte lampan, sträckte på sig och steg upp. Han hade sovit dåligt under natten. Händelserna kring Kurt Wallander som kulminerat dagen innan med upptäckten av den bundne fadern och den bortförda dottern hade gjort honom både upprörd och rädd. Han insåg att han måste hjälpa Wallander. Under natten hade han grubblat på vad han kunde göra utan att överskrida den tröskel av tystnad som Wallander krävde av honom. Till slut, strax innan gryningen, hade han bestämt sig. Han skulle försöka spåra det hus där Konovalenko gömde sig. Han antog att Wallanders dotter med största sannolikhet också hölls fången i samma hus.

Strax före åtta kom han till polishuset. Den enda utgångspunkt han hade var det som hade hänt på det militära övningsfältet några nätter tidigare. Det var Martinson som hade gått igenom de få tillhörigheter som de funnit i de döda männens kläder. Ingenting hade varit uppseendeväckande. Men Svedberg hade under gryningstimmen bestämt sig för att trots allt gå igenom fynden en gång till. Han gick in i det rum där olika bevismaterial och andra fynd från olika brottsplatser förvarades och letade fram de rätta plastpåsarna. I afrikanens fickor hade Martinson hittat absolut ingenting, vilket i sig kunde tyckas anmärkningsvärt. Svedberg la tillbaka påsen som bara innehöll ett antal gruskorn. Sedan tömde han försiktigt ut innehållet i den andra påsen på bordet. I den fete mannens fickor hade Martinson hittat cigaretter, en tändare, tobakssmulor odefinierbara dammtussar och annat fickskräp. Svedberg betraktade föremålen som låg på bordet. Hans intresse fångades omedelbart av cigarettändaren. Den hade en nästan helt utsuddad reklamtext. Svedberg höll upp den mot ljuset för att försöka tyda vad där hade stått. Han la tillbaka påsen och tog med sig tändaren till sitt rum. Klockan halv elva skulle de samlas till ett spaningsmöte om Konovalenko och Wallander. Till dess ville han ha tiden för sig själv. Han tog fram ett förstoringsglas ur en skrivbordslåda, rättade in bordslampan och började studera tändaren. Efter ungefär en minut började hans hjärta slå fortare. Han kunde tyda skriften och den innebar ett spår. Om spåret skulle leda till ett mål var naturligtvis för tidigt att säga. Men han hade kommit fram till att tändaren burit en reklamskrift för ICA i Tomelilla. Det behövde inte betyda någonting. Rykoff kunde ha fått tag på den var som helst. Men om Rykoff hade besökt affären i Tomelilla så skulle en expedit kanske kunna minnas en man som talade bruten svenska och som framförallt var osedvanligt fet. Han stoppade tändaren i fickan och lämnade polishuset utan att säga vart han tog vägen.

Sedan körde han till Tomelilla. Han gick in i ICA-butiken, visade sin legitimation och bad att få tala med föreståndaren. Det var en ung man som presenterade sig som Sven Persson. Svedberg visade fram tändaren och förklarade sitt ärende. Butiksföreståndaren funderade och skakade sedan på huvudet. Han kunde inte påminna sig att en ovanligt fet person hade varit inne och handlat i affären under den senaste tiden.

– Tala med Britta, sa han. Kassörskan. Men jag är rädd för att hon har ganska dåligt minne. Åtminstone är hon tankspridd.

– Är hon den enda kassörskan? frågade Svedberg.

– Vi har en extra hjälp på lördagarna, sa butiksföreståndaren. Hon är inte här idag.

– Ring henne, sa Svedberg. Be henne komma hit genast.

– Är det så viktigt?

– Ja. Genast.

Butiksföreståndaren försvann för att ringa. Svedberg hade inte lämnat några tvivel om vad han önskade. Han väntade till den kvinna i femtioårsåldern som hette Britta hade blivit färdig med en kund som radat upp en mängd olika kuponger om extraerbjudanden på kassadisken. Svedberg presenterade sig.

– Jag vill veta om en stor och tjock karl har varit och handlat här den senaste tiden, frågade han.

– Vi har många tjocka karlar som handlar hos oss, svarade Britta oförstående.

Svedberg formulerade om frågan.

– Inte tjock, sa han. Utan fet. En kolossal kroppshydda. En man som dessutom talar dålig svenska. Har han varit här?

Hon försökte minnas. Samtidigt insåg Svedberg att hennes stigande nyfikenhet splittrade hennes koncentration.

– Han har inte gjort nåt som är det minsta spännande, sa Svedberg. Jag vill bara veta om han har varit här.

– Nej, svarade hon. Om han var så fet skulle jag ha kommit ihåg honom. Jag bantar själv. Så jag tittar på folk.

– Har du varit borta nån dag den senaste tiden?

– Nej.

– Inte ens en timme?

– Det händer att jag måste gå ifrån i nåt ärende.

– Vem har hand om kassan då?

– Sven.

Svedberg kände förhoppningarna han burit på minska. Han tackade för hjälpen och gick runt i butiken medan han väntade på extrahjälpen. Samtidigt försökte han febrilt fundera ut vad han skulle göra om ledtråden med cigarettändarens inskription slog fel. Var kunde han hitta en annan utgångspunkt?

Flickan som arbetade på lördagarna var ung, knappast mer än sjutton år. Hon var påfallande korpulent och Svedberg gruvade sig genast att börja prata med henne om feta människor. Butikschefen presenterade henne som Annika Hagström. Svedberg påminde sig en kvinna som ständigt förekom i televisionen och kände sig osäker på hur han skulle börja. Butikschefen hade diskret dragit sig tillbaka. De stod vid en hylla som var full med mat för katter och hundar.

– Jag förstår att du arbetar här på lördagarna, började Svedberg osäkert.

– Jag är arbetslös, sa Annika Hagström. Det finns inga jobb. Att sitta här på lördagarna är allt jag gör.

– Det kan nog vara svårt idag, sa Svedberg och försökte låta förstående.

– Jag har faktiskt funderat på att bli polis, sa flickan.

Svedberg betraktade henne häpet.

– Men jag tror inte jag passar i uniform, fortsatte hon. Varför har du ingen uniform?

– Vi har inte alltid det, svarade Svedberg.

– Jag kanske ska fundera en gång till, sa flickan. Vad är det jag har gjort?

– Ingenting, sa Svedberg. Jag tänkte bara fråga om du har sett en mansperson här i butiken som såg annorlunda ut.

Han stönade invärtes över sitt otympliga sätt att uttrycka sig.

– Hur då annorlunda?

– En man som var mycket fet. Och talade dålig svenska.

– Jaså han, svarade hon genast.

Svedberg stirrade på henne.

– Han var här i lördags, fortsatte hon.

Svedberg tog upp ett anteckningsblock ur fickan.

– När? frågade han.

– Strax efter nio.

– Var han ensam?

– Ja.

– Kommer du ihåg vad han handlade?

– Det var mycket. Flera paket te, bland annat. Han fick packa i fyra påsar.

Det är han, tänkte Svedberg. Ryssar dricker te som vi dricker kaffe.

– Hur betalade han?

– Han hade pengar lösa i ena fickan.

– Hur verkade han? Var han nervös? Eller nånting annat?

Hennes svar kom hela tiden fort och bestämt.

– Han hade bråttom. Han pressade ner matvarorna i påsarna.

– Sa han nånting?

– Nej.

– Hur kan du då veta att han bröt?

– Han sa goddag och tack. Sånt hör man på en gång.

Svedberg nickade. Nu hade han bara en fråga kvar.

– Du vet förstås inte var han bor? undrade han.

Hon rynkade pannan och funderade.

Kan det vara möjligt att hon har ett svar på det också, tänkte Svedberg hastigt.

– Han bor nånstans bortåt grustaget, sa hon.

– Grustaget?

– Vet du var folkhögskolan ligger?

Svedberg nickade, han visste.

– Kör förbi och ta sen till vänster, sa hon. Och sen vänster igen.

– Hur kan du veta att han bor där?

– Efter honom i kön stod en gubbe som heter Holgerson, sa hon. Han pratar alltid när ska betala. Han sa att han aldrig hade sett en så tjock karl förut. Sen sa han att han hade sett honom utanför nåt hus borta vid grustaget. Det ligger några tomma gårdar där. Holgerson känner till allt som händer i Tomelilla.

Svedberg stoppade ner anteckningsblocket. Nu hade han bråttom.

– Vet du vad, sa han. Jag undrar om du inte ska bli polis ändå.

– Vad har han gjort? frågade hon.

– Ingenting, svarade Svedberg. Och kommer han tillbaka är det viktigt att du inte låtsas om att nån har frågat efter honom. Minst av allt en polis.

– Jag säger ingenting, sa hon. Kan man få komma och hälsa på hos polisen nån gång?

– Ring och fråga efter mig, sa Svedberg. Fråga efter Svedberg. Det är jag. Jag ska visa dig runt.

Hon sken upp.

– Det ska jag göra, sa hon.

– Men inte än på ett par veckor, sa Svedberg. Just nu har vi mycket att göra.

Han lämnade affären och körde enligt den beskrivning hon hade gett honom. När han kom till en avtagsväg som ledde till grustaget stannade han och steg ur. I handskfacket hade han en kikare liggande. Han gick till grustaget och klättrade upp på en övergiven stenkross.

Det fanns två gårdar på bortre sidan av grustaget, som låg väl avskilda ifrån varandra. Det ena huset var halvt raserat, det andra verkade däremot vara i bättre skick. Men han såg inga bilar på gårdsplanen och huset verkade övergivet. Ändå kände han på sig att det var rätt. Det låg isolerat. Det fanns ingen väg som passerade förbi. Ingen som inte hade ärende dit skulle använda sig av återvändsvägen.

Han väntade med kikaren framför ögonen. Ett svagt duggregn började falla.

Efter nästan trettio minuter öppnades plötsligt dörren. En kvinna steg ut. Tania, tänkte han. Hon stod alldeles stilla och rökte. Svedberg kunde inte se hennes ansikte eftersom hon delvis var skymd av ett träd.

Han tog bort kikaren. Det måste vara där, tänkte han. Flickan i affären hade haft både ögon och öron med sig, dessutom ett gott minne. Han klättrade ner från stenkrossen och återvände till sin bil. Klockan hade redan hunnit bli över tio. Han bestämde sig för att ringa till polishuset och säga att han var sjuk. Det fanns ingen tid längre för honom att sitta i några sammanträden.

Nu måste han tala med Wallander.

Tania kastade cigarretten och krossade glöden under klacken. Hon stod ute på gårdsplanen i det svaga duggregnet. Vädret passade till hennes sinnesstämning. Konovalenko hade dragit sig undan med den nye afrikanen och hon intresserade sig inte för vad de talade om. Vladimir hade hållit henne informerad medan han levde. Hon visste att det var en betydelsefull politiker som skulle dödas i Sydafrika. Men vem eller varför hade hon ingen aning om. Vladimir hade säkert talat om det för henne, men hon hade inte lagt det på minnet.

Hon hade gått ut på gården för att få några minuter för sig själv. Ännu hade hon knappt haft tid att tänka efter vad det innebar att Vladimir nu var borta. Hon hade också blivit överraskad inför den sorg och den smärta hon upplevde. Deras äktenskap hade aldrig varit annat än ett praktiskt arrangemang som passade dem båda.

Under flykten från det sönderfallande Sovjetunionen hade de kunnat ge varandra stöd. Efteråt, när de kommit till Sverige, hade hon sett en mening i sin tillvaro genom att hjälpa Vladimir med hans olika göromål. Allt detta hade förändrats när Konovalenko plötsligt hade dykt upp. I början hade Tania känt sig dragen till honom. Hans bestämda uppträdande, hans självsäkerhet hade kontrasterat mot Vladimirs personlighet, och hon hade inte tvekat när Konovalenko börjat visa intresse för henne på allvar. Det hade dock inte dröjt länge förrän hon hade förstått att han bara utnyttjade henne. Hans känslokyla, hans intensiva förakt för andra människor hade skrämt henne. Konovalenko hade kommit att dominera deras liv fullständigt. Då och då, under sena kvällar, hade hon och Vladimir talat om att bryta upp igen, börja om från början, långt från Konovalenkos inflytande. Men det hade aldrig blivit av och nu var Vladimir död. Hon stod på gården och kände att hon saknade honom. Vad som skulle ske nu visste hon inte. Konovalenko var som besatt av att förgöra den polisman som dödat Vladimir och vållat honom så mycket besvär. Hon tänkte att tankarna om framtiden fick vänta tills allt var över, tills polismannen var död och afrikanen hade återvänt för att utföra sitt uppdrag. Hon insåg att hon var beroende av Konovalenko, vare sig hon ville eller inte. I landsflykten fanns ingen återvändo. Vagt och alltmer sällan tänkte hon på Kiev, den stad varifrån både hon och Vladimir hade kommit. Det som gjorde ont var inte alla minnen, utan hennes övertygelse om att hon aldrig skulle få återse den plats och de människor som tidigare varit grunden i hennes liv. Det var en dörr som obönhörligt slagit igen. Den var låst och nyckeln bortkastad. De sista resterna hade försvunnit med Vladimir.

Hon tänkte på flickan som hölls fängslad i källaren. Det var det enda hon hade frågat Konovalenko om de sista dagarna. Vad skulle ske med henne? Han hade svarat att hon skulle släppas när han väl hade fått tag på fadern. Men hon hade genast börjat tvivla på att han verkligen menade allvar. Hon rös vid tanken på att han skulle komma att döda även henne.

Tania hade svårt att reda ut sina känslor för sig själv. Hon kunde känna ett oreserverat hat mot flickans far som hade dödat hennes man, dessutom på ett sätt som varit barbariskt, utan att Konovalenko hade förklarat närmare vad han menat. Men att för den skull offra även polismannens dotter var för mycket för henne. Samtidigt visste hon att hon ingenting kunde göra för att förhindra att det skedde. Den minsta antydan om motstånd från hennes sida skulle innebära att Konovalenko bara riktade sina dödande krafter även mot henne.

Hon huttrade i regnet som hade tilltagit och gick in i huset igen. Konovalenkos röst hördes som ett mumlande genom den stängda dörren. Hon gick ut i köket och såg på luckan i golvet. Klockan på köksväggen visade att det var dags att ge flickan något att äta och dricka. Hon hade redan förberett en plastpåse med en termos och några smörgåsar. Hittills hade flickan i källaren inte rört det hon gett henne. Varje gång hade hon fått återvända med det hon lämnat kvar senast. Hon tände ljuset som Konovalenko hade riggat upp och öppnade luckan. I ena handen hade hon en ficklampa.

Linda hade krupit in i ett hörn. Där låg hon hoprullad som om hon plågades av svåra magsmärtor. Tania lyste mot pottan som stod på stengolvet. Den var oanvänd. Hon genomfors av medlidande med flickan. Tidigare hade hon varit så helt innesluten av den smärta hon själv kände efter Vladimir att det inte hade funnits utrymme för något annat. Men nu, när hon såg henne hoprullad, paralyserad av rädsla, kände hon att Konovalenkos ondska var utan gränser. Det fanns ingen anledning till att hon överhuvudtaget skulle behöva befinna sig i en mörk källare. Och dessutom med kedjor runt benen. Hon kunde ha hållits inlåst i något rum på övervåningen, bunden så att hon inte kunde ta sig ut ur huset.

Flickan rörde sig inte. Men med ögonen följde hon Tanias rörelser. Hennes sönderklippta hår gjorde Tania illamående. Hon satte sig på huk bredvid den orörliga flickan.

– Det är snart över, sa hon.

Flickan svarade inte. Hennes ögon såg rakt in i Tanias.

– Du måste försöka få i dig nånting, sa hon. Det är snart över.

Skräcken har redan börjat äta henne, tänkte Tania. Den gnager henne inifrån.

Plötsligt visste hon att hon måste hjälpa Linda. Det skulle kunna kosta henne livet. Men hon var tvungen. Konovalenkos ondska var för tung att bära även för henne.

– Det är snart över, viskade hon, la påsen vid flickans ansikte och gick tillbaka uppför trappan. Hon stängde luckan och vände sig om.

Konovalenko stod där. Hon hajade till och gav till ett utrop. Han hade ett sätt att närma sig människor ljudlöst. Ibland hade hon en känsla av att hans hörsel var onaturligt välutvecklad. Som ett nattdjur, hade hon tänkt. Han hör det andra människor inte kan uppfatta.

– Hon sover, sa Tania.

Konovalenko betraktade henne allvarligt. Sedan log han plötsligt och lämnade köket utan att säga ett ord.

Tania sjönk ner på en stol och tände en cigarett. Hon märkte att hennes händer skakade. Men hon visste nu att beslutet som hade formulerats inom henne var oåterkalleligt.

Strax efter klockan ett ringde Svedberg till Wallander.

Han lyfte luren redan efter första signalen. Svedberg hade suttit länge i sin lägenhet och försökt tänka ut hur han skulle kunna övertyga Wallander om att han inte ännu en gång kunde utmana Konovalenko ensam. Men han insåg att Wallander inte längre enbart reagerade förnuftsmässigt. Han hade passerat en gräns där känslomässiga impulser lika mycket kom att styra hans handlande. Det enda han kunde göra var att vädja till Wallander att inte konfrontera Konovalenko ensam. På sätt och vis är han inte tillräknelig, hade Svedberg tänkt. Han styrs av fruktan över vad som ska hända dottern. Han kan ta sig till med vad som helst.

Han gick rakt på sak.

– Jag har funnit Konovalenkos hus, sa han.

Han fick en känsla av att Wallander ryckte till i andra änden.

– Jag hittade en ledtråd bland det som fanns i Rykoffs fickor, fortsatte han. Jag behöver inte gå in på det i detalj. Men det förde mig till en ICA-affär i Tomelilla. Ett biträde med ett fenomenalt minne ledde mig vidare. Huset ligger strax öster om Tomelilla. Vid ett grustag som inte verkar ha varit i drift på länge. Det är en gammal bondgård.

– Jag hoppas ingen såg dig, sa Wallander.

Svedberg kunde höra hur utmattad och spänd han var.

– Ingen, svarade han. Du kan vara lugn.

– Hur skulle jag kunna vara lugn? frågade Wallander.

Svedberg sa ingenting.

– Jag tror jag vet var det där grustaget ligger, fortsatte Wallander. Om det du säger stämmer ger det mig ett övertag över Konovalenko.

– Har han hört av sig igen? frågade Svedberg.

– Tolv timmar är ikväll klockan åtta, svarade Wallander. Han kommer att hålla tiden. Jag kommer inte att göra nånting innan han har kontaktat mig igen.

– Det blir rena katastrofen om du ger dig på honom ensam, sa Svedberg. Jag törs inte tänka på vad som kommer att hända.

– Du vet att det inte finns nån annan möjlighet, svarade Wallander. Utan att jag kan upptäcka honom så vet jag att han hela tiden håller det här huset under uppsikt. Var han än väljer att träffa mig kommer han att ha fullständig kontroll över omgivningen. Ingen annan än jag kommer att kunna närma mig. Och du vet vad som händer om han ser att jag inte är ensam.

– Jag förstår allt det där, sa Svedberg. Ändå menar jag att vi måste försöka.

Det blev tyst ett ögonblick.

– Jag kommer att försäkra mig, sa Wallander. Jag kommer inte att tala om för dig var jag ska möta honom. Jag inser att du menar väl. Men jag kan inte ta några risker. Tack för att du letade reda på huset åt mig. Det ska jag inte glömma.

Sedan la han på.

Svedberg blev sittande med luren i handen.

Vad skulle han göra nu? Han hade inte tänkt på möjligheten att Wallander helt enkelt skulle hålla inne med den avgörande informationen.

Han la på luren och tänkte att om nu Wallander inte trodde sig om att behöva någon hjälp så gjorde Svedberg det. Frågan var bara vem han kunde få med sig.

Han ställde sig vid ett fönster och såg på kyrktornet som skymtade bortom hustaken. När Wallander hade varit på flykt efter natten på övningsfältet hade han valt att kontakta Sten Widén, tänkte han. Svedberg hade aldrig träffat mannen tidigare. Han hade aldrig ens hört Wallander tala om honom. Ändå var de alldeles uppenbart nära vänner och de hade känt varandra länge. Det var till honom Wallander hade vänt sig för att få hjälp. Nu bestämde sig Svedberg för att göra samma sak. Han lämnade lägenheten och körde ut ur stan. Regnet hade tilltagit och det hade dessutom börjat blåsa. Han körde längs stranden och tänkte att allt det som hade hänt den senaste tiden snart måste få ett slut. Det var för mycket för ett litet polisdistrikt som Ystad.

Han hittade Sten Widén ute i stallet. Han stod utanför den gallerförsedda boxen där en häst oroligt gick av och an och då och då skickade en kraftig spark in i trävirket. Svedberg hälsade och ställde sig bredvid honom. Den oroliga hästen var mycket hög och smäcker. Svedberg hade aldrig hittills i sitt liv suttit på en hästrygg. Han hade en stor respekt för hästar och förstod inte hur man frivilligt kunde tillbringa sitt liv med att sköta och träna dem.

– Hon är sjuk, sa Sten Widén plötsligt. Men jag vet inte vad det är för fel med henne.

– Hon verkar lite rastlös, sa Svedberg försiktigt.

– Det är värken, sa Sten Widén.

Sedan drog han undan regeln och gick in i boxen. Han tog tag i grimman och hästen blev nästan genast lugn. Så böjde han sig ner och tittade på vänster framben. Svedberg lutade sig försiktigt in över boxkanten för att se.

– Hon är svullen, sa Sten Widén. Ser du?

Svedberg kunde inte upptäcka någonting. Men han mumlade instämmande. Sten Widén klappade hästen en stund och kom ut ur boxen.

– Jag behöver prata med dig, sa Svedberg.

– Vi går in, svarade Sten Widén.

När de kommit in i huset upptäckte Svedberg att det satt en äldre dam i en soffa som stod i ett ostädat vardagsrum. Han tänkte att hon inte passade i Sten Widéns miljö. Hon var påfallande elegant klädd, kraftigt sminkad och bar dyrbara juveler. Sten Widén såg hans blick.

– Hon väntar på att hennes chaufför ska hämta henne, sa han. Hon äger två hästar som står i träning hos mig.

– På så sätt, sa Svedberg.

– Byggmästaränka från Trelleborg, sa Sten Widén. Hon åker snart hem. Hon kommer då och då och bara sitter här. Jag tror hon är mycket ensam.

De sista orden uttalade Sten Widén med en förståelse som förvånade Svedberg.

De satte sig i köket.

– Jag vet inte riktigt varför jag är här, sa Svedberg. Rättare sagt, det vet jag visst. Men vad det eventuellt innebär att be dig om hjälp har jag ingen aning om.

Han berättade om huset han hade funnit vid grustaget utanför

Tomelilla. Sten Widén reste sig och rotade en stund i ett av papper och galoppprogram fullpackat köksskåp. Till sist drog han fram en smutsig och sönderriven karta. Han vecklade upp den på bordet och Svedberg pekade med en trubbig blyertspenna ut var huset låg.

– Jag har ingen aning om vad Wallander tänker göra, sa Svedberg. Jag bara vet att han tänker utmana Konovalenko ensam. Han vågar inte ta några risker för dotterns skull. Det kan man naturligtvis förstå. Problemet är bara att Wallander inte har den minsta möjlighet att oskadliggöra Konovalenko ensam.

– Du tänker alltså hjälpa honom? sa Sten Widén.

Svedberg nickade.

– Men jag klarar det inte heller ensam, sa han. Jag kom inte på nån annan än dig att tala med, eftersom ytterligare en eller flera polismän är omöjligt. Därför kom jag hit. Du känner honom, du är hans vän.

– Kanske det, svarade Sten Widén.

– Kanske? sa Svedberg undrande.

– Det är riktigt att vi har känt varandra länge, svarade Sten Widén. Men vi har inte umgåtts på över tio år.

– Det visste jag inte, sa Svedberg. Jag trodde det var annorlunda.

En bil svängde in på gårdsplanen. Sten Widén reste sig och följde byggmästaränkan ut. Svedberg tänkte att han hade begått ett misstag. Sten Widén var inte den vän till Wallander han hade föreställt sig.

– Vad är det du tänker dig? frågade Sten Widén när han kom tillbaka in i köket.

Svedberg berättade. Någon gång efter klockan åtta skulle han ringa till Wallander. Han skulle inte få veta exakt vad Konovalenko hade sagt. Svedberg hoppades att han skulle kunna förmå Wallander att åtminstone avslöja när mötet skulle ske. När han väl visste vilken tidpunkt som var avtalad skulle han och förhoppningsvis någon mer bege sig till gården redan under natten för att finnas där, osynliga, till hands om det blev nödvändigt att hjälpa Wallander.

Sten Widén lyssnade med uttryckslöst ansikte. Efteråt, när Svedberg hade tystnat, reste han sig och lämnade köket. Svedberg undrade om han kanske hade gått på toaletten. Men när Sten Widén kom tillbaka till köket hade han ett gevär i handen.

– Vi får försöka hjälpa honom, sa han kort.

Han satte sig ner och undersökte geväret. Svedberg la upp sitt tjänstevapen på bordet för att visa att även han var beväpnad. Sten Widén grimaserade.

– Inte mycket att jaga en desperat galning med, sa han.

– Kan du lämna hästarna? frågade Svedberg.

– Ulrika sover här, sa han. En av flickorna som hjälper mig.

Svedberg kände sig hela tiden osäker i Sten Widéns sällskap. Hans fåordighet och udda personlighet gjorde att Svedberg hade svårt att slappna av. Men han var tacksam för att slippa vara ensam.

Klockan tre på eftermiddagen for Svedberg hem. De hade avtalat att han skulle höra av sig så fort han hade haft kontakt med Wallander. På vägen till Ystad köpte han kvällstidningarna som just hade kommit. Han satt i bilen och bläddrade igenom dem. Fortfarande var Konovalenko och Wallander stora nyheter. Men de hade redan flyttats tillbaka några sidor.

Svedberg såg plötsligt rubriker framför sig. Rubriker han fruktade mer än någonting annat.

Därtill en bild av Wallanders dotter.

Han ringde tjugo minuter över åtta till Wallander.

Konovalenko hade tagit kontakt.

– Jag vet att du inte vill säga vad som ska hända, sa Svedberg. Men ge mig åtminstone ett klockslag.

Wallander tvekade innan han svarade.

– Klockan sju i morgon bitti, sa han.

– Men inte vid huset, sa Svedberg.

– Nej, svarade Wallander. Nån annanstans. Men fråga inte mer nu.

– Vad kommer att hända?

– Han har lovat att släppa min dotter. Sen vet jag inte mer.

Du vet, tänkte Svedberg. Du vet att han kommer att försöka döda dig.

– Var försiktig, Kurt, sa han.

– Ja, sa Wallander och la på.

Svedberg var nu säker på att mötet skulle ske vid gården. Wallanders svar hade kommit aningen för fort. Han satt alldeles orörlig.

Sedan ringde han till Sten Widén. De bestämde att träffas hemma hos Svedberg vid midnatt och därefter åka till Tomelilla.

De drack en kopp kaffe i Svedbergs kök.

Fortfarande regnade det ute.

Kvart i två på natten gav de sig iväg.

28.

Mannen utanför hennes hus i Bezuidenhout Park hade kommit tillbaka. Det var den tredje morgonen i rad som Miranda såg honom stå på den motsatta sidan av gatan, orörlig, väntande. Hon kunde se honom genom den tunna gardinen vid fönstret i vardagsrummet. Han var vit, klädd i kostym och slips och såg ut som en bortkommen främling i hennes värld. Hon hade upptäckt honom tidigt, strax efter det att Matilda hade gett sig av till skolan. Hon hade omedelbart reagerat eftersom människor mycket sällan visade sig på hennes gata. På morgnarna försvann männen som bodde i villorna i sina bilar till Johannesburgs centrum. Senare satte sig kvinnorna i sina egna bilar för att åka och handla, besöka skönhetsinstitut, eller helt enkelt bara för att försvinna. I Bezuidenhout levde en besviken och orolig stam av den vita medelklassen. De som inte riktigt förmått kravla sig upp till det allra översta vita skiktet i landet. Miranda visste också att många av dessa människor funderade på att emigrera. Hon hade tänkt att ytterligare en sanning obevekligt höll på att avtäckas. För dessa människor hade Sydafrika inte varit ett förutsättningslöst fosterland där jorden och blodet runnit i samma ådror eller fåror. Även om de varit födda här så hade de inte tvekat att börja överväga att fly när de Klerk hade hållit sitt februaristal till nationen, Nelson Mandela hade blivit frisläppt från sitt fängelse, och en ny tid hade förebådats. En ny tid som kanske skulle se andra svarta än Miranda boende i Bezuidenhout.

Men mannen som stod på gatan hade varit en främling. Han hörde inte till och Miranda undrade vad det var han sökte. En människa som stod stilla på en gata i gryningen måste leta efter något, förlorat eller drömt. Hon hade stått länge bakom den tunna gardinen och betraktat honom och till slut insett att han stod och såg på hennes hus. Det hade först gjort henne rädd. Kom han från en okänd myndighet, ett av de ogripbara kontrollorgan som ännu behärskade de svartas liv i Sydafrika? Hon hade väntat att han skulle ge sig till känna, ringa på hennes dörrklocka. Men ju längre han stod där, orörlig, desto mer började hon tvivla. Dessutom hade han ingen portfölj. Miranda var van vid att det vita Sydafrika alltid talade till de svarta genom antingen hundar, poliser, vinande batonger och bepansrade fordon eller genom papper. Men han hade ingen portfölj, han hade bara två tomma händer.

Den första morgonen hade Miranda regelbundet återvänt till fönstret för att se om han stod kvar. Hon hade tänkt på honom som en staty ingen visste var den skulle placeras, eller som ingen ville ha. Strax före klockan nio hade sedan gatan varit tom. Men dagen efter hade han återkommit, stått på samma ställe, med blicken riktad mot hennes fönster. Hon hade fått den onda föraningen om att det var för Matildas skull han hade stått där. Han kunde vara från den hemliga polisen; i bakgrunden, osynliga från hennes fönster, kunde det finnas bilar med väntande uniformerade män. Men något i hans uppträdande gjorde henne osäker. Det var då hon fick den första tanken om att han stod där för att hon skulle se honom och förstå att han inte var farlig. Han utgjorde inget hot och han gav henne tid att vänja sig.

Nu var det den tredje morgonen, onsdagen den 20 maj, och han hade kommit tillbaka igen. Plötsligt såg han sig om och gick därefter över gatan, fram till hennes grind och kom längs den stenlagda gången fram till hennes dörr. Hon stod fortfarande bakom gardinen när klockan ringde. Just den här morgonen hade Matilda inte gått till skolan. Hon hade vaknat med huvudvärk och feber, kanske var det malaria, och nu sov hon i sitt rum. Miranda drog försiktigt igen hennes dörr innan hon gick och öppnade. Det hade bara kommit en signal. Han visste att någon var hemma och han var alltså också säker på att dörren skulle öppnas för honom.

Han är ung, tänkte Miranda när hon stod framför honom i dörröppningen.

Mannens röst var ljus när han talade.

– Miranda Nkoyi? Jag undrar om jag kan få lov att komma in en stund. Jag lovar att inte störa länge.

Någonstans inom henne ropade en varnande röst. Men hon släppte ändå in honom, förde honom till vardagsrummet och bad honom sätta sig ner.

Georg Scheepers kände sig som vanligt osäker när han var ensam med en svart kvinna. Det hände inte ofta i hans liv. Mest var det när han var ensam med någon av de svarta sekreterarna som dykt upp på åklagarmyndigheten när raslagarna nyligen hade börjat mjukas

378

upp. Han tänkte att det faktiskt var första gången han satt ensam med en svart kvinna i hennes eget hem.

Han hade en återkommande känsla av att de svarta föraktade honom. Han letade alltid efter spår av det fientliga. Aldrig var den oklara känslan av skuld så tydlig som när han var ensam med en svart människa. Han märkte att känslan av försvarslöshet ökade när han nu satt mitt emot en kvinna. Med en man hade det kanske varit annorlunda. Som vit hade han normalt övertaget. Nu var det plötsligt borta, stolen sjönk under honom tills han tyckte sig sitta direkt på golvet.

Han hade ägnat de senaste dagarna och den gångna helgen åt att försöka tränga så djupt in i Jan Kleyns hemlighet som möjligt. Nu visste han att Jan Kleyn ständigt hade besökt detta hus i Bezuidenhout. Det var något som hade pågått i många år, alltsedan Jan Kleyn kommit till Johannesburg efter studierna. Med hjälp av Werveys inflytande och sina egna kontakter hade han också lyckats tränga igenom bankhemligheten och visste att Jan Kleyn varje månad gjorde en stor överföring av pengar till Miranda Nkoyi.

Hemligheten hade uppenbarats för honom. Jan Kleyn, en av alla betrodd tjänsteman inom underrättelsetjänsten, en boer som bar sina förväntade värderingar med stolthet, levde i hemlighet tillsammans med en svart kvinna. För henne var han beredd att ta de största risker. Om president de Klerk blev betraktad som en förrädare så var Jan Kleyn ytterligare en.

Men Scheepers hade fått en känsla av att han ännu bara hade skrapat lätt på hemlighetens yta och han hade bestämt sig för att söka upp kvinnan. Han skulle inte tala om vem han var och möjligheten fanns att hon aldrig skulle avslöja hans besök för Jan Kleyn när han åter kom på besök. Gjorde hon det skulle han snart ha identifierat besökaren som Georg Scheepers. Men han skulle inte kunna vara säker på varför, han skulle drabbas av fruktan över att hemligheten hade uppenbarats och Scheepers skulle i fortsättningen kunna kontrollera Jan Kleyn. Naturligtvis fanns risken att Jan Kleyn skulle bestämma sig för att döda honom. Men också det trodde sig Scheepers ha en försäkring emot. Han skulle inte lämna detta hus utan att Miranda hade förstått att fler än han var informerade om Jan Kleyns hemliga liv utanför underrättelsetjänstens slutna värld.

Hon såg på honom, såg igenom honom. Hon var mycket vacker.

Skönheten hade överlevt, den överlevde allt, underkastelse, tvång, smärta, så länge motståndet fanns. I resignationens spår följde det fula, det förkrympta, det till utplåning försvagade.

Han tvingade sig att säga som det var. Att mannen som besökte henne, som betalade hennes hus och förmodligen var hennes älskare, var en man som på starka grunder misstänktes för konspiration emot staten och enskilda människors liv. Medan han talade tyckte han sig förstå att hon kände till en del av det han sa, medan annat var främmande för henne. Samtidigt fick han en egendomlig känsla av att hon blev lättad, som om hon hade väntat sig, eller kanske till och med fruktat något annat. Han började genast grubbla över vad det kunde vara. Han anade att det hade med hemligheten att göra, den glidande förnimmelsen av att det fanns ännu en osynlig dörr att öppna.

– Jag behöver veta, sa han. Jag har egentligen inga frågor. Du ska heller inte uppleva det som om jag ber dig vittna mot din egen man. Det handlar om nåt mycket stort. Ett hot mot hela vårt land. Så stort att jag inte ens kan tala om för dig vem jag är.

– Men du är hans fiende, sa hon. När flocken anar en fara springer vissa djur vilse. Och dom är förlorade. Är det så?

– Kanske, sa Scheepers. Kanske det är så.

Han satt med ryggen mot fönstret. Just i det ögonblick Miranda talade om djuren och flocken uppfattade han en nästan omärklig rörelse vid den dörr som fanns bakom hennes rygg. Det var som om någon försiktigt hade börjat vrida på handtaget men sedan ångrat sig. Först då hade han påmint sig att han inte hade sett den unga kvinnan lämna huset denna morgon. Den unga kvinna som måste vara Mirandas dotter.

Det hade varit en anmärkningsvärd omständighet som han upptäckt under de senaste dagarnas efterforskningar. Miranda Nkoyi fanns hela tiden registrerad som ensamstående hushållerska åt en man vid namn Sidney Houston som för det mesta uppehöll sig på sin boskapsranch, långt ute på de stora slätterna öster om Harare. Arrangemanget med denne frånvarande boskapsskötare hade Scheepers lätt kunnat genomskåda, inte minst sedan han avslöjat att Jan Kleyn och Houston varit kurskamrater under universitetstiden. Men den andra kvinnan, Mirandas dotter? Hon fanns inte. Och nu stod hon bakom en dörr och lyssnade till deras samtal.

Tanken överrumplade honom. Efteråt skulle han förstå att det var hans fördomar som lurat honom, de osynliga rasbarriärer som organiserade hans liv. Plötsligt förstod han vem den lyssnande flickan var. Jan Kleyns stora och väl bevarade hemlighet hade avslöjats. Det var som en fästning som till sist hade tvingats ge upp inför belägrarna. Sanningen hade så länge kunnat bevaras, helt enkelt därför att den varit otänkbar. Jan Kleyn, stjärnan inom underrättelsetjänsten, den hänsynslöst kämpande boern, hade en dotter med en svart kvinna. En dotter som han förmodligen älskade högre än något annat. Kanske föreställde han sig att Nelson Mandela måste dö för att hans svarta dotter skulle kunna fortsätta att leva och förädlas av sin närhet till de vita i landet. För Scheepers framstod hyckleriet som något som inte förtjänade annat än hat. Han kände det som om allt hans eget motstånd nu hade brutits ner. Samtidigt tyckte han sig förstå det oerhörda i den uppgift president de Klerk och Nelson Mandela hade påtagit sig. Hur skulle han kunna skapa samhörighet mellan människor som alla betraktade varandra som förrädare?

Miranda såg oavbrutet på honom. Hon kunde inte gissa vad han tänkte, men hon märkte att han var upprörd.

Han lät blicken vandra, först till hennes ansikte, därifrån vidare till ett fotografi av flickan som stod på den öppna spisens överkant.

– Din dotter, sa han. Jan Kleyns dotter.

– Matilda.

Scheepers mindes från det han läst om Mirandas förflutna.

– Som din mor.

– Som min mor.

– Älskar du din man?

– Han är inte min man. Han är hennes far.

– Och hon?

– Hon hatar honom.

– Just nu står hon bakom sin dörr och lyssnar på vårt samtal.

– Hon är sjuk. Hon har feber.

– Men ändå lyssnar hon.

– Varför skulle hon inte höra?

Scheepers nickade. Han förstod.

– Jag behöver veta, sa han. Tänk efter. Det minsta som kan hjälpa oss att hitta de män som planerar att kasta landet ut i kaos. Innan det är för sent.

Miranda tänkte att det ögonblick hon så länge väntat på hade kommit. Tidigare hade hon alltid föreställt sig att ingen skulle vara närvarande när hon berättade om sina nattliga undersökningar av Jan Kleyns fickor och sitt uppmärksamma lyssnande till de ord han yttrade i sömnen. Det skulle bara vara de två, hon och hennes dotter. Men nu förstod hon att det skulle bli annorlunda. Hon undrade vad det kom sig av att hon så odelat, utan att ens veta vad han hette, litade på honom. Var det hans egen sårbarhet? Hans osäkerhet inför henne? Var svaghet det enda hon vågade ha förtroende inför?

Befrielsens glädje, tänkte hon. Det är vad jag känner just nu. Som att stiga upp ur havet och veta att jag är ren.

– Länge trodde jag han var en vanlig tjänsteman, började hon. Jag anade ingenting om hans brottslighet. Sen fick jag veta.

– Av vem?

– Kanske jag säger vem. Men inte än. Man ska bara tala när tiden är mogen.

Han ångrade att han hade avbrutit henne.

– Men han vet inte att jag vet, fortsatte hon. Det har varit mitt övertag. Kanske har det varit min frälsning, kanske blir det min död. Men varje gång han besökt oss har jag stigit upp om natten och tömt hans fickor. Minsta papperslapp har jag kopierat. Jag har lyssnat till hans osammanhängande ord när han talat i sömnen. Och jag har fört detta vidare.

– Till vem?

– Till dom som försvarar oss.

– Jag försvarar er.

– Jag vet inte ens vad du heter.

– Det betyder ingenting.

– Jag har talat med svarta män som lever lika hemliga liv som Jan Kleyn.

Han hade hört rykten. Men ingenting hade någonsin kunnat bevisas. Han visste att underrättelsetjänsterna, både den civila och den militära, ständigt jagade sina egna skuggor. Ryktet som var envist sa att de svarta hade sin egen underrättelsetjänst. Kanske direkt knuten till ANC, kanske som en alldeles egen organisation. Där kartlades kartläggarnas handlingar. Deras strategier och deras identiteter. Han insåg nu att kvinnan som hette Miranda avslöjade att dessa människor verkligen fanns.

Jan Kleyn är en död man, tänkte han. Utan att han har vetat om det har hans fickor vittjats direkt av de han betraktar som fienden.

– Dom senaste månaderna, sa han. Vad som ligger innan dess bryr jag mig inte om. Men vad har du funnit den senaste tiden?

– Jag har gett ifrån mig och jag har glömt, sa hon. Varför skulle jag anstränga mig med att minnas?

Han insåg att hon talade sanning. Återigen försökte han beveka henne. Han måste få tala med någon av de män som hade till uppgift att tyda det hon hade hittat i Jan Kleyns fickor. Eller hört honom mumla i sömnen.

– Varför skulle jag lita på dig? frågade hon.

– Det ska du inte, svarade han. Det finns inga garantier i livet. Det finns bara risker.

Hon satt tyst och tycktes fundera.

– Har han dödat många människor? frågade hon. Hon talade mycket högt och han förstod att det var för att dottern skulle höra.

– Ja, svarade han. Han har dödat många människor.

– Svarta?

– Svarta.

– Som varit brottslingar?

– Ibland. Ibland inte.

– Varför har han dödat dom?

– Dom var människor som inte velat tala. Människor som varit rebeller. Bärare av uppror.

– Som min dotter.

– Jag känner inte din dotter.

– Det gör jag.

Hon reste sig häftigt.

– Kom tillbaka imorgon, sa hon. Kanske finns det nån som vill träffa dig. Gå nu.

Han lämnade huset. När han kom till sin bil som stod parkerad på en tvärgata var han svettig. Han for därifrån och tänkte på sin egen svaghet. Och hennes styrka. Fanns det en framtid där de kunde mötas och försonas?

Matilda kom inte ut när han hade gett sig av. Miranda lät henne vara ifred. Men på kvällen satt hon länge på hennes sängkant.

Febern kom och gick i vågor.

– Är du sorgsen? frågade Miranda.

– Nej, svarade Matilda. Jag hatar honom bara ännu mer.

Efteråt skulle Scheepers minnas sitt besök i Kliptown som en ner-stigning i ett helvete han tidigare i sitt liv hade lyckats undvika. Ge-nom att ständigt följa den vita bana som ledde boerna från vaggan till graven hade han gått den enögdes väg. Nu tvingades han be-träda den andra vägen, den svarta, och det han såg trodde han sig aldrig om att kunna glömma. Det berörde honom, det måste be-röra honom, eftersom det handlade om tjugo miljoner människors liv. Människor som inte tilläts leva fullvärdigt, som dog i förtid, liv som dämdes upp och aldrig fick möjlighet att utvecklas.

Han hade återvänt till huset i Bezuidenhout klockan tio nästa morgon. Det var Miranda som öppnade för honom, men det var hennes dotter Matilda som skulle föra honom till den man som sagt sig vara villig att tala med honom. Han fick en känsla av att han beviljats ett stort privilegium. Matilda var lika vacker som sin mor. Hennes hy var ljusare, men ögonen var desamma. Han hade svårt att se några av faderns drag i hennes ansikte. Kanske tog hon så kraftigt avstånd från honom att hon helt enkelt förhindrade sig själv från att likna honom. Hon mötte honom mycket reserverat, nickade bara åt honom när han sträckte fram sin hand. Åter kände han osäkerheten, nu också inför dottern, trots att hon ännu bara var en tonåring. Han började uppleva en oro över vad han hade gett sig in på. Kanske Jan Kleyns hand vilade över detta hus på ett helt annat sätt än vad han hade lockats att tro? Men det var för sent för honom att ändra sig. En gammal rostig bil, med släpande avgasrör och halvt avklippta stötfångare stannade utanför huset. Utan ett ord öppnade Matilda dörren och såg på honom.

– Jag trodde han skulle komma hit, sa han tveksamt.

– Vi ska besöka en annan värld, sa Matilda.

Han satte sig i baksätet och kände en lukt som han först senare insåg var en påminnelse om hans barndoms hönshus. Mannen bakom ratten hade en skärmmössa djupt nerdragen över ögonen. Han vände sig om och betraktade honom utan att säga ett ord. Se-dan for de och chauffören och Matilda började tala med varandra på det språk som Scheepers inte förstod men som han kände igen som *Xhosa*. De for mot sydväst och Scheepers tyckte mannen vid ratten körde alldeles för fort. Snart hade de lämnat Johannesburgs centrum bakom sig och var på väg på det omfattande motorvägs-nätet där filerna skar ut åt olika håll. Soweto, tänkte Scheepers. Är det dit de för mig?

Men det var inte till Soweto de skulle. De passerade Meadowsland och den stickande röken låg tät över det dammiga landskapet. Strax bortom gyttret av förfallna hus, hundar, barn, höns, trasiga och sönderbrända bilar, bromsade chauffören in. Matilda steg ut och satte sig bredvid honom i baksätet. I handen hade hon en svart huva.

– Från och med nu får du inte se, sa hon.

Han protesterade och stötte hennes hand ifrån sig.

– Vad har du att frukta? frågade hon. Bestäm dig.

Han ryckte till sig huvan.

– Varför? frågade han.

– Det finns tusen ögon, sa hon. Du ska inte se. Ingen ska heller se dig.

– Det är inget svar, sa han irriterat. Det är en gåta.

– Inte för mig, svarade hon. Bestäm dig nu!

Han satte på sig huvan. De fortsatte. Vägen blev hela tiden allt sämre. Men chauffören höll oförminskad fart. Scheepers parerade stötarna så gott han kunde. Ändå slog han huvudet hårt i biltaket vid flera tillfällen. Han tappade känslan för hur lång tid som gått. Huvan stack i hans ansikte och huden började klia.

Bilen bromsade in och stannade. Någonstans skällde en hund ursinnigt. Musiken från en radioapparat kom och gick i vågor. Trots huvan kände han lukten av eldar. Matilda hjälpte honom ut ur bilen. Sedan tog hon av honom huvan. Solen slog rakt in i hans oskyddade ansikte och bländade honom. När ögonen hade vant sig såg han att de befann sig mitt i ett gytter av skjul som plockats samman av korrugerad plåt, kartonger, säckväv, plastskynken, presenningar. Där fanns skjul där bilvrak utgjorde ett av rummen. Det stank av sopor, en mager och skabbig hund nafsade efter hans ena ben. Han betraktade människorna som framlevde sina liv i misären. Ingen av dem tycktes notera hans närvaro. Där fanns varken hotfullhet eller nyfikenhet, bara likgiltighet. Han fanns inte för deras ögon.

– Välkommen till Kliptown, sa Matilda. Kanske det är Kliptown, kanske det är en annan *shanty-town*. Du skulle ändå aldrig hitta tillbaka hit. Dom ser likadana ut allihop. Eländet är lika stort överallt, luktar lika, bebos av samma människor.

Hon förde honom in i gyttret. Det var som att träda in i en labyrint som snabbt slukade honom, berövade honom hela hans förflutna. Efter några få steg hade han alldeles tappat orienteringen. Han tänkte på det orimliga i att han hade Jan Kleyns dotter vid sin sida. Men orimligheten var arvet, det som nu för sista gången skulle skiftas och sedan förgöras.

– Vad ser du? frågade hon.

– Samma som du, svarade han.

– Nej! sa hon skarpt. Blir du upprörd?

– Naturligtvis.

– Det blir inte jag. Upprördheten är en trappa. Det finns många steg. Vi står inte på samma.

– Du kanske befinner dig högst upp?

– Nästan.

– Är utsikten en annan?

– Man kan se bortom. Zebror som betar i vaksamma flockar. Antiloper som spränger sig fria från tyngdlagen. En kobra som har gömt sig i en övergiven termitstack. Kvinnor som bär vatten.

Hon stannade och ställde sig framför honom.

– Jag ser mitt eget hat i deras ögon, sa hon. Men det kan inte dina ögon upptäcka.

– Vad vill du jag ska svara? sa han. Jag tycker det verkar vara rena helvetet att leva så här. Frågan är bara om det är mitt fel.

– Det kan bli, sa hon. Det beror på.

De fortsatte djupare in i labyrinten. Han skulle aldrig hitta ut ensam. Jag behöver henne, tänkte han. Liksom vi alltid har varit beroende av de svarta. Och det vet hon.

Matilda stannade framför ett skjul som var något större än de andra, även om det var tillverkat av samma material. Hon satte sig på huk vid dörren som bestod av en slarvigt hopsnickrad masonitskiva.

– Gå in, sa hon. Jag väntar här.

Scheepers steg in i. Till en början hade han svårt att urskilja någonting i mörkret. Sedan såg han ett enkelt träbord, några pinnstolar och en rykande fotogenlampa. Ur skuggorna lösgjorde sig en man. Han betraktade honom med ett svagt småleende. Scheepers trodde att de var jämnåriga. Men mannen framför honom var kraftigare, hade skägg och utstrålade samma värdighet som han funnit hos både Miranda och Matilda.

– Georg Scheepers, sa mannen och brast ut i ett kort skratt. Sedan pekade han på en av stolarna.

– Vad är det som är lustigt? frågade Scheepers. Han hade svårt att dölja sin växande osäkerhet.

– Ingenting, sa mannen. Du kan kalla mig Steve.

– Du vet varför jag vill träffa dig, sa Scheepers.

– Mig vill du inte träffa, sa mannen som kallade sig Steve. Du vill träffa nån som kan berätta saker om Jan Kleyn som du inte redan vet. Det råkade bli jag. Men kunde lika gärna ha varit nån annan.

– Kan vi komma till saken? sa Scheepers som började bli otålig.

– Vita människor har alltid så dåligt med tid, sa Steve. Jag har aldrig kunnat förstå varför det är så.

– Jan Kleyn, sa Scheepers.

– En farlig man, sa Steve. Allas fiende, inte bara vår. Korparna ropar i natten. Och vi tyder och tolkar och tror oss förstå att nånting håller på att hända, nåt som kan skapa kaos. Och det vill vi inte ha. Varken ANC eller de Klerk. Därför måste du först ge mig det du har. Sen kanske vi tillsammans kan lysa upp i några av dom mörkaste hörnen.

Scheepers berättade inte allt. Men han gav ifrån sig det viktigaste och redan det var en risk. Han visste inte vem det var han talade med. Ändå var han tvungen att göra det. Steve lyssnade medan han långsamt strök sig över hakan.

– Så långt har det alltså gått, sa han när Scheepers hade tystnat. Vi har väntat på det. Men vi trodde nog att nån galen boer först skulle försöka skära halsen av förrädaren de Klerk.

– En yrkesmördare, sa Scheepers. Utan ansikte, utan namn. Men han kan ha förekommit tidigare. Inte minst i närheten av Jan Kleyn. Dom korpar du talar om kan kanske lyssna sig fram. Mannen kan vara vit, han kan vara svart. Jag har hittat en uppgift som kan tyda på att han kommer att få mycket pengar. En miljon rand, kanske mer.

– Han borde gå att identifiera, sa Steve. Jan Kleyn väljer bara det bästa. Om det är en sydafrikan, svart eller vit, ska vi hitta honom.

– Hitta honom och stoppa honom, sa Scheepers. Döda honom. Vi måste arbeta tillsammans.

– Nej, sa Steve. Vi möts nu. Men det är enda gången. Vi går från två håll, både i det här fallet och mot framtiden. Nåt annat är inte möjligt.

– Varför inte?

– Vi delar inte varandras hemligheter. Allt är fortfarande för ovisst, osäkert. Vi undviker alla pakter och överenskommelser som inte är absolut nödvändiga. Glöm inte att vi är fiender. Och kriget i vårt land har redan pågått länge. Trots att ni inte vill inse det.

– Vi ser olika på saken, sa Scheepers.

– Ja, svarade Steve. Det är just det vi gör.

Samtalet hade inte varat mer än ett par minuter. Ändå reste sig Steve, och Scheepers förstod att det hela var över.

– Miranda finns, sa Steve. Genom henne kan du nå min värld.

– Ja, svarade Scheepers. Hon finns. Det här attentatet måste stoppas.

– Ja, sa Steve. Men jag tror att det är ni som måste göra det. Fortfarande är det ni som har resurserna. Jag har ingenting. Annat än ett plåtskjul. Och Miranda. Och Matilda. Föreställ dig vad som kommer att hända om attentatet blir av.

– Jag vill helst inte tänka på det.

Steve betraktade honom ett ögonblick i tystnad. Sedan försvann han genom dörren utan att ta avsked. Scheepers följde efter ut i den skarpa solen. Matilda ledde honom tyst tillbaka till bilen. Åter satt han i baksätet med huvan över sig. I mörkret planerade han redan vad han skulle säga till president de Klerk.

President de Klerk hade en återkommande dröm om termiter.

Han tyckte att han befann sig i ett hus där varje golv, varje vägg, varje möbel var angripen av de hungriga djuren. Varför han hade kommit till huset visste han inte. Det växte gräs mellan golvplankorna, fönsterrutorna var sönderslagna och termiternas ursinniga tuggande kändes som en klåda inne i hans egen kropp. I drömmen hade han mycket kort tid på sig att skriva ett viktigt anförande. Hans vanliga talskrivare hade försvunnit och han måste göra arbetet själv. Men när han började skriva vällde termiterna fram även ur hans penna.

Där brukade han vakna. I mörkret tänkte han att drömmen kanske förebådade en sanning. Kanske var allting redan för sent? Det han ville åstadkomma, att rädda Sydafrika från sönderfall samtidigt som han värnade om de vitas inflytande och särställning så långt det lät sig göra, kanske redan var i alltför stor otakt med den svarta otåligheten. Det var egentligen bara Nelson Mandela som kunde övertyga honom om att det inte fanns någon annan väg att gå. de Klerk visste att de delade samma rädsla. Det okontrollerade våldet, ett kaotiskt sönderfall som ingen skulle kunna behärska, en grogrund för en brutal och hämndlysten militärkupp eller olika etniska grupperingar som skulle bekämpa varandra tills ingenting återstod.

Klockan var tio på kvällen, torsdagen den 21 maj. de Klerk visste att den unge åklagaren Scheepers redan satt i hans förrum och väntade. Men ännu kände sig de Klerk inte beredd att ta emot honom. Han var trött, hans huvud var sönernött av alla problem han ständigt tvingades försöka lösa. Han reste sig från skrivbordet och gick fram till ett av de höga fönstren. Ibland kunde allt ansvar verka förlamande på honom. Han hade tänkt att det var för mycket för en enda människa. Han kunde ibland känna en instinktiv lust att fly, göra sig osynlig, gå rakt ut i bushen och bara försvinna, upplösas i en hägring. Men han visste att han inte skulle göra det. Den gud som han hade allt svårare att både tala med och tro på kanske ändå fortfarande gav honom skydd. Han undrade hur mycket tid han egentligen hade utmätt. Hans sinnesstämning växlade ständigt. Från att uppleva sin tid redan nu som ett växande underskott kunde han också tro att det trots allt fanns fem år för honom. Och tid var vad han behövde. Hans stora plan – att in i det längsta förhala övergången till ett nytt samhälle och under denna tid locka ett stort antal svarta väljare till sitt eget parti – förutsatte tid. Men han insåg också att Nelson Mandela skulle förvägra honom tid som inte användes till att förbereda övergången.

I allt han gjorde fanns ett inslag av falskhet, tänkte han. Egentligen är jag också bärare av den omöjliga drömmen, att mitt land aldrig ska förändras. Skillnaden mellan mig och en fanatisk galning som med öppet våld vill försvara den omöjliga drömmen är mycket liten.

Det är sent på jorden i Sydafrika, tänkte han. Det som nu sker borde ha skett för många år sedan. Men historien följer inte en osynligt utlagd linjal.

Han återvände till skrivbordet och ringde på klockan. Strax efteråt kom Scheepers in. de Klerk hade lärt sig uppskatta hans energi och grundlighet. Det drag av naiv oskuldsfullhet som han också fann hos den unge åklagaren översåg han med. Även denne unge boer hade att lära sig att det fanns vassa klippor under den mjuka sanden.

Han lyssnade till Scheepers föredragning med halvslutna ögon.

Orden som nådde honom tornade upp sig i hans medvetande. När Scheepers hade tystnat såg de Klerk på honom med forskande ögon.

– Jag förutsätter att allt det jag nu har fått höra är riktigt, sa de Klerk.

– Ja, svarade Scheepers. Det råder inga tvivel.

– Inga alls?

– Nej.

de Klerk tänkte efter innan han fortsatte.

– Nelson Mandela ska alltså dödas, sa han. Av en eländig yrkesmördare som det exekutiva utskottet av denna hemliga kommitté har utsett och betalat. Mordet ska ske inom den närmaste tiden, i samband med att Mandela gör nåt av sina många offentliga framträdanden. Konsekvensen blir kaos, ett blodbad, ett totalt sammanbrott. En grupp inflytelserika *boere* väntar i bakgrunden för att ta över styrandet av vårt land. Grundlagarna och samhällsfunktionerna sätts ur spel. En korporativ regim införs, med lika delar militär, polis och civila. Framtiden blir ett enda utdraget undantagstillstånd. Är det korrekt?

– Ja, svarade Scheepers. Om jag får tillåta mig en gissning kommer attentatet att ske den 12 juni.

– Varför det?

– Nelson Mandela ska tala i Kapstaden. Jag har fått uppgifter om att militärens informationsbyrå har visat ovanligt stort intresse för den lokala polisens planering av folkmötet. Det finns också andra tecken som tyder på att det stämmer. Jag är klar över att det är en gissning. Men jag är övertygad om att den är kvalificerad.

– Tre veckor, sa de Klerk. Tre veckor att stoppa dom här galningarna.

– Om det nu är riktigt, sa Scheepers. Vi kan inte bortse från möjligheten att den 12 juni och Kapstaden kan vara ett avledande spår. Dom människor som är inblandade i det här är mycket skickliga. Attentatet kan mycket väl ske redan i morgon.

– Med andra ord när som helst, sa de Klerk. Var som helst. Och vi kan egentligen ingenting göra.

Han tystnade. Scheepers avvaktade.

– Jag måste tala med Nelson Mandela, sa de Klerk. Han måste inse vad som står på spel.

Sedan såg han på Scheepers.

390

– Dom här människorna måste stoppas omedelbart, sa han.

– Vi vet inte vilka dom är, svarade Scheepers. Hur ska man stoppa det okända?

– Men mannen dom har hyrt?

– Också han är okänd.

de Klerk betraktade honom tankfullt.

– Du har en plan, sa han. Det kan jag se på ditt ansikte.

Scheepers märkte att han rodnade.

– Herr president, sa han. Nyckeln till det hela tror jag är Jan Kleyn. Mannen inom underrättelsetjänsten. Han bör genast fängslas. Risken är naturligtvis att han ingenting avslöjar. Eller kanske föredrar han att begå självmord. Men jag ser ingen annan möjlighet än att ta in honom till förhör.

de Klerk nickade.

– Då gör vi det, sa han. Vi har faktiskt ganska många skickliga förhörsledare som brukar kunna pressa sanningen ur folk.

Ur svarta, tänkte Scheepers. Som sedan dör under gåtfulla omständigheter.

– Det bästa vore nog om jag kunde ta hand om förhöret, sa han. Jag är trots allt bäst insatt.

– Du tror att du kan hantera honom?

– Ja.

Presidenten reste sig. Audiensen var över.

– Jan Kleyn ska arresteras imorgon, sa de Klerk. Och jag vill ha löpande rapporter från och med nu. En gång per dag.

De tog adjö.

Scheepers gick och nickade till den gamle vaktmästaren som väntade i förrummet. Så for han hem genom natten med sin pistol liggande på sätet intill sig.

de Klerk stod länge tankfull vid sitt fönster.

Sedan fortsatte han ännu några timmar vid sitt skrivbord.

Ute i förrummet gick den gamle vaktmästaren omkring och rätade ut veck i mattorna och slätade till stolssitsar. Hela tiden funderade han på det han hade hört när han lyssnat vid dörren in till presidentens privata kabinett. Han förstod att situationen var mycket allvarlig. Han gick in i det rum som tjänade som hans oansenliga kontor. Han drog ur jacket som hade en ledning via växeln. Bakom en lös träpanel fanns ett annat jack som ingen utom han själv kände till. Han lyfte luren och fick en direkt linje. Sedan slog han ett telefonnummer.

Svaret kom efter ett kort ögonblick. Jan Kleyn hade ännu inte somnat.

Efter samtalet med vaktmästaren utanför presidentens kontor insåg han att han skulle bli utan sömn denna natt.

Nerräkning mot ett tomrum
29.

Sent på kvällen dödade Sikosi Tsiki en mus med ett välriktat kast av en kniv. Då hade Tania redan gått och lagt sig för att sova. Konovalenko väntade på att klockan skulle bli så mycket att han kunde ringa till Jan Kleyn i Sydafrika för att få de sista instruktionerna angående Sikosi Tsikis återresa. Konovalenko hade också för avsikt att börja tala med honom om sin egen framtid som immigrant i hans land. Från källaren hördes inte ett ljud. Tania som hade varit nere hos flickan i källaren hade sagt att hon sov. För första gången på lång tid kände han sig denna kväll oreserverat belåten. Han hade tagit kontakt med Wallander. Konovalenko hade krävt ett osignerat lejdbrev av honom mot att han återfick sin dotter oskadd. Wallander skulle ge honom en vecka och själv se till att polisens spaningar dirigerades fel. Eftersom Konovalenko avsåg att omedelbart återvända till Stockholm skulle Wallander se till att man försökte spåra honom i södra Sverige.

Men ingenting av detta var naturligtvis sant. Konovalenko tänkte skjuta både honom och flickan. Han undrade om Wallander verkligen trodde på det han hade sagt. I så fall återgick han till att bli den polisman Konovalenko en gång hade trott att han var, den naive landsortspolisen. Men han tänkte inte begå misstaget att underskatta Wallander ytterligare en gång.

Under dagen hade han ägnat många timmar åt Sikosi Tsiki. På samma sätt som han förberett Victor Mabasha hade Konovalenko gått igenom ett antal olika men tänkbara händelseförlopp i samband med attentatet. Han hade fått en känsla av att Sikosi Tsiki var mera snabbtänkt än Victor Mabasha. Han tycktes dessutom alldeles oberörd av de flyktiga men otvetydiga rasistiska antydningar som Konovalenko inte kunde underlåta att släppa ur sig. Han tänkte att han de närmaste dagarna skulle provocera honom hårdare för att kunna avläsa gränsen för hans självkontroll.

Det fanns ett drag som Sikosi Tsiki delade med Victor Mabasha. Konovalenko hade börjat undra om det var något som låg i den afrikanska naturen. Han tänkte på deras slutenhet, den omöjliga uppgiften att försöka ana sig till vad de egentligen tänkte. Det gjorde honom irriterad. Han var van vid att kunna se rakt igenom människor, föreställa sig deras tankar och därmed ge sig själv en möjlighet att föregripa deras reaktioner.

Han betraktade den svarte mannen som just spetsat en mus i ett hörn av rummet med sin egendomligt böjda kniv. Han kommer att göra väl ifrån sig, tänkte Konovalenko. Ett par dagar till med planering och vapenträning, så kan han återvända. Han blir min inträdesbiljett till Sydafrika.

Sikosi Tsiki reste sig och tog upp kniven där musen satt spetsad. Sedan gick han ut i köket och drog loss musen. Han släppte ner den i en soppåse och tvättade av knivbladet. Konovalenko iakttog honom medan han då och då tog en liten klunk vodka ur sitt glas.

– En kniv med ett blad som är böjt, sa han. Jag har aldrig sett en sån kniv förut.

– Mina förfäder tillverkade dom för mer än tusen år sen, sa Sikosi Tsiki.

– Men det böjda bladet? fortsatte Konovalenko. Varför?

– Ingen vet, svarade Sikosi Tsiki. Hemligheten är fortfarande bevarad. Den dag då hemligheten uppenbaras mister kniven sin kraft.

Strax efteråt försvann han in i sitt rum. Konovalenko irriterades över det gåtfulla svar han hade fått. Han hörde på hur Sikosi Tsiki låste om sig.

Konovalenko var nu ensam. Han gick runt och släckte lamporna utom den som brann intill bordet där telefonen stod. Han såg på klockan. Halv ett. Snart skulle han ringa till Jan Kleyn. Han lyssnade ner i källaren. Inte ett ljud. Han hällde upp ännu ett glas vodka. Det skulle han spara tills han hade talat med Jan Kleyn.

Samtalet med Sydafrika blev kort.

Jan Kleyn lyssnade på Konovalenkos försäkran om att Sikosi Tsiki inte skulle vålla några problem. Om hans mentala stabilitet rådde inga tvivel. Sedan gav Jan Kleyn sina besked. Han ville att Sikosi Tsiki skulle återvända till Sydafrika senast inom sju dagar. Konovalenkos uppgift var att omedelbart ombesörja utresan ur Sverige och se till att returen till Johannesburg blev bokad och bekräftad. Konovalenko fick en känsla av att Jan Kleyn hade bråttom, att han var pressad av någonting. Han kunde naturligtvis inte avgöra om det stämde. Men det var tillräckligt för att han skulle komma av sig när det gällde att börja tala om sin egen utresa till Sydafrika. Samtalet avslutades utan att han hade sagt ett enda ord om framtiden. Efteråt kände han sig missnöjd. Han tömde vodka-glaset och undrade för sig själv om det var så att Jan Kleyn hade för avsikt att lura honom. Men han slog bort tanken. Dessutom var han övertygad om att de verkligen behövde hans kunskaper och er-farenheter i Sydafrika. Han drack ännu ett glas vodka och gick se-dan ut på förstutrappan och kissade. Det regnade. Han såg ut i di-set och tänkte att han trots allt borde vara belåten. Om några timmar skulle hans problem vara över för den här gången. Hans uppdrag närmade sig sin fullbordan. Sedan skulle han ha tid att ägna sig åt framtiden. Inte minst måste han bestämma sig för om han skulle ta med sig Tania till Sydafrika, eller om han skulle göra som han hade gjort med sin hustru, lämna henne kvar.

Han låste dörren och gick in i sitt eget rum och la sig. Han kläd-de inte av sig utan drog bara en filt över sig. Tania fick sova ensam i natt. Han behövde vila.

Hon låg vaken i sitt rum och hörde hur Konovalenko stängde dör-ren och la sig i sängen. Hon låg stilla och lyssnade. Hon var rädd. Innerst inne anade hon att det skulle vara omöjligt att få upp flick-an ur källaren och sedan lämna huset utan att Konovalenko hörde det. Inte heller var det möjligt att låsa dörren till hans rum ljudlöst. Hon hade försökt tidigare under dagen när Konovalenko och afri-kanen hade varit ute och skjutit med gevär i grustaget. Dessutom kunde han hoppa ut genom sitt sovrumsfönster om dörren hade blivit spärrad. Hon hade tänkt att hon skulle ha haft sömntablet-ter. Dem kunde hon ha blandat ut i en av hans vodkaflaskor. Men hon hade ingenting annat än sig själv och hon visste att hon trots allt måste försöka. Tidigare under dagen hade hon gjort i ordning en liten väska med pengar och kläder. Den hade hon gömt ute i la-dan. Där hade hon också lagt sina regnkläder och ett par stövlar.

Hon såg på klockan. Kvart över ett. Hon visste att mötet med polismannen skulle ske i gryningen. Då måste hon och dottern re-dan vara långt borta. Så fort hon hörde att Konovalenko hade bör-jat snarka skulle hon stiga upp. Hon visste att Konovalenko sov mycket lätt och ofta vaknade. Men sällan under den första halv-timmen efter det att han hade somnat.

Fortfarande var hon osäker på varför hon gjorde det. Hon visste att hon riskerade sitt eget liv. Men det var som om hon inte behövde ge sig själv några förklaringar. Vissa uppdrag formulerade livet av sig självt.

Konovalenko vred sig inne i sitt rum och hostade. Fem i halv två. Det fanns nätter när Konovalenko valde att inte sova, bara låg ovanpå sängen och vilade. Om det här var en sådan natt skulle hon inte kunna hjälpa flickan. Hon märkte att det gjorde henne ännu mera rädd. Det var ett hot som tycktes henne större än den fara hon kunde känna för egen del.

Tjugo minuter i två hörde hon äntligen hur Konovalenko började snarka. Hon lyssnade i ungefär en halv minut. Sedan reste hon sig försiktigt ur sängen. Hon var fullt påklädd. I handen hade hon hela tiden kramat nyckeln till det lås som höll fast kedjorna om flickans vrister. Hon öppnade försiktigt dörren till sitt rum och undvek att gå på de golvplankor hon visste knarrade. Hon smög ut i köket, tände sin ficklampa och började försiktigt lyfta upp golvluckan. Det var ett kritiskt moment; flickan kunde börja skrika. Det hade inte hänt ännu. Men det kunde ske, det förstod hon. Konovalenko snarkade. Hon lyssnade. Sedan gick hon försiktigt nerför stegen. Flickan låg hoprullad. Hennes ögon var öppna. Tania satte sig på huk och viskade till henne samtidigt som hon strök över hennes sönderklippta hår. Hon sa att de skulle ge sig iväg, men att hon måste vara mycket, mycket tyst. Flickan reagerade inte. Ögonen var alldeles uttryckslösa. Tania blev plötsligt rädd att hon inte skulle kunna röra sig. Kanske skräcken hade förlamat henne? Hon var tvungen att vända henne på sidan för att komma åt hänglåset. Plötsligt började flickan sparka och slå runt sig. Tania hann precis pressa ena handen över hennes mun innan hon började skrika. Tania var stark och hon tryckte allt vad hon orkade. Ett enda halvkvävt rop skulle vara nog för att väcka Konovalenko. Hon rös vid tanken. Konovalenko skulle mycket väl kunna spika igen luckan och lämna dem båda två i mörkret. Tania fortsatte att viska till henne medan hon tryckte. Det hade kommit liv i flickans ögon och Tania tänkte att nu skulle hon förstå. Försiktigt tog hon bort handen, låste upp hänglåset och vecklade försiktigt av kedjorna.

I samma ögonblick uppfattade hon att Konovalenkos snarkningar hade upphört. Hon höll andan. De återkom. Hastigt reste hon sig, sträckte sig efter luckan och drog igen den. Flickan hade förstått. Hon hade satt sig upp och hon var tyst. Men hennes ögon hade börjat leva igen.

Plötsligt trodde Tania att hennes hjärta skulle stanna. Hon hörde steg uppe i köket. Någon gick där uppe. Fotsteg som stannade. Nu öppnar han luckan, tänkte hon och slöt ögonen. Han har hört mig trots allt.

Sedan kom befrielsen i form av skramlet från en flaska. Konovalenko hade stigit upp för att ta ännu ett glas vodka. Fotstegen avlägsnade sig. Tania lyste med ficklampan mot sitt ansikte och försökte le. Sedan tog hon flickans hand och höll den medan hon väntade. Efter tio minuter öppnade hon försiktigt luckan. Konovalenko hade åter börjat snarka. Hon förklarade för flickan vad som skulle ske. De skulle gå ljudlöst till ytterdörren. Tania hade smörjt låset under dagen. Hon trodde det var möjligt att öppna utan att det knäppte till i dörren. Gick det bra skulle de sedan göra sällskap när de skyndade sig bort från gården. Men om någonting hände, om Konovalenko vaknade, skulle Tania bara slita upp dörren och sedan skulle de springa åt varsitt håll. Förstod hon? Springa, bara springa. Det var regndis ute. Det skulle göra det lättare att försvinna. Men hon skulle bara fortsätta att springa och inte se sig om. När hon kom till ett hus eller mötte en bil på vägen skulle hon ge sig till känna. Men framförallt skulle hon springa för sitt liv.

Förstod hon? Tania trodde det. Hennes ögon levde, hon kunde röra sina ben, även om hon var ostadig och svag. Tania lyssnade igen. Så nickade hon åt flickan. De skulle ge sig iväg. Tania klättrade upp först, lyssnade igen, och sträckte sedan ner handen efter flickan. Hon hade plötsligt bråttom. Tania var tvungen att hålla igen för att det inte skulle börja knaka i trappan. Försiktigt kom flickan upp på köksgolvet. Hon kisade med ögonen, trots att ljuset var mycket svagt. Hon är i det närmaste blind, tänkte Tania. Hon höll ett stadigt tag i hennes ena arm. Konovalenko snarkade. Sedan började de gå mot tamburen och ytterdörren, steg för steg, oändligt sakta. Det satt ett draperi framför öppningen till farstun. Oändligt försiktigt drog Tania det åt sidan med flickan hängande på sin arm. Så var de framme vid dörren. Tania märkte att hon var genomvåt av svett. Hennes händer darrade när hon grep om nyckeln. Samtidigt vågade hon börja hoppas att det skulle gå. Hon vred på nyckeln. Det fanns en punkt, ett motstånd där det skulle knäppa om hon vred för fort. Hon kände motståndet i nyckeln och fortsatte vridningen så försiktigt hon kunde. Hon var över den kritiska punkten. Det hade inte hörts ett ljud. Hon nickade åt flickan. Sedan öppnade hon dörren.

I samma ögonblick var det något som small bakom henne. Hon ryckte till och vände sig om. Det var flickan som råkat komma åt ett ställ för käppar och paraplyer. Det hade vält. Tania behövde inte lyssna för att förstå vad som redan höll på att hända. Hon ryckte upp dörren, knuffade ut flickan i regnet och diset, och skrek åt henne att springa. Flickan tycktes först handfallen. Men Tania knuffade iväg henne och hon började springa. Det tog bara några sekunder för henne att försvinna i allt det gråa.

Tania visste att det för hennes del redan var för sent. Men ändå ville hon försöka. Framförallt ville hon inte se sig om. Hon sprang åt motsatt håll, i ett försök att trots allt avleda Konovalenko, göra honom osäker på flickans riktning ytterligare några dyrbara sekunder.

Tania kom till mitten av gårdsplanen innan Konovalenko var ikapp henne.

– Vad gör du? ropade han. Är du sjuk?

Då insåg hon att Konovalenko ännu inte hade upptäckt att luckan var uppfälld. Först när de återvände in i huset skulle han förstå vad som hade hänt. Flickans försprång skulle vara tillräckligt. Konovalenko skulle aldrig kunna hitta henne igen.

Tania märkte att hon var mycket trött.

Men hon visste att det hon hade gjort var riktigt.

– Jag mår inte riktigt bra, sa hon och låtsades yr.

– Vi går in, sa Konovalenko.

– Vänta, sa hon. Jag behöver frisk luft.

Jag ger henne det jag kan, tänkte hon. Varje andetag är ett försprång för henne. För mig återstår ingenting.

Hon sprang genom natten. Det regnade. Hon visste inte alls var hon var, hon bara sprang. Ibland föll hon men hon reste sig genast och fortsatte. Hon kom ut på en åker. Runt henne flydde skrämda harar åt olika håll. Hon kände sig som en av dem, själv ett jagat djur. Leran klibbade under hennes skor. Till slut tog hon av dem och sprang vidare i strumplästen. Åkern tycktes vara oändlig. Allt försvann i diset. Det var bara hararna och hon. Till slut nådde hon fram till en väg och orkade inte springa längre. Det var en grusväg hon gick på. Det gjorde ont av de skarpa stenflisorna som högg mot fotsulorna. Men så tog grusvägen slut och hon stod vid en asfalterad väg. De vita mittstrecken lyste. Hon visste inte åt vilket håll hon skulle gå. Men hon gick. Ännu tordes hon inte börja tänka på det som hade hänt. Ännu var det som om en osynlig ondska fanns någonstans bakom henne. Det var varken människa eller djur, mer som en kall vindkåre, men det fanns där hela tiden och hon fortsatte att gå.

Sedan närmade sig ett par billyktor. Det var en man som hade besökt en flicka han hade ihop det med. Under natten hade de börjat gräla om något. Han bestämde sig för att köra hem. Nu satt han i bilen och tänkte att om han hade haft pengar så hade han gett sig av. Någonstans. Långt bort. Vindrutetorkarna gned, sikten var dålig. Plötsligt såg han något framför bilen. Först trodde han det var ett djur och bromsade. Sedan stannade han helt. Det var en människa, såg han. Han hade svårt att tro sina egna ögon. En ung flicka, utan skor, nerkletad av lera, med sönderklippt hår. Han tänkte att det kanske hade hänt en bilolycka. Sedan såg han hur hon satte sig mitt på vägen. Långsamt steg han ur bilen och gick fram till henne.

– Vad är det som har hänt? frågade han.

Hon svarade inte.

Han såg inget blod. Heller ingen bil nerkörd i diket. Sedan lyfte han upp henne och tog henne med sig till bilen. Hon kunde knappt stå på benen.

– Vad är det som har hänt? frågade han igen.

Men han fick inget svar.

Kvart i två lämnade Sten Widén och Svedberg lägenheten i Ystad. Det regnade när de satte sig i Svedbergs bil. Tre kilometer utanför staden kände Svedberg att han hade fått punktering på ett av bakdäcken. Han körde in till vägrenen och oroade sig för att också reservhjulet skulle vara trasigt. Men det höll luften när de hade bytt. Punkteringen hade förryckt deras tidsplan. Svedberg hade utgått ifrån att Wallander skulle närma sig huset innan det hade blivit alltför ljust. Därför måste de vara ute i mycket god tid för att inte riskera att stöta ihop med honom. Nu var klockan redan tre när de parkerade bilen i skydd av ett tätt busksnår på mer än en kilometers avstånd från grustaget och gården. De hade bråttom och rörde sig snabbt genom diset. De passerade en åker på norrsidan av grustaget. Svedberg hade föreslagit att de skulle lägga sig på pass så nära huset de vågade. Men eftersom de inte visste från vilket håll Wallander skulle komma måste de också ha uppsikt åt sidorna så att de skulle undgå att bli upptäckta. De hade försökt föreställa sig från vilket håll Wallander skulle närma sig gården. De trodde båda att Wallander skulle närma sig från västsidan. Där var terrängen kuperad. Det växte täta och höga busksnår ända fram till tomtgränsen. Med det som utgångspunkt beslöt de att närma sig huset från öster. Svedberg hade lagt märke till att där fanns en gammal halmstack på en smal markremsa mellan två åkrar. Om det var nödvändigt fick de gräva sig in i själva stacken. Halv fyra var de på plats. Båda hade sina vapen framtagna och laddade.

Huset skymtade framför dem i diset. Allt var stilla. Utan att han kunde förklara varför fick Svedberg en känsla av att allt inte var som det skulle. Han tog fram sin kikare, torkade ren linsen och vandrade sedan långsamt med blicken längs husväggen. Det lyste i ett fönster som han föreställde sig var köket. Han kunde inte se någonting onormalt. Han hade svårt att tänka sig att Konovalenko sov. Han fanns där, ljudlöst väntande. Kanske han till och med befann sig utanför huset.

De väntade på helspänn, var och en i sin egen värld.

Det var Sten Widén som upptäckte Wallander. Klockan hade då blivit fem. Som de hade trott dök han upp på husets västra sida. Widén som hade god syn trodde först att det var en hare eller ett rådjur som befann sig bland buskarna. Men sedan blev han osäker och rörde försiktigt vid Svedbergs arm och pekade. Svedberg tog fram kikaren igen. Han kunde skymta Wallanders ansikte bland buskarna.

Ingen av dem visste vad som skulle hända. Följde Wallander det han hade avtalat med Konovalenko? Eller hade han bestämt sig för att göra ett försök att överrumpla honom? Och var fanns Konovalenko? Och Wallanders dotter?

De väntade. Huset låg orörligt. Sten Widén och Svedberg turades om med att betrakta Wallanders orörliga ansikte. Svedberg fick tillbaka känslan av att det var något som inte var som det skulle. Han såg på klockan. Snart hade Wallander legat i buskarna i en timme. Fortfarande ingen rörelse i huset.

Plötsligt räckte Sten Widén kikaren till Svedberg. Wallander hade börjat resa sig. Hastigt ålade han sig fram till huset och stod sedan tätt tryckt mot väggen. I ena handen hade han en pistol. Han hade alltså bestämt sig för att utmana Konovalenko, tänkte Svedberg och kände hur det knöt sig i magen. Men de kunde ingenting annat göra än att fortsätta att avvakta. Sten Widén hade lagt geväret mot kinden och siktade mot ytterdörren. Wallander sprang hukande för att undvika fönstren och nådde ytterdörren. Svedberg kunde se att han lyssnade. Sedan kände han försiktigt på dörrvredet. Dörren var olåst. Utan att betänka sig slet han upp den och rusade in. I samma ögonblick kravlade sig Sten Widén och Svedberg ut ur halmstacken.

De hade inte bestämt något, de bara visste att de måste följa i Wallanders spår. De sprang fram till husknuten och tog skydd. Fortfarande var det alldeles tyst inne i huset. Svedberg förstod plötsligt den föraning han hade haft.

Huset var övergivet. Det fanns ingen där.

– De har gett sig av, sa han till Sten Widén. Det är ingen där.

Sten Widén såg oförstående på honom.

– Hur vet du det?

– Jag bara vet det, svarade Svedberg och lämnade den skyddande husknuten.

Han ropade Wallanders namn.

Wallander kom ut på trappan. Han verkade inte förvånad över att se dem.

– Hon är borta, sa han.

De kunde se att han var mycket trött. Möjligen hade han redan passerat gränsen till att vara så utmattad att han när som helst kunde kollapsa.

De gick in i huset och försökte tolka spåren. Sten Widén som inte var polis höll sig i bakgrunden medan Svedberg och Wallander gick igenom huset. Wallander yttrade inte ett ord om att de hade följt honom till gården. Svedberg anade att han innerst inne hade vetat att de inte skulle lämna honom. Kanske han också i grunden var tacksam?

Det var Svedberg som hittade Tania. Han hade öppnat dörren till ett av sovrummen och betraktade den obäddade sängen. Vad det var för impuls som styrde honom visste han inte, men han böjde sig ner och kikade under sängen. Där låg hon. I ett kort ohyggligt ögonblick trodde han det var Wallanders dotter. Sedan såg han att det var den andra kvinnan. Innan han avslöjade vad han hittat gick han hastigt och såg under de andra sängarna. Han öppnade frysboxen och olika garderober. Först när han var säker på att inte även Wallanders dotter låg gömd någonstans visade han honom vad han hittat. De lyfte undan sängen. Sten Widén stod i bakgrunden. När han såg hennes huvud vände han sig om och gick ut på gården och kräktes.

Hon hade inget ansikte längre. Allt som var kvar var en blodig massa där inga detaljer gick att urskilja. Svedberg gick och hämtade en handduk som han la över ansiktet. Sedan undersökte han henne. Han hittade fem skottsår. De bildade ett mönster och det gjorde honom ännu mer illamående än han redan var. Hon hade blivit skjuten i båda fötterna, sedan genom händerna och till slut genom hjärtat.

De lämnade henne och fortsatte tyst att gå igenom huset. Ingen av dem sa något. De öppnade till källaren och gick ner. Svedberg lyckades gömma kedjan som han antog hade varit dotterns fängsel. Men Wallander förstod att det var där nere i mörkret hon hade hållits gömd. Svedberg såg hur han bet ihop käkarna. Han undrade hur länge Wallander skulle orka. De återvände till köket. Svedberg upptäckte en stor kittel med blodfärgat vatten. När han stack ner fingret kände han att där fortfarande fanns en svag kvardröjande värme. Han började förstå vad som hade hänt. Långsamt gick han igenom huset ännu en gång, försökte tolka de olika spåren, få dem att avslöja ett skeende. Till slut föreslog han att de skulle sätta sig. Wallander var nu närmast apatisk. Svedberg tänkte länge och intensivt. Skulle han våga? Ansvaret var stort. Men till slut bestämde han sig.

– Jag vet inte var din dotter är, sa han. Men hon lever. Det är jag säker på.

Wallander såg på honom utan att säga någonting.

– Jag tror det har gått till så här, fortsatte Svedberg. Jag kan naturligtvis inte vara säker. Men jag försöker tolka spåren, lägga ihop dom och se hur dom berättar en historia. Jag tror att den döda kvinnan har försökt hjälpa din dotter att fly. Om hon har lyckats eller inte, vet jag inte. Kanske har hon kommit undan, kanske Konovalenko har stoppat henne? Det finns tecken som tyder på båda möjligheterna. Han har dödat Tania med ett sadistiskt ursinne som kan tyda på att din dotter kommit undan. Men det kan också vara en reaktion på att hon överhuvudtaget har försökt hjälpa Linda. Tania har svikit och det har varit nog för att släppa loss hans ondska som tycks vara gränslös. Han har skållat hennes ansikte med hett vatten. Sen har han skjutit henne i fötterna, det är för flykten, sedan genom händerna och till slut genom hjärtat. Jag vill helst inte tänka på hur hennes sista stund i livet var. Efteråt har han gett sig iväg. Det är ytterligare ett tecken på att din dotter kommit undan. Har hon lyckats fly har Konovalenko inte kunnat betrakta huset som säkert längre. Men det kan också vara så att Konovalenko har varit rädd för att skotten kan ha hörts. Det är vad jag tror har hänt. Men det kan naturligtvis också ha gått till på nåt helt annat sätt.

Klockan hade blivit sju. Ingen av dem sa någonting.

Sedan reste sig Svedberg och gick ut till telefonen. Han ringde till Martinson och fick vänta eftersom denne var i badrummet.

– Gör mig en tjänst, sa Svedberg. Kör upp till järnvägsstationen i Tomelilla och möt mig där om en timme. Och säg ingenting till nån om vart du ska.

– Håller du också på att bli konstig? frågade Martinson.

– Tvärtom, svarade Svedberg. Det är viktigt.

Han la på luren och såg på Wallander.

– Just nu är det ingenting du kan göra mer än att sova. Åk med Sten hem. Eller så kör vi dig till din far.

– Hur ska jag kunna sova? sa Wallander frånvarande.

– Genom att lägga dig ner, sa Svedberg. Nu ska du göra som jag säger. Om du ska kunna vara till nån hjälp för din dotter så måste du sova. Som du är nu kommer du snart att bara vara till besvär.

Wallander nickade.

– Jag tror det är bäst jag åker till min far, sa han.

– Var har du ställt bilen? frågade Sten Widén.

– Låt mig hämta den, sa Wallander. Jag behöver luft.

Han gick. Svedberg och Sten Widén stirrade på varandra, alltför trötta och upprörda för att tala.

– Jag är glad att jag inte är polis, sa Sten Widén när Duetten rullade in på gårdsplanen. Han nickade med huvudet mot rummet där Tania låg.

– Tack för hjälpen, sa Svedberg.

Han såg dem köra iväg.

Han undrade när mardrömmen skulle ta slut.

Sten Widén stannade och släppte av Wallander. De hade inte yttrat ett enda ord under bilresan.

– Jag hör av mig under dagen, sa Sten Widén.

Han såg efter Wallander som långsamt gick mot huset.

Stackars fan, tänkte han. Hur länge ska han orka?

Fadern satt vid köksbordet. Han var orakad och Wallander märkte på lukten att han behövde tvätta sig. Han satte sig mitt emot honom.

Ingen av dem sa någonting på en lång stund.

– Hon sover, sa fadern till slut.

Wallander hörde knappt vad han sa.

– Hon sover lugnt, upprepade fadern.

Orden trängde långsamt in i Wallanders omtöcknade huvud. Vem var det som sov?

– Vem då? frågade han trött.

– Jag talar om mitt barnbarn, sa fadern.

Wallander stirrade på honom. Länge. Sedan reste han sig och gick bort till sovrummet. Långsamt sköt han upp dörren.

Linda låg i sängen och sov. Håret på ena sidan av huvudet var sönderklippt. Men det var hon som låg där. Wallander stod alldeles stilla i dörren. Sedan gick han fram till sängen och satte sig på huk. Han gjorde ingenting, han bara såg. Han ville inte veta hur det hade gått till, han ville inte veta vad som hade hänt eller hur hon kommit hem. Han ville bara se på henne. Någonstans i bakhuvudet visste han att Konovalenko fortfarande fanns där ute. Men just nu brydde han sig inte om honom. Just nu fanns bara hon.

Sedan la han sig ner på golvet bredvid sängen. Där rullade han ihop sig och somnade. Fadern bredde ut en filt över honom och stängde dörren. Så gick han ut i ateljén och fortsatte att måla. Men nu hade han återvänt till sitt vanliga motiv igen. Han höll just på att göra färdig en med tjädertupp.

Martinson kom till järnvägsstationen i Tomelilla strax efter åtta. Han steg ur bilen och hälsade på Svedberg.

– Vad är det som är så viktigt? frågade han och dolde inte att han var irriterad.

– Du ska få se, svarade Svedberg. Men jag kan förvarna dig om att det inte är nån rolig syn.

Martinson rynkade pannan.

– Vad är det som har hänt?

– Konovalenko, svarade Svedberg. Han har slagit till igen. Vi har fått ännu en död att ta oss an. En kvinna.

– Herregud!

– Följ efter mig, sa Svedberg. Vi har förresten mycket vi måste tala om.

– Har Wallander med det här att göra? frågade Martinson.

Svedberg hörde inte. Han hade redan börjat gå mot sin bil.

Först senare fick Martinson veta vad som hade hänt.

30.

Sent på onsdagseftermiddagen klippte hon sitt hår.

Det var på det sättet hon trodde sig kunna utplåna det onda minnet.

Sedan började hon berätta. Wallander hade förgäves föreslagit att hon borde besöka en läkare. Men hon hade sagt nej.

– Håret växer ut av sig självt, hade hon svarat. Ingen läkare kan göra att det växer fortare än det själv vill.

Wallander fruktade det som skulle komma. Det som gjorde honom rädd var att hans dotter skulle vända sina upplevelser mot honom. Han skulle också ha mycket svårt att försvara sig. Skulden var hans. Det var han som hade dragit in henne i det som hänt. Det var inte ens en olyckshändelse. Men hon hade bestämt sig för att hon inte behövde någon läkare för ögonblicket och han försökte inte övertala henne.

En enda gång under onsdagen började hon gråta. Det kom oförberett, just när de skulle sätta sig ner för att äta. Hon såg på honom och frågade vad som hade hänt med Tania. Han sa som det var, att hon var död. Men han undvek att berätta att hon blivit torterad av Konovalenko. Wallander hoppades att tidningarna skulle vara återhållsamma med detaljer. Han sa också att Konovalenko ännu inte var gripen.

– Men han är på flykt, sa han. Han är jagad, han kan inte själv anfalla hur han vill längre.

Wallander misstänkte att det han sa inte var helt sant. Konovalenko var sannolikt lika farlig nu som tidigare. Han visste också att han själv, ännu en gång, skulle ge sig ut för att finna honom. Men inte än, inte denna onsdag, när hans dotter hade återvänt till honom från mörkret, tystnaden och rädslan.

En gång under onsdagskvällen talade han i telefon med Svedberg. Wallander bad om natten för att sova ut och tänka. Under torsdagen skulle han ge sig till känna. Svedberg berättade om undersökningen som pågick för fullt. Av Konovalenko fanns inga spår.

– Men han är inte ensam, sa Svedberg. Det fanns ytterligare en person i det där huset. Rykoff är död. Nu också Tania. Tidigare dog den man som hette Victor Mabasha. Konovalenko borde vara ensam. Men det är han inte. Det fanns ytterligare en person i det där huset. Frågan är bara vem det är.

– Jag vet inte, sa Wallander. En ny okänd medhjälpare?

Strax efter det att Svedberg hade ringt hörde Sten Widén av sig. Wallander antog att Svedberg och han höll kontakt med varandra. Sten Widén frågade hur hans dotter mådde. Wallander svarade att allt nog skulle bli bra.

– Jag tänker på den där kvinnan, sa Sten Widén. Jag försöker förstå hur nån kan göra nåt sånt mot en medmänniska.

– Dom finns, svarade Wallander. Och tyvärr är dom nog fler än vi egentligen vill tro.

När Linda somnat gick Wallander ut i ateljén där hans far stod och målade. Även om han misstänkte att det kunde vara en övergående sinnesförändring, tyckte han sig märka att de hade fått lättare att prata med varandra under de senaste dagarnas händelser. Han undrade också hur mycket av det som hände som hans åttioårige far egentligen förstod.

– Står du fast vid att du ska gifta dig? frågade Wallander när han satt på en pall ute i ateljén.

– Man skämtar inte om allvarliga ting, svarade fadern. Vi gifter oss i juni.

– Min dotter har fått en inbjudan, sa Wallander. Men inte jag.

– Den kommer, svarade fadern.

– Var ska ni gifta er?

– Här.

– Här? I ateljén?

– Varför inte? Jag tänker måla en stor bakgrundshorisont.

– Vad tror du Gertrud säger om det?

– Det är hennes förslag.

Fadern vände sig om och log mot honom. Wallander brast i skratt. Han kunde inte påminna sig senast han skrattat.

– Gertrud är en ovanlig kvinna, sa fadern.

– Det måste hon vara, sa Wallander.

På torsdagsmorgonen vaknade Wallander och kände sig utsövd. Glädjen över att hans dotter inte kommit till skada fyllde honom med förnyad energi. I hans bakhuvud fanns hela tiden Konovalenko. Han började åter känna sig beredd att ge sig ut efter honom.

Strax före åtta ringde Wallander till Björk. Han hade förberett sina undanflykter noga.

– Kurt, sa Björk. Herregud! Hur mår du? Var är du? Vad är det som har hänt?

– Jag fick nog ett litet sammanbrott, sa Wallander och försökte verka trovärdig genom att tala tyst och långsamt. Men jag är bättre nu. Jag skulle bara behöva ett par dar till i lugn och ro.

– Du ska naturligtvis sjukskriva dig, sa Björk bestämt. Jag vet inte om du har förstått att vi har efterlyst dig. Mycket obehagligt alltsammans. Men det var nödvändigt. Nu ska jag genast dra tillbaka larmet. Vi går ut med ett pressmeddelande. Den försvunne kriminalkommissarien har kommit tillbaka efter en kortare sjukdom. Var är du nånstans, förresten?

– I Köpenhamn, ljög Wallander.

– Vad i herrans namn gör du där?

– Jag bor på ett litet hotell och vilar upp mig.

– Och du tänker naturligtvis inte tala om vad det där hotellet heter? Eller var det ligger?

– Helst inte.

– Vi behöver dig så fort som möjligt. Men frisk. Här händer förfärliga saker. Martinson och Svedberg och vi andra känner oss hjälplösa utan dig. Vi kommer att begära hjälp ifrån Stockholm.

– På fredag är jag tillbaka. Och nån sjukskrivning är inte nödvändig.

– Du anar inte hur lättad jag blir. Vi har varit väldigt oroliga. Vad hände egentligen där ute i dimman?

– Jag ska skriva en rapport. Jag kommer på fredag.

Han avslutade samtalet och började fundera på det Svedberg hade sagt. Vem var den okände personen? Vem var det som nu följde som Konovalenkos skugga? Han la sig på rygg i sin säng och stirrade upp i taket. Långsamt tänkte han igenom allt som hade hänt sedan den dag Robert Åkerblom hade stigit in på hans kontor. Han påminde sig tidigare sammanfattningar han hade försökt göra, och letade sig ännu en gång fram längs alla korsande spår. Känslan av att befinna sig i en utredning som hela tiden gled undan återkom. Han hade fortfarande inte nått *bakom*, tänkte han. Där allt det som händer har sin utgångspunkt. Fortfarande känner jag inte till den egentliga orsaken.

Han ringde Svedberg sent på eftermiddagen.

– Vi har inte hittat nånting som tyder på vart dom har tagit vägen, svarade Svedberg på Wallanders fråga. Det hela är mycket dunkelt. Å andra sidan tror jag min teori om vad som hände under natten stämmer. Det finns ingen annan rimlig förklaring.

– Jag behöver din hjälp, sa Wallander. Jag skulle behöva åka ut till det här huset ikväll.

– Du menar inte att du tänker ge dig ut efter Konovalenko ensam en gång till? frågade Svedberg förskräckt.

– Inte alls, svarade Wallander. Men min dotter tappade ett smycke när hon hölls fången. Ni har inte hittat det?

– Inte som jag vet.

– Vem är det som har vakten där ute ikväll?

– Det är säkert bara en patrullbil som tittar till det då och då.

– Kan du hålla undan den bilen några timmar mellan nio och elva ikväll? Jag är ju officiellt i Köpenhamn, som du kanske har hört av Björk.

– Ja, sa Svedberg.

– Hur kommer jag in i huset? frågade Wallander.

– Vi hittade en reservnyckel som låg i stuprännan på höger husknut, framifrån räknat. Den ligger kvar.

Efteråt undrade Wallander om Svedberg verkligen hade trott honom på hans ord. Att leta efter ett smycke var en ytterst genomskinlig förevändning. Fanns det där så borde polisen naturligtvis redan ha hittat det. Han visste inte heller vad det var han själv trodde sig kunna finna. Svedberg hade under det senaste året utvecklats till en skicklig brottsplatsundersökare. Wallander hade insett att han en dag kanske skulle närma sig Rydbergs nivå. Fanns det något viktigt så hade Svedberg hittat det. Det Wallander kunde göra var möjligen att utläsa nya samband.

Ändå var det där han måste börja. Det troligaste var naturligtvis att Konovalenko och den okände medresenären hade återvänt till Stockholm. Men ingenting var säkert.

Han for mot Tomelilla halv nio. Det var varmt och han körde med fönstret öppet. Han påminde sig att han ännu inte hade talat med Björk om sin semester.

Han parkerade på gårdsplanen och letade reda på nyckeln. När han kommit in i huset började han med att tända alla lampor. Han såg sig om och kände sig plötsligt osäker var han skulle börja leta.

Han gick runt i huset och försökte bestämma sig för vad han egentligen sökte efter. Ett spår som ledde till Konovalenko. Ett resmål. En antydan om vem den okände medresenären var. Något som äntligen avslöjade vad som fanns bakom. Han satte sig i en av stolarna och funderade när han gått igenom rummen en första gång. Samtidigt lät han blicken vandra. Han såg ingenting som föreföll honom avvikande eller på annat sätt påfallande. Här finns ingenting, tänkte han. Även om Konovalenko hade bråttom att ge sig av lämnade han inga spår. Askfatet i Stockholm var ett undantag. Det sker bara en gång.

Han reste sig ur stolen och gick runt i huset ännu en gång, nu långsammare och mer vaksamt. Då och då stannade han, lyfte på en bordduk, bläddrade i tidskrifter, kände under stolssitsar. Fortfarande ingenting. Han gick igenom de olika sovrummen och lämnade det rum där de funnit Tania till sist. Ingenting. I soppåsen som Svedberg naturligtvis redan gått igenom låg en död mus. Wallander petade på den med en gaffel och såg att den inte hade dödats av en råttfälla. Någon hade huggit ihjäl den. En kniv, tänkte han. Konovalenko är en man som koncentrerar sig helt på skjutvapen. Han är ingen knivmänniska. Möjligen har hans medresenär dödat musen. Han tänkte på att Victor Mabasha hade haft kniv. Men han var död, han fanns på ett bårhus. Wallander lämnade köket och gick in i badrummet. Konovalenko hade inte lämnat några spår. Han återvände till vardagsrummet och satte sig ännu en gång. Han valde en annan stol för att se sig runt från en annan vinkel. Det finns alltid någonting, tänkte han. Det gäller bara att upptäcka vad. Han tog ny sats och gick igenom huset ytterligare en gång. Ingenting. När han satte sig igen hade klockan redan blivit kvart över tio. Snart måste han ge sig av. Tiden höll på att rinna ut.

De som en gång hade bott i huset hade varit mycket ordningsamma. Det fanns en genomtänkt plan för alla föremål, alla möbler, all armatur. Nu sökte han efter något som bröt av mot ordningen. Hans blick fastnade efter en stund på en bokhylla som stod vid ena väggen. Böckernas ryggar var raka. Utom på nedersta hyllan. Där stack en av ryggarna ut. Han reste sig och drog ut boken. Det var en av KAK:s kartböcker över Sverige. Han såg att en flik av omslaget var instucken mellan några sidor. Han slog upp boken och såg att det var ett kartblad över östra Sverige, en bit av Småland, Kalmar län och Öland. Han betraktade kartan. Sedan satte han sig vid ett bord och riktade in lampan. På några ställen upptäckte han svaga märken av blyerts. Som om någon hade följt en väg med en blyertspenna i handen och då och då låtit den snudda vid pappret. Ett av de svaga blyertsmärkena fanns vid Ölandsbrons fäste i Kalmar. Längst ner på kartbladet, ungefär i höjd med Blekinge fann han ytterligare ett märke. Han funderade ett ögonblick. Sedan letade han reda på kartbladet över Skåne. Där fanns inga blyertsmärken. Han gick tillbaka till det första uppslaget igen. De svaga blyertsspåren följde kustvägen upp mot Kalmar. Han la ifrån sig kartboken. Sedan gick han ut i köket och ringde hem till Svedberg.

– Jag är där ute, sa han. Om jag säger Öland, vad säger du då?

Svedberg tänkte efter.

– Ingenting, sa han.

– Ni hittade ingen anteckningsbok när ni gick igenom huset? Ingen telefonbok?

– Tania hade en liten fickkalender i sin handväska, sa Svedberg. Men där stod ingenting.

– Inga lösa lappar?

– Om du tittar efter i vedspisen så ser du att nån har bränt papper, svarade Svedberg. Vi gick igenom askan. Där fanns ingenting. Varför talar du om Öland?

– Jag hittade en karta, sa Wallander. Men det betyder säkert ingenting.

– Konovalenko har nog återvänt till Stockholm, sa Svedberg. Jag tror han har fått nog av Skåne.

– Du har säkert rätt, sa Wallander. Förlåt att jag störde. Jag ska snart ge mig av.

– Inga problem med nyckeln?

– Den låg där den skulle.

Wallander ställde tillbaka kartboken i bokhyllan. Svedberg hade sannolikt rätt. Konovalenko hade återvänt till Stockholm.

Han gick ut i köket och drack vatten. Hans blick föll på telefonkatalogen som låg under telefonen. Han tog fram den och slog upp den.

Någon hade skrivit en adress på insidan. *Hemmansvägen* 14. Det var skrivet med blyerts. Han funderade ett ögonblick. Sedan slog han numret till nummerbyrån. När han fick svar bad han om numret till en abonnent vid namn Wallander som skulle bo på Hemmansvägen 14 i Kalmar.

– Det finns ingen abonnent med namn Wallander på den uppgivna adressen, sa telefonisten när hon återkom.

– Det är kanske hans chef som står för telefonen, sa Wallander. Men hans namn har jag glömt.

– Kan det vara Edelman? undrade telefonisten.

– Just precis, sa Wallander.

Han fick telefonnumret, tackade och la på. Sedan stod han alldeles stilla. Kunde det vara möjligt? Hade Konovalenko ännu en tillflyktsort, den här gången på Öland?

Han släckte lamporna efter sig, låste och la tillbaka nyckeln i stuprännan. Det blåste en svag vind. Kvällen var försommarljum. Av sig själv formulerades hans beslut. Han lämnade gården bakom sig och körde mot Öland.

Han stannade till i Brösarp och ringde hem. Det var hans far som svarade.

– Hon sover, sa han. Vi har spelat kort.

– Jag kommer inte hem inatt, sa Wallander. Men ni ska inte vara oroliga. Jag måste bara hinna ikapp en massa rutinarbete. Hon vet att jag tycker om att arbeta på nätterna. Jag hör av mig imorgon förmiddag.

– Du kommer när du kommer, svarade fadern.

Wallander la på luren och tänkte att det kanske trots allt var så att deras förhållande höll på att förbättras. Tonen dem emellan hade blivit annorlunda. Måtte det nu hålla i sig. Kanske det ändå kommer något gott ut av det här eländet.

Han kom fram till Ölandsbrons fäste när klockan var fyra på morgonen. Två gånger hade han stannat under vägen, en gång för att fylla bensin, den andra för att sova en stund. Nu när han hade kommit fram kände han sig inte trött längre. Han betraktade den mäktiga bron som höjde sig framför honom och vattnet som glittrade i morgonsolen. På parkeringsplatsen där han stannat hittade han en halvt sönderriven katalog i telefonautomaten. Det visade sig att Hemmansvägen låg på andra sidan brofästet. Innan han körde ut på bron tog han fram pistolen som låg i handskfacket och kontrollerade att den var laddad. Han mindes plötsligt den gång för många år sedan när han hade besökt Öland och Alvaret tillsammans med sin syster Kristina och föräldrarna. Den gången hade bron inte funnits. Han hade ett svagt minne av den lilla färjan som tagit dem över sundet. De hade tältat en sommarvecka på en campingplats. Han mindes veckan snarast som en ljus känsla än som en kedja av händelser. En vag upplevelse av något som gått förlorat behärskade honom under ett kort ögonblick. Sedan återvände hans tankar till Konovalenko. Han försökte intala sig att han förmodligen tagit miste. Blyertsmärkena i kartboken och den nerskrivna adressen behövde inte vara av Konovalenkos hand. Snart skulle han vara på väg tillbaka till Skåne igen.

Han stannade när han nått brofästet på Ölandssidan. Där fanns en stor vägplan över ön som han studerade. Hemmansvägen var en avtagsväg strax före infarten till djurparken. Han satte sig i bilen och svängde åt höger. Fortfarande var trafiken gles. Efter ett par minuter hittade han den rätta infarten. Han körde in bilen på en liten parkeringsplats. Han såg att området var avstängt för motorfordon. Hemmansvägen var kantad av en blandning av nybyggda och äldre villor, alla med omfångsrika trädgårdar. Han började gå. Första huset hade en trea på staketet. En hund betraktade honom misstroget genom spjälorna. Han fortsatte och räknade sig fram till vilket hus som måste vara nummer 14. Han såg att det var en av de äldre villorna, med burspråk och omsorgsfull snickarglädje i detaljerna. Sedan gick han tillbaka samma väg han kommit. Han ville försöka närma sig huset från trädgårdssidan. Han kunde inte ta några risker. Konovalenko och hans okände medresenär kunde trots allt vara där.

På baksidan av husen låg en idrottsplats. Han klättrade över staketet och rev sönder sina byxor på ena låret. I skydd av en träläktare närmade han sig sedan villan. Den var gul, i två våningar och pryddes av ett torn i ena hörnet. Det stod en kasserad korvkiosk lutad mot staketet. Hukande sprang han från läktaren till masonitkuren. Där tog han fram pistolen ur fickan. I fem minuter stod han sedan orörlig och betraktade huset. Allt var mycket stilla. I ena hörnet av trädgården fanns ett redskapsskjul. Han bestämde sig för att gömma sig där. Ännu ett ögonblick betraktade han villan. Sedan gled han försiktigt ner på knä och kröp bort till staketet på baksidan av redskapsskjulet. Det var rangligt och besvärligt att ta sig över. Han höll på att ramla baklänges men lyckades återfå balansen och hoppade ner i det smala utrymmet bakom skjulet. Han märkte att han var andfådd. Det är ondskan, tänkte han. Konovalenkos andedräkt som ständigt sänder sina kårar mot min nacke. Han sköt försiktigt fram huvudet och betraktade villan från sin nya position. Allt var fortfarande stilla. Trädgården var vildvuxen och dåligt underhållen. Bredvid honom stod en skottkärra som var full av fjolårslöv. Han började undra om villan var övergiven. Efter en stund var han nästan helt övertygad. Han vågade sig ut från det skyddande skjulet och sprang fram till husväggen. Sedan följde han huset åt höger för att komma fram på motsatt sida om verandan där ytterdörren förmodligen fanns. En igelkott framför hans fötter fick honom att rycka till. Med ett väsande ljud sköt den upp sina spjut. Wallander hade stoppat pistolen i fickan. Nu tog han upp den igen, utan att riktigt veta varför. En mistlur hördes från sundet. Han vek av runt husknuten och befann sig på den bortre kortsidan av villan. Vad gör jag här? tänkte han. Om här finns någon överhuvudtaget så är det säkert ett gammalt par som just nu håller på att vakna efter en god natts sömn. Vad kommer de att säga om de hittar en förlupen kriminalkommissarie smygande i sin trädgård? Han fortsatte fram till nästa husknut. Så tittade han fram.

Konovalenko stod på grusgången vid flaggstången och pissade. Han var barfota, klädd i byxor och en skjorta som var oknäppt. Wallander rörde sig inte. Ändå var det något som varnade Konovalenko, möjligen hans ständigt vaksamma instinkt för hotande faror. Han vände sig om. Wallander hade pistolen i handen. Under bråkdelen av en sekund värderade de båda situationen. Wallander insåg att Konovalenko hade begått misstaget att lämna huset utan vapen. Konovalenko förstod att Wallander antingen skulle hinna döda eller genskjuta honom innan han nådde ytterdörren. Konovalenko hade hamnat i en situation som inte lämnade honom några alternativ. Med våldsam fart kastade han sig åt sidan så att han för ett ögonblick kom ur Wallanders skottvinkel. Sedan sprang han så fort han kunde, gjorde då och då språng åt sidan, och hoppade därefter över staketet. Han hade redan kommit ut på Hemmansvägen när Wallander begrep vad som höll på att hända och började följa efter honom. Allt hade dittills gått mycket fort. Därför såg han inte Sikosi Tsiki som stod i ett fönster och betraktade det som skedde.

Sikosi Tsiki insåg att något alarmerande hade inträffat. Han visste inte vad. Men han insåg att de instruktioner som Konovalenko hade gett honom dagen innan nu måste gälla. *Om något händer*, hade Konovalenko sagt och lämnat honom ett kuvert, *följ dom*

*här instruktionerna. Då kommer du tillbaka till Sydafrika. Du kan
kontakta den man som du redan har träffat, han som ger dig dina
pengar och dina sista instruktioner.*

Han väntade vid fönstret en kort stund.

Sedan satte han sig vid ett bord och öppnade kuvertet.

En timme senare lämnade han villan och var borta.

Konovalenko hade ett försprång på ungefär femtio meter. Wallander undrade hur han kunde springa så orimligt fort. De var på väg åt det håll där Wallander hade ställt sin bil. Konovalenko hade en bil stående på samma parkering! Wallander svor och försökte öka farten. Men avståndet minskade inte. Han hade haft rätt. Konovalenko nådde fram till en Mercedes, slet upp dörren som var olåst och startade motorn. Det gick så fort att Wallander förstod att nyckeln redan suttit i. Konovalenko var förberedd, även om han hade begått ett misstag som lämnat villan utan vapen i hand. I samma ögonblick såg Wallander något som blänkte till. Instinktivt kastade han sig åt sidan. Skottet pep vinande förbi honom och slog mot asfalten. Wallander kravlade sig bakom ett cykelställ och hoppades att han inte skulle synas. Sedan hörde han bilen rivstarta.

Han rusade bort till sin egen bil, fumlade med nycklarna och tänkte att han säkert redan hade förlorat kontakten med Konovalenko. Men han var säker på att han först av allt skulle lämna Öland. Stannade han så skulle han förr eller senare bli inringad. Wallander trampade gasen i botten. I rondellen strax före brofästet fick han syn på Konovalenko. Wallander gjorde en våldsam omkörning av en långsam lastbil och höll på att mista kontrollen när han törnade emot planteringen i mitten av rondellen. Sedan jagade han vidare ut på bron. Mercedesen låg framför honom. Han måste hitta på något. I en biljakt skulle han förmodligen inte ha en möjlighet mot Konovalenko.

Det hela tog slut där bron var som högst.

Konovalenko hade hållit mycket hög fart men Wallander hade bitit sig fast tätt bakom honom. När han var säker på att inte träffa någon bil som kom på motsatt sida stack han ut pistolen genom vindrutan och sköt. Hans mål var att försöka träffa bilen. Det första skottet träffade inte. Med det andra lyckades han av en obegriplig lyckträff spränga ett av bakhjulen. Mercedesen började omedelbart att sladda och Konovalenko lyckades inte hålla den. Wallander bromsade allt vad han kunde samtidigt som han såg hur

Konovalenkos bil körde rakt in i brons ytterkant av betong. Smällen var kraftig. Wallander kunde inte se vad som hade hänt med Konovalenko bakom ratten. Men utan att betänka sig la han i den lägsta växeln och körde rakt in i den havererade bilen. Det högg till i bröstkorgen när säkerhetsbältet sträcktes. Wallander slet och drog i växelspaken för att få in backen. Med skrikande däck körde han bakåt för att ta ny sats. Sedan gjorde han om manövern ännu en gång. Bilen framför honom kastades ytterligare några meter framåt. Wallander backade, slet upp dörren och tog skydd. Bakom honom hade det redan börjat bildas köer. När Wallander viftade med pistolen och skrek åt bilisterna att hålla sig undan var det flera som övergav sina bilar och flydde. Wallander kunde se en liknande trafikstockning på motsatt sida av bron. Konovalenko var fortfarande osynlig. Ändå sköt han mot det hoptryckta bilvraket.

Vid den andra kulan exploderade bilens bensintank. Wallander kunde sedan aldrig avgöra om det var hans pistolskott som hade förorsakat elden eller om den läckande bensinen hade antänts av andra skäl. Bilen blev genast omvärvd av kraftiga eldsflammor och tjock rök. Wallander närmade sig försiktigt bilen.

Konovalenko brann.

Han låg fastklämd på rygg med halva överkroppen ut genom framrutan. Wallander skulle efteråt minnas hans stirrande ögon, som om han inte trodde på det som hände honom. Sedan började hans hår brinna och några sekunder senare insåg Wallander att han var död. På avstånd hörde han sirener närma sig. Han gick långsamt tillbaka till sin egen tillbucklade bil och lutade sig mot bildörren.

Sedan såg han ut över Kalmarsund. Vattnet glittrade. Det doftade av hav. Han var alldeles tom i huvudet och tänkte inte längre. Någonting var över och den känslan var bedövande. Därefter hörde han en röst som i en megafon ropade att någon skulle lägga ifrån sig sitt vapen. Det tog en stund innan han insåg att rösten i megafonen talade till honom. Han vände sig om och såg brandbilar och polisbilar på Kalmarsidan. Konovalenkos bil brann fortfarande. Wallander såg på sin pistol. Sedan kastade han den över brokanten. Poliser med dragna vapen närmade sig. Wallander viftade med sin polislegitimation.

– Kommissarie Wallander, ropade han. Jag är polis!

Snart var han omgiven av misstrogna småländska kollegor.

– Jag är polis och heter Wallander, upprepade han. Ni har kanske läst om mig i tidningarna. Jag har varit eftersökt på rikslarm senaste veckan.

– Jag känner igen dig, sa en av poliserna på bred småländska.

– Han som brinner upp i bilen är Konovalenko, sa Wallander. Han som sköt vår kollega i Stockholm. Och en hel del andra.

Wallander såg sig runt.

Någonting som kanske var glädje, kanske lättnad höll på att växa fram inom honom.

– Ska vi åka? sa han. Jag behöver en kopp kaffe. Här händer nog ingenting mer.

31.

Jan Kleyn greps på sitt rum i underrättelsetjänstens lokaler vid middagstid, fredagen den 22 maj. Strax efter åtta på morgonen hade chefsåklagare Wervey lyssnat till Scheepers föredragning av ärendet och president de Klerks beslut sent på kvällen dagen innan. Sedan hade han utan kommentarer undertecknat en häktningsorder samt ett tillstånd om husrannsakan. Scheepers hade begärt att kommissarie Borstlap som han fått ett gott intryck av i samband med undersökningen av mordet på van Heerden skulle ta hand om gripandet av Jan Kleyn. När Borstlap hade lämnat Jan Kleyn i ett förhörsrum gick han in i en angränsande lokal där Scheepers väntade. Han kunde meddela att gripandet hade gått utan problem. Men han hade gjort en iakttagelse som föreföll honom viktig och möjligen bekymmersam. Hans informationer om varför en man inom underrättelsetjänsten togs in till förhör var små. Scheepers hade hänvisat till den sekretess som omgav alla åtgärder som hade med nationens säkerhet att göra. Men Borstlap hade i förtroende fått veta att president de Klerk var informerad om vad som var i antågande. Borstlap hade därför instinktivt känt att han borde redovisa sin iakttagelse.

Jan Kleyn hade nämligen inte varit förvånad när han blev anhållen. Borstlap hade genomskådat hans upprördhet som ett illa utfört skådespel. Någon måste ha förvarnat Jan Kleyn om vad som väntade. Eftersom Borstlap hade förstått så mycket som att beslutet om ingripandet hade skett i stor hast tänkte han att Jan Kleyn måste ha vänner inom antingen presidentens närmaste omgivning eller en mullvad som opererade inom den centrala åklagarmyndigheten. Scheepers lyssnade till det Borstlap hade att berätta. Det hade gått mindre än tolv timmar sedan de Klerk hade fattat sitt beslut. Förutom presidenten var det bara Wervey och Borstlap som vetat vad som skulle hända. Scheepers insåg att han omedelbart borde informera de Klerk om att hans arbetsrum måste vara avlyssnat. Han bad Borstlap vänta utanför medan han ringde ett viktigt telefonsamtal. Men han fick inte tag på de Klerk. Hans sekretariat meddelade att han satt i sammanträde och inte kunde nås förrän senare under eftermiddagen.

Scheepers lämnade rummet och gick ut till Borstlap. Han hade bestämt sig för att låta Kleyn vänta. Han hade inga illusioner om att denne skulle bli orolig över att inte få veta varför han blivit gripen. Det var mer för sin egen skull. Scheepers kände en viss osäkerhet inför den konfrontation som väntade.

De for till Jan Kleyns hus utanför Pretoria. Borstlap körde och Scheepers hade sjunkit ner i baksätet. Plötsligt hade han kommit att tänka på den vita lejoninnan han hade sett tillsammans med Judith. Det var bilden av Afrika, tänkte han. Det vilande djuret, stillheten innan det reser sig och utvecklar sina samlade krafter. Rovdjuret som man aldrig får såra, bara döda om man blir angripen.

Scheepers såg ut genom bilrutan och undrade vad som skulle hända med hans liv. Han undrade om den stora planen som den formulerats av de Klerk och Nelson Mandela, den som skulle innebära de vitas slutliga återtåg, skulle lyckas. Eller skulle den leda till kaos, okontrollerat våld, ett ursinnigt inbördeskrig där positionerna och allianserna skulle vara ständigt föränderliga och slutet omöjligt att förutsäga? Apokalypsen, tänkte han. Domedagen som vi hela tiden försökt stänga in som en olydig ande i en flaska. Kommer anden att ta sin hämnd när flaskan krossas?

De stannade utanför grindarna till Jan Kleyns stora villa. Borstlap hade redan vid gripandet informerat honom om att det skulle bli en husrannsakan och begärt nycklarna. Jan Kleyn hade spelat upp sin kränkta värdighet och vägrat. Borstlap hade då sagt att de skulle bryta upp ytterdörren. Till slut hade han fått nyckelknippan. Utanför huset fanns en vakt och en trädgårdsmästare. Scheepers hälsade och sa vem han var. Han såg sig runt i den muromgärdade trädgården. Den var uppbyggd enligt ett system av räta linjer. Därtill var den så välansad att den hade förlorat allt liv. Så måste jag också föreställa mig Jan Kleyn, tänkte han. Hans liv är utdraget längs ideologiska linjaler. Avvikelser har ingen plats i hans liv, vare sig som tankar och känslor eller i hans trädgård. Undantaget är hans hemlighet, Miranda och Matilda.

De gick in i huset. En svart tjänare betraktade dem förvånat. Scheepers bad honom vänta utanför medan de gick igenom huset. Han fick besked om att säga till trädgårdsmästaren och vakten att inte avlägsna sig förrän de fick tillåtelse.

Huset var sparsamt och dyrbart möblerat. De kunde se att Jan Kleyn föredrog marmor, stål och kraftigt trä i sina möbler. På väggarna hängde enstaka litografier. Motiven var hämtade från den sydafrikanska historien. Dessutom fanns där några värjor, gamla pistoler och jaktväskor. Över den öppna spisen satt en jakttrofé, ett uppstoppat kuduhuvud med kraftiga, välvda horn. Medan Borstlap gick igenom huset som helhet stängde Scheepers in sig i Jan Kleyns arbetsrum. Skrivbordet var tomt. Ett dokumentskåp med utdragslådor stod vid ena väggen. Scheepers letade efter ett kassaskåp utan att hitta något. Han gick trappan ner till vardagsrummet där Borstlap höll på att gå igenom en bokhylla.

– Det måste finnas ett kassaskåp, sa Scheepers.

Borstlap tog upp Jan Kleyns nyckelknippa och visade fram den.

– Men ingen nyckel, sa han.

– Han har säkert valt en plats för kassaskåpet som han föreställer sig är den sista där vi kommer att leta, svarade Scheepers. Alltså ska vi börja där. Var är det minst troligt att vi ska leta?

– Mitt framför ögonen, sa Borstlap. Det bästa gömstället kan ibland vara det som är mest iögonfallande. Det har vi svårast att se.

– Koncentrera dig på att hitta kassaskåpet, sa Scheepers. I bokhyllorna finns ingenting.

Borstlap nickade och ställde tillbaka boken han höll i handen. Scheepers återvände till arbetsrummet. Han satte sig vid skrivbordet och började dra ut låda efter låda.

Två timmar senare hade han inte funnit någonting av betydelse för utredningen. Jan Kleyns papper berörde i huvudsak hans privata liv och innehöll inget påfallande. Eller så hade de med hans myntsamling att göra. Till sin förvåning hade Scheepers upptäckt att Kleyn var ordförande i Sydafrikas Numismatiska Förbund och la ner ett stort arbete för landets myntsamlare. Ännu en avvikelse, tänkte han. Men den har knappast någon betydelse för min undersökning.

Borstlap hade gjort två grundliga genomgångar av huset utan att kunna finna något kassaskåp.

– Det måste finnas, sa Scheepers.

Borstlap ropade in tjänaren och frågade honom var kassaskåpet fanns. Mannen såg oförstående på honom.

– Ett hemligt skåp, sa Borstlap. Undangömt, alltid låst?

– Det finns inget, svarade mannen.

Borstlap skickade irriterat ut honom igen. De började sedan leta på nytt. Scheepers försökte se om det fanns några oregelbundenheter i husets arkitektur. Det var inte ovanligt att sydafrikaner byggde in hemliga rum i sina hus. Han hittade ingenting. Medan Borstlap hade krupit upp i det trånga utrymmet under taket och lyste sig fram med en ficklampa gick Scheepers ut i trädgården. Han ställde sig att betrakta huset. Nästan genast kom han på lösningen. Huset hade ingen skorsten. Han gick in igen och satte sig på huk vid den öppna spisen. De hade haft ficklampor med sig och han lyste upp i spiskupan. Kassaskåpet satt infällt i den murade kåpan. När han kände på handtaget upptäckte han till sin förvåning att det var öppet. Samtidigt kom Borstlap nerför trappan.

– Ett väl uttänkt gömställe, sa Scheepers.

Borstlap nickade. Det irriterade honom att han inte hade funnit det själv.

Scheepers satte sig vid marmorbordet framför den breda lädersoffan. Borstlap hade gått ut i trädgården för att röka. Scheepers gick igenom papperen från kassaskåpet. Det var försäkringshandlingar, några kuvert med gamla mynt, köpehandlingar till huset, ungefär tjugo aktiebrev och några statliga obligationer. Han sköt det åt sidan och koncentrerade sig på en liten svart anteckningsbok. Han bläddrade igenom sidorna. De var fulltecknade av kryptiska noteringar, en blandning av namn, platser och sifferkombinationer. Scheepers bestämde sig för att ta med boken. Han behövde tid för att gå igenom den ostörd. Han la tillbaka papperen i kassaskåpet och gick ut till Borstlap.

En tanke slog honom plötsligt. Han kallade till sig de tre männen som satt på huk och betraktade dem.

– Kom det nån på besök till huset sent igår kväll? frågade han.

Det var trädgårdsmästaren som svarade.

– Det vet bara Mofololo, nattvakten, svarade han.

– Och han är förstås inte här?

– Han kommer klockan sju.

Scheepers nickade. Han skulle återkomma.

De körde tillbaka till Johannesburg. Under vägen stannade de och åt en försenad lunch. Kvart över fyra skildes de utanför polishuset. Scheepers kunde inte skjuta på det längre. Nu måste han börja förhöret av Jan Kleyn. Men först skulle han återigen försöka få tag på president de Klerk.

När vaktmästaren utanför president de Klerks kabinett hade ringt vid midnatt hade Jan Kleyn blivit förvånad. Han visste naturligtvis att en ung assisterande åklagare vid namn Scheepers hade fått i uppdrag att försöka reda ut misstankarna om konspirationen. Han hade hela tiden ansett sig ligga tillräckligt många steg framför mannen som försökte följa i hans spår. Men nu hade han insett att Scheepers befann sig närmare honom än vad han trott. Han steg upp, klädde sig och beredde sig på att vara uppe hela natten. Han beräknade att han hade tid till åtminstone klockan tio dagen efter. Scheepers skulle behöva minst ett par timmar på morgonen för att ordna alla papper som var nödvändiga för att anhålla honom. Till dess måste han ha försäkrat sig om att ha gett nödvändiga instruktioner och säkerställt att operationen inte hamnade i ett riskabelt läge. Han gick ner till köket och kokade te. Sedan satte han sig att skriva en översikt. Det var mycket han måste komma ihåg. Men han skulle hinna.

Det var en oväntad komplikation att han skulle bli anhållen. Men den hade funnits med i hans kalkyler. Situationen var irriterande men inte omöjlig att hantera. Eftersom han inte kunde beräkna hur länge Scheepers tänkte behålla honom, måste han planera som om han skulle sitta fängslad ända tills attentatet mot Mandela hade genomförts.

Det var hans första uppgift denna natt. Att vända det som skulle hända dagen efter till sin egen fördel. Så länge han satt fängslad skulle ingen kunna anklaga honom för delaktighet i olika aktioner. Han tänkte igenom det som skulle ske. Klockan hade blivit över ett på natten när han ringde Franz Malan.

– Klä på dig och kom hit, sa han.

Franz Malan var yrvaken och förvirrad. Jan Kleyn sa inte sitt namn.

– Klä på dig och kom hit, upprepade han.

Franz Malan ställde inga frågor.

En dryg timme senare, strax efter klockan två steg han in i Jan Kleyns vardagsrum. Gardinerna var fördragna. Nattvakten som öppnat grindarna för honom var med hot om ögonblickligt avsked instruerad att aldrig för utomstående nämna de besök som kom till huset under sena kvällar eller nätter. Jan Kleyn betalade honom en mycket hög lön för att garantera sig mannens tystnad.

Franz Malan var nervös. Han visste att Jan Kleyn aldrig skulle ha kallat på honom om det inte hade hänt något viktigt.

Jan Kleyn lät honom knappast sätta sig ner innan han förklarade vad som hade hänt, vad som skulle ske under morgondagen, och vad som måste organiseras redan nu under natten. Det Franz Malan fick höra ökade hans nervositet. Han insåg att hans eget ansvar skulle öka mer än vad han egentligen önskade sig.

– Vi vet inte hur mycket Scheepers har lyckats ta reda på, sa han. Men vissa försiktighetsåtgärder är nödvändiga. Det viktigaste är att upplösa Kommittén och att avleda intresset från Kapstaden och den 12 juni.

Franz Malan betraktade honom häpet. Menade han allvar? Skulle hela det exekutiva ansvaret vältras över på honom?

Jan Kleyn såg hans oro.

– Jag är snart ute igen, sa han. Då övertar jag ansvaret.

– Jag hoppas det, svarade Franz Malan. Men att lägga ner Kommittén?

– Det är nödvändigt. Scheepers kan ha spårat djupare och längre än vi kan föreställa oss.

– Men hur har han burit sig åt?

Jan Kleyn ryckte irriterat på axlarna.

– Hur bär vi oss själva åt, sa han. Vi utnyttjar alla våra kunskaper, alla våra kontakter. Vi mutar, hotar, ljuger oss till information. Det finns inga gränser för oss. Alltså inte heller för de som övervakar våra förehavanden. Kommittén får inte mötas igen. Den upphör att existera. Därmed har den heller aldrig funnits. Redan inatt ska vi kontakta alla medlemmar. Men dessförinnan är det ytterligare saker vi måste göra.

– Om Scheepers känner till att vi planerar nånting till den 12 juni måste vi inställa det, sa Franz Malan. Risken är för stor.

– Det är för sent, svarade Jan Kleyn. Dessutom är Scheepers inte säker. Ett väl utlagt spår åt ett annat håll kommer att övertyga honom om att Kapstaden den 12 juni är ett sätt att försöka vilseleda honom. Vi vänder på allting.

– Hur?

– Under det förhör jag kommer att utsättas för i morgon har jag möjligheter att muntligt förleda honom att börja tro nånting annat.

– Det är väl knappast tillräckligt?

– Naturligtvis inte.

Jan Kleyn tog fram en liten svart anteckningsbok. När han öppnade den såg Franz Malan att den var full av blanka sidor.

– Jag ska fylla den med meningslösheter, fortsatte Jan Kleyn. Men här och där ska jag notera en plats och ett datum. Alla utom ett kommer att vara överstruket. Det som är kvar kommer inte att vara Kapstaden den 12 juni. Jag lämnar boken i mitt kassaskåp. Jag låter det stå öppet, som om jag i stor hast har försökt få tag på och bränna viktiga papper.

Franz Malan nickade. Han började tro att Jan Kleyn hade rätt. Det skulle vara möjligt att lägga ut ett vilseledande spår.

– Sikosi Tsiki är på väg hem, sa Jan Kleyn och räckte över ett kuvert till Franz Malan. Det blir din uppgift att ta emot honom, föra honom till Hammanskraal, och dagen innan den 12 juni ge honom dom sista beskeden. Allt som ska ske finns nerskrivet i det där kuvertet. Läs igenom nu och se om det är nåt som är oklart. Sen måste vi börja ringa.

Medan Franz Malan läste igenom alla instruktioner började Jan Kleyn fylla anteckningsboken med olika men meningslösa ord- och sifferkombinationer. Han använde olika pennor för att ge intryck av att anteckningarna var gjorda under en lång tidsperiod. Han funderade ett ögonblick innan han bestämde sig för Durban 3 juli. Han visste att ANC skulle ha ett viktigt möte i staden den dagen. Det blev nu hans vilseledande spår som han hoppades att Scheepers skulle låta sig luras av.

Franz Malan la ifrån sig pappren.

– Det står ingenting om vilka vapen han ska använda, sa han.

– Konovalenko har övat honom på ett långskjutande gevär, svarade Jan Kleyn. En exakt kopia finns i det underjordiska lagret på Hammanskraal.

Franz Malan nickade.

– Inga fler frågor? undrade Jan Kleyn.

– Nej, svarade Franz Malan.

Sedan satte de sig att ringa. Jan Kleyn hade tre olika telefonlinjer till sitt hus. Nu skickade de signaler ut till olika delar av Sydafrika. Yrvakna män grep luren för att ögonblickligen bli klarvakna. En del kände oro inför det de fick höra, andra noterade bara vad som gällde från och med nu igen. Några av de män som rycktes upp ur sömnen hade svårt att somna om, andra vände sig bara om och sov vidare.

Kommittén hade upplösts. Den hade aldrig existerat eftersom den spårlöst hade försvunnit. Kvar fanns bara ryktet om dess existens. Men den skulle kunna återskapas med mycket kort varsel. Just nu behövdes den inte längre och utgjorde dessutom en fara. Men beredskapen inför det Kommitténs medlemmar hade ansett vara den enda lösningen av Sydafrikas framtid var lika hög som tidigare. Det var skoningslösa män som inte vilade. Deras skoningslöshet var verklig, men deras idé vilade på en bädd av illusioner, lögner och fanatisk desperation. För några av medlemmarna handlade det bara om hat.

Franz Malan reste hem genom natten.

Jan Kleyn städade sitt hus och lät kassaskåpet stå öppet. Klockan halv fem på morgonen gick han och la sig för att sova några timmar. Han undrade vem som hade försett Scheepers med alla upplysningar. Han kunde inte komma ifrån en obehaglig känsla av att det var något han inte hade förstått.

Någon hade svikit honom.

Men han kunde inte förstå vem det var.

Scheepers öppnade dörren till förhörsrummet.

Jan Kleyn satt på en stol intill ena väggen och såg på honom med ett leende. Scheepers hade bestämt sig för att bemöta honom vänligt och korrekt. Han hade ägnat en timme åt att gå igenom anteckningsboken. Fortfarande var han tveksam om attentatet mot Nelson Mandela verkligen var flyttat till Durban. Han hade försökt väga skäl för och emot utan att se något definitivt svar. Att Jan Kleyn skulle ge honom sanningen hade han inga som helst förhoppningar om. Möjligen skulle han kunna locka ur honom några uppgifter som indirekt pekade mot vilket håll han borde gå.

Scheepers satte sig mitt emot Jan Kleyn och tänkte att det var Matildas far han hade framför sig. Han kände hemligheten men han insåg att han inte skulle kunna använda sig av den. Det skulle innebära ett alltför stort hot mot de två kvinnorna. Jan Kleyn kunde inte hållas kvar hur länge som helst. Han såg redan ut som om han var beredd på att få lämna förhörsrummet när som helst.

En sekreterare kom in i rummet och satte sig vid ett litet bord vid sidan av.

– Jan Kleyn, sa han. Du har blivit anhållen för att det föreligger starka misstankar om att du är en del av och möjligen också ansvarig för att ha bedrivit samhällsomstörtande verksamhet samt förberedelse till mord. Vad har du att säga om det?

Jan Kleyn fortsatte att le när han svarade.

– Mitt svar är att jag inte kommer att säga nånting förrän jag har en advokat vid min sida.

Scheepers blev ett ögonblick förvirrad. Den normala proceduren var att en person som blivit gripen omedelbart vid införandet skulle ha möjlighet att kontakta en advokat.

– Allt har gått korrekt till, sa Jan Kleyn, som om han kunde se rakt igenom Scheepers osäkerhet. Men advokaten har inte kommit än.

– Vi kan börja med olika personuppgifter, sa Scheepers. För det behövs ingen advokat närvarande.

– Naturligtvis inte.

Scheepers lämnade rummet omedelbart efter det att han fått samtliga uppgifter. Han gav besked om att han skulle kallas tillbaka sedan advokaten hade infunnit sig. När han kommit in i åklagarnas väntrum var han genomsvettig. Jan Kleyns oberörda överlägsenhet skrämde honom. Hur kunde han vara så likgiltig inför anklagelserna, som om de blev bevisade kunde innebära att han dömdes till döden?

Scheepers blev plötsligt osäker på om han skulle kunna hantera honom på det sätt som krävdes. Kanske han borde vända sig till Wervey och föreslå att en annan, mer rutinerad förhörsledare kallades in? Samtidigt insåg han att Wervey förväntade sig att han skulle klara av det åtagande han hade fått sig tilldelat. Wervey gav aldrig någon samma utmaning två gånger. Hans karriärmöjligheter skulle komma att beskäras kraftigt om han visade svaghet. Han tog av sig kavajen och sköljde ansiktet i kallt vatten. Sedan gick han återigen igenom de frågor han hade planerat att ställa.

Han lyckades också komma igenom och få tala med president de Klerk. Så fort han kunde framförde han sin misstanke om att presidentens kabinett var avlyssnat. de Klerk hörde på honom utan att avbryta.

– Jag ska låta undersöka det, sa han när Scheepers tystnat. Därefter var samtalet över.

Först när klockan närmade sig sex fick han besked om att advokaten hade infunnit sig. Han återvände genast till förhörsrummet.

426

Advokaten som satt vid Jan Kleyns sida var ungefär fyrtio år gammal och hette Kritzinger. De tog varandra i hand och hälsade avmätt. Scheepers insåg omedelbart att Kritzinger och Jan Kleyn kände varandra från tidigare. Möjligheten fanns att Kritzinger medvetet hade försenat sin ankomst för att ge Jan Kleyn andrum och samtidigt skärra upp förhörsledaren. På Scheepers hade tanken en omvänd effekt. Med ens var han alldeles lugn. Borta var all vånda han känt under de senaste timmarna.

– Jag har tagit del av häktningsordern, sa Kritzinger. Anklagelserna är allvarliga.

– Det är också ett allvarligt brott att hota den nationella säkerheten, svarade Scheepers.

– Min klient nekar kategoriskt till anklagelserna, sa Kritzinger. Jag begär att han omedelbart försätts på fri fot. Är det särskilt klokt att anhålla människor som i sitt dagliga arbete gör allt just för att försvara den nationella säkerheten?

– Tills vidare är det jag som ställer frågorna, sa Scheepers. Det är er klient som ska svara, inte jag.

Scheepers kastade en blick ner i sina papper.

– Känner ni Franz Malan? frågade han.

– Ja, svarade Jan Kleyn genast. Han arbetar inom den militära sektor som arbetar med strängt hemligstämplat säkerhetsmaterial.

– När träffade ni honom senast?

– I samband med terrorangreppet mot restaurangen utanför Durban. Vi var båda inkallade för att hjälpa till med efterforskningen.

– Känner ni till en hemlig sammanslutning av *boere* som inte kallar sig nånting annat än Kommittén?

– Nej.

– Är det säkert?

– Min klient har redan svarat en gång, protesterade Kritzinger.

– Det finns ingenting som hindrar mig att ställa samma fråga mer än en gång, sa Scheepers skarpt.

– Jag känner inte till nån Kommitté, svarade Jan Kleyn.

– Vi har anledning att tro att ett attentat mot en av dom svarta nationalistledarna planeras av denna Kommitté, sa Scheepers. Olika platser och datum har nämnts. Känner ni till det?

– Nej.

Scheepers tog fram anteckningsboken.

– Vid husrannsakan har polisen idag funnit den här boken i ert hem. Känner ni igen den?

– Naturligtvis känner jag igen den. Den är min.

– I den finns olika anteckningar om datum och platser. Kan ni tala om för mig vad dom betyder.

– Vad är det här? sa Jan Kleyn och såg på sin advokat. Det är privata anteckningar om födelsedagar och möten med olika vänner.

– Vad har ni för ärende i Kapstaden den 12 juni?

Jan Kleyn ändrade inte en min när han svarade.

– Jag har inget ärende alls, svarade han. Jag hade tänkt åka dit för att träffa en numismatisk kollega. Men det blev inställt.

Scheepers tänkte att Jan Kleyn fortfarande var alldeles oberörd.

– Vad säger ni då om Durban den 3 juli?

– Ingenting.

– Ni säger ingenting?

Jan Kleyn vände sig till sin advokat och viskade några ord.

– Min klient vill inte svara på frågan av personliga skäl, sa Kritzinger.

– Personliga skäl eller inte så vill jag ha svar på frågan, sa Scheepers.

– Det här är vansinne, sa Jan Kleyn och slog uppgivet ut med armarna.

Scheepers upptäckte plötsligt att Jan Kleyn hade börjat svettas. Dessutom darrade hans ena hand som vilade på bordet.

– Hittills har era frågor varit helt utan substans, sa Kritzinger. Jag kommer mycket snart att kräva att det här avslutas och att min klient försätts på fri fot omgående.

– När det gäller utredningar om hot mot den nationella säkerheten har polisen och åklagarna stora friheter, sa Scheepers. Nu vill jag ha svar på min fråga.

– Jag umgås med en kvinna i Durban, sa Jan Kleyn. Eftersom hon är gift måste jag möta henne i yttersta diskretion.

– Träffar ni henne regelbundet?

– Ja.

– Vad heter hon?

Jan Kleyn och Kritzinger protesterade samtidigt.

– Vi lämnar hennes namn utanför tills vidare, sa Scheepers. Jag återkommer till det. Men om det är så att ni träffar henne regelbundet och dessutom skriver upp olika möten i den här boken; är det då inte lite egendomligt att det bara finns en anteckning om Durban?

– Jag gör av med minst tio anteckningsböcker om året, svarade Jan Kleyn. De använda slänger jag regelbundet. Eller så bränner jag dom.

– Var bränner ni dom?

Jan Kleyn tycktes ha återfått sitt lugn.

– I diskhon eller på toaletten, svarade Jan Kleyn. Som åklagaren redan vet har min öppna spis ingen rökgång. Den murades igen av de förra ägarna. Jag har aldrig kommit mig för att öppna den igen.

Förhöret fortsatte. Scheepers återvände till att ställa frågor om den hemliga Kommittén, men svaren blev desamma. Med jämna mellanrum protesterade Kritzinger. Efter nästan tre timmars förhör bestämde Scheepers sig för att sluta. Han reste sig och sa kort att Jan Kleyn skulle stanna kvar i häktet. Kritzinger ilsknade till på allvar. Men Scheepers avvisade honom. Lagen tillät honom att behålla Jan Kleyn åtminstone ännu ett dygn.

Det hade redan blivit kväll när han for för att lämna en rapport till Wervey som lovat stanna på sitt tjänsterum tills han kom. Korridorerna låg övergivna medan han skyndade till chefsåklagaren. Dörren stod på glänt. Wervey satt i sin stol och sov. Han knackade och gick in. Wervey slog upp ögonen och såg på honom. Scheepers satte sig ner.

– Jan Kleyn har inte medgivit nån som helst kunskap om vare sig en sammansvärjning eller nåt attentat, sa han. Jag tror inte heller att han kommer att göra det. Vi har dessutom ingenting som binder honom vid vare sig det ena eller det andra. Vid husrannsakan hittade vi bara en sak av intresse. I hans kassaskåp fanns en anteckningsbok med olika datum och platser. Alla var överstrukna utom ett. Durban den 3 juli. Vi vet att Nelson Mandela ska tala där just den dagen. Det datum vi hittills fått misstankar om, Kapstaden den 12 juni, är överstruket i boken.

Wervey rätade hastigt upp sig i sin stol och bad att få se anteckningsboken. Scheepers hade den i sin väska. Wervey bläddrade långsamt igenom den under skrivbordslampan.

– Vad hade han för förklaringar? frågade Wervey när han var färdig.

– Olika möten. I Durban påstår han sig ha ett förhållande med en gift kvinna.

– Börja där i morgon, sa Wervey.

– Han vägrar avslöja vem det är.

– Meddela honom att han kvarstår i häkte om vi inte får svar.

Scheepers såg förvånat på Wervey.

– Går det? frågade han.

– Unge vän, sa Wervey. Allt går när man är chefsåklagare och lika gammal som jag. Glöm inte att en man som Jan Kleyn vet hur man sopar igen spår efter sig. Han måste besegras i kamp. Emellanåt med tvivelaktiga medel.

– Ändå tyckte jag mig se att han blev osäker några gånger, sa Scheepers tveksamt.

– Han vet i alla fall att vi är honom i hälarna, sa Wervey. Pressa honom ordentligt i morgon. Samma frågor, gång på gång. Från nya vinklar. Men samma skott, hela tiden samma skott.

Scheepers nickade.

– Det var en sak till, sa han. Kommissarie Borstlap som skötte om själva gripandet hade ett bestämt intryck av att Jan Kleyn verkade förvarnad. Trots att bara några få människor under kort tid i förväg hade vetat om vad som skulle ske.

Wervey betraktade honom länge innan han svarade.

– Det här landet är i krig, sa han. Det finns öron överallt, mänskliga och elektroniska. Att avslöja hemligheter är ofta ett vapen som överträffar alla andra. Glöm inte det.

Samtalet var över.

Scheepers gick ut och stannade på trappan och drog in den friska luften. Han var mycket trött. Sedan gick han till sin bil för att köra hem. När han skulle låsa upp bildörren gled en av parkeringsvakterna fram ur skuggorna.

– En man lämnade det här till er, sa vakten och räckte fram ett kuvert.

– Vem? frågade Scheepers.

– En svart man, svarade vakten. Men han sa inte sitt namn. Bara att det var viktigt.

Scheepers tog försiktigt brevet i handen. Det var tunt och kunde omöjligt innehålla en bomb. Han nickade till vakten, låste upp och satte sig i bilen. Sedan öppnade han kuvertet och läste vad som stod i kupéljuset.

Attentatsmannen troligen en svart man som heter Victor Mabasha.

Brevet var undertecknat med namnet Steve.

Scheepers kände hur hjärtat började slå fortare.

Äntligen, tänkte han.

Sedan for han raka vägen hem. Judith väntade honom med en måltid. Men innan han satte sig vid bordet ringde han till kommissarie Borstlap i hans hem.

– Victor Mabasha, sa han. Har du hört det namnet?

Borstlap tänkte efter innan han svarade.

– Nej, sa han.

– Imorgon bitti ska du slå i alla register och köra allt vad du har i datorerna. Victor Mabasha, en svart man, är förmodligen den attentatsman vi söker.

– Har du lyckats spräcka Jan Kleyn? sa Borstlap förvånat.

– Nej, svarade Scheepers. Hur jag har fått reda på det här spelar ingen roll just nu.

Samtalet var över.

Victor Mabasha, tänkte han när han satte sig vid matbordet.

Är det du så ska vi stoppa dig innan det är för sent.

32.

Det var den dagen i Kalmar som Kurt Wallander började inse hur dåligt han egentligen mådde. Senare, när mordet på Louise Åkerblom och hela den efterföljande mardrömmen redan framstod som en serie overkliga händelser, ett ödsligt skådespel i ett fjärran landskap, skulle han envist hävda att det var först efter det att Konovalenko hade legat på Ölandsbron med stirrande ögon och brinnande hår som han förstått hur han egentligen hade det i sitt inre. Det var utgångspunkten och den ändrade han inte på även om minnesbilderna och alla plågsamma upplevelser kom och gick som växlande mönster i ett kalejdoskop. Det var i Kalmar han tappade greppet om sig själv! Till sin dotter sa han att det hade varit som om en nedräkning hade börjat, en nedräkning som inte hade något annat mål än ett tomrum. Den läkare i Ystad som tog hand om honom i mitten av juni och försökte komma till rätta med hans tilltagande tungsinne, skrev också i sin journal att *depressionen enligt patienten börjat över en kopp kaffe på polishuset i Kalmar medan en man låg och brann upp på en bro.*

Han hade alltså suttit på polishuset i Kalmar och druckit kaffe, mycket trött och mycket nerstämd. De som såg honom den halvtimme han hukade över sin kopp fick uppfattningen att han var frånvarande och helt otillgänglig. Eller kanske var det tankfull han var? Ingen gick dock fram för att hålla honom sällskap eller ta reda på hur han hade det. Den egendomlige polismannen från Ystad omgavs av en blandning av respekt och osäkerhet. Man lät honom helt enkelt sitta ifred medan man tog itu med kaoset på bron och den våldsamma anhopningen av telefonsamtal från tidningar, radio och television. Efter en halvtimme hade han plötsligt rest sig ur stolen och begärt att få bli körd till den gula villan på Hemmansvägen. När de passerade förbi platsen på bron där Konovalenkos bil fortfarande stod kvar som ett rykande skal hade han stirrat rakt fram. Ute i villan hade han däremot genast tagit kommandot och alldeles glömt bort att undersökningen formellt leddes av en utredare vid Kalmarpolisen som hette Blomstrand. Man lät honom dock hållas och han utvecklade en våldsam energi under de närmaste timmarna. Han tycktes redan ha glömt Konovalenko. Det som intresserade honom var i första hand två omständigheter. Han ville veta vem som ägde huset. Dessutom talade han oavbrutet om att Konovalenko inte hade varit ensam. Han beordrade omedelbart dörrknackning i husen längs gatan, han ville att taxichaufförer och bussförare skulle kontaktas. Konovalenko hade inte varit ensam, upprepade han, gång på gång. Vem var den man eller kvinna han hade haft i sitt sällskap och som nu var spårlöst försvunnen? Det visade sig att ingen av hans frågor gick att ge svar på omedelbart. Fastighetsregister och utfrågade grannar gav högst motsägande svar på vem som egentligen ägde den gula villan. Ungefär tio år tidigare hade den dåvarande ägaren, en änkeman som hette Hjalmarson och var landsarkivarie, avlidit. Hans son som varit bosatt i Brasilien, representant för något svenskt företag enligt vissa grannar, vapenhandlare enligt andra, hade inte ens kommit hem till begravningen. Det hela hade varit en ytterst orolig tid på Hemmansvägen enligt en pensionerad avdelningsdirektör vid landstinget i Kronoberg, som framstått som talesman för den gula villans grannar. Därför hade en osynlig suck av lättnad kunnat dras när försäljningsskylten försvunnit och ett flyttlass tillhörande en pensionerad reservofficer kommit rullande. Han hade varit något så antikverat som en major vid de skånska husarerna, en obegriplig kvarleva från ett gånget sekel. Han hette Gustaf Jernberg och hade meddelat sig med sin omvärld genom vänliga rytanden. Oron hade emellertid återkommit när det visade sig att Jernberg tillbringade sin mesta tid i Spanien för att vårda sin reumatism. Huset ockuperades då av en sonson i trettiofemårsåldern som var arrogant och oförskämd och inte alls brydde sig om de regler som gällde. Han hette Hans Jernberg och ingen visste annat än att han var någon sorts affärsman som dök upp på hastiga besök, ofta med egendomliga bekanta i sällskap.

Polisen började omedelbart att söka efter Hans Jernberg. Han lokaliserades vid tvåtiden på eftermiddagen till ett kontor i Göteborg. Wallander talade själv med honom i telefon. I början ställde han sig helt oförstående till vad som berättades för honom. Men Wallander som inte var på humör att lirka och dra sanningar ur folk denna dag hade hotat med att överlämna honom till Göteborgspolisen och dessutom lät han förstå att det nog inte skulle gå att hålla pressen utanför det som pågick. Mitt under telefonsamtalet kom en av Kalmarpolisens män och stack en lapp under Wallanders näsa. Man hade kört Hans Jernberg genom ett antal tillgängliga register och funnit att han hade stark anknytning till nynazistiska rörelser i landet. Wallander stirrade på lappen innan han kom på vilken fråga han naturligtvis skulle ställa till mannen i andra änden av ledningen.

– Kan ni säga mig vad ni har för åsikt om Sydafrika? frågade han.

– Jag kan inte se vad det har med saken att göra, svarade Hans Jernberg.

– Svara på min fråga, sa Wallander otåligt. Annars ringer jag kollegorna i Göteborg.

Svaret kom efter en kort tystnad.

– Jag anser Sydafrika vara ett av de mest välskötta länderna i världen, svarade Hans Jernberg. Jag anser det vara min skyldighet att ge det stöd jag kan till dom vita som lever där.

– Och det gör ni genom att låna ut huset till ryska banditer som går sydafrikanernas ärenden? sa Wallander.

Den här gången lät Hans Jernberg uppriktigt förvånad.

– Jag förstår inte vad ni menar.

– Det gör ni nog, sa Wallander. Men nu ska ni istället svara på en annan fråga. Vem av era vänner hade tillgång till huset under den senaste veckan? Tänk er för innan ni svarar. Den minsta otydlighet och jag kommer att begära av en åklagare i Göteborg att ni blir anhållen. Och tro mig, det kommer att ske.

– Ove Westerberg, svarade Hans Jernberg. Han är en gammal god vän som driver ett byggnadsföretag här i stan.

– Adress, sa Wallander och fick den.

Det hela var en väldig röra. Men en effektiv insats av några utredare vid polisen i Göteborg bringade viss klarhet i vad som hade hänt de senaste dagarna i den gula villan. Ove Westerberg hade visat sig vara en lika stor sydafrikavän som Hans Jernberg. Via olika kontakter, som förlorade sig i varandra, hade han några veckor tidigare fått en förfrågan om huset kunde stå till förfogande för några sydafrikanska gäster, mot god betalning. Eftersom Hans Jernberg vid det tillfället hade befunnit sig utomlands hade Ove Westerberg inte informerat honom. Wallander anade också att pengarna hade stannat i Westerbergs fickor. Men vilka dessa gäster från Sydafrika hade varit visste inte Westerberg. Han kände inte ens till att de hade varit där. Längre kom inte Wallander den dagen. Det fick bli kalmarpolisens uppgift att gräva vidare i kontakterna mellan svenska nynazister och apartheidföreträdarna i Sydafrika. Fortfarande rådde oklarhet om vem som hade varit i den gula villan tillsammans med Konovalenko. Medan grannar, taxichaufförer och bussförare utfrågades gick Wallander noga igenom huset. Att två sovrum nyligen hade använts kunde han se, också att de hade övergetts i stor hast. Han tänkte att Konovalenko den här gången måste ha lämnat någonting efter sig. Han hade flytt från huset för att aldrig återvända. Naturligtvis fanns möjligheten att den andre besökaren hade tagit med sig Konovalenkos tillhörigheter. Möjligen var det så att det inte fanns några gränser för Konovalenkos försiktighet. Kanske han varje kväll föreställde sig ett inbrott under natten och gömde sina viktigaste tillhörigheter innan han gick och la sig? Wallander kallade till sig Blomstrand som höll på att undersöka redskapsskjulet. Wallander ville att alla tillgängliga poliser skulle börja leta igenom huset efter en väska. Han kunde inte säga hur den såg ut eller hur stor den var.

– En väska med innehåll, sa han. Nånstans måste den finnas.

– Vilken sorts innehåll? frågade Blomstrand.

– Jag vet inte, svarade Wallander. Papper, pengar, kläder. Kanske ett vapen. Jag vet inte.

Sökandet började. Olika väskor bars ner till Wallander som väntade på nedre botten. Han blåste dammet av en läderportfölj som innehöll gamla fotografier och brev, mestadels med de inledande orden *Elskade Gunvor* eller *Min kere Herbert*. En annan, lika dammig väska som grävts fram på vinden innehöll ett stort antal exotiska sjöstjärnor och snäckor. Men Wallander väntade tålmodigt. Han visste att det någonstans fanns ett spår efter Konovalenko och därmed kanske också efter den okände medresenären. Under väntetiden talade han också med både sin dotter och Björk. Nyheten om morgonens händelser hade gått ut över landet. Wallander sa till sin dotter att han mådde bra och att allt nu var över. På kvällen skulle han komma hem och sedan kunde de ta bilen och köra över till Köpenhamn några dagar. Han kunde höra på hennes röst att hon inte var övertygad om vare sig att han mådde bra eller att allt nu verkligen var över. Efteråt tänkte han att han hade fått en dotter som såg rakt igenom honom. Samtalet med Björk tog slut när Wallander blev ursinnig och slängde på luren. Det hade aldrig hänt tidigare i hans mångåriga förhållande till Björk. Orsaken var att Björk hade börjat ifrågasätta Wallanders omdöme eftersom han, utan att meddela någon, hade gett sig ut efter Konovalenko ensam. Wallander insåg givetvis att Björks åsikter hade stor giltighet. Men det som gjorde honom upprörd var att Björk började tala om det nu, när han befann sig mitt inne i en kritisk fas av utredningen. Björk å sin sida tog Wallanders raseriutbrott som ett tecken på att det tyvärr nog var sant att han inte var i själslig balans. Vi måste hålla Kurt under uppsikt, sa Björk till Martinson och Svedberg.

Det var Blomstrand själv som till slut hittade den rätta väskan. Konovalenko hade gömt den bakom en hög med stövlar i en städskrubb som fanns i serveringsgången som ledde från köket till matsalen. Det var en läderväska som var låst med ett kombinationslås. Wallander undrade om det kunde finnas en sprängladdning apterad till låset. Vad hände om de bröt upp väskan? Blomstrand for i ilfart med den till Kalmar flygplats och fick den undersökt med röntgen. Det fanns dock inga tecken på att den skulle explodera om någon bröt upp den. Han återvände till den gula villan. Wallander tog en skruvmejsel och bände upp locket. I väskan fanns ett antal papper, biljetter, några pass och en stor summa pengar. Dessutom låg där en mindre pistol, en Beretta. Passen tillhörde alla Konovalenko och var utställda i Sverige, Finland, och Polen. I samtliga pass hade han olika namn. Som finländare hette Konovalenko Mäkelä, som polack det tyskklingande Hausmann. Det fanns fyrtiosju tusen svenska kronor och elva tusen dollar i väskan. Men det som intresserade Wallander mest var om de papper som låg i väskan kunde ge honom en förklaring på vem den okände medresenären var. Till hans stora besvikelse och irritation var de flesta anteckningarna skrivna på ett främmande språk som han tyckte sig förstå var ryska. Han begrep inte ett ord. Det tycktes vara löpande minnesanteckningar som Konovalenko hade fört eftersom det fanns datum antecknade i marginalen.

Wallander vände sig till Blomstrand.

– Vi måste ha tag på nån som talar ryska, sa han. Nån som kan översätta det här ögonblickligen.

– Vi kan ju försöka med min hustru, svarade Blomstrand.

Wallander betraktade honom undrande.

– Hon har studerat ryska, fortsatte Blomstrand. Hon är mycket intresserad av den ryska kulturen. Framförallt författarna under 1800-talet.

Wallander slog igen väskan och tog den under armen.

– Vi åker härifrån, sa han. Hon blir nog bara nervös av den här röran.

Blomstrand bodde i ett radhus norr om Kalmar. Hans hustru var en intelligent och öppen kvinna som Wallander genast tyckte om. Medan de drack kaffe i köket och åt några smörgåsar tog hon med sig pappren in i sitt arbetsrum där hon då och då slog efter ett ord i sitt lexikon. Det tog henne nästan en timme att översätta texten och skriva ner den. Men då var den fullständig och Wallander kunde sätta sig att läsa Konovalenkos minnesanteckningar. Det var som att läsa om sina egna upplevelser ur ett omvänt perspektiv, tänkte han. Många detaljer i de olika händelseförloppen fick sin förklaring. Men framförallt insåg han att förklaringen på vem som varit Konovalenkos siste och okände medresenär, som dessutom omärkligt lyckats lämna den gula villan, var en helt annan än han kunnat föreställa sig. Sydafrika hade sänt en ersättare för Victor Mabasha. En afrikan som hette Sikosi Tsiki. Han hade anlänt från Danmark. »Hans träning är inte fullgod«, skrev Konovalenko. »Men tillräcklig. Och hans kallblodighet och mentala styrka överträffar Mabashas.« Därefter gjorde Konovalenko en hänvisning till en man i Sydafrika som hette Jan Kleyn. Wallander antog att han var ett viktigt mellanled. Däremot fanns inga ledtrådar till den organisation som Wallander nu var säker på måste finnas i händelsernas bakgrund och därmed i dess centrum. Han redovisade sina fynd för Blomstrand.

– En afrikan håller på att lämna Sverige, sa Wallander. I morse fanns han i den gula villan. Nån måste ha sett honom, nån måste ha kört honom nånstans. Han kan inte ha gått över bron. Vi kan utesluta att han är kvar på Öland. Möjligheten finns att han har haft en egen bil. Men viktigare är att han nu kommer att försöka lämna Sverige. Var vet vi inte, bara att. Han måste stoppas.

– Det blir inte lätt, sa Blomstrand.

– Svårt men inte omöjligt, svarade Wallander. Trots allt måste det vara ett begränsat antal svarta människor som dagligen passerar svenska gränskontroller.

Wallander tackade Blomstrands hustru. De återvände till polishuset. En timme senare gick efterlysningen om den okände afrikanen ut över Sverige. Ungefär samtidigt hade polisen fått tag på en taxichaufför som samma morgon hämtat en afrikan vid parkeringsplatsen i änden av Hemmansvägen. Det hade varit efter det att bilen hade brunnit och bron varit blockerad. Wallander antog att afrikanen först hållit sig gömd utomhus några timmar. Taxichauffören hade kört mannen till centrala Kalmar. Där hade han betalat, stigit ur och försvunnit. Taxichauffören kunde inte ge något signalement. Mannen hade varit lång, muskulös, klädd i ljusa byxor, vit skjorta och en mörk jacka. Mer kunde han inte säga. Han hade talat engelska med taxichauffören.

Det hade blivit sent på eftermiddagen. Wallander kunde nu inte göra något mer i Kalmar. När de fick tag på den flyende afrikanen kunde den sista biten pusslas samman med de övriga.

Han fick erbjudande om att bli körd till Ystad, men tackade nej. Han ville vara ensam. Strax efter fem på eftermiddagen tog han farväl av Blomstrand, bad om ursäkt för att han så respektlöst tagit kommandot under några timmar mitt på dagen, och lämnade sedan Kalmar.

Han hade sett på en karta och kommit fram till att vägen över Växjö var kortast. Skogarna tycktes honom oändliga. Där fanns samma stumma bortvändhet som han upplevde inom sig själv. I Nybro stannade han och åt. Trots att han helst av allt ville glömma det som hände runt honom tvingade han sig att ringa till Kalmar för att höra om afrikanen ännu hade spårats. Svaret var negativt. Han satte sig i bilen och for vidare genom de oändliga skogarna. Han kom till Växjö och tvekade ett ögonblick om han skulle köra över Älmhult eller Tingsryd. Till slut valde han Tingsryd för att genast kunna vända bilen i sydlig riktning.

Det var när han hade passerat Tingsryd och svängt in på vägen mot Ronneby som älgen dök upp på vägen. I skymningens bleka ljus hade han inte upptäckt den. Alldeles för sent såg han den framför bilen. I ett kort förtvivlat ögonblick, med de skrikande bromsarna tjutande i öronen insåg han att han hade reagerat försent. Han skulle frontalkrocka med den stora älgtjuren och han hade inte ens säkerhetsbältet på sig. Men plötsligt gjorde tjuren helt om och utan att veta hur det gick till hade Wallander passerat djuret utan att vidröra det.

Han stannade vid vägkanten och satt alldeles stilla. Hjärtat slog vilt i bröstet och han andades stötvis och kände sig illamående. När han hade lugnat sig, steg han ur bilen och stod alldeles stilla i den tysta skogen. En hårsmån från döden ännu en gång, tänkte han. Nu har jag knappast några fribiljetter kvar i mitt liv. Han undrade hur det kom sig att han inte kände en jublande glädje över att som genom ett mirakel ha undgått att krossas av älgtjuren. Det han upplevde var snarast en känsla av oklar skuld och dåligt samvete. Den nerstämda tomhet han varit uppfylld av under morgonen när han suttit och druckit kaffe återkom. Helst av allt ville han lämna bilen där den stod och gå rakt in i skogen och försvinna spårlöst. Det skulle inte vara för att aldrig komma tillbaka, men tillräckligt länge för att återvinna balansen, bekämpa den känsla av svindel som de senaste veckornas händelser hade gett honom. Men han satte sig i bilen igen och for vidare mot söder, den här gången dock med säkerhetsbältet fastspänt. Han kom fram till huvudvägen mot Kristianstad och svängde västerut. Vid ett kafé som höll öppet dygnet runt stannade han vid niotiden och drack kaffe. Några lång-tradarchaufförer satt stumma vid ett bord, några ungdomar väsna-des vid ett elektroniskt spel. Wallander rörde inte sitt kaffe förrän det redan hade blivit kallt. Men han drack till slut upp det och gick tillbaka till sin bil.

Strax före midnatt svängde han in på gårdsplanen till sin fars hus. Hans dotter kom ut på trappan och mötte honom. Han log trött och sa att allt var bra. Sedan frågade han om det hade kommit något telefonsamtal från Kalmar. Hon skakade på huvudet. De en-da som hade ringt var några journalister som hade tagit reda på hans fars telefonnummer.

– Din lägenhet är redan reparerad, sa hon. Du kan flytta in igen.

– Det är bra, sa han.

Han undrade om han borde ringa till Kalmar. Men han var för trött. Han lät det bero till dagen efter.

Den natten satt de uppe länge och pratade. Men Wallander sa ingenting om den känsla av tungsinne han bar på. Tills vidare var det något han ville hålla för sig själv.

Sikosi Tsiki hade tagit snabbussen från Kalmar till Stockholm. Han hade följt Konovalenkos nödfallsinstruktioner och anlänt till Stockholm strax efter fyra på eftermiddagen. Hans plan till Lon-don skulle lämna Arlanda klockan sju. Eftersom han gick fel och inte hittade till flygbussarna tog han en taxi till Arlanda. Chauffören som var misstänksam mot utlänningar begärde betalt i förskott. Han hade gett honom en tusenlapp och sedan sjunkit ner i ett hörn av baksätet. Sikosi Tsiki hade ingen aning om att han var efterlyst vid samtliga svenska passkontroller. Han visste bara att han skulle resa ut ur landet som svensk medborgare, Leif Larson, ett namn som han mycket fort hade lärt sig att uttala. Han var alldeles lugn eftersom han litade på Konovalenko. Han hade passerat bron i taxin och sett att någonting hade hänt. Men han tänkte att Konovalenko med all säkerhet lyckats oskadliggöra den okände man som hade befunnit sig i trädgården på morgonen.

Sikosi Tsiki fick sin växel vid Arlanda och skakade på huvudet åt frågan om han ville ha ett kvitto. Han gick in i avgångshallen, checkade in och stannade vid en tidningskiosk på väg till passkontrollen för att köpa några engelska tidningar.

Om han inte hade stannat vid tidningskiosken hade han blivit fast vid passkontrollen. Men just under de minuter han höll på att välja ut och betala sina tidningar, bytte två skift av varandra i passkontrollen. Den ene av passpoliserna passade på att gå till toaletten. Den andra, en flicka vid namn Kerstin Anderson, hade just denna dag varit kraftigt försenad till Arlanda. Hon hade fått fel på sin bil och kommit med andan i halsen. Hon var plikttrogen och ambitiös och i vanliga fall var hon ute i god tid för att hinna gå igenom de observationsmeddelanden som kommit under dagen, samtidigt som hon repeterade de efterlysningar som fanns från tidigare. Nu hann hon inte göra det och Sikosi Tsiki passerade passkontrollen med sitt svenska pass och sitt leende ansikte utan besvär. Dörren slog igen bakom honom samtidigt som Kerstin Andersons kollega kom tillbaka från toaletten.

– Är det nåt speciellt vi ska se efter ikväll? frågade Kerstin Anderson.

– En svart sydafrikan, svarade hennes kollega.

Hon mindes afrikanen som just passerat. Men han hade varit svensk. Först klockan tio kom kvällsskiftets chef och undrade om allt var lugnt.

– Glöm inte den där afrikanen, sa han. Vi vet inte alls vad han heter eller vilken sorts pass han reser ut på.

Kerstin Anderson kände att det högg till i magen.

– Han var ju sydafrikan, sa hon till sin kollega.

– Förmodligen, svarade hennes chef. Men därmed inte sagt vad han har för nationalitet när han försöker lämna Sverige.

Hon berättade genast vad som hade hänt några timmar tidigare. Efter en stunds hektisk aktivitet kom man fram till att afrikanen med det svenska passet hade flugit med BEA till London klockan sju.

Planet hade varit exakt på tid vid sin avgång. Det hade redan landat i London och passagerarna hade passerat kontrollerna. I London hade Sikosi Tsiki under tiden rivit sönder sitt svenska pass och spolat ner resterna på en toalett. Från och med nu var han den zambiske medborgaren Richard Motombwane. Eftersom han var i transit hade han inte passerat passkontrollen vare sig med sitt svenska eller zambiska pass. Han hade dessutom två olika biljetter. Eftersom han inte hade skickat något bagage hade flickan vid incheckningen i Sverige bara sett hans biljett till London. Vid transitdisken på Heathrow visade han sin andra biljett, till Lusaka. Den första biljetten hade han spolat ner tillsammans med resterna av passet.

Halv tolv lyfte Zambia Airways DC-10 Nkowazi med destination Lusaka. Dit anlände Tsiki klockan halv sju på lördagsmorgonen. Han tog en taxi in till staden och köpte biljett hos SAA till eftermiddagens flyg till Johannesburg. Hans platsbokning var gjord tidigare. Den här gången reste han som sig själv, Sikosi Tsiki. Han återvände till Lusakas flygplats, checkade in och åt sedan lunch i avgångshallens restaurang. Klockan tre gick han ombord och strax före fem landade hans plan på Jan Smuts-flygplatsen utanför Johannesburg. Han blev mött av Malan som körde honom direkt till Hammanskraal. Han visade Sikosi Tsiki insättningskvittot på den halva miljon rand som utgjorde den näst sista delen av betalningen. Sedan lämnade han honom ensam med besked om att han skulle återkomma dagen efter. I mellantiden fick Tsiki inte lämna huset eller det inhägnade gårdsområdet. När Sikosi Tsiki blivit ensam tog han ett bad. Han var trött men nöjd. Resan hade gått utan problem. Det enda han undrade över var vad som hade hänt med Konovalenko. Däremot kände han ingen större nyfikenhet över att snart få veta vem det egentligen var han fick så mycket betalt för att skjuta. Kunde verkligen en enskild människa vara värd så mycket pengar, tänkte han. Men han lät frågan bero. Före midnatt hade han krupit ner mellan svala lakan och somnat.

På lördagsmorgonen den 23 maj hände två saker nästan samtidigt. I Johannesburg blev Jan Kleyn frisläppt. Scheepers meddelade honom dock att han kunde förvänta sig att bli inkallad till nya förhör.

Han stod i ett fönster och såg Jan Kleyn och hans advokat Kritzinger på väg till sina bilar. Scheepers hade begärt bevakning av honom dygnet runt. Han förutsatte att Jan Kleyn räknade med den åtgärden och tänkte att det åtminstone skulle tvinga honom till passivitet.

Han hade inte lyckats pressa ur Kleyn några som helst uppgifter som hade gjort att bilden klarnat när det gällde Kommittén. Däremot kände sig Scheepers nu säker på att den verkliga attentatsplatsen var Durban den 3 juli och inte Kapstaden den 12 juni. Varje gång han hade återkommit till anteckningsboken hade Jan Kleyn visat tecken på nervositet och Scheepers ansåg det omöjligt för en människa att förställa sig till fysiska reaktioner som svettning och skakande händer.

Han gäspade. Han skulle bli glad när det hela var över. Samtidigt insåg han att möjligheten att Wervey skulle bli nöjd över hans insats hade ökat.

Han tänkte plötsligt på den vita lejoninnan som hade legat vid floden i månljuset.

Snart skulle de ha tid att besöka henne igen.

Ungefär samtidigt som Jan Kleyn lämnade sitt häkte på södra halvklotet, satte sig Kurt Wallander i sin stol bakom skrivbordet på polishuset i Ystad. Han hade mottagit gratulationer och välgångsönskningar av de kollegor som fanns på plats denna tidiga lördagsmorgon. Han hade lett sitt skeva leende och mumlat något ohörbart som svar. När han kom till sitt rum hade han stängt dörren om sig och lagt av telefonluren. Han hade en känsla i kroppen som om han hade druckit sig berusad kvällen innan, trots att han inte smakat en droppe alkohol. Han hade en känsla av ruelse. Hans händer darrade. Dessutom svettades han. Det tog honom nästan tio minuter att mobilisera så mycken kraft att han orkade ringa till kalmarpolisen. Blomstrand tog emot hans samtal och kunde ge honom det nedslående beskedet att den efterspanade afrikanen förmodligen slunkit ur landet kvällen innan på Arlanda.

– Hur är det möjligt? frågade Wallander upprört.

– Slarv och otur, svarade Blomstrand och gav honom ett referat av hur det hade gått till.

– Varför anstränger man sig överhuvudtaget? undrade han när Blomstrand tystnat.

– En bra fråga, svarade Blomstrand. Uppriktigt talat så undrar jag ofta själv över det.

Wallander avslutade samtalet och lät luren ligga av. Han öppnade fönstret och stod och lyssnade på en fågel som sjöng i ett träd utanför. Det skulle bli en varm dag. Snart var det första juni. Hela maj hade gått utan att han egentligen hade märkt att träden slagit ut, blommor skjutit upp ur jorden och dofterna mognat.

Han satte sig vid skrivbordet igen. Det var en uppgift han inte kunde uppskjuta till kommande vecka. Han skruvade i ett papper i skrivmaskinen, tog ner sitt engelska lexikon och började långsamt skriva en kortfattad rapport till okända kollegor i Sydafrika. Han beskrev det han visste om det planerade attentatet och berättade utförligt om Victor Mabasha. När han nådde fram till slutet av Victor Mabashas liv satte han nytt papper i skrivmaskinen. Han fortsatte att skriva, det tog honom sammanlagt en timme och han slutade med det viktigaste, att en annan man, med namnet Sikosi Tsiki, hade utsetts som ersättare. Han hade tyvärr lyckats ta sig ut ur Sverige. Det kunde antas att han var på väg tillbaka till Sydafrika. Han skrev vem han var, letade reda på svenska Interpolsektionens telexnummer och bad dem höra av sig om de behövde ytterligare informationer. Sedan lämnade han in telexet i receptionen och sa att det ovillkorligen måste skickas till Sydafrika redan samma dag.

Därefter gick han hem. För första gången sedan explosionen steg han över tröskeln igen.

Han kände sig främmande inför sin egen lägenhet. De rökskadade möblerna stod i en hög med plastskynken över sig. Han drog fram en stol och satte sig ner.

Det var kvavt.

Han undrade hur han skulle kunna komma över allt som hade hänt.

Samtidigt hade hans original till telexmeddelande nått Stockholm. En ovan vikarie sattes att skicka meddelandet till Sydafrika. På grund av tekniska problem och slarvig kontroll blev den andra si-

dan av Wallanders rapport liggande kvar. Det innebar att den syd-
afrikanska polisen denna kväll, den 23 maj, fick besked om att en
attentatsman vid namn Victor Mabasha var på väg till Sydafrika.
De mottagande poliserna vid Interpol i Johannesburg ställde sig
frågande inför det egendomliga budskapet. Det saknade under-
skrift och slutade mycket abrupt. De hade dock fått besked av
kommissarie Borstlap om att alla telex från Sverige genast skulle
sändas över till hans kontor. Eftersom telexet kom till Johannes-
burg sent på lördagskvällen fick han det inte i sin hand förrän på
måndagen. Han kontaktade genast Scheepers.

Bekräftelsen hade kommit på det som stått i brevet från den
hemlighetsfulle Steve.

Mannen de sökte hette Victor Mabasha.

Scheepers tyckte även han att telexet var egendomligt avhugget
och han reagerade över att det saknade underskrift. Men eftersom
det bara innebar en bekräftelse på något han redan hade informa-
tioner om lät han det bero.

Från och med nu koncentrerade de alla resurser i jakten på Vic-
tor Mabasha. Landets samtliga gränsstationer larmades. De var
beredda.

33

Samma dag han blev frisläppt av Georg Scheepers ringde Jan Kleyn
från sitt hus i Pretoria till Franz Malan. Han var övertygad om att
hans telefoner var avlyssnade. Men han hade ytterligare en linje
som ingen kände till, annat än underrättelsetjänstens specielle be-
vakare av säkerhetsmässigt känsliga kommunikationscentraler i
Sydafrika. Det fanns ett antal uppkopplade telefoner som officiellt
inte existerade.

Franz Malan blev överraskad. Han visste inte att Jan Kleyn hade
blivit släppt samma dag. Eftersom det fanns all anledning att utgå
från att även Malans telefon var avlyssnad använde sig Kleyn av ett
på förhand avtalat kodord för att hindra Malan från att säga något
som inte borde framföras i telefon. Det hela var kamouflerat som
en felringning. Jan Kleyn frågade efter Horst, bad sen om ursäkt
och la på. Franz Malan kontrollerade betydelsen i sin speciella
kodlista. Två timmar efter uppringningen skulle han ta kontakt
från en bestämd telefonkiosk till en annan offentlig telefon.

Jan Kleyn var ytterst angelägen om att omedelbart orientera sig
om vad som hade skett medan han suttit i förhör. Franz Malan
måste också inse att han även i fortsättningen skulle bära huvud-
ansvaret. Jan Kleyn betvivlade inte sin förmåga att skaka av sig
skuggor. Men ändå var risken för stor för att han personligen skul-
le våga ta kontakt med Franz Malan eller besöka Hammanskraal
där Sikosi Tsiki antagligen redan fanns eller dit han snart skulle
komma.

När Jan Kleyn körde ut genom sin grind hade det inte tagit ho-
nom många minuter att identifiera sin skugga i en bil bakom sig.
Han visste att det även fanns en bil framför honom. Men just nu
brydde han sig inte om det. Att han stannade vid en telefonkiosk
och ringde skulle naturligtvis göra dem nyfikna. Det skulle rappor-
teras. Men de skulle aldrig få reda på vad som sas.

Jan Kleyn blev överraskad över att Sikosi Tsiki redan hade an-
länt. Samtidigt undrade han över varför Konovalenko inte hade
hört av sig. I deras gemensamma kontrollplan fanns avtalat att
Konovalenko skulle motta en bekräftelse på att Sikosi Tsiki verk-

ligen kommit fram. Den kontrollen skulle ske senast tre timmar efter den antagna ankomsttiden. Jan Kleyn gav Franz Malan några korta besked. De avtalade dessutom att ringa från två andra, på förhand bestämda telefonkiosker dagen efter. Jan Kleyn försökte höra om Franz Malan på något sätt verkade orolig i telefonen. Men han uppfattade ingenting förutom Malans vanliga, lätt nervösa sätt att uttrycka sig.

När samtalet var över åkte han och åt lunch på en av de dyraste restaurangerna i Pretoria. Han tänkte belåten att det skulle svida när hans skugga presenterade sin räkning för Scheepers. Han kunde se mannen vid ett bord i den andra änden av lokalen. Någonstans i bakhuvudet hade Jan Kleyn redan bestämt sig för att Scheepers var ovärdig att leva vidare i det Sydafrika som inom något år åter skulle vara välordnat och troget sina gamla riktlinjer, en gång skapade och därefter alltid försvarade av ett väl sammanhållet boerfolk.

Men det fanns ögonblick då Jan Kleyn överfölls av den fruktansvärda tanken att det hela var dödsdömt. Det fanns ingen väg tillbaka. Boerna hade förlorat, deras gamla land skulle i framtiden komma att styras av svarta som inte längre skulle tillåta att de vita levde sina privilegierade liv. Det var en sorts negativ klarsyn som han hade svårt att värja sig mot. Men snart hade han återvunnit sin självkontroll. Det var bara en kort stunds svaghet, tänkte han. Jag har låtit mig påverkas av den ständigt negativa inställningen hos sydafrikaner med engelskt påbrå mot oss *boere*. De vet att det är vi som är det här landets egentliga själ. Det av historien och Gud utvalda folket på den här kontinenten är vi och inte de, därav den oheliga avunden de inte förmår att bli fria ifrån.

Han betalade för sin måltid, gick med ett leende förbi bordet där hans skugga satt, en liten överviktig man som svettades kraftigt, och körde sedan hem. I backspegeln kunde han se hur hans skugga ersattes av en ny. När han hade ställt in bilen i garaget fortsatte han sin metodiska analys av vem det var som hade svikit honom och försett Scheepers med upplysningar.

Han hällde upp ett litet glas portvin och satte sig i sitt vardagsrum. Han drog för gardinerna och släckte alla lampor utom en diskret tavelbelysning. Han tänkte alltid bäst i dunkelt upplysta rum.

Dagarna med Scheepers hade gjort honom än mer hatisk mot

den nuvarande oordningen i landet. Han kunde inte komma ifrån att det var en förödmjukelse att han, som överordnad, betrodd och lojal tjänsteman inom underrättelsetjänsten, skulle anhållas som misstänkt för samhällsomstörtande verksamhet. Det han bedrev var raka motsatsen. Utan hans eget och Kommitténs hemliga arbete skulle risken för det nationella sammanbrottet vara en verklig och ingen inbillad risk. När han nu satt med sitt portvin var han än mer bestämd än tidigare på att Nelson Mandela måste dö. Han såg det inte längre som ett attentat utan som en avrättning enligt den oskrivna lagstiftning han företrädde.

Det fanns ytterligare ett oroande inslag som bidrog till hans upprördhet. Han hade från det ögonblick hans betrodde vaktmästare vid presidentens personliga stab hade ringt honom insett att det var någon som måste ha gett Scheepers informationer som egentligen borde ha varit omöjliga för honom att få tag på. Någon i hans närhet hade helt enkelt förrått honom. Han var tvungen att mycket snart ta reda på vem det var. Det som ännu mer ökade hans oro var det faktum att Franz Malan inte kunde uteslutas som skyldig. Vare sig han eller någon annan i Kommittén. Frånsett dessa män fanns det möjligen två, kanske tre av hans medarbetare inom underrättelsetjänsten som kunde ha forskat i hans liv och av okända skäl hade bestämt sig för att lämna ut honom.

Han satt i dunklet och tänkte på var och en av dessa män, sökte bland sina minnen efter ledtrådar, men utan att hitta någonting.

Han arbetade med en blandning av intuition, fakta och slutlig eliminering. Han frågade sig vem som hade någonting att vinna på att utlämna honom, vem som tyckte så illa om honom att hämnden kunde vara värd risken att bli avslöjad. Han reducerade gruppen tänkbara personer från sexton till åtta. Sedan började han om igen och för varje gång blev det färre tänkbara kandidater kvar.

Till sist hade han ingen. Hans fråga hade förblivit obesvarad.

Och det var då som han för första gången tänkte att det kunde vara Miranda. Det var först då det inte fanns någon annan som tvånget att överväga även henne infann sig. Tanken gjorde honom upprörd. Den var förbjuden, omöjlig. Men ändå fanns misstanken där, den var ofrånkomlig och han var tvungen att konfrontera henne med den. Han förutsatte att misstanken var orättvis. Eftersom han var säker på att hon inte kunde ljuga för honom utan att han genast märkte det, skulle det vara över så fort han hade talat med henne. Han måste skaka av sig sina skuggor någon av de närmaste dagarna och besöka henne och Matilda i Bezuidenhout. Lösningen fanns bland de människor som stod på den lista han nyss gått igenom. Det var bara det att han fortfarande inte hade hittat lösningen. Han sköt undan tankar såväl som papper och började i stället ägna sig åt sin myntsamling. Att betrakta de olika myntens skönhet och föreställa sig deras värde ingav honom alltid en känsla av lugn. Han tog upp ett gammalt blänkande mynt av guld. Det var en tidig Krugerrand och det hade samma tidlösa beständighet som boernas traditioner. Han vände det mot skrivbordslampan och såg att det hade fått en liten, nästan osynlig smutsfläck. Han tog den väl sammanvikta putsduken och gnuggade försiktigt på den gula ytan tills myntet åter började blänka.

Tre dagar efteråt, sent på onsdagseftermiddagen, besökte han Miranda och Matilda i Bezuidenhout. Eftersom han inte ville att hans skuggor ens skulle kunna följa honom till Johannesburg hade han bestämt sig för att befria sig från dem redan inne i Pretorias centrum. Några enkla undanmanövrer var tillräckliga för att göra sig av med Scheepers utsända. Även om han hade skakat av sig skuggorna höll han noga uppsikt i backspegeln när han for på motorvägen till Johannesburg. Han gjorde också flera kontrollvarv inne i Johannesburgs affärscentrum för att försäkra sig om att han inte hade misstagit sig. Först därefter svängde han in på de gator som ledde honom till Bezuidenhout. Det var mycket ovanligt att han besökte dem mitt i veckan och dessutom utan att först ha gett besked. Det skulle bli en överraskning för dem. Strax innan han kom fram stannade han vid en matvaruaffär och handlade för en gemensam middag. Klockan var ungefär halv sex när han svängde in på den gata där huset låg.

Först trodde han att han såg fel.

Sedan insåg han att det var från Mirandas och Matildas grind en man just kom ut på trottoaren.

En svart man.

Han bromsade in vid trottoaren och såg mannen komma gående i hans riktning men på den motsatta trottoaren. Han fällde ner de två solskydden för framrutan för att själv inte synas. Sedan betraktade han mannen.

Plötsligt kände han igen honom. Det var en man som han under lång tid hade haft under uppsikt. Utan att någonsin ha lyckats bekräfta sina misstankar hade underrättelsetjänsten en klar åsikt om att han tillhörde en grupp inom ANC:s mest radikala fraktion som antogs ligga bakom ett antal bombattentat mot affärshus och restauranger. Han kallade sig omväxlande för Martin, Steve eller Richard.

Jan Kleyn såg mannen passera förbi och försvinna.

Han var alldeles stel. I hans huvud rådde en förvirring som det tog tid att reda ut. Men nu fanns ingen återvändo längre, de misstankar han vägrat ta på allvar hade varit verkliga. När han uteslutit den ene efter den andre och till sist inte hade haft någon kvar hade han tänkt rätt. Där fanns bara Miranda. Det var sant och obegripligt på en och samma gång. Ett kort ögonblick behärskades han helt av sorg. Sedan kom kylan. Det var som om termometern hastigt föll inom honom när ursinnet växte fram. På ett ögonblick slog kärleken om till hat. Det gällde Miranda, inte Matilda, för henne betraktade han som oskyldig, också hon var ett offer för sin mors förräderi. Han kramade händerna hårt runt ratten. Han betvingade sin lust att köra fram till huset, slå in dörren och se Miranda i ögonen för sista gången. Han skulle inte närma sig huset förrän han på ytan var alldeles lugn. Okontrollerad upprördhet avslöjade svaghet. Det ville han varken visa upp för Miranda eller sin dotter.

Jan Kleyn kunde inte förstå. I hans liv hade varje handling sin bestämda utgångspunkt och syfte. Varför hade då Miranda förrått honom? Varför riskerade hon det goda liv han hade gett henne och deras gemensamma dotter?

Han kunde inte förstå. Och det han inte förstod gjorde honom arg. Han hade vigt sitt liv åt att bekämpa oordning. Däri inbegrep han också allt det som var oklart. Det han inte förstod måste bekämpas på samma sätt som andra orsaker till samhällets tilltagande förvirring och förfall.

Han blev länge sittande i bilen. Mörkret föll. Först när han var alldeles lugn körde han fram till huset. Han såg en svag rörelse bakom gardinen för det stora fönstret i vardagsrummet. Han tog matpåsarna och gick in genom grinden.

Han log mot henne när hon öppnade. I ögonblick, så korta att han nästan inte hann uppfatta dem, kunde han önska att det bara hade varit inbillning. Men han visste nu vad som var sant och han ville veta vad som låg bakom.

Dunklet i rummet gjorde det svårt att urskilja hennes mörka ansikte.

– Jag kommer på besök, sa han. Jag tänkte överraska er.

– Det har aldrig hänt tidigare, svarade hon.

Han tyckte hennes röst lät sträv och främmande. Han önskade han kunde sett henne tydligare. Anade hon att han hade sett mannen som lämnat huset?

I samma ögonblick kom Matilda ut från sitt rum. Hon såg på honom utan att säga någonting. Hon vet, tänkte han. Hon känner till att hennes mor har förrått mig. Hur ska hon kunna skydda henne annat än genom tystnad?

Han ställde ifrån sig matpåsarna och tog av sig sin jacka.

– Jag vill att du går, sa hon.

Först trodde han att han hade hört fel. Han vände sig om med jackan i handen.

– Ber du mig att gå? sa han.

– Ja.

Han såg ett ögonblick på sin jacka innan han släppte den på golvet. Sedan slog han till henne, med full kraft, rakt i ansiktet. Hon förlorade balansen men inte medvetandet. Innan hon hann resa sig upp av egen kraft hade han gripit tag i hennes blus och slitit upp henne från golvet.

– Du ber mig om att gå, sa han och andades tungt. Om det är nån som ska gå är det du. Men du ska inte gå nånstans.

Han drog med sig henne in i vardagsrummet och stötte ner henne i soffan. Matilda gjorde en ansats för att hjälpa sin mor men han röt åt henne att låta bli.

Han satte sig i en stol mitt emot henne. Dunklet i rummet gjorde honom plötsligt åter ursinnig. Han sprang upp från stolen och tände alla lampor som fanns. Då såg han att hon blödde både ur näsan och munnen. Han satte sig ner i stolen igen och stirrade på henne.

– En man kom ut från ditt hus, sa han. En svart man. Vad gjorde han här?

Hon svarade inte. Hon såg inte ens på honom. Blodet som rann och droppade brydde hon sig heller inte om.

Han tänkte att det var meningslöst. Vad hon än hade sagt eller gjort så hade hon förrått honom. Vägen slutade i detta ögonblick. Det fanns ingen fortsättning. Vad han skulle göra med henne visste han inte. Han kunde inte föreställa sig en hämnd som var tillräckligt bestraffande. Han såg på Matilda. Fortfarande var hon alldeles orörlig. Hon hade ett uttryck i ansiktet som han aldrig tidigare hade sett. Han kunde inte säga vad det var. Också det gjorde honom osäker. Sedan upptäckte han att Miranda såg på honom.

– Nu vill jag att du går, sa hon igen. Och jag vill inte att du nånsin söker upp mig igen. Det är ditt hus. Du kan stanna så flyttar vi.

Hon utmanar mig, tänkte han. Hur vågar hon? Åter kände han ursinnet. Han tvingade sig att inte slå henne igen.

– Ingen ska gå, sa han. Jag vill bara att du berättar.

– Vad är det du vill höra?

– Vem du har talat med. Om mig. Vad du har sagt. Och varför.

Hon såg honom rakt i ögonen. Blodet under näsan och på hakan hade redan svartnat.

– Jag har berättat om vad jag har hittat i dina fickor när du har sovit här. Jag har lyssnat till det du sagt i sömnen och jag har skrivit upp det. Kanske har det saknat värde. Men jag hoppas att det leder till din undergång.

Hon hade talat med den främmande, sträva rösten. Nu insåg han att det var hennes verkliga stämma, den hon tidigare använt under alla år hade varit förställning. Allt hade varit det, ingenstans kunde han längre se någon sanning i deras förhållande.

– Vad hade du varit utan mig? sa han.

– Kanske död, svarade hon. Men kanske också lycklig.

– Du hade levt i slummen.

– Vi hade kanske varit med om att riva den.

– Blanda inte in min dotter i det här.

– Du är far till ett barn, Jan Kleyn. Men du har ingen dotter. Du har ingenting annat än din egen undergång.

Det stod ett askfat av glas på bordet mellan dem. Nu när han inte hade några ord längre grep han det och slungade det med all kraft mot hennes huvud. Hon hann böja sig undan. Askfatet blev liggande bredvid henne i soffan. Han hoppade upp från stolen, vräkte undan bordet, tog askfatet och lyfte det över hennes huvud. I samma ögonblick hörde han ett väsande ljud, som från ett djur. Han såg på Matilda som hade klivit fram ur bakgrunden. Hon väste mellan hopbitna tänder, han kunde inte höra vad hon sa, men han såg att hon hade ett vapen i handen.

Sedan sköt hon. Hon träffade honom mitt i bröstkorgen och han levde bara någon minut efter det att han blivit liggande på golvet.

De stod och såg på honom, kunde han urskilja genom blicken som blev alltmer oklar. Han försökte säga någonting, försökte hålla fast livet som rann ur honom. Men det fanns ingenting att hålla i. Det fanns ingenting.

Miranda kände ingen lättnad, men heller ingen rädsla. Hon såg på sin dotter som hade vänt ryggen till den döde. Miranda tog pistolen ur hennes hand. Sedan gick hon och ringde till den man som hade besökt dem och som hette Scheepers. Hon hade tidigare slagit upp hans telefonnummer och lagt lappen bredvid telefonen. Nu förstod hon varför hon hade gjort det.

Det var en kvinna som svarade med sitt namn, Judith. Hon kallade på sin man som strax kom till telefonen. Han lovade att genast komma till Bezuidenhout, och han bad henne att inte göra någonting annat än att vänta.

Han förklarade för Judith att middagen måste vänta. Men han sa inte varför och hon betvingade lusten att fråga. Snart skulle hans speciella uppdrag vara över, hade han förklarat så sent som dagen innan. Sedan skulle allt vara som vanligt igen, och de skulle återvända till Krugerparken och se om den vita lejoninnan fanns kvar och om de fortfarande var rädda för henne. Han ringde till Borstlap, prövade olika nummer innan han till slut lyckades spåra honom. Han gav adressen men bad honom att inte gå in förrän han själv hade kommit.

När han kom till Bezuidenhout stod Borstlap utanför sin bil och väntade. Miranda öppnade dörren. De gick in i vardagsrummet. Scheepers la handen på Borstlaps axel. Ännu hade han inte sagt någonting.

– Den man som ligger död därinne är Jan Kleyn, sa han.

Borstlap betraktade honom förvånat och väntade på en fortsättning som aldrig kom.

Jan Kleyn var död. Hans blekhet var mycket påfallande, liksom hans magra, nästan utmärglade ansikte. Scheepers försökte bestämma sig för om det var en ond eller tragisk historia han nu såg slutet på. Men han hade inget svar ännu.

– Han slog mig, sa Miranda. Jag sköt honom.

När hon sa det råkade Scheepers ha Matilda i synfältet. Han såg att hon blev förvånad över sin mors ord. Scheepers insåg att det var hon som hade dödat honom, skjutit sin far. Att Miranda hade blivit slagen kunde han se på hennes blodiga ansikte. Hade Jan Kleyn hunnit förstå? tänkte han. Att han skulle dö och att det var hans dotter som höll i det sista vapen som någonsin skulle riktas mot honom?

Han sa ingenting utan nickade åt Borstlap att följa med honom ut i köket. Han drog igen dörren bakom dem.

– Jag bryr mig inte om hur du gör, sa han. Men jag vill att du för bort kroppen härifrån och får det att se ut som ett självmord. Jan Kleyn har suttit i förhör. Det har kränkt honom. Han har försvarat sin heder genom att ta livet av sig. Det får duga som motiv. Att tysta ner händelser som har med underrättelsetjänsten att göra brukar heller inte vara svårt. Jag vill att du sköter det här redan ikväll eller inatt.

– Jag riskerar min ställning, sa Borstlap.

– Du har mitt ord på att du inte riskerar nånting, svarade Scheepers.

Borstlap betraktade honom länge.

– Vilka är dessa kvinnor? frågade han.

– Några du aldrig har träffat, svarade Scheepers.

– Det gäller naturligtvis Sydafrikas säkerhet, sa Borstlap och Scheepers uppfattade hans trötta ironi.

– Ja, svarade han. Det är just den det gäller.

– Ännu en lögn som tillverkas, sa Borstlap. Vårt land är ett löpande band där lögner framställs, dygnet runt. Vad kommer egentligen att hända när allt det här faller samman?

– Varför försöker vi förhindra ett attentat? sa Scheepers.

Borstlap nickade långsamt.

– Jag ska göra det, sa han.

– Ensam.

– Ingen kommer att se mig. Jag lämnar kroppen ute. Dessutom kan jag se till att det är jag själv som får hand om utredningen.

– Jag ska berätta för dom, sa Scheepers. Dom kommer att öppna när du kommer tillbaka.

Borstlap lämnade huset.

Miranda hade lagt ett lakan över Jan Kleyns kropp. Scheepers kände sig plötsligt trött på alla lögner som omgav honom, lögner som också delvis fanns inom honom själv.

– Jag vet att det var din dotter som sköt honom, sa han. Men det spelar ingen roll. Åtminstone inte för mig. Om det gör det för er så kan jag inte hjälpa er med det. Men kroppen kommer att försvinna inatt. Polismannen som var med mig hämtar den. Han kommer att kalla det självmord. Ingen får veta vad som egentligen hände. Den garantin kan jag ge.

Scheepers såg en glimt av förvånad tacksamhet i Mirandas ögon.

– På sätt och vis kanske det var självmord, sa han. En man som lever som han kan kanske inte räkna med nåt annat slut.

– Jag kan inte ens gråta över honom, sa Miranda. Det finns ingenting.

– Jag hatade honom, sa Matilda plötsligt.

Scheepers såg att hon grät.

Att döda en människa, tänkte han. Hur mycket man än hatar, eller gör det i den yttersta förtvivlan, så uppstår en spricka i själen som aldrig helt kan läkas. Dessutom var han hennes far, den hon inte valde, men den hon heller inte kunde välja bort.

Han stannade inte länge eftersom han förstod att de behövde varandra mer än någonting annat. Men när Miranda bad honom att komma tillbaka lovade han att göra det.

– Vi flyttar härifrån, sa hon.

– Vart?

Hon slog ut med händerna.

– Det kan jag inte bestämma själv. Kanske det är bättre att Matilda får välja?

Scheepers for hem och åt middag. Han var tankfull och frånvarande. När Judith frågade hur länge till det speciella uppdraget skulle fortsätta fick han dåligt samvete.

– Snart är det över, sa han.

Strax före midnatt ringde Borstlap.

– Jag vill bara meddela dig att Jan Kleyn har begått självmord, sa han. Han kommer att återfinnas imorgon bitti på en parkeringsplats mellan Johannesburg och Pretoria.

Vem är det nu som är den starke mannen? tänkte Scheepers när samtalet var över. Vem är det nu som dirigerar Kommittén?

Kommissarie Borstlap bodde i en villa i stadsdelen Kensington, en av Johannesburgs äldsta. Han var gift med en sjuksköterska som hade ständig nattjänst på den största arméförläggningen i staden. Eftersom de hade tre vuxna barn tillbringade Borstlap de flesta vardagskvällarna ensam i huset. För det mesta var han så trött när han kom hem att han inget annat orkade än att se på teve. Då och då gick han ner i ett litet verkstadsutrymme som han hade ordnat för sig själv i källaren. Där satt han och klippte siluetter. Han hade lärt sig konsten av sin far, men han hade aldrig lyckats bli lika skicklig som denne. Ändå var det en vilsam sysselsättning, att försiktigt men ändå bestämt klippa ansiktsformer i den svarta mjukpappen. Just den här kvällen, när han hade forslat Jan Kleyn till den dåligt upplysta parkeringsplatsen, som han för övrigt kände till efter ett mord som nyligen skett där, hade han haft svårt att koppla av när han kommit hem. Han hade satt sig för att klippa siluetter av sina barn, samtidigt som han tänkte på de senaste dagarnas arbete tillsammans med Scheepers. Det första han tänkte var att han trivdes med den unge åklagaren. Scheepers var intelligent och energisk, och hade dessutom fantasi. Han lyssnade på vad andra sa till honom och erkände genast när han hade tänkt eller gjort något fel. Men Borstlap undrade vad det var som han egentligen höll på med. Så mycket förstod han att det var allvarligt, en sammansvärjning, ett utfäst mord på Nelson Mandela som måste förhindras. Men därutöver fanns många luckor i hans kunskaper. Han anade en mäktig konspiration utan att veta vilka som var inblandade utom Jan Kleyn. Ibland hade han en känsla av att han deltog i utredningen med förbundna ögon. Det hade han också sagt till Scheepers som svarat att han förstod. Men det fanns ingenting han kunde göra. Hans mandat var begränsat när det gällde att bryta den sekretess han arbetade under.

När det egendomliga telexet från Sverige hade legat på hans bord på måndagsmorgonen hade Scheepers utvecklat en omedelbar och intensiv energi. De hade efter ett par timmar hittat Victor Mabasha i registren och känt spänningen öka när de insåg att han vid flera tillfällen varit misstänkt för att vara en lönnmördare som utfört beställningslikvidationer. Han hade aldrig blivit fälld. Mellan raderna i de rapporter där han förekom förstod de att han var mycket intelligent och alltid omgav sina gärningar med skickligt anlagda kamouflage och säkerhetsanordningar. Hans senast kända bostadsort var Ntibane utanför Umtata, inte långt från Durban. Det hade genast ökat värdet av den indikation som talat för att Durban den 3 juli var det datum som gällde. Borstlap hade omedelbart kontaktat sina kollegor i Umtata som kunde bekräfta att de ständigt höll ögonen på Victor Mabasha. Samma eftermiddag hade Scheepers och Borstlap kört dit. Med hjälp av några spanare bestämdes ett tillslag mot Victor Mabashas hus till tidigt i gryningen på tisdagen. Men huset hade varit övergivet, Scheepers hade haft besvär med att dölja sin besvikelse, och Borstlap hade haft svårt att se hur de skulle komma vidare. De hade återvänt till Johannesburg och mobiliserat alla tillgängliga resurser för att spåra honom. Scheepers och Borstlap hade enats om att den officiella förklaringen tills vidare fick vara att Victor Mabasha var efterlyst för ett antal grova våldtäkter på vita kvinnor i Transkeiprovinsen.

Det utgick också kraftiga förmaningar om att ingenting om Victor Mabasha fick komma ut till massmedia. De arbetade under de här dagarna praktiskt taget dygnet runt. Men de hade ännu inte funnit några spår efter den man de sökte. Och nu var Jan Kleyn borta.

Borstlap la gäspande ifrån sig siluettsaxen och sträckte på sig.

Dagen efter skulle de få börja om från början, tänkte han. Men fortfarande hade de dock tid, antingen det var den 12 juni eller den 3 juli som gällde.

Borstlap var inte lika säker som Scheepers på att spåret som talade för Kapstaden var ett sken som de skulle låta sig bedras av. Han tänkte att han nog borde förhålla sig som djävulens advokat till Scheepers slutsatser, och hålla ett vakande öga även på spåret som ledde till Kapstaden.

Torsdagen den 28 maj, träffades Borstlap och Scheepers klockan åtta.

– Jan Kleyn blev funnen strax efter sex i morse, sa Borstlap. Det var en bilist som hade stannat för att urinera. Dom meddelade genast polisen. Jag talade med den radiobil som först var där ute. Han sa att det var ett tydligt självmord.

Scheepers nickade. Han insåg att han hade gjort ett gott val när han hade begärt att få kommissarie Borstlap som medarbetare.

– Det är två veckor till den 12 juni, sa han. Drygt en månad till den 3 juli. Vi har med andra ord fortfarande tid att spåra upp Victor Mabasha. Jag är inte polis. Men jag antar att det måste anses vara god tid.

– Det beror på, sa Borstlap. Victor Mabasha är en erfaren förbrytare. Han kan hålla sig osynlig i lång tid. Han kan gömma sig i en town-ship och då kommer vi aldrig att hitta honom.

– Vi måste, avbröt Scheepers. Glöm inte att mina befogenheter ger mig möjlighet att begära praktiskt taget hur mycket resurser som helst.

– Det är inte så vi hittar honom, sa Borstlap. Du kan låta armén omringa Soweto och sen skicka in fallskärmsjägare. Du hittar honom inte i alla fall. Däremot får du ett uppror på halsen.

– Vad anser du? frågade Scheepers.

– En diskret belöning på femti tusen rand, sa Borstlap. En lika diskret antydan till den kriminella världen om att vi är beredda att betala för att få tag på Victor Mabasha. Det kan ge oss en möjlighet att hitta honom.

Scheepers såg skeptiskt på honom.

– Är det så polisen bedriver sitt arbete?

– Inte ofta. Men det händer.

Scheepers ryckte på axlarna.

– Det är du som vet, sa han. Jag ska skaffa fram pengarna.

– Ryktet ska vara ute redan ikväll.

Sedan började Scheepers tala om Durban. De måste så snart som möjligt besöka det stadion där Nelson Mandela skulle tala inför en stor folkmassa. Redan nu måste de ta reda på vilka säkerhetsåtgärder den lokala polisen avsåg att vidta. De skulle i god tid bygga upp en strategi för vad de skulle företa sig om de inte lyckades att få tag på Victor Mabasha. Borstlap bekymrade sig över att Scheepers inte la samma vikt vid det andra alternativet. Han bestämde sig i tysthet för att kontakta en av sina kollegor i Kapstaden och be honom utföra lite fotarbete för hans räkning.

Samma kväll hade Borstlap kontaktat en del av de polisinformatörer han regelbundet mottog mer eller mindre användbart skvaller ifrån.

Femti tusen rand var mycket pengar.

Han visste att jakten på Victor Mabasha nu hade börjat på allvar.

34.

Onsdagen den 10 juni blev Kurt Wallander sjukskriven med omedelbar verkan. Enligt läkaren som ansåg Wallander vara en ordkarg och mycket inbunden person, var han svävande och osäker på vad det egentligen var som plågade honom. Han talade om mardrömmar, sömnlöshet, magbesvär, nattliga paniktillstånd när han trodde hjärtat skulle sluta slå, kort sagt alla välkända tecken på en accelererande stress med ett sammanbrott som tänkbar följd. Under den här tiden besökte Wallander läkaren varannan dag. Symptomen växlade, vid varje nytt besök hade han ändrat åsikt om vad som egentligen var värst. Då hade han också börjat få plötsliga och häftiga gråtattacker. Läkaren som till slut sjukskrev honom för en allvarlig depression och ordinerade honom en kombination av samtalsterapi och antidepressiva mediciner, hade heller ingen anledning att betvivla allvaret i situationen. Under en kort tidsperiod hade han dödat en människa och aktivt bidragit till att ytterligare en brändes ihjäl levande. Han kunde inte heller frånkänna sig ansvaret för den kvinna som offrat sitt liv när hon hjälpte hans dotter att fly. Men mest av allt kände han en skuld över att Victor Mabasha hade blivit dödad. Att reaktionen kom i direkt samband med att Konovalenko var död var naturligt. Det fanns inte längre någon att jaga, inte heller någon som jagade honom. Depressionens ankomst tydde paradoxalt nog på att Wallander blivit lättad. Nu skulle hans personliga räkenskaper ställas i ordning och då bröt tungsinnet genom alla sina hittillsvarande fördämningar. Wallander blev sjukskriven. Efter några månader var det många av hans kollegor som började tro att han aldrig skulle komma tillbaka. Då och då, när nya rapporter om hans besynnerliga resor kors och tvärs, till Danmark såväl som till Karibiens övärld nådde polishuset i Ystad, började man undra om inte Wallander måste förtidspensioneras. Tanken väckte stor förstämning. Men så blev det alltså inte. Han kom tillbaka, även om det dröjde mycket lång tid.

Men ändå satt han på sitt kontor dagen efter han blivit sjukskriven, en varm och vindfri sommardag i södra Skåne. Han hade fortfarande en del pappersarbete att göra färdigt innan han kunde städa sitt skrivbord och gå därifrån för att försöka bota sin nedstämdhet. Han kände en malande ovisshet och ställde sig frågan när han egentligen skulle kunna återvända.

Han hade kommit till kontoret redan klockan sex på morgonen efter att ha tillbringat en sömnlös natt i sin lägenhet. Under de tysta morgontimmarna hade han äntligen blivit färdig med den omfattande rapporten om mordet på Louise Åkerblom och alla de händelser som följt. Han hade läst igenom det han hade skrivit och det hade varit som att stiga ner i underjorden ännu en gång, upprepa den resa han önskade att han aldrig hade behövt göra. Han skulle dessutom lämna ifrån sig en utredningsrapport som till vissa delar var lögnaktig. Det var fortfarande en gåta för honom att en del av hans egendomliga försvinnanden och inte minst hans hemliga samvaro med Victor Mabasha inte hade avslöjats. Hans ytterst svaga och delvis direkt motsägelsefulla förklaringar till en del av sina märkliga handlingar hade inte, som han väntat sig, väckt öppen misstro. Han antog till slut att det berodde på att han omgavs av medlidande, blandat med någon oklar kåranda, eftersom han hade dödat en människa.

Han la ifrån sig den tjocka rapportpärmen på skrivbordet och öppnade fönstret. Nånstans ifrån kunde han höra barn som skrattade.

Hur ser min egen sammanfattning ut? tänkte han. Jag hamnade i en situation som jag inte alls behärskade. Jag gjorde alla fel en polisman kan göra och det värsta av allt var att jag äventyrade min egen dotters liv. Hon har bedyrat att hon inte anklagar mig för de skräckfyllda dygn då hon hölls fastkedjad i en källare. Men har jag egentligen rätt att tro henne? Har jag inte tillfogat henne ett lidande som kanske först i framtiden kommer till uttryck som ångest, mardrömmar, ett beskuret liv? Det är där min sammanfattning måste börja, den rapport jag aldrig kommer att skriva. Den som slutar idag med att jag är så nerbruten att en läkare har sjukskrivit mig på obestämd tid.

Han gick tillbaka till sitt skrivbord och sjönk tungt ner i stolen. Han hade inte sovit under natten, det var sant, men hans trötthet kom någon annanstans ifrån, djupt nere i hans tungsinne. Kunde tröttheten vara själva tungsinnet? Han tänkte på det som nu skulle hända honom. Läkaren hade föreslagit honom att omedelbart börja bearbeta sina upplevelser i samtalsterapi. Wallander hade uppfattat det som en order som han bara hade att lyda. Men vad skulle han egentligen kunna säga?

Framför honom låg en inbjudan till hans fars bröllop. Han visste inte hur många gånger han hade läst den sedan den kommit med posten några dagar tidigare. Fadern skulle gifta sig med hemhjälpen dagen innan midsommarafton. Det var tio dagar dit. Han hade vid flera tillfällen talat med sin syster Kristina som under ett kort besök några veckor tidigare, mitt under det värsta kaoset, trodde sig om att ha avstyrt det hela. Nu tvivlade inte Wallander längre på att det verkligen skulle bli av. Wallander kunde inte heller neka till att hans far var på bättre humör än han kunde påminna sig någonsin ha upplevt, hur han än letade i sitt minne. Han hade målat en gigantisk bakgrund inne i ateljén där själva ceremonin skulle äga rum. Till Wallanders förundran var det exakt samma motiv som han målat i hela sitt liv, det romantiskt orörliga skogslandskapet. Skillnaden var att han nu hade gjort det i storformat. Wallander hade också haft ett samtal med Gertrud, kvinnan han skulle gifta sig med. Det var hon som hade velat tala med honom och han hade insett att hon uppriktigt tyckte om hans far. Det hade gjort honom rörd och han hade sagt att han var glad för det som skedde.

Hans dotter hade rest tillbaka till Stockholm för mer än en vecka sedan. Hon skulle komma tillbaka till bröllopet och sedan fortsätta direkt till Italien. Det hade gett Wallander en skrämmande upplevelse av hans egen ensamhet. Vart han än vände sig hade han tyckt sig se samma ödslighet. Han hade en kväll efter Konovalenkos död besökt Sten Widén och druckit upp nästan all hans whisky. Han hade blivit kraftigt berusad och börjat tala om den känsla av hopplöshet han led av. Han trodde att det var något som han delade med Sten Widén, även om denne hade sina hästsköterskor som han tidvis delade säng med, vilket åtminstone gav ett skimmer av något som möjligen kunde kallas gemenskap. Wallander hoppades att den återuppväckta kontakten med Sten Widén skulle visa sig hållbar. Han hade inga illusioner om att de skulle kunna återvända till det de hade haft gemensamt i sin ungdom. Det var för alltid borta, det gick inte att återskapa.

Han blev avbruten i sina tankar av att det knackade på dörren. Han ryckte till, den sista veckan på polishuset hade han märkt att han skyggade för människor. Dörren öppnades och Svedberg stack in huvudet och frågade om han fick störa.

– Jag hör att du ska vara borta från oss en tid, sa han.

Wallander fick omedelbart en klump i halsen.

– Det är nog nödvändigt, mumlade han och snöt sig.

Svedberg märkte att han var rörd. Han bytte genast samtalsämne.

– Kommer du ihåg handbojorna du hittade i en låda hemma hos Louise Åkerblom? frågade han. Du nämnde dom nån gång i förbifarten. Minns du?

Wallander nickade. För honom hade handbojorna representerat de gåtfulla sidorna som alla människor bar på. Senast dagen innan hade han grubblat över vad som var hans osynliga handbojor.

– Jag städade i en skrubb hemma igår, fortsatte Svedberg. Där låg en massa gamla tidskrifter som jag hade bestämt mig för att rensa ut. Men du vet hur det är, jag blev sittande. Jag råkade slå upp en artikel om varietéartister under dom senaste tretti åren. Det var en bild där på en utbrytarkung som fantasifullt nog hade artistnamnet Houdinis Son. Han hette egentligen Davidsson och hade så småningom slutat bryta sig ut ur olika kroppsfängsel och plåtskåp. Vet du varför han slutade?

Wallander skakade på huvudet.

– Han blev frälst. Han gick in i en frikyrkoförsamling. Gissa vilken?

– Metodistkyrkan, sa Wallander eftertänksamt.

– Just precis. Jag läste hela artikeln. Och där stod till slut att han var lyckligt gift och hade flera barn. Bland annat en dotter som hette Louise. Född Davidsson, sedermera gift Åkerblom.

– Handbojorna, sa Wallander tankfullt.

– Ett minne från hennes far, sa Svedberg. Så enkelt var det. Jag vet inte vad du tänkte. Men jag erkänner att en del barnförbjudna tankar nog gick igenom mitt huvud.

– Dom gick igenom mitt huvud också, sa Wallander.

Svedberg reste sig. Vid dörren stannade han och vände sig om.

– Det var en sak till, sa han. Kommer du ihåg Peter Hanson?

– Tjuven?

– Just han. Du minns kanske att jag bad honom hålla ett öga öppet om det som stals i din lägenhet skulle dyka upp nånstans på marknaden. Han ringde mig igår. Det mesta av dina saker är nog tyvärr skingrade. Dom får du aldrig igen. Men egendomligt nog hade han lyckats få tag på en CD-skiva som han påstod var din.

– Sa han vilken det var?

– Jag skrev upp det.

Svedberg letade i fickorna tills han hittade en skrynklig lapp.

– Rigoletto, läste han. Verdi.

Wallander log.

– Den har jag saknat, sa han. Hälsa Peter Hanson och tacka.

– Han är en tjuv, sa Svedberg. En sån tackar man inte.

Svedberg lämnade rummet med ett skratt. Wallander började gå igenom de pappershögar som återstod. Klockan hade blivit närmare elva och han tänkte vara färdig till klockan tolv.

Telefonen ringde. Han tänkte först låta den vara. Sedan lyfte han luren.

– Det står en man här som vill tala med kommissarie Wallander, sa en kvinnoröst som han inte kände igen. Han antog att det var Ebbas semestervikarie.

– Du får hänvisa honom till nån annan, svarade Wallander. Jag tar inte emot besök.

– Han är mycket envis, sa receptionisten. Han vill absolut tala med kommissarie Wallander. Han säger att han har en viktig uppgift att komma med. Han är dansk.

– Dansk, sa Wallander förvånat. Vad handlar det om?

– Han säger att det har att göra med en afrikan.

Wallander tänkte ett kort ögonblick.

– Låt honom komma in, sa han.

Mannen som klev in på Wallanders kontor presenterade sig som Paul Jörgensen, fiskare från Dragör. Han var mycket lång och mycket kraftig. När Wallander tog honom i hand var det som om han hade fastnat i en järnklo. Han pekade på en stol. Jörgensen satte sig ner och tände en cigarr. Wallander var tacksam för att fönstret var öppet. Han letade en stund i sina lådor innan han hittade ett askfat.

– Jag har nånting att berätta, sa Jörgensen. Men jag har fortfarande inte bestämt mig för om jag ska säga det eller inte.

Wallander höjde förvånat på ögonbrynen.

– Det borde ni väl ha bestämt er för innan ni kom hit, sa han.

I normala fall hade han sannolikt blivit irriterad. Nu kunde han höra på sin egen röst att den alldeles saknade auktoritet.

– Det beror på om ni kan överse med en liten olaglighet, sa Jörgensen.

Wallander började på allvar undra om mannen drev med honom. I så fall hade han valt ett ytterst olyckligt ögonblick. Han insåg att han var tvungen att gripa tag i samtalet som hotade spåra ur redan från början.

– Jag fick besked om att ni hade nåt mycket viktigt att säga mig om en afrikan, sa han. Om det verkligen är viktigt kan jag förmodligen överse med en mindre olaglighet. Men jag lovar ingenting. Ni får själv avgöra hur ni vill ha det. Men jag måste be er att göra det omedelbart.

Jörgensen betraktade honom med kisande ögon bakom cigarröken.

– Jag tar risken, sa han.

– Jag lyssnar, svarade Wallander.

– Jag är fiskare i Dragör, började Jörgensen. Det går ungefär jämnt upp med båten och huset och pilsnern till kvällen. Men ingen säger nej till en liten extrainkomst om möjligheten dyker upp. Jag tar ut turister på sjön då och då, det ger lite pengar vid sidan av. Men det händer också att jag tar en resa över till Sverige. Det sker inte ofta, kanske ett par gånger om året. Det kan vara några passagerare som har missat en färja. För några veckor sen gjorde jag en tur över till Limhamn en eftermiddag. Jag hade bara en passagerare med mig.

Han tystnade plötsligt som om han väntade på en reaktion från Wallanders sida. Men han hade ingenting att säga. Han nickade åt Jörgensen att fortsätta.

– Det var en svart man, sa Jörgensen. Han talade bara engelska. Mycket hövlig. Han stod inne hos mig i styrhytten under hela resan. Nu kanske jag ska säga att det var lite speciellt med den här turen. Jag hade fått beställning på den i förväg. Det var en engelsman som pratade danska som kom ner till hamnen en morgon och frågade om jag kunde göra en resa över Sundet med en passagerare. Jag tyckte det verkade lite skumt så jag tog till en hög summa för att bli av med honom. Jag begärde femtusen kronor. Men det konstiga var att han tog upp pengarna med en gång och betalade i förskott.

Wallander hade nu blivit intresserad på allvar. För ett kort ögonblick hade han glömt sig själv och koncentrerade sig helt på det Jörgensen berättade. Han nickade åt honom att fortsätta.

– Jag var på sjön i unga år, sa Jörgensen. Där lärde jag mig en hel del engelska. Jag frågade den här mannen vad han skulle göra i Sverige. Han sa att han skulle hälsa på vänner. Jag frågade hur länge han skulle stanna och han sa att han nog senast skulle resa tillbaka till Afrika om en månad. Jag misstänkte väl att det inte stod alldeles rätt till. Han var nog på väg att ta sig in i Sverige illegalt. Eftersom ingenting går att bevisa så här i efterhand tar jag risken att berätta.

Wallander höjde handen.

– Låt oss ta det lite grundligare, sa han. Vilken dag hände det här?

Jörgensen lutade sig fram och tittade på Wallanders bordsalmanacka.

– Onsdagen den 13 maj, sa han. Vid sextiden på kvällen.

Det kunde stämma, tänkte Wallander. Det kan ha varit Victor Mabashas efterträdare.

– Han sa att han skulle stanna ungefär en månad?

– Jag tror det.

– Tror?

– Jag är säker.

– Fortsätt, sa Wallander. Hoppa inte över några detaljer.

– Vi pratade om det ena och det andra, sa Jörgensen. Han var öppen och vänlig. Men jag hade hela tiden känslan av att han på nåt sätt var vaksam. Jag har svårt att förklara bättre än så. Vi kom fram till Limhamn. Jag gick till kaj och han hoppade i land.

Eftersom jag fått mina pengar backade jag ut direkt och vände. Jag hade nog inte tänkt mer på saken om det inte hade varit så att jag råkade få syn på en gammal svensk kvällstidning häromdagen. Det var ett fotografi på första sidan som jag tyckte jag kände igen. Av en man som hade dött under en eldstrid med polisen.

Han gjorde en kort paus.

– Med er, sa han. Det var bild på er också.

– Från när var tidningen? avbröt Wallander trots att han egentligen redan visste.

– Jag tror det var en torsdagstidning, sa Jörgensen tveksamt. Den kan ha varit från dagen efter. Den 14 maj.

– Fortsätt, sa Wallander. Det kan vi ta reda på sen om det är viktigt.

– Jag kände igen det där fotografiet, sa Jörgensen. Men jag kunde inte placera det. Det var först i förrgår jag kom på vem det var.

När jag släppte av den där afrikanen i Limhamn stod en kolossalt fet karl på kajen och tog emot honom. Han höll sig i skymundan, som om han egentligen inte ville bli sedd. Men jag har goda ögon. Det var han. Sen gick jag och funderade på det här. Jag tänkte att det kanske var viktigt. Så jag tog mig en dag ledigt och for hit.

– Det gjorde ni rätt i, sa Wallander. Jag kommer inte att vidta några åtgärder för att ni medverkat till illegal invandring till Sverige. Men det förutsätter givetvis att ni omedelbart upphör med den verksamheten.

– Jag har redan slutat, sa Jörgensen.

– Den där afrikanen, sa Wallander. Beskriv honom.

– Kring tretti, sa Jörgensen. Välväxt, stark och smidig.

– Ingenting annat?

– Inte vad jag kan minnas.

Wallander la ifrån sig pennan.

– Ni gjorde rätt som kom, sa han.

– Det här kanske inte har nån betydelse, sa Jörgensen.

– Det har stor betydelse, svarade Wallander.

Han reste sig.

– Tack för att ni kom och berättade, sa han.

– Tack själv, sa Jörgensen och gick.

Wallander letade reda på kopian han sparat av det brev som gått per telex till Interpol i Sydafrika. Han funderade ett kort ögonblick. Därefter ringde han upp svenska Interpol i Stockholm.

– Kommissarie Wallander i Ystad, sa han när han fick svar. Jag sände en telex till Interpol i Sydafrika lördagen den 23 maj. Nu undrar jag om det har kommit nån reaktion.

– I så fall skulle ni ha fått den er tillsänd omedelbart, fick han till svar.

– Undersök för säkerhets skull, bad Wallander.

Efter några minuter fick han svar.

– En telex om en sida gick på kvällen den 23 maj till Interpol i Johannesburg. Det har inte kommit nån annan reaktion än en bekräftelse på mottagandet.

Wallander rynkade pannan.

– *En* sida, sa han. Jag sände två.

– Jag har kopian framför mig. Det saknas faktiskt en ordentlig avslutning på meddelandet.

Wallander såg på sin egen kopia som låg framför honom.

Om bara den första sidan hade blivit sänd hade den sydafrikanska polisen inte fått veta att Victor Mabasha var död och att en annan förmodligen skickats i hans ställe.

Dessutom kunde man utgå ifrån att attentatet skulle ske den 12 juni eftersom Sikosi Tsiki hade talat om för Jörgensen när han senast hade tänkt resa hem.

Wallander insåg omedelbart konsekvenserna.

Den sydafrikanska polisen hade i nästan två veckor jagat en man som var död.

Idag var det torsdagen den 11 juni. Attentatet skulle sannolikt ske den 12 juni.

Imorgon.

– Hur i helvete har det här gått till? röt han. Hur kan ni skicka bara halva mitt telex?

– Jag har ingen aning, fick han till svar. Det får ni tala med den som hade vakten om.

– En annan gång, sa Wallander. Jag kommer snart att skicka en ny telex. Och den ska sändas omedelbart till Johannesburg.

– Vi skickar allting på en gång.

Wallander la på luren. Hur kunde det vara möjligt? tänkte han igen.

Han brydde sig inte om att försöka formulera något svar. I stället satte han ett papper i skrivmaskinen och skrev ett kort meddelande. *Victor Mabasha är inte längre aktuell. Däremot en man som heter Sikosi Tsiki. Trettio år gammal, välväxt* (här fick han ta hjälp av sitt lexikon och bestämde sig för *well proportioned*), *inga övriga kännemärken. Detta meddelande ersätter tidigare. Jag upprepar att Victor Mabasha inte längre är aktuell. Sikosi Tsiki är förmodad ersättare. Fotografi föreligger inte. Fingeravtryck ska eftersökas.*

Han undertecknade med sitt namn och gick ut i receptionen.

– Det här ska genast skickas till Interpol i Stockholm, sa han till receptionisten som han inte kände från förr.

Han stod och såg på när hon sände meddelandet som fax. Sedan återvände han till sitt rum. Han tänkte att det förmodligen var för sent.

Hade han varit kvar i tjänst hade han omedelbart begärt en utredning om vem som hade ansvaret för att bara halva hans telex blivit avsänt. Men nu fick det vara. Han orkade inte befatta sig med det.

Han fortsatte att rensa i pappershögarna. Klockan var närmare ett innan han var färdig. Skrivbordet var tomt. Han låste sina privata lådor och reste sig. Utan att vända sig om lämnade han rummet och stängde dörren. Han mötte ingen i korridoren och kunde försvinna från polishuset utan att någon utom receptionisten såg honom.

Han hade nu bara ett mål framför sig. När han hade gjort det han hade bestämt sig för, återstod ingenting. Hans inre almanacka var tom.

Han gick nerför backen, passerade sjukhuset och svängde till vänster. Hela tiden tyckte han att människorna han mötte såg på honom. Han försökte göra sig så osynlig som möjligt. När han kom till torget gick han in till optikern och köpte ett par solglasögon. Sedan fortsatte han nerför Hamngatan, korsade Österleden och var snart inne i hamnområdet. Där fanns ett kafé som hade öppet om sommaren. Ungefär ett år tidigare hade han suttit där och skrivit ett brev till Baiba Liepa i Riga. Men det brevet hade han aldrig sänt. Han hade gått ut på piren, rivit sönder det och låtit bitarna flyga bort över hamnbassängen. Nu tänkte han göra ett nytt försök att skriva till henne, och han hade föresatt sig att den här gången skulle han också skicka det. Han hade papper och ett frankerat kuvert i jackans innerficka. Han satte sig vid ett hörnbord där det var lä, beställde kaffe och tänkte på den gången för ett år sedan. Då hade han också varit dyster till sinnes. Men det gick inte att jämföra med den situation han nu befann sig i. Eftersom han inte visste vad han skulle skriva började han på måfå. Han berättade om kaféet där han satt, om vädret, om den vita fiskebåten med de ljusgröna fisknäten som låg strax intill honom. Han försökte beskriva doften från havet. Sedan började han berätta om hur han kände sig. Han hade svårt att hitta de rätta engelska orden men han trevade sig vidare. Han berättade att han var sjukskriven på obestämd tid och att han var osäker på om han någonsin skulle återvända till sin tjänst. *Jag har kanske avslutat mitt sista fall*, skrev han. *Och det löste jag dåligt, egentligen inte alls. Jag börjar tro att jag är olämplig för det yrke jag har valt. Länge trodde jag motsatsen. Nu vet jag inte längre.*

Han läste igenom vad han hade skrivit och tänkte att han inte skulle orka göra om det, även om han var djupt missnöjd med många formuleringar som tycktes honom svävande och oklara.

Han vek ihop pappret, klistrade igen kuvertet och bad att få betala. Det fanns en brevlåda vid småbåtshamnen strax intill. Han gick dit och stoppade ner det i öppningen. Sedan fortsatte han sin promenad längst ut på piren och satte sig på en av stenpållarna. En polenfärja var på väg in i hamn. Havet växlade mellan stålgrått, blått och grönt. Han kom plötsligt att tänka på cykeln han hade hittat den där natten i dimman. Den låg fortfarande gömd bakom uthuset hos hans far. Han bestämde sig för att ställa tillbaka den redan samma kväll.

Efter en halvtimme reste han sig och gick genom staden till Mariagatan. När han hade öppnat dörren blev han stående.

Mitt på golvet stod en helt ny musikanläggning. På ovansidan av CD-spelaren låg ett kort.

Med önskan om god bättring och välkommen tillbaka. Dina kollegor.

Han tänkte att Svedberg fortfarande hade en reservnyckel som han fått för att kunna släppa in de som reparerade skadorna efter explosionen. Han satte sig på golvet och såg på musikanläggningen. Han var rörd och hade svårt att behärska sig. Men han tyckte inte att han förtjänade den.

Samma dag, torsdagen den 11 juni, var det avbrott på telexlinjerna mellan Sverige och södra Afrika mellan klockan tolv på dagen och tio på kvällen. Wallanders telex blev därför liggande. Först närmare halv elva skickade kvällsvakten iväg det till kollegorna i Sydafrika. Där togs det emot, registrerades och las i en korg för meddelanden som skulle delas ut dagen efter. Men någon påminde sig att det hade kommit ett PM från en åklagare vid namn Scheepers om att kopior på alla telex från Sverige omedelbart skulle skickas till hans kontor. Polismännen som befann sig i telexrummet kunde däremot inte påminna sig vad som skulle ske om det kom meddelanden sent på kvällen eller under natten. De kunde inte heller hitta Scheepers PM som borde ha suttit i den speciella pärmen för löpande dagorder. En av de vakthavande tyckte att telexet kunde ligga kvar över natten, medan den andre irriterades över att Scheepers PM var borta. Om inte annat så för att hålla sig vaken började han leta. Efter en dryg halvtimme hittade han det, naturligtvis i en felaktig orderpärm. Scheepers PM angav mycket kategoriskt att sent inkommande telexar omedelbart skulle meddelas honom per telefon, oberoende av klockslag. Klockan hade då närmat sig tolv. Summan av alla dessa missöden och förseningar, varav de flesta skylldes på mänskligt slarv eller direkt slöhet, var att Scheepers inte blev uppringd förrän tre minuter över midnatt, fredagen den 12 juni. Även om han hade bestämt sig för att det var i Durban attentatet skulle ske, hade han haft svårt att somna. Hans hustru Judith sov, men själv låg han vaken och vred sig i sängen. Han tänkte att han ångrade att han trots allt inte hade tagit med sig Borstlap och rest till Kapstaden. Det kunde om inte annat ha varit en instruktiv upplevelse. Dessutom bekymrade han sig över att till och med Borstlap tyckte det var egendomligt att det ännu inte kommit det minsta tips om var Victor Mabasha kunde hålla sig gömd, trots den stora belöning som väntade. Borstlap hade vid flera tillfällen givit uttryck för att det var något underligt med Victor Mabashas totala frånvaro. När Scheepers hade försökt få honom att förtydliga sig hade han bara svarat att det var en känsla, ingenting han byggde på några fakta. Hans hustru stönade när telefonen vid sängen började ringa. Scheepers ryckte till sig luren, som om han hade väntat på ett samtal mycket länge. Han lyssnade på vad Interpols vakthavande läste upp för honom. Han drog till sig en penna som låg bredvid sängen, bad att få det uppläst ännu en gång, och skrev sedan två ord på baksidan av sin vänsterhand.

Sikosi Tsiki.

Han la på luren och satt alldeles stilla i sängen. Judith vaknade och undrade om det hade hänt någonting.

– Ingenting som är farligt för oss, sa han. Men kanske farligt för nån annan.

Han slog numret till Borstlap.

– En ny telex från Sverige, sa han. Det är inte Victor Mabasha utan nån som heter Sikosi Tsiki. Attentatet ska förmodligen ske imorgon.

– Jävlar, sa Borstlap.

De bestämde att mötas på Scheepers kontor omgående.

Judith såg att hennes man var rädd.

– Vad är det som har hänt? frågade hon igen.

– Det värsta tänkbara, svarade han.

Sedan gav han sig ut i mörkret.

Klockan hade blivit nitton minuter över midnatt.

35.

Fredagen den 12 juni var en klar men något kylig dag i Kapstaden. På morgonen hade en dimbank drivit in från havet över Three Anchor Bay. Men den hade nu försvunnit. Det gick mot den kalla årstiden på södra halvklotet. Redan kunde man se många afrikaner på väg till sina arbeten iförda stickade mössor och tjocka jackor.

Nelson Mandela hade kommit till Kapstaden kvällen innan. När han vaknade i gryningen tänkte han på dagen som skulle komma. Det var en vana sedan de många år han tillbringat som fånge på Robben Island. En dag i sänder var den tidräkning han och hans medfångar hade tillämpat. Ännu, efter mer än två år av återvunnen frihet, hade han svårt att helt frångå sin gamla vana.

Han steg upp ur sängen och gick fram till fönstret. Där ute i havet låg Robben Island. Han försjönk i en tankfull tystnad. Så många minnen, så många bittra ögonblick, så stor triumfen, till slut.

Han tänkte att han var en gammal man, mer än 70 år. Tiden var begränsad, han skulle inte leva evigt, han lika lite som någon annan. Men han borde leva åtminstone några år till. Tillsammans med president de Klerk måste han styra landet genom den svåra, smärtsamma men också underbara farled som skulle mynna ut i att Sydafrika för all framtid befriades från apartheidsystemet. Det sista koloniala fästet på den svarta kontinenten skulle äntligen falla. När de hade nått det målet kunde han dra sig tillbaka, till och med dö om det var nödvändigt. Men hans livskraft var ännu mycket stor. In i det längsta ville han vara med och se hur den svarta befolkningen frigjorde sig från de många hundra åren av underkastelse och förnedring. Det skulle bli en mödosam väg, det visste han. Förtryckets rötter satt djupt i den afrikanska själen.

Nelson Mandela insåg att han skulle bli vald till Sydafrikas förste svarte president. Det var ingenting han strävade efter. Men han skulle heller inte ha några argument för att vägra.

Det är en lång väg, tänkte han. En lång väg att gå för en man som tillbringat nästan halva sitt vuxna liv i fångenskap.

Han smålog för sig själv vid tanken. Men sedan blev han allvarlig igen. Han tänkte på vad de Klerk hade sagt till honom när de senast träffats, en vecka tidigare. Ett antal högt uppsatta *boere*, hade svurit sig samman för att döda honom. För att skapa kaos, driva landet till randen av ett inbördeskrig.

Kunde det verkligen vara möjligt? tänkte han. Att det fanns fanatiska *boere*, det visste han. Människor som hatade alla svarta, betraktade dem som själlösa djur. Men trodde de verkligen att de genom en desperat konspiration skulle kunna förhindra det som skedde i landet? Kunde de verkligen vara så förblindade av sitt hat – eller kanske var det rädsla – att de trodde en återgång till ett gammalt Sydafrika vara möjlig? Insåg de inte att de var en försvinnande minoritet? Förvisso fortfarande med stort inflytande. Men ändå? Var de verkligen villiga att offra framtiden på ett blodbads altare?

Nelson Mandela skakade sakta på huvudet. Han hade svårt att tro det vara möjligt. de Klerk måste ha överdrivit eller misstolkat de informationer han fått. Han kände ingen rädsla för att något skulle hända honom.

Även Sikosi Tsiki hade anlänt till Kapstaden på torsdagskvällen. Men till skillnad från Nelson Mandela hade hans ankomst skett i skymundan. Han hade kommit med buss från Johannesburg och obemärkt stigit av när de var framme i Kapstaden, tagit sin väska och hastigt låtit sig uppslukas av mörkret.

Natten hade han tillbringat utomhus. Han hade sovit i en undangömd vrå av Trafalgarparken. Tidigt i gryningen, ungefär samtidigt som Nelson Mandela hade vaknat och stod vid sitt fönster, hade han klättrat så högt som han behövde komma och installerat sig. Allt stämde enligt den karta och de instruktioner han fått av Franz Malan på Hammanskraal. Han kände tillfredsställelse över att vara betjänad av goda organisatörer. Det fanns inga människor i närheten, den kala sluttningen var inget utflyktsområde. Vägen till den 350 meter höga bergstoppen ringlade fram på den motsatta sidan av höjden. Han hade aldrig skaffat sig någon flyktbil. Han kände sig friare när han rörde sig till fots. När allt var över skulle han snabbt ta sig nerför bergshöjden och beblanda sig med den rasande folkmassa som skulle kräva hämnd över Nelson Mandelas död. Sedan skulle han lämna Kapstaden.

Han visste nu att det var Mandela han skulle döda. Han hade

förstått det samma dag som Franz Malan meddelat honom var och när attentatet skulle utföras. Han hade sett i tidningarna att Nelson Mandela skulle tala på Green Point Stadium på eftermiddagen den 12 juni. Han såg den ovalformade arenan som låg nedanför honom, ungefär 700 meter bort. Men avståndet oroade honom inte. Hans kikarsikte och det långskjutande geväret tillfredsställde hans behov av precision och kraft.

Han hade inte reagerat nämnvärt över att det var Nelson Mandela som var hans mål. Den första tanken var att han egentligen borde ha kunnat räkna ut det själv. Skulle dessa galna *boere* ha den minsta möjlighet att skapa kaos i landet måste de först ha bort Nelson Mandela. Så länge han stod upp och talade skulle de svarta massorna bibehålla självkontrollen. Utan honom var det mera ovisst. Mandela hade ingen självklar arvtagare.

För Sikosi Tsikis personliga del skulle det vara som att hämnas en personlig oförrätt. I och för sig var det inte Nelson Mandela som hade ansvaret för att han sparkats ur ANC. Men som dess högste ledare kunde han ändå betraktas som den som borde stå som mottagare av hämnden.

Sikosi Tsiki såg på sin klocka.

Nu återstod bara att vänta.

Georg Scheepers och kommissarie Borstlap landade på Malanflygplatsen utanför Kapstaden strax efter klockan tio på fredagsförmiddagen. De var trötta och glåmiga efter att ha hållit på sedan klockan ett på natten med att försöka få fram uppgifter om Sikosi Tsiki. Yrvakna brottsutredare hade ryckts upp ur sina sängar, dataoperatörer för polisens olika register hade infunnit sig i rockar över sina pyjamaser, hämtade i polisbilar. Men när det var dags att bege sig till flygplatsen på morgonen var resultatet nedslående. Sikosi Tsiki fanns inte i något register. Ingen hade heller hört talas om honom. Han var en för alla totalt okänd person. Klockan halv åtta hade de varit på väg till Jan Smutsflygplatsen utanför Johannesburg. Under flygresan hade de alltmer desperat försökt formulera en strategi. De hade insett att deras möjligheter att stoppa mannen som hette Sikosi Tsiki var ytterst begränsade, närmast obefintliga. De visste inte hur han såg ut, de visste absolut ingenting om honom. Så fort de hade landat i Kapstaden försvann Scheepers för att ringa och informera president de Klerk och om möjligt få honom att vädja till Nelson Mandela att ställa in sitt framträdande på eftermiddagen. Först när han fick ett raseriutbrott och hotade med att låta häkta samtliga poliser på flygplatsen, lyckades han övertyga dem om vem han var och de hade lämnat honom ensam i ett rum. Det hade tagit nästan femton minuter innan han fått kontakt med president de Klerk. Han hade så kortfattat som möjligt förklarat vad som hade hänt under natten. Men de Klerk hade ställt sig ytterst kallsinnig till hans förslag och menat att det var meningslöst. Mandela skulle aldrig gå med på att ställa in sitt framträdande. De hade dessutom tidigare misstagit sig på plats och datum. Det kunde ske igen. Mandela hade också gått med på ökad personlig bevakning. Det fanns inget mer som republikens president kunde göra för tillfället. När samtalet var över hade de Scheepers stått där igen med en olustig känsla av att de Klerk ändå inte var beredd att gå hur långt som helst för att säkra att Nelson Mandela inte utsattes för ett attentat. Kunde det vara möjligt? tänkte han upprört. Har jag misstagit mig på hans hållning? Men han hade inte tid att tänka mer på president de Klerk. Han hittade Borstlap som under tiden hade kvitterat ut den bil som polisen fått beställning på från Johannesburg. De for raka vägen till Green Point Stadium där Nelson Mandela skulle tala tre timmar senare.

– Tre timmar är för lite tid, sa Borstlap. Vad tror du egentligen vi ska hinna göra?

– Vi måste, svarade Scheepers. Det är så enkelt. Vi måste stoppa mannen.

– Eller stoppa Mandela, sa Borstlap. Jag ser ingen annan möjlighet.

– Det går aldrig, svarade Scheepers. Han kommer att ställa sig i talarstolen klockan två. de Klerk vägrade vädja till Mandela.

De legitimerade sig och släpptes in på stadion. Talarstolen var redan på plats. Överallt vajade ANC:s flaggor och färggranna banderoller. Musiker och dansare höll på att förbereda sig. Snart skulle åhörarna börja infinna sig från de olika bostadsområdena Langa, Guguletu och Nyanga. De skulle mötas av musik. För dem var det politiska mötet också en folkfest.

Scheepers och Borstlap ställde sig vid talarstolen och såg sig runt.

– En fråga är avgörande, sa Borstlap. Har vi att göra med en självmordspilot eller en person som vill försöka komma undan?

– Det senare, svarade Scheepers. Det kan vi vara säkra på. En attentatsman som är beredd att offra sig själv är farlig genom sin oberäknelighet. Men risken är också mycket stor för att han missar sitt mål. Vi har att göra med en man som räknar med att komma undan när han har skjutit Mandela.

– Hur vet du att han kommer att använda skjutvapen? frågade Borstlap.

Scheepers betraktade honom med en blandning av förvåning och irritation.

– Vad skulle han annars göra? sa han. En kniv på nära håll innebär att han blir fasttagen och lynchad.

Borstlap nickade dystert.

– Då har han många möjligheter, sa han. Om du ser dig runt. Han kan välja taket, nån övergiven radiohytt. Han kan välja att befinna sig utanför stadion.

Borstlap pekade bort mot Signal Hill som reste sig brant ungefär en halv kilometer utanför stadionborgen.

– Han har många möjligheter, sa han igen. För många.

– Ändå måste vi stoppa honom, svarade Scheepers.

Både insåg vad det betydde. De skulle vara tvungna att välja, att ta chanser. Alla tänkbara utrymmen skulle de helt enkelt inte hinna med att undersöka. Scheepers anade att de skulle ha tid att kontrollera var tionde möjlighet, Borstlap trodde på något fler.

– Vi har två timmar och trettifem minuter på oss, sa Scheepers. Om Mandela är punktlig så börjar han tala då. Jag antar att en attentatsman inte väntar i onödan.

Scheepers hade begärt att få tio erfarna polismän till sitt förfogande. De kommenderades av en ung poliskapten.

– Vår uppgift är mycket enkel, sa Scheepers. Vi har ett par timmar på oss att söka igenom detta stadion. Vi letar efter en man som är beväpnad. Han är svart och han är farlig. Han måste oskadliggöras. Helst ska han gripas levande. Går det inte att undvika måste han dödas.

– Var det allt? sa den unge poliskaptenen förvånat när Scheepers hade slutat. Finns det inget signalement?

– Vi har inte tid att resonera, avbröt Borstlap. Grip alla som på nåt sätt uppför sig underligt. Eller som befinner sig nånstans där de inte borde vara. Sen får vi avgöra om det är rätt person eller inte.

– Det måste finnas ett signalement att gå efter, envisades kaptenen och fick ett mumlande bifall från de tio polismännen.

– Det måste det inte alls, sa Scheepers och märkte att han höll på att bli arg. Vi delar upp stadion i områden och vi börjar nu.

De letade igenom städskrubbar och övergivna lagerutrymmen, kröp omkring på tak och utskjutande bågspann. Scheepers lämnade stadion, korsade Western Boulevard, den breda High Level och började sedan klättra uppför branten. Efter ungefär tvåhundra meter stannade han. Han gjorde bedömningen att avståndet var alldeles för långt. En attentatsman skulle inte kunna välja en position utanför stadionborgen. Genomsvettig och andfådd återvände han till Green Point.

Sikosi Tsiki som hade upptäckt honom från sitt skyddande buskage tänkte att det var en säkerhetsvakt som kontrollerade stadions omgivningar. Eftersom han hade väntat sig det blev han inte förvånad. Han hade oroat sig för att området skulle kontrolleras av hundar. Men mannen som klättrade längs branten var ensam. Sikosi Tsiki tryckte sig mot marken och höll en ljuddämpad pistol beredd. När mannen vände utan att ens bry sig om att bestiga toppen visste han att ingenting skulle gå fel. Nelson Mandela hade bara ett par timmar kvar att leva.

De hade redan kommit mycket folk till stadion. Scheepers och Borstlap trängde sig fram genom den böljande människomassan. Överallt dunkade trummor, människor sjöng och dansade. Scheepers var skräckslagen vid tanken på att de skulle misslyckas. De måste hitta mannen som Jan Kleyn hade utsett att döda Nelson Mandela.

Ytterligare en timme senare, trettio minuter innan det egentliga mötet skulle börja, med Mandelas ankomst till stadion, var Scheepers panikslagen. Borstlap försökte lugna honom.

– Vi har inte hittat honom, sa Borstlap. Nu har vi mycket lite tid på oss att söka vidare. Frågan är vad vi kan ha missat.

Han såg sig runt. Blicken stannade vid bergshöjden utanför stadion.

– Jag har varit där, sa Scheepers.

– Vad såg du? frågade Borstlap.

– Ingenting, svarade Scheepers.

Borstlap nickade tankfullt. Han började tro att de inte skulle gripa attentatsmannen förrän det var för sent.

Det stod tysta bredvid varandra och knuffades fram och tillbaka av den böljande människomassan.

– Jag förstår det inte, sa Borstlap.

– Det var för långt borta, svarade Scheepers.

Borstlap betraktade honom frågande.

– Vad menar du? frågade han. För långt borta?

– Ingen människa kan träffa ett mål på så långt avstånd, svarade Scheepers irriterat.

Det tog ett ögonblick innan Borstlap förstod att Scheepers fortfarande talade om bergstoppen utanför stadion. Sedan blev han plötsligt allvarlig.

– Tala om för mig exakt vad du gjorde, sa han och pekade mot bergshöjden.

– Jag klättrade upp en bit. Sen vände jag.

– Du var aldrig uppe på toppen av Signal Hill?

– Det är för långt, säger jag ju!

– Det är inte alls för långt, sa Borstlap. Det finns gevär som skjuter över en kilometer. Och träffar sitt mål. Det här är på sin höjd 800 meter.

Scheepers såg frågande på honom. Samtidigt uppsteg ett orkanartat jubel från den dansande folkmassan, följt av intensivt trummande. Nelson Mandela hade kommit till stadion. Scheepers kunde skymta hans gråvita hår, hans leende ansikte och den vinkande handen.

– Kom! ropade Borstlap. Om han finns här så är han nånstans på den där bergshöjden.

I sitt kraftiga kikarsikte kunde Sikosi Tsiki betrakta Nelson Mandela på nära håll. Han hade tagit loss det från geväret och följt honom från det att han stigit ur bilen utanför stadion. Sikosi Tsiki kunde konstatera att hans livvakter var få. Det tycktes inte existera någon påtaglig vaksamhet eller oro kring den vithårige mannen.

Han monterade tillbaka kikarsiktet på geväret, kontrollerade laddningen och satte sig i den position han omsorgsfullt hade prövat ut. Framför sig hade han riggat upp en ställning av lättmetall. Den var hans egen konstruktion och till för att ge hans armar det stöd han ville ha.

Han kastade en blick mot himlen. Solen skulle inte vålla honom några oväntade besvär. Inga skuggor, inga reflexer, ingen bländning. Bergshöjden var tom. Han var ensam med sitt vapen och några fåglar som hoppade omkring på marken.

Fem minuter kvar. Jublet inne på stadion nådde honom med full kraft trots att han var över en halv kilometer borta.

Ingen skulle höra skottet, tänkte han.

Han hade två reservpatroner. De låg på en näsduk framför honom. Men han räknade inte med att behöva använda dem. Dem skulle han spara som minne. Kanske han en dag gjorde en amulett av dem? De skulle bringa tur till hans liv i fortsättningen.

Han undvek däremot att tänka på de pengar som väntade. Först skulle han utföra sitt uppdrag.

Han lyfte geväret och såg i kikarsiktet att Nelson Mandela närmade sig talarstolen. Han hade bestämt sig för att skjuta så fort han hade möjlighet. Det fanns ingen anledning för honom att vänta. Han tog ner geväret och försökte slappna av i axlarna samtidigt som han drog några djupa andetag. Han kände på sin puls. Den var normal. Allting var normalt. Sedan lyfte han geväret igen, rättade in kolven mot högra kinden och blundade med vänstra ögat. Nelson Mandela stod nu nedanför podiet. Han var delvis täckt av andra människor. Så lösgjorde han sig från sin omgivning och steg upp i talarstolen. Han lyfte armarna över huvudet som en segrare. Hans leende var mycket stort.

Sikosi Tsiki sköt.

Men bråkdelen av en sekund innan kulan med ursinnig fart lämnade gevärspipan kände han en stöt i axeln. Han kunde inte stoppa fingret på avtryckaren. Skottet gick av. Men stöten hade rubbat honom nästan fem centimeter. Det gjorde att kulan inte ens träffade stadion utan slog ner i en parkerad bil på en gata långt därifrån.

Sikosi Tsiki vände sig om.

Där stod två andfådda män och såg på honom.

Båda hade pistoler i händerna.

– Lägg ner geväret, sa Borstlap. Försiktigt, sakta.

Sikosi Tsiki gjorde som han sa. Det fanns ingen annan utväg. De två vita männen skulle inte tveka att skjuta, det förstod han.

Vad hade gått fel? Vilka var de?

– Håll händerna knäppta över huvudet, fortsatte Borstlap och räckte ett par handbojor till Scheepers. Han gick fram och satte dem runt Sikosi Tsikis handleder.

– Res dig, sa Scheepers.

Sikosi Tsiki ställde sig upp.

– Ta ner honom till bilen, sa Scheepers. Jag kommer strax efter.

Borstlap ledde bort Sikosi Tsiki.

Scheepers blev stående och lyssnade på jublet inifrån stadion. Han hörde Nelson Mandelas karaktäristiska röst i högtalarna. Ljudet tycktes färdas mycket långt.

Han var genomvåt av svett. Fortfarande kände han skräcken över att de inte skulle hitta mannen de letade efter. Ännu hade känslan av befrielse inte nått honom.

Han tänkte att det var ett historiskt ögonblick som just passerat. Men det var ett historiskt ögonblick som skulle förbli okänt. Hade de inte hunnit upp på bergshöjden i tid, hade den sten som han i desperation kastat mot mannen med geväret missat, då hade ett annat historiskt ögonblick uppstått. Och det hade blivit mer än en fotnot i framtidens historieböcker. Det kunde ha utlöst ett blodbad.

Jag är själv boer, tänkte han. Jag borde begripa mig på dessa galna människor. Även om jag inte vill så är de idag mina fiender. De har kanske innerst inne förstått att Sydafrikas framtid kommer att tvinga dem att ompröva allt de hittills varit vana vid. Många av dem kommer aldrig att göra det. De vill hellre se landet förgöras i blod och eld. Men de kommer inte att lyckas.

Han såg ut över havet. Samtidigt tänkte han på vad han skulle säga till president de Klerk. Henrik Wervey väntade också på en rapport. Därtill hade han ett viktigt besök att göra i ett hus som låg i Bezuidenhout Park. Han såg fram mot att träffa de två kvinnorna igen.

Vad som skulle hända med Sikosi Tsiki visste han inte. Det var kommissarie Borstlaps problem. Han packade ner geväret och patronerna i väskan. Ramen av lättmetall lät han ligga kvar.

Plötsligt påminde han sig den vita lejoninnan som legat på flodstranden i månljuset.

Han tänkte föreslå Judith att de snart skulle åka tillbaka till djurparken.

Kanske lejoninnan fanns kvar?

Han lämnade bergshöjden, fylld av tankar.

Han hade insett något som tidigare varit förborgat för honom.

Äntligen hade han begripit vad lejoninnan i månljuset hade berättat för honom.

Han var inte i första hand boer, en vit man.

Han var afrikan.

Efterord

Den här berättelsen utspelas till vissa delar i Sydafrika. Ett land som länge befunnit sig på randen av kaos. Det inre mänskliga och det yttre samhälleliga traumat har nått en punkt där många inte tycker sig kunna se annat än en oundviklig apokalyptisk katastrof. Men man kan heller inte motsäga det hoppfulla: det rasistiskt styrda sydafrikanska imperiet kommer att falla inom en överskådlig framtid. Just i dessa dagar, juni 1993, har ett preliminärt datum för de första fria valen i Sydafrika satts till den 27 april 1994. Med Nelson Mandelas ord: en oåterkallelig punkt har äntligen nåtts. På lång sikt kan utfallet redan nu fastställas, om än givetvis med den tveksamhet som all politisk spådom förutsätter: uppkomsten av ett demokratiskt rättssamhälle.

På kort sikt är utgången mer oviss. Den svarta majoritetens begripliga otålighet och delar av den vita minoritetens aktiva motstånd leder till allt mer våld. Ingen kan med säkerhet säga att ett inbördeskrig är oundvikligt. Ingen kan heller säga att det inte kan undvikas. Ovissheten är möjligen det enda säkra.

Många människor har på olika sätt – ibland utan att ens veta om det – bidragit till de sydafrikanska avsnitten. Utan Iwor Wilkins' och Hans Strydoms grundläggande insatser för att avslöja sanningen bakom det hemliga boerförbundet Broederbond, Brödraskapet, hade hemligheten förblivit väl förborgad även för mig. Att läsa Graham Leachs texter om boernas kultur var också ett äventyr. Thomas Mofololos berättelser, slutligen, spred ljus över djupgående afrikanska sedvänjor, inte minst när det gäller andevärlden.

Det finns många andra vars personliga vittnesbörd och erfarenheter varit betydelsefulla. Jag tackar dem alla utan att nämna någon.

Det här är en roman. Det innebär att personnamn, ortsnamn och tidpunkter inte alltid är autentiska.

Slutsatserna, liksom berättelsen som helhet, är mitt eget ansvar. Dem ska ingen, nämnd eller onämnd, lastas för.

Maputo, Moçambique, i juni 1993
Henning Mankell